Richard Schwartz
Die Weiße Flamme
Die Götterkriege 2

PIPER

Zu diesem Buch

Der zweite Band der »Götterkriege« steht im Zeichen einer uralten Verschwörung: Nachdem Leandra zusammen mit Schwertmajor Blix die Kronstadt von Illian erreicht hat, soll sie die Herrschaft über die drei Reiche antreten und die gegnerische Streitmacht zurückschlagen. Doch während der monatelangen Belagerung haben die Bewohner längst jede Hoffnung aufgegeben, und als Kriegsfürst Corvulus das Heer des Feindes vor der Stadt versammelt, droht Illian die endgültige Niederlage. Leandra und ihre Gefährten müssen alle Mittel einsetzen, um das Schicksal der Stadt zu wenden. Denn auch in der Kronstadt selbst lauert Gefahr: Die Weiße Flamme, ein fanatischer Kult, versucht alles, um Leandra der Ketzerei zu überführen und hinzurichten …

Richard Schwartz, geboren 1958 in Frankfurt, hat eine Ausbildung als Flugzeugmechaniker und ein Studium der Elektrotechnik und Informatik absolviert. Er arbeitete als Tankwart, Postfahrer und Systemprogrammierer und restauriert Autos und Motorräder. Am liebsten widmet sich der passionierte Rollenspieler jedoch phantastischen Welten. Er schreibt in der Nacht – mit großem Erfolg: Seine Reihe um »Das Geheimnis von Askir« wurde mehrfach für den Deutschen Phantastik Preis nominiert. Zuletzt erschien mit »Die Rose von Illian« der erste Band seiner neuen Saga »Die Götterkriege«, gefolgt von »Die Weiße Flamme«.

Richard Schwartz

Die Weiße Flamme

Die Götterkriege 2

Piper München Zürich

Entdecke die Welt der Piper Fantasy:

Piper-Fantasy.de

Von Richard Schwartz liegen bei Piper vor:
Das Erste Horn. Das Geheimnis von Askir 1
Die Zweite Legion. Das Geheimnis von Askir 2
Das Auge der Wüste. Das Geheimnis von Askir 3
Der Herr der Puppen. Das Geheimnis von Askir 4
Die Feuerinseln. Das Geheimnis von Askir 5
Der Kronrat. Das Geheimnis von Askir 6
Die Eule von Askir
Die Rose von Illian. Die Götterkriege 1
Die Weiße Flamme. Die Götterkriege 2

Für meine Freunde
Gilbert, Andreas, Stefan und Uwe

FSC www.fsc.org
MIX
Papier aus verantwortungsvollen Quellen
FSC® C083411

Originalausgabe
Januar 2012

Umschlagkonzeption: semper smile, München
Umschlaggestaltung: www.guter-punkt.de
Umschlagabbildung: www.jarling-arts.com
Satz: Fotosatz Amann, Aichstetten
Papier: Pamo Super von Arctic Paper Mochenwangen GmbH, Deutschland
Druck und Bindung: CPI – Clausen & Bosse, Leck
Printed in Germany ISBN 978-3-492-26829-5

Was bisher geschah

Nachdem der Kronrat Desina als neue Kaiserin von Askir bestätigt hat, fällt Havald, Lanzengeneral von Thurgau, der als Engel Soltars die Hoffnung der Welt gegen das wiedererwachende Übel des Gottes Omagor verteidigen soll, einem Attentat zum Opfer; sein Bannschwert Seelenreißer gerät in die Hand des Feindes. An der Grenze zwischen Leben und Tod gefangen, wird er im Soltartempel von Askir aufgebahrt, doch in einer Vision erfahren die Priester, dass er wieder erwachen wird, wenn er das Schwert des Gottes zurückerhält.

Um Seelenreißer zurückzuholen, brechen Leandra, die neugekrönte Königin von Illian, und der Priester Gerlon in die von Thalak besetzten Südreiche auf. Die Kronstadt Illian kann nur durch ein magisches Tor erreicht werden, doch um es zu verwenden, muss der Weltenstrom umgelenkt werden. Bei dieser schwierigen Aufgabe werden Leandra und Gerlon von Schwertmajor Blix und Zokora sowie einer geheimnisvollen Hexe unterstützt.

Der Meisterdieb Wiesel erfährt inzwischen von seiner früheren Ziehschwester Marla, dass der Namenlose Gott, dessen Hohepriesterin sie ist, nicht den Gott des absoluten Bösen, sondern den des freien Willens darstellt und an der Seite der Dreieinigkeit Soltar, Boron und Astarte gegen Omagor streiten will. Wiesel lässt sich von Marla auf eine unheimliche Reise in die Albträume der Menschen mitnehmen, um die Seele des Meisterschützen Varosch zu retten und den von der Dreieinigkeit beschlossenen Tod Leandras zu verhindern. Doch eine Begegnung mit dem Wolf, dem alten Gott der Südreiche, hält sie zu lange auf. So können sie zwar die Seele des Schützen retten, aber nicht verhindern, dass Zokora und Varosch in die Hände der dunklen Elfen fallen, die Zokoras Handeln als Verrat an ihrem Stamm empfinden.

Leandra und ihren Gefährten gelingt derweil die Umlenkung des Weltenstroms, jedoch geraten sie in die Gefangenschaft des Kriegsfürsten Corvulus, der auch das Attentat auf Havald zu verantworten hat und außerdem Seelenreißer bei sich trägt. Er will Leandra zu seinem Vater Kolaron Malorbian bringen, der der Nachfolger des dunklen Gottes Omagor werden will. Doch zuerst raubt er ihr in einer rituellen Folterung ihre Magie, um diese in einem Kristall zu seinem Nutzen zu binden. Derweil fordert die fünfte Lanze der zweiten Legion den zahlenmäßig weit überlegenen Gegner heraus. Dem Pirat Marcus gelingt es, Blix und einen Teil der Gefährten zu befreien, gerade rechtzeitig, damit die fünfte Lanze dem Feind unter dem Kommando des Schwertmajors entgegentreten kann.

Als die Eule Asela der Königin durch ein magisches Tor nach Illian folgt, um sie zu befreien, findet sie Leandra und den jungen Priester bewusstlos vor. Denn Wiesel und Marla gelang es, Kriegsfürst Corvulus das Bannschwert Seelenreißer zu entwenden, um es entsprechend der Prophezeiung in die Hand des Priesters Gerlon zu geben. Als die Eule Asela Königin Leandra und den jungen Priester zur Feste der Legion zurückholt, bleiben Wiesel und die Priesterin des Namenlosen in der belagerten Stadt zurück. Als der Priester Gerlon Havald sein Schwert in die Hände legt, erfüllt sich die Prophezeiung tatsächlich, doch der Streiter des Gottes scheint nach seinem Erwachen nicht mehr zu wissen, wer er ist.

In der Fremde

1 »Ich habe mal gedacht, ich wäre reich«, sagte Wiesel und schnitt den verschrumpelten Winterapfel in zwei Hälften. Die eine reichte er an Marla weiter. »Dieser Apfel hat mich zwei Silberstücke gekostet. Und auf dem Markt sah ich einen Jungen, der frische Ratten feilbot. Fünf Stück, gut durchgebraten und säuberlich enthaart, für eine halbe Krone.« Die Ratte auf Marlas Schulter fiepte und legte den Kopf schief, um sich dann zu schütteln, als hätten Wiesels Worte sie erschreckt. »Man hat mich mehr als einmal einen dürren Hecht geschimpft«, fuhr Wiesel fort und wies mit dem Stück seines Apfels verstohlen auf die anderen Gäste, die an diesem Morgen den Schankraum der Elfenmaid bevölkerten. »Aber wenn ich mich hier so umsehe, fühle ich mich fast schon fett. Und schuldig.«

»Die Stadt wird seit drei Monaten belagert«, nickte Marla und brach ein Stück von ihrem Apfel ab, um es ihrer Ratte zu geben. Die dunkelhaarige Schönheit und Priesterin des namenlosen Gottes sah sich verstohlen um, doch niemand schien ihnen beiden größere Beachtung zu schenken. »Dies ist erst der Anfang. Es wird noch schlimmer kommen.« Sie blickte ihn fragend an. »Warst du wieder auf den Wällen?«

»Ja«, bestätigte er und biss genüsslich in den Apfel. »Ich habe mir einen Stock ans Knie gebunden und mir einen Lappen um den Kopf gewickelt, dass es aussah, als ob ich schon auf einem Auge geblendet wäre, ein rechter Krüppel halt, und doch hat man mich beinahe noch eingezogen, um Bolzen zu den Wällen hinaufzutragen.«

»Aber du hast dich herausreden können?«, fragte sie und lächelte dabei.

»Natürlich«, antwortete Wiesel scheinbar gekränkt. »Wie soll es denn auch anders sein?«

»Und, wie ist die Lage?«

»Unverändert. Sie sitzen dort, wir hier.«

Vom Wall aus hatte er die Ruinen der Unterstadt sehen können, die Rauchsäulen der unzähligen Lagerfeuer und sogar, in der Ferne, Truppen des Feindes, die die breite ehemalige Prachtstraße entlangmarschierten. Und die großen Breschen in den äußeren Wällen, die von hier aus gerade noch zu erkennen waren.

»Sieht nicht so aus, als hätten die Mauern lange gehalten«, hatte Wiesel wie nebenbei festgestellt. Der alte Sergeant, der, auf eine Hellebarde gestützt, dort am linken Torturm Wache hielt, hatte ihm nur einen Blick zugeworfen und dann verächtlich über die Mauer gespuckt. So verwittert sein Gesicht war, hätte man meinen können, dass er schon immer hier gestanden hatte, aber unter den buschigen, grauen Augenbrauen war sein Ausdruck klar und aufmerksam. Von hier oben besaß man einen guten Blick, und Wiesel hatte seine Zweifel, ob dem Sergeanten auch nur eine Bewegung des Feinds entging.

»Ja«, meinte der Mann dann bitter. »Wir hatten mal einen König, der wollte, dass seine Stadt Kelar an Größe und Glanz überragt. Er ließ die Unterstadt anlegen, mit breiten, prachtvollen Alleen, großen Plätzen und Wällen, die elegant geschwungen waren. Sah hübsch aus«, gab er grimmig zu. »Doch seine hübschen Wälle fielen unter dem ersten Ansturm … und dann diese schöne, breite Straße … sie führte von hier zum neuen Osttor. Als die Wälle fielen, floh jeder, der konnte, in die alte Stadt, doch dank dieser schönen, breiten Straße konnte der Feind fast allen leicht den Weg abschneiden. Die meisten haben es nicht geschafft und wurden aufgespießt … und die Pfähle dazu hat der Feind aus den Platanen geschlagen, die diese Straße säumten.« Wieder spuckte er aus. »Hab gehört, es hätte nicht viel gefehlt und er hätte alle Zinnen sogar noch vergolden lassen, aber bevor er den Staatssäckel vollends ruinierte, hat ihn wohl der Schlag getroffen.«

Wiesel hatte nur genickt und nichts weiter dazu gesagt. Die Straße war breit genug für vier Ochsenkarren gewesen und auch für die verkohlten Reste eines Tribocks, der dort mitten zwischen den Ruinen stand. Weiter hinten standen zwei weitere; diese waren nicht abgefackelt, aber offenbar auch nicht fertig gebaut.

»Was ist mit den Belagerungsmaschinen dort hinten?«

Der Sergeant lachte bitter. »Sie dachten wohl, diese Mauern würden genauso leicht fallen. Aber da haben sie sich getäuscht. Askannon selbst hat diese Mauern hier errichtet … und sie werden auch nicht fallen!«

Wiesel stellte fest, dass sich sein Haar gelöst hatte, zog den Lederriemen ab und band sich achtlos einen neuen Pferdeschwanz. »Es ist bedrückend: Man sieht die Ruinen der Unterstadt, dann überall die Feuer des Feindes, die Flaggen und Zelte … und die Pfähle.« Er schüttelte sich. »Heute waren es nur vier, die sie aufgespießt haben, es scheint, als gingen ihnen langsam die Opfer aus.«

Nur vier. Es gab auf der anderen Seite des Wehrgrabens hundert dieser Pfähle, und jeder einzelne war besetzt. Mittlerweile wussten sie beide, dass die feindlichen Truppen am Anfang der Belagerung jeden Tag einhundert Frauen und Kinder dort aufgespießt hatten … Wiesel war dankbar dafür, dass es an diesem Morgen nur vier gewesen waren, dennoch würde er ihre Schreie so schnell nicht vergessen können. »Sie werfen ihre Toten in den Fluss«, fuhr er gedämpft fort. »Jetzt, wo es langsam wärmer wird, ist der Gestank fast unerträglich. Jeder, der auf den Wällen steht, trägt zumindest ein Gebetsband und atmet durch Tücher, die in geweihtem Wasser getränkt sind … und ein jeder hat Angst davor, dass die Pest ausbrechen wird. Ich hörte von einem alten Sergeanten, dass der Feind am Anfang sogar versucht hat, Tote über die Wälle zu werfen, aber sie kommen mit ihren Kriegsmaschinen nicht nahe genug heran, die Wälle sind zu hoch.«

»Ja«, nickte Marla, während ihre dunklen Augen einem korpulenten, gut gekleideten Mann folgten, der zusammen mit zwei jungen Frauen gerade die Schenke betreten hatte. Wichtig wandte er sich an den Wirt und verlangte mit lauter Stimme ein Zimmer mit einem großen Bett, während sich die beiden Frauen verschämt duckten und gar nicht wussten, wohin sie sehen sollten. »Die Wälle erinnern mich an die von Askir ... so hoch wie vier Häuser und fast doppelt so breit. Ich wusste gar nicht, dass es außer in Aldar noch andere solcher Wallanlagen gab. Und warum sie so breit sind.«

»Jetzt wissen wir es. Der Feind hat Belagerungsmaschinen gebaut, Triböcke, die wie Türme in den Himmel ragen, aber sie haben es aufgegeben. Sie stehen immer noch herum, doch niemand kümmert sich um sie. Ich hörte, ihre Geschosse wären einfach abgeprallt. Man hat wohl auch versucht, sie näher aufzustellen, ich habe drei gesehen, die mit Brandpfeilen abgefackelt wurden, noch bevor sie fertig waren.« Wiesel nahm einen Schluck von dem dünnen Bier, das ihn ebenfalls ein Vermögen gekostet hatte, und seufzte. »Die Mauern werden halten. Das ist nicht das Problem.« Er folgte ihrem Blick zu dem korpulenten Mann, der die beiden Mädchen vor sich die Treppe zu den Zimmern hochschob, dann sah er auf ihre Hand hinab, die dunkle Muster über den Tisch zog, und hielt sie fest. Und fluchte leise, als die Spur aus Dunkelheit und Rauch, die sie eben noch in die Luft gezeichnet hatte, mit beißender Kälte nach ihm griff. »Lass das«, zischte er. »Oder willst du, dass sie dich hängen? Was hast du vorgehabt? Wolltest du ihm die Pest an den Hals wünschen? Damit löschst du die halbe Stadt aus.«

»Nichts dergleichen«, widersprach Marla beleidigt und zog ihre Hand aus seinem Griff, um sich ihr Handgelenk zu reiben. »Nur, dass er ihm nicht steht.«

»Und dann?«, fragte Wiesel ungehalten. »Er wird es doch an ihnen auslassen!« Er schüttelte den Kopf. »Du weißt doch, wie es ist.«

»Ja«, zischte sie. »Ich weiß, wie es ist, wenn sie einen begrabschen, auf einem herumreiten, einem mit ihrem stinkenden Atem ins Gesicht stöhnen und dann noch glauben, man hätte einen Spaß daran gehabt!«

»Dann solltest du eher hoffen, dass er schneller fertig ist«, flüsterte Wiesel und sah sich verstohlen um. Scheinbar hatte niemand etwas gesehen, und er atmete erleichtert auf. »Du kannst doch nicht einfach jeden verfluchen, der etwas tut, das dir nicht gefällt!«

»Und warum nicht?«, fragte sie verärgert. »Wäre dieses Schwein rechtschaffen und würde vor den Augen der Dreieinigkeit Gefallen finden, könnte ich ihm nichts anhaben. Es wirkt doch nur, wenn er sich schon meinem Gott verschrieben hat!«

»Ist das so?« Er verspürte eine gewisse Erleichterung, als sie nickte.

»Natürlich«, empörte sie sich. »Es ergäbe wenig Sinn, wäre es anders! Ich sagte dir doch schon, die Götter haben nur Macht über die, die an sie glauben.«

»Nun …« Wiesel entspannte sich ein wenig. »Ich hörte noch nie davon, dass ein Priester des Boron jemanden verfluchte.«

»Sie können und sie tun es«, widersprach sie, darauf achtend, dass ihre Stimme nicht zu weit trug. »Sie nennen es die Strafe Borons, und doch ist es nichts anderes. Hast du schon einmal versucht, jemanden in der Nähe eines Tempels des Boron zu bestehlen?«

»Einmal. Nicht absichtlich«, gestand er und sah verlegen zur Seite. »Es ist einfach so geschehen, obwohl ich gar nicht wollte.«

»Und?«

»Sie hätten mich beinahe erwischt … ich hab's gerade noch rechtzeitig bemerkt, um dem fetten Kerl seinen Beutel wieder zuzustecken. Im nächsten Moment hat mich die Wache dann auch schon ergriffen.« Er schüttelte ungläubig den

Kopf. »Sie waren mächtig sauer, dachten, ich hätte mir einen Scherz mit ihnen erlaubt ... von ein paar blauen Flecken abgesehen, ging es gerade so glimpflich für mich aus.«

»Siehst du«, sagte sie zufrieden. »Es ist das Gleiche.«

»Ach ja?«, meinte er skeptisch. »Es gibt doch wohl einen Unterschied zwischen Boron und dem Namenlosen!«

»Und welcher wäre das?«

»Abgesehen davon, dass man Boron keine Blutopfer bringt?«, bemerkte er spitz und nahm noch einen Schluck von dem Bier. Wenn man die dünne Brühe noch als Bier bezeichnen konnte.

»Es bleibt das gleiche Prinzip«, beharrte sie. »Ob Blut, Obst oder Gold oder auch Gebete. Egal, was du ihnen opferst, es gibt ihnen Macht über dich.« Sie legte den Kopf zur Seite und sah mit dunklen Augen nach oben. Selbst über die Geräusche und Gespräche aus dem Schankraum hinweg konnte auch Wiesel den spitzen Schrei hören. Sie ballte ihre Hände. »Es hätte nicht den Falschen getroffen«, sagte sie rau. »Glaube mir das, ich erkenne, wenn jemand ihm mehr dient als der Dreieinigkeit. Ihm zu wünschen, dass sein Hahn ihm nicht mehr kräht, ist weniger, als er verdient.«

»Das mag sein«, gab Wiesel zu und versuchte die Schreie zu überhören; er war nicht allein damit, niemand sonst hier im Gastraum schien sich darum zu kümmern. »Aber das ist nicht der Grund, warum wir hier sind.« Er griff nach ihren geballten Händen und hielt sie, bis sie sich entspannte. »Dein Gott wird sich um ihn kümmern«, sagte er dann leise. »In der einen oder anderen Form. Doch da wir schon darüber sprechen ... hast du mittlerweile herausgefunden, warum er uns hier haben wollte?«

Sie schüttelte langsam den Kopf. »Ich habe gestern Nacht lange gebetet. Aber er hat mir keine Vision geschickt. Noch nicht«, beeilte sie sich zu sagen. »Ich bin sicher, dass er uns den Grund noch offenbaren wird.«

»Na dann«, sagte Wiesel und dachte mit Schaudern daran

zurück, wie Marla neben dem Bett gekniet hatte und sich mehr und mehr in dunkle Schatten gehüllt hatte, bis sie scheinbar gänzlich in undurchdringlicher Dunkelheit aufgegangen war. Wenigstens hatte sie niemanden geopfert, dachte er und musterte sie verstohlen. Seitdem er sie zum ersten Mal gesehen hatte, damals in Istvans Gasthof, als sie kaum mehr als Kinder gewesen waren, hatte sie es verstanden, ihn tiefer zu berühren als jede andere, von Desina einmal abgesehen. Dass er ihr zutraute, auch ein Leben ihrem dunklen Gott zu opfern, und er dennoch hier mit ihr an einem Tisch saß, sprach Bände. Nur was in diesen stand, wusste er selbst noch nicht genau. Der namenlose Gott stand für alles, was schlecht an einem Menschen war, für Neid, Niedertracht und dunkle Gelüste ... und vor allem war er es gewesen, der den Fluch der Nekromantie über die Menschen gebracht hatte. Für alle Gläubigen der Dreieinigkeit galt, dass sie ein gottgefälliges Werk verrichteten, wenn sie einen der dunklen Priester erschlugen. Sie müsste auf einem Scheiterhaufen brennen, dachte Wiesel ... und doch sitze ich hier und unterhalte mich mit ihr, als wäre nichts dabei.

»Immerhin wissen wir jetzt, wo wir uns befinden. Das ist doch schon etwas.«

»Ja«, sagte er ungehalten. »In der Kronstadt von Illian. In einer Stadt, das möchte ich erwähnen, die von den Truppen des Nekromantenkaisers belagert wird.« Wiesel hob seinen Becher an, sah, dass er leer war, und seufzte. So wie die Brühe schmeckte, hatte er wenig Lust, sich einen neuen Becher zu bestellen. Er sah sich in dem Gastraum um. Gut besucht war er nicht, außer ihnen gab es vielleicht ein gutes Dutzend Gäste. Man sprach in leisen Worten, und im Allgemeinen schien ein jeder niedergeschlagen und gedrückt zu sein. Das war das Problem, nicht die Mauern. Die würden länger halten.

Seit gestern hatte er sich vorsichtig umgehört, was ihm schwerer gefallen war als üblich. Die Leute hier sprachen Imperial, die kaiserliche Handelssprache, doch in den letzten siebenhundert Jahren hatte sie sich genug verändert, dass er Mühe hatte, sie zu verstehen, oder, schlimmer noch, nicht aufzufallen. Dass ein Appel ein Apfel war, konnte er sich denken, aber was, bei Borons Sandalen, war ein Decker oder auch ein Karrenstück?

»Immerhin wissen wir, dass Desina die Absicht hat, ein Tor hierher zu öffnen«, fügte Wiesel hinzu. »Wenn es ihr gelingt, kann die Stadt von Askir aus versorgt werden.« Er sah auf seinen Becher hinab und schob ihn verächtlich zur Seite. »Vielleicht gibt es dann auch wieder anständiges Bier.« Er sah sich um und schüttelte den Kopf. »Was ich nicht verstehe, ist, dass es schon so weit ist. Drei Monate … für eine Belagerung ist das noch nicht so lang. Und dennoch wird schon alles knapp. Ich hörte von einer Stadt, die zwanzig Jahre lang belagert wurde … so lange hält man hier nicht durch. Ich verstehe nur nicht, warum die Speicher schon derart leer sind.«

»Das kann ich dir sagen«, meinte Marla und winkte den Wirt heran, um sich einen neuen Tee zu bestellen. Vielleicht sollte er es damit versuchen, dachte Wiesel und schüttelte zugleich den Kopf. Besser nicht, das Zeug ist so bitter, dass es mir die Zunge rollt. »Ich hörte, wie vorhin jemand darüber sprach. Sie sind es nicht. Nur gibt man das Korn nur spärlich aus, man spart schon jetzt, damit es länger hält. Der Speicher, in dem wir angekommen sind, gehörte zu denen, die man als Erstes leerte, weil im Winter das Dach undicht geworden ist und man vermeiden wollte, dass es schlecht wird.«

»Es mag sein, dass es noch Korn gibt«, gab Wiesel widerwillig zu. »Und dennoch gibt es schon genug, die hungern.« Er wies mit seinem Blick zur Treppe hin. »Die beiden Mädchen gehören dazu.«

»Ja«, sagte sie leise. »Aber das hat mit vollen Speichern nichts zu tun. Solange ich lebe, waren die Speicher in Askir immer wohlgefüllt … und doch habe ich oft genug gehungert.«

Götter, dachte Wiesel, daran konnte er sich auch nur zu gut

erinnern. Deshalb hatten Desina und er sich auch aufs Stehlen verlegt, schneller konnte man sich den Bauch nicht füllen. Wenn man nicht erwischt wurde. Wenn man drei Tage mit einem Ohr an einen Pfosten genagelt wurde, half es einem auch nicht, satt zu werden.

»Was ich nicht verstehe, ist«, fuhr sie fort, »warum der Feind die Stadt schon im Winter belagern musste.«

»Richtig«, bestätigte Wiesel. »Sie sind gestorben wie die Fliegen, etwas, das man immer wieder hört, wenn man mit den Männern auf den Wällen spricht. Es gibt ihnen eine Art grimmiger Genugtuung.«

»Aber der Angriff war erfolgreich. Der Feind hat mit der Unterstadt vier von fünf Teilen der Stadt gleich am ersten Tag genommen.« Sie tat eine Handbewegung, die nicht nur die Schenke, sondern die ganze Kronstadt einschloss. »Nur wenige konnten sich noch in die Kronstadt retten … und wie es dem Rest ergangen ist, wissen wir ja auch.« Sie dankte dem Mädchen, das ihr den Tee brachte. »Wir kennen so etwas nicht mehr«, ergänzte sie leise. »Wenn ich von den Kämpfen in der Ostmark hörte, ging es nie um Belagerungen.«

»Nur sind es hier keine Barbaren«, erinnerte er sie. »Wie ich hörte, hat der Feind im Winter gut die Hälfte seiner Leute verloren. Aber jetzt werden es weniger, die sterben, und ich hörte davon, dass man ab und zu schwere Wagen sieht, die den Feind versorgen. Und an Soldaten mangelt es ihnen wahrlich nicht.« Er sah sie an. »Und nun? Warum hat dein Gott uns hergebracht? Was sollen ein Dieb und seine Priesterin hier für ihn tun?«

Marla trank ihren Tee in einem Zug aus. »Nicht gut, aber heiß«, murmelte sie wie zu sich selbst und zog ihren Beutel unter ihrem Umhang heraus, um ein paar Münzen auf den Tisch fallen zu lassen. »Vielleicht will er, dass wir es selbst herausfinden«, meinte sie. »Ich schlage vor, dass wir genau das tun. Es sollte nicht so schwer sein, herauszufinden, was hier im Argen liegt.«

»Das ist leicht zu finden«, stimmte Wiesel ihr zu und hängte sich sein Rapier an den Gürtel ein, um sich dann seinen neuen Mantel umzuwerfen. »Es fehlt jemand, der den Menschen Mut und Zuversicht zuspricht. Bevor Königin Eleonora sich geopfert hat, ist es wohl anders gewesen. Doch seitdem sie nicht mehr ist …« Er zuckte mit den Schultern. »Ich glaube, dass die Menschen hier einfach nur der Mut verlassen hat.«

»Es hilft auch nicht, dass sie wissen, dass der Rest der drei Reiche schon lange gefallen ist. Sie sind die Einzigen, die noch ausharren, und sie können von niemandem Hilfe erwarten.« Marla zog ihren Umhang enger zusammen, als Wiesel ihr die Tür aufhielt.

In den Südreichen war es im Allgemeinen wärmer als in Askir, doch an diesem Tag trug ein kalter Wind den Geruch von Schnee von dem nahen Gebirge heran. Die Stadt verdankte ihre Größe und ihren Einfluss weniger fruchtbaren Feldern als den Kupfer- und Eisenminen, die es hier reichlich gab. Und der Illa, dem Fluss, der ab hier schiffbar war und so Erze und anderes Handelsgut bis zur Lasse trug, die dann weiter südwestlich ins Meer floss. Nur dass der Flusshafen mit dem großen Marktplatz schon lange in die Hände des Feindes gefallen war. »Warum nur hat man jede zweite große Stadt nach dem Fluss benannt, an dem sie liegt?«

Sie warf ihm einen seltsamen Blick zu. »Warum denn nicht? So weiß man wenigstens, wo sie liegt und wie man sie findet.«

Auch wahr, dachte Wiesel.

Wie Askir auch, war die Stadt von Ringwällen und Wehrmauern durchzogen, nur wirkte hier alles enger und gedrängter. Bedrückend, fand Wiesel und folgte Marla durch die enge Gasse.

»Wohin?«, fragte er sie.

»Zum Markt. Händler sind geschwätzig. Und es gibt Tempel dort und die meisten Tavernen. Heute soll Markttag sein«, erinnerte sie ihn. »Wenn wir etwas herausfinden können, dann dort.« Sie drehte sich um und wies mit ihrer behandschuhten Hand die Straße hinauf, die in einiger Entfernung vor einem Wehrtor endete. Ein vergoldetes Wappen mit einem Greifen darauf prangte über dem Tor.

»Oder in der Kronburg«, meinte sie. »Ich habe noch von keinem Adelshaus gehört, das keine Ränke schmiedet. Aber bevor wir es dort versuchen, hören wir uns lieber an, was man sich am Markt erzählt.«

Marla hatte recht, stellte Wiesel fest. Auch auf dem Markt herrschte gedrückte Stimmung, und auch die Händler taten, als täte es ihnen in der Seele weh, das wenige, das sie noch hatten, gegen horrende Summen zu verkaufen, tatsächlich aber strichen sie die Münzen so schnell ein, dass manche Händler nicht nur zwei, sondern gleich drei schwere, eisenverstärkte Geldkisten unter ihren Theken versteckten.

Aber solange es noch alles gab, jede leere Lade alsbald gegen eine volle ausgetauscht wurde, war die Lage nicht so schlimm.

Für die, die es sich leisten konnten.

»Die Preise sind zu hoch«, stellte Marla fest, während sie zusah, wie eine ältere Frau zwei Kartoffeln zurücklegte, nachdem der Händler ihr den Preis abgewogen hatte. Sie protestierte nicht, sie reichte ihm nur stumm ihre Kupferstücke und ging mit drei Kartoffeln davon. Sie hielt die Knollen mit beiden Händen an ihren Busen gedrückt, als handele es sich bei dem Erdgewächs um ihren größten Schatz. »Sie schröpfen jeden, wie sie nur können. Die Armen trifft es zuerst und am härtesten.«

»Ist es denn nicht immer so?«, fragte Wiesel leise und griff sie am Arm, um sie aus dem Weg eines Ochsenkarrens zu ziehen. Der Ochse stand nicht gerade gut im Fleisch, doch im Vergleich zu einigen der Marktbesucher war er noch gar prächtig genährt. »Dennoch, ich verstehe es nicht.« Fast wie nebenbei streckte er die Hand aus und griff einen ausgemergelten Jungen an seinem dürren Hals, der sich gerade unter einem der Stände hindurchducken wollte.

»Lass mich los, du Eitergesicht!«, fluchte der in Lumpen gekleidete Junge und versuchte, sich aus Wiesels Händen zu winden.

»Aber gerne, da du so freundlich fragst«, lachte Wiesel. »Schau, ich helf dir noch, dass du schneller wegkommst!« Damit gab er dem Jungen einen Tritt, der ihn nach vorne warf, was den Burschen nicht daran hinderte, sich wie eine Katze abzurollen, um dann loszurennen ... um einige Schritte später stehen zu bleiben, seine Lumpen abzutasten und dann ungläubig Wiesel anzustarren.

»Bei Borons krausen Haaren«, fluchte der Junge erbost. »Du Hundsfott hast mir meinen Raub gestohlen!«

»Ja«, nickte Wiesel und gab sich wenig Mühe, seine Erheiterung zu verbergen. »Schließlich ist es ja mein Beutel. Aber...warum rufst du es nicht noch lauter? Die Wache dort hat dich bestimmt noch nicht gehört.«

»Die schale Jungfer an dein Gemächt!«, schimpfte der Kerl und hob drohend die dürre Faust. »Das sollst du bereuen!«

Woraufhin Wiesel seinen Mantel aufschlug und dem Kerl den Griff seines Rapiers zeigte ... was den jungen Dieb dazu veranlasste, mit einem weiteren Fluch zwischen den Buden zu verschwinden.

Wiesel hörte Marla kichern und hob fragend eine Augenbraue, als er zu ihr hinübersah. Sie hielt eine Hand vor ihr Gesicht, das von ihrer Kapuze verborgen war, und hatte Tränen in den Augen.

»Borons krauses Haar«, prustete sie und schüttelte den Kopf. »Bei den Göttern, ich habe fast erwartet, dass ihn ein Blitz erschlägt.« Sie wischte sich die Augen. »So jung und schon so begabt im Fluchen!«

Er schüttelte den Kopf und lachte auch. »Du hättest mal Desina hören sollen«, schmunzelte er. »Sie konnte es weitaus besser als dieser Kerl und in drei verschiedenen Sprachen, obgleich sie jünger war als er.«

»Ich weiß«, sagte Marla schwer atmend und hielt sich eine Hand an ihre Brust, um sich wieder zu beruhigen. »Rate mal, von wem sie lernte.« Sie sah zu ihm hin und holte tief Luft, um sich zugleich erneut zu verschlucken. »Warum hast du ihm den Beutel nicht gelassen?«, fragte sie, als sie wieder zu Atem gekommen war. »Es war doch dein Köderbeutel, oder nicht? Du hast bestimmt nicht mehr als ein paar Kupfer darin.«

»Schon, aber er war ungeschickt«, erklärte Wiesel und klang fast schon beleidigt. Er schaute dorthin, wo der Junge verschwunden war. »Das muss man nicht noch unterstützen!«

»Du bist doch selbst ein Dieb gewesen, hast du nicht Mitleid mit ihm?«, fragte sie unschuldig, doch in ihren dunklen Augen stand der Schalk.

»Ebendeshalb«, knurrte Wiesel. »Dafür, dass er so verhungert scheint, ist er schnell genug zu Fuß. Die Lumpen, der Dreck, sogar das Fluchen dient nur dem Zweck, Mitleid zu erregen. Ich weiß es, denn so haben wir es auch getan … nur haben wir mehr geübt, bevor wir unsere Finger riskierten.« Er sah sich um. »Ich frage mich nur, wo sich der zweite Dieb verborgen hält.«

»Vielleicht war er allein«, meinte Marla.

Wiesel schüttelte den Kopf. »Dann ist er dumm. Alleine wird man zu schnell geschnappt.«

»Ich war auch allein, Wiesel«, erinnerte sie ihn. »Nicht jede hat das Glück, jemanden zu finden, dem sie vertrauen kann. Darum habe ich euch beide immer beneidet«, fuhr sie gedämpft fort. »Ihr habt alles geteilt, und es gab niemals den geringsten Zweifel, dass ihr füreinander einstehen würdet. Jeder Partner, mit dem ich es jemals versuchte, wollte früher oder später mehr von mir … oder versuchte, einen Dolch in meinen Rippen zu versenken.«

Wiesel sah sie betroffen an. »Es tut mir leid …«, begann er, doch sie wehrte ab.

»Dafür kannst du nichts. Das war, bevor Istvan mich erwischte … wie dich dann später auch. Außerdem, als ich von Istvan fortging, folgte ich bereits einem anderen Weg.«

Wiesel wollte noch etwas sagen, doch sie zupfte ihn an einem Ärmel und wies zur Seite hin. Nur ein Teil des Marktplatzes war von den Buden ausgefüllt, der größere Teil diente Schaustellern dazu, dem, der noch solche besaß, die Kupferstücke aus den Taschen zu ziehen. Allerlei Kunststücke wurden dort aufgeführt, auch wenn das Lächeln der Schausteller Wiesel etwas zu gepresst erschien. Allzu reich belohnt würden sie hier kaum werden.

Doch Marla wies auf eine Menschenmenge, die sich im hinteren Teil des Markts vor einem großen Tempel versammelt hatte. Über die Köpfe der Menge ragte ein einsamer, in Pech getränkter Pfahl in die Höhe, nach Osten hin hatte man zudem noch eine Plattform errichtet, auf der sich bereits einige gut gekleidete Sers und Seras eingefunden hatten. Selbst Stühle und Tische hatte man ihnen hingestellt, damit sie es auch ja bequem genug hatten.

»Oh, fein«, meinte Wiesel bitter, als er den Scheiterhaufen sah. »Wir kommen gerade recht zur Unterhaltung.« Er kniff die Augen zusammen, um die Inschrift auf dem Tempelfirst besser lesen zu können. »Das ist ein Tempel Borons«, stellte er erstaunt fest. »Seit wann errichtet man Scheiterhaufen vor seinem Tempel?«

»Frag lieber, seit wann seine Priester solche Scheiterhaufen anzünden«, antwortete Marla leise und wies mit ihrer behandschuhten Hand auf eine schlanke, nachgerade dürre Gestalt in der Robe eines Borondieners, die auf einer Plattform nahe des Scheiterhaufens stand und sich mit einer reich gekleideten Sera unterhielt. Ihr zur Seite standen zwei Tempelwachen mit Armbrüsten, die mit mürrischen Gesichtern die Menschenmenge im Auge hielten.

Wiesel griff sich einen der Passanten, der auch auf dem Weg zur Hinrichtung war.

»Sagt, guter Mann, was geschieht hier?«, fragte Wiesel, sehr darauf bedacht, den hiesigen Sprachklang nachzuahmen. Die Stadt wurde belagert, und wenn man als zu fremd erschien, konnte das jemanden auf Gedanken bringen. Der Mann erschien Wiesel nicht wie jemand, der einer ehrlichen Arbeit nachging, dennoch trug er einen Korb mit Tomaten bei sich. Faulen Tomaten, stellte Wiesel fest. Wenn er die noch jemandem andrehen konnte, dann war er wahrlich ein Meister.

»Sie haben eine Nekromantin ertappt … wo seid ihr denn gewesen, dass ihr das nicht gehört habt?«, fragte der Mann und musterte sie beide misstrauisch.

»Ich habe mir den Fuß gebrochen, und mein Bruder hat mich gepflegt«, erklärte Marla mit einem verlegenen Lächeln und spielte mit einem Finger an ihrem Haar. »Er hat sich um mich gekümmert und kaum das Haus verlassen.«

»Und woher weiß man, dass sie eine Nekromantin ist?«, hakte Wiesel nach.

»Man hat sie beobachtet, wie sie mit einem Dämon gelegen hat, und außerdem ist sie geständig.« Der Mann riss seinen Ärmel aus Wiesels Hand. »Und jetzt haltet mich nicht länger auf, ich will es nicht verpassen, sie brennen zu sehen.« Mit einem letzten misstrauischen Blick eilte der Mann davon.

»Was für ein mürrischer Kerl«, beschwerte sich Wiesel, während sein Blick dem davoneilenden Mann folgte, um sich dann wieder auf den Scheiterhaufen und den Priester zu richten.

»Ein Lichtbrand«, stellte er mit belegter Stimme fest. »Ein geweihtes Feuer Borons, das die Unschuldigen unberührt lässt.« Er sah Marla fragend an. »Glaubst du, dass das möglich ist?«

»Wenn die Götter wollen, ist alles möglich«, meinte sie, doch die feine Falte auf ihrer Stirn verriet Wiesel, dass sie auch nicht glücklich über den Anblick war.

»Ich habe da meine Zweifel«, widersprach Wiesel. »In Aldane gibt es einen Kult, der das auch behauptet hat. Nur hat es meines Wissens niemals Unschuldige gegeben. Tatsächlich war es nur ein Vorwand für Nekromanten gewesen, sich der Talente der Getöteten zu bedienen.«

»Ich hörte davon«, nickte Marla. »Aber auch, dass es in Wahrheit keine gottgeweihten Feuer waren. Doch der Mann dort trägt die Roben Borons, das ist etwas anderes.«

Langsam kamen sie näher. Wiesel hatte es nicht besonders eilig. Er hielt nicht viel von öffentlichen Hinrichtungen. In seinem Beruf hatte stets die Gefahr bestanden, dass er auf einer Richtplattform enden würde, um selbst einer johlenden Meute die Hauptattraktion zu geben. Doch selbst wenn ein Dieb seine Hand auf einem Richtblock verlor, konnte man sicher sein, dass sich derweil andere in der dicht gedrängten Masse an den Geldbeuteln der Gaffer bedienten.

Gericht und Strafe, das sah auch Wiesel ein, waren notwendig, um allem einen Rahmen zu geben, aber ein Scheiterhaufen? Einmal, in seiner Kindheit, war Wiesel nur knapp dem Feuer entronnen, und Desinas Mutter war mit einem gelegten Brand ermordet worden. Er hatte gesehen, was die gierigen Flammen anrichten konnten … und das wünschte er nicht seinem ärgsten Feind.

»Sie sterben nicht am Feuer«, sagte Marla leise, als hätte sie seine Gedanken erraten. »Es ist der Rauch, der sie vorher schon umbringt. Wenn kein Wind weht, der den Rauch vertreibt.« Er folgte ihrem Blick hin zu einem großen Haus, das am Rand des Marktplatzes stand. Die Kornbörse wahrscheinlich, dachte Wiesel, als er das Schild mit den Säcken darauf sah. Dort am Dachfirst befand sich ein Fahnenmast, auf dem eine Fahne sich nur träge bewegte.

»Also kann man ihr wünschen, dass der Wind nicht auffrischt«, stellte Wiesel betreten fest.

Vor ihrem kleinen Ausritt in die Albträume anderer Menschen hatten sich sowohl Wiesel als auch Marla herausgeputzt, vor allem Marla war eine Freude für die Augen. Obwohl ihr Kleid und Mantel es an Verzierungen und

Stickereien missen ließen, musste man, Wiesels Erfahrung nach, für solchen Stoff und solche feinen Nähte stets das Gold durch die Nase bluten. Allein ihr Schleier, so fein gewebt, dass das Gespinst einer Spinne grob dagegen wirkte, musste ein Vermögen gekostet haben.

Wiesel selbst, mit seinem neuen Mantel, Wams, den neuen Hosen und dem Hut, der sogar seinen Kampf gegen den Kriegsfürsten schadlos überstanden hatte, wirkte wohlhabend und elegant, sogar die kecke Feder an seinem Hut wippte noch bei jedem seiner Schritte, auch wenn sie jetzt kürzer war als am Anfang seiner Reise; bei dem Kampf gegen den Nekromanten war Wiesel selbst auf seinen Hut getreten und hatte sie nahe dem Schaft geknickt.

Abgesehen von einem Riss und einem Schnitt an seinem linken Ärmel und Marlas verstauchtem Fuß hatten sie das Abenteuer bisher ohne größeren Schaden überstanden. Vielleicht war das der Grund, warum eine Stadtwache, die sie kommen sah, sie zur Seite winkte. Alleine die Geste reichte schon, um Wiesel das Herz im Halse schlagen zu lassen, nur mit Mühe gelang ihm ein unverbindliches Lächeln, als Marla und er dem Wink mit der gepanzerten Hand folgten. Während er noch überlegte, wo er auffällig gewesen sein konnte oder was man ihm hier in dieser fremden Stadt bereits schon jetzt vorwerfen konnte, war es Marla, die als Erste verstand und leise lachte.

»Du kannst dich wieder beruhigen«, teilte sie ihm mit einem feinen Lächeln mit und nickte einer weiteren Wache zu, die für die beiden ein schweres Seil anhob. Dahinter fand sich ein mit einem weiteren Seil abgesperrter Bereich, ein langer Gang, der durch die Menschenmenge führte und an einer Treppe mündete. Eine Treppe, die zu der Plattform führte, auf der auch der Priester und die Sera standen … und im Hintergrund Platz für den Adel und die bessere Gesellschaft Illians bot, die sich ein solches Schauspiel nicht entgehen lassen wollte. »Er hält uns für von Adel. Oder zumindest für wichtig.« Sie grinste breit. »Die besten Diebe sind stets gut gekleidet, denk nur an die Zinsverleiher!«

»Dann werden wir ihm besser nicht widersprechen«, meinte Wiesel und bot ihr seinen Arm, als sie gemeinsam die hölzernen Stufen erklommen. Er sah, wie sie ihr Gesicht verzog, als sie den gestauchten Fuß aufsetzte. »Wir sollten uns um deinen Knöchel kümmern«, meinte er.

»Ja. Aber später. Jetzt ist nicht die Zeit dafür.«

Eine junge Frau im Gewand eines Pagen, dessen eng anliegende Stoffhosen ihre Beine fast schon unschicklich betonten, führte sie zu einem Platz, wo sich neben einem niedrigen Tisch noch freie Sitzplätze befanden.

»Mein Name ist Serene, Ser, Sera«, teilte sie Marla und Wiesel mit. »Wenn ihr Wünsche habt, dann ruft mich herbei. Meister Ludwig trägt mir auf, euch zu berichten, dass es ihm eine Ehre ist, euch heute als seine Gäste zu bewirten. Er lässt heute den Sperberacher empfehlen, einen kräftigen roten Wein von erlesener Entwicklung, dazu bietet er auch einen Braten an, in schwerer Soße und mit Pilzen.« Sie beugte sich etwas vor. »Wenn Ihr die Münze dazu habt, dann ist er auch bereit, seinen privaten Vorrat an Kafje mit euch zu teilen.«

»Danke«, antwortete Marla freundlich. »Mein Bruder und ich wissen das Angebot zu schätzen.« Sie legte ihre Stirn in Falten. »Wenn Ihr nun noch erwähnen wollt, wer Meister Ludwig ist?«

»Er führt den ›Goldenen Kessel‹ gleich hier am Markt, wenn es Euch beliebt, Sera. Wenn Ihr ihn nicht kennt, wird er glücklich sein, euch in Zukunft als seine Gäste dort willkommen zu heißen.«

»Danke, Serene«, meinte Marla hoheitsvoll. »Eine Karaffe von dem gepriesenen Wein und zwei Kelche für mich und meinen Bruder.« Eine Silbermünze erschien zwischen Marlas Fingerspitzen. »Habt Dank für Eure Freundlichkeit.«

»So, einen Braten bietet der Meister Ludwig uns hier an.

Wie passend«, meinte Wiesel bitter, als die junge Sera außer Hörweite war. Sein Blick fiel auf den Scheiterhaufen und den Pfahl, der dort in die Höhe ragte. Schwere Ketten waren mit Bolzen an dem dicken Balken aus Eichenholz festgemacht. Dann sah er zurück zu der Pagin, die nun zu einer älteren Sera eilte, die in Spitze und Seide angetan mit einer herrischen Handbewegung Aufmerksamkeit verlangte. »So macht man also ein Geschäft«, stellte er dann voller Abscheu fest. Er wies mit seinem Blick zum Pfahl. »Schau, wie die Halsschelle angebracht ist. Nicht nur, dass man sie verbrennt, so wie man sie anketten wird, ist sie gezwungen, uns beim vornehmen Speisen zuzusehen … wie muss das sein, zu wissen, dass man sterben wird und dies Schauspiel den hohen Sers als Unterhaltung zwischen Vorspeise und Hauptgang dient … einem Braten!«

»Sprich leiser«, mahnte ihn Marla verstohlen, während sie ein Lächeln auf ihre Lippen zauberte, um mit einer eleganten Neigung ihres Haupts einer Matrone zuzunicken, die nicht weit von ihnen saß und sie mit gerunzelter Stirn betrachtete. »Und, vor allem, mach ein freundliches Gesicht und tue so, als sei all dies selbstverständlich!«

»Verstehst du dich denn darauf, dich in die feinere Gesellschaft einzuschmeicheln?«, fragte Wiesel missmutig, doch als eine andere Pagin ihnen auf einem silbernen Tablett die Karaffe und den Wein servierte, folgte er Marlas Rat und lächelte. Freundlich.

»Ja«, antwortete Marla, ohne die Lippen zu bewegen, die noch immer einen huldvollen Ausdruck aufrechterhielten. »Sei nicht zu freundlich zu den Mädchen, sie … oh, vergiss es«, fügte sie hinzu, als sie sah, wie einer der anderen Gäste Serene an den Hintern griff … woraufhin diese sich nur lächelnd mit einer eleganten Drehung aus den Fingern löste, ein Kunststück, in dem sie sichtlich einiges an Übung besaß. »Offenbar verkauft dieser Meister Ludwig mehr als nur Wein und Braten. Und sieh mal, wer da kommt«, fügte sie verärgert hinzu. »Unser Freund aus der Taverne … frisch in seiner Manneskraft bestätigt und wohlgemut bei der Aussicht auf das Schauspiel, das nun folgen soll.« Sie sah vorwurfsvoll zu Wiesel hin. »Ich wollte, du hättest mich vorhin nicht gehindert, ich hätte ihm zu gern den Tag verdorben.«

Wiesel antwortete nichts darauf, sonst hätte er zugeben müssen, mit ihr nun doch einer Meinung zu sein.

Langsam füllte sich die Plattform mit den Schönen, Reichen und Mächtigen der Stadt. Eine Gelegenheit, den Pfau zu geben, dachte Wiesel bitter, während er versuchte einzuordnen, wer diese Leute waren.

Adelige, zum größten Teil, gut erkennbar an den Schwertern, die sie an ihrer Seite trugen, und den kostbaren Stickereien. Sie lachten und scherzten am lautesten, schienen vollends unbekümmert und unberührt. Hier, von der Plattform aus, hatte Wiesel zwischen zwei Dächern hindurch einen Blick auf die Stadtmauer, auf der sich ferne Gestalten bewegten. Dass die Stadt belagert wurde, kümmerte diese hohen Sers und Seras wohl wenig. Andere waren ganz offensichtlich erfolgreiche Handelsherren und Kaufleute, sie ahmten in der Mode den Adel nach, auch wenn sie auf silberne und goldene Stickereien verzichteten. Für manche von ihnen war die Belagerung ganz gewiss ein Geschenk der Götter, sie konnten nun ihre Waren teuer verkaufen. Aber es gab auch andere, die weniger glücklich schienen, hier zu sein. Dann gab es noch den Teil, der zur Aufgabe hatte, unsichtbar zu sein, die Dienstboten, Zofen und Schreiber, die geflissentlich darauf achteten, dass ihre Mienen nichts von dem zeigten, was sie denken mochten.

Eine erlesene Gesellschaft, dachte Wiesel voller Abscheu. In Askir hatte der Adel wenig Einfluss, es war eine Stadt der Händler, die mit einem Federstrich auf ihren Verträgen oftmals mehr Macht ausübten als ein Adeliger mit seinen Rittern. Manche von ihnen waren rechtschaffen und göttergefällig und gingen gewissenhaft ihrer Arbeit nach, andere wussten, wie sie sich an Schwächeren bereichern konnten; gerade solche hatte Wiesel früher oft des Nachts besucht. An Selbstgefälligkeit wurden sie nur vom Adel übertroffen.

Doch es gab auch beim Adel solche, die Wiesel respektieren konnte. Baronet Tarkan von Freise zum Beispiel, der seine Gesundheit und beinahe sein Leben dafür gegeben hatte, Askir gegen den Angriff des Nekromantenkaisers zu verteidigen, doch im Allgemeinen hatte Wiesel vor dem Adel weniger Achtung als vor dem Dieb mit dem losen Mundwerk von vorhin.

»Das Werk der eigenen Hand ernährt den Menschen redlich«, hatte Istvan, Desinas und Wiesels Ziehvater, oft genug gesagt. »Schaffen so viele andere Hände für einen, dass die eigenen nur Müßiggang erfahren, verdirbt es den Charakter.«

Als jemand, der von der eigenen Hände Werk und anderer Leute Geld gut hatte leben können, sah Wiesel das trotzdem nicht viel anders. Denn was Istvan damit anprangern wollte, war zum größten Teil die Gier; diese fehlte Wiesel fast gänzlich, er war zufrieden, wenn er hatte, was er brauchte.

Marla stieß ihn sachte mit dem Fuß und nickte in Richtung des Priesters, der dort noch immer stand und sich mit der kostbar gekleideten Sera besprach. Jetzt, da sie näher waren und besser sehen konnten, blieben drei Dinge nicht verborgen: Die goldgewirkten Zeichen auf der Robe des Priesters wiesen ihn als den obersten Diener seines Glaubens aus, und er war viel zu jung dafür, mehr als dreißig Jahre alt konnte er kaum sein.

Die Sera hingegen, die aus der Entfernung mit ihrer schlanken und gefälligen Figur so jugendlich gewirkt hatte, war hochbetagt. Sie trug ihre Falten wie Banner, und anders als die meisten Seras hier hatte sie auf Puder und Schminke verzichtet. Was vorher aus der Ferne wie eine freundliche Unterhaltung erschienen war, war keine; die Art, wie sie die Augenbrauen zusammenzog und den faltigen Mund zu einem schmalen Strich presste, verriet überdeutlich, wie unzufrieden sie mit dem Priester war.

Immer wieder wies sie mit ihrer linken Hand zum Scheiterhaufen hin, einmal schien es Wiesel sogar, als ob sie kurz davor wäre, wütend mit dem Fuße aufzustampfen, doch der junge Priester ließ sich nicht beeindrucken, immer wieder schüttelte er leicht den Kopf. Was auch immer die ältere Sera an Argumenten ihm vorlegte, immer wieder war es das Gleiche, er lächelte, als wolle er zeigen, dass er es ihr nicht übel nahm, anderer Meinung zu sein, und schüttelte den Kopf.

»Ich frage mich, wer sie ist«, hörte Wiesel Marla flüstern. »Ihr Wort muss Gewicht besitzen, wenn sie so mit ihm streiten kann. Auch wenn er nicht hören will, was sie ihm sagt. Dieser Priester … seine Meinung ist wie Stein, vorgefasst und unverrückbar. Ich weiß nicht, was es an ihm ist«, fügte sie so leise hinzu, dass er sie kaum hören konnte. »Aber allein sein Anblick lässt mich schaudern.«

Und dazu, dachte Wiesel, gehörte einiges. Schließlich war es Marla, die das sagte. Vor den Priestern Borons hatte Wiesel gemeinhin einen großen Respekt. Auf dem Hartmarkt in Askir gab es einen kleinen Schrein, der Bruder dort schien ein jedes Mal ohne Mühe in den Grund von Wiesels Seele zu sehen … und das eine oder andere Mal hatte der Priester Wiesel schon die Irrungen seines Weges vor Augen führen können. Zuletzt hatte er dem blonden Dieb sogar einen Segen erteilt.

Ein Segen, der, wie sich Wiesel im Geheimen eingestand, ihm damals Mut gegeben hatte, als er sich gegen die Seelenreiter hatte stellen müssen.

Eines war der Priesterschaft Borons eigen: ein unerschütterlicher Glauben an ihren Gott und die Gerechtigkeit. Für Letzteres jedoch brauchte es eines ganz besonders, die Fähigkeit, beide Seiten zu sehen und ihren Argumenten zu lauschen. Dass jemand vor den Gott selbst trat, um vor seinen Augen

Zeugnis abzulegen, war eher selten, meist lösten die Priester des Gottes die Dispute nur mit ihrem scharfen Verstand.

Doch eine Selbstgefälligkeit, wie sie dieser Priester zeigte, war Wiesel bei den Dienern dieses Gottes unbekannt.

Auch wenn Marla und Wiesel nichts anderes taten, als dort zu sitzen, dem Wein in Maßen zuzusprechen und darauf zu warten, was nun geschah, zogen sie dennoch Aufmerksamkeit auf sich. Immer wieder stellte Wiesel fest, dass neugierige Blicke auf ihnen lagen oder sich eine sonst so glatt gepuderte Stirn in Falten legte, während man offensichtlich versuchte, sich zu erinnern, wo man dieses Pärchen zuvor schon einmal gesehen hatte. Oder ob.

»Ich glaube, es war ein Fehler hierherzukommen«, sagte Wiesel, den Kelch vor seinem Mund, damit man ihm nicht von den Lippen lesen konnte. »Die Stadt wird seit Monaten belagert … und jeder, der hier etwas auf sich hält, kennt jeden, der das Gleiche von sich glaubt. Niemand kam hier in den letzten Monden neu dazu … man wird nicht glauben, dass wir hier dazugehören.«

»Dann müssen wir überzeugend sein«, gab Marla genauso unauffällig zurück, während sie freundlich einem älteren Ser zunickte, der seine füllige Frau am Arm führte. Der Blick, den das Eheweib erst Marla und dann ihrem Mann zuwarf, sprach Bände, beinahe hätte Wiesel noch Mitleid mit dem Ser bekommen. »Dazu braucht es eine gewisse Unverschämtheit und vor allem Gold.« Sie nestelte scheinbar gelangweilt an ihrem Schleier herum. »Von der Unverschämtheit besitzen wir genug, wie sieht es mit dem Vermögen aus?«

»Soll ich jetzt noch für dieses Abenteuer zahlen?«, fragte Wiesel etwas ungehalten.

»Wer von uns beiden hat denn einen Staatsschatz gestohlen?«, antwortete Marla mit einem falschen Strahlen und lehnte sich elegant zurück. »Sag schon, wie viel Gold hast du noch dabei?«

»Zehn Handels- und acht Doppelkronen. Und noch etwas Silber dazu.« Ein wahres Vermögen. In Askir hätte es gereicht, um bis zum Lebensende gut versorgt zu sein. Eine Handelskrone wurde mit fünfzig Kronen aufgewogen, und für etwa hundert Kronen konnte man sich schon ein Schwertschiff bauen lassen.

Sie schaute überrascht zu ihm hinüber. »Du bist vom Wahn besessen, weißt du das? Ein Wunder, dass du bei dem Gewicht noch gehen kannst!«

»Du hast vergessen zu lächeln«, erinnerte Wiesel sie, und ihre Lippen lächelten erneut ... nur ihre Augen nicht. »Ich wusste nicht, wohin die Reise geht ... und Gold hat noch nie jemandem geschadet.«

»Gut«, meinte Marla. »Ich gebe zu, es ist hilfreich, niemanden bestehlen zu müssen. Wir kennen ja noch nicht einmal einen guten Hehler hier. Wie machen wir es?«

»Was?«

»Was erzählen wir, wenn man uns fragt? Eine Abart des Barene-Tricks vielleicht?«

Barene war eine kleine Stadt in Aldane an der Grenze zu Rangor. Viel weiter konnte man von Askir nicht weggehen und noch in Aldane bleiben. Jeder wusste, wie stolz die Aldanen waren, aber sie galten auch als naiv und wenig geschäftstüchtig. Ein weltfremder Adeliger aus Aldane mit mehr Gold als Verstand, man konnte sich kaum ein leichteres Opfer vorstellen. Der perfekte Köder. Noch eine Weisheit aus Istvans Mund: Einen ehrbaren Mann kann man nicht betrügen. Nur schade, dachte Wiesel, dass es so wenige von ihnen gab.

Doch Wiesel war vieles, nur kein Betrüger, was aber nicht bedeutete, dass er den Trick nicht kannte. Jeder kannte ihn. Nur die Opfer nicht. Er nickte fast unmerklich. Es gab nur ein Problem. »Niemand hier wird Barene kennen.«

»Gut«, sagte sie. »Eine andere Stadt vielleicht? Von hier? Fällt dir eine ein?«

»Ich weiß nur von einer«, sagte Wiesel. »Lassahndaar ...

aber mit mehr als dem Namen kann ich auch nicht dienen. Nur dass der Ort schon früh von Thalak besetzt wurde.«

»Für den Anfang wird es reichen. Wir bleiben Bruder und Schwester, das macht es einfacher für uns und …« Sie unterbrach sich und beugte sich etwas vor. »Ich glaube, es geschieht etwas.«

So war es in der Tat. Nicht nur Marla schaute, auch der Rest der feinen Gesellschaft reckte die Hälse, ein Raunen ging durch die Menge der einfachen Bürger, und dann sah Wiesel, wie sich die Menge teilte. Es war ein Eselskarren, der von einem Dutzend schwer gerüsteter Soldaten begleitet wurde. Sie marschierten langsam, Schwert und Schild erhoben. Auf dem Eselskarren, mit schweren eisernen Schellen festgebunden, befand sich eine Sera. Sie trug ein neues, blütenweißes Leinengewand, das sich an verschiedenen Stellen bereits rot verfärbte, und nur ihre Fesseln hielten sie aufrecht, der Kopf mit den kurz geschorenen Haaren hing kraftlos herab.

In Askir ersparte man den Verurteilten diesen letzten Gang der Schande, man brachte sie in verhängten Wagen lange vor der Hinrichtung zur Richtstätte, doch in den anderen Königreichen war es noch immer üblich, die Delinquenten öffentlich zu demütigen. Wiesel wusste, was jetzt geschehen würde, er hatte oft genug davon gehört.

»Brennen sollst du!«, rief dann auch schon einer und warf eine faule Tomate.

»Zum Namenlosen mit dir!«, rief ein anderer und wollte ausholen, um zu werfen, doch dann geschah etwas, mit dem Wiesel nicht gerechnet hatte. Es gab etwa noch zwei Dutzend von denen, die das Opfer beschimpfen und bewerfen wollten. Ein jeder trug einen Korb mit faulem Gemüse bei sich … und wer bei einer Belagerung das Essen verfaulen ließ, dachte Wiesel bitter, dem konnte es so schlecht nicht gehen. Irgendjemand bezahlte sie dafür, diese arme Seele auch noch zu beschimpfen. Doch auch von diesen anderen kam kaum jemand noch dazu, mehr zu tun, als den Arm zum Wurf zu heben.

Denn sie wurden von den anderen Bürgern festgehalten und zu Boden gezerrt … und man ging nicht gerade zimperlich mit ihnen um. Wiesels scharfe Ohren vernahmen dann auch einen Satz in dem Gemurmel um ihn herum, der Aufschluss brachte. »Render hätte mehr Leute bezahlen sollen.« Wer das getuschelt hatte, blieb Wiesel verborgen, doch wer immer dieser Render war, konnte mit dem Ergebnis nicht zufrieden sein.

Wiesels Meinung nach brachte eine Hinrichtung meist nicht das Beste in den Menschen hervor, oftmals verwandelte sich die Meute der Zuschauer in ein blutrünstiges Biest, doch hier war dies anders. Die Menschenmenge öffnete nur langsam, fast schon widerwillig eine Schneise für den Wagen, keine lauten Rufe oder Beschimpfungen ertönten, vielmehr sah Wiesel, wie die meisten das Zeichen der Dreieinigkeit über ihrem Herzen aufführten und in ein Gebet einstimmten. Erst war es nur ein leises Raunen, das über der Menge lag, dann gewann es an Kraft, wurden die Worte deutlich.

Wo die Dunkelheit uns bedroht…
Ist Sie das Licht.
Wo wir den Weg verlieren…
Erleuchtet Sie uns.
Wo wir sündigen…
Vergibt Sie.
Bei dem Gericht der Götter …
Sitzt Sie zu Soltars Linken.
Wo andere strafen…
Ist Sie Gnade.
Wenn andere schweigen …
Spricht Sie für uns.
Durch Sie betreten wir die Welt,
wenn wir Sie verlassen,
empfängt Sie uns mit Liebe.
Sie ist der Anfang, nicht das Ende,
und wir preisen Sie, die, deren Name Liebe ist.

Als das letzte Wort verhallte, knieten sich die Menschen hin, und eine Stille lag über dem großen Platz, in der sogar Wiesels eigener Atem ihm laut vorkam.

»Das ist aus dem Buch Astartes, vom Gericht der Götter!«, hauchte er ergriffen. Er sah sich verstohlen um, begegnete hier auf der Plattform nur steinernen oder auch betretenen Gesichtern. Der Priester Borons stand da, die Hände in den Ärmeln seiner Robe verborgen, sein Lächeln war vergangen, der Blick unverwandt auf das Opfer in dem Eselskarren gerichtet, und in seinen Augen stand ein unheiliger Zorn, der Wiesel hastig wegsehen ließ.

Die Soldaten, die um den Scheiterhaufen aufgestellt waren, schauten einander an und griffen ihre Schwerter fester, die soeben noch gelöste Stimmung war umgeschlagen und glich der vor einem Gewittersturm.

»Was geschieht hier?«, hauchte Wiesel.

»Nichts Gutes, das ist gewiss«, antwortete Marla flüsternd. Auch sie blickte sich verstohlen um. »Ich gebe es nur ungern zu, aber du könntest recht damit behalten, dass es ein Fehler war.«

Wie viel die Sera in dem Eselskarren von all dem mitbekam, war fraglich, sie hing schlaff in ihren schweren Fesseln, vielleicht war sie nicht mehr bei Sinnen. Was man ihr nur wünschen konnte, dachte Wiesel grimmig.

»Wiesel«, raunte Marla. »Schau!«

Ihr Blick wies zu dem Rand des Platzes. Wiesel reckte den Hals. Dort, von der Plattform aus gut zu sehen, sammelten sich hastig weitere Wachen und Soldaten, jemand anderes hatte wohl jetzt endlich auch bemerkt, dass hier etwas ungewünscht verlief.

Der Eselskarren hatte den freien Platz vor dem Scheiterhaufen herum erreicht, die Soldaten dort traten schweigend zur Seite.

Der Priester Borons machte einen Schritt nach vorn, doch bevor er etwas sagen konnte, geschah etwas anderes. Die alte

Sera hatte die Plattform verlassen und ging auf den Eselskarren mit der Unglücklichen zu. Zwei Soldaten traten ihr entgegen und kreuzten die Hellebarden vor ihr, woraufhin sie das Kinn anhob und den Rücken straffte.

»Wollt ihr mir den Weg versperren?«, fragte sie mit einer klaren Stimme, die weithin zu hören war. »Noch trägt Graf Render nicht die Krone – und selbst dann, mit welchem Recht verwehrt ihr einer geschundenen Seele die letzte Gnade?«

Es war wie bei einem Schauspiel, das die Menge kannte, dachte Wiesel. Sie wusste, wer welche Rolle spielte, denn alle Augen richteten sich nun auf den Priester Borons ... und auf zwei weitere. Einen jungen Adeligen, reich gekleidet, mit einem reich verzierten Rapier an der Seite und einem gelangweilten Gesichtsausdruck, der nun gerade nach seinem Becher griff, und den älteren Ser an seiner Seite, einer betagteren Ausgabe seiner selbst, in dessen harten Gesichtszügen Grausamkeit und Verachtung tiefe Spuren hinterlassen hatten.

»Gnade für eine Verfluchte?«, rief der Priester des Boron scheinbar rechtschaffen erzürnt. »Für eine solche wie sie, eine Verleumderin, Giftmischerin und verfluchte Seelenreiterin? Nein, ich denke nicht!« Er wies mit seinem Finger auf die Unglückliche. »Habt Ihr vergessen, was sie getan hat? Sie gestand es selbst, mit Dämonen hat sie gelegen und einen Pakt mit dem Gott ohne Namen geschlossen. Diese Hure hat Krankheit und Tod über uns gebracht und erhält nun nicht mehr als ihre gerechte Strafe!«

Die alte Sera richtete sich auf und bedachte den Priester mit einem glühenden Blick.

»Ihr, Bruder Faban, seid eine Schande für Euren Orden!«, rief sie mit vernehmlicher Stimme. »Ihr seid verblendet, wenn Ihr glaubt, dass dieser Mord auch nur im Entferntesten der Gerechtigkeit dienen soll!« Eben noch war die Menge still gewesen, jetzt ging ein Raunen durch sie hindurch, und an vielen Orten sah Wiesel, wie man nickte, die Lippen zusammenpresste oder auch die Fäuste ballte.

»Lasst sie mit der Verfluchten sprechen«, kam von weiter hinten die gelangweilte Stimme des jungen Mannes. »Es schadet nichts, und etwas Großmut steht uns allen gut.«

»Wie Ihr wünscht, Ser Graf«, meinte Bruder Faban kühl, deutete eine leichte Verbeugung an und wandte sich an die Wachen: »Ihr habt den Grafen gehört!« Jetzt glitt sein Blick über die Menge.

»Und ihr, die ihr hier raunt und die Fäuste ballt, seid erinnert daran, was es für euch und eure Seele bedeutet, wenn ihr euch gegen Borons Urteil stellen wollt!«, rief er und wies erneut auf die Sera in dem Eselskarren. »Sie ist vor Borons Augen geständig gewesen! Menschen sind fehlbar, der Gott ist es nicht … also schweigt und verhaltet euch still!«

Derart angesprochen, ließ ein Großteil der Menschen in der Menge ihre Köpfe hängen oder scharrte verlegen mit den Füßen, und doch wurde das Raunen nicht viel leiser.

Währenddessen waren die Wachen zur Seite getreten, um die alte Sera passieren zu lassen, die trat nun an den Karren heran. Als sie ihre Hand nach dem Riegel ausstreckte, der das Gatter verschlossen hielt, wollte eine der Wachen sie daran hindern, doch ihr Blick alleine reichte, um den Soldaten schlucken und zurücktreten zu lassen.

Die Angeln quietschten, als die alte Sera das Gatter zur Seite drückte, ihre Röcke raffte und den Eselskarren bestieg. Wieder war es, als ob die Menge den Atem anhielte.

»Hörst du mich, mein Kind?«, fragte die Sera leise und strich fast zärtlich über das blonde Haar der Verurteilten.

Langsam hob die Unglückliche ihren Kopf an, und selbst Wiesel zog scharf den Atem ein, als er sah, was die Folterknechte ihr bereits angetan hatten. Man hatte ihr Mund, Nase und die Augenlider entfernt, und was übrig blieb mit glühenden Zangen verwüstet, nichts außer den Augen war in diesem Gesicht noch menschlich … und in diesen stand ein Leid und Unverständnis ihrem Schicksal gegenüber, das den jungen Dieb mit der Wucht eines Faustschlags traf.

Als die Menge sah, was man ihr angetan hatte, war es mit der Ruhe der Menschen hier am Platz vorbei, wie eine Woge strömte sie nach vorne …

»Haltet ein!«, rief Bruder Faban. »Denkt an meine Worte! Es ist der Wille Borons!« Zugleich hoben die Soldaten auf der Plattform drohend ihre Armbrüste, doch Wiesel sah, wie der eine oder andere unbehaglich schluckte. Sie wussten auch, dass, wenn die Menge in Rage geriet, es nur einen Ausgang haben konnte … es gab mehr von ihnen, als die Soldaten Bolzen besaßen.

»Er hat recht!«, rief die alte Sera überraschend und ließ die Menge stocken. »Es ist der Wille der Götter, und wenn ihr aufbegehrt, leistet ihr dem Dunkeln Vorschub, das vor unseren Mauern lagert! Doch auch wenn es der Wille der Götter ist, ist es doch ein anderer, als Bruder Faban es uns glauben machen will! Also haltet ein … ihr könnt nichts mehr für sie tun! Seht ihr denn nicht, dass selbst das Feuer für sie eine Erlösung sein wird?«

Weder die Drohung der Gewalt noch die Worte des Boronpriesters hatten die Menge erreichen können, die bereits gefährlich nahe an die Absperrung herangerückt war, doch jetzt hielt man inne. Widerwillig, wie es Wiesel schien. Er warf einen Blick hinüber zu dem jungen Grafen. Noch immer sah er gelangweilt aus, als wäre all dies nichts, was ihn berühren könnte. Der Blick des jungen Diebs fiel auf die Hand des Edelmanns. Das ist der Nachteil an goldenen Bechern, dachte Wiesel grimmig. Man kann sie viel zu leicht verbiegen.

»Sagt, was Ihr zu sagen wünscht, Herzogin«, meldete sich der ältere Ser, der hinter dem Grafen stand, zu Wort. »Und dann steht der Gerechtigkeit nicht mehr länger entgegen!«

»Löst ihre Fesseln«, gebot die alte Sera den Wachen, und nach einem Blick hinauf zur Plattform und dem Nicken des Grafen wurde es getan. Schwer fiel die junge Frau auf ihre Knie, doch die Herzogin hielt sie fest, half ihr, genügend Kraft zu finden.

Während sie die Unglückliche mit einer Hand aufrecht hielt, legte sie sanft die andere auf das geschundene Haupt.

»Im Namen der Göttin«, intonierte sie. »Im Namen der Gnade, für das Licht, das uns leuchtet, seiest du gesegnet, Nemris von Hausen. Deine Sünden seien dir vergeben, deine Last von dir genommen, deine Schmerzen vergessen. Gehe ohne Last zu ihr, im sicheren Glauben, dass deine Seele Gnade vor ihr finden wird.«

Die Gefangene senkte ihr Haupt und blutiger Schaum trat zwischen ihren zersplitterten Zähnen hervor, als sie versuchte, ihren Dank zu sagen.

»Ihr könnt sie nicht so segnen!«, begehrte der Priester wütend auf. »Das steht Euch nicht zu!« Auf ein Zeichen von ihm traten die Wachen heran, eine zerrte die alte Sera zur Seite, zwei andere ergriffen die Verurteilte und zerrten sie wie eine Puppe von dem Wagen.

Die Herzogin riss sich los und begegnete dem düsteren Blick des Priesters nur mit Verachtung. »Ich bin eine Frau, Bruder Faban«, sagte sie laut und vernehmlich und hob entschlossen ihr Kinn. »Und eine Mutter. Sieben Mal bin ich niedergekommen, und die Göttin war mir stets ein Licht, das mir meinen Weg wies! Mit welchem Recht sprecht Ihr es mir ab, dass ich in ihrem Namen segnen kann?«

»Ihr seid nicht ihre Priesterin!«, gab der Bruder stur zurück.

»Dann solltet Ihr die Schriften Eures Glaubens besser studieren, Bruder Faban«, antwortete die alte Sera verächtlich. »Denn dort steht es geschrieben: Wer seinem Gott dient, verbreitet seinen Segen!«

Der Priester presste seine Lippen zusammen. »Bringt die Verfluchte zum Scheiterhaufen«, befahl er den Wachen mit einer herrischen Geste. »Und Ihr, Herzogin, hütet Eure Zunge. Ihr habt sie schon zu viel gebraucht, achtet darauf, dass sie Euch nicht auf dunkle Wege führt.« Er wandte sich an die beiden Tempelwächter, die neben ihm standen. »Führt die Herzogin zurück an ihren Platz und achtet darauf, dass ihr kein Leid geschieht … und dass sie das Ritual nicht weiter stört!«

»Götter«, flüsterte Wiesel unglücklich. »Ist es das, weshalb dein Gott uns hergebracht hat? Will er, dass wir das verhindern?«

»Nein«, antwortete Marla genauso leise. Ihre Stimme klang belegt. »Es ist Teil davon, dessen bin ich mir sicher, aber für sie ist es zu spät, niemand vermag sie jetzt noch zu retten.«

»Ich glaube nicht, dass sie schuldig ist!«, begehrte Wiesel auf. »Wir können doch nicht …«

»Wir können«, antwortete sie hart. »Schau dich um. Was willst du tun? Es würde niemandem etwas bringen, wenn wir ihr in den Flammen Gesellschaft leisteten … und darauf liefe es hinaus.« Sie schüttelte fast unmerklich den Kopf. »Nein, Wiesel«, sprach sie sanfter weiter. »Das ist nicht unsere Aufgabe. Aber es ist ohne Zweifel Teil des Grunds, warum wir hier sind.«

»Aber …«

»Später«, sagte sie sanft und griff nach seiner Hand, um sie festzuhalten. »Später, Wiesel … es gibt hier weit mehr, als du sehen kannst. Bitte, halte dich zurück … ich will nicht mit ihr brennen.«

Langsam nickte Wiesel. Vernunft, dachte er bitter, war manchmal ein scharfes Schwert. Sie hatte unbestritten recht, es gab nichts, das sie tun konnten. Sein Blick fiel auf die junge Sera, die nun mit harten Händen an den Pfahl gepresst wurde, während man ihr die Halsschelle umlegte, sodass sie gezwungen war, aufrecht zu stehen. Hastig und beschämt wandte er seinen Blick wieder von ihrem geschundenen Gesicht ab und sah, dass er nicht der Einzige war, der dem Blick aus diesen blutigen Augen nicht standhalten konnte. Und dann schaute er doch wieder zurück, denn dieser Blick hatte sich verändert, nicht Verzweiflung stand dort mehr geschrieben, sondern Verachtung … und eine innere Sicherheit, die Wiesel scharf die Luft einziehen ließ. Geschunden mochte sie sein, doch in diesem Moment kehrte die Würde der jungen Sera zurück. Ihre Schultern strafften sich, und sie stand gerade. Doch es war nicht alleine Bruder Faban, den sie mit Verachtung strafte, sondern vor allem den jungen Adeligen … und der war es, der dem Blick nicht standhalten konnte und zur Seite wegsah.

»Im Namen Borons!«, rief der Priester und hob seine Arme an. »Vertraut auf die Gerichtsbarkeit der Götter, in seinem Namen, legt das Feuer an, sodass in seiner weißen Flamme der geläutert wird, der rein von Sünde ist, und gestraft, wer dem Pfad des Namenlosen folgt!«

Die beiden Soldaten mit den Fackeln sahen betreten zu dem Priester hinauf, dessen Augen sich drohend zu Schlitzen zusammenzogen. Einer der Soldaten führte das Zeichen der Dreieinigkeit über seinem Herzen aus und senkte die Fackel auf das pechgetränkte Holz herab … und die Fackel verlosch.

»Ein Zeichen!«, rief jemand aus der Menge. »Sie ist unschuldig, das Feuer will nicht brennen!«

»Schweigt!«, rief der erzürnte Priester. »Bereitet diesem Unsinn ein Ende!«, befahl er der anderen Wache. »Jetzt.«

»Götter!«, hauchte Wiesel ergriffen, als auch die zweite Fackel verlosch. Er sah sich unruhig um. War die Menge vorher schon kaum zu halten gewesen, grollte sie nun wie ein wütendes Biest, und er und Marla standen mit den anderen hohen Herrschaften genau vor dessen Rachen. Das wurde jetzt auch anderen bewusst, und nicht ohne Genugtuung sah Wiesel, dass sich ein Teil der hier Versammelten nun ängstlich duckte. Nur dumm, dass Marla und er sich auch noch hier befanden.

»Jemand treibt hier ein gefährliches Spiel«, meinte er flüsternd und sah sich unruhig um, dann fiel sein Blick auf Marla und die verstohlene Bewegung ihrer linken Hand, als die beiden restlichen Fackeln, die von den Soldaten noch gehalten wurden, auch verloschen. Er griff mit seiner Hand nach ihren Händen, die unter seinem Griff zitterten.

»Ich dachte, wir sollten uns heraushalten?«, fragte er grimmig. »Siehst du nicht, was du anrichtest? Die Menge ist kurz davor auszubrechen! Hast du nicht eben selbst … ?«

»Ja«, gab sie grimmig Antwort. »Aber ein Versuch ist es wert, nicht wahr?«

»Und wenn die Herzogin recht behält und diese Unglückliche sowieso schon nicht mehr von dieser Welt ist?«

»Wiesel«, knirschte sie. »Komme mir nicht mit meinen eigenen Worten! Es ist etwas, das ich tun kann, und ich muss es versuchen!«

»Und wenn es jemand bemerkt? Lass es sein«, bat er sie leise. »Einen Aufstand kann niemand gebrauchen!«

Doch dort unten traten die Soldaten hastig von dem Scheiterhaufen zurück und warfen ihre erloschenen Fackeln zur Seite weg.

»Was soll das?«, rief der Priester erbost. »Warum weigert ihr euch?«

»Es ist ein Zeichen«, antwortete einer der Wachen unbehaglich und wrang dabei die Hände. »Wenn es ein Zeichen des Gottes ist, wollen wir nicht gegen seinen Willen verstoßen!«

Ein Raunen ging durch die Menge, und Wiesel fragte sich, wann er das letzte Mal so viele erzürnte Gesichter gesehen hatte. Wohl noch nie, und er dankte den Göttern dafür. Verstohlen sah er sich um. Dort hinten an der Ecke der Plattform war es vielleicht möglich, sich durch einen beherzten Sprung in Sicherheit zu bringen und aus der Menge zu lösen, er hoffte nur, dass Marlas Fuß dafür noch stark genug sein würde.

Auf den niedrigen Tischen stand noch immer der Wein und der Braten, den Meister Ludwig so hatte anpreisen lassen, doch nun schienen auch die Dümmsten dieser hohen Sers und Seras begriffen zu haben, dass dies nicht das Volksfest war, das sie erwartet hatten. Wieder sah Wiesel zu dem Grafen hin, der inzwischen auch deutliche Zeichen von Anspannung verriet. Ganz offensichtlich war er es, der die junge Sera hatte brennen sehen wollen, nun jedoch verstand, wie falsch er die Lage eingeschätzt hatte.

»Ihr wollt ein Zeichen der Götter sehen?«, rief der Priester erzürnt. »Ihr zweifelt an Borons Gerechtigkeit? Dann sollt ihr ein Zeichen bekommen!« Er winkte jemanden herbei, einen Tempelschüler, der mit bleichem Gesicht eine reich mit den Worten aus dem Buch Borons verzierte längliche Kiste heranbrachte und sich vor den Priester kniete, die Kiste hoch erhoben.

Noch ließ sich die Menge nicht einschüchtern, schon gab es Handgreiflichkeiten an dem dicken Seil, das den Bereich abtrennte, doch als der Priester das ergriff, was in der Kiste lag, und hoch über seinen Kopf anhob, schien jeder zu erstarren.

»Seht Steinherz!«, rief der Priester mit tragender Stimme. »Das Schwert der Gerechtigkeit, das Richtschwert unseres Königreichs. Kein Haupt kann unsere Krone tragen, ohne dass er es so erlaubt. In *seinem* Namen geweiht, irrt diese Klinge nie! Ihr wollt Gerechtigkeit? Dann seht mit eigenen Augen, wie der Gott sein Urteil fällt!«

Ungläubig sah Wiesel zu, wie die Rubinaugen in dem Drachenkopf unheilvoll zu glühen begannen und ein Schimmer die Klinge hinauflief, bis sie, gleich weißglühendem Metall, hell und gleißend leuchtete.

Das Schwert immer noch hoch erhoben, trat der Priester an die Treppe heran und ging sie mit gemessenem Schritt herab, bis er vor dem Scheiterhaufen stand.

»Seht Borons Urteil!«, rief er erneut und stieß die weißglühende Klinge in den Scheiterhaufen hinab … und wie ein Raubtier, das nicht mehr gebändigt werden wollte, brach mit einem Grollen und Fauchen das Feuer aus, schoss zwischen den sauber geschichteten Scheiten hervor, fraß sich in das pechgetränkte Holz und loderte, von einem Lidschlag zum nächsten, fast dreimal mannshoch empor.

Ein gurgelnder Schrei ertönte von dem Pfahl in der Mitte des Infernos, ein Windstoß trieb den Rauch zur Seite und ließ das blutgetränkte Kleid der Sünderin flattern, während die Flammen, von diesem harten Wind angefacht wie das Feuer einer Esse, heiß und gierig nach ihr griffen. Noch immer bedachte sie den Grafen mit diesem verächtlichen Blick, doch dann, schneller als Wiesel es je hätte glauben können, erreichten die Flammen sie, der blutige Mund öffnete sich zu einem Schrei, doch das Fauchen der Flammen übertönte auch dieses letzte Gurgeln, und er wandte sich hastig ab.

»Es scheint, als hättest du diesmal nicht recht behalten«, presste er hervor.

»Ja«, antwortete Marla grimmig, die noch immer unverwandt zum Feuer starrte. Ihre Wangenmuskeln mahlten. »Diesmal ist es nicht der Rauch.«

Der Preis des Sieges

2 »Ich befürchte, dass Ihr Euch zwei Rippen gebrochen habt«, teilte der Stabsleutnant der Federn Leandra mit, während seine geschickten Finger sanft ihre Seite abtasteten. »Drei weitere scheinen mir angebrochen.«

»Was ist mit der Schulter?«, fragte sie. »Dort fühlt es sich an, als ob mir jemand bei der kleinsten Bewegung einen glühenden Dolch hineinstoßen würde.«

Der Stabsleutnant betastete auch ihre Schulter und gestattete sich ein schwaches Lächeln, als sie einen Fluch unterdrückte. »Schmerzt es hier?«

»Ja«, presste sie zwischen den Zähnen hervor und bedachte den Mann mit einem scharfen Blick. »Wollt Ihr mich an dem Scherz teilhaben lassen?«

»Nun, eine scharfe Klinge hat Euch den Arm offengelegt,

Ihr habt Euch die Rippen und einen Finger gebrochen, seid am ganzen Körper geschunden … und das, was Euch am meisten plagt, ist das Geringste von allem.«

»So fühlt es sich nicht an«, beschwerte sie sich, während sie vorsichtig ihre linke Schulter bewegte.

»Es ist eine Zerrung. Nichts weiter. Sie vergeht in wenigen Tagen ganz von selbst«, verkündete die Feder guter Dinge. Er musterte den tiefen Schnitt an ihrem Arm und die Naht, die er eben selbst gesetzt hatte, und schüttelte den Kopf. »Ich fürchte, Sera, das wird eine Narbe hinterlassen.«

»Es wird nicht meine erste sein.«

Er musterte sie und nickte. »Wohl wahr. Ihr seid nicht gerade pfleglich mit Euch umgegangen«, fügte er vorwurfsvoll hinzu, während er zurücktrat und in seinem Kasten nach einem Tiegel aus rotem Ton griff. Er hob den Deckel an, roch daran und rümpfte die Nase. »Noch frisch genug«, stellte er fest und trug vorsichtig die Salbe auf die Naht auf. Im ersten Moment fühlte sie sich kühl an, dann begann es zu brennen.

»Götter«, fluchte Leandra, als ihr der Geruch in die Nase stieg und ihre Augen anfingen zu tränen. »Was ist das für ein Zeug?«

»Ein Extrakt aus Bahrinswurz und Alraune«, erklärte der Stabsleutnant. »Am Anfang brennt es ein wenig, aber es wird Euch den Schmerz etwas lindern und die Heilung beschleunigen.« Er verschloss den Tiegel wieder sorgfältig und legte ihn in seine Kiste zurück. Dann trat er an den Waschtisch heran, der etwas seitlich vom Zelteingang stand, und wusch sich gründlich die Hände, um stirnrunzelnd auf die zwei verbliebenen Rollen mit gekochtem Leinen hinabzusehen, die noch neben seiner Kiste auf dem Tisch lagen.

Als sie vorhin zu ihm gekommen war, hatten dort noch fünf gelegen. »Es wird reichen«, sprach er wie zu sich selbst und griff nach der ersten Rolle. »Normalerweise würde ich Euch zu einem Priester schicken«, fuhr er fort, während er damit begann, ihr einen straffen Verband anzulegen. »Doch die wenigen, die wir hier haben, sind bereits erschöpft, und es gibt noch zu viele andere, die ihrer Hilfe bedürfen.« Er zog ihr den Arm gerade, um ihn besser umwickeln zu können. »Trotz allem dürft Ihr Euch glücklich schätzen.«

Ohne Zweifel, dachte Leandra, als sie zusah, wie er einen festen Knoten band, ein Blick durch den offenen Zelteingang bestätigte das. Von dort aus, wo sie auf dem Feldbett saß, konnte sie sehen, wie Soldaten der dritten Bulle mit steinernen Gesichtern die Körper ihrer gefallenen Soldaten in Leinensäcke einnähten und in einer viel zu langen Reihe auslegten. Und dennoch war dieser Anblick noch leichter zu ertragen als die unmenschlichen Schreie, die aus dem Zelt nebenan kamen. Auf der Suche nach dem Heiler war sie zuerst aus Versehen dort hineingelaufen … nur, um hastig wieder zu fliehen. Denn dort waren vier kräftige Soldaten dabei gewesen, einen Kameraden mit breiten Lederriemen an einen festen Tisch zu schnallen, während die Feder mit der blutverschmierten Robe eine scharfe Säge über eine Flamme hielt. Am schlimmsten jedoch war der Anblick des Bottichs gewesen, der dort hinter dem schweren Tisch gestanden hatte, in dem bereits ein Arm gelegen hatte. Ein Geruch von Blut, Schweiß und anderem lag in der Luft, schwer und süß, der Gestank von Leid und Tod. Unwillkürlich fröstelte sie.

So sieht es also nach einer siegreichen Schlacht aus, dachte Leandra bitter und verzog das Gesicht, als sie versuchte, ihren Arm zu bewegen. Nicht nur ihr Oberkörper war verbunden, auch ihr rechtes Bein und ihr linker Arm.

»Wir sind so weit fertig, Soldat«, sagte die Feder jetzt und hielt ihr das Hemd hin. »Braucht Ihr Hilfe damit?«

Sie nickte und hob die Arme an, während er es ihr über den Kopf zog, als wäre sie ein kleines Kind. Er half ihr sogar noch, die Hose zu richten und den Gürtel zuzuziehen. »Es wird sich alles von alleine geben, so Ihr Euch nur etwas schont. Den Finger habe ich Euch gerichtet, die Fäden an der Wunde in Eurem Arm können in einer Woche gezogen werden.« Er seufzte und schloss erschöpft die Augen. »Gut«, sagte er dann. »Geht zum Sergeant und nennt ihm Namen, Rang und Einheit und teilt ihm mit, er möge mir in einem halben Docht den Nächsten schicken. Und Eurem Vorgesetzten könnt Ihr sagen, dass er Euch die nächsten Tage leichte Arbeit geben soll.«

»Danke, Leutnant«, sagte Leandra, als sie zum Zelteingang ging, doch die Feder nickte nur müde und wandte sich bereits ab, um das Wasser in der Schüssel wegzuschütten und mit neuem Wasser aus einem dampfenden Kessel aufzufüllen.

Als Leandra aus dem Zelt trat, blinzelte sie und hob den rechten Arm, um sich vor der Sonne zu schützen. Es war ein strahlend schöner Tag, nur ein, zwei Wolken waren in dem blauen Himmel zu sehen, und gab man sich Mühe, konnte man über das Stöhnen der Verwundeten hinweg die Vögel zwitschern hören.

Sie ertappte sich dabei, froh darüber zu sein, dass die Schreie aus dem Nachbarzelt verstummt waren, dafür war das Geräusch der Säge nun überdeutlich laut in ihren Ohren.

Hastig eilte sie davon, floh von diesem Ort und war froh darum, dass der Sergeant der Federn etwas abseits an einem Klapptisch saß, weit genug von den Zelten der Federn entfernt, dass man das Schlimmste dort schon nicht mehr hörte.

Dort bei dem Sergeanten wartete noch fast ein Dutzend anderer Soldaten, die nur leicht verletzt worden waren, saßen an Bäume gelehnt oder lagen im Gras, oftmals nur notdürftig verbunden, zudem blutverschmiert. Niemand sprach, jeder schien mit sich selbst beschäftigt, nur ab und an entwich einem der Verwundeten ein leises Stöhnen. Bis auf einen trugen die meisten Soldaten die kaiserliche Drei auf ihrem linken Arm, dies waren die Verletzten aus dem Kampf um Lassahndaar. Von den Soldaten aus Blixens Lanze, der fünften Lanze der zweiten Legion, die hier auf diesem Hügel gefochten hatten, hatte es kaum jemanden gegeben, der nur leicht verletzt gewesen wäre.

»Er sagt, Ihr könnt ihm in einem halben Docht den Nächsten schicken«, teilte sie dem Sergeanten mit, der mit einem Federkiel auf einen Soldaten zeigte, der noch in voller Rüstung an einen Baum gelehnt dastand.

»Korporal, damit seid Ihr gemeint.«

Der nickte nur und stapfte schwerfällig in Richtung des Zeltes, erst jetzt sah sie den Stumpf des Bolzens, der einen Weg zwischen Schulterstück und Rückenpanzer seiner schweren Rüstung gefunden hatte.

»Name?«, fragte der Sergeant jetzt und sah zu ihr hoch, um sie dann überrascht zu mustern. Nur in Hemd und Hose und ihren Stiefeln bekleidet, sah sie wohl nicht aus wie ein Soldat der Bullen, der schweren Infanterie des Kaiserreichs.

»Leandra di Girancourt.«

Der Mann schrieb es sorgsam in seinem Buch nieder. »Rang?«

Wie sollte sie darauf antworten?

»Ich bin nicht bei den Bullen«, gestand sie.

Der Federkiel stockte über dem Blatt. »Gut«, sagte dann der Sergeant. »Verbündet?«

Sie nickte.

»Welches Königreich?«

»Illian.«

»Leandra di Girancourt, Illian«, wiederholte der Sergeant und schrieb es auf. »Der Götter Segen mit Euch.«

Damit war sie dann wohl entlassen, dachte Leandra und ging langsam davon. Man hatte das Krankenquartier in einer Lichtung zwischen hohen Bäumen und schweren Transportwagen im hinteren Teil des Schlachtfeldes errichtet. Sie sah sich suchend um und fand Helis weiter vorne stehend, dort, wo die fünfte Lanze der zweiten Legion bis zuletzt die Linien gehalten hatte.

Langsam ging sie zu ihr hin. Die Schwertobristin grüßte sie knapp, bevor sie ihren Blick wieder dem Schlachtfeld zuwandte. Bislang hatte Leandra Serafine nur selten in der schweren Rüstung der Bullen gesehen. Der graue Stahl ließ sie wuchtig erscheinen, so wie sie dort stand, mit gespreizten Beinen und die Hände vor der gepanzerten Brust verschränkt, sah sie aus, als wäre sie mit dem nackten Felsen verwachsen. Als ob die Götter selbst Mühe haben würden, sie zu verrücken, dachte Leandra, doch dann fiel ihr auf, dass in Serafines dunklen Augen die Tränen standen und dunkle Spuren über ihre gebräunte Haut zogen.

Leandra folgte ihrem Blick. Noch immer waren Soldaten der dritten Bulle damit beschäftigt, das Schlachtfeld zu durchsuchen. Von den schweren Panzern der zweiten Legion war keiner mehr auf dem Schlachtfeld zu finden, man hatte ihre Toten und Verwundeten der Schlacht bereits geborgen.

Von hier aus erstreckte sich ein flacher Hang bis fast hin zur Handelsstraße, die Lassahndaar mit Melbaas verband, in der Ferne konnte Leandra sogar die offenen Tore der Stadt ausmachen.

Doch vor ihr erstreckte sich ein Feld des Todes, die Erde aufgewühlt und das Gras blutgetränkt … und mit Hunderten Gefallenen gepflastert, die dort still und reglos lagen. Es lag eine unnatürliche Stille über dem Hang, selbst die Soldaten, deren Pflicht es war, die gefallenen Gegner zu durchsuchen, sprachen leise und verhalten, sodass das lauteste Geräusch das Summen der unzähligen Fliegen war, die in großen Schwärmen von den Leichen aufstiegen, kamen ihnen die Lebenden zu nah.

»Ich hatte gehofft, solches nie wieder sehen zu müssen«, sagte Serafine bedrückt und wischte sich mit einer gepanzerten Hand die Augen. »Siebenhundertundzwölf. Nach der ersten Zählung. Von Blixens Lanze sind nur noch einundvierzig übrig … und ein Drittel von ihnen wird den morgigen Tag wohl nicht erleben.« Sie sah zu der Lanze hin, die unweit von ihnen am höchsten Punkt des Hügels stand. Eine blutrote Fahne hing von ihr herab, nur ein leichter Wind wehte, dennoch war unschwer der schnaubende Bulle auszumachen.

»Wir haben Sieglinde dort gefunden und Sergeant Avron. Sie ist nur leicht verletzt … Avron hat sie in diesem Kampf beschützt. Er stand noch immer dort, auf Eiswehr gestützt, doch er wäre fast verblutet, bis er zugab, dass er verletzt war.« Sie wandte sich Leandra zu. »Jedes Mal, wenn ich so etwas sehe, frage ich mich, ob es das wert sein kann. Diese Toten dort … sie sind wahrhaftig durch die Hölle gegangen. Viele von ihnen wurden durch das Öl verbrannt, und dort unten liegen überall Krähenfüße verteilt … schau dir den dort an.« Sie wies zu einem der Toten, der nicht weit von ihnen lag. »Der hier hat gleich fünf von ihnen in einem Fuß stecken, und dennoch ist er bis hierher gestürmt.«

»Ich hörte, einer der dunklen Priester hätte sie mit Magie zu dem Ansturm gezwungen«, meinte Leandra, und Serafine nickte.

»Ja. Aber nicht von Anfang an. Mit diesen Lederrüstungen sind sie kaum gegen unsere Bolzen geschützt. Sie wussten, dass zumindest ihre ersten Reihen fallen würden. Und dennoch sind sie am Anfang noch geordnet in den Tod marschiert.« Sie schüttelte den Kopf. »Ich weiß, dass es unsere Feinde sind … aber dennoch muss ich ihnen den Respekt zollen, den sie verdienen. Wären sie auf unserer Seite gewesen, wäre ich stolz gewesen, sie meine Kameraden nennen zu dürfen. Hätten sie nur bessere Rüstungen besessen, wäre der Sieg an sie gefallen. Und so wird es auch noch kommen«, prophezeite sie. »Havald meinte ja, das wäre einer der Gründe, weshalb sie sich als Erstes in Rangor eingenistet haben. Er meinte, sie hätten es auf die Eisenminen dort abgesehen.«

»Selbst wenn sie das Eisen haben, so leicht ist es nicht, eine Legion auszurüsten«, stellte Leandra fest. »Es wird Zeit brauchen.«

»Das sagte Havald auch. Aber seiner Meinung nach hat der Nekromantenkaiser es auch nicht eilig. Doch spätestens im nächsten Frühjahr werden zumindest die drei Feindlegionen, die wir in Rangor vermuten, besser gerüstet sein. Dann kann sich das Blatt leicht wenden.« Sie sah zu Leandra hin. »Wo wir von Havald sprechen, hast du das von ihm gehört?«

»Habe ich«, antwortete die Maestra. »Bruder Gerlon gab ihm sein Schwert zurück, und er ist erwacht ... die Götter haben unsere Gebete wohl doch erhört.« Sie zögerte ein wenig. »Wir ... ich könnte dich auf Steinwolke mit zur Donnerfeste nehmen«, schlug sie der Obristin vor. »Von dort aus könnten wir das Tor nach Askir benutzen ... auf diese Weise könnten wir ihn vielleicht noch heute sehen.«

»Dann hast du noch nicht alles gehört«, sagte Serafine mit rauer Stimme. »Er wird uns nicht erkennen, denn so wie es aussieht, hat er sein Gedächtnis verloren und weiß nicht einmal mehr, wer er selber ist.« Sie griff an den Stulpen ihres linken Handschuhs und zog eine zusammengefaltete Nachricht heraus. »Hier, lies. Sie ist von Stofisk ... und er hat es wohl von Bruder Gerlon, der dabei war, als Havald erwacht ist. Ein Meldegänger hat mir die Nachricht gebracht, kurz bevor du kamst.«

Viel mehr als Serafine gesagt hatte, stand in der Nachricht nicht. » ... erfreut sich Lanzengeneral von Thurgau bester Gesundheit. Bruder Jon hat mir versichert, dass es in der Hand des Gottes liegt, ob der General sein Gedächtnis zurückerhält. Er bräuchte jetzt Ruhe, Fasten und Gebete. Bruder Jon versprach, sich zu melden, sobald der Zustand des Generals sich ändert. Hochachtungsvoll, Ihr Diener ...«

»Das ist alles?«, fragte Leandra getroffen.

»Ja. Sie haben ihn nicht zu ihm gelassen. Auch niemanden anderen. Bruder Jon ist jetzt auch davon überzeugt, dass Havald der Engel des Todes ist. Damit steht er unter Soltars Schutz ... und Bruder Jon bewacht ihn wie einen Tempelschatz.«

»Man könnte Desina fragen«, überlegte Leandra. »Ihr wird sich Bruder Jon schwerlich in den Weg stellen.«

»Mag sein«, gestand Serafine und seufzte. »Doch ich habe

genug. Ich überlege mir, wieder aus dem Militärdienst auszutreten und nach Gasalabad zurückzukehren. Ich habe dort Familie, die mich braucht, und kann auch anders gegen den Nekromantenkaiser kämpfen. Ich denke, dass es besser wäre, all das hinter mir zu lassen.«

»Du willst das Militär verlassen?«, fragte Leandra überrascht und reichte ihr die Nachricht zurück, die Serafine wieder sorgsam in ihrem Stulpen verstaute. »Du bist dafür geboren!«

»Ja, meinst du?«, sagte Serafine bitter. »Wie kommst du darauf? Helis hat für einen Zirkus Tiere gezähmt. Und Serafine war die Tochter eines kaiserlichen Gouverneurs. Wenn ich zu etwas geboren wurde, dann dazu, auf Bällen gut auszusehen oder im Zirkusrund die Zuschauer für meine Kunst zu begeistern. Ich bin zweimal einem Mann in den Krieg gefolgt, doch nur, weil ich bei ihm sein wollte, nicht etwa, weil mir das Schlachten so gut gefällt!« Sie sah zu Leandra hoch. »Wir hatten eine Tochter, Jerbil und ich. Als ich starb, war sie vierzehn Jahre alt. Elf dieser vierzehn Jahre bin ich im Feld gewesen. Mein Vater hat sie aufgezogen, nicht ich.« Ihr Blick schweifte über das Schlachtfeld. »Gestern wurde hier eine Schlacht geschlagen, von der die Barden noch lange singen werden. Ruhm und Ehre … davon werden sie singen, nicht von dem endlosen Leid, das solche Heldentaten mit sich bringen.« Sie sah zurück zum Lager. »Die meisten, die es überlebt haben, werden auf ewig verkrüppelt sein. Wird es sie trösten, dass sie Helden waren?«

Wohl kaum, dachte Leandra. Wieder sah sie den jungen Mann vor sich, der auf den Tisch gebunden worden war.

»Ich habe mir Dinge vorgemacht, Leandra. Schon immer. Und ich bin nicht Helis aus dem Haus des Adlers. Ich bin Serafine Konai, die Tochter des Wassers. Ich bin für das Kaiserreich gestorben. Einmal reicht, meinst du nicht?«

»Du wirst anders denken, wenn Havald sich wieder erinnert«, meinte Leandra hoffnungsvoll.

»Vielleicht. Wenn. Weißt du, wie schwer es damals war, ihn zu sehen und zu wissen, dass er sich nicht an mich erinnert? Das war schlimmer, als ihn in deinen Armen liegen zu sehen. Ich kann das nicht noch einmal durchstehen, Leandra. Nicht schon wieder! Er hat nicht einfach nur einen Schlag auf den Kopf bekommen und vergessen, er starb! Und wenn man stirbt, dann erinnert man sich nicht an sein letztes Leben!«

»Es war anders bei dir. Es wird auch bei ihm anders sein. Er ist der Wanderer, Serafine. Bei ihm ist nichts wie bei anderen.«

Serafine musterte die schlanke Königin. »Sprichst du mir gerade Mut zu, Leandra?«, fragte sie überrascht.

»Sieht so aus, nicht wahr?«, lächelte die Maestra. »Vielleicht auch mir selbst.« Sie tat eine Geste, die das Schlachtfeld und alles um sie herum einschloss.

»Hier in den Südlanden wirft Havald einen langen Schatten. Er ist der Wanderer. Jedes Kind kennt die Geschichten über ihn. Wenn irgendwo ein Unrecht geschieht, beten wir darum, dass der Wanderer sich unser erbarmen wird. Er wird wiederkommen. Das tut er immer.«

»Er ist nur ein Mann«, widersprach Serafine scharf. »Und wir wissen jetzt, dass auch er sterben kann. Im Buch des Gottes heißt es, dass Havald auf Soltars Klinge enden wird.«

»Du hast mir doch erzählt, was Zokora von ihm forderte: Dass er den Worten des Gottes eine andere Bedeutung geben soll«, erinnerte Leandra sie. »Du wirst sehen, genau das wird er tun. Wo ist eigentlich Zokora?«

»Weißt du es nicht?«, fragte Serafine überrascht. »Hat Janos es dir nicht erzählt? Er hat gesehen, was geschah. Nachdem Corvulus dich im Tempel gefangen nahm, erschien diese Spruchweberin Dorin mit ein paar Kriegerinnen der Dunkelelfen. Dorin hat Zokora des Verrats angeklagt und sie und diesen Dunkelelfen, der sich für Varosch hält, durch ein magisches Portal entführt. Seitdem hat niemand etwas von ihr gehört.«

Leandra sah sie ungläubig an. »Das kann nicht sein! Zokora? Weißt du, wessen man sie anklagt?«

»Sie hat sich mit uns eingelassen. Soweit Janos sich erinnern kann, war das der Vorwurf, den Dorin ihr machte. Wir sind nur Menschen, und mit uns eine Allianz einzugehen, wird wohl als Verrat empfunden.«

»Aber sie ist doch eine Priesterin Solantes und die Tochter der Königin?«, meinte Leandra ungläubig. »Wie kann man sie da des Verrats anklagen?«

»Frag die dunklen Elfen«, sagte Serafine bitter. »Ihre Mutter ist die Königin, nicht Zokora. Es kann sein, dass sie ihre Befugnisse überschritt.«

»Wir müssen ihr helfen!«, entschied Leandra.

»Ja. Gerne. Sagst du mir jetzt auch wie?«

»Schwertobrist Helis, Maestra?«, hörten sie eine Stimme hinter sich. So vertieft waren sie in ihrem Gespräch versunken gewesen, dass sie nicht bemerkt hatten, wie Stabssergeantin Grenski von hinten an sie herangehumpelt kam.

»Was gibt es, Stabssergeant?« Serafine musterte die Stabssergeantin besorgt. »Solltet Ihr denn schon auf den Beinen sein?«

»Sie können die Betten für die gebrauchen, die schlimmer dran sind als ich«, meinte die Stabssergeantin grimmig. Sie trug ihre Rüstung nicht mehr, und unter dem verschwitzten Leinenhemd trug sie einen dickeren Verband als Leandra, einen, der sich an einer Stelle bereits wieder blutig färbte. Es war nicht der einzige. Ihr kurzes, graues Haar war noch immer von Blut verklebt, und der Schmerz hatte tiefe Fugen in ihr Gesicht gezogen. Nicht zum ersten Mal fragte sich Leandra, wie alt die Stabssergeantin war, im Moment war es leicht zu glauben, dass sie die fünfzig überschritten hatte. »Es sind nur ein paar Kratzer. Außerdem ist mir Untätigkeit zuwider.«

»Übertreibt es nicht«, bat Serafine. »Wir brauchen Euch noch.«

»Es ist ein alter Trick«, meinte Grenski und wischte den Einwand mit einer Geste beiseite. »Man muss sich bewegen, sonst wird man steif. Lanzenmajor Blix lässt fragen, ob Ihr, Maestra, bereits wieder fähig seid, Euren Greifen zu fliegen.«

»Solange ich nicht mehr tun muss, als mich am Sattel festzubinden, dann ja«, antwortete Leandra, während Serafine die beiden fragend musterte.

»Worum geht es?«, fragte sie Grenski.

»Stabsmajor Asela wünscht, die Maestra zu sprechen«, sagte Grenski. Sie wandte sich Leandra zu. »Sie ist dabei, in der Donnerfeste die Öffnung des Tors nach Illian vorzubereiten, und sie braucht Eure Hilfe.«

»Ich werde ihr dabei wohl kaum eine große Hilfe sein. Ich weiß nicht genug über die Tore.«

Grenski zuckte mit den Schultern und verzog das Gesicht, als sie an ihre Wunden erinnert wurde. »Weiter hat sie nichts gesagt.« Sie runzelte die Stirn. »Was macht der Soldat dort bei dem blutigen Marcus?« Leandra drehte sich um und beschattete ihre Augen mit der Hand, um besser gegen die Sonne sehen zu können. Der Pirat stand noch immer an den Baum gefesselt, und der Soldat war wohl an ihn herangetreten, um ihm Wasser zu geben. Aber dabei blieb es nicht, sie sah, wie Marcus dem Soldaten etwas sagte … und der ihm die Fesseln löste. »Verflucht!«, grollte Grenski. »Wie kann es nur sein, dass der Kerl sich immer wieder herausreden kann!« Sie machte Anstalten, dorthin zu rennen, doch Leandra schüttelte den Kopf. »Lasst ihn«, bat sie leise. »Bis Ihr dort seid, ist er schon über alle Berge. Zudem … er hat mir und wahrscheinlich allen das Leben gerettet.« Sie seufzte. »Wieder einmal.« Sie wandte sich Serafine zu. »Er ist nicht von Belang«, sagte sie. »Wenden wir uns dem zu, was wichtiger ist. Was ist mit Lassahndaar?«

Das Gesicht der Obristin verdüsterte sich. »Wir müssen die Stadt aufgeben«, erklärte sie grimmig. »Der Rest der einundzwanzigsten Feindlegion ist auf dem Weg hierher. Sie ist nicht auf voller Stärke, doch sie ist dennoch gut siebentausend Mann stark. Zu viel für uns.«

»Wir können die Stadt wahrhaftig nicht halten?«, fragte Leandra. Sie hatten schon darüber gesprochen, doch der Gedanke, dass diese Schlacht hier umsonst gewesen sein sollte, schmerzte sie.

»Wir könnten.« Serafines Blick wanderte über das Schlachtfeld. »Lanzenmajor Blix hat gezeigt, dass wir ihnen auch dann standhalten können, wenn sie uns zahlenmäßig überlegen sind. Wir könnten sie besiegen ... nur müssten wir in Kauf nehmen, dass es ein Sieg wie dieser wird.«

Leandra musterte die stillen Gestalten auf dem Hang. »So einen Sieg brauchen wir nicht noch einmal.« Sie seufzte. »Können wir die Bewohner rechtzeitig in Sicherheit bringen?«

»Wir haben noch vier Tage Zeit. Es wird gehen.«

Grenski räusperte sich. »Maestra?«

»Ja?«

»Ich habe mir erlaubt, Euch neue Ausrüstung zusammenzustellen. Ihr findet sie im Kommandeurszelt. Zusammen mit Steinherz.«

»Danke, Stabssergeantin.« Leandra wollte sich schon abwenden, doch Grenski hielt sie zurück. »Euer Schwert ... Steinherz?«

»Was ist damit?«

»Ich habe ihn in der Schlacht geführt. Seid Ihr ... seid Ihr sicher, dass Ihr ihn führen solltet?« Zum ersten Mal, seitdem sie Grenski kannte, schien sie Leandra unsicher.

»Warum?«, fragte die Maestra.

Die Stabssergeantin schluckte. »Ich habe schon oft kämpfen müssen. Nicht in einer solchen Schlacht, aber ... ich weiß, wie ich mich dabei fühle. Jedes Mal, wenn es beginnt, habe ich Angst, dass ich mich vor lauter Panik nicht bewegen kann oder schreiend fliehen werde. Wenn ich einen Feind erschlage, dann bin ich erleichtert, dass es der andere ist, der stirbt, nicht ich.« Sie holte tief Luft. »Ich ... ich kenne mich und meine Schwächen.«

»Worauf wollt Ihr hinaus?«, fragte Leandra, während Serafine sie beide aufmerksam beobachtete.

»Als ich Steinherz in den Händen hielt, war es anders. Er ... er ist selbstgerecht. Ich fühlte eine Genugtuung und eine Freude, die Gegner vor mir fallen zu sehen. Ich dachte, er wäre das Schwert der Gerechtigkeit, doch er kennt keine Gnade. Wie kann er da für Boron stehen?«

»Er ist nicht an Euch gebunden, Stabssergeant, daran wird es liegen«, vermutete Leandra. »Wenn ich ihn führe, fühle ich von dem allen nichts. Nur eine kühle Ruhe.«

»Dann täuscht er Euch«, beharrte Grenski. »Denn er brennt vor Hass.«

Grenski hatte ihr sorgsam die gesamte Ausrüstung auf das Feldbett gelegt und Steinherz danebengestellt. Die Rubinaugen des Drachenkopfs schienen jede ihrer Bewegungen zu verfolgen, als Leandra sich mit Mühe anzog. Die eine Hand dick verbunden, um den Finger zu schienen, mit einer Schulter, die ihr die Tränen in die Augen trieb, wenn sie nur daran dachte, sie zu bewegen, konnte sie kaum etwas greifen, und sie überlegte schon, sich jemanden zu Hilfe zu holen, als die Zeltbahn zur Seite geschoben wurde.

Es war die alte Enke.

»Soll ich dir helfen, Kindchen?«, fragte sie freundlich. Sie hatte an dem Tee des Lanzenmajors Gefallen gefunden, und auch jetzt hielt sie eine Tasse in der Hand. Sie trat an den Tisch des Majors heran und schenkte sich nach, während ihre grauen Augen Leandra musterten. Als Leandra sie zum ersten Mal gesehen hatte, war sie an Hässlichkeit kaum zu überbieten und gereichte der Legende von der alten Hexe Enke zur Ehre, jetzt sah sie eher aus wie eine wohlhabende Bauersfrau in den besten Jahren. Sie trug ein dunkles Kleid mit weißer Bluse, ihr langes, blondes Haar war sorgsam zu Zöpfen geflochten und in kunstvolle Schleifen gelegt. Sie sah, wie Blix einmal treffend bemerkt hatte, aus wie jemandes Mutter. Die einen ziemlich großen Raben auf ihrer Schulter trug, der Leandra aus listigen Augen musterte.

»Danke«, sagte Leandra. Sie hob ihre verbundene Hand an. »Im Moment fühle ich mich in der Tat etwas hilflos.«

Die alte Enke musterte den dicken Verband, schüttelte den Kopf und stellte ihre Tasse sorgsam wieder ab.

»Deine dunkle Elfenfreundin verstand sich auf Wundbehandlung«, meinte sie, als sie herantrat und Leandras rechte Hand ergriff. »Dieser Medikus dagegen hat noch viel zu lernen.« Sie zupfte an dem Knoten und wickelte den Verband ab, um sich dann Leandras Hand und den geschienten Finger anzusehen. »Dein Schwert hat nicht gemocht, was du ihm aufgezwungen hast«, stellte sie fest, während sie sanft mit dem Finger über die Brandnarbe strich. »Dafür ist es schon bemerkenswert gut verheilt.«

»Der Finger bereitet mir Probleme, nicht die Narben«, teilte Leandra der Hexe mit.

»Ja, das sieht man«, meinte die alte Enke, als sie vorsichtig die Schienen von dem Finger löste. »Dick und blau und schwarz.« Sie musterte die Wunde, dort, wo sich der Knochen durch die Haut gebohrt hatte. »Wenigstens hat er ihn Euch gut gerichtet.« Sie roch an der Salbe. »Bahrinswurz und Alraune«, stellte sie fest. »Sie verwenden es für alles. Aber dafür gibt es Besseres.« Sie trat an die Kiste des Majors heran, öffnete sie und entnahm ihr ein frisch gewaschenes Leinenhemd. Mit einem Dolch schnitt sie eine Bahn Leinen aus dem Hemd und begann vorsichtig, die Salbe abzuwischen.

»Das wird dem Major gar nicht gefallen«, meinte Leandra und zog scharf die Luft ein, als die alte Enke eine empfindliche Stelle berührte.

»Er wird es überstehen«, entgegnete die Hexe ungerührt. Sie musterte den geschwollenen Finger kritisch, um dann noch einen Salbenrest zu entfernen.

»Ihr habt ein Talent für die Elemente«, erklärte sie Leandra, während sie eine kleine Tonflasche aus dem Beutel nahm, den sie an ihrer Seite hängen hatte. Sie zog den Korken mit den Zähnen ab und träufelte etwas von der bernsteinfarbenen Flüssigkeit auf die Wunde. »Den Blitz könnt Ihr schon reiten, und die Erde und das Feuer habt Ihr auch schon in Euch aufgenommen. Jetzt müsst Ihr nur noch lernen, damit umzugehen.«

»Wie meint Ihr das?«, fragte Leandra, während sie sich zugleich bemühte, nicht laut aufzuschreien, was immer die alte Enke ihr in die Wunde geträufelt hatte, es brannte wie Feuer.

»Erinnert Ihr Euch? Ihr seid in den Weltenstrom geraten. Erde und Feuer. Sie hätten Euch beinahe verbrannt … und doch habt Ihr es überlebt. Ihr habt Euch ihm geöffnet. Wie dem Blitz, den Ihr so liebt. Sagt, kann ein Blitz Euch schaden?«

»Ich habe es noch nicht ausprobiert«, meinte Leandra. »Aber ich denke nicht. Was hat das … ?«

»Warum lasst Ihr dann zu, dass das Feuer Euch berührt?«, fragte die Hexe und nahm Leandras Hand zwischen die ihren. »Schaut zu«, flüsterte sie. »Fühlt Ihr, wie es in Euch brennt?«

Ja, dachte Leandra. Es brannte fürchterlich. Aber es war nicht das Feuer, sondern diese Flüssigkeit… »Begrüßt es«, flüsterte die Hexe eindringlich. »Lasst es durch Euch hindurch … stellt ihm keinen Widerstand entgegen. Füllt Euch damit, verwahrt Euch ihm nicht!«

Das Brennen breitete sich langsam aus, bis ihre ganze Hand zu brennen schien. Leandra wollte ihre Hand aus den Händen der Hexe befreien, doch die alte Enke hielt sie eisern fest. »Lasst es durch Euch fließen«, flüsterte sie. »Verteilt es, nehmt die Hitze auf, heißt sie willkommen …«

»Es ist zu viel«, keuchte Leandra, während ihre Knie zu zittern begannen. »Es brennt so fürchterlich …«

»Seht Ihr es nicht?«, fragte die alte Enke eindringlich. »Ihr habt das Talent dazu, Ihr seid eine Maestra, könnt Ihr das Feuer nicht fühlen?«

Ja, dachte Leandra verzweifelt. Es fraß sie auf! Mit einem Ruck riss sie sich los und taumelte zurück und war froh, das Bett des Majors an ihren Kniekehlen zu spüren. Schwer ließ sie sich hineinfallen.

»Wolltet Ihr mir nicht helfen«, keuchte sie, während sie der Übelkeit Herr zu werden suchte, die der Schmerz ausgelöst hatte. Gegen den Schmerz hatte sie die Hände geballt, was alles noch viel schlimmer machte. »Seht Ihr, was Ihr angerichtet habt?«, beschwerte sie sich keuchend, als sie sich zwang, die Hand zu öffnen. »Ihr habt …«

»Ja?«, fragte Enke freundlich, während der Rabe auf ihrer Schulter ein Krähen von sich gab, das wie Gelächter klang.

Ungläubig starrte Leandra auf ihre Hand herab. Die Schwellung war vergangen, als hätte es sie nie gegeben, nur dort, wo der Knochen die Haut durchbrochen hatte, war eine kleine weiße Narbe geblieben. Selbst der brennende Schmerz ebbte schon ab und war einen Lidschlag später fast vollständig verschwunden. Nur ein leichtes Ziehen blieb zurück.

»Die Narbe wird bleiben und Euch erinnern«, meinte die Hexe. »Aber sonst sollte nichts zurückbleiben. Versucht, ob Ihr den Finger noch bewegen könnt.«

Es war ihr noch immer nicht möglich, den Finger vollends zu strecken, er blieb wie eine Klaue gebogen, doch die alte Enke schien zufrieden. »Das wird sich geben«, teilte sie Leandra mit. »Ihr müsst es nur üben.«

»Wie habt Ihr das gemacht?«, fragte Leandra staunend. »Ich dachte, Ihr wäret keine Priesterin?«

»Ich bin eine Hexe, habt Ihr das schon vergessen?«, schmunzelte die alte Enke und griff nach ihrem Tee, um sich dann auf Grenskis Bett zu setzen und Leandra nachdenklich zu mustern. »Sagt mir, wie habt Ihr den Blitz bezwungen?«

»Ich habe es im Tempel erlernt«, antwortete Leandra. »Es ist schwer zu erklären, er entsteht, wenn man die Magie auseinanderzieht und …«

»Nein«, sagte die Hexe und schüttelte den Kopf. »Diese

Sorte Blitz meinte ich nicht. Ich meinte Eure Fähigkeit, Euch an einem Blitz zu laben, ihn für Euch zu rufen.« Sie tat eine wegwerfende Handbewegung. »Bleibt mir mit Euren Tempellehren vom Hals, wie sollen Euch Priester lehren, was ihnen selbst verschlossen ist? Was ist mit den Funken, die Euch manchmal umhüllen, wie entstehen diese?«

»Ich weiß es nicht«, gestand Leandra. »Manchmal, wenn ich zornig bin oder traurig … wenn mich die Gefühle übermannen, dann erscheinen sie.«

»Also ist es etwas, das Ihr fühlt?«

Leandra nickte langsam. »Manchmal.«

»Nun, dann solltet Ihr lernen, auch die Erde und das Feuer zu fühlen.« Enke trank einen Schluck, stellte die Tasse wieder zur Seite und beugte sich zu Leandra hinüber. »Was Ihr gelernt habt, findet hier statt«, sagte sie und tippte mit einem harten Finger gegen Leandras Stirn. »Aber für Eure anderen Talente braucht Ihr das.« Sie tippte mit demselben Finger hart gegen Leandras Brust. »Ihr müsst Euch darauf einlassen, es zu fühlen, sonst verbrennt es Euch. Doch wenn Ihr es fühlt, dann gehört es Euch und kann Euch nichts mehr anhaben.« Sie stand auf und strich sich die Röcke glatt. »Ihr wollt zur Donnerfeste fliegen?«

Leandra war überrascht. »Ja. Woher wisst Ihr das?«

»Ihr tragt eine solche Rüstung nur, wenn Ihr Euren Greifen reiten wollt«, meinte die alte Enke. »Wohin sollt Ihr sonst fliegen wollen, wenn nicht dorthin? Ich werde Euch begleiten.«

»Ich … ich weiß nicht, ob Steinwolke bereit ist, Euch auf ihrem Rücken zu erdulden«, sagte Leandra. »Ich muss sie fragen.«

»Das wird nicht nötig sein, ich finde meinen eigenen Weg dorthin«, sagte die alte Enke.

»In Ordnung«, meinte Leandra zweifelnd. »Was wollt Ihr dort?«

»Euch helfen.«

»Wobei?«

»Ich kenne mich mit Wölfen aus«, lächelte die Hexe, nickte ihr zu und verschwand mit wehenden Röcken aus dem Zelt.

»Schon wieder auf den Beinen?«, fragte Janos und musterte Leandras Rüstung. »Und bereit, Euch in die Lüfte zu schwingen?«

»Tatsächlich bin ich dankbar dafür, dass man die Rüstung so fest gürten kann«, meinte Leandra und setzte sich zu dem ehemaligen Räuberhauptmann an den rohen Tisch, den irgendjemand etwas abseits von dem Krankenlager zwischen den Bäumen aufgestellt hatte. »Solange der Brustpanzer meine Rippen in die richtige Form presst, ist es erträglich.«

Auch einer der Versorgungswagen stand hier, die Seiten heruntergeklappt. Ein anderer Soldat stand dort, einen gegabelten Ast als Krücke unter seine linke Achsel geklemmt, und füllte hölzerne Humpen mit dem kaiserlichen Dünnbier.

»Fast wie in einer anständigen Taverne«, meinte Janos und sah sich in der kleinen Lichtung um. Man hatte drei Zeltbahnen zwischen den Bäumen verspannt, und jetzt am Morgen war es kühl und friedlich hier. Solange es einem gelang, das Stöhnen der Verwundeten zu überhören.

»Die einzige Stelle, von der aus man keine Toten oder Gräber sieht«, fügte Janos hinzu, als hätte er ihre Gedanken gelesen. Er wies mit seinem Humpen auf die Bäume, deren Blattwerk über ihnen im leichten Wind raschelte. »Wenigstens nicht die von gestern. Wisst Ihr, dass die alte Enke diese Bäume pflanzte?«

»Nein«, sagte Leandra und nickte dankend, als ein Rekrut ihr den Becher füllte. »Warum?«

»Die Legion hat hier schon einmal gekämpft. Sie hat in jedes Grab einen Samen gelegt, um die Toten zu ehren. Obwohl sie damals ihre Feinde waren.«

Leandra sah an der Zeltplane vorbei zu den hohen Kronen auf. »Es ehrt auch sie.« Sie wies mit ihrem Blick auf Janos' Hand. »Wie ist es Euch ergangen?«

»Bis auf ein paar angeschlagene Knochen, Blessuren und Kratzer bin ich gut weggekommen.« Er hob seine verbundene Hand. »Bis auf das hier natürlich. Ich könnte mich jetzt Janos Halbhand nennen, aber ich muss sagen, dass mir Janos Dunkelhand weit besser gefallen hat.«

»Das glaube ich gerne«, sagte Leandra und musste unwillkürlich schmunzeln. »Was ist geschehen?«

»Fast zum Schluss der Schlacht bin ich noch in ein Handgemenge geraten. Ich hatte gerade einen erledigt, als ein anderer mich von hinten ansprang ... ich habe ihn mit der Hand weggedrängt, um Platz genug zu finden, damit ich ihm einen Dolch in die Seite schieben konnte ... da hat er mir einen Teil des Fingers abgebissen.« Er schüttelte staunend den Kopf. »Er biss glatt durch den Knochen durch ... ich wusste gar nicht, dass das möglich ist. Götter«, seufzte er, »das war eine üble Metzelei.«

Leandra nahm ein Schluck von dem dünnen Bier, es war frisch und kühl und half den Geschmack von Blut wegzuspülen. »Wo ist Sieglinde?«, fragte sie. »Ich wollte mich verabschieden.«

»Sie ist für den Major auf die Suche nach Anlynn gegangen. Er bat sie, ihr zu erklären, dass er kein Verbrecher ist.« Er schüttelte lächelnd den Kopf. »Da hat er die Richtige gefunden, sie hat ein Herz aus Gold.« Seine Miene verdüsterte sich, und er runzelte die Stirn. »Irgendetwas ist mit ihr geschehen, als sie die Fahne gehalten hat. Sie wirkt gedrückt. Oder nachdenklich. Ich weiß es nicht, wir haben noch nicht viel Zeit für uns finden können.«

»Nach dem, was hier geschehen ist, ist es kein Wunder, wenn es ihr auf das Gemüt geschlagen hat.«

»Mag sein. Von dort, wo sie stand, hat sie alles sehen können, und zum Schluss war das Getümmel bei ihr am dicksten.« Er seufzte. »Tatsächlich danke ich den Göttern dafür, dass sie die Schlacht unbeschadet überstanden hat.«

»Ich hörte, Sergeant Avron hätte sie verteidigt?«

»Ja«, bestätigte Janos. »Doch er hat schwer gelitten, und es ist fraglich, ob er überlebt. Sie macht sich deswegen Vorwürfe. Ich glaube, sie hat gehofft, dass Eiswehr auch ihn schützen würde. Doch die Schwerter machen nicht unsterblich.«

»Ja. Bis auf eines«, sagte Leandra bitter.

Janos nickte und musterte sie. »Ihr tragt Steinherz nicht?«

»Noch nicht. Ich werde ihn mitnehmen, wenn ich zur Donnerfeste fliege. Aber im Moment ...« Sie zuckte mit den Schultern und fluchte leise, als der stechende Schmerz sie durchfuhr. Ich hätte Enke fragen sollen, dachte sie. Kaum zu glauben, dass der gebrochene Finger sie weniger gestört hatte als die gezerrte Schulter.

»Was wisst Ihr über Steinherz?«, fragte sie.

Er zuckte mit den Schultern. »Das Übliche. Er ist Boron geweiht und das Schwert der Gerechtigkeit. Ihr solltet Sieglinde dazu befragen. Sie kennt sich in solchen Dingen besser aus.«

Leandra neigte den Kopf. »Helis sagte, Ihr hättet gesehen, wie die dunklen Elfen Zokora entführten?«

»Ja.« Janos sah in seinen Becher, nahm einen Schluck und winkte den Rekruten heran, um sich nachschenken zu lassen. »Als das Wasser die Wand eindrückte und den Tempel überflutete, wurde ich zwischen Steinen eingequetscht und wäre beinahe abgesoffen. Als ich zu mir kam, sah ich diese Spruchweberin mit anderen Elfenkriegerinnen vor Zokora stehen. Sie warfen ihr vor, dass Zokora ihren Stamm verraten hätte. Varosch ...« Er schüttelte ungläubig den Kopf. »Ich kann immer noch nicht ganz glauben, dass er es sein soll ... also sie und dieser Elf, der sich für Varosch hält, waren von dem Kampf verletzt. Zokora ergab sich ihnen, als diese Dorin ihr versprach, dass ihren Kindern nichts geschehen würde.« Er runzelte die Stirn. »Wisst Ihr, was seltsam ist?«

Sie sah ihn fragend an.

»Ich weiß, wie ich unter dem Stein lag und dachte, ich müsste gleich ersaufen. Zum dritten, vierten oder fünften

Mal.« Er schüttelte sich wie ein nasser Hund. »So schnell gehe ich freiwillig nicht mehr baden. Steinwolke hat dann den Stein zur Seite geschoben … aber irgendetwas war da noch … nur kann ich mich beim besten Willen nicht mehr erinnern.«

»Es wird Euch wieder einfallen«, meinte sie tröstend und seufzte. »Ich muss los.«

»Du solltest dir etwas mehr Ruhe gönnen«, sagte Janos und sah grimmig drein. »Nach dem, was dieser Kriegsfürst dir angetan hat …«

»Wir könnten alle mehr Ruhe gebrauchen«, meinte Leandra, als sie vom Tisch aufstand. »Ich …«

»Die Ruhe muss warten«, unterbrach sie die alte Enke, als sie an den Tisch herantrat. Ihre Augen suchten die von Leandra. »Ich muss Euch an ein Versprechen erinnern.«

»Hättet Ihr nicht vorhin die Möglichkeit gehabt?«, meinte Leandra müde. Die Hexe wischte den Einwand mit einer Geste zur Seite.

»Da wusste ich noch nicht, was ich jetzt weiß. Byrwylde. Sie ist frei. Ich fühle sie … und sie kommt näher. Ihr hattet versprochen, mir dabei zu helfen, das Ungeheuer zu erschlagen.«

»Und was soll ich tun?«, fragte Leandra leicht ungehalten. »Mich ihm in den Weg stellen und den Wyrm erschlagen?«

»Wenn Ihr das könntet, wäre das nett, ja«, sagte die Hexe ernst. »Aber so leicht wird es nicht sein. Während Ihr hier einen Schwatz gehalten habt, habe ich Konrad geschickt, um ein Auge auf den Wyrm zu halten.« Leandra nickte. Der Rabe der alten Hexe war ihr nicht ganz geheuer. Selbst für einen Raben war das Vieh zu schlau. »Ich kann durch seine Augen sehen«, erklärte Enke weiter. »Und es ist das geschehen, was ich befürchtet habe. Der Wyrm bewegt sich. Vielleicht hat sie es mir ein wenig übel genommen, dass ich sie die letzten Jahrhunderte eingesperrt habe, und sie folgt jetzt mir. Oder aber es ist nur Zufall.« Sie zuckte mit den Schultern. »So oder so, das Vieh bewegt sich hierher. Und so wie ich es einschätze, wird es morgen früh Lassahndaar erreicht haben.«

»Lassahndaar?«, fragte Leandra entsetzt. »Die Stadt ist noch nicht geräumt!«

»Ja«, nickte die alte Enke. »Deshalb sollt Ihr mir helfen, die Eule Asela zu überzeugen, dass es wichtiger ist, ein Tor nach Lassahndaar aufzumachen, damit wir die Menschen hier in Sicherheit bringen können.«

»Dieser Wyrm, wie groß ist er?«, fragte Janos.

»Größer, als selbst ich es befürchtet habe«, antwortete die alte Enke. »Es ist schwer, Dinge abzuschätzen, wenn ich durch Konrads Augen sehe, aber ich denke, Byrwylde ist mehr als zweihundert Schritt lang und fünfzehn bis siebzehn im Durchmesser. Sie ist wütend ... und das merkt man ihr an. Sie zerstört alles, was ihr vor den Rachen kommt.«

»Götter«, stöhnte Janos ehrfürchtig. »Das ist groß.«

»Und sie ist nicht allein. Sie hat ihre Brut mitgebracht. Etwa siebzig von ihnen.«

»Die Sorte Schlangen, die uns im Moor angegriffen haben?«, fragte Janos.

Hoffentlich nicht, dachte Leandra. Das eine Biest, das ihnen über den Weg gekrochen war, hatte ihnen schon genügend Ärger bereitet. Ohne Zokora hätte die Schlange sie und Sieglinde wohl sogar getötet. Und vielleicht noch aufgefressen.

»Genau die.« Die alte Enke seufzte. »Dass es so viele sind, damit habe ich selbst nicht gerechnet. Es tut mir leid, Maestra, aber ich befürchte, im Moment ist Byrwylde ein größeres Problem als die feindlichen Legionen.« Sie schaute zu Leandra hin. »Wenn Ihr zur Festung fliegt, macht besser vorher noch einen Abstecher in Richtung Moor. Ich glaube kaum, dass Ihr sie verfehlen werdet.«

Nein, zu verfehlen war sie nicht, dachte Leandra kaum eine Kerzenlänge später, als Steinwolke sich seitlich in die Höhe schraubte. Es gab nicht viel, vor dem ein Greif Angst zu haben brauchte, aber dieses Biest nötigte selbst dem Greifen so viel Respekt ab, dass sie ihm nicht zu nahe kommen wollte.

Weit unter Leandra und ihrem Greifen glänzte der Wyrm im Sonnenlicht. Eine Reihe feuerroter Schuppen zog sich von dem mächtigen Maul über die Augen fast zwanzig Schritt die Flanken der mächtigen Schlange entlang, und von hier oben konnte Leandra die Muskeln unter den Schuppen spielen sehen. Unter dem aufgewirbelten Staub schimmerten die bläulichen Schuppen wie gehärtetes Metall und erinnerten Leandra daran, wie schwer es gewesen war, die eine Schlange, die ihnen im Moor begegnet war, zu besiegen. Nur Zokoras schwarzes Schwert war imstande gewesen, diese Panzerung zu durchschlagen.

Im ersten Moment schien sich der Wyrm nur langsam zu bewegen, sich gemächlich über den Boden zu schlängeln. Doch der Eindruck täuschte, fassungslos beobachtete Leandra, wie sich der Wyrm über einen kleinen Wald wälzte. Unter dem Gewicht des Ungetüms brachen Steine, wurden Bäume wie Strohhalme gebrochen und bebte die Erde, es klang wie ein dumpfes Donnergrollen, überlagert von einem Krachen und Bersten, das bis hier oben zu hören war. Das Grollen war so machtvoll, dass es Leandra und ihren Greifen am ganzen Körper beben ließ und ihr die Luft zu nehmen drohte. Hier, hoch oben in der Luft, war es zu ertragen, doch dort unten zitterte der Boden in weitem Umkreis, ungläubig sah sie, wie ein Baum zu wackeln anfing und fiel, noch bevor der Wyrm ihn überhaupt erreichte. Eben befand sich dort unten noch ein kleines Wäldchen um einen niedrigen Hügel herum, an dem sie vielleicht auch gerne Rast gemacht hätte, im nächsten Moment war davon nicht mehr geblieben als Laub, aufgewühlte Erde und geborstenes Holz.

Der geschuppte Körper drückte alles, das ihm im Wege stand, mit der Geschwindigkeit eines galoppierenden Pferdes in den Untergrund. Im letzten Moment floh ein Reh aus dem todgeweihten Wäldchen, in wilder Panik und nur darauf bedacht, sich vor dem lebenden Berg in Sicherheit zu bringen ... direkt in den Weg einer anderen, kleineren Schlange. Ein geschuppter Kopf hob sich, schnellte vor und verschlang das Reh in einem Bissen, nur ein Huf ragte für einen Augenblick noch heraus und zuckte, dann verschwand auch er im Schlund der Schlange.

Wie Enke schon erwähnt hatte, war der Wyrm nicht allein, zu beiden Seiten der schillernden Flanken des Ungetüms schlängelten sich Dutzende kleinere Schlangen entlang. Wobei klein nur im Verhältnis stimmte, ein Maul, das ein Reh mit einem Bissen verschlingen konnte, hatte auch für einen Menschen Platz.

Am erschreckendsten jedoch war die Geschwindigkeit, mit der sich der Wyrm bewegte. Ein galoppierender Reiter mochte imstande sein, dem Ungetüm zu entkommen, aber selbst das schien Leandra fraglich.

Der fordernde Schrei eines Raben ließ sie zur Seite schauen, dort, etwas versetzt über ihr, flog Konrad, der Rabe der alten Enke, und sah sie mit seinen listigen Augen an, als wolle er sagen, dass seine Herrin sie gewarnt hatte.

Damit die Eule Asela ein magisches Tor in Illian errichten konnte, war es nötig gewesen, einen Teil des Weltenstroms umzuleiten. Doch genau dieser Strom hatte es der alten Enke ermöglicht, Byrwylde über die Jahrhunderte in ihrem Moor gefangen zu halten.

Jetzt, da der Weltenstrom anders verlief, hatten die alten Schutzzauber ihre Kraft verloren, und der Wyrm war aus seinem Gefängnis ausgebrochen.

Das war das Versprechen gewesen, von dem die alte Enke gesprochen hatte: Im Gegenzug dazu, dass sie Leandra half, den Weltenstrom umzulenken und so dem Ungeheuer den Käfig zu öffnen, hatte sie Leandra das Versprechen abgerungen, der Hexe dabei zu helfen, den Wyrm zu erschlagen.

Eine Wahl hatte Leandra dabei schwerlich gehabt, doch jetzt ertappte sie sich bei dem Gedanken, dass sie dieses Versprechen noch bereuen würde. Doch auch jetzt gab es keine Wahl: Das Ungeheuer war dem Moor entkommen und würde das Land so lange verwüsten, bis man ihm ein Ende setzte.

Von Steinwolkes Rücken aus konnte Leandra die Spur der Zerstörung sehen, die der Wyrm zurückgelassen hatte, gerade wie ein Pfeil wies sie vom Moor direkt nach Lassahndaar. Hier hatte es schon länger nicht geregnet, und so folgte eine Wolke aus Staub dem Weg der Ungeheuer, die sich höher und höher in den Himmel türmte. Vielleicht hatte die alte Enke recht, und das Vieh konnte sie spüren und war auf Rache aus. Oder es gab einen anderen Grund. Ein kleines Gehöft hatte auf dem Weg gelegen, übrig waren nur in den Grund gepresste Steine, Stroh von den Dächern und massive Holzbalken, die wie Zahnstocher geknickt und gebrochen waren.

Doch das war noch nicht alles.

Ein Teil von Leandras Talent lag darin, dass sie die Ströme der Magie wahrnehmen konnte, ein feines, verwobenes Netz von leuchtenden Strömen, mal so fein wie das Gespinst einer Spinne, mal so dick und stabil wie der Stamm eines Baumes. Nicht nur der Weltenstrom enthielt die Magie, sie war überall vertreten.

Der Wyrm unter ihr verwüstete nicht nur die Landschaft. Betrachtete die Maestra die Schlange mit der Sicht der Magie, wanden sich unzählige Ströme und Fasern von Erdmagie um sie, um dann mit ihren Schuppen zu verschmelzen.

»Götter«, hauchte Leandra, als sie verstand, was dort unten geschah. »Sie frisst sie auf!« So also hatte die Schlange die Jahrhunderte überlebt! Die Ströme der Magie hatten ihr nicht nur ein Gefängnis gewoben, sondern sie zugleich ernährt. Jetzt aber lief der Weltenstrom dort im alten Tempel bei Lassahndaar zusammen … und genau dorthin war der Wyrm jetzt unterwegs.

»Zur Festung, Steinwolke«, rief sie dem Greifen zu, und wenn auch der Wind ihr die Worte von den Lippen riss, hörte

Steinwolke sie trotzdem, in einem eleganten Bogen legte sie sich zur Seite und breitete die mächtigen Schwingen aus, erkennbar froh, der Nähe dieses Wyrms und diesem beständigen Grollen und Donnern zu entkommen.

Aus dieser Höhe sah das Land unter ihr friedlich aus, die Muster von Feldern wechselten sich ab mit Wäldern, Auen und Gehöften, es erstreckten sich Hügel und weite grüne Täler unter ihr. Ein Dorf tauchte vor ihnen auf, unberührt und dennoch verlassen, Steinwolke breitete die Schwingen aus und zog einen weiten Kreis, während sie tiefer sank, um ihrer Reiterin einen besseren Blick zu ermöglichen.

Doch nichts regte sich dort, nur ein Hund lief über den verlassenen Marktplatz, als der Schatten des Greifen über ihn huschte, duckte er sich und floh in eines der Gebäude.

Niemand wusste, wohin die Besatzer aus Thalak die Menschen verschleppten oder was mit ihnen geschah. Doch im Moment war Leandra nur erleichtert, dass so schnell keine Menschen dem Wyrm zum Opfer fallen würden. Bis Byrwylde Lassahndaar erreichte.

Steinwolkes Schrei hallte über die Landschaft und ließ tief unter ihr Vögel aufstieben.

Ich fliege schnell!

Ja, dachte Leandra. Das wird wohl auch nötig sein.

Von Wällen und Händen

3 »Und Ihr seid?«, fragte Kriegsfürst Corvulus und legte sein blutiges Messer zur Seite, als er die drei Männer musterte, die eben zögernd durch den Eingang seines Zeltes getreten waren.

»Meister Jarkar Steingrimm und meine Söhne und Gesellen Egvir und Tonik«, stellte der breitschultrige Mann sich und seine Begleiter vor. Hastig riss er seine Ledermütze von seinem Kopf. »Ihr habt uns rufen lassen, Ser?«

»Ah ja«, sagte der schlanke Mann und strich sich über das rabenschwarze Haar. Es entging ihm nicht, wie verzweifelt die drei Sers versuchten, nicht zu seiner Schwester hinzusehen.

»Beachtet sie nicht«, sagte er mit einem kalten Lächeln und wandte sich Fürstin Dereinis zu, die dort blutend an zwei Balken hing. Er ließ den Vorhang vor sie fallen und wandte sich dann seinen Gästen zu.

»Ihr seid die Minengräber«, stellte er dann fest und trat an einen kleinen, polierten Tisch heran, um sich mit seiner einen Hand einzuschenken. Er musterte die drei Männer sorgsam. »So klein kommt Ihr mir gar nicht vor.«

Der Größte unter ihnen mochte vielleicht etwas über fünfeinhalb Fuß messen, dafür waren sie breiter in den Schultern als Stiere, und ihre mächtigen Muskeln schienen ihre dünnen Lederjacken bei jeder Bewegung sprengen zu wollen, die Schultermuskeln ließen fast den Hals verschwinden, und die Köpfe waren eher kantig geraten. Sie trugen alle Bärte, die in der Art der Barbaren sorgsam geflochten waren. Jeder Einzelne von ihnen, dachte Corvulus interessiert, sah aus, als ob er mit einem Amboss Ball spielen konnte. Auch ihre Hände waren breiter als gewohnt, nur etwas kürzer, dafür schien es, als ob sie mit ihrem Griff sogar Wasser aus einem Stein zu pressen vermochten.

»Ich habe noch nie jemanden von Eurem Volk gesehen«, erklärte er dann. »Mir ist es gerade entfallen, wann haben wir Euch unterjocht?«

»Gar nicht, Ser«, sagte Meister Steingrimm höflich. »Es wird auch nie geschehen.«

»Warum untergrabt Ihr dann für uns die Mauern dieser schönen Stadt?«

»Gold, Ser«, sagte Meister Steingrimm unbewegt. »Die Fürstin hat uns eine gute Summe angeboten, wenn wir ihr die Mauern untergraben.«

»Gut«, meinte Corvulus und trank einen Schluck, während er sich seine Gäste besah. »Gold ist immer ein guter Grund.« Ein leises Stöhnen drang durch den Vorhang, und Meister Steingrimm schluckte, während er und seine Söhne verzweifelt zur Seite wegsahen.

»Wie geht es denn voran?«, fragte der Kriegsfürst. »Berichtet mir.« Er wies auf die Stühle. »Setzt Euch, und macht es Euch bequem. Ihr seid Gäste hier und keine Sklaven.«

»Danke, nein«, sagte Meister Steingrimm. Er sah, wie sich die Stirn des Kriegsfürsten furchte, und fuhr hastig fort. »Wir wissen Eure Gastfreundschaft zu schätzen, doch Eure Stühle würden unter unserem Gewicht zerbrechen.«

»Ah«, meinte der Kriegsfürst. »So ist auch das wahr? Sagt, wie viel wiegt Ihr, dass meine Stühle Euch nicht tragen sollen?«

Der Meister schluckte verlegen. »Ich schätze, mein jüngster Sohn wird wohl das Doppelte von Euch wiegen.« Er schluckte erneut. »Was die Tunnel angeht.... es geht nur schwer voran.«

»Das hörte ich auch«, sagte Corvulus. Seine Stimme klang sanft, aber sein Blick machte deutlich, dass er Antworten hören wollte. »Wie lange grabt Ihr nun schon? Drei Monde? Oder sind es vier?«

»Etwas weniger als drei, Ser«, antwortete der Meister und wischte sich hastig über die Stirn, wo sich Schweißtropfen gebildet hatten. »Die Arbeit ist beschwerlich und ...«

Der Kriegsfürst bedachte ihn mit einem harten Blick. »Ich will keine Ausflüchte hören. Berichtet mir nur, woran es liegt.«

»Ja, Ser«, sagte der Mann und schluckte. »Ich sah noch nie ein Menschenwerk von dieser Güte, die Mauern dieser Stadt reichen fast zwölf Mannslängen in die Tiefe, wo sie nahtlos auf gewachsenem Felsen aufsetzen. Die Steine, die sie verwenden, sind nicht in der Erde gewachsen, sie wurden geformt, sind aber dennoch härter als Granit. Jeder dieser Steine ist mit Stahl gleich vierfach mit anderen verbunden. Wir graben uns jetzt durch den Fels, auf dem diese Mauer steht, es ist für uns leichter so, unser Talent wirkt nur auf lebenden Stein, doch es wird noch etwas dauern.«

»Wie lange?«, wollte Corvulus wissen, den es herzlich wenig interessierte, ob der Fels nun lebte oder nicht. Doch der Meister duckte nur den Kopf.

»Das ist schwer zu sagen. Wir graben nun schon fast drei Monde lang, wir hoffen, bald das Fundament passiert zu haben … diese Mauern sind auch ungewöhnlich dick. Wenn wir dann nach oben graben, wird es schneller gehen.«

»Wie lange? Monate, Wochen … Tage?«

»Tage«, antwortete der breitschultrige Mann. »Vielleicht eine Woche noch … mehr nicht.«

»Eine gute Nachricht«, sagte Corvulus und sah zu dem Vorhang hin. »Es war also ihre Idee, Euch zu beauftragen?«

»Aye, Ser«, antwortete der Mann und zerdrückte seine Lederkappe zwischen den Händen. »Fürstin Dereinis war so gnädig und gab uns die Gelegenheit, unsere Nützlichkeit zu beweisen.«

Unausgesprochen blieb, was geschehen würde, wenn die drei nicht »nützlich« waren.

»Das spricht für sie«, stellte Corvulus gnädig fest. »Jetzt müsst Ihr nur auch mich überzeugen.«

»Sicherlich, Ser!«, meinte Meister Steingrimm hastig. »Wenn Ihr uns nur sagen wollt, wie wir Euch überzeugen sollen?«

»Abgesehen davon, dass Ihr diesen Wall durchbrecht?«, fragte der Kriegsfürst mit einem gefährlichen Lächeln.

Der Meister duckte sich erneut. »Aye, Ser. Abgesehen davon.«

»Ich hörte, dass Euer Volk Künstler in der Metallbearbeitung hervorbringt, die ihresgleichen suchen. Wahre Wunderwerke. Vor allem aber hörte ich, dass Ihr eine Möglichkeit kennt, Metall zu beseelen.« Er hob seinen Armstumpf an, damit seine Gäste ihn sich besehen konnten. »Könnt Ihr mir eine neue Hand anfertigen?«

»Aye, Ser«, sagte der jüngere der beiden Söhne furchtsam und duckte sich. »Wenn Ihr es wünscht, werden sich sogar die Finger daran nach Eurem Wunsch bewegen.«

»Wisst Ihr«, hob der Kriegsfürst an und ließ die drei erbleichen. »Genau das ist es, was ich will. Ihr werdet mir die Hand anfertigen … und ihr beide«, er bedachte den Meister und den anderen Sohn mit einem harten Blick, »sorgt dafür, dass diese Tunnel sich dann öffnen, wenn ich es will. Wenn Ihr mehr Männer braucht, sagt es mir.«

»Es würde uns nicht viel nützen«, sagte der Meister tapfer. »In den Minen sind Menschen zu schnell ermüdet und …«

»Sollen sie müde sein. Oder von mir aus auch in Euren Tunneln sterben. In vier Tagen will ich diese Tunnel offen sehen … sonst werde ich Euch darin begraben.«

»Aye, Ser«, sagte der Meister hastig. »In vier Tagen. Wir haben es gehört.«

Der Kriegsfürst nickte. »Versagt nicht«, gab der Kriegsfürst ihnen mit auf den Weg. Er warf einen bedeutsamen Blick auf den Vorhang, unter dem inzwischen ein blutiges Rinnsal hervorkam. »Sonst werdet Ihr der Fürstin Gesellschaft leisten. Ihr dürft gehen. Für den Moment.«

Mit einem letzten verzweifelten Blick auf seinen Sohn duckte der Meister sein Haupt und eilte davon, seinen anderen Sohn fast mit sich zerrend.

Der Kriegsfürst nahm einen Schluck von seinem Wein.

»Was brauchen wir für meine Hand?«

»Kupfer, Ser«, sagte Tonik heiser. »Das reinste Kupfer, das Ihr finden könnt. Je reiner es ist, umso leichter wird es sich Eurem Willen fügen. Eine Feinschmiede brauche ich dann noch … und zwei Gesellen, die sich Mühe geben.«

»Oh«, sagte Corvulus mit einem feinen Lächeln. »Das wird sich einrichten lassen. Sie werden arbeiten, als ob ihre Seelen verloren wären, machten sie auch nur einen Fehler.«

Er wartete, bis auch Tonik aus dem Zelt geflohen war, und schlug dann den Vorhang zurück.

»Wie geht es dir, geliebte Schwester?«, fragte er höflich. Die Fürstin hob ihr blutverschmiertes Gesicht an und bedachte ihn mit einem kalten Blick.

»Gut«, knirschte sie. »Ich halte mich mit dem Gedanken aufrecht, wie du gewinselt hast, als Vater dich bestrafte.«

»Ja«, nickte Corvulus hintersinnig. »Was daran liegt, dass ich ein Feigling bin. Tapferkeit ist für mich nur ein anderes Wort für Dummheit ... Ich weiß, dass du das anders siehst, also ... du kannst jetzt tapfer sein.« Er setzte das Messer an und schnitt genüsslich eine Wellenlinie in ihre blasse Haut, um dann mit dem Finger einen Tropfen Blut abzufangen und ihn sich genauer zu besehen. »Ich denke«, sagte er dann, während sie mühsam nach Atem rang, »dass ich dich wohl doch leben lasse. Du hast Eleonora unterschätzt, ein Fehler, den auch andere schon begangen haben, aber es scheint, als ob dies dein einziges Versäumnis gewesen wäre. Ich unterstütze deine Pläne für die zwölfte und einundzwanzigste Legion, und Zwerge heranzuholen, um diese Mauern zu durchbrechen, ist fast schon genial. Ich wusste gar nicht, dass es sie noch gibt.« Er beugte sich vor und küsste sie auf ihre blutigen Lippen. »Also gut. Wenn Illians Mauern fallen, bist du frei. Bis dahin allerdings ...«

Er setzte das Messer an und raubte ihr mit seinem Kuss das Stöhnen von den Lippen. » ... gehörst du mir.«

Ein Schwur im Flug

4 Auf Steinwolkes breitem Rücken durch die Lüfte zu gleiten, brachte Leandra oft so etwas wie Erlösung, es kam ihr manchmal vor, als würden mit dem Boden unter ihr auch alle Sorgen zurückfallen. Von hier oben sah alles dort unten unscheinbar und klein aus, selbst ein Zug Soldaten, deren

Rüstungen in der Sonne glänzten, erschien ihr mehr als ein Trupp Ameisen denn als Vertreter kaiserlicher Macht.

Dort unten kämpfte man blutig um einen Hügel … der sich aus der Höhe kaum mehr von anderen unterschied.

Vor allem aber konnte sie hier alleine sein, fern von fremden Augen, die beständig darauf achteten, was ihre Gesten oder Miene über sie verrieten. Hier, im Sattel, auf Steinwolkes Rücken festgebunden, allein mit ihrer treuen Freundin, konnte sie sich gehen lassen.

Havald.

Serafine hatte recht behalten. Der Gedanke, dass er sie nicht mehr kennen würde, war für Leandra unerträglich. All das, was sie miteinander durchgestanden hatten, all die Kämpfe, die Verzweiflung, die Opfer, die sie hatten bringen müssen, all das zählte nicht mehr. Sie erinnerte sich daran, wie sie ihn das erste Mal gesehen hatte, als sie diesen Gasthof am Fuß des Donnerpasses betreten hatte, um zugleich stolz zu verkünden, wer sie war, eine Maestra, schwertgebunden an Steinherz, das Königsschwert von Illian.

Eleonora hatte sie auf diese Mission geschickt, hatte ihr den Auftrag erteilt, diesen einen Mann zu finden, Ser Roderic von Thurgau, den Helden von Avincourt. Seiner Hilfe sollte sie sich versichern, damit er sie nach Askir geleiten würde, wo sie, im Auftrag ihrer Königin, Askannon, den ewigen Herrscher des Kaiserreichs, auf gebeugtem Knie darum gebeten hätte, Illian wieder unter den Schutz des alten Reichs zu nehmen.

Den Gasthof hatte sie gefunden, doch der strahlende Held aus den Balladen war nur ein alter Mann mit knochigen Schultern und zitternden, von Altersflecken bedeckten Händen, die sich an einem Weinbecher festhielten.

Sie erinnerte sich daran, wie verächtlich er sie unter seiner Kapuze heraus angesehen hatte, als sie sich an seinen Tisch zu setzen wagte, wie er sie ohne jegliches Interesse an ihr fortschickte, als wäre sie seiner Aufmerksamkeit nicht mehr wert als die Fliege, die am Rand seines Bechers krabbelte … und mit der gleichen Geste verscheucht worden war.

Er hatte nie erfahren, wie nahe sie daran gewesen war, sich von ihm vertreiben zu lassen. Eleonoras Hoffnung war ihr in diesem Moment als nicht mehr als nur ein Fiebertraum erschienen. Diese hatte sie gegen Ende hin oft gehabt … und wenn sie dann erwachte, hatte sie mit fiebrigen Augen von den Dingen gesprochen, die sie in ihren Träumen gesehen hatte. Von Drachen war die Rede, von Ungeheuern, einem riesigen Erdwurm, von dunklen Magien, toten Göttern und immer wieder von Ser Roderic, den sie, als sie selbst nicht mehr gewesen war als nur ein Kind, zum Sterben in jenen Pass geordert hatte, an dem die Legende von Ser Roderic und den vierzig Getreuen ihren Anfang nahm.

In ihrem Fieberwahn hatte die Königin darauf bestanden, dass Ser Roderic noch leben würde, dass er ihr nie verziehen und er ihr und dem Reich deshalb den Rücken zugewendet hätte.

Damals war es nicht absehbar gewesen, dass die Truppen Thalaks noch vor der Winterwende gegen Illians Kronstadt ziehen würden. Niemand sonst wollte daran glauben, die Winter in Illian waren zu hart für eine belagernde Armee, doch auch hier hatte die Königin darauf bestanden, dass es so kommen würde.

»Du musst dich eilen, Leandra«, hatte ihr die Königin mit schwacher Stimme aufgetragen. Die Pulver und die Gebete der Priester hatten ihr zuletzt kaum noch helfen können, nur ihr eiserner Wille hielt sie noch in dieser Welt fest, doch ihr Körper ließ sie im Stich, und es geschah nur selten, dass das Fieber für ein paar Stunden schwächer wurde. So war es an diesem Tag gewesen. Ihre Augen glänzten fiebrig in einem ausgemergelten Gesicht, das mehr dem einer Toten glich. »Du musst den Ort erreichen, bevor der Winterwolf erwacht. Kommst du auch nur einen Tag zu spät, bist du verloren … und er auch. Und mit ihm auch jede Hoffnung!«

Den Ort, von dem sie sprach, hatte die Königin in ihrem Fiebertraum gesehen. Dort, wo ein Schwert die graue Wand teilt, ein Hammer ruht und alte Geister wachen. Ein mächtiges Gebirge, von Eis bedeckt, ein Pass, der eine Bastion enthielt, die niemals fallen durfte … und doch schon längst gefallen war. Ein Greif in Eis gefasst und ein Tempel tief im Stein, der die Magie bannte.

Selbst die Priester, die mit ihren Gebeten und Pülverchen die Königin noch mühsam am Leben erhielten, hatten nur traurig den Kopf geschüttelt. Es war der Wahn, der aus ihr sprach, darin waren sie sich alle einig. Und doch, sie war die Königin. Sie war es, die das Reich zusammenhielt … und niemand durfte wissen, wie schlecht es um sie bestellt war.

Ihr Wille, und sei er noch so wahnhaft, zählte. Und so hatte man Leandra Steinherz gegeben, sie schwören lassen, diesem letzten Befehl der Königin zu folgen … und sie dorthin geschickt, wo der Winterwolf erwachen würde.

Leandra wusste nur die Richtung. Gen Norden. Dorthin, wo die Donnerberge eine graue Mauer waren. Dann hörte sie von diesem Gasthof, den man nach einem Hammerkopf benannte, und sie fing an zu hoffen, dass mehr an ihrem Auftrag war als nur der Fieberwahn, den die Priester als ein letztes Aufbäumen vor dem Ende sahen.

Als der alte Mann sie so barsch von seinem Tisch weggeordert hatte, brach jede Hoffnung in ihr zusammen. Dies sollte Ser Roderic sein? Der, in den die Königin ihre letzte wahnhafte Hoffnung setzte, dem Unausweichlichen doch eine andere Wendung zu geben?

Dort, in diesem beschaulichen Gasthof, war der Krieg noch fern. Es mochte Jahre dauern, bis die Truppen Thalaks ihren Weg hierher fanden. In Schwertkampf und Magie geschult, war es Leandras Pflicht, sich im Süden dem Feind zu stellen und nicht hier im menschenleeren Norden einem Traum zu folgen, der im Wahn begründet schien.

Eis und Schnee hatten den letzten Teil ihres Weges begleitet, der Gasthof war warm und trocken … einen Tag Rast konnte sie sich gönnen … und wenn sie schon blieb, was schadete es dann, es dennoch zu versuchen?

Und wer war er schon, dieser alte Mann, dass er es wagte, sie, eine Maestra und Paladin der Königin, mit einer Geste wegzuscheuchen, als wäre sie nichts als eine Fliege? Wie konnte er so unbeeindruckt von ihr sein? Wie konnte er es wagen, all das, wofür sie jahrelang gelitten hatte, um es zu erreichen, mit einer Geste wegzuwischen?

Und wieso, bei allen Göttern, war es dieser eine Blick unter seiner Kapuze hervor, dieser eine Blick aus damals noch blassgrauen Augen, wieso war es dieser Blick gewesen, der sie an diese Stelle bannte, als ob sie in diesem Moment schon wusste, dass sich hier ihr Schicksal entscheiden würde?

Sie wusste um ihre Schönheit und empfand sie mehr als Fluch denn als einen Segen. Denn wenn es auch die feinen Sers am Hofe nach ihr gelüstete, so erwiesen sie einer Schankmagd mehr Respekt. Wenn diese in das Heu gezogen wurde, bezahlte man sie dafür, und sei es auch nur mit einem Stück Kupfer oder einem Lächeln. Doch Leandra war ein Bastard. Halb Elf, halb Mensch, nicht Fisch noch Fleisch. Ein Mündel der Königin, gewiss, aber auch nicht mehr.

Kurz nach ihrem ersten Blut hatte sie sich der Zudringlichkeit eines Sers nicht mehr erwehren können. Dennoch hatte sie gehofft, dass an seinen falschen Worten etwas Wahres wäre, doch nachdem er sich genommen hatte, was er wollte, hatte er nur gelacht und sie weggeworfen. Nicht nur das, zugleich dichtete er ihr Dinge an, sprach davon, dass sie mit jedem liegen würde, und dann, als sie herausfand, warum er ihr Gewalt angetan hatte, warum so viele Sers sie bedrängten, wusste sie, dass sie nicht mehr lieben würde. Denn noch nicht einmal ihre Schönheit hatte den feinen Ser zu ihrem Bett geführt, nur der Aberglaube, dass man die schale Jungfer heilen konnte, wenn man mit einer Elfe lag, war dafür der Grund gewesen.

Entsetzt war sie zum Tempel geeilt, hatte unter Tränen all das dem Priester gebeichtet ... an jenem Tag hatte sie sich das Leben nehmen wollen. Doch die Götter waren ihr gnädig gewesen, die Krankheit hatte zumindest sie verschont, auch wenn ihr Blut dem edlen Ser nicht hatte helfen können.

Bruder Arin hatte sie in die Tempelbibliothek geführt, um sie dort zu trösten ... und dort hatte sie die Bücher gesehen, die vor ihren Augen leuchteten, Bücher über die Magie, über das Wunder der Schöpfung, über die Macht des Weltenstroms. In diesen Büchern fand sie ihre Zuflucht, geduldig angeleitet von Bruder Arin, der an ihrem Wissensdurst Gefallen fand.

Dort im Tempel hatte sie eine Zuflucht vor den Bedrängungen und Intrigen des Hofs gefunden ... und nie mehr zurückgeblickt. Nur eines war geblieben: ihr Schwur, dass sie einem Mann nie mehr vertrauen und nie wieder gestatten würde, sie zu erniedrigen.

Und hier saß er, dieser alte Mann, wischte mit einer Geste all das hinfort, was sie je erreicht hatte ... und ließ sie dort stehen wie das kleine zitternde Kind, das sie damals gewesen war, als der edle Ser sich den Zutritt zu ihrer Kammer erzwungen hatte.

Was es auch war, ob Sturheit oder dieser alte Schwur oder ein Rest von Hoffnung, dass die Königin auch in ihrem Fieberwahn noch wusste, was sie tat, all das ging ihr durch den Kopf, als sie dort stand.

Was blieb, war eines: Sie würde sich nie wieder abweisen lassen, auch nicht von einem alten Mann.

Also setzte sie sich an diesen Tisch und legte dem alten Mann Eleonoras Ring vor seinen Becher. Und veränderte die Welt damit.

Die kalte Luft hier oben ließ die Tränen auf ihrer Wange brennen, verärgert wischte sie sich diese ab.

Die Königin hatte recht behalten, fast alles, was sie in ihren Visionen gesehen hatte, war zupassgekommen, vom eisigen

Hauch des Winterwolfs bis hin zu dem Erdwurm, der sie eben gerade hatte erschauern lassen. Und der alte Mann, Havald … er war um so vieles mehr, als sie gedacht hatte, vielleicht sogar mehr, als selbst die Königin erahnen konnte.

Er war nicht nur Ser Roderic gewesen, er war zugleich auch der Wanderer, eine sagenhafte Gestalt, die sich durch die Legenden der Königreiche zog, der Retter von Kelar. Unzählige Geschichten gab es von ihm. Wenn Unrecht geschah, die Not die Menschen zu Boden presste, beteten sie dafür, dass der Wanderer kommen würde, um das zu richten, was im Argen lag. Ihre eigene Amme hatte sie mit den Geschichten vom Wanderer zu Bett gebracht, und sie hatte mit eigenen Augen gesehen, wie das bloße Gerücht, man hätte ihn in der Gegend gesehen, selbst die habgierigsten Barone dazu bewegte, die Last der Steuern zu senken oder den Armen Gnade zu gewähren.

An vielen Wegkreuzungen in den drei Reichen hatte jemand, vielleicht er selbst, einen Apfelbaum gepflanzt. Dort, so hieß es, lagerte man unter seinem Schutz. Und selbst die hartgesottensten Banditen überlegten es sich meist, ob sie den Zorn des Wanderers auf sich ziehen wollten. Oftmals fand sich auch ein Gasthof in einer Stadt, der in seinem Wappen den Apfelbaum trug und so sichere Unterkunft versprach.

Dieser alte, verbitterte Mann sollte der Held all dieser Geschichten und Legenden sein? Ein alter Mann, der nur darauf wartete, dass Soltar ihn endlich zu sich nahm?

Und doch war er es gewesen, der sich gegen die Räuberbande stellte, der denen half, die ihn darum baten, und selbst dann, wenn er nur wenig Trost und harten Rat geben konnte, dafür einstand, dass man dem Rat nicht folgen musste und den Trost nicht brauchte.

In seinen Augen schien es wenig Gutes in dieser Welt zu geben, und doch hatte sie gesehen, wie er einen Säugling hielt, als wäre er die Hoffnung einer ganzen Welt. Sein Rat war oftmals hart und grausam, er hielt sich nicht an das, was man erwartete, behandelte den Bettler wie die Fürsten gleichermaßen, scherte sich nicht um Rang und Namen, sondern wertete nach Taten. Er folgte stur und uneinsichtig seinem Weg, ließ sich durch nichts bewegen … und wohin er ging, da folgten andere.

Er forderte von anderen nicht, was er nicht selbst geben würde; versprach er etwas, dann geschah es auch, und er wankte nicht, auch nicht im Angesicht der Götter.

Sie hatte sich eingeredet, es wäre sie gewesen, die ihre Mission vorangetrieben hatte, doch in Wahrheit war sie es gewesen, die ihm folgte.

Als sie ihn verführte, hatte sie ihn noch nicht geliebt. Sie war sich selbst nicht wertvoll gewesen, man hatte sie schon einmal genommen und dann weggeworfen, warum nicht die Schönheit nutzen, mit der die Götter sie straften, um so dem Ziel näher zu kommen. Wenn es ihn dazu bewegte, sie durch die Donnerberge zu dem fernen Askir zu geleiten, dann wäre es nur ein kleiner Preis gewesen.

Die alte Enke hatte sie nach dem Blitz befragt, den Funken, die manchmal über sie liefen, aber nicht, wann es gewesen war, dass ein solcher Funken das erste Mal über ihre Finger tanzte.

In dieser ersten Nacht, als er etwas tief in ihr berührte, als sie sich in seinen dunklen Augen verlor, in denen nur die Sterne ihrer Seele einen Halt gaben.

Sie hatte sich in ihm verloren, und nur Steinherzens vertrauter Stahl hatte sie retten können. Nur dort fand sie die Ruhe und die Kraft, Havald zu widerstehen, sich ihm nicht zu unterwerfen, ihm zu trotzen, wenn er in seiner Sturheit einen Weg gehen wollte, von dem sie *wusste,* dass er falsch sein würde … und der sich dann so oft doch als richtig erwiesen hatte.

Sie hatte geschworen, nicht zu lieben, nicht mehr zu vertrauen … und doch hatte sie es nicht verhindern können.

Das, was sie als so wertlos erachtet hatte, war in seinen

Armen ein Geschenk geworden, von dem sie noch immer zehrte. Doch wenn sie gefühlt hatte, dass er an ihrer Liebe zweifelte, war sie es gewesen, die ihn von sich gestoßen hatte. Sie hatte ihn belogen, ihm gesagt, dass sie alles opfern würde, auch ihn, auch ihre Liebe, jeden, auch sich selbst, nur um ihre Mission zu erfüllen.

Nur mit Steinherzens Hilfe war es ihr gelungen, sich seiner zu erwehren, ihn wieder und wieder von sich zu weisen. Nicht nur ihn, auch all die anderen, die sie auf ihrer Reise begleitet hatten. Janos, den Räuberhauptmann, der in Wahrheit ein Agent der Königin gewesen war; Sieglinde, die Tochter des Wirts, die ein Bannschwert ergriffen hatte, um Havald zu folgen; Nataliya ... Assassine, Sklavin und zuletzt Freundin, die sich opferte, damit Havald leben konnte. All die anderen, die gefallen waren. Varosch. Und Zokora, eine Dunkelelfe, die wie sie selbst Vertrauen oder Liebe als eine Schwäche empfunden hatte ... und doch zu ihrer Freundin geworden war.

Leandras Hände krampften sich so fest um die Zügel, dass Steinwolke den mächtigen Kopf nach hinten legte, um ihre Reiterin besorgt zu mustern.

Was auch immer Zokora zugestoßen war, diesmal würde Leandra keine weitere Freundin ihrem Schicksal überlassen. Sie hatte genug davon, andere zu opfern, hinzunehmen, dass sie den Preis bezahlten. Irgendwie musste es eine Möglichkeit geben, einen Weg zu der Dunkelelfe zu finden. Den Wyrm zu besiegen. Ihre Krone zu ergreifen ... und das Reich und die Kronstadt vor Thalaks Schergen zu bewahren.

Auf Havalds Hilfe konnte sie nun nicht mehr zählen, er war, so schwer es ihr auch fiel, sich das einzugestehen, für sie verloren.

Dort unten, am Fuße des mächtigen Gebirges, sah sie nun den Gasthof liegen, in dem alles seinen Anfang genommen hatte, konnte die geordneten Lager der drei Lanzen kaiserlicher Soldaten erkennen, die dort Wache hielten.

Serafine hatte recht. Es war unerträglich, dass Havald sie nun nicht mehr kennen würde, nichts mehr von ihr wusste, weder von dem Streit, mit dem sie alles zerstört hatte, noch von jenen Anfängen, als sie noch hoffte, dass es für sie beide ein gutes Ende geben könnte.

Belüge dich nicht selbst, mahnte sie sich, als Steinwolke die Flügel ausbreitete und in der Ferne die grauen Zinnen der Donnerfeste als ferne Schatten sichtbar wurden. Daran hat sich nichts geändert. Du liebst ihn, und es soll nicht sein. So war es, und so wird es bleiben.

Sie wusste, dass es sie zerreißen würde, aber dort in der alten Feste gab es ein magisches Tor, das sie mit einem Schritt nach Askir bringen würde. Zu dem Tempel, in dem Havald wiederauferstanden war. Sie nahm sich vor, ihn zu besuchen, ihn zu sehen, mit ihm zu sprechen. Abschied zu nehmen, auch wenn er nicht wissen konnte, wovon. Um dann ihre Pflicht zu erfüllen.

Illian brauchte eine Königin, keine Jungfer, die ihrer Liebe nachweinte. Sie wischte sich erneut über die geröteten Wangen. Noch wusste sie keinen Weg, all die Probleme zu meistern, die vor ihr lagen, aber das zumindest hatte sie von Havald gelernt: Es gab immer einen Weg. Man musste ihn nur finden.

Das Einzige, was sie dazu brauchte, war eine gute Maske. Was nicht schwer sein sollte, denn schließlich war sie gut genug darin geübt, dass selbst Havald sie nie hatte gänzlich durchschauen können.

Es schmerzt, dachte Leandra, als Steinwolke zur Landung ansetzte. Aber dennoch hielt sie an dem Entschluss fest, sich nicht mehr in ihr Schwert zu flüchten. Lieber Schmerzen leiden, als nicht mehr zu fühlen. Es hatte lange genug gedauert, bis sie diese Lektion gelernt hatte, endlich verstanden hatte, dass es besser war, sich selbst zu vertrauen als einem gottgeweihten Schwert.

Hinter ihr, in dickes Leder eingewickelt und mit festen Bändern an ihrem Sattel festgeschnallt, fühlte sie Steinherzens Zorn.

»Nimm es als Schwur«, teilte sie ihm grimmig mit. »In allem anderen hast du gewonnen, also gebe dich damit zufrieden!«

Die Obristin

5 Als Leandra die Riemen löste, die ihre Beine an den Sattel banden, war ihr von diesen Gedanken nichts mehr anzumerken. Dafür fand sie eine freundliche Miene für den Korporal, der hier am Greifenhort hoch auf dem Trutzturm Dienst tat. Er war diesmal nicht allein, ein junger Schwertrekrut stand neben ihm und bestaunte Steinwolke mit großen Augen.

»Willkommen, Eure Majestät«, begrüßte sie der Korporal. »Ein Schaf für unsere Schönheit?« Er hielt Leandra die Hand entgegen, sodass sie leichter von Steinwolkes breitem Rücken steigen konnte. »Oder vielleicht auch deren zwei?« Er sah zu dem Schwertrekrut hin und erlaubte sich ein Lächeln. »Ich hoffe, du hast einen starken Magen, Rekrut, der Anblick prägt sich ein, das kann ich dir versprechen.«

Steinwolke nickte begeistert, und Leandra lachte. Sie löste Steinherz von dem Sattel, hier in der Feste gab es Schwert- und Rüstungsmacher, vielleicht ließ sich eine neue Scheide für ihn finden. »Offenbar hat sie Appetit für zwei, und noch wächst sie. Also sollen es zwei sein.« Der Greif stieß einen Freudenschrei aus, der über die alte Festung hallte und den jungen Rekruten bleich werden und zwei Schritte zurückweichen ließ.

Der Korporal zeigte sich weniger beeindruckt, vielmehr trat er an den Greifen heran und strich ihr liebevoll über den bronzenen Schnabel, der ihn leicht mit einem Biss entzweiteilen könnte. »Dann komm, meine Schöne«, bat er sie. »Und anschließend kümmern wir uns um dein Gefieder. Es sieht arg gerupft aus.«

Steinwolke legte den Kopf zur Seite, sah fast schon beleidigt drein und brachte Leandra so erneut zum Lachen. Das gerupfte Gefieder verdankte der stolze Greif dem Kampf um Lassahndaar, und Leandra dankte den Göttern dafür, dass es bei leichten Wunden und versengtem Gefieder geblieben war.

»Ihr werdet sehnsüchtig erwartet«, teilte der Korporal ihr mit, während er sich bereits abwandte, um den Greifen zu ihrem Futterplatz zu führen. »In der Kommandantur. Die Eule ist schon mehr als ungeduldig.« Was deutlich zeigte, wen er mehr verehrte, stellte Leandra mit einem Schmunzeln fest.

Es war nicht unüblich, ein Schwert von Steinherzens Größe ohne Scheide auf dem Rücken zu tragen, doch sie waren meistens nicht so scharf wie er. Zum anderen fragte Leandra sich, welchen Einfluss die Scheide, die im Zwergentempel nahe Lassahndaar im Weltenstrom verglüht war, auf ihn gehabt hatte.

Zog sie ihn zuvor blank, hatte er jedes Mal ein Blutopfer gefordert, bevor er in die Scheide zurückkehrte. Vielleicht hatte die Scheide einen anderen Sinn gehabt, als nur seine Schärfe zu schützen. Denn je länger er nun blank gezogen war, desto widerspenstiger schien er ihr zu werden. Ein Bannschwert diente seinem Träger und nicht umgekehrt, doch allmählich kam es ihr so vor, als würde das Schwert dies anders sehen.

Steinherz war das Schwert der Gerechtigkeit, doch es war mehr an ihm, als die meisten wussten. Er forderte von seinem Träger jeden Schwur ein, den man auf ihn leistete. Doch als sie auf ihn geschworen hatte, nicht nur Boron, sondern im gleichen Maße auch Soltar und Astarte zu dienen, hatte er sie daran hindern wollen und ihr mit seinem glühenden Heft die

Hände verbrannt, um sie zu zwingen, ihn loszulassen, bevor sie den Schwur beenden konnte. Doch dieses Mal war sie es, die den Kampf gewonnen hatte … und nun machte es ganz den Eindruck, als würde das Schwert ihr dafür grollen.

Es war nicht so, als ob Steinherz wahrhaft beseelt wäre, es gab keinen Geist, der ihn erfüllte, aber es gab eine mächtige Magie in ihm, eine, die darauf bestand, dass er seiner Aufgabe gerecht wurde. Und sein Träger auch.

Ob diese Aufgabe nur die war, gerecht zu richten, daran gab es mittlerweile für sie genügend Grund zu zweifeln. Wenn sie schon nach Askir ging, um Havald zu sehen, dachte Leandra, als sie die Treppe des Trutzturms hinunterstieg, sollte sie auch den Tempel Borons aufsuchen. Dort fragen, was die Priester über die Waffe wussten … und vielleicht die neue Scheide Boron weihen lassen, damit Steinherz sie in Ruhe ließ, wenn er in der Scheide gefangen war.

Die Kommandantur war im selben Gebäude untergebracht wie auch die große Messe, in der Hunderte von Soldaten zugleich ihr Mahl empfangen konnten. Als sie damals die Messe das erste Mal gesehen hatte, war sie ihr unheimlich erschienen, ein dunkler, weiter Raum, der in Eis gefangen war und in dem Schatten zu lauern schienen.

Mittlerweile war er hell und licht, zurzeit hatte man die Fenster aufgerissen und ließ Licht und kühle Luft herein, und beständig herrschte ein Kommen und Gehen. Die alte Feste, so lange in Eis gefangen, war nun wieder zu neuem Leben erwacht. Doch als Leandra die Messe dieses Mal betrat, fühlte sie ein Schaudern über ihren Rücken laufen und wie sich ihr das Haar im Nacken aufstellte. Noch im Eingang hielt sie inne und sah sich suchend um, es war nach dem Frühstück und noch vor dem Mittagsmahl, und so war die Messe nur zum Teil besetzt. Nur die Wölfe in der einen Ecke waren ungewöhnlich, auch wenn die meisten der Soldaten sie zu ignorieren schienen.

Es mochten zwanzig sein, vielleicht zwei Dutzend, so genau konnte sie es nicht erkennen, und sie scharten sich um eine schlanke Gestalt, die unter all den Wölfen kaum zu erkennen war. Sie sah ein schlankes Bein und langes Haar, es war eine Sera, die dort bei den Wölfen schlief … und von ihr schien es auszugehen, was auch immer Leandras Nackenhaare steigen ließ.

Nur was? Leandra öffnete ihre Sicht der Magie und fand die Antwort. Die schlafende Gestalt dort in dieser Ecke zog die Magie um sich wie einen Mantel. Das hatte sie gespürt, den Sog der Magie, den diese Sera selbst im Schlaf entfaltete.

Gleiches war auch Leandra oft genug geschehen, vor allem Havald hatte sich oft genug darüber beschwert, denn es bereitete ihm Kopfschmerzen, wenn ihr das geschah. Ungewöhnlich war also nur, dass dort eine Maestra mit den Wölfen schlief.

Wie Leandra mitunter auch mit ihrem Greifen.

Sie warf einen letzten Blick zu diesem Knäuel aus Fell und scharfen Zähnen, zuckte mit den Schultern und ging weiter. Sie würde Asela fragen, wo sie diese andere Maestra gefunden hatte, eine Eule war sie ja wohl nicht.

Sie fand Stabsmajor Asela von den Eulen im Kommandeurszimmer der Feste vor. Die Donnerfeste war der zweiten Legion zugewiesen, also hätte es Havald sein sollen, der hinter dem großen, polierten Schreibtisch saß. Serafines Raum lag direkt daneben, und auch Kasale, die Generalsergeantin der zweiten Legion, besaß hier einen Raum.

Helis befand sich noch in Lassahndaar, Havald noch im Tempel Soltars zu Askir, so war nur Kasale zugegen. Die Sera in der dunkelblauen Robe einer Eule, die sich gerade von der großen Karte an der Wand abwandte, als die Ordonanz Leandra meldete, war Asela, die letzte Eule, die den Fall des alten Reichs überlebt hatte. Eine kühle blasse Schönheit, mit pechschwarzem Haar und klaren, blauen Augen, die oftmals kalt wie Gletschereis erschienen, war sie Leandra seit jeher unheimlich gewesen. Wenn Eis brennen konnte, dann war es Asela, die in der Sicht der Magie den ganzen Raum mit einem lodernden Feuer zu erfüllen schien.

Kasale, etwas kleiner als die schlanke Eule, schien noch etwas unter der Kälte zu leiden. Sie war für die Ausbildung und Rekrutierung der zweiten Legion zuständig, und eine Ironie des Schicksals wollte es, dass diese im Stammsitz der zweiten Legion im sonnigen Bessarein erfolgte. Sie schien verschnupft, hatte sich einen Schal um ihren Hals gelegt, und auch ihre Nase war gerötet, dennoch waren ihre grauen Augen klar. Ein Schild hätte nicht deutlicher machen können, dass sie eine Soldatin war, von ihrer geraden Haltung bis hin zu den achtlos auf Schulterlänge gekürzten dunkelbraunen Haaren wies alles darauf hin.

Die Überraschung war die dritte Sera, die scheinbar achtlos mit dem Rücken zu dem Schreibtisch stand und sich nun langsam umdrehte, um Leandra mit einem langen Blick zu bedenken.

Mit langem blondem Haar, das in einem inneren Schein golden glänzte und in Wellen auf ihren Schultern lag, mit feinen weit geschwungenen Augenbrauen und blauen Augen, einer geraden Nase und einem weiten, sinnlichen Mund trug sie die Uniform einer Lanzenobristin mit der goldenen Zahl Drei auf ihrem linken Ärmel.

Während ihrer Zeit in Askir hatte Leandra vieles gelernt, so auch die Kunst, die Handschrift eines Meisters zu erkennen … es war Meister Breckert, der dieser Sera die Uniform so auf den Leib geschneidert hatte, dass kaum ein Männerherz sie wahrnehmen konnte, ohne heftiger zu pochen.

Fast so groß wie Asela, füllte sie ihre Uniform mit langen Beinen, schmaler Taille und einem wohlgeformten Busen aus und erinnerte Leandra auch an Nataliya, die es vermocht hatte, eine ähnlich sinnliche Wirkung zu erzielen. Doch während Nataliya eine Freundin gewesen war, war diese Sera wohl nicht dafür geschaffen. Der lange Blick, mit dem sie Leandra bedachte, schien jeden einzelnen ihrer Makel anzumerken … dieser eine Blick genügte, damit sich Leandra zu groß, zu dürr und viel zu schlaksig fühlte.

»Eure Majestät«, meldete sich Asela zu Wort, die das Wechselspiel mit kühlen Augen verfolgt hatte. »Darf ich Euch Lanzenobristin Arkadia Baronetta Miran vorstellen, die Kommandeurin der dritten Legion.«

Leandra nickte und versuchte, sich daran zu erinnern, dass sie kein kleines Mädchen mehr war, das sich derart einschüchtern ließ. Sie sah zu Kasale hin, doch deren Miene verriet nichts von ihren Gedanken, dennoch konnte sich Leandra des Gefühls nicht erwehren, dass die beiden Frauen sich nicht ausstehen konnten. Damit waren sie schon zu zweit. Was Asela von der Obristin hielt oder von irgendetwas anderem, blieb wie immer ein Rätsel, bisher war es Leandra noch nie gelungen, das Gesicht der Eule zu lesen.

»Angenehm«, log sie und hielt dem Blick der Obristin stand. Eine blonde Augenbraue hob sich erheitert an, und in diesem einen Moment waren die Grenzen zwischen ihnen schon gezogen.

Wie diese Sera es erreicht hatte, Kommandeurin einer Legion zu werden, war Leandra schleierhaft, sie gehörte nicht in dieses karge Arbeitszimmer mit dem Zeichen der zweiten Legion über der Tür, ihr Revier war wohl eher der glatte Boden höfischer Intrigen oder die Vergnügungen rauschender Bälle.

»Verzeiht meine Neugier«, eröffnete die Obristin das Gefecht mit falscher Freundlichkeit. »Aber stimmt es, dass Ihr eine Magiebegabte seid? Wo ich herkomme, sieht man solche selten.«

»Sie kommt aus Aldane«, erklärte Kasale mit betont neutraler Stimme.

Ja, das hatte sich Leandra schon gedacht.

»So ist es.«

»Dann habt Ihr Euch doch sicher schon in einem Tempel prüfen lassen, nicht wahr?«, fragte die Obristin mit einem Lächeln, das so falsch wie freundlich war.

»Auf was?«, fragte Leandra kalt, obwohl sie es sich denken konnte.

»Darauf, ob Eure Magie nun wirklich Euch gehört oder nicht vielleicht doch aus anderen ... dunkleren Quellen stammt.«

»Miran«, schritt Asela mit kühler Stimme ein. »Ihr müsst Euch daran gewöhnen, dass es wieder Magie in Eurem Leben gibt. Die Maestra wurde im Tempel des Boron erzogen und ausgebildet, das schließt wohl aus, was Ihr der Maestra unterstellen wollt.«

»Nun«, meinte die Obristin. »Ich kenne sie noch nicht, diese Königin, für die unsere Leute sterben sollen. Ich weiß gerne, woran ich bin.«

»Jetzt wisst Ihr es«, sagte die Eule kühl.

Leandra war versucht, im Gegenzug zu fragen, ob es der Wahrheit entsprach, dass die Seras in Aldane immer zwei Schritt hinter den Sers zu gehen hatten, aber sie sparte es sich. An der Obristin war sicherlich keine Freundin zu gewinnen, aber sie brauchte in ihr ja auch keinen Feind zu suchen.

Sie beschloss, die Obristin weitestgehend zu ignorieren, und wandte sich an die Eule.

»Ihr habt mich zu Euch bitten lassen?«

»Ja«, sagte Asela mit einem letzten Blick zu der Obristin und wies mit ihrer schlanken, bleichen Hand auf die große Karte, die den größten Teil der Rückseite des Kommandeurszimmers einnahm. Die Kartenmacher des Kaiserreichs hatten Leandra schon immer beeindruckt, und diese Karte war ein Meisterwerk.

Noch vor Kurzem waren die kaiserlichen Karten nur Kopien von ungleich älteren gewesen, doch schon der erste Blick verriet der Königin, dass diese Karte alles andere als veraltet war.

Fast schien es ihr, als wäre jeder einzelne Baum und jeder

Strauch hier eingetragen. Noch eine Kunst, dachte sie bedrückt, die uns verloren ging, denn selbst die Karten in den Tempeln reichten an diese nicht heran.

Doch nicht nur Landschaften, Orte oder Städte waren hier eingezeichnet, feine Linien spannten sich über die drei Reiche, trafen sich an gewissen Punkten und spalteten sich erneut, um wie die Waben eines Spinnennetzes die drei Reiche zu unterteilen.

»Ihr habt den Weg des Weltenstroms erfasst«, stellte sie ergriffen fest, als sie mit dem Finger eine Spur verfolgte, die unweit der Donnerfeste in einem Stern aus Linien endete. »Wie habt Ihr das vermocht?«

»Es war Balthasar, der Primus der Eulen, der dies schon vor langer Zeit getan hat«, erklärte die Eule unbewegt. »Ich griff nur auf seine Arbeit zurück.« Sie trat nun selbst an die Karte heran und folgte mit ihrem Finger einer Linie, die von der Donnerfeste über den Knotenpunkt unterhalb der Donnerberge ging, von dort aus nach Lassahndaar und dann weiter zu einem Ort im Süden, wo sie dann einer letzten Linie folgte, die dort endete, wo auf der Karte Illian eingezeichnet war.

»Ihr wisst bereits, dass die magischen Tore sich an den Strömen des Weltenstroms ausrichten«, sagte die Eule, während sie fast unmerklich die Stirn runzelte. »Mit Eurem Einsatz und dem der fünften Lanze der zweiten Legion habt Ihr es vermocht, den Weltenstrom so umzulenken, dass nun eine Verbindung zwischen Lassahndaar und Eurer Kronstadt besteht. Ich weiß von Orikes, dass es Euch auch gelungen ist, die Symbole an unseren Toren zu entschlüsseln, also wisst Ihr auch, dass die Tore relativ zueinander ausgerichtet sind.«

Leandra nickte, auch wenn ihr die Eule damit mehr Ehre erwies als nötig. Neun Steine brauchte es für ein Tor, acht, um den Pfad zu bestimmen, einen neunten, um ihn abzuschließen. Sie wusste, wofür sechs der Steine standen, doch wofür die beiden letzten dienten und welche Bewandtnis es mit der

Farbe des Schlusssteins hatte, hatte sie noch nicht entschlüsseln können.

»Wisst Ihr auch, wie man ein solches Tor erstellt?«

»Nein«, gestand Leandra, während sie sich fragte, was Kasale und Miran zu dieser Besprechung beizutragen hatten.

»Man erstellt ein offenes Tor, bringt die Steinplatte mit dem Rahmen durch dieses Tor hindurch und hält es aufrecht, bis man das neue Tor geeicht hat.«

»Ein offenes Tor?«, fragte Leandra überrascht.

»Eines, das eine direkte Verbindung zwischen zwei Orten erschafft. Und aufrechterhält. Es ist wie diese Tür, ist das Tor offen, kann man sogar hindurchsehen.« Sie strich sich das schwarze Haar aus der Stirn und bedachte Leandra mit einem prüfenden Blick. »Es braucht einen Maestro, um das Tor zu öffnen und aufrechtzuerhalten, vielleicht über Kerzenlängen hinweg, einen anderen, um das Tor zu justieren. Es wird in der Kürze der Zeit nicht möglich sein, Euch beizubringen, wie man ein solches Tor justiert, es ist eine Wissenschaft ganz für sich allein. Die Kaiserin hat sich bereit erklärt, beim Öffnen des Tors zu helfen, doch wenn ein Maestro es allein versucht, ist die Gefahr groß, dass ein Wanken, eine kleine Unachtsamkeit, die die Konzentration zerstört, das Tor zusammenfallen lässt. Geschieht das, fordert die Magie ihren Preis mit dem Fanal.« Sie tat eine Geste, die den Raum und die ganze Festung einschloss. »Bedenkt man, dass wir das Tor von hier aus öffnen wollen, hätte dies nicht nur auf den Maestro eine ungünstige Auswirkung.«

Ungünstig war untertrieben, dachte Leandra. Das Fanal war der Albtraum eines jeden Maestros. Es geschah, wenn man mehr Magie durch sich führte, als man verkraften konnte … und nach dem zu schließen, was sie gelesen hatte, war das Ergebnis vernichtend. Es gab unweit von der verlorenen Stadt Kelar einen tiefen Krater, der dem unteren Teil einer Kugel entsprach, die gut dreihundert Schritt an Durchmesser besaß. Der Krater, so sagte man, wäre die Folge eines Fanals gewesen.

»Ihr fragt, ob ich der Kaiserin dabei helfen will?«

Die Eule sah ihr gerade in die Augen. »Ja.«

»Schließlich ist es Eure Stadt«, bemerkte Miran mit einem feinen Lächeln und sah auf ihre gepflegten Nägel herab. »Dafür sollte es sich schon lohnen.«

»Die Kaiserin übt sich seit gestern in dem Ritual, das dafür nötig ist«, fuhr Asela fort, ohne der Obristin Beachtung zu schenken. »Wir sind zuversichtlich, dass es uns gelingt … aber es gibt kein magisches Werk, ohne dass ein Rest an Gefahr besteht.«

»Ich werde es tun«, antwortete Leandra und versuchte, sich an Asela ein Beispiel zu nehmen und die Obristin zu ignorieren.

»Gut«, sagte Asela. »Dann …«

»Aber es gibt ein dringlicheres Problem«, unterbrach Leandra sie. »Als wir den Weltenstrom nach Lassahndaar umlenkten, nahm es den Schutzzaubern, die einen Wyrm namens Byrwylde in einem Moor gefangen hielten, jede Kraft. Das Ungeheuer hat nun seine Fesseln abgestreift, und da es sich, so wie mir scheint, von Erdmagie ernährt, ist es inzwischen auf dem Weg nach Lassahndaar, wo sich der Weltenstrom nun kreuzt. Die Wächterin des Moors, eine Hexe namens Enke, warnte mich vor ihm. Vorhin bin ich dorthin geflogen und habe den Wyrm mit eigenen Augen gesehen. Wenn Byrwylde Lassahndaar erreicht, bevor wir die Menschen dort in Sicherheit gebracht haben, sind sie allesamt verloren.«

Die Eule sah Leandra lange an, ohne dass auch nur eine Regung ihre Gedankengänge verriet. »Wir haben noch vier Lanzen dort«, sagte sie dann mit Blick zu Miran. »Ihr habt die Schlange gesehen … und Ihr glaubt nicht, dass wir den Wyrm besiegen können?«

»Die vier Lanzen in Lassahndaar gehören zur dritten Legion«, erklärte die Obristin stolz. »Sie werden auch mit einer Schlange fertig.«

»Der Wyrm ist größer, als Ihr denkt«, gab Leandra der Obristin zu bedenken. »Auch ist er nicht alleine. Die Schlange hat ihre Brut dabei, eine jede für sich alleine schon gefährlich genug. Diese Kleineren sind zwischen fünf und fünfundzwanzig Schritt lang, ihre Schuppen sind so hart wie Metall, und sie spucken Gift, das allein bei Berührung schon zum Tode führt und, so habe ich gehört, sich sogar durch Metall zu ätzen vermag. Schwere Ballisten sind eine Möglichkeit, doch diese Schlangen sind schneller, als man denkt … und äußerst zäh. Wir sind einer einzigen schon im Moor begegnet, und sie hätte uns fast alle umgebracht.« Sie wandte sich wieder der Eule zu. »Die Mauern von Lassahndaar werden gegen dieses Ungeheuer nicht von Nutzen sein, Byrwylde wird sie kaum bemerken, wenn sie die Wälle in den Boden drückt.« Sie holte tief Luft. »Die Schlange wird Lassahndaar bis zum Morgen erreichen. Bis dahin müssen wir die Menschen dort in Sicherheit gebracht haben. Zu Fuß wird das nicht möglich sein, dies wird nur durch eines der Tore gelingen.«

»Nicht durch ein Portal«, meldete sich Kasale besorgt zu Wort. »Es kann nur wenige auf einmal aufnehmen, es würde schlichtweg zu lange dauern. Und ein Frachttor gibt es meines Wissens nach in Lassahndaar nicht.«

»Das Tor, das sich dort befindet, hat der Feind in Einzelteilen dort aufgestellt. Es ist nicht geeicht und einjustiert; wie Ihr Euch vielleicht erinnert, brauchte es das Leben Unschuldiger, um Euch nach Illian zu befördern«, stellte die Eule fest. »Die einzige Möglichkeit, die ich sehe, ist ein offenes Tor wie das, von dem ich sprach. Lassahndaar ist nur einen Knoten weit von uns entfernt, wenn wir das Tor in der alten Wehrstation eröffnen. Es sollte möglich sein, es lange genug aufrechtzuerhalten, um die Bewohner der Stadt und unsere Truppen in Sicherheit zu bringen.«

»Aber es ist möglich?«, fragte Leandra hoffnungsvoll.

»Ja«, antwortete die Eule und zögerte dann fast unmerklich. »Aber die Anstrengung wird uns erschöpfen. Wenn es zu lange dauert, brauchen wir Erholung, bis wir wieder imstande sind, das Tor nach Illian zu öffnen.«

»Wie lange?«, fragte Leandra.

»Das kommt darauf an, wie lange wir es aufrechterhalten müssen. Zudem spielt es auch eine Rolle, wie groß das Gewicht ist, das durch das Tor befördert wird.« Sie zögerte erneut. »Ich habe gestern erst dorthin ein Tor geöffnet, um unsere Soldaten im Handstreich dorthin zu bringen, und habe mich selbst noch nicht ganz davon erholt. Die Kaiserin wird bereit sein, uns zu helfen, aber auch so ...« Sie holte tief Luft. »Einen Tag, vielleicht mehr. Ihr versteht, was das bedeutet?«

Leandra nickte langsam.

»Ihr habt mich in Illian vor dem Kriegsfürsten gerettet und mich hierher zurückgeholt. Sagt, wäret Ihr auch nach dieser Anstrengung imstande, mich wieder dorthin zu bringen? Nur mich selbst?«

»Ja«, antwortete die Eule, ohne zu zögern. »Das dürfte möglich sein. Vielleicht auch mehr als nur Euch, zwei oder drei Weitere sollten auch dann noch im Bereich meiner Möglichkeiten liegen. Es braucht dafür Genauigkeit und Konzentration, aber überraschend wenig an magischem Einsatz. Nur wenn Ihr dort seid, wer hilft dann hier, um das Tor zur Kronstadt zu eröffnen? Ohne einen weiteren Maestro, der das Tor stabilisiert, bin ich nicht bereit, das Leben der Kaiserin zu gefährden. Sie ist bereits einmal fast dem Fanal zum Opfer gefallen, ein zweites Mal wird das nicht geschehen.«

Der Blick in diesen kühlen Augen ließ keinen Zweifel daran, dass die Eule jedes Wort ernst meinte. Sie würde nicht zulassen, dass sich Desina auf diese Art gefährdete, ob sie es selbst so wünschte oder nicht.

»Über diese Brücke gehen wir, wenn es so weit ist«, entschied Leandra. »Zuerst öffnen wir das Tor und retten die Menschen von Lassahndaar. Danach sehen wir weiter.«

Die Eule dachte einen Augenblick nach. »Ich werde einen

Boten nach Askir schicken, um die Kaiserin zu unterrichten. Wir können anfangen, wenn sie hier ankommt. Die Sonne steht noch günstig, wir können die Signalspiegel benutzen, um Schwertobristin Helis davon zu unterrichten, dass sie die Rettung vorbereiten soll.«

»Gut«, sagte die Obristin Miran ungehalten. »Ich bin noch immer der Ansicht, dass wir auch einen Wyrm besiegen können, aber sei's drum, dann wäre das entschieden. Können wir nun zum eigentlichen Punkt gelangen?«

»Und der wäre?«, fragte Leandra, bemüht, nicht allzu spitz zu klingen. Soviel sie wusste, war dies der Grund gewesen, weshalb Asela sie hergebeten hatte.

»Stabsobristin Miran ist erbost darüber, dass wir dem Feind die Stirn nicht bieten wollen«, erklärte Asela milde. »Sie schlägt vor, nun, da wir wissen, dass die einundzwanzigste Feindlegion nach Lassahndaar kommen wird, ihr einen Hinterhalt zu legen.«

»Ich habe mehr als dreitausend Soldaten zur Verfügung. Selbst Blix hat bewiesen, dass wir uns auch einer Übermacht des Feindes stellen können«, unterbrach Miran die Eule. »Aber ich habe nicht vor, mich dem Feind direkt zu stellen, wir legen einen Hinterhalt.«

Leandra dachte an Helis' Worte zurück, als sie sich vorhin am Schlachtfeld vor Lassahndaar unterhalten hatten. »Schwertobristin Helis ist der Ansicht, dass uns eine solche Schlacht zu viel an Leben kosten würde.«

»Sie mag das denken. Aber ich befehlige die dritte Legion, nicht sie.«

»Aber Helis …«, begann Leandra, nur um erneut unterbrochen zu werden.

»Mit allem Respekt vor Schwertobristin Helis, ihr fehlt die Erfahrung, um solches zu beurteilen. Sie entstammt dem Adel von Bessarein. Dort gibt es Sonne und viel Sand, aber wenig Möglichkeiten, sich in der Art Kampf zu üben, die unsere Legionen über Jahrhunderte hinweg vervollkommnet haben. Auch die Kaiserin ist der Ansicht, dass ein Sieg über eine der schwarzen Legionen die Moral anheben wird.«

»Ja«, bestätigte Asela. »Das würde es. Aber sie ließ auch keinen Zweifel daran, dass sie die Legionen nicht riskieren will, bevor wir so weit sind, uns dem Feind zu stellen. Wir können uns keine hohen Verluste erlauben.«

»Ich bin nicht Blix, der seine Soldaten sinnlos verschwendet«, antwortete die Obristin scharf und wandte sich wieder Leandra zu. Nur der mahnende Blick der Eule hielt Leandra davon ab, scharf zu widersprechen.

Doch die Obristin sprach schon weiter. »Ich brauche von Euch nur einen Ort, an dem ein solcher Hinterhalt gelingen kann.« Sie wies zur Karte hin. »Karten sind hilfreich, aber Ihr kennt diese drei Reiche … gibt es einen solchen Ort? Eine Furt durch einen Fluss, die die Feindlegion auf dem Weg nach Lassahndaar nehmen muss? Eine Schlucht? Einen Hohlweg? Oder auch nur einen Wald, der uns Deckung geben kann?«

Generalsergeantin Kasale verstand wohl Leandras unausgesprochene Frage, denn sie räusperte sich verhalten.

»Lanzenobristin Miran steht in dem Ruf, eine ausgezeichnete Taktikerin und Strategin zu sein.«

»Mein Ruf ist mir egal«, unterbrach die Obristin. »Ich bin die Beste auf dem Gebiet.«

»Sie kommandiert die dritte Legion seit acht Jahren und hat sie zweimal in der Ostmark ins Feld geführt«, fuhr Kasale unbewegt fort. »In diesen acht Jahren hat sie niemals eine Schlacht verloren, und ihre Verluste waren geringer als die jeder anderen Legion, die je in der Ostmark zum Einsatz kam.« Kasale sah nun die Obristin direkt an. »Man sagt ihr Arroganz nach und Überheblichkeit, was man ihrer Herkunft zuschreibt. Aber es besteht kein Zweifel daran, dass sie eine fähige Kommandeurin ist.«

Die Generalsergeantin achtete sehr darauf, dass ihre Miene nichts verriet. Dennoch spürte Leandra, dass es ihr nicht leichtfiel, sich so über die Obristin zu äußern. Sie nahm sich vor, Kasale bei Gelegenheit ausführlicher über Miran zu befragen. Dass die beiden Frauen keine freundliche Vorgeschichte besaßen, war unschwer zu erkennen.

»Ihr habt sie gehört«, sagte die Obristin kühl. »Jetzt nennt mir den Ort, wo wir die Feindlegion in ihrem Blut ertrinken lassen können. Wir haben uns schon eine Legion des Feindes auf unser Banner nähen können, es wird Zeit, eine weitere hinzuzufügen.«

»Wenn Ihr einen Plan entwickelt, der auch Desinas Zustimmung finden wird«, erinnerte Asela sie.

»Ja, Eule«, nickte die Obristin. »Ihr habt mich schon einmal darauf hingewiesen.«

Zum ersten Mal, seitdem Leandra Asela kannte, zeigte sich eine Regung in dem Gesicht der Eule, nur für die Dauer eines Lidschlags zogen sich diese klaren blauen Augen zusammen und ließen sogar Leandra frösteln.

»Ich kenne das Land nicht so gut, wie Ihr zu glauben scheint«, antwortete Leandra. »Aber ich kann Euch jemanden nennen, der jede Handbreit kennt. Aber auch so gibt es nur einen Ort, der sich für einen solchen Hinterhalt anbietet. Eine Furt, wie Ihr vermutet habt. Dort.« Sie trat an die Karte heran und legte einen Finger auf die Lasse, die sich von Südosten her in Richtung Melbaas schlängelte. »Die Lasse beschreibt hier einen Bogen, hat sich an einem Hügel entlanggefressen, der zum größten Teil aus Kalk besteht. Von Westen her ist das Ufer flach, doch von unserer Seite gibt es einen Steilhang. Man hat für die Handelsstraße eine Trasse durch diesen Hang getrieben, die sich in vier Serpentinen den Hügel hochbemüht, damit auch die schwersten Wagen die Steigung nehmen können. Bringt Ihr Eure Legion dort in Stellung und wartet, bis der Feind schon auf den Serpentinen ist, dann wird er Euch dort und im Wasser auf der Furt hilflos ausgeliefert sein.« Sie sah zur Obristin hin. »Es gibt nur ein paar Probleme.«

»Und welche wären das?«, fragte Miran und musterte bereits die Karte.

»Zum einen müsstet Ihr Euch beeilen, vor der Legion dort einzutreffen. Es sind von Lassahndaar aus drei Tagesmärsche … von hier aus gut zwei Wochen länger.«

»Dieses Tor, das Ihr nach Lassahndaar eröffnen wollt, es erlaubt den Durchgang von zwei Seiten?«, fragte die Obristin.

»Ja«, antwortete Asela.

»Gut. Ich lasse die Legion hindurchmarschieren, nachdem die Stadtbewohner sich gerettet haben.«

»Dann ist der Wyrm gefährlich nahe.«

»Wir werden ihn nicht angehen. Wir weichen ihm aus.« Ihre blauen Augen suchten Leandras. »Ich bin nicht blöde. Ich glaube Euch, was Ihr von dem Wyrm erzählt. Aber Ihr sagt, er wird von dem Weltenstrom in diesem Tempel angezogen, also werden wir woanders sein. Und das nächste Problem?«

»Diese Furt hat einen Namen. Klingenberg.«

»Ein seltsamer Name für eine Furt.«

»Ja«, sagte Leandra. »Das liegt daran, dass auch schon andere Schlachten dort geschlagen wurden. Auf dem Hügel, mit gutem Blick in das Tal und auf den Fluss, liegt ein Kastell. Es wurde zu dem Zweck errichtet, einen Feind genau auf diesen Serpentinen zu vernichten. Und ich kann mir nicht vorstellen, dass die Kriegsfürsten des Nekromantenkaisers dieses Kastell unbesetzt gelassen haben.«

»Umso besser«, sagte die Obristin. »Dann werden sie nicht damit rechnen, dass von dort aus Gefahr droht.« Sie nickte Leandra und der Eule zu. »Ich werde mich an die Planung begeben. Und schickt mir diesen Mann, der das Land dort kennt. Der Götter Segen.« Mit diesen Worten ging sie zur Tür und ließ die anderen stehen.

Leandra sah zu, wie sich die Tür hinter der Obristin schloss, und sah dann fragend zu Asela hin.

Doch es war Kasale, die die Antwort gab.

»In manchen Dingen kann eine Eule einem Offizier von höherem Rang Weisung erteilen«, erklärte sie in ruhigem Ton. »Aber nicht in diesem Fall. Miran trägt den Rang einer Lanzenobristin. Seht Ihr in diesem Raum noch jemanden von höherem Rang?« Die Generalsergeantin seufzte vernehmlich. »Sie neigt dazu, anderen auf die Füße zu treten, Ihr habt sie ja erlebt. Aber sie ist wahrhaftig so gut, wie sie behauptet ... und Ihr dürft eines nicht vergessen.«

»Und das wäre?«, fragte Leandra ungehalten.

»Wenn sie einen Plan entwirft, geht sie damit zu Rellin. Ihrer Generalsergeantin. Und die kümmert sich dann darum, dass aus dem Plan auch auf dem Schlachtfeld ein Erfolg wird.«

»Also ist es Rellin, die die ganze Arbeit tut«, stellte Leandra fest.

Kasale schüttelte den Kopf. »Das habe ich nicht gesagt.«

»Rellin ist unzweifelhaft mit ein Grund für Mirans Erfolge«, räumte Asela ein. »Aber die Obristin besitzt ein anderes Talent, das sie für die Legionen so wertvoll macht.«

»Und was wäre das?«, fragte Leandra.

»Sie besitzt das Talent, die hohen Sers vom Handelsrat zu überzeugen, den Legionen das Gold zu bewilligen, das wir brauchen, wenn die Legionen Sold beziehen sollen«, erklärte die Eule. »Man hört, sie sei sehr gut darin und würde sich mit allen Kräften einsetzen.« Sie lächelte schmal. »Sie kam nach Askir, um ihrem Vater zu beweisen, dass sie alles besser kann, als es ein Sohn hätte tun können. Zumindest die hohen Herren vom Handelsrat werden ihr darin beipflichten wollen.« Ihr Lächeln wurde breiter. »Sie zeigt sich ihnen anders als uns soeben.« Als sie Leandras verständnislosen Blick bemerkte, lachte die Eule sogar auf und schien auf einmal um Jahre jünger und ganz anders als zuvor.

»Habt Ihr es nicht bemerkt, Majestät?«, schmunzelte sie. »Keiner von uns ist ein Mann. Wäre Ser Roderic zugegen gewesen, Ihr hättet sie ganz anders erlebt.«

Die Elfenwölfin

6 »Helis hätte ihr die Augen ausgekratzt«, meinte Leandra später zu Kasale, als sie gemeinsam in der Messe saßen. Es war Zeit für das Mittagsmahl, und Leandras Magen knurrte laut genug, um sie daran zu erinnern, nicht auch diese Mahlzeit zu überspringen. Die Kaiserin wurde jeden Moment erwartet, kurz darauf würden sie gemeinsam das Tor nach Lassahndaar errichten. Leandra wusste aus Erfahrung, dass jedes größere Wirken von Magie sie hungrig werden ließ wie eine ganze Meute Wölfe ... wie die, die dort noch immer in einem felligen Knäuel in der Ecke lagen. Die Gelegenheit auszuschlagen, sich vorher noch den Magen zu füllen, wäre nicht sehr klug gewesen. »Wenn ich nicht schneller gewesen wäre.«

»So plump ist Miran nicht«, widersprach Kasale und hielt den Teller hoch, damit der Rekrut, der sie bediente, mit einer Kelle den dicken Eintopf schöpfen konnte. »Sie hätte durch Fähigkeit geglänzt ... und darin, ihm alle Aufmerksamkeit zu schenken.« Sie sah zu Leandra auf. »Ist es Euch noch nicht aufgefallen? Für die Seras aus Aldane ist Verführung eine Kunstform. Sie beherrschen sie in jeder Variante; es ist ein Sport für sie. Die Sers haben dort das Sagen, was nicht viel heißt, wenn die Seras sie dazu bewegen können, ihnen jeden Wunsch von den Augen abzulesen.« Kasale lachte leise. »Aber ich hege keinen Zweifel daran, dass der Lanzengeneral ihr Spiel durchschaut hätte. Was nichts daran ändert, dass sie so gut ist, wie man sagt.« Sie schüttelte erheitert den Kopf. »Auf der anderen Seite ... die Kommandeure der anderen Legionen sind alles Männer ... aus irgendeinem Grund fällt es ihnen schwer, einen Makel an der Sera zu entdecken.«

»Wie kommt denn Rellin mit ihr aus?«, fragte Leandra neugierig und nahm den Löffel in die Hand.

»Ich sagte schon, Miran ist nicht so plump. Sie weiß, was sie an Rellin hat, und behandelt sie mit jedem nötigen Respekt. Das muss man ihr lassen, niemand in der dritten Bulle hat Grund, sich über sie zu beschweren. Sie gilt als streng, aber gerecht. Wie ein guter Kommandeur sein muss. So wie vorhin werdet Ihr die Obristin nur erleben, wenn sie sich in die Enge gedrängt fühlt.«

»Wieso das?«, fragte Leandra überrascht.

»Ihr seid eine Maestra, eine Königin, schwertgebunden und reitet einen Greifen. Ihr habt das Ohr der Kaiserin und das Herz des Lanzengenerals. Und Asela …« Sie zuckte mit den Schultern. »Ist Asela. Niemand, der noch klar bei Sinnen ist, nimmt sie nicht ernst.«

»Ihr seid nicht auf dem neuesten Stand, Kasale«, widersprach Leandra. »Zum einen hat sich der Lanzengeneral für Helis entschieden, zum anderen hat er vergessen, wer er ist.«

»Ja. Ich hörte davon.« Kasale tunkte bedächtig einen Kanten Brot in ihren Eintopf. »Aber ich sah auch, wie er damals angeritten kam … und ich schwöre Euch, er hätte auch vor den Göttern nicht haltgemacht, hätten sie ihm auf seiner Suche nach Euch im Weg gestanden.« Ihre grauen Augen musterten Leandra nachdenklich. »Es gehört zu meinen Aufgaben, alles zu wissen, was man sich über meinen General erzählt, damit ich zur Not eingreifen kann, bevor die falschen Gerüchte aufkochen. Ich weiß also davon, doch es steht mir kein Urteil zu. Ich weiß nur eines: In keinem Buch der Götter steht geschrieben, dass es verboten ist, mehr als einen Menschen zu lieben. Und was er vergessen hat und was nicht, das wird sich erst noch zeigen.«

»Ich …«, begann Leandra, doch dann schien ein kühler Wind durch sie zu wehen, als hinter ihr, in einer Ecke, die Magien, die sie vorhin gefühlt hatte, in Bewegung gerieten.

Noch bevor sie mehr tun konnte als aufzusehen, ertönte ein tiefes Grollen aus Dutzenden von Kehlen. Inmitten der Wölfe, die verängstigt zur Seite sprangen, stand eine Elfe mit verfilzten Haaren, über und über mit Tätowierungen bedeckt und nur spärlich in dreckige Felle gekleidet, und ihre Haare begannen in einem unheiligen Wind zu wehen.

Sie reckte eine Faust in die Höhe, und ein Windstoß fuhr durch die große Halle, trieb Bänke, Tische und Soldaten wie von einem Orkan erfasst quer durch die Messe. Von einem auf den anderen Moment kehrte sich auch für Leandra und die Generalsergeantin das Unterste nach oben. Sie hatten die größte Mühe, nicht von umherfliegenden Tischen, Bänken, Geschirr, Bechern oder auch gepanzerten Soldaten erschlagen zu werden. Blitze zuckten, und das Heulen des so plötzlich entfachten Sturms und das der Wölfe schwoll gemeinsam an. Doch über das Toben hinweg hörte Leandra den gequälten Schrei der Elfe.

»Balthasaaar!«

Halb unter einer schweren Bank begraben sah Leandra jetzt etwas, das sie noch mehr entsetzte. Vor ihrem ungläubigen Blick bewegten sich Fleisch und Knochen unter dickem Winterfell, wuchs, dehnte und verformte sich, bis sich unter der hohen Decke der Messe gut zwei Dutzend Werwölfe duckten. Geifer lief ihnen aus den Lefzen und tropfte von den Fängen, lange Krallen öffneten und schlossen sich, während die Nüstern zitterten, als sie Witterung aufnahmen. In ihren roten Augen sah Leandra eine unheilige Intelligenz. Manche von ihnen waren kleiner, vielleicht drei Schritt oder vier, doch gut die Hälfte von ihnen überragten diese bei Weitem und mussten sich unter die Decke ducken.

Und zwischen ihnen stand die Elfe, die Fäuste noch immer gegen den Himmel erhoben, und um sie herum tobte ein Mahlstrom von Magie, der mit gierigen Fingern nach allem griff, das in ihrer Nähe war.

Für jene, die nicht wussten, wie Magie entstand, war ein Stein nichts als ein toter Gegenstand, doch mit den Augen der Magie betrachtet, enthielt er die Kraft der Schöpfung nicht weniger als Pflanze oder Tier. Erdmagie war träge, schwer … und nicht leicht zu bewegen. Doch sie war vorhanden, auch in den alten Steinen dieser Festung.

Von ihren bloßen Füßen ausgehend bildete sich, während Leandra noch fassungslos starrte, Raureif auf dem alten Stein, weitete sich aus und begann die Wände hinaufzukriechen. Eine ungeheure Kälte füllte den Raum, und während die Maestra noch verzweifelt versuchte, das Gewicht der schweren Holzbank von sich zu stemmen, ertönte ein lautes Krachen, gleich dem Abschuss einer schweren Armbrust, und hinter der Elfe war der erste schwere Stein in der Kälte zersprungen.

Noch immer peitschte der Orkan, durchzogen Blitze die Luft in der alten Messe, jetzt kam auch noch ein feiner Schnee hinzu, der allen, die sich noch bewegen konnten, den Fluchtweg zum Tor oder zur Küche und den anderen Gängen hin versperrte.

Von einem Lidschlag auf den nächsten spürte Leandra, wie die Kälte auch sie erreichte, die schwere Bank, die sich nicht bewegen lassen wollte, unter ihren Fingern eisig wurde. Schon stand ihr eigener Atem in einer weißen Wolke vor ihr und schlug sich auf Bank und Hände nieder … und all dies war so schnell geschehen, dass Leandra nun ungläubig feststellte, dass sie noch immer ihren Löffel hielt.

Wieder brach der Stein und wieder, bis sich das Geräusch berstender Steine mit dem Toben des Windes zu einem Grollen verband, das die alte Feste unter ihren Füßen zittern ließ. Und noch immer zog die Elfe die Magie in sich hinein, tobte der Mahlstrom um sie herum, während zu ihren Füßen sich Eis ausbreitete.

Leandra konnte nicht mehr tun, als hilflos zu starren, auch die schwere Bank ließ sich keinen Fingerbreit bewegen. Niemals hätte sie gedacht, abseits eines Knotenpunktes des Weltenstroms solche Macht entfesselt zu sehen … und noch immer zog die Elfe Magie in sich hinein. Mit Schrecken kam ihr der Gedanke, dass dies nur ein Ende nehmen konnte. Wer auch immer diese Wahnsinnige war, niemand konnte eine solche Macht lange aufrechterhalten, und dann würde sie im Fanal vergehen und mit ihr auch Leandra und die anderen hier im Raum, die halbe Feste und jede Hoffnung auf einen Sieg gegen Kolaron Malorbian.

»Maestra, tut etwas«, hörte Leandra jemanden über das Toben des Windes rufen. Es war Kasale, die neben ihr unter dem schweren Holzmöbel gefangen war. »Ihr seid eine Maestra … wollt Ihr Euch denn kampflos erschlagen lassen? Von einer *Bank*?«

Dann, mit einem Mal, fiel der Sturm in sich zusammen. Noch immer bedeckte Eis die halbe Messe, noch immer lagen gut fünf Dutzend Soldaten unter den schweren Bänken und Tischen begraben, doch jetzt war es, bis auf das Stöhnen der Verletzten und die Flüche derer, die sich befreien wollten, still geworden.

In der großen Tür zum Hof der Feste stand eine schlanke Gestalt in der Robe der Eulen, die Kapuze tief ins Gesicht gezogen und die Hände in den Ärmeln verschränkt. Dorthin zog der Wind, ließ die schwere Robe wehen … um dann vollends zu versiegen.

»Aleahaenne«, sagte Asela mit einer Stimme, die fast zu brechen schien. Nun, da der Wind versiegt war, schob sie ihre Kapuze zurück und begegnete offen dem glühenden Blick der Elfe. Hatte Leandra noch vorhin gedacht, dass sich in diesem Gesicht nie eine Regung zeigen würde, so wurde sie nun eines Besseren belehrt.

Verzweiflung, Gram, Schmerz und vor allem eines, Scham, standen nun in diesen alterslosen Zügen geschrieben, und ihre Wangen glänzten feucht von Tränen.

»Aleahaenne«, wiederholte sie und schluckte, als ihre Stimme brach. »Hüterin, hört mich an. Der, den Ihr sucht, ist nicht mehr. Doch wäre er hier, er würde Euch auf seinen Knien um Vergebung anflehen. Auch wenn das, was er Euch damals angetan hat, keine Vergebung erlauben kann.«

Die Elfe schaute die Eule voller Überraschung an.

»Ihr streitet es nicht ab?«, fragte sie ungläubig in einem Dialekt, der für Leandra nur schwer verständlich war.

»Nein. Was er Euch antat, war ein Verbrechen gegen jede Menschlichkeit und das Gebot der Götter. Ihr kamt, um zu verhandeln, um Frieden zu suchen, und er nahm Euch gefangen. Ihr habt um das Leben derer gefleht, die Euch nahestanden, und er hat Euch ausgelacht und Euch versprochen, jeden Einzelnen vor Euch in den Staub zu treten. Und ...« Wieder brach die Stimme der Eule, und sie rang sichtbar um die Kraft um weiterzusprechen. »Und was er Euch selbst angetan hat ... es fehlen mir die Worte, es zu beschreiben. Doch ich weiß in vollem Umfang, was er Euch antat. Balthasar ist nicht mehr, aber ich verspreche Euch, dass er in einer Hölle gefangen ist, in der er endlos jedes Verbrechen bereut, das er je begangen hat. Und von aller Schuld, die auf seiner Seele lastet, weiß ich, dass das, was er Euch antat, die ist, an der er mit am schwersten trägt.«

»Und wer seid Ihr?«, fragte die Elfe erstaunt. »Mir scheint, als hätte ich Euch schon gesehen, doch ich erinnere mich nicht mehr.«

»Ich bin Asela«, sagte die Eule rau. »Wir ... wir sind uns zuvor nur ein einziges Mal begegnet. Und doch trage ich nicht weniger Schuld an Balthasars Verbrechen als er. Wenn Ihr also Rache wollt, dann übt diese aus an mir. Nur diese Menschen hier, sie haben damit nichts zu tun. Ich werde mich Eurem Urteil beugen, aber nicht hier, wo Ihr andere bedroht, die keine Schuld zu tragen haben. Lasst diese Menschen gehen, und Ihr könnt mit mir tun, was immer Ihr wollt.«

»Warum sollte ich sie gehen lassen, Eule?«, begehrte die Elfe auf. »Sie tragen die Panzer der Legion. Ein jeder von ihnen hat einen von den Meinen erschlagen, jeder Stiefel hier ist durch Blut gewatet, das von jenen kam, die ich liebte. Warum sollte ich sie gehen lassen? Soll ich ihnen erlauben, noch mehr von meinem Volk zu erschlagen? Nein, Eule, meine Rache wird nicht nur Euch betreffen. Ich werde diesen verfluchten Ort einreißen, diese kaiserliche Feste unter dem Stein der Winterberge begraben, sodass es sein wird, als hätte niemals ein kaiserlicher Soldat seinen Fuß auf Land gesetzt, das von den Göttern selbst nur uns versprochen war!« Sie hob wieder langsam ihre Hände an. »Und diesmal, Eule, wird mich niemand daran hindern!«

»Das kann ich nicht zulassen«, sagte Asela mit überraschender Ruhe. »Für das, was ich und er Euch angetan haben, stehe ich ein. Doch Ihr werdet diese Menschen gehen lassen. Sie haben nichts von dem getan, was Ihr ihnen vorwerft.«

»Und was wollt Ihr dagegen tun? Balthasar war mir ebenbürtig, doch von den anderen Eulen ist es niemand. Oder wollt Ihr mir mit dem Kaiser drohen?«, fügte sie spitz hinzu. »Meint Ihr wahrhaftig, er würde sich mir stellen?« Sie tat eine verächtliche Geste. »Wollt Ihr mich denn wahrhaftig glauben machen, dass niemand hier im Raum sein Schwert gegen die Meinen erhoben hätte? Für wie dumm haltet Ihr mich?«

»Genau das will ich Euch sagen, Hüterin Aleahaenne. Von denen, die Ihr hier beschuldigt, lebt außer mir niemand mehr. Sie sind zu Staub vergangen, und die Götter haben über sie gerichtet. Es ist siebenhundert Jahre her, Hüterin, und nun tobt ein anderer Krieg in Eurer Heimat. Wäre Balthasar damals Herr seiner Sinne gewesen, er hätte Euch erklären können, warum das Reich Anspruch auf dieses Land erheben musste. Vielleicht hättet Ihr es sogar verstanden … und es hätte Frieden geben können.«

»Er war nicht Herr seiner Sinne?«, fragte die Elfe ungläubig, während um sie herum die Wölfe sich duckten und ein tiefes Grollen ihren Kehlen entwich. »Und es sollen siebenhundert Jahre sein? Für wie …«

»Fragt Eure Wölfe«, unterbrach Asela sie. »Fragt sie. Und fragt Euch auch, wieso Ihr mit ihnen hier gelagert habt … ohne Ketten oder magische Fesseln. Fragt sie, wer Ihr gewesen seid in all den Jahren. Ich weiß nicht, was geschehen ist, dass Ihr wieder bei Sinnen seid. Balthasar … ich … wir danken den Göttern, dass sie Euch von dieser größten Wunde heilten, die er Euch geschlagen hat, aber es bleibt dabei: Es ist siebenhundert Jahre her. Und diesmal bekämpfen die Legionen einen anderen Feind als Euer Volk.«

Die Elfe sah Asela lange an, ließ dann ihren Blick über die große Halle wandern, verharrte auf Leandra, Kasale und den anderen, die sich mühsam unter den Trümmern hervorzuarbeiten versuchten, und kehrte dann zu einem der kleineren Wölfe zurück, die an ihrer Seite standen.

»Du«, fragte sie. »Wie heißt du?«

Der Wolf knurrte und verwandelte sie innerhalb von ein, zwei Lidschlägen in einen Menschen, eine junge Frau, ebenfalls nur in Felle gekleidet, schlank und eher zierlich, mit langem blondem Haar, das sie in schwere Zöpfe geflochten hatte. Tätowierungen zierten ihr Gesicht, das kantige Kinn und ihre blauen Augen verrieten ihre Nähe zu den Barbaren, die einst um dieses Land hier gekämpft hatten. Doch für Leandra war es unübersehbar, dass sie auch das Blut der Elfen in sich trug, das der Hüterin, wie Asela sie genannt hatte, denn Stirn und Augen waren der der Elfe gleich.

»Raeve, Herrin«, beantwortete sie die Frage der Elfe.

»Und?«, fragte die Elfe grollend. »Ist es wahr, was die Eule behauptet?«

»Es ist wahr, was sie sagt, Herrin«, sagte die Mannwölfin in einem gefassten, ruhigen Ton, der so gar nicht zu dem Grollen und Knurren der anderen Wölfe passte. Nur der gutturale Unterton in ihrer Stimme machte es schwer, sie zu verstehen.

»Es ist Hunderte von Wintern her, dass Ihr von unserem Stamm gefunden wurdet. Ihr wusstet nicht mehr, wer Ihr wart, und unsere Legenden sagen, dass Ihr zu Beginn mehr einem Tier geglichen habt als einer Elfe. Doch im Lauf der Jahre habt Ihr zurückerhalten, was Ihr verloren hattet, und Ihr wurdet unsere Anführerin. Auch wenn ich nun sehe, dass Ihr nur ein kleiner Teil dessen wart, was Ihr verloren hattet.«

Leandra blinzelte überrascht. Der kehlige Unterton in der Stimme der jungen Sera war kaum zu überhören, doch die gefasste Art, die Wortwahl zeugten von Verstand und Wissen. Sie mochten Felle tragen, doch die Wolfmenschen waren alles andere als Barbaren.

Die Hüterin schüttelte ungläubig den Kopf. »Was wollt Ihr mir sagen, Eule? Dass ich auf meine Rache verzichten soll? So wie die Legionen unter meinem Volk gewütet haben? Nach all dem, was Balthasar mir angetan hat?«

»Das wirst du müssen, Mutter«, sagte die alte Enke, als sie hinter Asela durch das Tor der Messe kam. »Denn anders wäre es nicht gerecht. Du würdest das Gleichgewicht zerstören, dem dunklen Gott Tür und Tore öffnen und sogar mich zwingen, mich gegen dich zu stellen.« Die Augen der alten Enke wurden feucht, selbst als das Lächeln in ihrem Gesicht sich weitete, bis es zu einem Grinsen wurde, das so breit war, dass es ihre Ohren zu bedrohen schien. »Unabhängig davon, Mutter, danke ich den Göttern und bin überglücklich, dich wiederzusehen. Du hast mir arg gefehlt.«

»Aenke«, hauchte die Elfe. »Bist du es wirklich? Aber … du warst doch noch ein Kind und …«

»Es sind wahrhaftig fast siebenhundert Jahre, Mutter«, bestätigte die alte Enke unter Tränen. »Auch für mich Zeit genug, erwachsen zu werden, meinst du nicht?« Sie verschwendete nicht einen weiteren Blick an die Eule oder einen anderen in der alten Messe. Mit langen Schritten eilte sie auf die Elfe zu und warf sich in deren Arme, um sie festzuhalten und an sich zu pressen, als ob sie sie nie wieder loslassen wollte. »Es war zu lange, Mutter«, sagte sie mit feuchten Augen, obwohl sie immer noch vor Freude strahlte. »Zu lange«, wiederholte sie und schluckte. »Und ich glaubte dich verloren.«

Der Schrei eines Raben ertönte, und ein schwarzer Schatten flog herein, um auf der Schulter der Elfe zu landen und seine Krallen in die bleiche Haut zu schlagen, während er ihr zärtlich das Ohr pickte. Die alte Enke lachte. »So wie es aussieht, hat auch Konrad dich vermisst.«

Sie löste sich ein wenig aus den Armen der Elfe und sah zu der Eule hin, dann ließ sie ihren Blick über die anderen schweifen, um in der Folge interessiert Leandra zu betrachten, die sich noch immer abmühte, um sich von der schweren Bank zu befreien. »Ihr könnt euch jetzt beruhigen«, sagte sie laut genug, sodass ein jeder hier sie hören konnte. »Was auch immer meine Mutter tun wird, es wird nicht jetzt geschehen.« Sie wandte sich der Eule zu. »Gibt es einen Raum, in dem wir uns besprechen können? Es gibt vieles zu erklären.«

»Sicher«, nickte die Eule, und auch sie hatte noch Mühe, ihre Überraschung zu verbergen. Sie sah zu den Mannwölfen hin, ließ ihren Blick über die Verwüstung schweifen, die Risse in den Wänden und die Pfützen auf dem Boden, wo das Eis nun langsam wieder schmolz, und hob eine Augenbraue.

»Ach das?«, meinte die alte Enke in einem unschuldigen Ton. »Das lässt sich wieder richten … und ich werde mich nachher auch noch selbst um die Verletzten kümmern.« Sie löste sich aus den Armen ihrer Mutter, die im Moment nur still dastand und alles um sie herum mit zugleich wachem und verständnislosem Blick beäugte. »Ihr, Eule, scheint zu wissen, wer meine Mutter ist. Ist es Euch noch nicht in den Sinn gekommen, dass, wenn Ihr sie auf Eure Seite ziehen könnt, Ihr eine mächtige Verbündete für Euch gewonnen hättet?«

»Das, mein Kind, wird nicht geschehen«, sagte die Hüterin mit harter Stimme und bedachte die Eule mit einem glühenden Blick. »Zu viel liegt zwischen uns. Du kannst nicht erwarten, dass ich verzeihen kann. Sie hat selbst gestanden, dass sie beteiligt war an den Verbrechen Balthasars, und sie ist eine Eule. Das wird für meine Rache reichen.« Ihre Augen wurden weich, als sie sich wieder der alten Enke zuwandte. »Du weißt, dass ich dir wenig abschlagen kann, doch darauf zu verzichten, ist zu viel verlangt.«

Mittlerweile halfen andere Hände, die schwere Bank von

Leandra und Kasale zu heben. Erleichtert richtete sich Leandra auf und zog scharf die Luft ein. Unter schwerem Holz begraben zu sein, hatte weder ihren Rippen noch ihrer Schulter gutgetan, zudem konnte sie nun vorsichtig eine Beule betasten, die sich an ihrem Hinterkopf vorzüglich zu entwickeln schien.

»Schaut«, sagte Kasale leise, die auch dabei war, ihre Gliedmaßen abzutasten. »Es ist noch nicht vorbei.« Sie wies mit ihrem Blick zum Eingang hin. »Hier kommt der letzte Akt.« Sie schüttelte den Kopf. »Ich sage Euch, mein Leben war langweilig, bevor ich Eurem Ser Roderic begegnet bin!«

Dort im Eingang der Messe waren nun die glänzenden Rüstungen, roten Umhänge und Federbüsche von vier Gardisten der Kaisergarde zu sehen. Noch hatten sie nicht blankgezogen, doch ihre Hände hatten die Schwerter bereits ergriffen, und jeder Einzelne von ihnen sah unglücklich drein. Der Grund war leicht zu finden, eine schlanke Frau mit kupferroten Haaren und grünen Augen in den Roben einer Eule, die nun unerschrocken an Aselas Seite trat.

Ihr Blick glitt über die Verwüstung in der Halle, das Eis und die Pfützen, die Risse an den Wänden und den unglücklichen Haufen von kaiserlichen Soldaten, die sich erst jetzt langsam aus den Trümmern der Einrichtung befreien konnten. Eines war sicher, nach dem Stolz des Kaiserreichs sahen sie im Moment nicht aus.

»Ich fände es sehr angenehm«, sagte Desina, die Prima der Eulen, Kaiserin von Askir und Regentin von Aldane, mit ihrer weichen Stimme, »wenn mir jemand erklären würde, was hier vorgefallen ist.« An ihrer Seite stand ein Mann, so groß, dass sein Haar fast den Torbogen berührte, und mit breiten Schultern, die für gleich zwei Legionäre ausgereicht hätten. Auch er trug das Zeichen einer Eule über seinem Herzen. Doch anders als die Kaiserin trug er eine Kettenrobe, eine Rüstung, deren Einzelteile mit aus Gold gewirkten Bändern verbunden waren. Auch seine Hand ruhte drohend auf dem Knauf seines Schwerts. Der Adjutant der Prima hatte die Stirn in Falten gelegt und musterte mit schmalen, wachsamen Augen einen jeden hier, sein Blick ließ deutlich erkennen, wie wenig ihm gefiel, was er hier vor sich sah.

Doch das war es nicht, was Leandra stutzen ließ. Denn mit der Sicht der Magie war Stabsleutnant Santer von den Eulen für sie nicht mehr zu sehen.

»Das ist einfach zu erklären, Kaiserliche Hoheit«, ergriff die alte Enke das Wort und tat einen tiefen Knicks, der bei jedem Hofe nur bewundert werden konnte. »Dies ist die Hüterin Aleahaenne. Sie war vor siebenhundert Jahren die oberste Priesterin des Wolfs in diesen Landen, und ihr Rat hätte damals den Frieden zwischen unsern Völkern erwirken können. Wenn die Eule Balthasar sich nicht an ihr vergriffen hätte, um ihr Unsägliches anzutun.«

»Ihr seid die Kaiserin?«, fragte die Elfe mit rauer Stimme.

Als Desina nickte, streckte die Elfe ihre Hand aus und deutete mit einem zitternden Finger auf Asela. »Sie dort gestand mir, dass sie an dem Verbrechen an mir und meinem Volk nicht minder schuldig wäre, als Balthasar es war. Wenn Ihr die Kaiserin seid, dann liegt es an Euch, den Frieden zu bewahren. Ich fordere Blutzoll für all die Verbrechen und Sünden, die begangen wurden. Und da diese hier sich schuldig bekannte, fordere ich ihren Kopf. Gebt ihn mir … und es soll Frieden herrschen.«

Die junge Kaiserin musterte Asela, die stumm dastand und zu Boden schaute, die alte Enke und die wilde Elfe mit ihren Fellen und Tätowierungen … und dem allzu leicht zu erkennenden Gram und Schmerz in ihren Augen.

»Ich weiß, von was Ihr sprecht, Hüterin«, sagte sie dann bedächtig. »Asela hat mir davon berichtet.« Sie sah zu der bleichen Eule hin und schüttelte leicht den Kopf. »Ich weiß nicht, was sie dazu treibt, alle Sünden der Vergangenheit auf ihre Schultern laden zu wollen, aber Eure Rache würde die Falschen treffen. Selbst wenn es Balthasar wäre, der hier vor

Euch stehen würde ... auch er war schuldlos an dem, was er Euch antat.«

»Wie könnt Ihr es wagen ...«, begehrte die Elfe auf, doch die alte Enke trat an sie heran und legte ihr beschwichtigend die Hand auf den Arm. »Sie ist die Kaiserin. Lass sie zu Ende sprechen.«

»Der wahre Schuldige«, fuhr Desina fort, als hätte es die Unterbrechung nicht gegeben, »ist ein Nekromant, der den Namen Kolaron Malorbian trägt. Damals wie heute trachtet er danach, den Mantel eines toten Gottes aufzunehmen. Er sieht sich als Erbe Omagors, und geht es nach seinem Willen, wird er die Dunkelheit über uns alle bringen.« Sie sah zu Asela hin und lächelte etwas wehmütig. »Was sie Euch verschwieg, ist, dass auch der Primus der Eulen, Balthasar, der, der Euch das alles antat, selbst ein Opfer war. Denn schon damals war er in dem Bann des Nekromanten gefangen. Asela, die Balthasar besser kannte als jeder andere von uns, schwor mir, dass, wäre er Herr seiner Sinne gewesen, er eher den Frieden gesucht hätte, als Euch zu unterwerfen. Doch damals wie heute auch war es im Sinne des Nekromantenkaisers, Zwietracht zwischen uns zu säen und uns zu schwächen. Damals hat er sich verborgen gehalten, heute tritt er uns mehr und mehr offen entgegen. Es sind seine Armeen, die jetzt das Land verwüsten. Eure Heimat hat jetzt eine neue Königin, Leandra di Girancourt, Ihr seht sie dort stehen, bei den anderen, die Ihr angegriffen habt.« Ihre meergrünen Augen hielten die der Elfe nun gefangen, als ob sie die Hüterin mit reinem Willen zwingen wollte zu verstehen. »Doch am wichtigsten für Euch ist, Hüterin ... Alehenne?«

»Aleahaenne«, verbesserte die Elfe leise.

»Aleahaenne«, nickte die Kaiserin. »Ich werde mir Euren Namen merken. Was am wichtigsten für Euch, für uns alle ist, dass es den Feind von damals nicht mehr gibt. Nachdem die letzte Schlacht geschlagen war, kehrte Frieden ein. Es gab Gründe, warum wir dieses Land beansprucht haben ... und es hat Euch sicherlich mit Recht erzürnt. Aber nun sind wir keine Feinde mehr, denn in den Jahrhunderten hat sich Euer Volk und das unsere hier vermischt, so sehr, dass das Blut nicht mehr zu trennen ist.« Ihr Blick fiel auf die alte Enke. »Ich hörte sogar, dass auch der Glaube an den Wolfsgott noch immer besteht. Wenn Ihr also Rache wollt, Hüterin Aleahaenne, dann kann ich Euch den nennen, der in Wahrheit Euer Foltermeister war: Kolaron Malorbian, Nekromantenkaiser von Thalak, der anstrebt, das Erbe der Dunkelheit für sich zu beanspruchen. Wenn Ihr jemanden sucht, um ihn zu strafen, dann haltet Euch an seine Soldaten, die das Land brandschatzen und morden und sich an denen vergehen, die zugleich unsere wie auch Eure Nachfahren sind.«

Sie schwieg, und in der ganzen großen Halle war es so still, dass man ihren Atem hören konnte. Lange stand die Elfe da und sagte nichts, dann wandte sie sich an die Eule Asela.

»Wenn es so ist, wie sie sagt, warum habt Ihr dann die Schuld auf Euch genommen?«

»Auch ich stand unter dem Bann des Nekromanten, bis mich der Tod erlöste«, erklärte Asela mit rauer Stimme. Woraufhin nicht nur die Elfe einen Moment lang etwas verwirrt dreinschaute. »Doch solange dieser Bann währte, verfluchte ich mich mit jedem Atemzug dafür. Es hätte nie geschehen dürfen, meine Unfähigkeit und Überheblichkeit hatten mich verführt … all dies war mein Fehler … und alles andere und auch jede Schuld folgte nur daraus!«

»Also gut, Asela von den Eulen. Ihr habt eine Schuld gestanden, die Eure sein soll und nicht die von Balthasar. Was habt Ihr mir angetan? Ich erinnere mich nicht daran.«

»Ich ließ zu, dass Balthasar sich an Euch verging.«

»Und Ihr hattet eine Wahl?«, fragte die Elfe bedächtig.

Asela zögerte. »Ich …«, begann sie. Doch dann schüttelte sie leicht den Kopf. »Nein«, seufzte sie müde. »Es hat nie eine Wahl gegeben.«

Die Hüterin richtete sich zu ihrer vollen Größe auf, musterte die Kaiserin, Asela und auch die alte Enke, um dann lange zu ihren Wölfen hinüberzuschauen. Schließlich seufzte sie und ließ die Schultern hängen. Die ganze Zeit war die Luft in diesem Raum von einem Druck erfüllt gewesen wie vor einem drohenden Gewittersturm, doch jetzt knisterte die Luft und tanzte Elmsfeuer über die Wände und den Boden, als die Elfe die Magie fahren ließ, die sie zuvor an sich gerissen hatte. Nicht nur Leandra atmete erleichtert auf, sogar der Rabe auf der Schulter der Elfe schien sich erst jetzt zu entspannen.

»Ohne den Bann dieses Seelenreiters, sagt Ihr, hätte die Eule Balthasar einen Weg zum Frieden zwischen unseren Völkern gesucht?«, fragte sie Asela. »Ihr seid Euch dessen sicher?«

»So wahr, wie ich hier stehe.«

Die Elfe strich über das glänzende Gefieder ihres Raben. »Sagt sie die Wahrheit, alter Freund?«

Der Rabe legte den Kopf zur Seite und musterte die Eule mit gelben Augen, in denen mehr zu finden war als nur die Gedanken eines wenn auch schlauen Vogels.

»Kraahr«, bestätigte er entschieden.

Die Elfe sah langsam zur alten Enke hin, um dann müde zu lächeln und den Kopf zu schütteln, als ob sie sagen wollte, dass sie all das noch immer nicht verstand … und um dann mit einem leisen Seufzer dort, wo sie stand, zusammenzubrechen. Doch bevor sie auf den harten Steinboden der Messe fallen konnte, hatten die Mannwölfin und die alte Enke sie schon aufgefangen.

»Generalsergeant Kasale«, ergriff die junge Kaiserin das Wort. »Was meint Ihr, lässt sich hier ein Ort finden, an dem unser … Gast … Erholung finden kann?«

»Aye, Hoheit«, kam Kasales Antwort, während sie salutierte und gerader stand. »Ich werde mich sogleich selbst darum bemühen. Erlaubt, dass ich mich kurz noch um etwas anderes kümmern kann?«

Desina nickte.

Kasale schaute sich um und winkte dann einen der Soldaten heran, die noch immer zögernd herumstanden und ihre Blessuren pflegten.

»Euch, Lanzenleutnant, ist doch sicherlich aufgefallen, dass die Messe ganz und gar nicht mehr den kaiserlichen Vorschriften entspricht?«

»Ich …«, stammelte der junge Mann überrascht und schluckte. »Aye, Ser, Generalsergeantin, Ser!«

»Dann sorgt dafür, dass sich das ändert!«

Abgelehnt

7 »Wie geht es Euch?«, fragte die junge Kaiserin, als sie mit Stabsleutnant Santer an der Seite das Kommandeurszimmer betrat.

»Als ob eine Bank auf mich gefallen wäre«, gestand Leandra mit einem schiefen Grinsen.

Desina musterte sie ein wenig länger. »So seht Ihr auch aus«, sagte sie, doch ein leichtes Lächeln nahm den Worten ihre Spitze. Hinter ihr betrat Asela leise wie ein Geist den Raum und schloss die Tür mit einer Geste. Desina warf ihr einen schwer deutbaren Blick zu und sprach dann weiter. »Lanzengeneral von Thurgau ist wieder erwacht, Ihr habt davon gehört?«

»Ja.«

»Auch davon, dass er nicht mehr weiß, wer er ist?«

»Ja.«

»Ich nehme an, Ihr beabsichtigt, ihn aufzusuchen?«

»Sobald es möglich ist. Nachdem wir das Tor geöffnet haben.«

Desina nickte. »Gut. Wenn Ihr schon den Tempel aufsucht, dann lasst Euch dort auch heilen. Ihr könnt den Priestern mitteilen, dass eine großzügige Spende ihre Mühen belohnen wird.«

»Danke, Hoheit«, sagte Leandra und neigte leicht das Haupt.

Die Kaiserin wandte sich Asela zu und bedachte sie mit einem langen Blick. Wie üblich zeigte sich keine Regung auf dem alterslosen Gesicht, und doch spürte Leandra eine gewisse Anspannung in ihr.

»Ihr, mehr als andere, habt unter Kolarons Bann gelitten. Es ist genug. Ich will nicht, dass Ihr weiter versucht, für Dinge Buße zu tun, die nicht Euer Verschulden sind.«

»Aber ...«, begehrte Asela auf, doch Desina unterbrach sie mit einer Handbewegung, die jeden möglichen Einwand schon im Voraus zur Seite wischte.

»Soltar hat Euch vergeben. Ich habe Euch vergeben ... und wären sie am Leben, was denkt Ihr, würden Askannon, Feltor und auch Balthasar tun? Es Euch auf ewig nachtragen? Oder wären sie erfreut zu wissen, dass Ihr es letztlich vermocht habt, Euch dem Bann des Seelenreiters zu entziehen?«

»Ich ...«

»Ihr kennt die Antwort«, unterbrach die Kaiserin sie erneut. »Es ist an der Zeit, Euch selbst zu vergeben. Das Reich braucht Euch, aber nicht so sehr, wie ich Euch brauche.«

»Aye, Hoheit«, flüsterte Asela. »Es ist nur ... schwierig. Und komplizierter, als Ihr denkt.«

Desina schaute zu Leandra hin, die gerade gründlich den Boden vor ihren Füßen studierte. Ähnlich wie Santer, nur war es in seinem Fall die Wand.

»Gut«, sagte sie nach einer kleinen Pause. »Das Tor. Wann fangen wir damit an?«

»In etwas weniger als einer Kerzenlänge«, antwortete Asela.

»Ihr wisst, was zu tun ist?«, fragte die junge Eule, und Leandra nickte.

»Es geht darum, den Fluss der Magie möglichst gleichmäßig aufrechtzuerhalten und Spitzen auszugleichen, sollte eine von uns den Fokus verlieren.«

»Ja. Das ist es in etwa.« Sie sah zu Asela hin und erlaubte sich ein kleines Lächeln. »Wie üblich wird sie es sein, die sich die Hauptarbeit aufbürden wird. Wie lange, sagtet Ihr noch, wird es dauern, bis ich genug gelernt habe, um ein solches Tor allein zu öffnen?«

»Zwanzig Jahre«, antwortete Asela unbewegt. »Oder länger.«

»Da seht Ihr es«, beschwerte sich die Kaiserin bei Leandra, doch ihre grünen Augen schmunzelten. »Ich schwöre, wenn sie könnte, würde sie mich in ein Zimmer sperren, damit ich mich nicht gefährde.«

Asela neigte leicht den Kopf. »Wahr, Hoheit. Wenn es möglich wäre.«

Desina lachte, doch sie wurde gleich wieder ernst. Ihre grünen Augen spießten Leandra auf. »Gleiches gilt für Euch«, sagte sie. Leandra sah überrascht auf, doch Desina sprach schon weiter. »Es war notwendig, Euch der Gefahr auszusetzen, als es darum ging, den Weltenstrom umzuleiten. Ich habe noch keine Berichte erhalten, aber ich hörte, dass Ihr in die Hände dieses Kriegsfürsten Corvulus gefallen seid und er Euch übel mitspielte. Auch Ihr seid zu wichtig, als dass wir Euch verlieren dürfen.« Ihre grünen Augen hielten Leandras Blick noch einen Lidschlag länger. »Wenn Ihr fallt, verlieren wir die Legitimation, Illian zu entsetzen. Ihr wisst, dass es jemanden gibt, der vorgibt, für Illian zu sprechen? Er hat offiziell Protest dagegen eingelegt, dass wir Euch unterstützen. Es ist lächerlich, ich weiß, aber das Geld regiert in Askir, nicht ich, und es gibt etliche unserer feinen Handelsherren, die nur zu gerne hören wollen, dass alles nur ein großes Missverständnis ist. Achtet in Zukunft mehr auf Euch.«

Zuerst wollte Leandra aufbegehren, doch dann erinnerte sie sich daran, dass Desina die Kaiserin war und sie selbst das alte Reich darum gebeten hatte, Illian unter seinen Schutz zu stellen. Wie Havald einst gesagt hatte, bedeutete das auch, dass sie vor der Kaiserin des Reichs das Haupt zu beugen hatte, wenn sie es verlangte. Nun, dachte Leandra, wenn es weiter nichts ist, was sie verlangt, als dass ich auf mich selbst achte, ist es ein kleiner Preis.

»Zum nächsten Punkt«, sagte Desina und streckte ihre Hand in Richtung Santer aus. Der griff in die Stulpen seines Handschuhs und zog ein halbes Dutzend eng beschriebener Blätter heraus, die er der Kaiserin reichte.

»Wisst Ihr, was das ist?«, fragte sie und klang leicht ungehalten. »Das ist Lanzenobristin Mirans Plan. Vier dieser fünf Blätter enthalten die Begründung, warum sie es für wichtig hält, den Feind zu stellen, solange er geschwächt und demoralisiert ist. Und hier auf dem sechsten Blatt hat sie einen Ort eingetragen, an dem ein Hinterhalt erfolgen soll.« Sie suchte das Blatt heraus und hielt es hoch. »Klingenberg. Ihr werdet bemerkt haben, dass die Tinte dort noch feucht ist, jeder andere Federstrich ihres ... Plans ist sauber abgesandet und schon lange trocken. Doch sie hat insoweit recht, als dass uns ein Sieg die Moral stärken wird.«

»Schwertmajor Blix hat einen Sieg errungen«, warf Leandra ein.

»Er wurde zum Lanzenmajor befördert«, erinnerte Desina sie. »Aber ja. Es war ein Sieg. Aber ein Sieg, bei dem wir neun Zehntel unserer Männer verlieren, sei es auch gegen eine noch so große Übermacht, ist schwerlich dazu geeignet, die Moral zu fördern. Vor allem, weil wir die Stadt wieder aufgeben müssen. Wegen einem ... Wyrm.« Ihre Augen zogen sich zusammen. »Ihr seid sicher, dass wir gegen dieses Ungeheuer nichts tun können?«

Die Frage hatte sie heute schon einmal gehört. »Im Moment nicht. Zokora von Ysenloh meinte, dass Sieglinde vielleicht mit Eiswehr etwas gegen Byrwylde auszurichten vermag, aber ich habe den Wyrm heute mit eigenen Augen gesehen und bezweifele das. Es bleibt uns nichts anderes, als ihm auszuweichen.«

»Ich habe so etwas befürchtet.« Sie sah zu Asela hin. »Ich

wollte nur sicher sein.« Desina warf die Blätter auf den Schreibtisch des Lanzengenerals, wo sie ein Stück über die polierte Oberfläche rutschten. Was der beste Beweis dafür war, dass Havald noch nie dort gesessen hatte, dachte Leandra bedrückt. Wäre es anders, wäre auf dem großen Tisch schwerlich Platz genug gewesen, damit etwas rutschen konnte. Höchstens ein Stapel von Akten, Rollen und Karten, der sich zu hoch türmte.

»Miran sagt mir, sie hätte den Plan mit Euch abgesprochen«, fuhr Desina fort. »Ich habe noch nicht viel mit ihr zu tun gehabt, Hochkommandant Keralos hat sie in den letzten Jahren meistens in der Ostmark eingesetzt. Dort hat sie sich mit Ruhm und Ehren überhäuft, und selbst Marschall Hergrimm bedauert, dass sie nicht mehr dort ist ... obwohl ich mir denken kann, warum«, fügte sie grimmig lächelnd hinzu. »Also sagt mir, ist der Plan durchführbar? Sie drängt in mich, ihn zu genehmigen, und sagt, die Zeit eilt, weil sie ihre Legion durch unser Tor führen will, sobald die Bewohner Lassahndaars gerettet sind.«

Leandra zögerte.

»Ich würde Euch nicht fragen, wenn ich die Antwort nicht wissen wollte«, sagte Desina. »Es ist Euer Land ... und es sind Eure Legenden, die wieder erwacht sind. Sagt freiheraus, was Ihr davon haltet.«

»Ich hörte, die Lanzenobristin wäre eine große Strategin«, begann Leandra vorsichtig.

»Das habe ich auch gehört«, nickte die Kaiserin. »Sie hat es mir selbst gesagt. Weiter.«

»Niemand weiß, was Byrwylde tun wird, wenn sie Lassahndaar erreicht«, erklärte Leandra. »Was ich weiß, ist, dass sie sich mit der Geschwindigkeit eines galoppierenden Pferdes bewegt. Es mag sein, dass sie die Legion ignorieren wird. Doch sollte sie die Spur aufnehmen und der Legion folgen wollen, wird auch die beste Strategie Miran nicht gegen die Schlange helfen. Ihr würdet die Legion verlieren.«

»Dreitausend Mann sind nicht genug?«, fragte Desina.

Leandra stand gerade und begegnete offen dem Blick der Kaiserin. »Nein. Das ist meine feste Überzeugung.«

»Habt Ihr noch anderes zu Mirans Plan anzumerken?«

»Ich weiß, dass die Legion schnell marschieren kann«, sagte Leandra und trat an die Karte heran. »Hier sind wir, dort liegt Lassahndaar und dort …« Ihr Finger folgte der Handelsstraße nach Südwesten. » … liegt die Feste Klingenberg. Im schnellen Marsch, wenn sie ihren Leuten keine Rast und Ruhe gönnt, kann die Legion sie vielleicht in drei Tagen erreichen. Genommen ist die Feste damit nicht, auch wenn Miran zuversichtlich scheint, dass es ihr gelingen wird. Von dort nach Melbaas, wo die einundzwanzigste Feindlegion gelegen hat, sind es acht Tage Fußmarsch. Wir haben noch am Abend der Schlacht erfahren, dass die Legion bereits marschiert. Wenn wirklich alles nach den Wünschen von Obristin Miran verläuft, hätte sie so höchstens fünf Tage Zeit, die Festung zu nehmen und einen Hinterhalt vorzubereiten. Doch es gibt sonst kaum geeignete Orte, an denen man eine Legion in einen Hinterhalt locken kann, zumindest nicht auf dieser Strecke. Zudem wird der Hinterhalt nicht gelingen.«

»Wie meint Ihr das?«, fragte Desina. »Miran scheint überzeugt davon.«

»Die Wyvern. Sie werden jede unserer Bewegungen erkennen. Und auch Obristin Miran kann kaum glauben, dass es ihr gelingen wird, eine ganze Legion vor den Augen der Wyvernreiter zu verstecken.«

»Sie hat das berücksichtigt. Sie sagt, dass nach den Berichten unserer elfischen Verbündeten sich die meisten Wyvern nahe der Kronstadt und weiter unten im Süden aufhalten und man in den letzten Tagen in der Nähe von Melbaas nur wenige Wyvern gesehen hätte. Und die, die es dort gab, wären schon durch Blixens Lanze und Euren Greif vom Himmel geholt worden.«

»Mag sein«, sagte Leandra. »Aber ist sie sich sicher, dass das auch so bleiben wird?«

Desina musterte nachdenklich die Karte und wandte sich dann Asela zu.

»Was ist Eure Meinung?«

»Lanzenobristin Miran ist weniger fähig, als sie denkt. Der Hinterhalt im Eisenpass wurde von ihr perfekt ausgeübt, doch es war der Plan des Lanzengenerals … und wenn Ihr Euch erinnert, war sie nicht besonders froh darüber, dass sie dafür von der Ostmark abgezogen wurde. Sie hat die letzten acht Jahre gegen Barbaren gekämpft, und sie wird den Feind unterschätzen.« Asela holte tief Luft. »Die Feindlegionen haben alle einen eigenen Kommandeur. Aber sie kümmern sich nur darum, dass sie ihre Befehle ausführen. Und die erhalten sie von den Kriegsfürsten des Feinds. Kolaron Malorbian hat vom alten Reich gelernt. Die Kriegsfürsten Thalaks sind Strategen, darin ausgebildet, das Große im Auge zu behalten und sich nicht im Kleinen zu verlieren. Das überlassen sie den Kommandeuren der Legionen. Der Nekromantenkaiser wählt seine Kriegsfürsten eigenhändig aus, und sie gehen durch eine harte Schule. Ein Teil der Ausbildung besteht darin, zu lernen, jedes Problem vorauszusehen, und sei es noch so unwahrscheinlich. Abschluss der Ausbildung eines Kriegsfürsten ist ein Zweikampf. Beide Kontrahenten erhalten eine strategische Aufgabe, die sie lösen sollen. Gewinnen wird der, der mehr Probleme vorhersieht als der andere. Der Verlierer stirbt.« Sie machte eine kurze Pause. »Nicht nur, dass der Kriegsfürst weiß, dass dort an dieser Furt Gefahr besteht, er wird auch von der Feste wissen. Nach dem, was am Eisenpass geschehen ist, ist es jetzt undenkbar, dass der Kriegsfürst, der der Legion den Befehl zum Abmarsch gab, nicht davon ausgehen wird, dass wir die Lage nutzen wollen. Nicht nur wir kämpfen zum ersten Mal gegen einen solchen Feind, das gilt auch andersherum. Sie haben eine Legion im Eisenpass verloren. Wer auch immer den Befehl dazu gab, den Pass zu nehmen, anstelle den weiten Weg zu wählen, fiel entweder im Pass oder verlor seinen Kopf, als die Nachricht der Niederlage den Nekromantenkaiser erreichte.« Asela schüttelte den Kopf. »Weder dort noch an anderen Orten wird uns noch einmal ein Hinterhalt gelingen. Jedenfalls nicht, solange es nicht Bestandteil der Planung ist, jeden Kriegsfürsten hier im Land bis hin zum Nekromantenkaiser selbst zu täuschen.« Die Eule trat an den Schreibtisch heran und überflog kurz die eng geschriebenen Zeilen. »Davon lese ich hier nichts. Obristin Miran will hinmarschieren, die Feste nehmen, sich hinter deren Mauern auf die Lauer legen und den Feind bei dem Versuch, die Lasse zu überqueren, stellen und vernichten. Meiner Meinung nach wird sie jeden Mann verlieren.« Sie sah zu Desina hin. »Wenn Ihr die dritte Legion einsetzen wollt, Hoheit, dann fragt den Lanzengeneral nach einem Plan.«

»Er hat sein Gedächtnis verloren«, erinnerte Desina sie.

»Ja. Ich hörte davon«, sagte Asela und neigte leicht den Kopf. »Aber nichts davon, dass er verblödet wäre. Legt ihm das Problem vor. Er denkt so quer, dass der Feind nicht wissen wird, wie ihm geschieht. Oder aber wendet Euch an Blix. Und wenn Ihr meinen Rat hören wollt ...«

»Oder auch wenn nicht«, lächelte die Kaiserin.

»... dann entbindet Obristin Miran von ihrem Kommando und schickt sie nach Aldane zurück. Sie mag an der Ostmark geglänzt haben, aber sie hat es hier mit einem anderen Feind zu tun. Einem Feind, der bis auf zwei Ausnahmen bisher noch jeden Krieg gewann. Mirans Überheblichkeit und fehlerhafte Selbsteinschätzung wird sie ins Verderben führen.«

»Thalak hat schon einen Krieg verloren?«, fragte Leandra neugierig.

»Nein. Kolaron hat nur zweimal nicht gewonnen und musste sich mit einem Waffenstillstand begnügen.«

»Gegen welchen Gegner?«

»Xiang. Oder Xiangti, wie Ihr das östliche Reich hier nennt.«

»Wisst Ihr auch, wie es ihnen gelang?«, fragte Leandra gespannt.

»Ja«, nickte Asela. »Das kann ich Euch sagen. Für jede Legion, die Kolaron besaß, stellten sie uns zwanzig entgegen. Und für jeden Kriegsfürsten, der es wagte, die Grenze zu überschreiten, hielten sie ein besonderes Geschenk bereit.« Ihre Lippen verzogen sich. »Assassinen. Jede Nacht einen. So lange, bis es einem von ihnen dann gelang. Sie wissen sich dort gegen Seelenreiter zu wehren ... denn die Assassinen, die sie schicken, folgen einer Schule, die es ihnen erlaubt, sich der Wirkung von Magie gänzlich zu entziehen. Es dauerte dann auch nicht lange, bis Kolaron den Hinweis verstand.«

»Aber er versuchte es dennoch ein zweites Mal?«, fragte Leandra.

»Nein. Einer seiner Diplomaten beleidigte aus Versehen die Tochter einer kaiserlichen Konkubine, was dazu führte, dass sich die kaiserlichen Legionen Xiangs in Bewegung setzten. Kolaron musste sich entschuldigen, eine Schmach, die er bis heute nicht verwunden hat. Doch das ist fünf Jahrhunderte her. Damals war er nicht annähernd so mächtig, wie er es heute ist. Irgendwann wird er auch gegen Xiang angehen ... aber nur, wenn er gewinnen kann. Wenn er Askir in seinen Klauen hält und Omagors Mantel trägt. Dann werden auch die Armeen Xiangs nicht mehr gegen ihn bestehen können.«

»Könnten wir ...«, begann Leandra, doch diesmal war es Desina, die den Kopf schüttelte.

»Es ist ... schwierig ... mit Xiang zu verhandeln. Wir versuchen es bereits und streben eine Allianz zwischen unseren Reichen an. Uns verbinden jahrhundertealte Handelsbeziehungen und fast so etwas wie Freundschaft. Aber mehr als eine freundliche Miene und die Zusicherung, dass man den Kaiser unterrichten wird, erhält man nicht von ihnen. Dennoch haben sie mir kürzlich eine Gefälligkeit angeboten.«

Ihre Augen wurden hart. »Wir werden sehen, wie dieses Spiel noch enden wird.« Sie straffte ihre Schultern. »Gut«, sagte sie dann. »Ich werde Mirans Antrag ablehnen.«

»Das wird Miran nicht gefallen«, bemerkte Asela mit einem feinen Lächeln.

»Mag sein«, erwiderte die Kaiserin. Ihr Tonfall ließ vermuten, dass sie deswegen keine schlaflosen Nächte erleiden würde. »Aber jetzt sollten wir uns erst einmal darum kümmern, dass wir dieses Tor errichten können. Bevor uns die Zeit davonläuft und dieser Wyrm die Stadt auffrisst.«

Der Galgenbaum

8 Lanzenmajor Blix hielt mit einer Hand das Fernrohr an sein Auge und suchte den fernen Bergkamm ab. Es dauerte einen Moment, bis er das Blinken sah. Gedankenverloren hob er die andere Hand, um das Glas besser halten zu können, und fluchte dann, als ein stechender Schmerz ihn daran erinnerte, dass es noch nicht so lange her war, dass ein Medikus ihm den Splitter einer gegnerischen Axt aus seinem Schultergelenk geholt hatte.

Der Medikus, ein Leutnant der Federn, hatte ihm einen fingerlangen Stahlsplitter vor die Nase gehalten, von dem das Blut noch tropfte. »Ihr habt Glück gehabt, Schwertleutnant. Irgendwie hat der Hieb die wichtigsten Muskeln verfehlt, und der Splitter blieb dann im Gelenk stecken.« Er hatte den Splitter achtlos in eine metallene Pfanne geworfen. »Ihr werdet Euch noch lange daran erinnern, Major. Es dauert meist recht lange, bis solche Furchen vergehen.« Er hatte sich mit der blutigen Hand über die Stirn gewischt und dort eine blutige Spur zurückgelassen. »Habt Ihr von Eurem Sold noch etwas übrig?« Blix hatte genug damit zu tun, seinen Kiefer zu entkrampfen und das mit Leder umwickelte Holz auszuspucken, und hatte nur nicken können. »Dann solltet Ihr zu einem Tempel gehen und es heilen lassen.«

Guter Rat, dachte Blix jetzt und wandte sich an die Feder neben ihm. Der stand an einem seltsamen Gerät aus Zedernholz, Messing, Glas und Spiegeln, an dem seitlich ein Fernrohr angebracht war, das deutlich größer war als das von Blix.

Ein Rekrut der Federn stand wartend daneben und hielt die Zügel eines Pferdes. Wie der Lanzenmajor trug er keine Rüstung, sondern nur eine Uniform. »Was sagen sie, Sergeant?«, fragte Blix und bewegte vorsichtig seine Schulter. Ruhe und Erholung sollte er sich gönnen, hatte ihm der Medikus geraten. Er wünschte nur, er könnte sich an den Ratschlag halten.

»Schhh, nicht jetzt!«, fuhr ihn der Sergeant an, ohne auch nur zu ihm hinzusehen, um einen Lidschlag später die nächsten Zeichen in das Wachstablett zu drücken. Dann trat er von dem Sehrohr zurück, warf einen Blick auf das Tablett und nickte zufrieden. Einen Moment später sah er betreten zu dem Major auf.

»Entschuldigt, Ser, aber ich wollte nicht verpassen … ich …«

»Schon gut, Sergeant«, winkte Blix ab. »Also, was sagen sie?«

»Wir sollen uns in zwei Kerzenlängen am Marktplatz in Lassahndaar einfinden. Die Maestras werden uns ein Tor zur Donnerfeste öffnen, durch das wir dann schnellstmöglich durchmarschieren sollen. Die Verwundeten zuerst. Alles an Material, das wir nicht rechtzeitig zum Marktplatz bringen können, soll zurückgelassen werden.«

Es war nicht einfach gewesen, eine Stelle zu finden, von der aus man freie Sicht auf den Bergkamm hatte, auf dem sich der Heliograph befand. Dass man ausgerechnet vom Galgenhügel vor Lassahndaar die beste Sicht hatte, entbehrte nicht einer gewissen Ironie.

Blixens Blick fiel auf die Grube etwa dreißig Schritt von

dem dreieckigen Galgen entfernt und wanderte dann hoch zu dem Galgen, an dem noch immer die Früchte von Thalaks Gewaltherrschaft hingen.

Er hatte vorgehabt, ein paar Soldaten auszuschicken, um die Toten von dem Galgen zu schneiden und sie dann zu begraben. Er seufzte. Dazu fehlte jetzt wohl die Zeit. Er schaute hinüber zu dem Hügel, wo die fünfte Lanze gegen eine Übermacht ausgehalten hatte … nur um fast vollständig aufgerieben zu werden. Mit fast hundertsiebzig Soldaten schwerer kaiserlicher Infanterie war er vor knapp zwei Wochen von der Donnerfeste aufgebrochen, davon hatten weniger als vierzig die Schlacht überlebt, und bei dreien war es noch immer nicht gewiss, ob Soltar sie nicht doch noch holen würde.

Der Rest seiner Kameraden lag dort oben auf dem Hügel in säuberlichen Reihen ausgestreckt. Er hatte vorgehabt, am nächsten Morgen einen Gottesdienst zu halten und sie begraben zu lassen. Nun, dachte er bitter, es war nicht das erste Mal, dass Legionäre unbegraben blieben.

»Gibt es andere Anweisung für uns, Sergeant?«

»Nein, Ser«, antwortete die Feder mit einem schnellen Blick zu seinem Wachstablett. »Für Euch nicht. Major Kestel von der vierten Lanze der Dritten hat die Aufgabe erhalten, die Bürger der Stadt durch das Tor in Sicherheit zu bringen. Die fünfte, siebte und neunte soll ihn dabei unterstützen.« Er sah zur Stadt hin. »Beneiden kann ich ihn nicht darum, es wird die Leute gar nicht freuen, jetzt so hastig alles zurückzulassen.«

Blix nickte nur. Es war von Anfang an klar gewesen, dass man die Stadt nicht halten konnte. Nicht ohne Verluste zu erleiden, die sich die kaiserlichen Legionen noch nicht leisten konnten. Bis zum letzten Kronrat vor ein paar Wochen hatte der Vertrag von Askir die Größe der kaiserlichen Legionen auf tausend Mann begrenzt. Zwar hatte der Lanzengeneral schon vor dem Kronrat mit der Rekrutierung beginnen lassen, aber noch waren die Legionen weit davon entfernt, wieder ihre ursprüngliche Größe von zehntausend Mann zu erreichen.

Die einundzwanzigste Feindlegion, die von Melbaas aus schon seit vorgestern unterwegs hierher war, hatte dieses Problem nicht. Der Feind hatte hier gestern fast eine volle Lanze verloren, doch die Greifenreiter der Elfen hatten berichtet, dass die feindliche Legion mindestens achttausend Mann stark war.

In wenigen Tagen würde sie hier sein, und jeder wusste, welchen Auftrag sie hatte: Lassahndaar bis auf die Grundmauern zu schleifen und alles, was noch lebte, zu erschlagen.

So oder so hätten sich die Bürger beeilen müssen, aber ob man zwei Tage Zeit hatte, sich darauf vorzubereiten, oder zwei Kerzenlängen, das machte einen Unterschied.

Erfreut würden sie nicht sein, dessen war sich Blix jetzt schon sicher.

»Was ist mit denen?«, fragte Blix und wies auf das Lager auf der anderen Seite der Hauptstraße. Direkt gegenüber des Galgenhügels hatte man ein paar Seile gespannt, und dahinter saßen gut vier Dutzend unglücklich aussehende, halb nackte Soldaten. Jeder von ihnen war an Händen und Füßen gefesselt, und eine Gruppe kaiserlicher Infanteristen aus Kestels Lanze bewachte sie mit Adleraugen.

»Für Euch steht nichts weiter in der Nachricht, Ser«, antwortete die Feder, während er noch die Nachricht von dem Wachs auf einen Meldeblock übertrug. Er klappte das Deckleder vor, verknotete es und reichte den Meldeblock an den Rekruten weiter, der hastig salutierte, in den Sattel sprang und in Richtung Stadt davonritt. Was auch der Grund war, weshalb er keine Rüstung trug.

»Nun, Sergeant«, entgegnete Blix. »Dann fragt sie.« Er wies in Richtung Bergkamm, doch die Feder sah hoch zu Soltars Auge und wiegte zweifelnd den Kopf. Blix folgte seinem Blick. Der Himmel war strahlend blau, nur hier und da waren einzelne Wolken zu sehen. Aber gerade schob sich eine dieser Wolken langsam vor die Sonne.

»Ich kann es nur versuchen«, meinte der Sergeant und trat an den Heliographen heran, um einen großen Spiegel aufzuklappen, während Blix ihm aufmerksam dabei zusah.

»Ich habe von diesen Geräten gehört. Wollt Ihr es mir erklären?«

»Ihr habt von Lanzengeneral von Thurgau gehört?«, fragte die Feder, während er eine Klappe an der Seite öffnete und an einer kleinen Kurbel drehte. Im Inneren des Geräts bewegte sich bei jeder Drehung der Kurbel ein kleiner, gleißend heller Lichtpunkt an einer kreuzförmigen Skala entlang.

»Ja«, schmunzelte Blix. »Durchaus. Aber Ihr wollt mir doch nicht etwa sagen, dass dieses ... Ding ... von ihm erfunden wurde?«

»Nein, natürlich nicht«, sagte die Feder und sah zufrieden drein, als der Lichtpunkt die Mitte des Kreuzes erreichte. »Offenbar ist er mit einem unserer Schiffe gefahren und fand die Signallampen an Bord und die Semaphorentürme an der Küste von Interesse und suchte nun nach einer Möglichkeit, ohne Türme und auch bei Tage zu übermitteln. Habt Ihr die Handbücher der Legionen gelesen?«

»Ja«, nickte Blix. »Alle drei.«

»Es gibt fünf von ihnen.« Der Sergeant lachte, als Blix überrascht aufsah. »Ich habe es auch nicht gewusst, und ich bin eine Feder. Es ist mit ein Grund, warum wir Federn den Mann so faszinierend finden.«

»Was jetzt genau?«

»Als er herausfand, dass es fünf Handbücher gab, ließ er sich die beiden anderen aus dem Archiv bringen und hat sie wohl auch durchgelesen. Alle Wörter, die er nicht kannte, hat er sich markiert und dann den Stabsobristen eines Nachts aufgesucht, um sie sich erklären zu lassen. Eines dieser Wörter war Heliograph.« Er klopfte leicht an das Gerät. »Das Ding hier. Er hatte wohl schon so ein Gerät vorher einmal gesehen, nur wusste er nicht, dass es sie auch tragbar gibt. Es heißt, er hätte noch in der gleichen Nacht das Zeughaus aufgesucht, um es auf den Kopf stellen zu lassen. Er fand vier von diesen Geräten, und er gab die Anweisung, hundert weitere nachbauen zu lassen.«

Blix unterdrückte einen Seufzer. Er war ja selbst schuld. Jeder wusste, dass man einer Feder keine einfache Frage stellen konnte, ohne gleich eine ganze Geschichte erzählt zu bekommen. »Ihr wolltet mir das Gerät erklären.«

»Ja, Ser«, sagte der Sergeant. »Es ist einfach aufgebaut. Dieser Spiegel hier oben wird auf die Sonne eingestellt. Er ist dreh- und höhenverstellbar gelagert. Das Licht Soltars wird eingefangen, mit dieser Linse hier fokussiert ... gebündelt«, fügte er hinzu, als er Blixens Blick sah. »Das Licht fällt auf einen weiteren Spiegel, der es auf diese Linse hier vorne ausrichtet. In diesem letzten Spiegel gibt es ein kleines Loch, durch das ein Teil des Lichts über weitere Spiegel abgeleitet wird und dann auf diese Skala fällt. Drehe ich hier diese Kurbel, stelle ich Spiegel und Linse damit so ein, dass die Linse genau auf den Ort zeigt, den ich mit diesem Fernrohr betrachte. Alles andere ist wie bei einer Signallampe der Marine: Mit der Blende hier unterbreche ich das Licht, wenn ich sie öffne, gibt es einen Lichtblitz, stark genug, dass auch die Feder dort oben auf dem Bergkamm ihn erkennen kann. Ein einfaches Gerät, aber doch sehr nützlich.« Er legte die Hand an einen kleinen Hebel und begann damit zu klappern. »Und leichter aufzubauen als ein Semaphorenturm.«

»Danke«, meinte Blix. »Warum habt Ihr nicht gleich gesagt, dass es nur ein Signalspiegel ist? Ich habe auch einen in der Satteltasche, nur dass dieser hier etwas größer ist.«

Die Feder bedachte ihn mit einem betroffenen Blick. »Es ist mehr als einfach *nur* ein Signalspiegel!«

Blix winkte ab. »Mag sein. Was sagen sie?«

»Man hat mir den Empfang der Nachricht bestätigt. Es wird etwas dauern, bis die Antwort kommt.«

»Warum wurde uns keines dieser Geräte zugeteilt?«

»Das weiß ich nicht, Ser. Die zweite Legion sollte als Erstes damit ausgerüstet werden. Dann erst die dritte. Ich hörte, dass zwölf Geräte nach Gasalabad geschickt worden seien.«

Wo die Ausbildung der zweiten Legion stattfand, dachte Blix. Offenbar hatte niemand damit gerechnet, dass seine Lanze die Legion wechseln würde. Nun gut, sie waren ja auch so zurechtgekommen. Ein Windhauch ließ den Gestank von der Galgengrube heranwehen, und Blix rümpfte die Nase.

»Ich bin bei den Gefangenen«, teilte er dem Sergeanten mit. »Gebt mir Bescheid, wenn Ihr Antwort erhaltet.«

Er griff sein Pferd beim Zügel und wollte gerade die Straße überqueren, als der Meldereiter in vollem Galopp über die Zugbrücke donnerte und, eine Staubfahne hinter sich herziehend, hinauf zum Hügel ritt, wo die fünfte Lanze so geblutet hatte.

»Das sind alle?«, fragte Blix den jungen Schwertleutnant, der die zwanzig Bullen befehligte, die die Gefangenen bewachten.

»Ja, Ser«, nickte der Leutnant. »Dreiunddreißig.« Der Mann konnte wohl kaum älter als zwanzig sein, und seine schwere Rüstung glänzte wie poliert, nicht eine Schramme war daran zu sehen.

Der Feind hatte fast alle verfügbaren Truppen gegen Blix in die Schlacht geworfen und nur einen kleinen Teil, weniger als hundert Mann, in Lassahndaar zurückgelassen. Hauptsächlich der Stab des Lanzenkommandanten. Die Eule Asela hatte fast tausend Bullen der zweiten und dritten Legion überraschend mitten auf dem Marktplatz in Lassahndaar ein Tor geöffnet und die wenigen verbliebenen feindlichen Soldaten vollständig überrascht. Es war fast ironisch, dass der Feind in etwa der gleichen Übermacht gegenübergestanden hatte wie Blix auf seinem Hügel. So überraschend war der Angriff gewesen, dass sich der Kriegsfürst Corvulus nur knapp in Sicherheit hatte bringen können.

Blix sagte nichts weiter, sondern sah sich nur um. Man

hatte bei einer kleinen Baumgruppe Seile zwischen Bäume gespannt, das war alles. Als ein Gehege für Pferde mochte es wohl tauglich sein, aber selbst das bezweifelte er.

Dafür hatte man die Gefangenen Unterarm an Unterarm hinter dem Rücken gefesselt und mit einem kurzen Strick zu den Fußfesseln verbunden. Mit etwas Mühe konnten die Gefangenen eine einigermaßen bequeme Sitzposition einnehmen, aber das war auch schon alles.

Wenn man von bequem sprechen konnte ... war ein Mann lange genug so gefesselt, setzten unweigerlich Krämpfe ein.

»Wie lange sind die Gefangenen schon hier?«

»Seit der zweiten Kerze letzte Nacht«, antwortete der Leutnant der dritten Legion. Blix besah sich die trockenen Lippen und die Flecken auf den Uniformhosen und schüttelte leicht den Kopf. »Kein Wasser, keine Nahrung und auch keine Gelegenheit zum Abort?«

»Aye, Ser. Das waren die Befehle. Sie dienen Seelenreitern, Ser.«

Was bedeutete, dass man nicht die Absicht hatte, an dem Zustand der Gefangenen etwas zu ändern. Blix trat näher an die Absperrung heran und musterte die Gefangenen. Ein Teil der Gefangenen trug Uniform, andere nur den gepolsterten Waffenrock, wieder andere waren in ihren Unterkleidern eingefangen worden. Dort vorne saß ein stämmiger Mann mit kahlem Schädel und sauber gestutztem Wangenbart, der außer seinem Unterzeug nur ein Paar Stiefel trug. Gute Stiefel, wie Blix erkennen konnte. Der Leutnant war seinem Blick gefolgt.

»Den einen oder anderen haben wir noch im Schlaf erwischt«, verkündete er stolz.

»Wo sind die Verwundeten?«, fragte Blix. Meist gab es in einem Kampf mehr Verwundete als Tote, doch die Schlacht auf dem Hügel gestern Nacht war so erbittert ausgetragen worden, dass tatsächlich nur eine Handvoll gegnerischer Soldaten überlebt hatte, keiner von ihnen hatte die Nacht überstanden.

Doch in Lassahndaar hatte man den Gegner überrascht, und nach dem, was er gehört hatte, war der Kampf fast so schnell vorbei gewesen, wie er angefangen hatte.

»Es gibt keine«, antwortete der Leutnant. Bevor Blix fragen konnte, wie das denn möglich war, erhielt er seine Antwort. »Der Befehl lautete, zuerst Eure Lanze zu versorgen. Also blieb niemand übrig, um sich um die Verwundeten zu kümmern. Wir haben jeden, der schwerer verletzt war, erlöst und zu Soltar geschickt.« Er spie verächtlich aus. »Wäre auch vergebliche Mühe gewesen. Heute Abend wollen wir sie aufhängen.«

»Wer gab den Befehl dazu?«, fragte Blix überrascht.

»Schwertmajor Kestel, Ser. Er erhielt seine Anweisungen von Lanzenobristin Miran.«

Ein Fehler, wie Blix fand. Sein Blick fiel wieder auf den Mann mit dem Wangenbart und den guten Stiefeln. Es irritierte Blix ungemein, dass er sich den Mann ohne Schwierigkeiten in seiner eigenen Lanze vorstellen konnte. Mittlerweile wusste Blix, dass das Kaiserreich Thalak zum Teil aus den Überlebenden der zweiten Legion hervorgegangen war.

Nachdem der Weltenstrom versiegte und die Tore nicht mehr zu benutzen waren, hatte die verräterische Eule Balthasar einen Teil der Legion überreden können, ihm zu folgen. Vielleicht hatte er ihnen versprochen, sie sicher nach Hause zu führen.

Nur waren sie dort nie angekommen.

Selbst die Uniformen des Feindes glichen ihren eigenen, nur dass sie ein wenig dunkler waren. Etwas anderes fiel Blix auf. Unter den Gefangenen waren überraschend viele Offiziere, meist im Leutnantsrang.

»Ihr habt doch sicher nichts dagegen, wenn ich mich mit ihnen unterhalte«, stellte Blix fest und hatte schon das Seil angehoben, um sich unter ihm hindurchzuducken.

»Es tut mir leid, Ser«, sagte der junge Leutnant und legte die gepanzerte Hand auf das Seil vor Blix. »Niemand darf mit den Gefangenen sprechen. Befehl von Obristin Miran.«

»Aber warum?«, fragte Blix erstaunt.

»Es könnten Nekromanten unter ihnen sein.«

»Und die würden dann hier herumsitzen und ruhig darauf warten, dass man sie hängt?«, meinte Blix und schüttelte den Kopf. »Das glaubt Ihr doch selbst nicht!«

»So lautet mein Befehl, Ser. Was ich glaube, ist nicht wichtig«, sagte der Leutnant tapfer.

Ja, dachte Blix. So war das in der dritten Legion. Blixens Lanze war bis vor Kurzem noch die zweite Lanze der dritten Legion gewesen. Er war Lanzenobristin Miran nur zweimal begegnet, und sie hatte keinen Hehl daraus gemacht, wie wenig sie es schätzte, eine Straflanze in ihrer Legion zu haben. Sie war mehr als bereit gewesen, seine Lanze Stabsobrist Orikes für seine Sondereinsätze zur Verfügung zu stellen … und insgeheim war Blix froh darüber.

Es gab wenig, was man der Obristin vorwerfen konnte. Die dritte Legion galt als die am besten geführte Legion des Kaiserreichs, und sie hatte sie zu einer gut geölten gepanzerten Faust geschmiedet, die unbarmherzig zuschlug.

Die Obristin verstand es, die Loyalität ihrer Leute an sich zu binden, aber dennoch pflegte sie einen straffen Führungsstil. Befehl war Befehl, und eigenmächtiges Denken und Handeln führte bei ihr schnell zu Disziplinarmaßnahmen. Oder vor das Legionsgericht. Er hatte selbst einmal in ihre eisigen Augen schauen dürfen, als sie Blixens Schwert mit der Spitze zu ihm vor sich auf den Richtertisch legte.

Von Gerlon hatte er erfahren, dass Stabsobrist Orikes maßgeblich daran beteiligt gewesen war, dass sein Kopf nicht am nächsten Tag in einer Schlinge gesteckt hatte.

Bevor die zweite Legion aus der Asche der Geschichte wieder auferstanden war, war es die dritte Legion gewesen, die immer wieder glänzen konnte. Keine andere Legion hatte in den letzten Jahren so viele Kämpfe bestritten oder war auch nur annähernd so erfolgreich gewesen wie die dritte. Und von ihr sagte man, dass sie in Reih und Glied in das Meer marschieren würde, wenn die Obristin es verlangte.

Kein Wunder, dachte Blix, dass er mit der Obristin selten einer Meinung gewesen war. Starre Vorschriften waren ihm nie genehm gewesen. Wie Orikes es einmal formuliert hatte, neigte Blix dazu, seine Befehle eher frei auszulegen.

Vom Hügel her näherte sich Hufschlag.

Blix kniff die Augen zusammen, doch es dauerte einen Moment, bis er die Reiter erkennen konnte. Es war Schwertobristin Helis, und neben ihr ritt ein schlaksiger junger Leutnant. Wenn man das denn Reiten nennen konnte, eher sah es aus, als könnten sich Ross und Reiter nicht einigen, wer hoch- und wer im Sattel niederging. So wie der Leutnant durchgeschüttelt wurde, ließ allein der Anblick Blixens Steißbein schmerzen. Er hatte Mühe, ein Schmunzeln zu unterdrücken. Er war dem jungen Leutnant zuvor schon begegnet. Das Gesicht des Mannes besaß eine unvorteilhafte Ähnlichkeit mit dem eines Pferdes und blieb einem damit umso leichter in Erinnerung. Stofisk war sein Name, und wie die Obristin trug er eine goldene Adjutantenkordel an der Schulter.

Helis hatte den Lanzenmajor auch erkannt. Sie beugte sich im Sattel zu dem Leutnant hin, der nickte und zum Heliographen weiterritt, während sie ihr Pferd zu den Gefangenen hinlenkte.

»Ser, Schwertleutnant Avarim, vierte Lanze, dritte Legion, mit zwei Zügen abgestellt zur Bewachung der Gefangenen, Ser!«, meldete der Leutnant und stand stramm, während auch seine Soldaten Haltung annahmen, als wären sie auf einer Parade. Und hinter der Absperrung schüttelte der glatzköpfiger Mann mit Wangenbart und Stiefeln nur den Kopf.

Die Obristin grüßte knapp und schwang sich mit überraschender Leichtigkeit aus ihrem Sattel. Man sagte Legionären nach, dass sie besser marschieren konnten als reiten, das galt für Helis ganz offensichtlich nicht.

»Steht bequem, Leutnant«, sagte sie nachlässig und erwiderte seinen Salut, um sich Blix zuzuwenden. »Grenski lässt

Euch ausrichten, dass sie nicht vorhat, die ganze Arbeit alleine zu tun«, teilte sie dann Blix mit und zog ihre Handschuhe aus, um dann einen prüfenden Blick auf die Gefangenen zu werfen. »Warum seid Ihr hier, Major?«

»Grenski? Sollte sie nicht noch das Bett hüten?«, fragte Blix überrascht.

»In etwa so wie Ihr«, meinte Helis dazu. Sie wandte sich an den Leutnant. »Ich wusste gar nicht, dass wir Gefangene gemacht haben. Hat man sie schon verhört?

»Nein, Ser, Schwertobrist, Ser!«

»Hhm«, meinte Helis und zog eine Augenbraue hoch. »Und warum nicht?«

»Ser, Befehl von Lanzenobristin Miran, Ser!«

»Man hat Angst, es wären Seelenreiter unter den Gefangenen. Deshalb ist jeder Kontakt zu ihnen verboten«, erklärte Blix nicht ohne eine gewisse Genugtuung, als er sah, wie sich Helis' dunkle Augenbrauen zusammenzogen. »Außerdem war geplant, sie heute Abend noch zu hängen.«

»Hhm«, sagte sie erneut und griff nach dem Seil.

»Sera!«, rief der Leutnant unglücklich. »Ich habe strikten Befehl …«

»Jetzt nicht mehr«, unterbrach Helis ihn.

»Aber der Befehl kommt von Lanzenobristin Miran!«

Helis richtete sich wieder auf und wandte sich ihm ganz langsam zu. »Seht Ihr die goldene Kordel an meiner Schulter?«, fragte sie höflich. »Was sagt Euch das?«

»Dass Ihr der Adjutant des Lanzengenerals seid«, antwortete Leutnant Avarim unbehaglich. »Aber …«

»Hochkommandant Keralos untersteht der Kaiserin. Lanzengeneral von Thurgau untersteht dem Hochkommandanten. Und Lanzenobristin Miran sowie alle weiteren Legionen unterstehen Lanzengeneral von Thurgau. Ich spreche für ihn. Der Befehl ist widerrufen. Ihr werdet sie weiter bewachen, aber was mit den Gefangenen geschieht, entscheide ich. Nicht Miran. Habt Ihr noch Fragen?«

»Nein, Ser, Schwertobrist, Ser!«

»Geht doch«, stellte Helis grimmig fest, als sie sich unter dem Seil hindurchduckte. Sie sah Blix fragend an. »Kommt Ihr, oder wollt Ihr hier Wurzeln schlagen?«

Wenn sie schon so fragte … und er duckte sich unter dem Seil hindurch, das sie für ihn hochhielt.

»Ihr seid schon eine Weile hier«, sagte sie dann leise, während sie nacheinander jeden der Gefangenen musterte. »Von Thurgau hält viel von Euch, Blix, also sagt mir, mit wem wir reden sollten.« Sie warf ihm einen undeutbaren Blick zu. »Vielleicht mit dem Stabsleutnant dort drüben?«

»Nein«, meinte Blix. »Er hier.« Er wies auf den glatzköpfigen Mann mit den guten Stiefeln. »Jeder der Gefangenen hat früher oder später zu ihm hingesehen. Und diese Stiefel sind gut genug, um Meister Breckert zu entzücken.«

»Ihr kennt ihn?«, fragte Helis, während sie langsam auf den Glatzkopf zuging. »Ich hätte gedacht, dass der Sold eines Majors nicht reicht, um seine Dienste zu bezahlen.«

»Mein Vater hatte mit ihm zu tun«, antwortete der Major knapp. Sein Ton machte deutlich, dass er kaum vorhatte, das Gespräch an diesem Punkt zu vertiefen.

Sie hielt etwa vier Schritt vor dem Gefangenen an und sah sich langsam um.

»Ich weiß, dass ihr mich versteht«, begann sie, gerade laut genug, dass jeder der Gefangenen sie hören konnte. Das taten sie wohl auch, denn es mangelte nicht an hasserfüllten oder verächtlichen Blicken. Nicht dass Helis das zu berühren schien.

»Ich weiß auch, dass Kolaron Malorbian von euch fordert, dass ihr an ihn glaubt, als wäre er ein Gott.«

»Er ist ein Gott!«, schnaubte einer der Gefangenen, und andere nickten.

»Ihr glaubt also nicht an Soltar, Astarte oder Boron?«, fragte Helis höflich.

»Bleibt mir mit Euren falschen Göttern vom Leibe«, fluchte

der Mann und zog den Rotz zurück, um sie anzuspucken. Helis bewegte sich kein Haarbreit, sondern sah nur zu, wie der Auswurf vor ihr in das Gras fiel.

»Leutnant Avarim?«, rief sie, ohne den Blick von dem Gefangenen zu wenden. »Schickt vier Leute mit einem Seil und hängt diesen Mann dort an diesen Ast.«

»Aye, Ser!«

Wenn Avarim überrascht war, dann zeigte er es nicht. Tatsächlich dauerte es nicht lange, bis der Gefangene unter dem Ast stand und Helis zornig anfunkelte. Ein Murren ging durch die Gefangenen.

»Leutnant«, sagte Helis im Plauderton. »Wer ungefragt spricht, den hängt daneben.«

»Aye, Ser!«

Blix hatte erwartet, dass sie noch etwas zu dem Gefangenen sagen würde, doch dem war nicht so. »Zieht ihn hoch!«, befahl sie und sah regungslos zu, wie der Gefangene gehängt wurde.

»Omagor wird dich dafür strafen, du Hure!«, rief einer der Gefangenen wutentbrannt und wurde bleich, als er sich ihres Befehls erinnerte. Wortlos wies Helis auf den Mann, der nun, da sein Schicksal gewiss war, weiterfluchte und tobte, bis auch ihm der Strick den Atem nahm.

»Falls ihr es nicht wisst«, fuhr die Stabsobristin ruhig fort, nachdem auch dieser Mann nicht mehr zuckte, »ihr habt die Möglichkeit, euch von eurem falschen Gott loszusagen. Ein Schwur vor Soltars Angesicht wird eure Seele retten. Wer von euch ist bereit, sich von Omagor loszusagen und einen Schwur vor Soltar zu leisten?«

»Hört nicht auf sie!«, rief der Stabsleutnant, den sie vorhin ausgedeutet hatte, und zerrte an seinen Fesseln. »Ihre falschen Götter sind machtlos, und sie können euch nicht vor seinem Zorn bewahren!«

»Das war nicht die Antwort, die ich hören wollte«, sagte Helis ruhig und gab Avarim ein Zeichen.

Wieder wartete sie, bis der Mann still unter dem Ast hing. Sie musterte die drei Toten und wandte sich dem Rest zu.

»Überall in diesem Land gibt es Galgenbäume, die voll sind von denen, denen ihr die gleiche Gerechtigkeit habt zukommen lassen.« Sie wies mit ihrer linken Hand auf die Straße, wo nun die ersten Pferde und Tragbahren zu sehen waren, die den Hügel verließen. »Viel Zeit bleibt euch nicht mehr, wir bereiten unseren Aufbruch vor.« Sie ließ ihren Blick über die Gefangenen gleiten. »Unsere Götter befinden sich im Streit mit Omagor, dem toten Gott. Mit dem Gott, zu dem euer Kaiser werden will. Soltar hat ihn bereits einmal erschlagen. Ich weiß nicht, ob es möglich ist, dass Kolaron ihn zu neuem Leben erwecken kann, aber eines weiß ich: Keinem von uns ist es gestattet, einen Anhänger des toten Gottes leben zu lassen. Indem ihr eurem Kaiser folgt, ihm eine falsche Göttlichkeit andichtet, folgt ihr auch Omagor ... und müsst erschlagen werden. Bevor wir gehen, wird euch genau das widerfahren. Also frage ich erneut: Wer ist bereit, für einen Kaiser, der Seelen reitet und einen toten Gott beschwören will, in den Tod zu gehen?«

»Ich!«, rief einer der Soldaten stolz. »Ich folge ihm überallhin, auch in den Tod!«

»So ist es!«, rief ein anderer.

Und: »Ich habe einen Eid geschworen!«

Helis wies auf den Ersten, der soeben gerufen hatte, und er wurde aufgehängt. Doch diesmal wartete sie nicht, bis er aufhörte zu zucken.

»Ich wiederhole meine Frage. Der Erste, der sich für Kolaron meldet, hängt. Das machen wir so lange, bis wir nach Hause gehen können. Also, wer ist bereit, für Kolaron zu sterben?«

Drei weitere Äste füllten sich, bis niemand mehr die Frage bejahte. Die ganze Zeit hatte das Gesicht der Schwertobristin keine Regung verraten. Nur noch neun Gefangene waren übrig. Kurz bevor der letzte Ast gefüllt wurde, kam der schlaksige Leutnant herbei und reichte ihr einen Meldeblock. Sie warf einen Blick darauf, nickte, schrieb etwas auf den Block und schickte den Leutnant zurück.

»Wer ist nicht bereit, vor Soltar zu treten und eurem Kaiser abzuschwören?«, fragte sie jetzt. Die Gefangenen sahen sich untereinander an, und immer wieder glitten ihre Blicke zu den Toten, die dort hingen. Sogar das Seil war ihnen ausgegangen, doch Helis hatte die Absperrung auflösen lassen, so reichte es dann doch, immer wieder eine neue Schlinge zu knüpfen.

Blix selbst hatte Mühe, die Fassung zu bewahren. Zudem pochte seine Schulter, als ob man ihm glühende Nägel ins Gelenk treiben würde. Dennoch war er tief beeindruckt von den gegnerischen Soldaten. Vielleicht brauchte es eine solche Loyalität und Treue, um diesen Krieg zu gewinnen. Wenn ja, dann hatte Obristin Miran recht mit ihrer Art, eine Legion zu führen. Dass der Feind so verbissen zu seinem Kaiser stand, war weniger die Überraschung, es war Helis, die Blix faszinierte. Aus irgendeinem Grund hätte er ihr das, was hier geschehen war, nicht zugetraut. Auch Stofisk schien erstaunt, immer wieder sah er zu ihr hin.

Doch jetzt hob nur einer der Gefangenen den Kopf.

»Ich!«, sagte er mit zitternder Stimme. Helis gab das Zeichen, doch der Mann schüttelte wie wild den Kopf. »Ich habe doch gesagt, dass ich abschwören will!«, rief er ängstlich. »Das habt Ihr doch gefragt!«

Helis gab den Soldaten ein Zeichen, und sie hielten inne.

»Wer ist *nicht* bereit, vor Soltar zu treten und eurem Kaiser abzuschwören?«, wiederholte sie.

»Ich … ich schwöre ab!«, rief der Mann. »Das meinte ich, ich habe Euch zuvor nur falsch verstanden.«

»Gut«, entgegnete sie. »Wer noch?«

Jetzt erst war der Wille der Gefangenen gebrochen. Zögernd nickten sie, einer nach dem anderen.

Bis noch einer übrig war, der das Ganze mit regungslosem Gesicht verfolgt hatte. Der Mann mit den Stiefeln.

»Leutnant«, sagte Helis zu Avarim, ohne den Blick von dem Mann zu wenden. »Löst ihnen die Fesseln und bindet sie am Hals aneinander, aber so, dass sie sich genügend bewegen können. Sorgt dafür, dass sie frische Kleidung erhalten, Essen und Trinken und bringt sie zum Marktplatz. Wenn das Tor sich öffnet, steht Ihr mir persönlich dafür gerade, dass diese acht unversehrt das Tor passieren. Meldet Euch bei Generalsergeant Kasale und übergebt ihr die Gefangenen.« Avarim öffnete den Mund. »Und Lanzenobristin Miran soll sich an mich wenden, wenn sie damit Probleme hat.«

»Aye, Ser!«, rief Avarim, salutierte und gab seinen Soldaten ein Zeichen. Kaum einer der feindlichen Soldaten war noch fähig zu gehen, ein jeder benötigte Hilfe. Und einem jeden von ihnen stand die Erleichterung ins Gesicht geschrieben, als sie dem Baum einen letzten Blick zuwarfen. Helis sah ihnen nach, schaute dann zu dem großen Galgen auf der anderen Seite hin, an dem gut dreimal mehr Unglückliche hingen als an diesem Baum. »Kolarons Einfluss ist enorm«, vertraute sie dann Blix an. »Er flüstert in ihren Gedanken. Formt ihre Träume. Erst wenn sie vor Soltar stehen und geschworen haben, können wir ihnen vertrauen. Und selbst dann …« Sie seufzte. »Was meint Ihr«, wandte sie sich dann an den glatzköpfigen Mann. »Gab es eine andere Wahl?«

»Nein«, sagte dieser, das erste Mal, dass überhaupt ein Wort über seine Lippen kam. »Wohl kaum.« Er sah seinen Kameraden hinterher. »Es würde mich wundern, wenn Ihr es überhaupt vermögt, auch nur eine dieser Seelen zu retten.«

»Und wie steht es mit Euch?«, fragte Helis leise mit einem bezeichnenden Blick zu dem übervollen Baum. »Seid Ihr bereit abzuschwören?«

Der Mann lächelte etwas schief. »Das wird nicht nötig sein«, gestand er dann. »Schwertmajor, wenn Ihr so freundlich wäret, mir meinen linken Stiefel auszuziehen.«

Als Blix vortrat, schüttelte Helis den Kopf. »Leutnant Stofisk wird dies für Euch übernehmen. Ihr seid verletzt.« Sie nickte dem schlaksigen Leutnant zu. »Aber achtet darauf, dass er Euch nicht tritt.«

Das geschah nicht, geduldig sah der Mann zu, wie Stofisk ihm den Stiefel abzog. »Und jetzt?«, fragte Stofisk und betrachtete den Stiefel mit gerümpfter Nase.

»Hebt die Innensohle an, Ihr findet eine Lederlasche, die zum Absatz führt. Was Ihr darin findet, wird Euch die Antwort geben.«

Stofisk griff zögernd in den Stiefel, als ob er eine Falle dort vermutete, tastete darin herum und fand die Lasche. Und das, was darunter versteckt gewesen war.

Es gab viele Symbole für die Götter der Dreieinigkeit. Eine Waage oder ein Schwert standen für Boron, für Astarte war es eine Ähre, ein Stern oder auch ein Reh. Für Soltar stand das Buch, die Sterne oder auch, das älteste und das am weitesten verbreitete Symbol, die Sonnenscheibe. Eine solche hielt Stofisk nun in der Hand.

»Es gibt viele Talente, die die Götter uns Menschen geben«, erklärte der Gefangene, während die anderen noch überrascht auf das Symbol Soltars schauten. »Eines davon gaben die Götter mir … und einigen wenigen anderen. Das Talent, frei von jeglicher Beeinflussung zu sein.« Seine grauen Augen hielten die von Helis. »Es scheint, als ob die Götter uns oftmals das geben, was wir brauchen. Es gibt noch andere Mittel und Wege, sich dem Bann des Gottkaisers zu entziehen, aber es braucht dieses Talent, um ihm unter die Augen zu treten und nicht erkannt zu werden.«

»Ihr habt ihm schon gegenübergestanden?«, fragte Helis interessiert.

»Ja«, antwortete der Gefangene bitter. »Dreimal. Er ist mein Urahn, und jeder, der sein Blut trägt, trägt auch seine Hoffnung auf ein starkes Talent. Dreimal prüfte er mich, und dreimal habe ich ihn enttäuscht. Er erlaubte mir zu leben … und ließ mich wissen, dass er meine Dankbarkeit dafür erwartet.«

»Und wie ist Euer Name?«, fragte Helis, die nun die Sonnenscheibe in ihren Händen hielt und sie sorgfältig betrachtete.

»Stabsmajor Perdus. Neunte Tenet, achte Lanze, einundzwanzigste Legion. Und ja, ich bin jederzeit bereit, vor Soltar zu treten und meinen Eid an ihn und die Dreieinigkeit zu erneuern.«

»Das werdet Ihr auch müssen«, sagte sie. »Bindet ihn los«, wies sie Stofisk an. »Sorgt dafür, dass er sich waschen kann, und findet ihm neue Kleidung und etwas zu essen und zu trinken.« Sie wartete, bis Stofisk dem Mann die Fesseln gelöst hatte, und reichte ihm dann die Sonnenscheibe zurück.

»Ihr werdet nach Askir gebracht, wo Ihr vor Soltar treten werdet, um Euren Eid zu erneuern. Wenn das geschehen ist, werden wir uns wiedersehen. Ich denke, wir werden uns länger unterhalten.«

»Aye, Sera«, erwiderte der breitschultrige Mann und rieb sich mit tauben Händen seine Arme, die noch immer die Spuren der harten Fesselung trugen und zum Teil blau und schwarz angelaufen waren. »Ihr wisst nicht, wie lange ich auf eine solche Gelegenheit gewartet habe.«

»Leutnant«, sagte sie zu Stofisk, ohne den Blick von Perdus zu wenden. »Sorgt dafür, dass niemand sonst von ihm erfährt. Haltet ihn unter Verschluss und seht zu, dass er gut behandelt wird. Aber eines, Leutnant ...«

»Ja?«, fragte Stofisk.

»Wenn Ihr auch nur das Gefühl habt, dass er uns hintergeht, dann erschlagt ihn.«

»Aye, Ser, Schwertobrist, Ser!« Stofisk salutierte und wandte sich dem Mann zu. »Ihr habt sie gehört. Tut mir den Gefallen und verhaltet Euch danach, dies ist meine letzte saubere Uniform, und ich will sie nicht mit Eurem Blut beflecken.«

»Und schon haben wir ein erstes gemeinsames Interesse«, grinste der Mann und schlug in Stofisks Hand ein, um sich auf die Füße helfen zu lassen. Er warf einen letzten Blick hin zu diesem Baum. »Ihr seid härter, als wir dachten«, meinte er dann.

»Ihr wisst, wer ich bin?«

»Stabsmajor Helis aus dem Haus des Adlers zu Bessarein«, erwiderte der Mann. »Befördert, wie ich sehe.«

»Genau darüber werden wir uns unterhalten«, sagte Helis ruhig.

»Über Eure Beförderung?«

»Nein. Darüber, woher Ihr von mir wisst.« Sie schaute zur Sonne hoch und nickte Blix zu. »Kommt, Major. Es wird langsam Zeit, sie werden wohl kaum auf uns warten.«

Ein gekränkter Dieb

9 »Ich hasse das«, meinte Wiesel leise, als er für Marla und sich selbst einen Weg durch die Menge bahnte. Man wich ihm bereitwillig aus, aber die meisten Blicke waren alles andere als freundlich. Den Göttern sei Dank war es dann doch nicht zu Handgreiflichkeiten gekommen, aber er war dennoch bestrebt, den Ort des Geschehens so schnell als möglich zu verlassen.

»Was genau?«, fragte Marla und verzog das Gesicht, als sie ihren gestauchten Fuß belastete. Wiesel drängte sich zwischen einem Stand und einem großen Karren hindurch und fand dahinter eine Gasse, die zu einer Nebenstraße führte.

»Alles. Diesen Priester … die Hinrichtung und vor allem den Gestank.« Er klappte den Kragen seines Mantels hoch, roch daran und rümpfte die Nase. »Ich habe die Befürchtung, er wird noch lange an uns haften bleiben.«

»Der Wind trieb den Rauch von uns«, sagte Marla und duckte sich unter einem Betttuch durch, das zwischen den Häusern aufgehängt worden war. »Das bildest du dir ein.«

»Wenn du recht hast, wird es noch länger dauern, bis ich den Geruch los bin«, knurrte Wiesel. »Götter«, fluchte er. »Wir können von Glück sagen, dass wir mit heiler Haut davongekommen sind. Und weißt du was? Hätten wir uns nicht auch auf dieser Plattform befunden, ich hätte der Menge Beifall gezollt, hätten sie die Geldsäcke von da oben gezogen und ihnen eine Abreibung verpasst.«

»Bei der Menge Gold, die du mit dir herumschleppst, bist du selbst einer dieser Geldsäcke«, meinte sie verschmitzt. »Also achte darauf, was du sagst.«

»Der Witz ist, dass ich das Gold ehrlich erworben habe. Es ist noch nicht einmal gestohlen.«

»Ich kenne nur eine, die dir das glauben wird. Du hast Glück, dass sie auch die Kaiserin ist. Ich habe die Barren gesehen, Askirs Wappen ist deutlich sichtbar eingeprägt. Was ist?«, fragte sie, als Wiesel sie etwas zur Seite zog und mit der anderen Hand verstohlen seinen Mantel aufknöpfte.

»Schritte hinter uns«, teilte er ihr leise mit. »Und dort vorne habe ich auch eine Bewegung gesehen.« Er lockerte sein Rapier und die Dolche in seinen Ärmeln. Am liebsten hätte er den Mantel abgeworfen, der erschwerte ihm den Zugang zu seinen Dolchen, und mit diesen war er dreimal besser als mit dem Rapier. Auf der anderen Seite war der Mantel dick und schwer … und fest genug, um den einen oder anderen Stich und Schnitt abzuwehren oder zu mindern. Sie gingen weiter, doch als er eine Nische in der Hauswand fand, zog er sie hinein. »Bleibe hier in Deckung«, wies er sie an, während er die Gasse entlangspähte. »Und überlasse das mir … o Götter!«, fluchte er. »Ich glaube das nicht, es ist der Kerl von vorhin!«

Marla reckte neugierig ihren Hals. »Der Dieb? Ja, tatsächlich.« Sie schüttelte unverständig den Kopf. »Manche lernen es wohl nie.«

»Habe ich dir nicht gesagt, du sollst in der Nische bleiben?«, fragte Wiesel ungehalten, während er die Lage abschätzte.

»Ja, hast du«, meinte Marla lächelnd. »Ich halte mich nur nicht daran. Ich will mir den Spaß nicht entgehen lassen.« Wiesel schaute empört zu ihr hinüber, doch sie grinste nur und wies mit ihrem Blick die Gasse entlang, als ob sie sagen wollte, dass er sich lieber um die Gegner kümmern sollte als um sie. »Es sind genug für uns alle da.«

Womit sie unbestritten recht hatte. Der kleine Dieb hatte Freunde mitgebracht. Fünf an der Zahl, drei vor und zwei hinter ihnen; wie sie es vollbracht hatten, sie zu überholen und ihnen den Weg abzuschneiden, war Wiesel ein Rätsel. Oder auch nicht. Auch in Askir gab es enge Gassen. Und andere Wege, die schneller waren. Manchmal waren es die Dächer, leer stehende Häuser, geheime Tunnel oder auch die Kanalisation. Egal, sie standen da, mit ihren Knüppeln, Messern und diesem selbstgefälligen Grinsen auf den Lippen.

»Siehst du«, höhnte der Bursche, der nun deutlich gerader stand und nicht mehr halb so dreckig war. »Habe ich es dir nicht gesagt, du Hurenbock wirst es bereuen, mich bestohlen zu haben?«

Einer der Schläger neben ihm, ein großer breitschultriger Mann, dessen Nase zu oft eine Begegnung mit einem harten Gegenstand gehabt hatte, um noch gerade zu wachsen, holte aus und schlug dem hageren, kleinen Halunken so hart gegen den Hinterkopf, dass er nach vorne taumelte und fast das Gleichgewicht verloren hätte.

»Halt die Klappe, Kort«, knurrte der Mann und richtete seine Schweinsäuglein auf Marla und den schlanken Dieb. »Er sagt, Ihr hättet einen reich gefüllten Beutel dabei«, sagte er mit einer Stimme, die einem Reibeisen glich. »Händigt ihn uns aus, und Ihr und Eure Hure kommt hier lebend raus.« Die Art, wie sein Blick Marlas schlanke Form auffraß, gefiel Wiesel ganz und gar nicht. Er hatte wenig Zweifel, dass Marla und er den Kampf gewinnen konnten, doch man konnte auch einmal Pech haben. Besser war es, die Götter nicht herauszufordern.

»Gut«, knurrte er und griff unter sein Wams. »Den Beutel sollt Ihr haben. Wir sind nicht auf Ärger aus. Und dann verschwindet.«

»Du hast mir versprochen, ihn zu schlitzen, Anton«, beschwerte sich der kleine Hagere und sprühte Speichel in seiner Wut. »Schlitze ihn. Für mich! Ich will ihn bluten sehen!«

»Wofür?«, lachte der große Mann. »Dafür, dass er einen Dieb bestohlen hat? Dafür gebührt ihm eher Respekt. Du musst noch lernen, das Geschäft von anderem zu trennen.« Er deutete eine ironische Verbeugung an. »Ihr müsst ihm verzeihen«, meinte er dann spöttisch. »Er ist noch jung und dumm. Ihr habt mein Wort. Gebt mir den Beutel, und Ihr und Euer Karrenstück könnt gehen.«

Damit, dachte Wiesel, wäre auch die Frage beantwortet, was denn nun ein Karrenstück war. Schon überraschend, von wem man alles etwas lernen konnte. Er wollte gerade den Beutel zu dem Mann hinwerfen, als Marla ihm die Hand auf den Arm legte.

»Ihr habt mich ein Karrenstück genannt?«, fragte sie in jenem freundlichen Ton, der Wiesel sofort die Nackenhaare stehen ließ. Er kannte Marla gut genug, um zu wissen, was diese Art von Lächeln bei ihr bedeutete. »Ist das so etwas wie eine Hure?«

»In etwa«, lachte der Straßenräuber. »Nur, dass es eine ist, die auch bei Eseln liegt, zahlt man ihr genug dafür.«

»O Götter«, seufzte Wiesel. »Jetzt habt Ihr es versaut.« Er sah zu Marla hin. »Lass es fahren, Marla. Bitte.«

Unter ihrer Kapuze schüttelte Marla leicht den Kopf. »Ich denke nicht daran«, sagte sie mit demselben kalten Lächeln und nahm Wiesel den Beutel aus der Hand.

Langsam, leicht hinkend, aber mit den geschmeidigen Bewegungen einer Katze, ging sie auf den Anführer der Bande zu.

»Hier«, sagte sie und drückte dem Mann den Beutel in die Hand. Ihre dunklen Augen bohrten sich in die des Wegelagerers. »Und?«, fragte sie herausfordernd. »Ist das alles, was du wolltest?«

Der Mann war klüger, als er aussah, dachte Wiesel. Oder er besaß noch gute Instinkte. Alleine die Tatsache, dass Marla sich so furchtlos in ihre Mitte begeben hatte, sollte Warnung genug gewesen sein. Jedenfalls schien er zu zögern.

»Geht einfach«, schlug Wiesel vor. »Ihr habt bekommen, was ihr wolltet.«

»Noch nicht genug«, grinste einer der anderen und zeigte verrottete Zähne dabei. Er streckte einen langen Arm nach Marla aus und zog sie zu sich heran. Sie schien in ihn hineinzufließen, und für einen Moment sah es so aus, als würde sie die Aufdringlichkeit begrüßen, doch weiteten sich einen Lidschlag später seine Augen, und er griff an seine Kehle, um dann mit einem gurgelnden Laut zusammenzubrechen.

Marla tat einen langen, eleganten Schritt, drehte sich einer Tänzerin gleich um ihre Achse. Metall glänzte für einen Moment, dann duckte sie sich unter der nächsten Fontäne hindurch. Kort, der jungenhafte Dieb, der so erpicht darauf gewesen war, seinen gestohlenen Raub wiederzuerlangen, sah die Zeichen der Zeit und wollte fliehen, doch sie griff ihn an seinem dreckigen Kragen, zog ihn scheinbar mühelos zu sich heran und schlug ihm den Knauf eines ihrer Dolche in den Nacken. Lautlos brach der junge Dieb zusammen.

Das waren die zwei auf ihrer Seite, mit den dreien, die ihnen von der anderen Seite her den Weg versperrten, hatte nun Wiesel mehr als nur genug zu tun.

»Musste das denn sein?«, beschwerte er sich, als er sich unter dem Schlag eines der Banditen hindurchduckte. Sein linker Dolch zog eine scharfe Bahn schräg durch den Bauch des ersten Schlägers. Sein schwerer Mantel flatterte, als sein linkes Bein einen Bogen beschrieb und dann den zweiten Halunken so hart in das Gemächt traf, dass der mit einem lauten »Umpf« gegen die nächste Hauswand flog und mit hohem weinerlichem Greinen langsam an dieser nach unten rutschte. Der dritte Schläger war nicht begierig, sich in die Reichweite von Wiesels Dolchen zu begeben, und entschied sich dazu, den eigenen zu werfen. Nur um überrascht auszusehen, als sich ihm Wiesels linker Dolch ins rechte Auge bohrte, noch während er die Hand zum Wurf erhoben hatte.

Marla tat drei weitere Schritte, bückte sich einmal bei dem, der wimmernd auf der Straße kniete und sich die Eingeweide zusammenhielt, und ein zweites Mal bei dem Mann an der Wand, der mit seinen Händen seinen Schritt umklammerte. Sie wusste offensichtlich, was sie tat, denn beide Male gelang es ihr geschickt, den Blutfontänen auszuweichen. Sie wischte ihre eigenen Dolche bei dem letzten Opfer ab, zog dann Wiesels Dolch dem anderen aus dem Auge und über dessen dreckige Jacke, um dann die Waffe Wiesel zu überreichen.

»Ja«, beantwortete sie Wiesels Frage. »Das musste sein.« Sie musterte die Toten und sah dann zu Wiesel auf. »Hast du wirklich gedacht, sie würden uns gehen lassen? Unser Tod war schon beschlossen, als sie uns den Weg versperrten. Hier.« Sie drückte Wiesel seinen Beutel wieder in die Hand. »Aber du kannst mir nicht vorwerfen, dass ich es nicht versuchte. Er bekam, was er wollte … und wollte dann noch mehr.« Sie strich sich das dunkelbraune Haar aus der Stirn und sah ihn prüfend an. »Du hast einen Ruf wie ein Titan, Wiesel«, fuhr sie dann leiser fort. »Du weißt doch, wie dieses Spiel abläuft … warum hast du überhaupt gezögert?«

Gute Frage, dachte Wiesel.

»Ich glaube, ich bin es leid«, sagte er dann langsam, sah auf seinen Dolch herab und wischte einen Rest von Blut und wässriger Flüssigkeit an der nächstgelegenen Leiche ab, um ihn dann wieder in seinem Ärmel zu verstauen. So viel dazu, es mit dem Rapier zu versuchen. »Früher war das anders«, sagte er, während er zu dem Jungen hinüberging, der in einem Haufen Unrat lag … und noch immer atmete. Bis jetzt hatte der kleine Dieb nichts weiter davongetragen als eine taubeneigroße Schwellung. »Bevor Istvan uns aufgenommen hat, konnten wir nur überleben, indem wir dafür sorgten, dass sich niemand mit uns anlegte.« Er sah nachdenklich zu Marla hin. »Wie kommt es, dass es so oft die Seras sind, die eine größere Härte zeigen? Desina zögerte ebenfalls nur selten.«

»Wir haben mehr zu verlieren, Wiesel«, sagte Marla müde. »Irren wir, ist die Gefahr für uns größer. Ich glaube, das ist der Grund.«

»Vielleicht«, sagte Wiesel und stieß den bewusstlosen Dieb mit der Spitze seines Stiefels an. Noch hatte niemand etwas davon mitbekommen, was hier in der Gasse geschehen war. Keiner der Toten war dazu gekommen, auch nur laut zu schreien. Er seufzte. »Vielleicht bin ich auch nur alt geworden«, sagte er dann. »In den letzten Jahren habe ich mich daran gewöhnt, dass man mich kennt und mich nicht behelligt. Vor der Sache mit den Seelenreitern habe ich meine Dolche fast zwei Jahre lang nicht mehr benutzen müssen. Mir war es lieber so, ich mochte den Geruch von Blut noch nie sonderlich. Mit ein Grund, warum ich lieber Geldtruhen geöffnet habe, als Leuten in der Straße aufzulauern.« Er sah auf den Dieb herab. »Was machen wir mit ihm?«

Marla trat an ihn heran und schob ihre Kapuze nach hinten, um ihn lange anzusehen.

»Hätte ich ihn getötet, hättest du es mir nachgetragen«, sagte sie dann leise. »So aber musst du die Entscheidung fällen. Du hast ihn einmal gehen lassen … und so hat er es dir vergolten. Schau ihn dir an. Vielleicht ist er zwölf oder auch dreizehn Jahre alt, aber ein Kind ist er schon lange nicht mehr. Der Schatten meines Herrn liegt deutlich auf ihm, er hat schon gemordet, und er wird es wieder tun. Vielleicht mordet er auch uns, solltest du dich dazu entschließen, ihn laufen zu lassen.« Sie sah sich in der stillen Gasse um. »Sie haben uns unterschätzt. Das werden sie nicht wieder tun.«

»Er ist ein Mörder?«, fragte Wiesel und bückte sich, um den Jungen auf den Rücken zu drehen. Ohne Besinnung, ohne den Hass in seinen Zügen, sah er friedlich aus. Und unschuldig.

»Ohne Zweifel«, sagte Marla. »Ich kann es in seiner Seele spüren.« Sie legte eine Hand auf Wiesels Arm. »Wir waren beide Hafenratten, Wiesel«, fuhr sie leise fort. »Du weißt auch, dass wir nur das Glück hatten, dass uns Istvan einen anderen Weg gezeigt hat. Wir haben beide getötet, bevor wir so alt waren wie der Junge hier … und wäre unser Leben auch nur einen Hauch anders verlaufen, wären wir nicht besser als er. Selbst Istvan könnte diesen Jungen nicht mehr retten, mehr noch, er würde sich auch weigern, ihn aufzunehmen. Dieser Junge ist verloren. Lässt du ihn leben, wird er wieder morden.« Wiesel nickte langsam und zog seinen Dolch.

»Ich kann es für dich tun«, sagte sie zögernd. »Es scheint mich weniger zu berühren als dich.«

»Aber es ist meine Entscheidung«, seufzte Wiesel. »Ein Mann sollte zu seinen Entscheidungen stehen.« Er setzte die Spitze seines Dolches an und schlug hart gegen den Knauf. Der Junge zuckte nicht einmal mehr, nur ein letzter leiser Seufzer war zu hören.

Wiesel musterte seinen blutigen Dolch, wischte ihn dann sorgfältig ab und steckte ihn wieder ein.

»Lass uns gehen«, sagte er rau. »Ich brauche jetzt ein Bier.«

»Das hört sich nach einem Plan an«, sagte sie und tat einen Schritt, um sich bei ihm einzuhängen. »Ich … oh.«

»Was ist?«, fragte Wiesel. »Dein Fuß? Du hättest ihn nicht so belasten sollen.«

»Ich fürchte«, sagte sie leise und griff an ihre Seite, »dass es etwas mehr ist als der Fuß.« Denn als sie die Hand wegnahm, glänzte sie von frischem Blut.

Der Stich war tief und verlief knapp über ihrer linken Hüfte seitlich durch den Muskel, doch mehr als dieser schien nicht berührt, was Wiesel mit Erleichterung zur Kenntnis nahm. Er hatte sich einen Streifen von seinem Leinenhemd abgerissen, um sie notdürftig zu verbinden, aber zum einen war auch dieses nicht mehr allzu sauber, zum anderen reichte es nicht, um das Blut zum Stocken zu bringen.

»Das muss genäht werden«, stellte er bestimmt fest und musterte sie besorgt, als er den Knoten fester zog. »Du hast mich doch damals erschreckt, indem du dich geschnitten hast und die Wunde zugleich wieder verschlossen hast. Kannst du dich nicht einfach heilen? Ich dachte, Nekromanten können das?«

Sie betastete den Verband und zog das Mieder darüber. »Schnür es fester zu«, bat sie ihn. »Vielleicht bringt das die Blutung zum Stillstand … Autsch!«, schimpfte sie, als er die Miederschnüre anzog.

»Du hast doch gesagt …«

»Ich weiß, was ich gesagt habe!«, fauchte sie. »Schnür weiter.« Dennoch, als er fertig war und sie so fest geschnürt hatte, dass ihre Taille der einer Wespe glich und sie ihre Kleider gerichtet hatte, schien sie ihm deutlich bleicher als zuvor. »Wenigstens lenkt mich der Schmerz von meinem Fuß ab.«

»Guter Witz«, schnaubte Wiesel und legte seinen Arm um sie. Er sah sich in der Gasse um. »Wir hatten Glück, dass noch niemand hier durchkam, aber jetzt sollten wir verschwinden.«

Sie nickte, und mit seiner Hilfe gelang es ihr, sich kaum etwas anmerken zu lassen.

Hier, auf der anderen Seite der Gasse, war es deutlich ruhiger, auch wenn Wiesels Meinung nach viel zu viele Leute auf der Straße waren.

»Was ist nur los?«, grummelte er. »Die ganze Stadt ist überfüllt, als wolle sie sogleich aus den Nähten platzen!«

»Genau so ist es auch.« Marla hielt inne und lehnte sich gegen ihn, um zu warten, bis sie wieder Luft bekam. »Dies ist der älteste Teil der Stadt. Doch die Stadt ist seitdem gewachsen, und nun hat jeder, der noch dazu kam, hinter den Mauern Zuflucht vor den Schergen Thalaks gesucht. Wundert es dich da, dass die Straßen überfüllt sind?«

»So gesehen nicht.« Er musterte sie besorgt. »Geht es wieder? Und was ist nun damit, dass du dich heilen kannst?« Er schaute sich suchend um. »Irgendwo muss es doch einen Tempel der Astarte geben!«

Marla sah ihn erstaunt an und musste lachen, was sie zugleich bereute. »Wiesel«, keuchte sie. »Kann es sein, dass du mir in einem Atemzug rätst, mich mit der dunklen Gabe zu heilen, und mir dann vorschlägst, mich in einen Tempel der Astarte zu begeben?«

Wiesel sah sich verstohlen um, um sicherzugehen, dass niemand sie belauschte. »Ich dachte, solange du keine Seelen reitest, wäre es keine Sünde!«

»Die Tempel der Dreieinigkeit sind auf eine spezielle Art geweiht. Ein Seelenreiter wird sich in einem solchen vorkommen wie in einer Esse … und nicht anders wird es ihm ergehen. Er wird verbrennen wie auf einem Scheiterhaufen, nur ist das göttliche Feuer so heiß, dass nichts als Asche von ihm bleibt. Ich weiß allerdings nicht, ob diese Magie auf die Sünde oder das Talent anspricht. Ich fürcht«, seufzte sie, »dass es meist auf das Gleiche hinauskommt.« Sie sah zu ihm hoch und lächelte schwach. »Die Versuchung ist sehr groß.«

»Aber du …«, begann er, und sie schüttelte den Kopf.

»Ich schwöre dir«, sagte sie leise, »dass ich mich nicht an anderen vergriffen habe. Was nichts daran ändert, dass eine Priesterin der Astarte mich, kaum dass sie mich berührt, als das erkennen wird, was ich bin: eine Priesterin des Gottes ohne Namen. Was dann folgen würde, kannst du dir denken.«

Der blonde Dieb nickte nur. Die Priesterinnen der Astarte predigten Vergebung und Gnade. Und die Liebe … und viele von ihnen schienen von ihrem Liebreiz her vor allem zu Letzterem berufen. Doch wenn es um Seelenreiter ging, wurden auch sie zu Furien.

»Also brauchen wir einen Medikus«, stellte er fest. Und

seufzte. »Wir werden die besten am Marktplatz finden; ich wollte vorerst nicht dorthin zurück, aber ich denke, wir haben keine Wahl. Die Wunde wird sich entzünden, wenn wir zu lange warten. Und wenn sie erst einmal eitert …« Er musterte sie. »Und du kannst gar nichts tun mit deiner Gabe?«

»Ich könnte«, presste sie zwischen ihren Zähnen hervor, als ihr vorsichtiger Schritt die Wunde schmerzen ließ. »Doch nicht, ohne mir Schuld aufzuladen. Vielleicht … vielleicht mit Ratten«, überlegte sie. Sie hob erschöpft die Hand, um die Ratte auf ihrer Schulter zu streicheln. »Keine Angst, nicht dich!« Sie erlaubte sich ein kleines Lächeln, als die Ratte fiepte und sich zutraulich an ihr rieb. »Aber selbst dann … ich weiß auch gar nicht, wie man es macht.«

»Aber der Schnitt an deiner Hand …«, begann Wiesel, doch sie wehrte ab. »Das war ein Blutopfer. Es gehört dazu, dass dann die Wunde heilt. Wenn es anders ginge, meinst du, ich hätte mich nicht schon um meinen Fuß gekümmert? Nein, Wiesel«, sagte sie erschöpft, »ich brauche einen Medikus. Oder wir suchen die Kräuter auf dem Markt zusammen, und du kochst mir einen Heilsud und versorgst mich selbst.«

»Und was ist, wenn etwas in die Wunde gelangt ist?«, fragte Wiesel. »Soll ich es dann mit meinem Dolch aus dir herauspulen? Nein. Wir haben Gold genug.« Er sah einen alten Brunnen an der Seite, der kein Wasser mehr führte. Dennoch gab es dort noch steinerne Bänke, und dort führte er sie hin.

»Bleib du hier sitzen«, bat er sie. »Ich werde nach einem Medikus fragen. Ich komme zurück, sobald ich kann.«

Sie sah zu ihm hoch und lächelte ein wenig. »Bleibt mir denn anderes übrig?«

Astartes Licht

10 »Entschuldigt«, bat Wiesel einen in Samt und Brokat gekleideten Mann, dessen pralle Wangen und gut gerundeter Bauch ihn vermuten ließen, dass der feine Ser die Dienste eines Medikus öfter in Anspruch nehmen würde. »Könnt Ihr mir sagen, wo ich einen guten Medikus finde? Meine Schwester wurde überfallen und braucht Hilfe.«

»Dann geh zum Tempel des Boron«, gab der Ser ungehalten Antwort. »Sie helfen, wenn sie es verdient.«

»Danke«, sagte Wiesel und unterdrückte einen Fluch. Er sah sich suchend um und vermied dabei, den Scheiterhaufen anzusehen. Der Geruch lag noch immer schwer in der Luft und ließ Wiesel würgen, wenn er zu viel davon abbekam. So falsch hatte er mit seiner Vermutung nicht gelegen. Hier am Marktplatz gab es gleich drei Gebäude, an denen Baderschalen, Schröpfer und Skalpelle auf das Schild gemalt waren, doch jede einzelne der Türen war mit schweren Brettern zugenagelt worden und trug das Zeichen Borons mit einem heißen Eisen in das Holz gebrannt.

Wiesel hatte davon gehört, dass es das gab, wenn eine Tat den Gott so erzürnte, dass die Priesterschaft den Ort des Verbrechens unter das Interdictum stellte. Vor ein paar Wochen hatte man in Askir einen Seelenreiter aufgegriffen, in dessen Haus sich im Keller ein Blutaltar befunden hatte. Auch dieses Haus trug das Siegel Borons, aber es war in langen Jahren das einzige Mal gewesen, dass man zu solchen Mitteln gegriffen hatte. Mit Grund. Desina hatte ihm berichtet, was sie in dem Keller vorgefunden hatten.

Aber dass man das Haus eines Medikus unter Bann stellte, und das gleich dreimal, davon hatte er noch nie gehört.

»Ich frage mich, was hier tatsächlich vor sich geht«, grummelte Wiesel und sah sich suchend um. Der Ser von eben war der sechste gewesen, den er befragt hatte, und alle hatten ihm den gleichen Rat gegeben. Geh zu Boron, er wird helfen, wenn sie die Hilfe auch verdient.

»Psst«, sagte jemand. Es war eine Marktfrau, die hinter ihrem Stand hervorgekommen war und ihn zu sich heranwinkte. Offenbar war sie dabei, den Stand für den Tag zu schließen, sie hatte eine der Laden bereits geschlossen, und ihre Waren waren von einem Tuch bedeckt.

»Sucht Ihr etwas Bestimmtes?«, fragte sie leise, als er näher kam. Sie war um die fünfzig und füllig, auch wenn ihre Kleider aussahen, als lägen sie nur lose auf ihren Schultern. Das Haar züchtig unter einer weißen Kappe verborgen, erinnerte sie ihn an eine Tempellehrerin der Astarte. Ihre grauen Augen blitzten, und die Miene war offen und freundlich. Aber letztes Jahr hatte man eine Mörderin gehängt, die noch auf dem Weg zu dem Schafott genauso freundlich gelächelt hatte.

»Danke, nein«, sagte Wiesel. »Ich bin nicht an irgendwelchen Pulvern oder wilden Träumen interessiert ... und auch nicht an einem Saft, der eine Sera verführen soll.«

Ihre Augen weiteten sich, und dann lachte sie.

»Das denkt Ihr von mir?« Sie schien ernsthaft erheitert. »Ich ziehe Kerzen«, erklärte sie und hob das Tuch an, damit er die Kerzen sehen konnte. »Schöne gerade Kerzen aus bestem Bienenwachs. Nur scheint im Moment dafür der Markt nicht günstig.«

»Tut mir leid, Sera«, sagte Wiesel. »Entschuldigt meine Unverschämtheit von eben ... doch ich kann auch keine Kerzen gebrauchen.«

»Jeder braucht einmal ein Licht, wenn es dunkel wird«, sagte sie. Sie griff in einen Korb, in dem drei gebrochene Kerzen lagen, und drückte ihm ein Bruchstück in die Hand. »Nehmt es. Man kann nie wissen, wann man es braucht ... und dann sagt mir, was es ist, was Ihr sucht, wenn es keine Kerzen oder Pulver sind.«

»Danke, Sera«, sagte Wiesel artig, als er das Bruchstück entgegennahm. »Einen Medikus suche ich«, teilte er ihr dann mit.

»Und da fragt Ihr die Leute hier am Platz, wo der Tempel des Boron von hier aus sichtbar ist?« Sie schüttelte ungläubig den Kopf.

»Ja, ich weiß«, knurrte Wiesel. »Geh zu Boron, man wird dir helfen, wenn du es verdienst. Das habe ich heute schon oft genug gehört.«

Sie legte den Kopf schräg und musterte ihn. »Dann sage ich Euch besser etwas anderes«, meinte sie und streckte die Hand aus, um auf eine Straße auf der anderen Seite des Platzes zu deuten. »Das dort hinten ist die Bäckergasse. Ihr geht sie entlang, bis Ihr an einen alten Brunnen kommt.« Wiesel nickte. Das war der Brunnen, an dem Marla saß. Er hoffte nur, dass der Verband noch hielt und sie nicht schon zu viel Blut verloren hatte. »Hinter dem Brunnen führt eine weitere Gasse nach links ab, das ist die Schleifergasse. Folgt ihr, bis Ihr das Schild eines Schwertschmieds seht. Auf der anderen Seite seht Ihr dann eine grüne Tür. Klopft daran, dreimal, und wenn Euch aufgetan wird ... ich sage wenn, die Sera ist eigen in der Wahl ihrer Gäste, teilt Ihr mit, was Euer Anliegen ist. Weist sie Euch aber ab, streitet nicht mit ihr, es wird nichts nützen und sie nur gegen Euch aufbringen. Und das, junger Ser, glaubt mir, das wollt Ihr nicht.«

»Danke«, sagte Wiesel artig. »Ich werde es dort versuchen, der Götter Segen mit Euch.« Er wollte sich abwenden, doch sie hielt ihn zurück. »Wartet«, bat sie. »Habt Ihr einen Zunderstein? Die beste Kerze nützt Euch nichts, wenn der Funke fehlt.«

Wiesel tastete seine Taschen ab, und die Sera lachte. »Habt Ihr fünf Kupfermünzen übrig?«

»Hier«, lachte Wiesel. »Ihr besitzt Geschäftssinn, gute Frau.« Er warf ihr einen Silbergroschen hin. »Das sollte für den Zunderstein genug sein ... seht es auch als Dank für Euren Rat.«

Sie hielt ihm die kleine Schachtel aus getriebenem Blech hin.

»Eine gute Tat für eine andere«, lächelte sie geheimnisvoll. »So soll es sein.«

Doch Wiesel hörte sie schon fast nicht mehr, er steckte die Zunderschachtel ein und eilte davon.

Marla saß noch immer dort, wo er sie hingesetzt hatte, doch ihre Augen hatten einen Glanz, der ihm gar nicht gefiel, und auf ihrer Stirn stand kalter Schweiß.

»Du warst so lange weg«, hauchte sie, als er sich neben sie setzte. »Ich dachte schon, du lässt mich hier zurück.«

»Das würde ich nicht tun«, beschwerte er sich. »Was denkst du von mir?«

Sie schüttelte müde den Kopf, lächelte, schien noch etwas sagen zu wollen … und fiel dann schlaff gegen ihn.

»Götter«, fluchte Wiesel. Er fasste sie unter den Achseln, und als er sie anhob, fiel ihre Hand von ihrer Seite weg und offenbarte einen großen feuchten Fleck an ihrer Seite.

Dünn und dürr, war die Beschreibung, an die man dachte, wenn man Wiesel sah, und sie mochte auch zutreffen, dennoch hatte er keine Mühe, Marla hochzuheben. Sie war klein und zierlich und wog nicht schwer in seinen Armen.

Wiesel zögerte nicht länger und machte sich auf den Weg. Noch immer war es voll auf den Gassen, doch es war verwunderlich, wie wenig Aufmerksamkeit man den beiden schenkte, vielleicht war es in dieser Stadt auch üblich, eine blutende Frau durch ihre Straßen zu tragen. Weit war es ja nicht, doch als Wiesel an der Schwertschmiede ankam, wo ihn ein junger Geselle überrascht musterte, während er weiter mit einem Schmiedehammer auf ein Hellebardenblatt einschlug, kam ihm Marla schon erheblich schwerer vor.

Das Haus auf der anderen Straßenseite war nicht die kleine Hütte, die er erwartet hatte, vielmehr war es ein kleiner Stadtpalast mit verzierten, steinernen Bögen, einem Wappen, dem eines Widders, und einer Axt unter der Schräge. Ein reiches

Haus, doch alle Läden waren fest verschlossen, und es wirkte eher unbewohnt.

Dort war die grüne Tür, Wiesel zögerte nicht länger und trat beherzt heran, hielt Marla mit nur einem Arm und hob den schweren Klopfer an, um dreimal mit ihm zu klopfen.

Die Tür flog auf, als hätte die Herrin des Hauses nur auf sein Klopfen gewartet. Vor ihm stand die ältere Sera mit dem jugendlichen Erscheinungsbild, die sich vor der Hinrichtung mit dem Priester Borons gestritten hatte.

»Was wollt Ihr?«, fragte sie scharf und bedachte ihn mit einem Blick aus violetten Augen, als wollte sie in seine tiefste Seele blicken.

»Ich dachte, das wäre leicht zu erkennen«, antwortete Wiesel ungehalten und hob Marla etwas an, als ob die Sera sie dadurch besser sehen könnte. »Sie hat einen üblen Stich abbekommen und braucht Hilfe ... und man sagte mir, dass man hier Hilfe finden könnte.« Marlas Kopf rutschte zur Seite weg, hastig griff Wiesel danach, um sie wieder zurechtzurücken.

»Ihr seid nicht höflich, junger Ser«, sagte sie und musterte Marla mit einem seltsamen Ausdruck im Gesicht.

»Ihr seid alt, aber nicht dumm ... was soll ich schon wollen, mit einer Frau in meinen Armen, die Euch auf die Stufen blutet«, gab Wiesel ungeduldig zurück. »Helft Ihr uns, oder helft Ihr nicht? Man riet mir, Euch nicht weiter zu belästigen, wenn Ihr uns ablehnt, also trefft Eure Entscheidung, ich will nicht noch mehr Zeit verlieren.«

»Nun«, sagte die Sera und trat zur Seite, um den Weg freizugeben. »Wenn Ihr so höflich fragt.«

Hinter der Tür lag eine große Halle mit Treppen an beiden Seiten und dunklen Türen, die davon abgingen. Die hohen Fenster waren fest verrammelt, doch durch die Ritzen fiel noch genügend Licht, sodass Wiesel genug erkennen konnte. Es roch nach Seife und altem Staub und ... Fisch.

»Folgt mir«, bat sie ihn und führte ihn durch die erste Tür

hindurch, einen langen Gang entlang, der offensichtlich zu den Gesinderäumen führte. Das Haus lag still und leer, nur ab und an ächzte es ein wenig, wie das alte Häuser tun, und Wiesels Absätze hallten von dem gefliesten Boden wider. An den Wänden hingen Bilder in schweren Rahmen und zeigten ernst blickende Männer und lächelnde Frauen, angetan in Prunk und Pracht, die der Herrin dieses Hauses zur Zeit abzugehen schien. Hier und da fand sich ein hellerer Fleck an der Wand, und das Haus erschien ihm seltsam leer.

Die Sera zog eine schwere Tür auf. Das Haus besaß wohl einen Hinterhof, in dem sich ein kleiner Garten befand. Die Küche schloss sich daran an, ein heller lichter Ort mit hohen Bögen, die weit aufgerissen waren, um Licht und Sonne hineinzulassen. Auf einem steinernen Herd stand ein Kessel, der appetitlich brodelte, und ein scharfes Messer steckte in einem Holzblock, auf dem zum Teil geschnittene Kräuter lagen, von denen unzählige unter der hohen Decke hingen. Ein großer, schwerer Eichentisch, der wohl in seinen vielen Jahren schon manches gesehen hatte, füllte den hinteren Teil des lichten Raums, und auf diesen deutete die Sera, während sie hastig einen Teller und eine tönerne Tasse abräumte, die als Einziges dort gestanden hatten.

»Hierhin«, meinte sie. »Nehmt den Kessel vom Feuer und stellt ihn beiseite. Füllt den Kessel dort an der Pumpe im Garten und stellt ihn auf die Flamme … und vor allem, macht Platz, damit ich sehen kann, wie es ihr geht!«

»Sie hat einen Stich in ihrer Seite …«, begann Wiesel, doch sie schob ihn mit überraschender Bestimmtheit zur Seite. »Kessel. Wasser. Jetzt.«

Wiesel tat wie ihm geheißen. Der Kessel, den sie ihn angewiesen hatte zu nehmen, war frisch gescheuert, und die Pumpe im Garten brachte nach einigem Bemühen klares und frisches Wasser an den Tag. Als Wiesel den schweren Kessel zum Herd schleppte, sah er, dass die Sera Marla schon fast entkleidet hatte, ohne sich um Marlas Blößen zu bemühen. Sie drückte sanft auf die Wundränder und runzelte die Stirn, als das Blut in kleinen Schüben floss.

»Das Korsett hat ihr das Leben gerettet«, teilte sie ihm mit, ohne von Marla aufzusehen. »Schüre das Feuer im Herd, wir brauchen heißes Wasser.« Sie zog eine Lade auf und entnahm dieser einen großen, flachen Kasten. Als sie ihn öffnete, sah Wiesel zu seiner Verwunderung, dass er die Instrumente eines Chirurgen enthielt. Die Sera entnahm diesem ein scharfes Messer, Haken, eine lange Pinzette und etwas, das wie ein scharfkantiger, kleiner Löffel aussah, sowie eine Rolle aus Leinen und reichte sie an Wiesel weiter. »Legt sie in das Wasser«, gebot sie ihm, um sich wieder Marla zuzuwenden. Mit geschickten Händen zog sie die Schnürung an Marlas Bluse auf und streifte sie ihr über den Kopf … und erstarrte, als die dunkle Scheibe aus schwarzem Silber, die Marla an einer schweren Kette trug, aus der Bluse fiel, um neben ihrem Hals mit dumpfem Schlag auf das Holz zu fallen.

Langsam richtete sie sich auf und sah Wiesel mit harten Augen an, in deren violetten Tiefen ein fernes Feuer zu glühen schien. »Wisst Ihr, was das ist?«, fragte sie kalt und wies anklagend auf die dunkle Scheibe.

Wiesel schluckte. »Ja, Sera«, gestand er tapfer. »Das Zeichen des Gottes ohne Namen.«

»Und Ihr bringt sie in mein Haus?« Sie schüttelte ungläubig den Kopf. »Folgt Ihr auch dem dunklen Pfad?«, fragte sie dann bitter. »Werdet Ihr mir meine Seele nehmen, wenn ich Euch nicht helfe?«

»Weder das eine noch das andere«, sagte Wiesel und hielt dem Blick aus diesen alten Augen stand. »Ich weiß, wie es aussieht, doch es ist … anders.« Er hob hilflos die Schultern. »Es mag das Zeichen des Namenlosen sein, aber sie trägt es, um sich vor dem Verfluchten zu schützen«, log er. »Der Unterschied ist leicht zu erkennen.«

»Und wie?«, fragte die Sera zweifelnd.

Wiesels Gedanken rasten. Eine gute Lüge zu erfinden war

nicht schwer, man musste nur Worte finden, die wahr sein könnten.

»Den Höllen des namenlosen Gottes sagt man nach, dass sie aus brennendem Eis bestehen würden«, erklärte er. »Ich habe schon andere Symbole dieser Art gesehen und kann Euch sagen, dass es einen Unterschied gibt. Berührt man sie, spürt man die Kälte der Verdammnis, die auf die Träger wartet. Ihres ist anders, es ist warm, sie trägt es bestimmt, um sich zu schützen, und nicht, weil sie verdammt ist. Bitte helft ihr«, flehte er. »Sie ist nicht verdorben.« Er sah auf Marla hinab, deren Blut nun langsam auf dem Tisch eine Pfütze bildete. »Ich sage nicht, dass sie ein Vorbild an Güte wäre, aber … sie ist nicht, wie Ihr denkt.«

Vielleicht, dachte Wiesel, ist diese Lüge auch die Wahrheit. Wäre Marlas Zeichen so kalt wie diese anderen, hätte er es doch irgendwann bemerkt! Ohne es sich anmerken zu lassen, nahm er seinen Mut zusammen und nahm die schwere Scheibe in die Hand … und atmete erleichtert aus.

»Seht selbst«, sagte er.

Sie streckte vorsichtig einen Finger aus und berührte Marlas Amulett … um hastig den Finger zurückzuziehen und dann langsam die schwarze Scheibe aufzunehmen und in ihrer Hand zu wiegen. »Es ist warm«, stellte sie fest.

»Und sie verblutet«, erinnerte Wiesel sie. »Wollt Ihr uns nun helfen?«

»Hier«, sagte sie und reichte ihm eine lange, hölzerne Zange. »Holt mir die Pinzette aus dem Wasser und reicht sie mir. Aber haltet Euren Atem fern davon, er ist nicht rein.«

Wiesel tat, wie sie ihm hieß, und holte die dampfende Pinzette aus dem Kessel. »Das Leinen auch«, wies sie ihn an und wies auf eine Schnur, die zwischen zwei Bögen gespannt war. »Hängt es dort über die Schnur. Nein … vergesst das«, sagte sie, als Marla leise stöhnte. »Sie wacht auf … helft mir, sie festzuhalten, sie darf sich nicht bewegen.«

Wiesel nickte und trat an den Tisch heran. Als er ihre Schultern gegen das harte Holz presste, öffnete Marla die Augen, um zu ihm hochzusehen. »Wiesel!«, sagte sie in vorwurfsvollem Ton. »Was tust du hier? Istvan sucht dich überall …«

»Sie phantasiert«, stellte die alte Sera fest, während sie sich die Hände wusch. »Sie scheint Euch zu vertrauen. Sagt ihr, dass es schmerzen wird, aber wir ihr helfen werden.« Sie griff die Pinzette mit der linken Hand und zog vorsichtig mit der anderen die Wundränder auseinander. Ihr Blick glitt betroffen über Marlas blanke Haut und die Narben, die dort zu finden waren. »Aber sie dürfte diese Art Schmerzen schon kennen«, meinte sie dann. »Es ist wohl nicht das erste Mal.« Sie reichte Wiesel einen festen Ballen aus Leder, in dem schon andere Zahnabdrücke sichtbar waren. »Presst es zwischen ihre Zähne.«

»Halt still, Marla«, flüsterte Wiesel neben Marlas Ohr und hielt sie fester. »Es ist gleich vorbei …«

Nur, das war es nicht. Was nun folgte, würde Wiesel noch lange im Gedächtnis bleiben. Der Wundkanal war tief und die alte Sera gründlich, auch Marlas Stöhnen schien sie wenig zu berühren, nur einmal, als Marla sich aufbäumte und trotz Knebel einen dumpfen, tierischen Laut von sich gab, sah sie von ihrem Werk auf und schüttelte bedauernd den Kopf. »Sie ist eine Kämpferin«, stellte sie fest, während Wiesel Marla so fest hielt, dass sich dort, wo er seine Hände auf sie presste, schon dunkle Flecken bildeten. »Sie gibt nicht auf und lässt nicht los … obwohl es besser für sie wäre.«

Wie lange es dauerte, konnte Wiesel nachher nicht mehr sagen. Doch als die alte Sera fertig war, hatte sie mehrere Fäden und zwei kleine blutige Stofffetzen aus der Wunde gezogen. Ein paar Fäden und ein wenig Stoff, so unscheinbar sie auch in der Schale aussahen, so erschreckend war es auch. Wiesel wusste, was es bedeutet, die Wunde hätte geeitert, hätte die Sera sie nicht sorgsam ausgeräumt. Jetzt allerdings war sie fertig und rührte in einem Tiegel eine Salbe an.

»Ist es vorbei?«, hauchte Marla, als Wiesel ihr erlaubte, den Knebel auszuspucken. Ihre Stimme klang erschöpft.

»Ja«, sagte Wiesel und strich ihr über ihre Wange. »Es ist getan.«

»Gut«, flüsterte Marla, schloss die Augen und lag still. Die alte Sera sah auf und schüttelte den Kopf.

»Dummes Kind«, sagte sie leise, doch ihre Miene war freundlich dabei. »Jetzt, wo sie es nicht mehr braucht.«

Was danach kam, schien einfach. So tief die Wunde auch war, der Schnitt selbst war kaum breiter als sein Daumen. Die alte Sera presste die graue Salbe hinein und nähte sie entschlossen zu, um wieder Salbe aufzutragen und sie dann mit dem frisch abgekochten Leinen straff zu verbinden.

Ein roter Punkt bildete sich langsam an der Stelle, und Wiesel hielt den Atem an, doch er wurde nicht mehr größer.

»Wird sie überleben?«, fragte Wiesel heiser, als er Marla sanft anhob, damit die alte Sera eine weitere Lage um sie wickeln konnte.

»Ja«, sagte sie. »Sie ist jung und gesund, und sie besitzt den Willen zu genesen. Der Tee, den ich ihr eingeflößt habe, wird sie schlafen lassen. Einen Tag, vielleicht auch zwei. Danach braucht sie Ruhe und reichlich Nahrung, und in einem Mond wird sie es vergessen haben.« Sie musterte ihn mit klugen Augen. »Bis dahin, junger Ser, werdet Ihr mir erzählen, wer Ihr seid … und wer sie ist.«

»Darf ich auch Euren Namen erfahren?«, fragte Wiesel höflich.

»Ich bin Lenere.« Sie musterte ihn und lachte leise. »Ihr habt nicht die geringste Ahnung, wer ich bin, nicht wahr?«

»Sollte ich?«, fragte Wiesel vorsichtig.

»Das kommt darauf an, woher Ihr kommt«, meinte Lenere mit einem feinen Lächeln. »Wäret Ihr in Illian geboren, würdet Ihr meinen Namen kennen. Ich bin Lenere, Herzogin von Artan, Prinzessin zu Steige, Gräfin Altendorf. Um nur einige leere Titel aufzusagen. Ich gelangte zu trauriger Berühmtheit, als König Elfred vor mir die lange Treppe zu den Turmgemächern herunterfiel. Böse Zungen sagten gar, ich hätte ihn gestoßen.« Sie hob eine Augenbraue an. »Die Geschichte sagt Euch nichts? Elfreds jüngerer Bruder Arwen erbte dann die Krone. Ich bin Eleonoras Urgroßtante.« Ihr Lächeln wurde breiter. »Und nichts wäre Graf Render angenehmer gewesen, als wenn ich auf meinem Landsitz geblieben wäre, um mich von Thalaks Schergen schlachten zu lassen. Jetzt helft mir, Eure Freundin zu Bett zu bringen, Betten gibt es in diesem alten Haus zum Glück genug. Und dann erklärt mir, warum sie dieses Amulett um ihren Hals trägt. Es mag ihr zum Schutz dienen, solche Amulette gibt es genug, nur tragen sie dann meist das Bildnis eines anderen Gottes.«

»Es kommt mir widersprüchlich vor«, sagte Herzogin Lenere um einiges später, als sie und Wiesel vor der offenen Küche in dem kleinen Garten saßen und Tee tranken. Vorher hatte sie ihn sogar noch mit der Fischsuppe bewirtet, die, obwohl ein wenig dünn, ihm dennoch gut gemundet hatte. »Trägt man ein Amulett zum Schutz, ruft man damit einen der Götter an. Es ergibt für mich keinen Sinn, den Gott anzurufen, vor dem man sich schützen will.«

»Es mag auch einfach eine Scheibe aus altem Silber sein«, sagte Wiesel und hob hilflos die Schultern an. »Sie führt ein unstetes Leben, und vielleicht ist es nicht mehr als das, eine ungeprägte Silbermünze, die sie im Notfall veräußern kann.«

»Vielleicht«, sagte die Herzogin und sah nachdenklich drein, dann schüttelte sie leicht den Kopf. »Ich bin alt«, sagte sie. »Ich habe schon vieles gehört und gesehen, das ich zuerst nicht glauben wollte und das dann doch einen Kern von Wahrheit enthielt. Ich glaube auch, dass ich es bemerken würde, wäre sie eine der Verfluchten. Wie ist ihr Name, Ser Wiesel?«

»Marla«, sagte Wiesel.

Sie nickte. »Lächelt sie denn oft?«

»Nein«, gestand Wiesel. »Sie hatte wahrlich nicht oft Grund dazu. Warum?«

»In der Sprache der Elfen bedeutet Marlaranae die Lächelnde«, erklärte Lenere und lehnte sich in ihrem Korbstuhl zurück. »Sie hat gelächelt, als sie Euch sah.«

Darauf wusste Wiesel nichts zu sagen. Nichts, das Lenere nicht mehr preisgegeben hätte, als er wollte. Sie zog sich eine Decke über ihre Beine und musterte ihn mit diesen alten Augen, bis Wiesel Mühe hatte, nicht unruhig hin und her zu rutschen.

»Und jetzt sagt mir, woher Ihr kommt.«

»Aus Lassahndaar«, antwortete Wiesel prompt. »Sie ist meine Schwester und …«

Sie lachte.

»Ihr seid nicht gut im Lügen, junger Ser«, schmunzelte sie.

Etwas, das man ihm in der letzten Zeit entschieden zu oft vorgeworfen hatte, dachte Wiesel erheitert. Vielleicht war er wahrhaftig etwas aus der Übung.

»Es gibt nicht die geringste Ähnlichkeit zwischen euch beiden«, fuhr die alte Sera fort. »In Lassahndaar sprechen sie, als ob sie Kiesel zwischen den Zähnen hätten, und Ihr sprecht unsere Sprache wie ein Tempelpriester. Was Ihr, ganz offensichtlich, wohl nicht seid. Eure Freundin trug zwei Dolche in ihren Ärmeln … und Ihr tragt nicht weniger als neun an Eurem Leib versteckt, ein Priester seid Ihr sicher nicht. Ich bin weit gereist, und an keinem Ort der drei Reiche spricht man Imperial auf diese Weise … höchstens ein Gelehrter wüsste noch, wie man manche Worte in der alten Art betont. Ihr seid belesen … aber ein Gelehrter seid Ihr auch nicht. Aus dem gleichen Grund. Um einen Federkiel zu spitzen, braucht man nur ein kleines Messer.«

»Vielleicht sind wir Spione?«, schlug Wiesel vor und beobachtete sie genau, doch sie schüttelte nur lächelnd ihren Kopf.

»Wohl kaum. Hier.« Sie griff unter ihre Decke und zog einen von Marlas Dolchen darunter hervor. Sie hob ihn an und ließ das Licht der Abendsonne, das knapp über ihre Mauern in den Garten fiel, auf der Klinge tanzen. »Grauer Stahl mit weichem Kern aus Eisen, und mehr als zwei Dutzend Mal gefaltet. Und seht Ihr die Ätzspuren in dem Metall? Seht Ihr, wie regelmäßig sie sich kräuseln? Zu regelmäßig, als dass ein Hammer diesen Stahl gefaltet hätte. Ich habe auch schon Beutestücke unserer Belagerer gesehen, ihr Stahl ist sogar schlechter noch als unserer. Nein«, sagte sie. »Das ist kaiserlicher Stahl, Ser Wiesel. Meine Augen sind nicht mehr die besten, aber das kann ich noch erkennen. Es gibt noch einige in dieser Stadt, die stolz ihre Erbstücke präsentieren, an ihnen kann man die gleichen Spuren finden. Nur dass diese Schwerter ein Gewicht des Alters in sich tragen. Dieser Dolch hier nicht.« Sie wog ihn in der Hand. »Er ist neu ... zumindest ist er nicht älter als ein paar Jahre.«

Sie legte den Dolch vor sich in den Schoß und faltete ihre Hände, um ihr Kinn darauf zu stützen.

»Ich war immer der Meinung, dass es das alte Reich noch geben müsste. Sagt mir, Ser Wiesel, hat Euch Askannon hierhergeschickt?«

Und schon aufgeflogen, dachte Wiesel. So viel zum Barene-Trick. Nun, der war auch eher für die Einfältigen gedacht, und zu denen gehörte Sera Lenere sicher nicht. Was nun? Sie hatte Marla geholfen, dachte er, obwohl sie es nicht hätte tun müssen. Vielleicht konnte man ihr ja vertrauen.

»Nein«, antwortete Wiesel und sah, wie ihr Lächeln verfiel. »Das nicht.« Er beugte sich etwas vor. »Bevor ich Euch antworten kann, gewährt mir eine Frage: Wie standet Ihr zu Königin Eleonora?«

»Ich liebte sie«, sagte Lenere einfach und seufzte. »Sie war so ein fröhliches Kind, es brach mir das Herz, als ich erfuhr, dass man diesen Anschlag auf sie verübt hatte. Ich habe mein Exil verlassen, um zu ihr zu eilen, um zu sehen, ob ich mit meiner Kunst helfen konnte … ich vertraute diesen Quacksalbern am Hof nicht weiter, als ich sie hätte werfen können. Doch selbst priesterliche Gaben halfen nicht, es war ein Wunder, dass sie lebte … und dennoch hätte ich mir gewünscht, dass sie an dem Tag gestorben wäre, es hätte ihr unsägliches Leid erspart.« Sie sah Wiesels Blick und schüttelte den Kopf. »Es ist nicht, wie es klingt, Ser Wiesel.« Sie legte ihre Hände zusammen und sah an ihm vorbei in den Garten, der noch vom Rot der Abendsonne berührt wurde. »Aus ihrer Linie war ihr Vater der erste anständige König seit Generationen. Mein ach so geliebter Gatte war schon in jungen Jahren vom Wahn berührt, und Arwen war nicht viel besser. Dass aus dieser Linie ein vernünftiger Regent kommen würde, hatte kaum jemand noch erwartet. Doch Eleonoras Vater hat uns alle überrascht. Er war ein guter König. Aber dass seine Tochter ihn und alle, die vorher diese Krone trugen, überragen würde … wer hätte das gedacht?« Lenere wischte sich verstohlen die Augen aus. »Nur der Preis, Ser Wiesel, er war unerträglich hoch. Ich weiß nicht, woher das Kind den Willen nahm … doch sie war es, die das Reich zusammenhielt und den Menschen Hoffnung gab. Wie sie aber litt, das war eines Menschen nicht mehr würdig.« Sie sah zu Wiesel auf. »Ich sah sie nur noch einmal, als die Stadt schon belagert war. Sie erlaubte mir, sie zu besuchen … da war sie schon nicht mehr ganz in dieser Welt. Aber sie erkannte mich wieder und lächelte.« Sie fuhr über ihre feuchten Wangen und sah Wiesel gerade an. »War es das, was Ihr habt wissen wollen?«

»Wisst Ihr, wen sie als Erben wählte?«, fragte Wiesel.

»Das ist die zweite Frage, Ser Wiesel, aber nein. Sie sagte, sie hätte einen Erben auserkoren, aber sie gab nie preis, wer es denn ist.« Lenere lachte bitter. »Hätte sie es nur getan. So aber ließ sie das Feld unbestellt … und jetzt streitet man bitter um die Krone.«

»Eine Frage noch«, sagte Wiesel leise. »Sagt Euch eine

Sera namens Leandra etwas? Leandra di Girancourt? Von ihr sagt man, sie wäre der Paladin der Königin gewesen. Eine Maestra, ausgebildet in den alten Künsten der Magie und schwertgebunden an Steinherz, das Schwert des Reichs.«

»Ja«, sagte die Herzogin und musterte ihn nachdenklich. »Der Name ist mir bekannt. Sie war Eleonoras Mündel und später dann, wie Ihr es sagt, auch ihr Paladin. Und den Gerüchten nach tatsächlich eine Maestra, auch wenn das wenige, was man sie im Tempel lehren konnte, kaum dazu reichen dürfte, einen solchen Titel zu tragen. Sie verschwand vor einigen Monden, ohne dass man je wieder etwas von ihr hörte. Nur eines kann nicht sein. Dass sie an Steinherz gebunden ist.« Ihre Stirn furchte sich. »Ihr wart doch zugegen, nicht wahr? Bei der Hinrichtung?«

Wiesel nickte, alt mochte die Sera sein, aber an ihrer Geistesschärfe hegte er mittlerweile keinen Zweifel, es schien ihm sinnlos, ihre Anwesenheit auf dieser Plattform zu verleugnen.

»Dann habt Ihr doch selbst gesehen, wie Bruder Faban Steinherz in die Höhe hielt, um der glühenden Klinge den Scheiterhaufen zu entzünden. Bis dahin«, fuhr sie bitter fort, »glaubte ich noch fest an Nemris' Unschuld.«

»Ich weiß nicht, was die Sera tat, dass sie ein solches Ende finden musste«, sagte Wiesel leise. »Ihr Anblick wird mich in meinen Träumen noch verfolgen. Doch eines weiß ich sicher. Dass das Schwert, das dieser Priester hielt, nicht Steinherz ist.«

»Es ist das Schwert des Reichs«, widersprach Lenere. »Jeder kennt es. Vielleicht gibt es eine Kopie ... aber Steinherz wurde Boron geweiht und von Askannon nachgeschmiedet, um die armen Seelen, die einem Seelenreiter zum Opfer fielen, aus ihren Klauen zu befreien und zu erlösen. Askannon hat dreizehn dieser Klingen geschmiedet, und nur eine davon trug den Drachenkopf.« Sie schüttelte den Kopf. »Man kann alles fälschen, junger Ser. Aber nicht das, denn selbst Askannon brauchte Jahre, um diese Bannschwerter zu erschaffen.«

»Ihr habt recht, Sera«, bestätigte Wiesel. »Doch ich weiß aus sicherer Quelle, dass das Schwert, das Maestra Leandra trägt, genau dieses zu tun vermag. Sie erschlug einen Kriegsfürsten Thalaks damit, und es gab mehr als einen Zeugen, der sah und spürte, wie die verlorenen Seelen, die in ihm gefangen waren, freudig zu den Göttern aufstiegen. Könnt Ihr dasselbe von diesem anderen Schwert behaupten?«

»Ja«, sagte die Herzogin. »Genau das wird behauptet. Es ist das Schwert Borons, und Bruder Faban hat mit ihm schon fünf Nekromanten zur Rechenschaft gezogen. Sechs, mit Nemris heute.«

Wiesel zögerte und versuchte sich an all das zu erinnern, was ihm seine Ziehschwester von Königin Leandra berichtet hatte. Und daran, wie er sie vor dem toten Lanzengeneral hatte stehen sehen, als sie ihn unter Tränen schlug, weil er nicht erwachte. Und was er von diesen Schwertern wusste.

»Sagt, Sera«, begann er und schluckte, als er verstand, welche unglaubliche Anschuldigung er aussprechen würde. »Kann es möglich sein, dass … dass Bruder Faban lügt?«

Ihre alten Augen weiteten sich. »Wisst Ihr, was Ihr da sagt?«

Wiesel nickte nur.

»Wenn …«, hauchte die alte Sera. »Wenn es so wäre und das Schwert nicht Steinherz ist … dann, ja, dann kann es sein.« Sie hob den Kopf und sah ihn mit glühenden Augen an. »Es wäre dann auch die einzige denkbare Erklärung. Denn Bruder Faban beruft sich oft und gerne auf diese Klinge, um göttliches Recht aus ihrem Urteil abzuleiten! Aber sagt, wer ist diese Quelle, der Ihr so rückhaltlos vertraut?«

»Meine Ziehschwester Desina. Die Kaiserin von Askir.«

»Die Kaiserin von Askir?«, fragte sie. »Ihr kommt von dort? Und sie hat es selbst gesehen? Hat Leandra es tatsächlich vermocht, die Kaiserstadt zu erreichen?«

»Ja«, sagte Wiesel. »So wie man hört, war es nicht einfach.«

»Und diese Kaiserin, sie sah selbst, wie Steinherz die Seelen aus den Fängen der Verfluchten befreite?«

»Sie erfuhr, was geschah, von einem anderen Zeugen, dessen Namen Euch bekannt sein dürfte: Ser Roderic von Thurgau.«

»Der am Pass von Avincourt gefallen ist«, ergänzte sie bedächtig, um Wiesel dann mit einem durchdringenden Blick aufzuspießen. »Ihr sagt, er ist nicht tot?«

»Nein«, gab Wiesel Antwort. Wenigstens nicht ganz.

»Oh, gut«, meinte Lenere grimmig. »Vielleicht kann ich ihn dann doch noch selbst erschlagen!«

Wiesel blinzelte überrascht. Sie sah seinen Blick und lachte leise.

»Als mich Elfred ehelichte, war ich noch ein Kind«, erklärte sie dann. »Man hat mich im Tempel der Astarte erzogen, ich glaubte mich auf alles vorbereitet, doch wie erklärt man einem Kind, dass es Männer gibt, die wie räudige Hunde sind? Ohne Liebe … und noch schlimmer, auch ohne jeglichen Verstand. Die Frau sei dem Mann gegeben, predigten die Priesterinnen. Gemeinsam wäre man dann stark.« Sie schüttelte langsam den Kopf. »Es ist so lange her und dennoch schmerzt es noch. Nicht die Erinnerung an ihn, sondern an meine eigene Naivität und Dummheit. Wisst Ihr, wer Ser Roderic noch ist?«

Wiesel nickte. »Ich glaube, man nennt ihn hier den Wanderer.«

»Ja«, sagte sie. »Aber das wusste ich ja nicht. Als er an den Hof kam, konnte das niemand ahnen, er kam mit zwei Gesellen, ein Kunsttischler, der die erlesensten Möbel baute. Elfred hatte von ihm gehört und einen Schrank von ihm gesehen. Einen solchen wollte er auch haben. Also bat er den Mann hierher.« Sie seufzte. »Roderic, der Tischlermeister, kam aus Letasan. Er war in Kelar geboren, wie er sagte, doch er hätte der Stadt den Rücken gekehrt, weil ihn dort nun nichts mehr hielte. Aber was er mitbrachte, war sein Blick für die Kunst. Kelar, müsst Ihr wissen, war einst eine reiche Stadt gewesen, satt durch den Handel zur See und durch den Vorteil, den eine freie Stadt an Handelszöllen genoss. Oh«, schwärmte sie mit leuchtenden Augen, »Ihr hättet die Stadtpaläste dort sehen sollen, als die Stadt in ihrer Blüte stand. Sie verstanden sich dort auf die Architektur, das Spiel mit Licht und Farben. Weite, hohe Gänge, die feinsten Kristalle und elegante Möbel. Sie besaßen etwas ganz Bestimmtes, vielleicht war es das rote Holz, das sie verwendeten, oder auch eine Art des Lacks … Wahr ist, dass die Gilde darauf achtete, dass niemand je verriet, wie sie es vermochten, Holz so zu polieren und zu schützen, dass es weder verrottete noch leicht zu verkratzen war. Wie auch immer, Möbel aus Kelar waren hoch gefragt … und besaß man solche nicht, galt man in gewissen Kreisen nichts. Und Elfred, mein Gemahl, lag sehr viel daran zu gelten. Also bat er diesen Tischlermeister her.« Sie hielt inne und trank einen Schluck von ihrem Tee. »Elfred hatte bestimmte Vorstellungen davon, wie der Schrank auszusehen hätte. Er sollte größer sein, weiter, höher … und noch mehr glänzen. Meister Roderic hörte sich das alles an, meinte dann, dass ein solcher Schrank den Raum erschlagen würde, in dem mein Gemahl ihn stellen wollte. Elfred wies ihn scharf zurecht, er wäre der König, und ihm stände zu, was er begehrte. Meister Rod nahm es hin und fragte nach Verzierungen. Und Elfred fühlte sich geschmeichelt, immer mehr an Dingen fiel ihm ein, wie man den Schrank verzieren könnte. Der Meister nickte nur und nahm dann seinen Abschied, um den Schrank zu bauen. Als er fertig war, baute er ihn in unseren Gemächern auf. Götter«, lachte sie. »Was war das für ein Ungeheuer! Groß genug, um eine Armee darin zu verstecken, überladen mit Verzierungen, von mythischen Wesen, Göttern und allem anderen, was meinem Gemahl so eingefallen war … eine reine Abscheulichkeit, ein Zerrbild dessen, was ein Schrank aus Kelar hätte sein sollen. Doch meinem Gemahl gefiel das Ungeheuer, und er bat den Tischler zu sich, um ihn reich zu entlohnen. Doch an jenem Tag erlitt ich eine Fehlgeburt. Zum zweiten Male war damit der Sohn verloren, den Elfred von mir wollte, und wie zuvor lastete er mir die

Schuld an. Betrunken und außer sich vor Wut, fiel er über mich her und schlug mich fast zu Tode. Der Tischlermeister kam zur vorbestellten Stunde und fand mich blutend und kriechend, um mein jämmerliches Leben flehend, auf den Knien vor, hinter mir mein stolzer Gemahl, der mit einem Schürhaken auf mich einschlug, als wäre ich sein ärgster Feind.« Sie sah zu Wiesel hin und lächelte ein wenig.

»Elfred war ein großer Mann, breit gebaut und mit dem Gemüt eines jähzornigen Bullen. Er war der König, und es gab niemanden, der es je wagte, sich ihm entgegenzustellen. Doch der Tischlermeister tat dies. Er wies den König an aufzuhören. Und als Elfred nicht auf ihn hören wollte, schlug Roderic ihn nieder.«

Nach dem, was er von dem Mann wusste, wunderte Wiesel das wenig.

»Elfred war wie ein wütender Stier, die Vernunft hatte ihn vollends verlassen. Doch der Tischlermeister schlug ihn wieder und wieder nieder und drohte dem König, ihm den Hals zu brechen, ließe er nicht endlich von mir ab. Für einen Moment sah es aus, als ob der König doch ein Einsehen eingebläut bekommen hätte, also nahm der Tischler mich auf und wollte mich aus dem Raum tragen, zum nächsten Heiler. Doch kaum wandte er meinem Gemahl den Rücken zu, griff dieser nach dem Schürhaken und, einem wütenden Bullen gleich, stürmte auf uns zu. Ich sah es über die Schulter des Tischlermeisters hinweg und gab einen Laut von mir, genug an Warnung, dass der Meister zur Seite trat und dem König auswich. Der, ungeschickt vor Zorn, verlor das Gleichgewicht, als sein Schlag danebenging, stolperte zur Tür hinaus … und die lange Treppe hinunter.«

Wiesel nickte. »Der Mann hat ein Talent dazu, dass solche Dinge um ihn herum geschehen«, meinte er dazu. Aber es hätte Wiesel auch nicht überrascht zu erfahren, dass Ser Roderics Fuß im Wege gewesen wäre. Zuzutrauen war es ihm. »Das also war der Treppensturz, der Euch zu, wie Ihr sagt, zu trauriger Berühmtheit verhalf. Aber warum wollt Ihr Ser Roderic erschlagen?«

»Als ob ich das in Wahrheit wollte«, lachte sie. »Ich war noch jung, als Elfred starb. Keine siebzehn, an dem Tag, als er das Fliegen lernen wollte. Der Sitte nach hätte Arwen mich ehelichen sollen, doch ich war ihm zu dürr … und lange war es fraglich, ob ich leben würde. Er kümmerte sich nicht um mich, die Krone war jetzt sein, und er griff nach ihr. Ich hingegen brauchte lange, um zu genesen. Es war Meister Roderic, der nicht von meiner Seite wich. Er war es, der mir Rat gab, mir zeigte, wie ich in diesem Schlangennest überleben konnte. Er hatte wenig übrig für die Intrigen am Hof, aber er besaß ein Talent dafür, sie zu durchschauen. Mit seiner Hilfe genas ich wieder, und er riet mir, mich ins Exil zu begeben, bevor Arwen noch auf die Idee kam, mich doch zu ehelichen. Er gab mir zwei Jahre lang weiter Rat und half mir, zu verstehen, wie man eine Grafschaft richtig führt. Er, ein Tischlermeister … meine sogenannten Berater waren entsetzt darüber. Aber sie hatten mir auch nicht das Leben gerettet, und so hörte ich auf ihn, gegen allen Widerstand … und tat gut daran.« Sie neigte den Kopf. »Ich will nicht sagen, dass er Außergewöhnliches tat oder geraten hat, meist war es nicht mehr als gesunder Verstand, doch genau an diesem mangelte es mir zu dieser Zeit. Zwei Jahre ging es so, und eines Tages dann gestand ich ihm meine Liebe … und er wies mich ab. Am nächsten Morgen war er fort, als hätte es ihn nie gegeben. Und blieb mir die Erklärung schuldig.« Sie schmunzelte ein wenig. »Das ist lange her, und ich fühlte mich von ihm verletzt … und schwor, ihn zu erschlagen, wenn er sich mir nicht erklärte.« Sie lachte verhalten. »Götter, ist das lange her.«

»Wie lange denn?«, fragte Wiesel neugierig.

»Fast zweihundert Jahre, im nächsten Marten«, sagte sie und lachte wieder, als sie Wiesels verdutzten Blick sah. »Früher war es ein Grund, stolz zu sein, wenn man Elfenblut in sich trug. Die Mutter meines Vaters war zur Hälfte Elf … es half, mir die Jahre zu verlängern. Und so sitze ich hier nun und bin das Gespenst aus der Vergangenheit, die eine, die alle Orte kennt, an denen die feinen Familien am Hof ihre Leichen begraben haben.« Sie sah auf ihre Hände herab, als ob sie ihre Nägel begutachten würde. »Graf Render muss gedacht haben, dass ihm die Götter einen Streich spielten, als ich, zwei Tage bevor die Tore geschlossen wurden, hier eintraf. Ich bin sicher, dass er dafür gebetet hat, dass Thalaks Soldaten mich erschlagen.«

Sie richtete sich auf. »So. Und nun sagt mir, warum Ihr und Eure Freundin hier seid, woher Ihr Leandra und den Wanderer kennt. In einem Jahr, oder auch in zwei oder drei Jahren, gibt es hier nur noch Steine und ausgebleichte Gebeine, sagt mir also, warum Eure Kaiserin Euch in eine sterbende Stadt entsendet hat.«

Wiesel zögerte einen Moment und dachte nach und entschied sich, seinem Instinkt zu folgen und sie ins Vertrauen zu ziehen.

»Die Maestra Leandra hat im Auftrag Eleonoras eine Allianz mit dem Kaiserreich erwirkt. Denn auch Askir befindet sich im Krieg mit Thalak. Dafür, dass Illian den Kopf vor unserer Kaiserin beugt und Teil des Kaiserreiches wird, wird Askir Illian entsetzen und die Belagerung zerschlagen. Sie schickt die zweite kaiserliche Legion, um die Besatzer zu vertreiben.« So weit die Wahrheit, dachte Wiesel. »Marla und ich sind hier, weil wir uns die Lage vor Ort besehen wollen«, schloss er einfach, was nicht die ganze Wahrheit war, aber doch recht nah daran.

»Das wird Graf Render gar nicht freuen«, sagte Lenere und lächelte gehässig. »Denn ich glaube nicht, dass er der ist, dem Eleonora die Krone zudachte. Sagt mir, Wiesel, wisst Ihr, wer es ist, der diese Bürde tragen soll?«

»Leandra di Girancourt. Im Knauf ihres Schwerts fand sich ein Dokument, das Eleonoras Willen wiedergibt. Und Steinherz leuchtete für sie, als Ser Roderic sie auf Illian schwören ließ. Es kann sich nur um Tage handeln, bis Leandra hier erscheinen wird, um den Bürgern dieser Stadt die Rettung zu versprechen.«

»Ihr wisst, wie unglaublich all das klingt?«, fragte sie.

Wiesel zuckte mit den Schultern. »Nur dass es so ist. Leandra ist Königin Eleonoras Wahl, die Priester Borons haben das bestätigt.«

»Und wie will sie hierhergelangen?«, fragte die alte Sera neugierig.

»Durch ein Tor aus Magie. Durch das gleiche Tor wird man von Askir aus dann auch die Stadt mit allem Nötigen versorgen. Alleine dadurch ist die Belagerung dann schon gebrochen ... aber auch die Armeen Thalaks werden wir zerschlagen. Illian wird frei sein. Nicht nur die Stadt, sondern auch die drei Reiche. Bald schon, in einem halben Jahr, wird die zweite Legion hier aufmarschieren und den Feind zerschlagen.«

Lenere lehnte sich zurück und bedachte ihn mit einem langen, nachdenklichen Blick. »Ihr glaubt dies tatsächlich, junger Ser?«

»Setzt man ihre Legionen gegen die unseren, ihre Seelenreiter gegen unsere Eulen und ihre Wyvern gegen die Greifen der Elfen, wird genau das geschehen«, sagte Wiesel überzeugt. Nur dass der Feind von allem mehr besaß, gestand er sich im Stillen ein. »Es wird nicht heute sein oder auch nicht morgen, aber es wird geschehen.«

»Es braucht mehr als eine Legion, und sei sie noch so legendär«, widersprach die Herzogin. »Es braucht noch etwas anderes, Hoffnung. Eleonora verstand sich darauf, den Menschen Hoffnung zu geben, sagt mir, kann das Leandra auch?«

»Ich kenne sie nicht sonderlich gut, doch ich weiß, dass sie das Feuer hat, das es dazu braucht«, sagte Wiesel und nickte. »Ja, ich denke schon. Aber selbst wenn nicht, wird es jemanden geben, der euch die Hoffnung wiederbringt.« Wiesel hoffte nur, dass das, was er nun sagen würde, dann auch eintraf.

»Und wer soll das sein, Ser Wiesel?«, fragte sie verhalten. »Ihr wisst, dass wir geschlagen sind? Das Land ist besetzt, alle anderen Städte haben sich ergeben oder wurden eingenommen, nur noch wir halten hier aus. Der Krieg, der Kampf und auch das Reich, es ist alles schon verloren. Sagt mir, wer soll uns da noch Hoffnung geben?«

»Roderic von Thurgau, der Mann, den ihr hier den Wanderer nennt, er ist es, der die zweite Legion gegen den Feind führen und euch Hoffnung geben wird. Nach allem, was ich von ihm höre, ist er gut darin.« Er erlaubte sich ein leichtes Lächeln. »Besser noch als darin, ein Ungeheuer von einem Schrank zu zimmern.«

Bruder Gerlon hatte das Schwert des Lanzengenerals bei sich, als ihn Asela mit ihrer Magie zurück nach Askir brachte. Bruder Jon, der Hohepriester Soltars zu Askir, schien davon überzeugt zu sein, dass es nicht mehr bräuchte, als dieses Schwert in die Hand des Lanzengenerals zu geben, um ihn von den Toten zurück ins Leben zu rufen. Es blieb Wiesel nur zu hoffen, dass Bruder Jon damit dann auch recht behalten hatte.

Das Erste Tor

11 Als Leandra die Strecke vom Gasthof zur Donnerfeste das erste Mal zurückgelegt hatte, war der Pass noch von Eis und Schnee bedeckt gewesen, und sie hatten mehrere Tage gebraucht. Diesmal aber hatte Asela scheinbar mühelos mit dem Finger einen Kreis in die Luft gezeichnet, durch den man auf den Innenhof der alten Wehrstation blicken konnte, ein Schritt hindurch, und sie waren da gewesen.

»Es ist nicht immer so mühelos«, erklärte die Eule. »Sowohl

unter der Feste als auch unter dem Gasthof zum Hammerkopf läuft derselbe Strang des Weltenstroms entlang, und an beiden Orten gibt es Tore, auch wenn das am Gasthof nur ein Frachttor ist.«

»Wir sind dabei, den gesamten Eulenturm und auch die Zeughäuser zu durchsuchen, um zu sehen, ob wir die Steine für die Frachttore finden können«, ergänzte die junge Kaiserin. »Zum Teil erfolgreich, doch noch fehlt uns ein schwarzer Stein, sonst wäre es weit einfacher.«

»Und wie eröffnen wir das Tor von hier nach Lassahndaar?«, fragte Leandra, während sie ihren Umhang um sich zog. Im Moment zog ein kühler Wind vom Gebirgshang herab, auch wenn allen Ortes bereits der Frühling Einzug hielt. Als sie vor etwas über zwei Wochen mit Blixens Lanze nach Lassahndaar aufgebrochen war, hatte hier sogar noch vereinzelt Schnee gelegen.

»Asela wird das für uns erledigen«, erklärte Desina und zog die Kapuze ihrer Robe über ihre rote Mähne. »Da wir erst gestern ein Tor dorthin geöffnet haben, brauchen wir nichts neu zu berechnen. Der Knotenpunkt des Weltenstroms ist nah genug, dass wir von ihm Kraft beziehen können, und dank Eures Einsatzes führt ein Strang Erdmagie nun direkt von hier nach dort.« Sie winkte einen Soldaten der dritten Bulle heran und wies auf ein Ochsengespann, das in einer Ecke des Hofs stand. »Schafft diesen Wagen fort«, wies sie ihn an. »Und teilt allen mit, dass der Hof jetzt nicht mehr betreten werden darf.« Der Soldat salutierte, rief einen Kameraden herbei, und zu zweit schoben sie den leeren Wagen aus dem Hof, durch das Tor nach draußen, wo gut zwei Dutzend anderer Gespanne standen.

Leandra sah sich derweil den Boden an. Seitdem sie das letzte Mal hier gewesen war, hatte man die Steinplatten des Hofs von Dreck und Erde befreit, und nun war auch deutlich das große Achteck zu erkennen, das in die Platten eingraviert war.

»Das eigentliche Tor befindet sich unter unseren Füßen im Keller der Wehrstation«, fuhr Desina fort. »Was für uns wenig Unterschied macht … man kann es so justieren, dass das Tor hier oben verwendet wird, deshalb auch die Gravur im Boden.«

Leandra nickte. Würde man das Tor benutzen, wenn noch etwas auf dieser Linie stand, würde es wie von einem Fallbeil geteilt werden.

»Seht Ihr diese Markierungen hier im Boden?«, fragte jetzt Desina, und Leandra nickte erneut. »Es gibt vier von ihnen, sie markieren die Quadranten. Stellt Euch auf der anderen Seite auf, genau auf diesem Strich. Und wenn Asela das Tor geöffnet hat, halten wir es nur stabil. Ihr werdet verstehen, was ich meine … es ist einfach, es geht nur darum, den Fluss der Magie konstant zu halten.« Sie sah zu Asela hin und seufzte. »Sie macht die Hauptarbeit, und bei ihr sieht alles so mühelos aus. Würde ich mich daran versuchen, würde ich wahrscheinlich im Fanal vergehen. Sie sagt, es wäre eine Frage der Übung, und in wenigen Jahren wäre ich dann auch so weit.« Sie erlaubte sich ein schnelles Lächeln. »Es sollte wohl aufmunternd sein, aber in Wahrheit hat es mich doch sehr enttäuscht.«

»Enttäuschung ist ein gutes Wort«, sagte Asela und schien ihrerseits ein Zucken der Mundwinkel zu verbergen. »Bedeutet es doch, dass man keiner Täuschung mehr erliegt. Übe dich in Geduld, vieles wird sich später von fast allein erklären.«

Was nicht nur für die Kaiserin galt, dachte Leandra, als sie ihre Position bezog. Die Eule Asela war ihr manchmal unheimlich, aber es gab keinen Zweifel daran, dass sie die mächtigste aller Eulen war. Auch Leandra würde noch lange üben müssen, um den Grad an Kontrolle zu erreichen, den die einzige überlebende Eule des alten Kaiserreichs so oft zeigte. Wenn sie denn jemals so weit kam.

Sie sah zu Asela hin, die nickte … und im gleichen Moment hastig die Hand hob, als ein Straßenköter quer über den Hof tobte. Vor den Türen und Fenstern des Gasthofs standen Schaulustige herum und gafften, gut ein Dutzend standen in der Schmiede, deren Rolltor weit geöffnet war. Kinder waren auch dabei, fest und sicher von der Hand der Eltern gegriffen, während sie Asela, Leandra und Desina ausdeuteten. Gesprächsfetzen erreichten Leandras Ohren, doch sie drängte all das beiseite, als sie spürte, wie Asela die Magie des Knotenpunktes zu sich zog.

Direkt am Knotenpunkt war die Macht des Weltenstroms so groß, dass sie einen Maestro verbrennen konnte. Der Verräter Balthasar war auf diese Art vernichtet worden, und auch Leandra wäre vor ein paar Tagen fast dasselbe widerfahren. Doch hier, in einiger Entfernung von dem Knoten und mit Vorbereitung, konnte eine Maestra wie Asela die ganze Macht des Weltenstroms für ihre Magie nutzen.

Für die Schaulustigen in der Schmiede und an den Fenstern des Gasthofs stellte sich das Spektakel anders dar. Sie sahen einen Ring aus strahlend blauem Licht aus dem Boden steigen, sich langsam um eine Achse drehen, die zu Füßen der Kaiserin und Leandras gelagert war, dann, von einem auf den anderen Moment, konnte man durch den Halbbogen, der nun entstanden war, auf diesen fernen Marktplatz blicken.

Für Leandra jedoch war es ein Anblick von atemberaubender Schönheit. Sie konnte nicht einmal erahnen, was Asela da tat, sie sah nur das Spiel der Farben und Magien, als die Eule die Magien miteinander verband, sie untereinander verankerte, in einem Feuerwerk aus bunten satten Farben, Funken und Schlieren, die miteinander tanzten, sich wanden, zusammenkamen und sich auch wieder voneinander lösten … all dies geordnet wie in einem langsamen Menuett, das allein dem Willen Aselas folgte. Schlieren zogen sich kristallblau vom Rand des Tors und spannten sich bis hinauf in Soltars Himmel, und zu ihren Füßen stiegen dunkelbraune Wellen gebundener Erdmagie an, die wieder verebbten und ihre Füße kribbeln ließen.

»Jetzt!«, rief Desina leise und fügte der Magie Aselas ihre eigene hinzu. Die Kaiserin hatte recht, dachte Leandra, als sie das Gleiche tat, so sorgfältig hatte Asela es vorbereitet, dass es ihr nicht schwerfiel, zu verstehen, was zu tun war. Die Welt versank um sie herum, ganz und gar erfüllt von dem Auf und Ab der Magie, nur nebenbei nahm sie das »Oh« und »Ah« der Zuschauer wahr und wie die ersten Soldaten und Wagen das Tor passierten.

Wie lange sie da stand, wusste sie nachher nicht mehr zu sagen, so vertieft war sie in das prächtige Farbenspiel gewesen, dass Desina ihr zweimal zurufen musste, bis Leandra verstand, dass es Zeit war, die Magie aufzulösen.

Jede andere Maestra hätte das Tor in sich zusammenfallen lassen, aber nicht Asela. Elegant senkte sie das magische Gebilde wieder in den Boden ab und löste es so sanft auf, dass in den Strömen der Magie kaum eine Welle zu spüren war.

Wie aus einem Traum erwacht, mit steifen Gliedmaßen und einem Kribbeln, das sie noch immer fühlen konnte, sah sich Leandra um. Asela hatte das magische Tor so ausgerichtet, dass es auch auf das Tor des Gasthofs zeigte, und dort, vor dem Gasthof auf der Straße, stauten sich nun die Menschen aus Lassahndaar, mit ihren Wagen, Kisten, Körben und Taschen, in denen sie das Nötigste gerettet hatten. Etwas mehr als viertausend Menschen hatten noch in Lassahndaar gelebt, zusammen mit den vier Lanzen der Dritten waren es fast fünftausend, die durch das Tor gegangen waren. Über ihr war der blaue Himmel dem samtenen Tuch Soltars gewichen, und in der klaren Gebirgsluft sah sie die Sterne so nah, als ob sie danach greifen könnte. Und noch immer erfüllte das Schimmern der Magie ihr ganzes Wesen.

Nur verspätet nahm sie den stämmigen Mann mit der Schürze eines Schmiedes wahr, der sich durch die Menge drängte. Kleine Fäden aus Erdmagie und Feuer schlängelten sich um den Mann und ließen ihn wie von einem inneren Feuer strahlen.

Das ist interessant, dachte Leandra, bisher hatte sie es noch nicht vermocht, Feuer und Erde so eng ineinander verwoben wahrzunehmen und sie doch getrennt zu betrachten...

»Ihr wollt die Königin sein?«, rief er voller Zorn und schüttelte drohend einen Schmiedehammer. »Retten wolltet Ihr uns, o Königin? Ich habe alles verloren, was ich je besaß, sieht so eine Rettung aus?«

Soldaten bewegten sich auf den Mann zu, während Leandra noch versuchte zu verstehen, was der Mann von ihr nur wollte. Ihre eigenen Gedanken flossen wie Morast, und immer wieder fiel sie in die Sicht der Magie zurück. Fasziniert stellte sie fest, dass sich durch jahrelange Benutzung in dem Hammer des Schmiedes Feuer und Erde verbunden hatten, aber von seinen Worten verstand sie nicht eines.

»Ihr habt noch Euer Leben, guter Mann«, sagte Desina, die als Erstes Leandra erreicht hatte. Sie warf der Maestra einen fragenden Blick zu und stellte sich dann dem Schmied in den Weg, was die Soldaten nur schneller rennen ließ. »Ist Euch das nichts wert?« Sie legte einen Finger auf den Schmiedehammer und drückte ihn sanft nach unten. Der Schmied ließ es geschehen.

»Ja, noch!«, sagte er verbittert. »Aber wie lange, wenn ich meine Familie nicht ernähren kann?«

»Wir werden uns um euch alle kümmern«, versprach Desina.

»Und wer seid Ihr, dass Ihr das versprechen könnt?«, fragte der Schmied ungehalten.

»Eure Kaiserin.«

Was der Mann sonst noch sagen wollte, blieb ungesagt, als die zwei Soldaten ihn erreichten. Wütend mochte er gewesen sein, aber nicht gewalttätig, er ließ sich ohne Widerstand den Hammer nehmen und zur Seite führen ... und noch immer schüttelte er unglücklich seinen Kopf.

»Nehmt Ihr Eure Sicherheit denn gar nicht ernst?«, beschwerte sich Asela bei ihr, als auch sie Leandra erreichte.

»Ihr könnt Euch doch nicht einfach so einem wütenden Mann in den Weg stellen! Ihr seid die Kaiserin!«

Desina sah dorthin, wo der Schmied erst von einer pummeligen Frau umarmt und dann ausgeschimpft wurde. »Ich denke nicht, dass er mir das glaubte.« Ihr Blick kehrte zu Asela zurück. »Ich bin auch eine Eule, Asela.«

Die schwarzhaarige Eule seufzte. »Achtet einfach mehr auf Euch.«

»Der Mann war keine Gefahr«, beharrte die junge Kaiserin und musterte Leandra, die noch immer dort stand und mit leeren Augen ins Nichts starrte. »Doch was ist mit ihr?«, fragte Desina besorgt und bewegte ihre Hand vor Leandras Augen, die nicht die Hand wahrnahm, sondern die Spur an Funken und feinen Fäden der Magie, die der Bewegung der Eule folgten. »Sie steht nur da und scheint mich nicht zu sehen.«

Asela runzelte die Stirn, doch dann lachte sie erleichtert. »Es ist nichts weiter, das kann jedem von uns geschehen, sie ist *fas'zene'de'mere*, gefangen in der Betrachtung der Magie.«

Wie üblich machte die Eule eine Lektion daraus. »Schau«, sagte sie. »Du bildest einen Fokus für sie … so.« Leandras Augen verloren ihren leeren Ausdruck und folgten dem feinen, weißen Licht, das vor ihr entstanden war. »Nach einer gewissen Zeit wird sie sich wiederfinden. Aber manchmal«, schmunzelte Asela und klopfte der Maestra mit einem Finger hart auf die Stirn, »hilft auch das.«

Leandra blinzelte und sah sich um.

»Sind wir denn schon fertig?«

Desina lachte und grinste breit. »Es sieht so aus, nicht wahr?«

Da man noch keine Torsteine für das Frachttor in der Feste gefunden hatte, stand den Flüchtlingen aus Lassahndaar der lange Weg zur Donnerfeste bevor. Doch dank Aselas Fertigkeit war es für Leandra und die anderen wieder nicht mehr als nur ein Schritt. Auch Serafine, Stofisk, Lanzenmajor Blix und Sanja Grenski nutzten die Gelegenheit sowie ein unbewaffneter Mann in der Uniform der Legion, der ihr zu alt erschien, um nur ein Rekrut zu sein, einen Backenbart und eine Glatze besaß und sie, die Kaiserin und vor allem Asela, fast schon ehrfürchtig betrachtete.

Kaum dass sie den grauen Stein der Donnerfeste unter ihren Füßen spürte, fühlte Leandra, wie die Erschöpfung sie einholte und ihre Glieder bleischwer werden und ihren Magen grollen ließ.

»Götter«, sagte sie an Desina gewandt, die gerade Meldung von einem Leutnant erhielt. »Grollt Euch der Magen auch so sehr?« Asela, die unweit von ihnen stand und gerade mit Helis sprach, sah überrascht zu ihr hin.

»Ein wenig, wieso?«, antwortete Desina.

»Es ist immer so bei mir«, seufzte Leandra. »Wenn ich zu viel Magie wirke, könnte ich anschließend einen Bären essen!«

»Dann lass uns schauen, ob wir einen Bären für dich finden«, meinte Serafine lachend und nickte den anderen dankend zu. »Lass uns in die Messe gehen, ich gestehe, ich habe selbst Hunger genug, um ihn dir streitig zu machen!« Zugleich gab sie dem glatzköpfigen Soldaten ein Zeichen, ihnen zu folgen. Der sah noch einmal zu Asela hin, als ob er sich kaum von ihrem Anblick lösen könnte, und eilte ihnen hinterher.

Leandra war nicht die Einzige, die über den Eintopf herfiel. Der glatzköpfige Mann tat es ihr fast gleich, während er sich mit weiten Augen in der großen Messe umsah, in der zurzeit gut und gerne zweihundert Mann zu Abend aßen. Erst nach seinem zweiten Teller lehnte er sich zurück und sah ungläubig zu, wie ein großes Brot, Käse, Wurst, Schinken und zwei weitere Schüsseln Eintopf Leandra zum Opfer fielen, bis auch sie gesättigt war und zufrieden seufzte.

»Jetzt geht es mir besser«, flüsterte sie. »Götter, was bin ich müde!« Sie gähnte und stand auf. »Ich werde schlafen gehen«, sagte sie und gähnte erneut. »Es war ein langer Tag.«

»Soll ich dich begleiten?«, fragte Schwertobristin Helis.

»Danke, nein«, antwortete die Maestra und gähnte schon wieder. »Ich werde bei Steinwolke schlafen, für den Fall, dass sie wieder schlechte Träume hat.«

Helis nickte. »Wo ist Steinherz? Auch bei ihr?«

»Ja«, antwortete die Maestra. »Sie hat für mich auf ihn aufgepasst. Der Götter Segen mit euch«, fügte sie hinzu, grüßte in die Runde und ging dann langsam davon.

Auch der glatzköpfige Mann sah ihr nach. »Sie nimmt ihr Essen ernst«, stellte er lächelnd fest. »Sie hat kaum ein Wort gesagt.«

Stabssergeant Grenski musterte ihn mit kühlem Blick. »Nehmt Euch ein Beispiel an ihr.«

»Ich bin auf Eurer Seite, Stabssergeant«, antwortete der Mann.

»Das mag sein«, gab Grenski ungerührt zurück. »Bis ihr vor Soltar gestanden und vor ihm Eurem verfluchten Kaiser abgeschworen habt, seid Ihr für mich nicht mehr als ein Gefangener. Einer, den wir viel zu gut behandeln.«

»Wie Ihr wünscht, Sergeant«, antwortete Perdus und neigte leicht den Kopf. »Was geschieht jetzt mit mir?«

»Ihr werdet in einer gemütlichen Zelle übernachten und morgen mit nach Askir kommen«, teilte Helis ihm mit. Sie nickte Stofisk zu, der, mit einer Schüssel in der Hand, gerade erst von der Essensausgabe zurückgekommen war. »Leutnant, sorgt dafür, dass er sicher untergebracht ist.«

»Aber ich habe noch keinen Löffel gegessen und …«, beschwerte sich der Leutnant, sah dann ihren Blick, seufzte und stand auf.

»Ich frage mich, wie er es in die Legion geschafft hat«, meinte Blix, während er den beiden hinterhersah. »Aber ich muss gestehen, ich mag ihn.«

»Du magst jeden, der nicht sofort springt, wenn er einen Befehl erhält«, bemerkte Grenski trocken und zog sich Stofisks Teller heran. »Was dann auch erklärt, warum wir so oft unterschiedlicher Ansicht sind!«

Die Obristin Helis sah fragend auf, doch Blix lächelte und schüttelte den Kopf. »Fragt besser nicht.« Er reckte seinen Hals. »Hey, da sind Sieglinde und Janos … und Generalsergeantin Kasale!« Er hob den Arm und winkte.

»Götter«, sagte Janos, als er sich dankbar setzte. »Was sind wir doch für ein trauriger Haufen.« Er hob seine verbundenen Hände an und grinste breit. »Schaut uns doch an! Man hat genügend Leinen an uns verschwendet, um daraus ein ganzes Segel zu nähen!«

»Ihr sprecht von Euch«, sagte Kasale trocken, während sie mit ihren grauen Augen erst Sieglinde, dann Janos, Blix und schließlich ganz besonders gründlich Grenski musterte. »Ich habe gelernt, mich zu ducken, wenn jemand nach mir schlägt.«

»Tja, das muss ich wohl vergessen haben«, grinste Blix. Bislang hatte er von Kasale nur gehört. Soviel er wusste, hatte der Lanzengeneral die Generalsergeantin in Gasalabad kennengelernt. Dass sie längere Zeit dort verbracht hatte, sah man an ihrem gebräunten Gesicht und ihren ausgebleichten Haaren. Er schaute von ihr zu Grenski hin und stellte fest, dass die beiden sich interessiert beäugten. Sie waren beide vom gleichen Schlag, dachte er und sah dann verstohlen zu Schwertobristin Helis hin, während er sich erinnerte, wie er einmal mit Lanzenobristin Miran zusammen gegessen hatte. Sie hatte weder ein überflüssiges Wort von sich gegeben noch andere eines Blickes gewürdigt. Sie hatte Hof gehalten, anders konnte man es nicht sagen.

Doch hier an diesem Tisch herrschte ein anderer Ton, und obwohl manche noch nicht viel miteinander zu tun gehabt hatten, schien es fast, als würde man sich schon lange kennen.

Tatsächlich kam es ihm für einen kurzen, seltsamen Moment so vor, als ob sie schon unzählige Male gemeinsam genau an diesem Tisch Platz genommen hätten. Nur dass noch ein paar mehr mit an der Tafel saßen.

Er blinzelte, und das Gefühl schwand.

»Wir leben noch«, stellte Sieglinde fest und legte ihre Hand auf ihr Schwert Eiswehr, das neben ihr stand. Sie griff nach ihrem Becher Dünnbier und hob ihn an. »Auf jene, die nun fehlen.«

»Ja«, sagte Blix und griff nach seinem Becher. »Lasst uns auf sie trinken.«

Auch die anderen hielten ihre Becher hoch.

»Auf jene, die nun fehlen«, wiederholte Helis und nahm einen tiefen Schluck, um dann den Becher hart abzusetzen.

»Ihr trinkt wie ein Sergeant«, bemerkte Grenski und lächelte dabei.

»Mit Grund«, antwortete die Obristin schmunzelnd und wandte sich an den Major.

»Schwert...Lanzenmajor Blix. Fühlt Ihr Euch gut genug, um uns ein paar Fragen zu beantworten?« Ihr Blick schloss auch Stabssergeantin Grenski ein.

Er lachte. »Solange man uns die Becher füllt, soll es uns recht sein, nicht wahr, Sanja?«

Die nickte nur und winkte einen Rekruten herbei. Als der ihnen einschenken wollte, nahm sie kommentarlos zwei große Krüge von seinem Tablett. Der junge Ser öffnete den Mund, sah dann die Rangabzeichen und entschied sich klugerweise dazu, nichts weiter anzumerken.

»Wie Ihr Euch denken könnt, wartet Orikes schon ungeduldig auf Euren Bericht«, begann Helis, und Blix lachte.

»Dem wäre es am liebsten, wenn man gleich noch während der Schlacht mitschreiben würde.« Die Obristin hob eine Augenbraue an, und Blix winkte ab. »Ich weiß, ich weiß«, sagte er. »Ich setze mich gleich morgen noch daran. Nur nicht heute Abend ... Orikes hätte keinen Spaß daran, so müde wie ich bin, wird niemand meine Schrift entziffern können.«

»Nur will ich so lange nicht warten«, sagte Schwertobristin Helis. Ihre dunklen Augen musterten ihn forschend. »Wir wissen alle, dass es eine harte Schlacht war, und ich hörte schon, wie geschickt Ihr das Schlachtfeld ausgewählt und vorbereitet habt. Was ich wissen will, ist, wie sich die neue Ausrüstung bewährte und wie Ihr den Gegner einschätzt.«

»O Götter«, seufzte Blix und sah Hilfe suchend zu Grenski hin, die zuverlässig in die Bresche sprang.

»Ohne die neuen Doppelarmbrüste hätten wir verloren«, berichtete sie. »Sie hätten uns schlichtweg überrannt. Ihre leichten Rüstungen erlauben ihnen, erschreckend schnell zu stürmen ... und genau das müssen sie auch geübt haben. Und hätten wir die Speerwerfer nicht gehabt, hätten uns die Kriegsbestien in Grund und Boden gestampft. Dass wir reiten konnten, half, unsere Kräfte zu schonen. Es gibt nur zwei Dinge, über die ich mich beschweren will.«

»Welche wären das?«, fragte nun Kasale.

»Die neuen Rüstungen. Wir hatten zu wenig von ihnen, und die Fußstücke haben am Anfang nicht gepasst.«

»Sie haben sich im Kampf bewährt?«, fragte Helis nach. »Die Rüstungen?«

»Gegen Äxte nicht«, stellte der Major fest und rieb sich seine Schulter. »Gegen Äxte oder Kriegshämmer hilft nur dicker Stahl. Aber in jeder anderen Weise. Diejenigen von uns, die die neuen Rüstungen getragen haben, konnten sich leichter bewegen.« Er grinste und sah zu Kasale hin. »Und mitunter auch einem Schlag ausweichen. Zum anderen ermüdeten wir nicht so schnell. Die meisten von uns, die überlebten, trugen diese neuen Rüstungen.«

»Was kann man verbessern?«, wollte Helis wissen.

»Die Speerwerfer«, sagte Grenski sofort. »Sie waren beeindruckend und auch gegen diese Kriegsbestien nützlich. Aber zwischen den Armbrüsten und den Speerwerfern klafft eine Lücke. Hätten wir noch ein Dutzend Handballisten gehabt, hätten wir unsere Verluste halbieren können.« Sie sah zu Blix hin, der nur nickte. »Die Reichweite der neuen Armbrüste ist hervorragend, und die Speerwerfer sind erschreckend, sie sind wie eine Sense durch den Feind gefahren. Aber wir mussten sie auf die Kriegsbestien konzentrieren, gegen den Feind selbst halfen sie uns in dieser Schlacht nicht viel. Hätten wir noch zusätzlich mittlere Ballisten besessen, wäre es besser gewesen.«

Blix trank noch einen Schluck, um sich dann zurückzulehnen, damit der Rekrut den Tisch vor ihm abräumen konnte. »Gegen diesen Feind«, erklärte er, »ist der Fernkampf noch am wirkungsvollsten.« Er schloss die Augen und sah wieder das Bild vor sich, wie die schwarzen Legionäre furchtlos und in Reih und Glied in den Geschosshagel marschierten.

Kasale nickte. »Wir werden sehen, was wir tun können«, versprach sie.

»Was den Feind angeht«, sprach der Major weiter, »ist sein Mangel an guten Rüstungen und gutem Stahl unsere größte Stärke. Die Moral des Gegners ist schwer zu brechen, und sie zögern nicht, für ihren Kaiser in den Tod zu gehen.« Er schüttelte ungläubig den Kopf. »An ihrer Stelle hätte ich den Angriff abgebrochen, weil mir die Verluste zu hoch erschienen wären. Der Feind tat es nicht ... und hätte fast die Schlacht gewonnen.«

»Es war die Rede von einem dunklen Priester«, sagte Serafine. »Vielleicht hatten sie gar keine Wahl?«

»Am Anfang schon«, sagte der Major. »Nur später nicht mehr. Als die Trommeln anfingen zu schlagen, war es, als ob keiner der Gegner mehr auf sich achtete. Sie liefen durch brennendes Öl, als ob sie gar nicht merkten, wie sie brannten. Es hörte erst auf, als der Greif der Maestra den Priester von seiner Trommel pflückte. Erst als die Trommeln verstummten, versagte die Moral des Feindes. Einen Docht länger und wir wären verloren gewesen.«

Einen Moment lang herrschte betretenes Schweigen am

Tisch, dann zog Kasale eine Wachstafel unter ihrer Uniformjacke hervor. »Kommen wir zur Logistik. Gab es etwas, an dem es Euch im Feld gemangelt hat? Waren die Wagen leicht genug, oder blieben sie stecken …«

Das war auch etwas, das in der zweiten Legion anders war, dachte Blix, als er später, viel zu spät, das Offiziersquartier erreichte. Gähnend nahm er von dem Sergeanten dort das Bettzeug in Empfang und ließ sich sein Zimmer zeigen. Er hatte Glück, von den vier Betten dort war noch keins belegt. An Rellin gab es wenig auszusetzen. Sie war etwas barsch, aber das konnte man verstehen. Aber während Miran zu denken schien, dass ihr keine Fehler unterlaufen konnten, fühlte er sich von Schwertobristin Helis und Kasale ernst genommen.

Als Blix die Augen schloss, sprangen sie ihm wieder auf, denn kaum hatte er sie zugetan, kamen die Erinnerungen an die Schlacht. Mit einhundertzweiundsiebzig Männern und Frauen war er ausgerückt. Mit ihm und Grenski hatten nach letztem Stand nur zweiunddreißig von ihnen die Schlacht überlebt. Er dachte an die lange Reihe der Toten, die sie auf dem Hügel unbegraben hatten liegen lassen müssen, und seufzte, während er auf dem harten Kissen die richtige Lage suchte. Irgendwann, das wusste er, würde er auch schlafen können. Aber bis dahin stand ihm eine lange Nacht bevor. Wäre Anlynn jetzt hier gewesen, wäre es vielleicht anders. Sie schien ihn zu verstehen und … Götter, dachte er. Warum nur hatte sie ihm keine Gelegenheit gegeben, es ihr zu erklären?

Als Blix am nächsten Morgen pünktlich zur zweiten Glocke die Messe betrat, sah er sich um und runzelte die Stirn. Dort saßen Schwertobristin Helis und Kasale, auch die Maestra war schon wach und hielt sich an ihrem Kafje fest, doch von Grenski fehlte jede Spur. Die Messe war voller als je zuvor.

Viele der Soldaten gehörten zur dritten Legion, und es war, als ob sich zwischen ihnen und den Legionären, die in der zweiten dienten, eine Kluft auftat; es gab kaum einen Tisch, an dem sich die Legionen trafen. Dazu kam noch, dass fast jeder, der in der dritten diente, mürrisch wirkte.

»Guten Morgen«, sagte er, als er sich zu Helis und den anderen setzte. »Wo ist Grenski, und was ist hier denn los?«

Die Schwertobristin sah aus, als hätte sie in der Nacht kein Auge zugetan, und rieb sich müde die Schläfen. »Stabssergeantin Grenski wurde noch in der Nacht durch das Tor nach Askir gebracht«, erklärte sie. »Gestern noch dachte ich, dass sie sich zu viel zumutet, und so war es auch. Eine Naht in ihrer Seite riss auf, und sie wäre uns fast verblutet.« Sie sah den erschrockenen Blick des Majors. »Sie lebt«, fügte sie eilig hinzu. »Sie wurde zum Tempel der Astarte gebracht, wo sie die Gebete der Priesterinnen empfängt. Die Kaiserin hat verfügt, dass die Tempel für jeden aus Eurer Lanze eine großzügige Spende erhalten. Das Letzte, was ich vorhin hörte, war, dass die Gebete Wirkung zeigen und sie sich auf dem Weg der Besserung befindet. Im Moment, heißt es, schläft sie, und morgen spätestens wird sie wieder auf den Beinen sein.«

»Das ist gut zu hören«, meinte Blix erleichtert. »Und warum ist hier die Stimmung so gereizt?«

»Ihr werdet Euch nachher ebenfalls zum Tempel begeben und Euch heilen lassen«, teilte Helis ihm streng mit. Er nickte, so blöde, eine freie Tempelheilung auszuschlagen, war er nicht. »Was die Stimmung hier angeht«, fuhr die Obristin seufzend fort, »ist es so, dass es zwischen der Kaiserin und Lanzenobristin Miran gestern noch ein Streitgespräch gegeben hat.«

»Miran ist üblicherweise geschickter darin, ihr Temperament zu verbergen«, ergriff nun Kasale das Wort. »Vor allem gegenüber dem Hochkommandanten Keralos hat sie sich recht gut darauf verstanden. Ich glaube nicht, dass sie glücklich darüber ist, dass es jetzt Desina ist, die regiert und ihr Befehle geben kann.«

»Das ist freundlich formuliert«, seufzte Helis. »Es kam fast zu einem Eklat, als Miran die Geduld verlor und die Jugend der Kaiserin der Unwissenheit gleichstellte. Was ich hörte, war es weniger Desina, die scharf reagierte, als die Eule Asela. Zwischen Miran und Asela ist wahrlich keine Liebe verloren. Selbst als Asela noch in den Diensten Kolarons stand, herrschte eine gewisse Rivalität zwischen den beiden. Als die Obristin Miran sich auch noch darauf bezog, dass man einer Spionin des Nekromantenkaisers ja wohl kaum mehr vertrauen könne als ihr, einer verdienten Offizierin, sah es für einen Moment so aus, als ob Desina der Kragen platzen würde.« Sie schenkte sich Kafje nach, doch sie trank nicht, sondern hielt ihn nur in der Hand, als sie nachdenklich in die Ferne starrte. »Doch um sie machte ich mir keine Sorgen«, sprach sie dann weiter. »Es war Asela, die mir Angst bereitete, es war, als würde sie zu Eis erstarren. Ich sage euch, es wurde kalt in diesem Raum. Ich kenne das von Leandra; ich hatte fast erwartet, Funken über die Eule tanzen zu sehen, doch sie regte sich nicht. Nicht mit einer Wimper. Ich hätte mir am liebsten ein Loch im Boden gesucht, als Desina dann die Obristin mit wohlgesetzten Worten daran erinnerte, dass sie nicht nur die Kaiserkrone trug, sondern auch Verantwortung für die Legionen. So, wie sie es sagte, konnte man daraus lesen, dass sie der Ansicht war, dass Miran gut daran täte, auch das Leben ihrer Legionäre zu bedenken, bevor sie riskante Pläne schmiedete, die selbst bei einem Erfolg wenig Nutzen im Kampf gegen Thalaks Truppen bringen würden.« Sie neigte bewundernd den Kopf. »Ich fühlte mich an Balthasar erinnert, er hatte dieselbe Art, jemanden in der Luft zu zerreißen, mit wohlgesetzten Worten und einem kalten Blick, der einen frieren lassen konnte.«

»Warum giften sich die Legionen gegenseitig an?«, fragte Blix nach einem Blick über die Messe. »Nein«, verbesserte er sich. »Es sind die Legionäre der dritten, die so giftig schauen, aber lange wird sich die zweite das nicht gefallen lassen.«

»Die Kaiserin wies darauf hin, dass es der Lanzengeneral von Thurgau ist, der diesen Feldzug befehligt, und nicht Miran. Woraufhin Miran zurückgab, dass die dritte die Beste aller Legionen sei und es ungerecht wäre, sie davon abzuhalten, für das Kaiserreich einen Sieg zu erringen. Das hat sich herumgesprochen. Jetzt munkelt man in der dritten Legion, dass die zweite ihnen Ruhm und Ehre nicht gönnen will.« Die Obristin seufzte und rieb sich wieder ihre Schläfe. »So etwas«, fügte sie hinzu, »löst bei mir nur Kopfschmerz aus. Damit nicht genug. Miran unterstellte der Kaiserin, dass sie nur der zweiten Legion magische Unterstützung gewähren würde. Denn wenn Asela ihnen ein Tor zur Feste Klingenberg öffnen würde wie zuvor nach Lassahndaar, wäre es ein Leichtes, den Feind dort zu überraschen, und auch das Argument, dass der Feind die dritte Legion schon beim Marsch entdecken würde, wäre nicht mehr gültig.«

»Womit sie recht hätte«, meldete sich Leandra zu Wort, die die ganze Zeit über nichts gesagt hatte. »Das Problem ist, dass Asela und die Kaiserin nun in knapp zwei Tagen zweimal ein Tor geöffnet haben und die Obristin nicht zu verstehen scheint, welche Anstrengung das bedeutet.« Sie lächelte etwas müde. »Ich spüre es noch in jedem Knochen und könnte, hätte ich nur die Zeit dazu, gleich drei Wochen schlafen. Klingenberg ist nicht gerade sehr nahe und ist auch weiter von dem nächsten Strang des Weltenstroms entfernt. Das macht es schwieriger, ganz davon abgesehen, dass es eine Kunst ist, den Öffnungspunkt eines solchen Tors zu berechnen. Asela ist die Einzige von uns, die dazu imstande ist, und sie würde drei bis vier Tage dazu brauchen ... und könnte sich währenddessen kaum um etwas anderes kümmern ... auch nicht darum, das Tor nach Illian zu errichten.«

»Hat Miran es dann verstanden?«, fragte Blix.

»Nein. Die Kaiserin zog es vor, sich nicht zu erklären.«

»Also war sie sauer«, stellte Blix fest. Kasale sah ihn strafend an, und er zuckte mit den Schultern, um es gleich wieder zu bereuen, als ein stechender Schmerz ihn durchfuhr. »So war es doch, nicht wahr?«

Helis nickte kaum merklich, und ein Lächeln spielte über ihre Lippen. »So könnte man es sagen«, stimmte sie ihm zu. »Irgendwie muss man Miran bewundern. Sie ist entweder blind dafür, oder es schert sie nicht, dass sowohl die Kaiserin als auch Asela nahe daran schienen, sie in einen Hamster zu verwandeln.«

»Geht das denn?«, fragte Blix neugierig.

Helis lachte auf. »Ich glaube nicht. Ich weiß nur, dass Askannon einmal Jerbil damit drohte, falls er mich nicht gut behandeln würde.«

Wer Jerbil war, wusste Blix nicht, und was Askannon anging ... Er sah fragend zu Kasale hin, deren Blick zu sagen schien: Geh nicht darauf ein; sie ist der Adjutant des Generals, und wenn sie behauptet, dass sie jeden Morgen mit Askannon Zeit am Frühstückstisch verbrachte, dann stand es ihnen nicht zu, das anzuzweifeln.

»Erst danach kamen wir dazu zu besprechen, wie wir vorgehen werden«, fuhr die Obristin fort. Sie legte ihr Brotmesser zur Seite und schaute zu Leandra hin. »Es wird noch dauern, bis Asela sich genügend erholt hat, um das Tor nach Illian zu öffnen, doch sie hat Leandra angeboten, sie schon vorher nach Illian zu bringen.«

»Es ist vielleicht unklug zu warten, bis das Tor bereit ist«, übernahm Leandra. »Ich bin der Ansicht, dass die Lage in der Kronstadt mit jedem Tag, den wir verstreichen lassen, schlimmer werden wird. Also wird sie mich morgen früh nach Illian bringen. Aber Desina ist dagegen, dass ich alleine gehe. Wir gehören jetzt zum Kaiserreich, und sie bestand auf eine Art Ehrengarde. Sie kann außer mir noch zwei weitere Personen nach Illian bringen, ohne dass es sie zu sehr erschöpft. Meine Wahl fiel auf Euch, Major. Und auf Grenski, wenn sie sich bis morgen ausreichend erholt. Habt Ihr etwas dagegen einzuwenden?«

»Ihr bekommt auch eine neue Rüstung«, grinste Kasale. »Wir lassen sie gerade für Euch aufpolieren.«

»Habe ich denn eine Wahl?«, meinte Blix lächelnd.

»Ja«, sagte Leandra.

»Nein«, teilte ihm die Obristin mit.

Er lachte. »Ich weiß, auf wen ich hören sollte«, schmunzelte er. »Aber ja, Maestra. Es wäre mir eine Ehre. Nur eine Frage habe ich.«

»Fragt«, sagte Helis.

»Werde ich einer anderen Lanze zugewiesen, oder wird die fünfte neu aufgestellt?«

»Letzteres«, antwortete Kasale für die Obristin. »Die fünfte Lanze wird neu aufgestellt. Es wird eine volle Lanze sein, Major. Ihr bekommt hundert Stammsoldaten, die ich selbst auswählen werde ... und neunhundert, die so grün sind, dass ihnen das Gras noch hinter den Ohren wächst. Besseres kann ich Euch nicht anbieten, wir sind unter Druck, und es fehlt uns an verdienten Veteranen. Aber es wird keine Straflanze sein. Ich schätze, dass Ihr schon in zwei oder drei Wochen das Kommando übernehmen könnt.«

»Damit habt Ihr die erste Lanze, die volle Stärke erreichen wird«, teilte Helis ihm mit.

»Ich fühle mich geehrt. Aber Miran wird mich hassen«, stellte Blix fest und grinste breit. »Aber das bin ich schon gewohnt.«

»Die Obristin braucht Euch nicht zu kümmern«, sagte Helis hart. »Ihr dient jetzt in der Zweiten. Und was Miran angeht ... wenn sie sich noch mal einen solchen Schnitzer leistet, kann es ihr geschehen, dass Desina sie nach Aldane zurückschickt.«

»Was auch so geschehen kann«, warf Kasale ein. »Es gibt noch drei weitere Feindlegionen in Rangor. Es ist denkbar, dass es der Feind noch mal in Aldar versuchen wird. Alleine schon, um die Niederlage im Eisenpass zu rächen.« Sie schob ihren Teller von sich. »Aber das soll nicht Eure Sorge sein.«

Im Tempelgarten

12 Einer der Sänftenträger bot ihr die Hand, als er den Vorhang zurückschlug, doch das hätte ihre Schulter nur noch mehr belastet, also verzichtete sie auf die Hilfe. Wäre jedoch Serafine nicht gewesen, wäre sie beinahe gestürzt. Es hatte sich angeboten, dass die beiden Seras gemeinsam nach Askir gingen, sie hatten beide hier zu tun, und vor allem wollten sie Havald aufsuchen.

»Danke«, sagte Leandra. Serafine nickte nur. Vor den beiden Seras erstreckte sich die weite Treppe, die zu den massiven Bronzetüren hinaufführte, dies war der Tempel Soltars in Askir, ein prachtvoller Bau, mit Säulen, weiten Seitenflügeln und einem Kuppelbau, unter dem der Gott auf seiner Insel stand.

Soltars Versprechen an die Menschen war, dass nach jeder noch so dunklen Nacht der Tag folgen würde, also hatte man das letzte Viertel der Kuppel offen gelassen und ließ so den Tag und auch die Nacht hinein. Hinter hohen Mauern schloss sich an der rechten Seite ein weitläufiger Tempelgarten an, zur linken Hand befanden sich die Archive und die Tempelschulen sowie die Quartiere der Schüler und Priester. Es war ein imposanter Bau, der eindrucksvoll Soltars Macht und Einfluss auf die Sterblichen verkündete.

»Willst … willst du zuerst zu ihm gehen?«, fragte Leandra leise. Serafine schaute hinauf zu diesem Tor und schüttelte dann fast unmerklich den Kopf.

»Willst du die Wahrheit wissen?«, seufzte sie. »Ich habe Angst. Angst, dass er mich wieder nicht erkennt. Angst, dass er ein anderer ist, dass von seinem Tod vielleicht etwas zurückblieb.« Sie sah fast flehend zu Leandra hin. »Es gibt solche Fälle … ein Schlag auf den Kopf kann reichen, und jemand vergisst nicht nur, wer er mal war, sondern ändert sich auch noch im ganzen Wesen. Was ist, wenn das geschehen ist?«

»Mich plagen die gleichen Ängste«, gestand Leandra. »Aber er ist der Wanderer, er kommt immer zurück. Wir kennen die Prophezeiung. Wie soll er sie erfüllen können, wenn er nicht zu sich findet?«

»Vielleicht ist es ja genau das, was Corvulus verhindern wollte«, sagte Serafine und sprach damit auch Leandras Ängste an.

Der Kriegsfürst Corvulus hatte den Auftrag zur Ermordung Havalds gegeben und später dann auch die Maestra entführt. Alleine die Erinnerung an das, was sie in seinen Händen durchlitten hatte, ließ sie frösteln. Das Schlimmste war, dass sie den letzten Kampf mit ihm verloren hatte und es keine Erklärung dafür gab, warum Asela sie unverletzt in diesem Kornspeicher aufgefunden hatte. Auch Gerlon konnte da nicht weiterhelfen, er hatte Seelenreißer in der Hand gehalten, als Asela kam, und auch er hatte nicht die geringste Erklärung dafür, wie das möglich war.

»Wir könnten gemeinsam gehen«, schlug Leandra zögernd vor.

»Willst du das wahrhaftig?«, fragte Serafine erstaunt.

»Ja«, sagte die Maestra und seufzte. »Nach all dem, was geschehen ist, erscheint es mir kindisch, uns weiterhin um ihn zu streiten. Er hat seine Wahl getroffen wie ich die meine, und als ich ihn auf dieser Bahre liegen sah, wusste ich, dass ich ihn nicht an Soltar verlieren will.« Sie schlang ihre Arme um sich, als ein kühler Wind über den weiten Tempelplatz wehte und die Vorhänge an den vielen Buden flattern ließ. »Lieber sehe ich ihn glücklich an deiner Seite als tot und begraben.«

Serafine sah sie prüfend an und neigte dann bedächtig den Kopf. »Dann lass uns gehen«, sagte sie, und gemeinsam stiegen die beiden Seras die breiten Stufen hoch.

Wie nicht anders zu erwarten, versperrte ihnen einer der

Tempelschüler den Weg. »Entschuldigt, Seras«, sagte er höflich, »aber Ihr dürft Eure Schwerter …«

»Ja«, sagte Leandra und hängte Steinherz aus, um ihn etwas seitlich vom Eingang abzustellen. Die Augen des jungen Mannes weiteten sich, als er verstand, was dies für ein Schwert war. »Achtet einfach darauf, dass niemand anderes es berührt«, sagte sie, während Serafine ihr schwarzes Schwert danebenlegte.

»Ist das nicht Zokoras Schwert?«, fragte sie, und Serafine nickte. »Blix führte es in der Schlacht, doch er sagt, es sei ihm unheimlich und würde auf sein Urteil Einfluss nehmen.«

»Wie das?«, fragte Leandra, als der Tempelschüler sie in die große Halle führte.

»Es nähme ihm die Angst, und das wäre schlecht für einen Soldaten.« Serafine sah zum Eingang zurück. »Es bestätigt nur eine Vermutung, die ich schon lange hatte.«

»Also ist es wahrhaftig Furchtbann«, stellte Leandra fest und schüttelte den Kopf. »Hätte Zokora nicht etwas sagen können?«

»Wäre sie jetzt hier, würde sie eine Augenbraue hochziehen und uns mitteilen, dass sie genau das getan hatte«, schmunzelte Serafine, und Leandra musste ihr recht geben. Dass sie nicht wusste, wie es Zokora ergangen war, nagte noch immer an ihr. Doch als sie Bruder Jon auf sich zukommen sahen, den Hohepriester Soltars in diesem Tempel, blieb von Serafines Lächeln wenig übrig.

»Soltars Segen mit Euch«, begrüßte sie Bruder Jon, der ihr ein jedes Mal, wenn Leandra ihn sah, älter vorkam. Die trockene Haut, seine Art, wie er den Kopf hielt, die Altersflecken und die langsamen Bewegungen erinnerten sie an einen alten, weisen Vogel. Seine Augen waren wach und aufmerksam.

»Ich habe euch erwartet«, teilte er ihnen mit und wies mit seiner Hand zum hinteren Teil des Tempels. Der Weg führte an dem Standbild Soltars vorbei, und wie üblich hatte Leandra den Eindruck, dass er sie beobachtete, und das, obwohl er in eine ganz andere Richtung sah. Der alte Mann musterte Leandra prüfend. »Ihr seid verletzt«, stellte er dann fest. »Nicht nur, dass die Kaiserin Euer Kommen angekündet hat, sie machte auch deutlich, dass sie es mit Wohlwollen zur Kenntnis nehmen würde, würdet Ihr diesen Tempel geheilt wieder verlassen.«

»Verzeiht Ihr mir, wenn ich es vorziehe, bei Boron Heilung zu finden?«, fragte Leandra höflich, und Bruder Jon nickte. »Nichts anderes habe ich erwartet, ich habe Euch nur ausgerichtet, was die Kaiserin mir sagen ließ.«

Serafine hatte indes ihren Mut wiedergefunden. »Dürfen wir ihn sehen?«

»Ja«, bestätigte Bruder Jon. »Nicht, weil die Kaiserin es so wünscht, was sie überdeutlich machte, sondern weil er selbst nach Euch gefragt hat.«

»Hat er?«, wollte Leandra aufgeregt wissen. »Kann er sich erinnern? Wie geht es ihm? Und …«

Bruder Jon hob schmunzelnd die Hand, um den Redefluss der Königin zu unterbrechen. »All das werdet Ihr ihn selbst fragen können. Aber das Wichtigste zuerst: Es geht ihm gut, und körperlich sind keine Schäden zurückgeblieben.«

»Was ist mit seiner Erinnerung?«, fragte Serafine zögernd. »Wir hörten …«

»Ja«, nickte der Priester. »Im Moment kann er sich nicht erinnern. Aber wir sind zuversichtlich, dass er sich noch erinnern wird.« Er sah sie beruhigend an. »Am besten sprecht Ihr selbst mit ihm.«

Bruder Jon blieb an einer eisenbeschlagenen Tür stehen. »Hier entlang«, sagte er und zog die Tür auf. Dahinter erstreckte sich der Tempelgarten. »Ihr werdet ihn unter der Weide dort hinten finden. Dort gibt es einen kleinen Teich und eine Bank, er mag den Ort und den Karpfen in dem Teich.«

»Geh du zuerst«, flüsterte Serafine. »Ich brauche noch etwas mehr Zeit.«

»Aber …«, begann die Maestra, doch dann sah sie das bleiche Gesicht der Schwertobristin. Serafine lächelte etwas mühsam.

»Nun geh schon«, bat sie. »Ich werde etwas beten. Dafür, dass du, wenn du zurückkommst, mir sagen wirst, dass alles gut wird.«

Als sich die Tür hinter ihr schloss, spürte Leandra, wie ihr das Herz im Halse klopfte und ihre Hände klamm wurden. Dabei war der Anblick, der sich ihr bot, alles andere als erschreckend. Dieser Teil des Tempelgartens war dem Hohepriester selbst vorbehalten, der daraus mit Geschick, Liebe und Sinn für das Schöne eine Oase der Ruhe geschaffen hatte, in der man vergessen konnte, dass sich um einen herum die Kaiserstadt des alten Reichs erstreckte. Wohin sie auch blickte, fand ihr Auge etwas, das ihr gefallen konnte, sei es nun eine kleine Statue von einem hechelnden Hund, der sich zu sonnen schien, oder auch die Fresken mit Szenen aus dem Buch des Gottes, die die Innenseite der hohen Mauer zierten.

Selbst das Klappern und Poltern der in Askir so allgegenwärtigen schweren Handelswagen klang hier fern und gedämpft, die Rufe der Händler auf dem Tempelplatz waren kaum wahrzunehmen.

Leandra zwang sich dazu, tief durchzuatmen, und wischte sich die klammen Hände an ihrem Umhang ab. Steinplatten, in den Rasen eingelassen, wiesen ihr den Weg, der sich erst zwischen ein paar niedrigen Hügeln, Büschen und einer kleinen Baumgruppe durchschlängelte, um dann mit einer kleinen Brücke einen Bachlauf zu überspannen.

Der Bachlauf wand sich zwischen Schilf und Bäumen zu einem kleinen Teich, dort saß ein großer Mann in der Uniform der schweren Infanterie des Kaiserreichs und fütterte einen Karpfen mit getrocknetem weißem Tempelbrot. Die Uniformjacke mit der goldenen kaiserlichen Zwei auf dem Ärmel lag achtlos neben ihm auf der Steinbank, daneben, auf einem hölzernen Tablett, die Reste eines Frühstücks, ein hölzerner Becher und eine zu einem Viertel geleerte Flasche Tempelwein. Hinter der Bank stand ein Schwert auf seiner Spitze. Seelenreißer, Havalds Bannschwert, Soltar geweiht und von Askannon, dem ewigen Herrscher, mit Magie nur für einen Zweck neu geschmiedet: die Seelenreiter, Diener des Namenlosen und des dunklen Gottes Omagor, zu erschlagen.

Sie musste ein Geräusch gemacht haben, denn der Mann sah auf und musterte sie mit dunklen Augen, um dann zu lächeln … und in diesem Moment fühlte sie, wie ihre Angst von ihr wich. Vielleicht konnte er sich nicht mehr erinnern, aber dies war der Mann, den sie noch immer liebte.

»Ich weiß nicht, warum, aber es scheint mir, als ob der Anblick eines Karpfens mich zugleich beruhigen sowie auch ein wenig erheitern würde«, hörte sie die tiefe Stimme, die noch immer verstand, sie im tiefsten Inneren zu berühren.

Götter, dachte sie, gebt mir Kraft.

Havald war groß, etwas über sieben Fuß, mit breiten Schultern und der schmalen Hüfte eines Schwertkämpfers. Die dunkelblonden Haare waren kurzgeschoren, die Nase, der man ansah, dass sie zumindest einmal gebrochen worden war, war lang, der Mund breit und schmal und zeigte, wie jetzt, bei einem verlegenen Lächeln auf einer Seite ein Grübchen. Das Kinn war stur und breit und trug eine verblasste Narbe, eine andere zeigte, wie nahe er irgendwann daran gewesen war, ein Augenlicht zu verlieren.

Die Muskeln an den breiten Schultern spielten unter dem dünnen Uniformhemd, als er erneut ein Stück von dem Brot abbrach und dem Karpfen im Teich zuwarf, ohne den Blick von Leandra abzuwenden.

Es kam ihr vor, als wäre es Ewigkeiten her, dass sie ihn das erste Mal gesehen hatte. Damals waren seine Augen von einem hellen Grau gewesen. Jetzt waren sie so dunkel, dass sie die Pupille oftmals kaum mehr erkennen konnte, und ab und zu, wie jetzt in diesem Moment, schien ein noch tieferer Schatten über sie zu ziehen, der jedes Licht verschlucken konnte.

Das letzte Mal, als sie ihn gesehen hatte, war er tot gewesen, gemeuchelt durch Gift, einen Stich ins Herz und einem tiefen Schnitt quer durch die Kehle, der ihm fast den Kopf genommen hätte. Ein Schaudern durchlief sie, als sie sich daran erinnerte, wie sie in diese tiefe Wunde hineingegriffen und sein warmes Blut an ihren Fingern gefühlt hatte. Sie spürte, wie ihr die Knie schwach wurden, schluckte und atmete tief ein, während sie dem Blick aus diesen dunklen Augen standhielt.

»Könnt Ihr mir das Rätsel mit dem Karpfen lösen?«, fragte er jetzt, während er sie neugierig betrachtete, als hätte er sie zuvor noch nie gesehen.

Leandra wollte antworten, doch im ersten Ansatz versagte ihr die Stimme, und sie musste sich räuspern. »Es gibt drüben im Garten der Zitadelle einen kleinen Teich. Wenn du … Ihr Sorgen hattet, habt Ihr Euch manchmal dorthin zurückgezogen.« Sie hob entschuldigend ihre Schultern und ließ sie wieder fallen. »Aber ich glaube, Ihr habt das schon früher getan. Ihr erwähntet, dass Ihr als Kind nie habt angeln lernen können und Ihr es später nachgeholt hättet. Stundenlang … und ohne Köder an der Leine.«

Der große Mann nickte langsam. »Ihr seid die Maestra«, stellte er dann fest. »Leandra di Girancourt, nicht wahr? Ich hörte, ich hätte Euch zur neuen Königin von Illian gekrönt.« Er lachte leise und schüttelte den Kopf. »Ich habe es nicht geglaubt, als man es mir erzählte.«

»Es ist wahr. Aber es haben auch andere nicht glauben wollen«, lächelte sie. Seine dunklen Augen ruhten noch immer auf ihr. »So bleich, wie Ihr seid, scheint mir auch noch einiges andere wahr«, stellte er dann fest. Er zog seine Jacke auseinander und breitete sie auf der Bank neben sich aus. »Gesellt Euch zu mir«, bat er sie. »Bevor Ihr noch dem Karpfen in seinem Teich Gesellschaft leistet.«

Leandra tat daraufhin einen Schritt, einen zu viel, denn er ließ sie straucheln, und fast hätten sich seine Worte erfüllt, wäre er nicht aufgesprungen, um sie aufzufangen. Sollten große, schwere Männer nicht träger sein, dachte sie, während die Welt um sie herum fern wurde. Wie kann es sein, dass er mich noch immer überrascht?

Dann fand sie sich auf dem Gras neben der Bank liegend wieder vor, die zusammengeknüllte Uniformjacke unter ihrem Kopf und sein besorgtes Gesicht über sie gebeugt. Jetzt, in diesem Moment, war an seinen Augen nichts Bedrohliches, sie schimmerten wie dunkler Bernstein, sie roch ihn, spürte seine Wärme, spürte, wie er sie sanft berührte und abtastete.

Götter, dachte sie, wie konntet ihr nur so grausam sein.

»Ihr seid verletzt«, stellte Roderic von Thurgau besorgt fest. »Ihr hättet Euch mehr Ruhe gönnen sollen, bevor … Götter, weint Ihr etwa?« Unwillkürlich musste sie lächeln, als sie den Anflug von Panik in seinen Augen erkennen konnte. Es gab wenig, was diesen Mann erschrecken konnte, aber beim Anblick von Tränen neigte er dazu, hilflos zu werden. Götter, dachte sie, wie sehr ich ihn liebe!

»Es ist nichts«, sagte sie leise und wischte sich die Augen. »Ich hatte nur zu wenig Schlaf in den letzten Tagen.« Sie wollte sich aufrichten, doch er legte ihr seine große, schwere Hand auf die Brust und hielt sie auf, nur um im nächsten Moment die Hand von ihrem Busen wegzuziehen, als hätte er sich verbrannt.

»Entschuldigt«, bat er hastig. »Ich …«

»Nein«, flüsterte sie und hielt seine Hand fest. »Es gibt nichts zu entschuldigen.«

Er räusperte sich und löste langsam seine Hand aus den ihren. »Also stimmt auch das«, stellte er leise fest. »Wir waren ein Paar. Wir haben uns geliebt.«

»Hat man das Euch auch erzählt?«, fragte sie und hätte im nächsten Moment ihre Worte liebend gern zurückgezogen, doch er lachte nur.

»Das brauchte man mir nicht zu erzählen«, ließ er sie freundlich wissen. »Ich spüre es ... und sehe es in Euren Augen.« Er seufzte und musterte sie. »Bleibt liegen, ich bitte Euch. Ihr seid so bleich wie der Winter selbst, und ich hörte, man hätte Euch übel mitgespielt. Leutnant Stofisk von der Zweiten, er behauptet, einer meiner Adjutanten zu sein, kennt Ihr ihn?«

Sie nickte nur.

»Er kam gestern Nacht vorbei, und es gelang ihm irgendwie, einen der Priester zu überzeugen, ihn zu mir zu lassen. Er brachte wohl einen Gefangenen hierher, damit er vor dem Gott schwört.«

»Was ist mit ihm?«, fragte Leandra.

»Er behauptet, mein Adjutant zu sein, und lag mir die ganze Nacht bis zum Morgengebet in den Ohren.« Havald schüttelte ungläubig den Kopf. »Der Mann ist eine wandelnde Wissenssammlung. Ich schwöre, es gibt nichts, das er nicht weiß. Ich habe keine Ahnung, warum er zu den Bullen wollte, er hätte eine bessere Feder abgegeben. Dieser Stabsobrist ... Orikes heißt er wohl, war dumm, ihn sich nicht selbst zu greifen. Aber da man sagt, ich wäre ein General, gebe ich diesen dürren Fisch nicht wieder her.«

»Das hast du...habt Ihr schon einmal gesagt«, lächelte sie. Götter, dachte sie, es tat gut, diese Stimme zu hören, vor allem, ohne dass da diese Distanz zwischen ihnen zu spüren war. Sie erinnerte sich daran, wie er so steif vor ihr gestanden hatte, als er ihr Angebot ausgeschlagen hatte, an ihrer Seite die Königswürde von Illian zu tragen. Als ob etwas brechen würde, gäbe er ihr nur eine Haaresbreite nach. Aber auch daran hatte sie selbst Schuld getragen, erinnerte sie sich und warf einen Blick auf sein Schwert, das noch immer hinter der Bank stand. Ihr eigenes Schwert, Steinherz, war Boron geweiht und trug seinen Namen mit vollem Recht. Ohne dass sie es zuerst wahrgenommen hatte, hatte es ihren Geist vergiftet, ihr seinen Willen aufgezwungen, sie glauben lassen, dass es außer Pflicht und Gottesschwüren nichts gab, für das es sich zu leben lohnte. Nun, dachte sie mit grimmiger Genugtuung, sie hatte ihrem Schwert die Grenzen gezogen, mit nichts Geringerem als einem Schwur auf die Dreieinigkeit der Götter. Sie hatte geschworen, nicht nur Boron zu dienen, sondern auch Astarte und Soltar. Seitdem hatte sie das Gefühl, dass Steinherz sich widerwillig fügte … auch wenn sie ihm nie mehr in Gänze vertrauen konnte.

»Was ist Euch … dir geschehen?«, fragte er sanft und legte sich neben sie ins Gras, um den Kopf auf eine Hand zu stützen und sie weiterhin unverwandt anzusehen.

»Corvulus«, seufzte sie, während sie zusah, wie er einen Grashalm ausrupfte und damit spielte. Da er sie so unverhohlen musterte, tat sie es ihm gleich und betrachtete ihn. Sie kannte jede Einzelheit dieses Gesichts und sah jetzt auch die Veränderungen, die sie vorher nicht wahrgenommen hatte. Die gebrochene Nase, die Narbe an Kinn und Auge waren geblieben, doch andere waren verschwunden. Die scharfen Falten, die in den letzten Wochen so harte Furchen in sein Gesicht gegraben hatten, waren fast vollständig vergangen. Er sieht jung aus, stellte sie verwundert fest. Wenn ich ihn jetzt so sehe, würde ich ihn für kaum älter als dreißig halten. Sie sah zu, wie er mit dem Grashalm spielte, ihn mit überraschend geschickten Händen mit anderen zu einem Ring verflocht. Er war schon immer geschickt mit seinen Händen gewesen, dachte sie und spürte, wie sie leicht errötete. Götter, ich sehe jetzt den Mann, der er hätte sein können, hätte ihn nicht Soltar in seinen Dienst gerufen. Als er ihr damals erzählt hatte, dass er sich nichts mehr wünschte, als ein Leben in Frieden zu leben, Apfelbäume zu pflanzen und mit seinen Händen als Tischler einen Lebensunterhalt zu finden, hatte sie es kaum glauben können, jetzt konnte sie es sehen.

Soltars Schlächter. So hatte er sich selbst bezeichnet. Und nie, ohne dabei bitter zu klingen. Jetzt verstand sie, warum er sich so gegen den Willen des Gottes aufgelehnt hatte. Was es ihn gekostet hatte. Sie hob langsam und zögernd ihre Hand und strich ihm leicht über die Wange. Er ließ es zu, sah sie nur nachdenklich und auf diese bestimmte Art und Weise an. »Als wir uns kennenlernten, wolltest du sterben«, sagte sie gepresst. »Ich habe dich daran gehindert. Verzeihst du mir?«

Er sah sie seltsam an und schüttelte dann ungläubig den Kopf. »Wir befinden uns im Tempel Soltars«, erklärte er lächelnd. »Angeblich wandelt er sogar manchmal in diesen Gärten. Erst gestern Nacht will einer der Tempelschüler ihn hier gesehen haben. Wenn ich nicht hätte leben wollen, meint Ihr … meinst du nicht, dass ich dann nicht wiedergekommen wäre?« Er rollte sich zur Seite weg und sah zum Himmel hoch. Anders als in den Südreichen ließ sich der Frühling hier noch Zeit, graue Wolken zogen über sie hinweg, nur hier und da von blauem Himmel gebrochen. Es war noch früh, die Sonne stand gerade hoch genug, dass die Mauern des Tempelplatzes keine langen Schatten mehr warfen, und es war überraschend warm. »Das Erste, was ich hörte, als ich erwachte, war, dass ich dreifach tot gewesen wäre. Oder vierfach. Erstochen, die Kehle durchgeschnitten, ersoffen und vergiftet.« Er verzog ein wenig das Gesicht. »Ich mag alles vergessen haben, aber nicht, dass man dann im Allgemeinen meistens doch in seine Hallen geht. Es muss einen Grund geben, dass ich nicht gestorben bin.« Er sah zu ihr hin und ergriff dann ihre Hand. »Glaubt mir, ich will leben. Noch erinnere ich mich nicht, aber ich spüre, dass ich Gründe dazu habe.«

»Omagor«, stellte sie mit rauer Stimme fest und spürte, wie sie fröstelte. »Du wirst ihm im Kampf gegenübertreten müssen.«

»Ja«, entgegnete er. »Der Gott der tiefen Dunkelheit.« Er schüttelte ungläubig den Kopf. »Mir scheint, als hätte man erwartet, dass ich mein Schwert greife, von meinem Totenbett aufspringe und diesen toten Gott noch mit meinem ersten neuen Atemzug zum Kampf auffordern würde!« Er sagte es so drollig, dass sogar Leandra lachen musste, doch er sprach schon weiter. »Nein. Das ist es nicht. Ich habe andere Gründe, leben zu wollen. Ich fühle es. Dich vielleicht?«

»Und Helis«, brachte sie mit Mühe hervor und verfluchte sich dafür, dass ihre Augen wieder feucht zu werden drohten.

»Schwertobristin Helis. Serafine. Ja. Schwertleutnant Stofisk gab sich jede Mühe, mir zu erklären, dass ich dich verlassen und mich ihr zugewandt hätte.« Er seufzte leise. »Ich habe sie noch nicht gesehen, sie ist wohl noch in den Südlanden beschäftigt.«

»Sie wartet vor der Tür zum Garten«, gestand Leandra leise. »Sie bat mich, zuerst zu gehen, weil sie fürchtet, dich ein zweites Mal verloren zu haben. Sie betet gerade. Sie liebt dich ... und du liebst sie.«

Er nickte langsam. »Ja, das sagte Stofisk auch. Aber es ist mir alles unverständlich. Ich mag meine Erinnerung verloren haben, aber es scheint mir nicht zu mir zu passen, eine Liebe zu verlassen, um mich sogleich einer anderen zuzuwenden. Ich fühle, dass die Liebe mich ängstigt, doch zugleich weiß ich auch, dass, wenn ich sie finde, ich sie nicht loslassen würde.« Er musterte sie suchend. »Ihr ... du scheinst es akzeptiert zu haben und trägst es mir nicht nach. Sag, kannst du mir sagen, was geschehen ist?«

In diesem Moment war sie beinahe froh darum, dass er sich nicht mehr erinnern konnte, denn sie hatte es ihm sehr wohl nachgetragen. Ihm und Serafine auch.

Götter, dachte sie verzweifelt. Wie sollte sie ihm das alles erklären?

»Gibt es nichts anderes, Wichtigeres, über das wir reden sollten?«, antwortete sie ausweichend. »Corvulus vielleicht? Er war auch derjenige, der den Auftrag gab, dich zu ermorden.«

»Und der dich einer Folter unterzog«, nickte er grimmig. »Wir kommen auf ihn zurück. Aber, Lea, ich ...« Er unterbrach sich, als sie schniefte und sich die Augen wischte.

»Was ist?«, fragte er besorgt.

»Du hast mich lange nicht mehr so genannt«, lächelte sie. Und schniefte erneut. »Ich komme mir dumm vor«, gestand sie leise. »Ich … es gibt so vieles andere, das dringlich ist … und es ist ein Wunder, dass du lebst … und …«

»Ich weiß, dass wir Krieg haben«, sagte er. »Das erfuhr ich gleich, nachdem man mir mitteilte, dass ich einen Gott bekämpfen muss. Aber, Leandra … man lebt nicht, um Krieg zu führen. Man lebt für ein lebenswertes Leben. Für die Liebe, für die Menschen, die man mag und um sich haben will. Man lebt, um danach zu streben, glücklich zu sein. Das ist weitaus wichtiger als Krieg.«

Sie sah ihn überrascht an, schüttelte dann ungläubig den Kopf und lachte verhalten. »Das sind Worte, die man so gar nicht von dir erwartet!«

»Sind sie falsch?«, fragte er sie.

Sie zögerte. »Ich glaube nicht. Es … es ist nur so, dass ich niemals daran glauben konnte. Für andere ja, aber nicht für mich. Für mich gab es nur die Pflicht. Ich wusste schon immer, dass es meine Aufgabe sein würde, den Thron und Illian zu schützen. Damit die Menschen dort genau davon träumen konnten, von dem du sprichst. Nur für mich war dieser Traum nie greifbar.« Sie holte tief Luft. »Genau darum geht es, Havald. Wenn es Kolaron Malorbian gelingt, den Mantel dieses toten Gottes aufzunehmen, ist all das bedroht. Serafine hat mir von Kolariste erzählt, Havald.«

Er sah sie fragend an. »Davon hat Stofisk nichts gesagt.«

»Vielleicht weiß er nichts davon. Du bist mit dem Hochkommandanten durch ein Tor dorthin gereist. Es ist die Heimatstadt des Feindes, irgendwo in den südlichen Tropen. Die Menschen dort, so hast du gesagt, sind alle einem einzigen Willen unterworfen wie Ameisen, die nicht mehr nach eigenen Zielen streben. Es hat dich bedrückt und erschreckt, dich und den Hochkommandanten. Dieser Anblick wäre der Grund gewesen, weshalb du darauf hingearbeitet hast, den

Befehl über die kaiserlichen Streitkräfte zu übernehmen. Serafine sagt, du hättest den Kommandanten fast dazu erpresst.« Sie sah etwas wehmütig drein. »Und damit hast du dann auch die Antwort auf deine Frage.«

»Was mit uns geschehen ist?«, fragte er vorsichtig.

»Ja«, bestätigte sie. »Ich habe es am Anfang nicht verstanden. Weil ich nicht wusste, was du wusstest. Wenn … wenn du meinen Antrag angenommen hättest, hättest du nicht tun können, was du tun musst.«

»Mit einem toten Gott zu kämpfen und zu sterben, damit es Hoffnung gibt«, nickte er langsam. »Ich war unten im Allerheiligsten«, erklärte er. »Dort, wo sich die Worte Soltars den Gläubigen offenbaren. Ich habe die Hand in sein Licht gehalten und seine Worte vernommen. Wohl schon zum zweiten Mal.« Er tat eine hilflose Handbewegung. »Ich bin der Engel des Todes, Soltars Werkzeug auf dieser Weltenscheibe. Es scheint, als wäre ich dazu nicht befragt worden.« Er suchte ihren Blick. »Willst du sagen, dass es auch für uns keine Wahl gegeben hat?«

Sie lächelte etwas mühsam. »Nein, Havald. Ich will das nicht sagen. Aber genau das waren deine Worte. Du hast mir versprochen, dass wir uns im nächsten Leben finden werden. Und du hältst dein Wort. Immer. Das muss mir jetzt reichen.«

»Aber wir lieben uns?«, fragte er leise.

»Ja«, seufzte sie. »Und ich glaube und hoffe, dass es auch so bleibt.« Sie schüttelte den Kopf und lachte. »Ich habe so gar keine Erfahrung in diesen Dingen … ich fand die Balladen der Barden immer unverständlich … und jetzt schau mich an … uns an. Taride hat schon eine Ballade geschrieben über uns. Eine mit dem üblichen traurigen Ende.« Sie nahm seine Hand in ihre Hände.

»Lassen wir es dabei bewenden«, bat sie. »Es ist, wie es ist. Der Wille der Götter, wie man so schön sagt. Im Lauf der Dinge ist es ein kleines Opfer, wenn es dieser Welt den Frieden bringt.«

Er hielt ihre Hände für einen Moment länger und löste dann die seine aus den ihren. »Ich habe nur das Gefühl, dass ich gänzlich abgeneigt bin, solche Opfer zu bringen«, meinte er dann trocken.

Fast wider Willen musste sie lachen. »Das könntest du auch in Stein meißeln«, erwiderte sie. »Wenn es etwas gibt, das dich ausmacht, dann dein Unwillen, dich dem Willen anderer zu fügen. Selbst wenn es die Götter sind.« Sie wurde wieder ernst. »Sag mir, wie es dir geht. Wie es ist mit dir? Ich weiß, dass du deine Erinnerung verloren hast, aber mir erscheinst du fast derselbe Mann wie zuvor. Nur ...«

»Sprich weiter«, bat er sie, als sie stockte.

»Weniger gebeugt. Du hast eine Last getragen, Havald«, fügte sie bedrückt hinzu und sah zu seinem Schwert hin. »Mit jedem Leben, das du mit dieser Klinge genommen hast, schien sie schwerer auf dir zu lasten. Du wurdest ... dunkel, Havald.« Sie zuckte mit den Schultern. »Ich kann es nicht anders sagen. Es war, als ob ein Schatten über dir liegen würde, der größer und größer wurde. Davon ist jetzt nichts mehr zu sehen.« Sie zögerte erneut. »Ich habe eben sogar gedacht, dass es vielleicht zum Besten ist, dass du dich nicht erinnern kannst. Havald ... sag mir, wie geht es dir dabei?«

Er sah sie lange nachdenklich an, dann nickte er. »Es geht mir gut.« Er hob die Schultern und ließ sie wieder fallen. »Aber ich weiß ja nicht, wie es mir vorher ging. Doch es mag etwas Wahres an dem sein, was du sagst. Ich weiß, dass es mich mit Angst erfüllen sollte, meine Erinnerungen verloren zu haben. Doch dem ist nicht so.« Er nahm den Ring aus Gras, den er geflochten hatte, und steckte ihn lächelnd auf einen ihrer Finger. Kinder tun das auch, dachte sie und spürte, wie sich ihr Herz zusammenzog. Und doch ...

»Es ist ja nicht so, dass ich alles vergessen habe«, ergänzte er dann. »Wie ich ein Schwert zu halten habe oder was die Zitadelle ist. Wie der Thronsaal in Illian aussieht oder auch wie man einen Hobel hält. Ich weiß noch alles Mögliche, nur nicht mehr, woher. Alleine das gibt Grund zur Hoffnung. Es gibt hier einen jungen Mann, der sich auf Heilung gut versteht. Er führte zusammen mit fünf anderen Priestern an mir ein Ritual aus und befand, dass mir nichts fehlt. Gleiches sagt auch dieser Stabsobrist Orikes. Er war gestern hier ...« Er wirkte erheitert. »Zum einen unterrichtete er mich über die Geschehnisse im Reich, zum anderen fühlte er mir den Puls und klopfte auf mir herum. Es war schon ein wenig seltsam.«

Das konnte sie sich vorstellen.

»Wie auch immer«, fuhr Havald fort. »Sowohl Orikes als auch die Priester hier, sie sind der Ansicht, dass meine Erinnerung zurückkommen wird und es auch nicht lange dauern wird.« Er lachte leise. »Und Bruder Jon sprach mit mir und tadelte mich ob meiner Ungeduld. Er wies mich darauf hin, dass ich kürzlich noch tot auf einer Bahre lag und ich im Vergleich dazu wenig Grund zur Klage hätte.«

Leandra musste erneut fast wider Willen lachen.

»So gesehen hat er recht.«

»Das sehe ich nicht anders«, lächelte er. »Vielleicht hat er auch recht mit meiner Erinnerung, dass sie wiederkommen wird, denn als ich dich sah, erinnerte ich mich daran, wie wir mit Delphinen geschwommen sind.«

»Wir sind nie mit Delphinen geschwommen, Havald«, widersprach sie leise.

Er schüttelte stur den Kopf. »Das kann nicht sein. Die Erinnerung ist klar und deutlich. Es muss Nacht gewesen sein, es brannten Kerzen, und wir taten mehr, als nur miteinander zu schwimmen. Vielleicht, als wir auf diesen Feuerinseln waren?«

»Oh«, sagte sie verlegen. »Ich glaube, ich weiß, an was du dich erinnerst.«

»Also ist es eine wahre Erinnerung?«

»Ja«, nickte sie, während sie leicht errötete. »Eine, die auch ich ungern vergessen würde.«

»Ich auch«, grinste er spitzbübisch. »Vor allem, da es die

erste ist, die mir wieder kam.« Er seufzte. »Wenn Stofisk mir berichtet, ist er so ernst dabei. Und das, was er mir sagt, kann einen bedrücken. Doch es berührt mich nicht, es ist, als ob er mir von jemandem berichtet, den ich nicht kenne. Ich bin froh darum«, gestand er. »Ich habe es nicht eilig, die Last, von der du sprichst, wieder auf mich zu nehmen. Außerdem ...« Er neigte den Kopf. »Was ich über mich von ihm erfahre, fühlt sich nicht richtig an. Ich bin nicht dieser Streiter Soltars, der General, vor dem diese fremden Truppen zittern sollten. Es mag sein, dass ich mich nicht an mein Leben erinnere, aber ich weiß dennoch, wer ich bin. Und das passt nicht zu dem, was Stofisk mir erzählt. Es muss vieles geben, das er nicht weiß, auch wenn er es nicht wahrhaben will.«

Havald lehnte sich im Gras zurück und sah sich in dem kleinen Garten um. »Mir gefällt es hier. Ich mag die Ruhe und die Regelmäßigkeit. Wusstest du, dass sie achtmal täglich beten und dass es gleich zwei Messen gibt, die sie jeden Tag halten? Das wäre zu viel für mich, ich habe das unbestimmte Gefühl, dass ich nicht oft beten würde. Aber im Moment ist es gut, so wie es ist. Ich mag diesen Stofisk, aber ich war froh, als er endlich gegangen ist. Ich glaube auch nicht, dass er mich wirklich kennt.«

Sie nickte nachdenklich. »Du solltest dich mit Sieglinde zusammentun. Sie kann dir mehr und anderes von dir erzählen.«

»Sieglinde? Stofisk hat sie nicht erwähnt.«

»Eine Freundin. Sie trägt Eiswehr, ein anderes Bannschwert. Und sie kennt jede Geschichte über dich, sie wird dir von vielem erzählen können, das du vergessen hast.«

»Wo kann ich sie finden?«

»Zurzeit ist sie noch in der Donnerfeste. Aber wenn dir jemand sagen kann, wer du bist, dann sie.«

»Gut. Ich werde daran denken. Aber es ist nicht alles verloren«, lächelte er. »Jetzt, wo du hier liegst, rieche ich das Gras und dich. Ich erinnere mich nicht daran, aber es ist vertraut. Du bist mir vertraut. Ich vertraue dir.«

»Das hast du vorher nicht getan«, sagte sie betreten. »Ich gab dir keinen Grund dazu.«

Er lachte. »Du musst dich irren«, teilte er ihr mit. »Sonst würde ich es nicht so fühlen.«

Sie wollte antworten, doch er unterbrach sie.

»Sag, was genau ist dir geschehen? Du hast diesen Corvulus erwähnt?«

Alleine an den Kriegsfürsten zu denken, erfüllte sie mit Grauen, dennoch war sie fast dankbar dafür, dass Havald nun nach ihm fragte und dem Gespräch eine andere Richtung gab. Dennoch, eben noch hatte sie sich wohl, warm und träge gefühlt, jetzt fröstelte sie unvermittelt.

»Corvulus ist ein Schwein«, erklärte sie mit brüchiger Stimme und legte ihre Arme um sich, als ob sie frieren würde. »Er ist der Urenkel von Asela und zugleich der Sohn von Kolaron Malorbian. Ein Kriegsfürst, jahrzehntelang dazu ausgebildet, den Willen des dunklen Kaisers mit jedem Mittel durchzusetzen. Aselas magisches Talent geht ihm gänzlich ab, doch dafür verfügt er über andere mächtige Gaben, ob gestohlen oder ihm eigen, vermag ich nicht zu sagen. Er ist ein kaltblütiger Sadist … und er hat mich gebrochen.« Sie sah den großen Mann mit weiten, feuchten Augen an. »Er hat mich winseln lassen wie eine Hündin. Ich habe ihn angefleht, mich erniedrigt, ihm alles versprochen, wenn er mich nur nicht mehr leiden ließ. Ich habe mich einmal für tapfer gehalten, Havald«, fügte sie mit bebender Stimme hinzu. »Aber er brach mich. Er ließ mich schreien, betteln, beten, wüten, ergötzte sich an meinem Leid und lachte über meine Qual.« Sie ballte die Hände zu Fäusten. »Ich wurde schon zuvor erniedrigt, Havald. Ich dachte, tiefer könnte ich nicht fallen, doch Corvulus … er wies mir den Weg in einen Abgrund. Das ist der Grund, warum ich nicht mehr schlafen kann, schließe ich die Augen, sehe ich sein Gesicht vor mir, dieses goldene Messer und höre sein Gelächter … und wache schreiend auf.«

»Ich glaube nicht, dass er dich gebrochen hat, Leandra«, sagte Havald bedächtig und zog sie in seine Arme, wo sie still verharrte. »Ich hörte von Stofisk, dass es zu einem Kampf zwischen dir und ihm kam. Von allen denkbaren Orten ausgerechnet in einem Getreidespeicher in Illian. Stofisk sagt, dass Asela dich dort gefunden hat, bewusstlos, aber kaum verletzt … und von Corvulus war nichts mehr zu sehen. Bruder Gerlon hielt Seelenreißer in der Hand, aber er wird schwerlich diesen Kriegsfürsten besiegt haben.« Er hielt sie etwas fester. »Also musst du es gewesen sein. Du musst den Kampf mit ihm gewonnen haben.«

»Nein«, sagte Leandra und schüttelte leicht den Kopf. »Das habe ich nicht. Ich erinnere mich daran, wie er mich niederschlug.« So wie er sie hielt, schmerzte ihre Seite wieder, und ihre Schulter brannte, doch es war ihr egal. Wenn es nach ihr ging, brauchte er sie nie mehr loszulassen. Sie seufzte verhalten. Es ging ja nicht nach ihr.

Eine feine Falte erschien auf ihrer glatten Stirn, als sie sich an etwas erinnerte, das sie vergessen hatte. »Ich muss dem Wahn nahe gewesen sein, Havald, denn das Letzte, an das ich mich erinnere, war Wiesel, der Seelenreißer mit einem Dolch zur Seite schlug.«

»Und wer ist … Wiesel?«

Sie lachte verhalten. »Jemand, den du dir merken solltest. Er ist hier fast so legendär wie du in unserer Heimat. Er ist der größte Dieb Askirs, wenigstens wird das von ihm behauptet. Zudem ist er Desinas Ziehbruder … vielleicht noch ein Spitzel Orikes und zugleich auch derjenige, der dich aus dem Wasser zog, als du tot dort auf dem Grund des Hafens lagst.«

»Gut. Ich merke mir, dass ich ihm dankbar sein sollte.«

»Kaufe ihm ein neues Wams. Ich hörte, wie er sich darüber beschwerte, dass sein altes bei deiner Rettung gelitten hätte«, sagte sie drollig, und er lachte.

»In Ordnung«, versprach er. »Das werde ich. Doch Illian

liegt Tausende von Meilen südlich von hier. Wie kam dieser Dieb dorthin?«

»Das«, erwiderte sie mit einem tiefen Seufzer, »frage ich mich auch.« Widerwillig löste sie sich aus seinen Armen.

»Ich sollte gehen«, sagte sie leise. »Serafine wartet.«

»Ja«, sagte er. »Ich weiß.«

Familienbande

13 »Und?«, fragte Serafine, kaum dass Leandra die Tür zum Garten hinter sich geschlossen hatte. »Wie geht es ihm?«

»Es ist schwer zu beschreiben«, lächelte Leandra und wischte sich die feuchten Augen ab. »Aber du wirst erleichtert sein. Gehe zu ihm. Er wartet schon auf dich.«

»Wir sehen uns nachher?«, fragte Serafine, und Leandra nickte.

»Mit Sicherheit. Aber zuerst suche ich den Tempel Borons auf.« Sie sah zu, wie die Schwertobristin den Rücken straffte und dann in den Garten ging. Die Tür schloss sich hinter ihr.

Wieder wischte Leandra sich über die Augen.

»Es hat alles einen Sinn, Maestra«, sagte Bruder Jon sanft. Er griff ihre Hände und hielt sie einen Moment. »Gebt die Hoffnung und den Glauben nicht so leicht auf. Jetzt geht zum Tempel Borons und lasst Euch heilen, bevor Euch noch die Kraft verlässt. Und nehmt Euer Schwert mit, es verschreckt zu viele Gläubige.«

So weit war es nicht vom Tempel Soltars bis zum Tempel Borons, sie lagen keine fünfhundert Schritt voneinander entfernt. Doch der Platz dazwischen war gefüllt von Buden, die aus dem Glauben Gewinne zogen. Ob es nun kleine

Fähnchen mit Gebeten waren, geweihte Amulette oder auch gesegnete Schwerter, die nach dem Willen Borons niemals brechen, oder auch Rüstungen, die ihren Träger mit der Macht des Glaubens vor jeder Unbill schützen sollten.

Dazwischen gab es Buden, an denen man eine Wurst oder einen Braten kaufen oder auch Wein trinken konnte, gesegnet natürlich und zum Wohle der Gesundheit. Es gab Straßenhändler, die Spruchbänder und Rollen mit Auszügen aus den Büchern der Götter feilboten, und andere, die Honigküchlein und gezuckerte Früchte aus Bessarein anpriesen.

Es war nun kurz vor der vierten Glocke, und die Menschen drängten sich zwischen den Buden, unterhielten sich und wurden von den Marktschreiern übertönt. Es herrschte ein Kommen und Gehen, und in dem Gewirr der Stimmen hörte Leandra ein Dutzend fremder Sprachen.

Doch zwischen den Tempeln und den Buden gab es nach dem Gesetz einen Abstand, näher durften die Buden nicht an die Tempelmauern kommen, was dazu führte, dass das Gedränge auf dem Markt nur umso enger wurde.

Anders als Havald war Leandra im wahrsten Sinne gottesfürchtig. Einen großen Teil ihrer Jugend hatte sie im Tempel Borons zu Illian verbracht, und sie mochte die klaren Regeln dieses Gottes. Sie verstand sie, und es fühlte sich richtig an. Es gab manche Dinge, die man tun konnte, aber nicht tun sollte, und andere, die verboten waren. Klare Regeln waren das Gerüst des Friedens. Vor allem dann, wenn sie für alle galten.

Bettler, Bürger, Händler oder Fürst und Kaiser, vor Boron waren sie alle gleich. So hielt der Gott die Waage gerade, sorgte dafür, dass auch die Mächtigen nie vergaßen, was sie waren, Seelen, die am Ende ihrer Tage auf seiner Waage gewogen werden würden.

Selbst wenn menschliche Gerechtigkeit irrte, gab es noch diesen einen letzten Weg: Man konnte vor Boron treten und in seinem Tempel Zeugnis ablegen. Nichts blieb dann verborgen, alles wurde offenbar, jede eigene Schwäche, jedes eigene Versagen. Die Wahrheit, kalt und hart. Es war ein zweischneidiges Schwert, aber für manche war es die letzte Rettung.

Außerhalb der Tempelmauern galt weltliches Gesetz, doch vor Boron waren alle gleich. Leandra fand das beruhigend ... für andere galt das weniger, und je näher sie dem Tempel Borons kam, sah sie immer öfter jemanden, der es ganz verstohlen vermied, die offene Fläche vor dem Tempel zu betreten und sich vielmehr im Gedränge des Tempelmarkts vor den Augen Borons zu verstecken suchte. Auch in Illian war dies nicht viel anders gewesen. Als sie das erste Mal einen Priester danach fragte, hatte der nur gelacht.

»Es sind nicht alles Verbrecher, die sich ihrer Strafe entziehen wollen«, hatte er ihr erklärt. »Sie haben oftmals nur ein schlechtes Gewissen. Vielleicht sahen sie einer fremden Sera nach, obwohl ihr eigenes Eheweib zu Hause wartete, oder sie machten ein Geschäft, das so von Vorteil für sie war, dass sie sich schämen. Früher oder später kommen sie dann und legen ihre Beichte ab und sind erleichtert. Die anderen sind es, auf die du achten solltest. Die, die über den Platz marschieren, ohne auch nur herzusehen.«

Auch von diesen sah sie einige. Auch eine ganze Gruppe Händler, die um einen Handelswagen standen und erregt miteinander diskutierten. So reich wie sie gekleidet waren, hatte Leandra ihre Zweifel daran, dass sie sich ob eines zu guten Geschäfts schämen würden.

Doch die beiden breitschultrigen Gestalten, die zwischen zwei Buden hervortraten und ihr nun den Weg versperrten, sahen mehr danach aus, als wären sie schon lange Borons Strafgericht versprochen. In schweres Leder gekleidet, mit Knüppeln, die an ihren Gürteln hingen, und Gesichtern, die sehr deutlich die Spuren vergangener Kämpfe zeigten.

Preiskämpfer, die früher mal nackt in den Ring getreten waren, um die Menge mit Blut und Schweiß für sich zu gewinnen. Manche dieser Kämpfer wurden reich dabei und setzten sich zur Ruhe, den meisten anderen ging es wie diesen … irgendwann verloren sie zu oft, und es blieb ihnen nichts anderes übrig, als sich jemandem zu verdingen. Solche wie sie, die sich ihre Hände mit leimgetränkten Leinen wickeln ließen, bis die Fäuste so hart wie Stein waren, trugen die Geschichte ihrer Kämpfe in ihrem Gesicht und waren gut geeignet, die Leute einzuschüchtern, ohne allzu oft die Fäuste oder gar den Knüppel zu bemühen.

Doch nicht, dass sie ihr den Weg versperrten, war so ungewöhnlich, vielmehr die Art, wie sie es taten … denn anstatt ihr zu drohen, verbeugten sich beide tief vor ihr.

»Maestra di Girancourt, Meister Tistan ersucht Euch in aller Höflichkeit darum, ihm Gehör zu schenken«, sagte der eine auf eine Art, die Leandra glauben ließ, dass er diese kurze Rede sorgfältig einstudiert hatte.

»Es soll Euer Schaden auch nicht sein«, fügte der andere hinzu. »Es ist nicht weit, von hier aus ist es das vierte Zelt auf der linken Seite. Dort«, sagte er und wies mit einer knorrigen Hand, die ihm wohl schon ein Dutzend Mal gebrochen worden war, auf ein großes Zelt, das, in Blau und Gold gehalten, im Vergleich zum Rest der Buden hier überraschend prachtvoll wirkte. »Es wird nicht lange dauern.«

Leandra wich nicht von der Stelle. Sie war eine Maestra, und sie trug Steinherz auf ihrem Rücken. Auch wenn Steinherz unzufrieden mit ihr war, konnte sie sich in dieser Hinsicht auf ihn verlassen. So leicht war sie nicht einzuschüchtern. »Was wünscht er von mir?«

»Es geht um seinen Sohn«, erklärte der erste Preiskämpfer. »Er sagt, Ihr kennt ihn. Ihr braucht keine Furcht zu haben, Meister Tistan will Euch nur um etwas bitten.«

»Und wer ist sein Sohn? Der Name Tistan ist mir nicht bekannt.«

»Ihr kennt ihn unter anderem Namen. Es geht um Schwertmajor Kurtis Blix und um einen Vater, der einen langen Zwist beenden will, bevor er vor das Gericht der Götter tritt.«

Das Erste, was ihr auffiel, als der eine Preiskämpfer ihr die Plane über dem Eingang aufhielt, war die Hitze, die in diesem Zelt herrschte. Das Zelt war mit edlen Teppichen und Möbeln ausgestattet, als ob es einem Kalifen aus Bessarein gehörte, und der Geruch von Weihrauch lag in der Luft. Das Zelt war mit Planen in kleinere Kammern aufgeteilt, und in der hintersten befanden sich vier große Kohleschalen und glühten, als ob sie mit der Esse einer Schmiede im Wettstreit lägen. Inmitten dieser Kohleschalen saß ein ausgemergelter Mann vor einem großen Schreibtisch, in Decken eingehüllt, als ob er trotz der großen Hitze frieren würde. Neben ihm kniete eine junge Sklavin aus Bessarein und las ihm aus einem Geschäftsbuch vor, auf dem Boden vor ihr lag ein Schreibbrett, daneben stand ein goldenes Tintenfass, den passenden Federkiel dazu hielt sie in ihrer Hand. Das Sklavenband um ihren Hals glänzte golden und trug noch immer das Zeichen der Stadt Janas, der Stadt des Turms, aus der die meisten Sklaven kamen.

Gold, erinnerte sich Leandra, stand für die kostbarsten Sklaven, nicht nur dem Auge wohlgefällig, sondern auch gut ausgebildet. In vielen Dingen. Die Schönheit der Sklavin war offensichtlich, die wache Aufmerksamkeit in ihren Augen nicht minder. Für eine solche Sklavin wechselten oftmals ganze Vermögen die Hände; Serafine hatte ihr sogar davon erzählt, dass einst eine ganze Stadt für den Schlüssel zu einem solchen Sklavenband geboten worden war.

Der Handel mit Sklaven war in der Kaiserstadt verboten, der Besitz war es jedoch nicht.

»Wer ist es, Arifa?«, fragte der Mann und reckte blind seinen Kopf aus den Decken, die ihn umhüllten wie ein Kokon. Ein Kopf, auf dem nur noch hier und da weiße Haarbüschel zu sehen waren. Ein blinder, alter Adler, dachte Leandra. Wenn es eine Ähnlichkeit mit diesem verdorrten, alten, kranken Mann und dem Major gab, vermochte zumindest sie diese nicht zu entdecken.

»Es ist Maestra di Girancourt. Die Königin, von der Ihr gesprochen habt«, antwortete die Sklavin in fast akzentfreiem Imperial und legte den Federkiel zur Seite, mit dem sie geschrieben hatte, um sich nach Bessareiner Art anmutig vor der Maestra zu verbeugen.

»Gut, gut«, nickte der blinde Mann. »Kommt heran und setzt Euch bitte!«

Einer der Preiskämpfer brachte hastig einen reich verzierten Stuhl herbei und stellte ihn dorthin, wo der Blinde hingedeutet hatte.

»Als Erstes will ich Euch danken, dass Ihr Euch meiner erbarmt habt«, sprach der alte Mann weiter, kaum dass Leandra sich gesetzt hatte, nur um gleich darauf von einem Hustenanfall unterbrochen zu werden. Mit einer Hand, die eher einer Vogelkralle glich, hielt er sich hastig ein seidenes Tuch vor den Mund, dunkle Flecken darauf verrieten, dass es nicht das erste Mal war, dass er es heute benutzte. »Entschuldigt, Sera«, sagte er, als er wieder Luft bekam. »Ich weiß, wie wichtig Ihr seid und wie kostbar Eure Zeit ist«, fuhr er dann fort. »Also komme ich gleich zum Geschäft ... entschuldigt, zu meiner Bitte. Arwo, bring die Schatulle her.«

Der Preiskämpfer verbeugte sich und verließ die enge Kammer, um kurz danach mit einer reich mit Edelsteinen besetzten goldenen Schatulle wiederzukommen. Mit einer Verbeugung legte er sie zu Leandras Füßen hin.

»Ich weiß, was sich gehört«, krächzte der alte Mann. »Es ist ein Geschenk für Euch, auch wenn Ihr meiner Bitte nicht Folge leisten wollt.«

Leandra ließ die Schatulle unberührt. »Sagt mir, was Ihr von mir wünscht.« Das prunkvolle Zelt mit seinen Schätzen, die warme Luft, die Preiskämpfer und vor allem die Sklavin und der alte Mann kamen ihr unwirklich vor und vielleicht auch ein wenig unheimlich. Wäre nicht der Name des Majors gefallen, hätte sie keinen Fuß in dieses Zelt gesetzt.

»Es ist einfach«, sagte der alte Mann und wühlte in seinen

Decken, um dann einen Rollenbehälter aus Elfenbein, reich verziert und mit goldenen Kappen versehen, in ihre Richtung zu halten. Die Sklavin nahm ihn an und kniete sich vor Leandra, um ihr den Rollenbehälter zu reichen. Zögernd nahm Leandra ihn an.

»Dies ist meine Bitte ... wenn Ihr meinen Sohn das nächste Mal seht, gebt ihm diese Rolle«, fuhr der alte Mann fort und hustete erneut.

»Sie enthält ein paar Briefe an meinen Sohn und meinen letzten Willen«, erklärte er und wischte sich das Blut von seinen Lippen. »Wenn er bereit ist, meine Briefe zu lesen, mir zu verzeihen und auch nur eine Kerze in einem Tempel für meine Seele entzündet, fällt mein gesamter Besitz an ihn. Auch Arifa hier wird dann ihm gehören«, fügte er hinzu und strich mit einer zitternden Hand über die schimmernden Haare seiner Sklavin. Was diese dachte, verriet sie nicht, sie kniete wieder zu seinen Füßen und hielt den Kopf gesenkt.

»Weigert er sich, wird Folgendes geschehen: Arifa wird geblendet werden und an ein Hurenhaus gegeben. Das, welches den übelsten Ruf in dieser Stadt genießt. Doch der Rest von meinem Besitz wird an die Schwesternschaft der Astarte gehen ... und mit meinem letzten Atemzug werde ich meinen Sohn verfluchen.« Er stieß die Sklavin mit einem knochigen Finger an. »Sag mir, wie sie darauf reagiert.«

»Sie ist entsetzt, Herr«, sagte Arifa mit ihrer weichen Stimme und sah wieder auf ihre gefalteten Hände herab.

Genau das war Leandra auch.

»Ich werde mich nicht auf Euer Spiel einlassen«, teilte sie diesem schrecklichen alten Mann mit. »Der Götter Segen mit Euch«, fügte sie hinzu und stand auf. »Ihr braucht ihn auch.«

»Wartet«, bat der alte Mann und stieß die Sklavin erneut mit seinem Finger an. »Arifa, sag ihr, warum ich es so verfüge.«

»Meine Mutter betrog meinen Herrn mit meinem Vater. Ich bin die Frucht dieses Verrats. Um dem Zorn meines Herrn zu entgehen, stieß meine Mutter ihm einen Dolch in seinen Rücken und vergiftete sich selbst. Mein Vater versuchte, mich zu retten, und nahm mich mit nach Janas, doch auf dem Weg dorthin wurde sein Schiff von Piraten überfallen, und ich wurde noch als Säugling in die Sklaverei verkauft. Mein Herr suchte lange nach mir, und als er mich fand, kaufte er mich für die Summe von vierzehnhundert goldenen Kronen. Nicht, weil er mich liebt, sondern weil ich ihn so tagtäglich daran erinnere, wie groß der Verrat war, den er durch meine Mutter erlitt. Er sagt, er könne mir nicht vergeben, aber wenn sein Sohn ihm vergeben kann, vergibt sein Sohn vielleicht auch mir. Ich bin Arifa, Tochter von Marcus Esadra und Arnde, Eheweib von Argus Tistan, in halbem Blut Schwester von Kurtis Blix, Schwertmajor in den kaiserlichen Legionen.«

Sie senkte den Kopf und war wieder still.

»Gebt die Rolle meinem Sohn«, sagte der alte Mann rau. »Mag er entscheiden. Ich bitte Euch nur darum, dass Ihr in ihn drängt, auch meine Briefe zu lesen. Ich schrieb sie ihm über die Jahre, versuchte mich ihm wieder und wieder zu erklären, doch er sandte mir jeden einzelnen ungeöffnet zurück. Ich weiß, dass Ihr Einfluss auf ihn habt. Er soll die Briefe lesen und entscheiden. Das ist meine ganze Bitte.«

Leandra zögerte und wog den Rollenbehälter in ihrer Hand. »Ich werde ihm die Rolle geben und ihn bitten, Eure Briefe zu lesen. Doch nicht für Euch. Für sie. Arifa.«

Der blinde Mann lachte, was sogleich in ein Husten überging. »Ihr könnt mich nicht ertragen, richtig?«

»Richtig«, sagte Leandra und drehte sich auf dem Absatz um.

»Halt, wartet«, hörte sie eine Stimme hinter sich, gerade als sie den Fuß auf die Treppe setzen wollte, die zu Borons Tempel führte. Sie drehte sich um, und hinter ihr stand der eine Preiskämpfer des blinden Mannes. Er sah recht unbehaglich drein, immer wieder warf er einen Blick zum Tempel hin, als befürchtete er, dass ihn ein Blitz gleich jetzt erschlug. »Ihr habt Euer Geschenk vergessen«, sagte er und hielt ihr die Schatulle hin. »Bitte nehmt es. Meister Tistan sagt, es könnte für Euch nützlich sein.«

Im Tempel der Gerechtigkeit

14 Auch in der Kaiserstadt glich der Tempel des Boron mehr einer Festung als einem Tempel. Massive Wände, schmale hohe Fenster, die auch als Schießscharten hätten dienen können, alles erbaut aus einem dunkelgrauen Stein, der dem ganzen Bau einen trotzigen Charakter verlieh. Mit Zinnen oben auf dem Dach und Trutztürmen an den vier Ecken. Nein, dachte Leandra, als sie die breite Treppe zu dem eisenverstärkten Tor hinaufging, der Tempel glich nicht nur einer Festung, sondern er war auch eine. Sogar ein Fallgitter gab es hier, und Leandra hatte wenig Zweifel, dass es nicht nur der Symbolik diente.

Wo der Tempel Soltars im Hauptsaal mit Licht und Schatten spielte, glich Borons Halle der großen Halle einer Burg. Doch eines hatten die beiden Tempel gemeinsam: die von Weihwasser umgebene Insel, die Treppe, die dorthin führte und bei der die letzte Stufe fehlte, sodass sie über der Insel endete, ohne sie zu berühren.

Das Gesicht des Gottes war, wie sie es kannte, glattrasiert, mit kurzen Haaren und kräftigen Augenbrauen, einer geraden Nase und einem entschlossenen Kinn, das er den Gläubigen entgegenreckte, während er sie prüfend in Augenschein nahm. Die Rüstung, die er trug, ähnelte der der Bullen, auch wenn sie in manchen Einzelheiten verschieden war.

So sorgfältig hatten die Künstler die Statue gearbeitet und bemalt, dass man seine graublauen Augen glänzen sah und sich sogar der Anflug eines Bartschattens finden ließ. Er stand hier in einer anderen Haltung, als sie es aus dem Tempel in Illian kannte, die Beine leicht gespreizt, die Hände vor sich verschränkt, und in seinen Zügen zeigte sich eine gewisse Skepsis, als wolle er nicht so recht glauben, was man ihm hier erzählte.

Der Gott stand ebenfalls für die männlichen Tugenden, für Kraft und Ausdauer und die Kunst im Kampf, doch auch mit seiner Rüstung, die ihn nur umso breiter wirken ließ, fiel Leandra plötzlich auf, dass er kleiner war als Havald … und dass dieser, wenn er eine dieser schweren Rüstungen trug, wohl auch breitere Schultern besaß.

Sie sah hoch zu diesem Gott, dem sie ihr ganzes Leben lang gedient hatte, und runzelte die Stirn. Müsste sein Anblick sie nicht mit Ehrfurcht erfüllen, sie beeindrucken, der Blick aus diesen Augen nicht ob ihrer Sünden ihre Knie zittern lassen?

Sie stand da, Steinherz auf dem Rücken, und sah sich langsam um. Alles in diesem Raum schien auf den Gott ausgerichtet, jede Mauerfuge verstärkte seine göttliche Präsenz, und selbst die leisen Gebete der Gläubigen um sie herum klangen nur gedämpft, als würde seine Göttlichkeit in jedem Winkel seines Hauses alles andere überlagern.

Leandra hatte auch Schwertleutnant Santer kennengelernt, den Adjutanten der Kaiserin, aus dem man, wie Havald selbst einmal gewitzelt hatte, zwei von ihm hätte machen können. Auch er war größer als der Gott, doch löste er schwerlich die gleiche Ehrfurcht aus. Also doch, ja, dachte Leandra, als sie Steinherz von ihrem Rücken löste, ihn vor sich stellte und zum Gebet auf ihre Knie ging, sie fühlte noch immer Ehrfurcht vor ihrem Gott, so wie es ja auch gut und richtig war.

Doch vor ihren Augen sah sie ein anderes Gesicht, manchmal lachend, meistens ernst, das eine oder andere Mal mit tiefen Schatten erfüllt. Augen, die warm und weich sein konnten oder bodenlose Dunkelheit enthielten, in deren Tiefen nur die Sterne einer Seele einen Halt gaben. Ein Gesicht, in dem sich Licht und Schatten genau die Waage hielten.

Unter ihren Händen schien sich Steinherz zu regen, als ob er ihre ketzerischen Gedanken lesen konnte, doch sie griff ihn nur fester. Hier an diesem Ort, vor dem Gott, dem er geweiht war, mochte er am stärksten sein, doch schon als er ihren letzten Schwur auf ihn verhindern wollte, hatte sie eine Entscheidung getroffen. Er war an sie gebunden, nicht sie an ihn. Er diente ihr, nicht sie ihm.

Mochten die Rubine, die der Drachengriff als Augen trug, auch wütend funkeln, mochte er sie auch wieder verbrennen, sein Einfluss auf sie besaß jetzt Grenzen. Und als ob er dies spürte, wurde er in ihren Händen ruhig.

Sie kniete hier, um zu ihrem Gott zu beten. Seine Weisheit für sie zu erbitten, seine Gerechtigkeit für sie verständlich zu machen … doch es war nicht der Gott, an den sie ihre Gedanken richtete.

Was war Gerechtigkeit, wenn sie keine Gnade kannte? Warum sollte man einen Gott des Krieges verehren, wenn man das Leid gesehen hatte, das der Krieg über die Menschen brachte? Und warum, wenn es schon Recht und Gerechtigkeit war, für die man stritt, sollte man sein Herz verschließen müssen für die, die gerichtet wurden?

War es nicht so, dass auch der Feind glaubte, einer gerechten Sache zu dienen, im Namen seines Gottes gegen die vorzugehen, die ihn in seinem Glauben bedrohten? Warum sollten die Menschen für die Götter streiten?

Weil es ein Maß gibt, hörte sie Havald in ihren Gedanken sagen. Eines, das gehalten werden muss, ein Gleichgewicht. Wird es überschritten, ob von Menschen oder Göttern, leidet die ganze Weltenscheibe, bis die Waage wieder gerade steht. Auch hier muss die Waage gerade gehalten werden, und ist sie schief, muss man dafür ins Feld ziehen, damit sie wieder ausgerichtet wird. Aber dazu braucht es keine Freude an dem Tod des Feindes, nur ein Bedauern, dass es nötig ist.

Sie sah auf zu ihrem Gott, und für einen Augenblick erschien es ihr, als ob er sie nachdenklich betrachtete. Dann weinte sie, als sie verstand, an wen sie glaubte, wer für sie die Waage gerade hielt. Weinte und betete, diesmal zu dem Gott, der vor ihr stand, und bat ihn um Vergebung.

Und als sie sich erhob, einen verdächtig ruhigen Steinherz in das Geschirr an ihrem Rücken hängte, fühlte sie sich versucht, Havald erneut daran zu erinnern, dass die Welt doch eine Kugel war. Und hörte seine Antwort, dass er es wüsste und er es trotzdem vorzog, die Welt so zu sehen, wie sie für ihn war.

Fast erschrocken sah sie auf, als sich neben ihr ein Tempeldiener räusperte, sie hatte sein Kommen nicht bemerkt.

»Bruder Portus erwartet Euch, Maestra«, sagte der junge Mann höflich und wies mit seiner Hand zur Seite hin. »Wenn Ihr mir bitte folgen wollt?«

Während Bruder Jon, der Hohepriester des Soltar, den Prunk und die Bequemlichkeit seiner Kammer liebte, schien Bruder Portus diese zu verschmähen. Die Kammer, in die der Tempeldiener sie nun führte, war karg und eher dunkel, was auch dem kalten Stein geschuldet war. Kein Schreibtisch aus Rosenholz für diesen Mann, eine Steinplatte auf stabilen Unterschränken tat es auch für ihn. Eine Plattenrüstung stand auf einem Ständer in der Ecke, auf dem Armstück prangte noch immer das Zeichen der dritten Legion. Den Rangabzeichen nach hatte er es zum Stabssergeanten gebracht. Zu sagen, dass sich die kaiserlichen Legionen mit dem Gott verbunden fühlten, war wahrlich keine Untertreibung. Auch von Stabsobrist Orikes, dem Kommandeur der Schriftgelehrten des Kaiserreichs, wusste sie, dass er nach seinem Abschied von den Federn in den Dienst des Gottes treten wollte. Doch eine Feder war Bruder Portus wohl nicht gewesen, der Zweihänder, der hinter der Rüstung in der Ecke lehnte, sprach eine andere Sprache als eine Gänsefeder.

Bruder Portus schien ihr etwas kurz geraten, er ging ihr nur bis zum Kinn, dafür war er breit und stämmig. Mächtige Muskeln spielten unter seiner Haut, als er, nur mit einem Lendenschurz gekleidet, sich an einer eisernen Schale wusch. Sein Kopf war kantig wie ein Stein und kahl wie eine Kugel. Er griff nach einem Tuch und trocknete sich ab.

»Verzeiht, Maestra«, sagte er. Seine grauen Augen glitzerten, als er zu ihr hinübersah. »Ich lehrte gerade den Schülern das Ringen, als ich erfuhr, dass Ihr gekommen seid.« Er griff nach seiner Robe, die nachlässig über die Lehne seines Stuhls geworfen lag, und zog sie sich über. Es war nicht das erste Mal, dass sie Bruder Portus traf. Nachdem Havald sie so überraschend zur Königin gekrönt hatte, wenn auch ohne Krone oder Thron, hatte Stabsobrist Orikes angedeutet, dass es unruhige Zungen dämpfen würde, wenn sie vor Boron treten und ihren Anspruch vor seinen Augen verkünden würde. Bevor es so weit kam, hatten die Federn und auch drei Priester dieses Tempels das Dokument aus Steinherzens Griff ein Dutzend Mal geprüft und sie auch gründlich zu allen möglichen Dingen befragt. Auch Steinherz hatte dabei eine wichtige Rolle gespielt, in alten Büchern hatten die Priester seine Beschreibung gefunden und auch Zeichnungen von ihm, erst als sie sicher waren, dass alles so war, wie sie behauptet hatte, erlaubten sie ihr, vor den Gott zu treten und ihren Anspruch bekannt zu geben. Und nie hatte sie es mehr vermisst, dass Havald nicht an ihrer Seite war, als in diesem Moment.

Die Priester Borons lebten nicht im Zölibat, und schon damals hatte sie bemerkt, dass Bruder Portus ihren Reizen nicht abgeneigt erschien. Doch er ließ sie kalt, nicht nur, weil er ihren Geschmack nicht traf, sondern auch, weil sie eine unterschwellige Arroganz und Kälte in ihm verspürte, die nur schwer damit in Einklang zu bringen war, dass er sich als Diener seines Gottes verstand.

»Es stört mich nicht«, gab sie ihm nun zur Antwort. »Es ist nicht das erste Mal, dass ich einen Mann beim Waschen sehe.

Man gewöhnt sich mit der Zeit daran.« Sie neigte leicht ihren Kopf. »Habt dennoch Dank, dass Ihr mich so kurzfristig empfangt.« Seine Augenbrauen zogen sich leicht zusammen, als er die Spitze merkte.

»Die Kaiserin machte es deutlich, dass der Kampf um die Südreiche auch ein Kampf des Glaubens ist. Jeder, der die Klinge gegen die verfluchten Jünger eines toten Gottes erhebt, hat Anspruch auf jede Unterstützung, die wir in unserem bescheidenen Tempel geben können. Ich hörte, Ihr braucht Heilung.« Seine grauen Augen musterten sie und hielten etwas zu lange an ihrem Busen inne. »Ich habe meinen besten Heiler angewiesen, sich zu schonen. Vier kräftige Tempelschüler werden ihm zur Seite stehen, um ihn in seinem Ritual zu stärken. Ich denke, es wird genügen.«

»Das ist nicht der Grund, weshalb ich das Haus Borons aufsuchte«, sagte sie und hängte Steinherz aus, um ihn vor den Tisch des Priesters zu stellen. »Wenigstens nicht hauptsächlich.«

Er zog fragend eine Augenbraue hoch.

»Ihr wisst sicherlich, dass es unser Auftrag war, einen Teil des Weltenstroms so zu lenken, dass eine Verbindung nach Illian möglich wird. Als wir das taten, schlug der Weltenstrom aus und traf mich mit voller Wucht. Er verbrannte fast alles, was ich an mir trug, auch das Leder an seinem Griff und vor allem seine Scheide.«

»Ich dachte, Ihr wäret eine mächtige Maestra«, meinte Bruder Portus, während er sich Steinherz besah. »Wie konnte Euch das geschehen?«

Nein, dachte Leandra, den spöttischen Unterton habe ich mir nicht eingebildet. Ich war zu lange mit Havald zusammen und bin zu direkt geworden. Ich hätte Portus nicht so deutlich machen sollen, dass er mich nicht berührt. Jetzt stellt er sich mir in den Weg, weil er beleidigt ist. Mit Mühe unterdrückte sie einen Seufzer. Er ist einer der mächtigsten Männer in Askir, und er ist beleidigt, weil ich ihm nicht vor die

Füße falle? Seit dem Vorfall in der aldanischen Botschaft verspürte sie eine Abneigung gegen die Sorte Männer, die vorgaben, ihr helfen zu wollen, während sie nur das Ziel kannten, sie in ihr Lager zu ziehen. Eine Abneigung, die eher schon Zorn glich. Sie fühlte schon, wie sich die Haare auf ihren Armen und im Nacken aufstellten und die ersten Funken entstehen wollten, und zwang sich zur Ruhe.

»Die Eruption der Feuerinseln brachte das Gefüge des Weltenstroms zum Schwingen«, erklärte sie ihm kühl genug, um ihn auf der Stelle einzufrieren. »Stellt Euch schwere Kettenpeitschen vor, die nach Euch schlagen, eine sollt Ihr fangen und geradeziehen, den anderen muss ausgewichen werden. Es dürfte in etwa so einfach sein wie in schwerer Rüstung zu schwimmen.« Und von ihr aus, dachte Leandra, konnte er genau das gerne versuchen.

»Und was wünscht Ihr nun von uns?«, fragte Bruder Portus, und sein Blick verriet ihr, dass, wenn sie sich nicht umgarnen ließ, er auch anders konnte. Priester, so hatte Havald einmal zu ihr gesagt, sind nicht nur Diener ihres Gottes, sondern Menschen in all ihrer Fehlbarkeit. Selbst wenn sie danach trachten, ihr Leben in den Dienst der Götter zu stellen, so werden sie doch immer Interessen haben, die nicht ihrem Glauben dienen, sondern nur ihnen selbst.

Sie wurde an seine Worte erinnert, als der Blick des Priesters wieder auf ihrem Busen lag ... auch wenn er sich scheinbar nur Steinherz besah. Ihre Fingerspitzen kribbelten, und wieder bezwang sie ihren Zorn. Nur der leichte Geruch von Ozon in der Luft verriet, wie wütend er sie machte, doch sie hatte Zweifel, ob er es auch wahrnahm.

»Ich habe das Gefühl, dass seine Scheide mehr war, als es den Anschein hatte«, erklärte sie dem Priester mit erzwungener Ruhe und nahm sich vor, sich nicht mehr von ihm beirren zu lassen. »Sie bändigte ihn und hielt ihn ruhig, wenn er nicht gebraucht wurde. Ohne diese Scheide ist er ... störrisch und braucht einen eisernen Willen, um ihn zu führen.«

»Und ein Herz, fest im Glauben an unseren Gott«, merkte Bruder Portus an. »Seid Ihr sicher, dass Ihr es nicht vielleicht etwas daran mangeln lasst?«

Wollte er, dass sie wütend wurde? Fast sah es so aus. Nur dass sie ihm den Gefallen nicht tun würde. Steinherz stand vor ihr, und sie spürte seine Genugtuung. Nimm mich in die Hand, schien er zu sagen. Dann wird dich das alles nicht berühren. Doch darauf fiel sie nicht mehr herein. Sie brauchte ihn nicht. Auch das hatte Havald gesagt. Sie hatte Steinherz nie gebraucht. Es hatte nur gedauert, bis sie es auch glauben konnte.

»Ja«, sagte sie und hielt dem Blick des Priesters gelassen stand. »Ganz sicher.« Was nichts als die Wahrheit war. Sie stand im Dienst ihres Gottes, und daran würde sich nichts ändern. »Seine Scheide wurde hier in Askir gefertigt und trug das Zeichen Borons. Meine Hoffnung ist, dass sich in Euren Büchern Hinweise auf das Ritual finden lassen, mit dem Steinherz einst an seine Scheide gebunden wurde, und wir dieses Ritual mit einer neuen Scheide wiederholen können.«

»Und warum wollt Ihr den Willen Borons gebunden sehen?«, fragte Bruder Portus.

»Steinherz ist nicht der Wille Borons«, sagte Leandra scharf. »Er ist ein Schwert. Ein Stück Stahl mit mächtigen Eigenschaften, aber auch nicht mehr als das. Dem Gott geweiht und von ihm berührt, aber nicht selbst der Wille Borons, sondern eine Klinge, die sich meinem Willen beugen muss!«

»Und dazu braucht Ihr diese Scheide?«, fragte er spöttisch. »Kann es sein, dass Ihr ihm nicht mehr gerecht werdet?«

Diesmal fiel es ihr leichter, ruhig zu bleiben. Wenn Übung auch hier den Meister macht, dachte sie teils grimmig, teils erheitert, bekomme ich gerade mehr als genug davon.

»Niemand weiß genau, welche Magien der Kaiser bei diesen Schwertern wirkte. Ein jedes dieser Schwerter war einem Gott geweiht und vereinte Unvereinbares, göttliche Kraft und weltliche Magie. Vertraut mir, das geht nicht oft zusammen, und wenn, dann auch nicht lange gut. Steinherzens Scheide war ein Teil dieses Werks und ohne diese ist das Gleichgewicht gestört. Er ist nicht mehr das, was er sein sollte. Die Scheide gehört zu ihm dazu. Werdet Ihr mir nun helfen, eine neue Scheide für ihn zu schaffen, oder nicht?«

»Wenn es so ist, wie Ihr mir sagt, dass die Scheide dem Schwert Borons Grenzen setzt, warum sollte ich Euch helfen wollen?« Er legte die Hände zusammen und erlaubte sich ein feines Lächeln. »Schließlich ist es die Aufgabe seiner Diener, seinen Einfluss in dieser Welt zu mehren … und nicht, ihn einzuengen.« Sein Blick ruhte nicht mehr auf ihrem Busen, sondern auf dem Drachenkopf, auch wenn sich das Begehren in seinen Augen kaum von dem vorherigen unterschied. »Wenn Ihr ihn nicht beherrschen könnt, vielleicht solltet Ihr ihn dann auch nicht mehr tragen?«

»Ach, so ist das«, meinte Leandra und sah Portus an. »Ihr wollt ihn.«

»Und wäre das so falsch? Ich bin ein Streiter meines Herrn.«

»Ihr seid nicht an ihn gebunden«, teilte sie ihm mit. »Er wird sich Euch nicht beugen. Aber wenn Ihr das nicht glauben wollt, dann seid mein Gast.« Sie wies auf das Schwert, das zwischen ihnen stand. »Nur rate ich zur Vorsicht. Er kann auf viele Arten bissig sein.«

»Wie ich schon sagte«, meinte Bruder Portus, als er sich gewichtig erhob. »Ich bin ein Streiter meines Gottes.«

Er ging um den Schreibtisch herum, schenkte ihr ein knappes Lächeln und griff mit beiden Händen zu.

Es geschah nichts. Steinherz stand nur auf seiner Spitze, ein Windhauch hätte imstande sein sollen, ihn umzustoßen, doch wie fest Bruder Portus ihn auch griff, es nutzte nichts, genauso hätte der Priester versuchen können, eine mächtige Eiche mit seinen bloßen Händen zu verrücken.

Schwer atmend ließ der Priester los. »Habt Ihr etwas damit zu tun?«

»Nein«, sagte Leandra. »Ihr seid sein höchster Priester hier, solltet Ihr nicht die Wahrheit meiner Worte erkennen können?«

»Natürlich«, antwortete Bruder Portus. »Diese Gabe erhielt ich schon vor langer Zeit von ihm.«

»Dann wisst Ihr auch, dass ich nichts tat. Erlaubt mir eine Frage«, sagte sie bedächtig. »Welche meiner Worte waren unwahr oder falsch?«

»Keines.« Er musterte sie nachdenklich. Vielleicht, dachte Leandra etwas gehässig, war es das erste Mal, dass er sie sah und nicht nur ihre Reize.

»Dieses Schwert ist nicht für Euch bestimmt«, sagte sie dann ruhig. »Es zu tragen, bedeutet nicht nur Ruhm und Ehre, er ist auch eine schwere Last. Wenn ich könnte, würde ich sie gerne abgeben. Nur geht es nicht, Steinherz und ich sind aneinander gebunden, bis einer von uns nicht mehr ist. Steinherz ist mächtig, selbst ich weiß nicht, zu was dieses Schwert noch fähig ist. Aber ohne seine Scheide verändert er sich in einer Art, die niemals vorgesehen war. Helft mir, Bruder Portus. In seinem Namen.«

Er seufzte. »Ich konnte ihn nicht bewegen, doch ich fühlte ihn, und Ihr habt recht. Er braucht etwas, das ihn im Gleichgewicht hält. Ihr habt mich also überzeugt, doch wir können Euch nicht helfen.«

»Weshalb?«

»Als Ihr damals in den Tempel kamt, um Euren Anspruch auf Illians Krone prüfen zu lassen, überprüften wir auch Borons Schwert. Über die Jahre wurde schon oft versucht, andere Schwerter für ein Bannschwert auszugeben, wir wussten also, wie wir ihn zu prüfen hatten. Schon damals sah ich unsere Aufzeichnungen durch. Es gab die Rituale, von denen Ihr gesprochen habt. Nur galten sie dem Schwert und nicht der Scheide. Ich weiß, dass sie in seinem Namen gesegnet wurde, aber welche Magien auch immer auf ihr lagen, sie waren allein das Werk des ewigen Herrschers. Wenn Ihr eine neue Scheide für ihn wollt, dann müsst Ihr Askannon danach fragen.« Er wandte nachdenklich den Kopf. »Was Euch nicht helfen wird ... Ihr wisst, dass man ihn seit Jahrhunderten nicht mehr gesehen hat.« Er musterte Steinherz, der noch immer dort stand. »Ich fürchte, diese Last müsst Ihr alleine tragen. Doch etwas anderes kann ich für Euch tun. Erlaubt mir, Euch zu heilen.«

»Ich dachte ...«

»Bruder Denus ist ein guter Heiler«, sagte er, als er ihr die Tür aufhielt. »Aber er reicht nicht an mich heran.«

Versöhnung

15 »Die Worte hat er nicht gebraucht«, erzählte Leandra etwas später Serafine. Sie hatten sich wie geplant in der Silbernen Schlange bei der Zitadelle getroffen, in der es zurzeit recht ruhig zuging; der Wachwechsel, der die erste Welle Gäste bringen würde, war noch nicht geschehen. »Aber ich denke, dass es eine Entschuldigung gewesen ist.«

»Ich habe ihn erst zwei Mal gesehen«, sagte Serafine. »Aber ich hörte von ihm. Er hat Kanten und ist manchmal etwas direkt, und ja, er scheint die Seras etwas zu sehr zu mögen. Aber er gilt allgemein als ein guter Mann.« Sie sah zu Steinherz hin, der neben Leandra stand. »Aber ich traue deinem Schwert auch zu, dass es einen Anteil daran hatte. Was wirst du jetzt wegen der Scheide unternehmen?«

»Ich habe eine neue Scheide in Auftrag gegeben. Der Schwertmacher wird sie zum Tempel Borons bringen, dort wird man sie segnen, und ein Bote wird sie mir dann in die Feste bringen. Hoffentlich vor morgen früh. Ich kann nur hoffen, dass es reicht. Wenn nicht ...« Sie seufzte. »Dann muss ich mit ihm leben. Wie ich Bruder Portus ja schon sagte, das Band zwischen Steinherz und mir lässt sich in diesem Leben nicht mehr trennen. Aber genug von mir«, sagte sie dann. »Wie erging es dir mit Havald?«

»Besser als ich erhoffen konnte«, lächelte Serafine. »Er hat sich an mich erinnert. Nicht an mich, hier, an Helis, sondern an unsere erste Begegnung damals in Gasalabad, als ich noch ein Kind war. Ich weiß nicht, wie das möglich ist, aber es berührte mich. Er mag seine Erinnerung verloren haben, aber er ist noch immer der gleiche Mann.«

»Jerbil oder Havald?«, fragte Leandra.

»Es war Jerbils Erinnerung, aber er selbst war Havald«, antwortete Serafine und seufzte. »Ohne Zweifel. Die Götter wissen, wie sehr ich Jerbil liebte, doch Havald ... es ist viel von meinem Ehemann in ihm, und doch ist er so viel mehr.« Sie lachte leise. »Er hat sich nicht verändert. Ich habe ihm von der Schlange erzählt. Byrwylde. Davon, dass wir nicht wüssten, wie wir sie besiegen sollen. Er lachte und sagte, eine Schlange wäre eine Schlange. Man tötet sie, indem man ihr den Kopf abschlägt. Auch bei einer großen Schlange wäre das so, nur bräuchte man dann eben eine größere Klinge.« Sie sah versonnen auf. »Er hat sich nicht verändert. Er sieht die Dinge noch immer auf die gleiche Art. Ich habe daran gedacht, Ragnar zu fragen, aber ...«

»Nein«, sagte Leandra und schüttelte den Kopf. »Ich habe gehört, was er getan hat. Er trägt vielleicht das Blut der Riesen in sich, aber das würde ihm nichts nützen. In dem Moor, in dem Byrwylde gefangen war, fanden wir den Schädel eines echten Riesen, und Enke sagt, dass er der Schlange unterlag. Dieser Kampf muss Jahrtausende her sein, und seitdem ist Byrwylde sicherlich noch mächtiger geworden. Es wäre Ragnars Tod.«

»So etwas habe ich auch befürchtet. Deshalb sagte ich Havald, dass ich nicht wüsste, wo wir eine solche Klinge finden könnten. Er sagte dann, dass es ja kein Schwert sein müsse, solange es nur zuverlässig schneiden würde.«

»Alles, was schneidet, ist auch eine Klinge«, sagte Leandra nachdenklich. »Worauf will er hinaus?«

»Ich glaube, das weiß er selbst nicht so genau«, meinte Serafine.

»Nun, das hilft uns jetzt nicht weiter, aber vielleicht fällt uns noch etwas dazu ein. Weißt du etwas darüber, wo der Wyrm jetzt ist?«

Serafine bejahte. »Ich habe vor einer halben Kerze einen Kurzbericht erhalten. Der Wyrm hat Lassahndaar erreicht und einen Teil der Stadt verwüstet. Du weißt, dass wir nicht jeden dort überzeugen konnten, mit uns zu gehen?«

Leandra nickte. Sie befürchtete jetzt schon zu wissen, was Serafine sagen würde. So war es auch.

»Gut zweihundert blieben zurück«, teilte Serafine ihr mit und seufzte. »Der Wyrm selbst hat sich nicht um sie gekümmert, er hat sich vor dem zerstörten Tempel zusammengerollt und liegt nun da, als ob er sich nur sonnen würde. Anders ist es mit seiner Brut. Sie gingen auf Jagd und haben den größten Teil von dem, was Byrwylde stehen ließ, doch noch zerstört. Der Späher, den wir dort sitzen haben, sagt, dass er nicht glaubt, dass dort noch jemand lebt.« Sie sah zu, wie Leandra den letzten Teller zur Seite schob und nach ihrem dritten Teller griff. »Hast du heute Magie gewirkt?«

»Nein. Nur gestern, bei dem Tor«, sagte Leandra und schnitt sich ein dickes Stück Braten ab. »Aber das hat nicht viel zu sagen. Seit einiger Zeit bin ich beständig hungrig.«

»Du isst genug, um eine halbe Lanze zu ernähren, und bleibst noch schlank dabei«, stellte Serafine fest. »Irgendwie beneidenswert.«

»Nicht, wenn du am Morgen davon aufwachst, dass dein Magen grollt«, erklärte Leandra. »Das neidest du mir nicht, glaube mir das.« Sie kaute und schluckte. »Hat sich sonst noch etwas Neues ergeben? Bleibt alles andere so wie geplant?«

»Neues?« Serafine schüttelte den Kopf. »Grenski geht es

wahrscheinlich gut genug, um dich morgen früh nach Illian zu begleiten, und auch Blix hat den Tempel aufgesucht. Ich sah ihn mit Bruder Gerlon sprechen, als ich Soltars Haus verließ. Ich denke, es verläuft zurzeit nach Plan. Auch wenn ich nicht sicher bin, ob es eine gute Idee von dir ist, nach Illian zu gehen, bevor das Tor dort steht.«

»Es bleibt mir nichts anderes übrig«, sagte Leandra. »Kommst du mit zur Donnerfeste? Es gibt dort noch einiges zu tun. Ich muss mich auch um Steinwolke kümmern. Ich hoffe nur, sie bleibt ruhig, bis ich sie nach Illian holen kann.«

»Ich komme später nach«, sagte Serafine. »Orikes will mich sprechen, ich muss zur großen Schmiede, wo mir jemand erklären soll, wo die Helme bleiben, die wir angefordert haben, und es gibt noch einen Gefangenen, den ich verhören will.«

Leandra sah überrascht auf. »Einen Gefangenen? Der Mann, der mit uns am Tisch saß? Vertraust du ihm schon so sehr?«

Serafine lachte auf. »Stofisk hat auf ihn aufgepasst. Er hatte Anweisung, stets einen Dolch bereitzuhalten. In dem Leutnant ist mehr, als man vermuten kann, ich glaube nicht, dass er gezögert hätte.«

»Gleiches kann man auch von dir behaupten«, sagte Leandra nachdenklich. »Du kannst härter sein, als ich dachte. Ich hörte, du hast alle Gefangenen vor Lassahndaar aufhängen lassen, aber ich habe es nicht glauben wollen.«

»Nicht alle, aber die meisten«, sagte Serafine hart. Sie sah bedeutsam zu Steinherz hin. »Du müsstest am besten verstehen, dass es manchmal notwendig ist.«

»War es das?«, fragte Leandra und hob rasch die Hand, als sich Serafines Augen zusammenzogen. »Ich zweifle nicht an deiner Entscheidung, ich frage nur, warum.«

»Sie wären freigekommen, hätten sie auch nur behauptet, dass sie Kolaron abschwören würden«, erklärte Serafine. »Meinst du, ein Soldat, der bereit ist, so für seinen Kaiser zu sterben, wird nicht versuchen, uns zu schaden? Gehen lassen können wir sie nicht. Sollen wir sie irgendwo einpferchen und bewachen? Was bringt uns das, ihnen Gnade zu gewähren? Die, die bereit waren, vor unseren Göttern Kolaron abzuschwören, habe ich leben lassen. Die anderen eben nicht.« Sie trank von ihrem Dünnbier und senkte den Kopf. »Es hat mir keine Freude bereitet, doch ich sah auch keine andere Möglichkeit.«

Leandra nickte langsam. »Es ist nicht so, dass ich dich nicht verstehe«, sagte sie dann. »Ich musste nur an Havald denken. Es ist seltsam, als wir uns kennenlernten, schimpfte er mich aus, weil ich ein paar Räuber leben ließ, die mich überfallen hatten. Aber bei gegnerischen Soldaten, die in einer Schlacht gefangen wurden, hätte er einen Weg gesucht, sie leben zu lassen.«

Serafine seufzte. »Ich kann fast hören, was er sagen würde. Ein toter Feind wird nie ein guter Freund. Es werden nicht die letzten Gefangenen sein, Leandra. Wenn du eine Lösung für das Problem weißt, dann nenne sie mir. Wenn wir sie leben lassen, müssen wir sie versorgen und ernähren. Männer dafür abstellen, um sie zu bewachen. Sie binden Kräfte, die wir an anderer Stelle dringender brauchen. Die meisten Gefangenen sind so verblendet, dass sie es auch noch als Schwäche ansehen, wenn wir sie gut behandeln. Und jeder, der nicht bereit ist, Kolaron abzuschwören, wird sein Möglichstes tun, um uns so sehr zu schaden, wie er nur kann.«

»Also bleibt es dabei, sie töten uns, wir töten sie«, sagte Leandra. »Keine Gnade?«

»Ja. So sieht es aus. Und ich weiß jetzt schon, dass es Havald übel aufstoßen wird. Er hat sich mächtig darüber aufgeregt, dass in der Ostmark genauso verfahren wird. Er sagt, dass es dort auf diese Weise niemals Frieden geben kann. Bedenkt man, dass man sich dort seit Jahrhunderten die Schädel einschlägt, scheint er damit recht zu haben.«

Leandra schob ihren blanken Teller von sich und überlegte, ob sie nachbestellen sollte, doch vorerst hatte sie genug.

»Hast du etwas dagegen, wenn ich Havald noch einmal besuche, bevor ich zur Donnerfeste gehe?«

Serafine sah sie überrascht an. »Warum sollte ich? Er ist …« Ihre Augen zogen sich zusammen. »Fragst du mich gerade um Erlaubnis?«

»Vielleicht«, erwiderte Leandra zögernd.

»Mein Problem mit dir war ein anderes, als du vielleicht denkst«, sagte Serafine lächelnd. »Ich glaubte, dass du ihn als Werkzeug gesehen hättest und deine Liebe nur eine Täuschung war.« Sie schüttelte den Kopf. »Ist dir eigentlich nie in den Sinn gekommen, dass Jerbil aus dem Haus des Adlers stammte? Du weißt, dass in Bessarein die Vielehe auch heute noch üblich ist? Hätte er gelebt, vielleicht wäre er Kalif geworden. Und dann wäre er gezwungen gewesen, sich einen Harem zuzulegen. Und auch Jerbil hätte sich nicht dagegen verwehrt. Das war mit einer der Gründe, weshalb sich mein Vater und auch Askannon zuerst gegen unsere Heirat gesträubt haben. Als ich mit Jerbil vor Astarte trat, wusste ich, dass ich wahrscheinlich lernen musste, ihn zu teilen.« Sie schmunzelte, als sie Leandras ungläubige Miene sah. »Ich war die Tochter des kaiserlichen Gouverneurs. Aber ich bin dort aufgewachsen. Und alle meine Freunde waren eher überrascht, dass es Männer gab, die keinen Harem hatten. Ihrer Meinung nach musste ein Mann entweder arm, krank, ein Astartepriester oder alles zusammen sein, wenn er nur eine Frau zum Weibe nahm.«

»Du wärest bereit, ihn zu teilen?«, fragte Leandra ungläubig, und Serafine lachte.

»Das habe ich nicht gesagt«, schmunzelte sie. »Ich sprach von Jerbil, nicht von Havald. Dass Havald es anders sieht, das wissen wir beide. Doch mir ist der Gedanke nicht fremd, dass der, den ich liebe, auch von anderen geliebt werden kann.«

»Und was ist mit Eifersucht?«, wollte Leandra wissen.

Serafine lachte erneut. »Es kommt in den seltsamsten Momenten zu den seltsamsten Gesprächen, findest du nicht auch? Hättest du gedacht, dass wir hier sitzen würden und so miteinander reden?«

»Wir hätten ihn beinahe verloren. Das ändert vieles.«

»Zum Guten, hoffe ich. Aber, ja, Leandra, ich kenne Eifersucht. Man kann nicht frei davon sein. Aber sie lässt sich mindern, wenn man sicher ist, dass es dem, den man liebt, guttut, von jemandem anderen geliebt zu werden. Aber wenn ich das Gefühl erhalte, dass er seine Liebe an jemanden verschwendet, der ihm nicht würdig ist, neige ich sehr schnell dazu, meine Dolche zu schärfen.«

»Du würdest doch nicht …«

»Doch, ich würde«, unterbrach Serafine sie kalt. »Nach einem Fest fand ich eine Frau in Jerbils Bett. Es war nicht das erste Mal, manchmal kam es mir so vor, als müsste ich jeden zweiten Tag eine oder mehrere seiner Sklavinnen aus seinem Bett entfernen. Doch diese Frau war keine Sklavin, sondern ein Gast auf unserem Fest gewesen. Sie tat es, um Jerbil mit einem Skandal dazu zu zwingen, auch sie zum Weib zu nehmen. Ihr Pech war, dass ich sie fand, nicht er. Also ließ ich sie hinrichten.«

Leandra blinzelte überrascht.

»Schau nicht so erstaunt. Ich war die Tochter des Gouverneurs und durch die Heirat mit Jerbil eine Prinzessin. Ich konnte wohl kaum über diese Beleidigung hinwegsehen, ohne schwach zu wirken. Also ließ ich sie öffentlich steinigen und habe ihre Leiche an die Flussdrachen verfüttern lassen … und ihre Mutter, die sie dazu angestiftet hat, gleich mit.« Sie beugte sich vor, und in ihren dunklen Augen sah Leandra den Stahl, den Serafine meist so gut verborgen hielt. »Hätte ich es nicht getan, hätte ich als schwach gegolten … und er auch, denn von einem Mann wie ihm wurde erwartet, dass er eine Tigerin zum Weib nimmt und kein Lamm.« Sie lehnte sich zurück und lächelte. »Ich glaube, wir würden beide kein Lamm an seiner Seite dulden.«

»Die Südreiche sind nicht Bessarein«, sagte Leandra leise,

ohne auf den Vergleich einzugehen. Auch wenn sie der gleichen Ansicht war. »Havald denkt so nicht.«

»Ja«, nickte Serafine. »Aber das war der alte Havald. Was, wenn er doch nicht seine Erinnerung zurückerhält? Abgesehen davon ist Havald immer für eine Überraschung gut.«

Damit, dachte Leandra, hatte Serafine unbestritten recht.

»Du brauchst mich nicht zu fragen, wenn du Havald sehen willst. Solange du aufrichtig zu ihm bist und seine Liebe nicht missbrauchen willst, bin ich deine Freundin.«

»Ich habe meine Lektion gelernt«, entgegnete Leandra geknickt. »Abgesehen davon liebt er jetzt ja dich.«

Serafine, die gerade einen Schluck hatte trinken wollen, hustete und setzte ihren Becher hastig ab, während sie Leandra ungläubig ansah.

»Ich hoffe es sehr«, sagte sie dann mit einem Lächeln. »Aber wann hat er dir gesagt, dass er dich nicht mehr liebt?«

Königskarpfen

16 »Was ist das?«, fragte Marla und rümpfte die Nase. »Fischsuppe? Ich hasse Fischsuppe. Ich weiß gar nicht, wie oft ich mir aus altem Fisch eine Suppe kochen musste, weil ich sonst nichts anderes gefunden habe!«

»Das sieht dir ähnlich, Marla«, lachte Wiesel und hielt ihr die Schüssel wieder hin. »Sowohl Sera Lenere als auch ich dachten, dass du nicht vor morgen aufwachen würdest. Dann komme ich, um nach dir zu sehen, stelle fest, dass du erwacht bist, und will dir eine Suppe bringen, um dich zu stärken. Und was tust du? Du beschwerst dich! Willst du nicht wissen, wo du bist und was geschehen ist?«

»Schon«, sagte Marla und nahm widerwillig den Löffel an. Wiesel half ihr, sich etwas bequemer zu setzen. Als sie scharf die Luft einzog und er in der Bewegung erstarrte, funkelte sie ihn an. »Lass das! Ich bin nicht so zerbrechlich!«

Wiesel hob die Hände und trat von ihr zurück. »Wenn du es sagst«, grinste er. »Also habe ich mir nur eingebildet, dass du fast verblutet wärst!« Er schüttelte den Kopf und lachte leise. »Manchmal kannst du unausstehlich sein.«

Für einen Moment sah es so aus, als ob sie überlegen würde, ihm die Schüssel samt Fischsuppe an den Kopf zu werfen, aber dann musste sie selbst lachen ... um Wiesel böse anzufunkeln, als ihre Wunde erneut schmerzte.

»Du bist genauso«, grollte sie. »Ich erinnere mich daran, wie du aus dem Fenster gefallen bist ...«

»Ich falle nicht aus Fenstern«, protestierte Wiesel. »Ich wurde von einem Kerl gestoßen, der doppelt so groß war wie ich!«

» ... und dir das Handgelenk gebrochen hast«, fuhr sie unerbittlich fort. »Du warst schlimmer noch als unerträglich.«

»Ich ...«, begann Wiesel, doch sie lächelte ihn an und klimperte mit den Augen.

»Biest«, grollte er und lachte.

»Sag, wolltest du mir nicht erzählen, warum ich noch lebe? Und wo wir sind?« Sie tat eine Geste mit dem Löffel, die den ganzen Raum einschloss. »Wie ein Tempel sieht das hier nicht aus. Eher wie ein königliches Schlafgemach. Wenn es auch etwas ... muffig ist.«

»Gut geraten«, grinste Wiesel. »Es trifft es fast genau ...«

Er erzählte ihr, wie er nach einem Medikus gesucht hatte und die Kerzenzieherin ihm den Weg zur Herzogin gewiesen hatte ... und wie diese sich beinahe geweigert hatte, sie zu versorgen, als sie Marlas Amulett gesehen hatte.

»Hm«, sagte Marla nachdenklich, während sie misstrauisch die Fischsuppe beäugte. »Ein Wunder, dass sie mir nicht die Kehle durchgeschnitten hat. Warum eigentlich nicht?«

»Sie sagt, dein Amulett wäre warm gewesen und nicht kalt wie die namenlosen Höllen.«

Gerade hatte sie den Löffel zum Mund führen wollen, jetzt ließ sie ihn wieder sinken und runzelte die Stirn. »Zwei Dinge dazu, Wiesel. Es passt mir nicht, dass sie mein Geheimnis jetzt auch kennt … und wieso hat sie dir geglaubt? Niemand glaubt es. Auch du nicht.«

»Oh, das«, wehrte Wiesel mit einer nachlässigen Handbewegung ab. »Ich glaube dir.«

»Seit wann?«, fragte sie misstrauisch.

»Seitdem du am Verbluten warst und nicht einmal wusstest, wie du dich mit der dunklen Gabe heilen konntest. Jeder Seelenreiter, von dem ich jemals hörte, war dazu imstande.« Er nickte in Richtung ihres Tellers. »Jetzt iss!«

Folgsam aß sie von der Suppe, um ihn dann mit großen Augen anzusehen.

»Die ist köstlich!«, stellte sie erstaunt fest.

»Ich nehme an, das liegt daran, dass der Fisch darin frisch ist und nicht stinkt«, grinste Wiesel.

»Wie geht es ihr?«, fragte Sera Lenere, als Wiesel mit dem leeren Teller wieder herunter in die Küche kam. Mittlerweile war Mitternacht vorbei, und einem anderen wäre das große dunkle Haus vielleicht unheimlich gewesen, aber nicht Wiesel. Er mochte große, dunkle, leere Häuser. Nur dass es bei denen meist mehr zu holen gab als hier.

»Sie schläft«, teilte er ihr mit und stellte das Geschirr neben dem Waschbecken ab. Er goss sich aus der Karaffe einen Becher mit Wasser ein und sah ihr zu, wie sie den schweren Eichentisch schrubbte. »Soll ich Euch helfen, Sera?«, fragte er höflich. »Schließlich sind wir Euch zu Dank verpflichtet und …«

»Dann schließt die Läden, Ser Wiesel«, sagte sie. Er warf einen letzten Blick in den dunklen Garten und zog die Läden zu, um sie sorgfältig zu verriegeln. Nicht, dass das großen Sinn ergeben hätte. Ein Kind konnte diese Riegel öffnen.

Zwei Laternen, in der Mitte der Kreuzbögen der Decke angebracht, spendeten warmes Licht, und mit dem Herd, den Kräutern vor den nun geschlossenen Fensterbögen und dem großen Tisch mit den altersschwarzen Stühlen bot die Küche einen heimeligen Hort der Ruhe.

»Ihr hat die Suppe geschmeckt«, teilte er ihr mit. »Die Fische waren frisch, die Stadt wird seit drei Monaten belagert, wie habt Ihr dieses Kunststück vollbracht?«

»Der kleine Teich im Garten«, teilte sie ihm mit. »Bis gestern Mittag schwammen noch Elfred und Arwen darin herum.« Sie sah seinen Blick und lachte. »Dicke, fette Karpfen mit einem bösartigen Blick.«

»Und dann?«, fragte Wiesel. »Ihr habt das Letzte, das Ihr besessen habt, mit Fremden geteilt. Wovon werdet Ihr morgen leben?«

»Das Letzte? Wie kommt Ihr darauf?«

Wiesel zog eine Augenbraue hoch und sah sie nur an.

»Es wird sich etwas finden«, seufzte sie und spülte mit Wasser nach. Als sie diesmal den Tisch abwischte, war das Wasser nur noch leicht gerötet. Sie stützte sich mit beiden Händen am Tisch ab und warf ihm einen prüfenden Blick zu. »Warum fragt Ihr?«

»Ich kam nicht umhin zu bemerken, dass sich in diesem schönen, herrschaftlichen Haus kaum noch etwas von Wert befindet. Dafür gibt es viele leere Stellen. Auch das Gesinde hat sich wohl schon länger freigenommen. Ihr besitzt nicht mehr viel, das Ihr verkaufen könnt.«

»Ihr seid scharfsinnig.«

»Wohl kaum. Ein blinder Maulwurf hätte dies bemerkt«, stellte Wiesel schalkhaft fest. »Wir sollten über Euren Lohn verhandeln. Ich warne Euch, verhandelt nicht so scharf, sonst bemerkt Ihr noch, wie viel mir das Leben meiner Freundin wert ist, und Ihr macht mich arm.«

»Galant gesagt«, meinte sie und lachte.

»Und dann ließe sich die Frage stellen, wo wir unterkommen sollen«, fuhr Wiesel schmunzelnd fort. »Die Gasthöfe hier sind überfüllt, die Preise sind deutlich überhöht … und Ihr besitzt all diese schönen, leeren Zimmer.«

»Schön?«, schnaubte sie. »Muffig, meint Ihr wohl! Das Dach ist undicht, und in drei der Zimmer regnet es herein!«

»Mag sein«, erwiderte Wiesel. »Aber nicht in alle, nicht wahr? Vielleicht wäret Ihr bereit, uns als Gäste anzunehmen … und wir wiederum würden uns verpflichtet fühlen, Euch angemessen zu entlohnen. Schließlich kommt es nicht alle Tage vor, dass man in einer herzoglichen Residenz Unterkunft finden kann.«

Er griff unter seinen Wams, öffnete geschickt eine der verborgenen Taschen an seinem Gürtel und zog mit spitzen Fingern eine Handelskrone hervor, die er hochhielt und dann vor ihr mit einem dumpfen, metallischen Klang auf den Tisch legte.

Die Sera betrachtete die Münze und hob sie an, auf der einen Seite prangte das Rad mit den acht Speichen, auf der anderen das Profil von Wiesels Schwester.

»Ein Wagenrad«, stellte sie fest. »So eines habe ich schon lange nicht mehr gesehen.« Sie drehte die Münze um und betrachtete Desinas Antlitz. »Eine schöne junge Frau, Eure Schwester«, stellte sie fest. »Eine Kaiserin, und doch trägt sie keine Krone. Ist das die Kapuze einer Robe?«

»Ja«, lächelte Wiesel. »Ich finde, sie ist gut getroffen … und wie sie selbst anmerkte, hätte eine Krone ihrem Haar nicht die gleiche Geltung verliehen. Sie sagt, eine Krone drückt zu sehr auf die Frisur.«

Die Herzogin bedachte ihn mit einem prüfenden Blick, dann schmunzelte auch sie. »Recht hat sie damit. Wie viele Kronen wiegt eine solche Münze auf? Fünfzig waren es, nicht wahr?«

Wiesel nickte.

»Ein kleines Vermögen«, seufzte sie, hob die Münze und hielt sie so, dass sich das Licht der Kerzen in den Laternen darin spiegelte. »Und auch noch prägefrisch!«

»Ich tauschte sie an der kaiserlichen Münze ein, gleich nachdem sie aus dem Prägestock gefallen waren«, teilte Wiesel ihr stolz mit.

»Nun«, sagte sie bedauernd. »Es wäre besser gewesen, Ihr hättet noch ältere Münzen. Man sieht sie nur noch selten. Meist sind sie so abgegriffen, dass man sein Gesicht kaum mehr erkennt, aber niemand wird diese hübsche Sera mit Askannon verwechseln.«

Er sah sie fragend an.

»Wie wollt Ihr erklären, dass Ihr diese Münzen bei Euch führt?«, fragte sie. »Seit Beginn der Belagerung kam keine Maus mehr aus der Stadt heraus, geschweige denn herein. Selbst wenn Ihr diese Münzen nur aufwiegen wollt, werden sie jedem Geldwechsler ins Auge springen. Das Gold ist reiner als das unsere, und dass diese Münzen aus Askir sind, ist kaum zu verkennen. Schließlich ist es auf den Rand geprägt.« Sie legte die Münze auf den Tisch zurück.

Dass es ein Fehler sein könnte, neue Münzen mitzunehmen, darauf hätte niemand kommen können, dachte Wiesel. Schließlich hatte er ja nicht gewusst, wohin die Reise führen würde. Dennoch, das war ärgerlich. Vielleicht … er nahm seinen Beutel und schüttete ihn auf dem Tisch aus. Bis auf einen neuen Silbergroschen zeigten alle Münzen das Profil des Kaisers.

»Ihr seid ein vermögender Mann«, stellte die Herzogin fest, als sie die Münzen betrachtete. »Hier ist einiges an Gold und Silber dabei.«

»Ja«, bestätigte Wiesel unzufrieden. »Aber alle zusammen sind keine zwölf Goldkronen wert.« Er sah sie fragend an. »Reicht Euch dies fürs Erste?«

»Eine Goldkrone ist schon genug«, meinte sie lächelnd. »Übertreibt es nicht mit Eurer Großmut. Solange Ihr das Wagenrad nicht tauschen könnt, seid Ihr nicht so reich, wie Ihr gedacht habt.«

»Ach«, meinte Wiesel und grinste. »Es fiel mir schon

immer leicht, genügend Gold zu finden. Abgesehen davon«, fügte er hinzu und tippte mit dem Finger auf das Wagenrad, »wird es nicht mehr lange dauern, bis diese Münzen auch hier im Umlauf sind.« Er nickte ihr höflich zu. »Wenn Ihr erlaubt, will ich mich zurückziehen.« Er gähnte, um Müdigkeit vorzutäuschen, was nicht schwerfiel, da er wahrhaftig müde war.

Sie sah ihn freundlich an. »Sicherlich, wenn Ihr es wünscht«, sagte sie und neigte ein wenig ihr Haupt. »Es ist schön, Gesellschaft zu haben«, fügte sie hinzu. »Bis morgen dann.«

Er spürte ihren Blick auf sich, als er seinen Abschied nahm. Irgendwie, dachte Wiesel, werde ich das Gefühl nicht los, dass sie mich durchschaut.

Die Hand der Königin

17 So schnell verlernt man nicht, dachte Wiesel etwas später, als er sich mit einer Hand in der Fuge zwischen zwei Mauersteinen festhielt und die Fensterläden seines Zimmers leise schloss. Auf der anderen Straßenseite konnte er durch die Ritzen der Fensterläden den Schein einer Kerze schimmern sehen, es war einfach, sich vorzustellen, wie der Schmied noch zu dieser späten Stunde über seinen Büchern brütete. Ein Hund lief über die Gasse, schnüffelte hier und da, um dann an einer Haustür das Bein zu heben, und dort drüben in der Ecke hatte sich ein Bettler in alte Decken gehüllt und schlief, die Holzschale mit dem spärlichen Ergebnis dieses Tages noch immer vor sich auf den Pflastersteinen stehend.

Sonst war es still und ruhig in dieser Gasse. Wiesel stieß sich von der Mauer ab und landete lautlos in der Gasse. Es war schon eine Weile her, dass er sich auf Beutezug begeben hatte; seitdem Desina erst Eule geworden war, und dann Kaiserin hatte sie ihm deutlich zu verstehen gegeben, was sie davon hielt, andere zu bestehlen.

Niemand ist schlimmer als eine bekehrte Diebin, schmunzelte Wiesel, als er die Hände in die Taschen seines Mantels steckte und leise pfeifend seines Weges ging. Trotzdem müsste seine Schwester verstehen, wie schwer man davon lassen konnte.

Schon lange ging es Wiesel nicht mehr nur um Gold. Es war der Nervenkitzel, die Herausforderung, sich mit Widrigkeiten zu messen, und natürlich auch schneller, besser, geschickter und schlauer zu sein als seine Opfer. Wiesel konnte gar nicht aufzählen, wie oft ihm Desina deswegen Vorhaltungen gemacht hatte. Jetzt aber, da auch eine Notwendigkeit bestand, hoffte er, sie würde ihm verzeihen.

So entging es ihm, dass der Bettler sich ein wenig aufrichtete, um dem schlanken Dieb nachzusehen. Hätte der Bettler dabei aufgehört zu schnarchen, vielleicht hätte Wiesel es bemerkt. Doch das tat er nicht, er schnarchte mit geschlitzten Augen weiter.

Früher, als Wiesel noch auf Streifzug ging, war es einfacher gewesen. In den allermeisten Fällen hatte er sich seine Opfer schon lange vorher auserkoren und wusste alles über sie, was es nur zu wissen gab. Ein guter Dieb zu sein, war schwer, aber bei Weitem noch nicht die ganze Kunst. Ein perfekter Dieb zu sein, das war die Herausforderung. Das, mehr als alles andere, gestand er sich, war es, was ihn in der Nacht auf fremde Dächer gezogen hatte. Der Reiz lag darin, ein Geist zu sein, der keine Spuren hinterließ. Wen er besuchte, der fand am Morgen seine Geldtruhen, Türen und Schlösser fest verschlossen vor, alles schien unberührt … nur dass ein Teil des Geldes fehlte. Denn Wiesel nahm nur Gold und davon auch nicht alles, ein Drittel nur und niemals mehr.

Es hatte zu seiner Legende beigetragen, aber es war Desina, die ihn darauf gebracht hatte. Ganz am Anfang, als sie noch zusammen auf Raubzug gegangen waren, hatten sie einem Händler ein goldenes Medaillon gestohlen. Der Zufall wollte es, dass Desina diesen Ser am nächsten Tag am Markt belauschte.

Das Gold, so hatte der Mann getobt, war ihm nichts wert, er hatte genug davon, und der Dieb hätte zudem einen Teil davon übersehen, doch dafür, dass man ihm das Erbstück der geliebten Mutter gestohlen hatte, wollte er den Dieb hängen sehen.

»Wenn wir ihnen nur ein Teil des Goldes stehlen und alles andere unberührt lassen, nehmen sie es nicht persönlich«, hatte Desina Wiesel erklärt. »Sie können Gold ersetzen, Verluste gehören für einen Händler zum Geschäft. Doch stiehlt man ihnen etwas, an dem das Herz hängt, nehmen sie es persönlich und sinnen auf Rache. Außerdem hat er bei jedem Hehler in der Stadt eine Zeichnung hinterlassen und ihm das Doppelte des Wertes für das Medaillon geboten, wenn er es zurückerhält und den Kopf des Diebs dazu. Du weißt, wie Hehler sind, ist es ein Geschäft für sie, werden sie uns auch verraten. Besser, wir stehlen nur das Gold.«

Noch in der gleichen Nacht hatten sie das Medaillon dem Händler zurückgebracht, Desina selbst hatte es ihm auf das Kissen gelegt, während der Mann selig schlief.

So hatten sie es beibehalten, und so hielt es Wiesel auch noch immer. Er stahl nur von reichen Händlern, und die verdienten oftmals mehr an einem Tag, als Wiesel ihnen stahl. Noch einen anderen Vorteil hatte es, nur Gold zu stehlen: Man brauchte keinen Hehler, und wenn die Wache einen ergriff, fanden sie kein Diebesgut. Manchmal, dachte Wiesel lächelnd, war es ihm sogar so vorgekommen, als ob manche Leute stolz darauf wären, dass er sie bestohlen hatte. Schließlich war er ja nicht irgendwer, sondern Askirs bester Dieb … und von ihm bestohlen zu werden, kam fast einer Ehre gleich.

Ob in Askir oder hier, es war nicht schwer, ein Haus zu finden, das vielversprechend aussah. Es mochte Ausnahmen geben, aber reiche Leute stellten ihren Reichtum gern zur Schau. Also brauchte man nur nach einem Haus zu suchen, das reich verziert und prächtig war. Fand man dann noch, wie hier vor diesem Haus, eine gelangweilte Wache unter einer Laterne stehend vor, konnte Wiesel davon ausgehen, dass es sich lohnen würde.

Wache stehen, vor allem nachts, wenn es ruhig war und man selbst müde, war eine anstrengende Angelegenheit. Alleine nur, um wach zu bleiben, gingen manche beständig ihre Runden. So dauerte es nicht lang, bis Wiesel den zweiten Mann durch die Straße schlendern sah.

Warum man die Straßen beobachten sollte, hatte Wiesel nie ganz verstanden. Schließlich war es kaum zu erwarten, dass ein Dieb ganz offen daherkam und an der Tür klopfte. Obwohl natürlich auch das schon geschehen war.

Zwei Wachen vor dem Haus, dachte Wiesel, waren ein gutes Zeichen, hier war er richtig.

Wie nicht anders zu erwarten, stand das Haus am Marktplatz, jeder Händler, der auf sich hielt, würde dort wohnen. Das Erdgeschoss war fest gemauert, Säulen stützten den Überhang des ersten Stocks, von dem eine Laterne herunterhing, die offensichtlich auch über Nacht brannte.

Der steinerne Türrahmen war prächtig verziert, die Eisenbänder an der schweren Eingangstür sogar vergoldet, der Boden vor dem Haus sorgsam gefegt. Selbst die Wache war recht gut gekleidet und … wachsam. Was, wie Wiesel allzu gut wusste, beileibe nicht sehr üblich war. Schließlich erlernte man auf solchen Posten recht bald die Kunst, es den Pferden nachzutun und im Stehen einzuschlafen.

Die Glocke an Borons Tempel schlug achtmal, Mitternacht. Wiesel sah zu dem Tempel hin, wo noch immer Kerzen brannten … und so auch zu den Resten des Scheiterhaufens, der noch immer dort zu finden war. Etwas stimmte nicht, dachte er und runzelte die Stirn. Es dauerte ein wenig, bis er verstand, was ihn hier störte: In Askir klangen die Glocken der Götter gemeinsam, aufeinander abgestimmt, sodass sie im Dreiklang eine Harmonie ergaben.

Doch die Glocken Soltars und Astartes schwiegen.

Auch das war seltsam, dachte Wiesel, als er durch die Nacht zu den beiden anderen Tempeln hinüberspähte. Dieser Boronpriester, wie hieß er noch, ja, Faban, hatte das Urteil allein verkündet. Gut, dies war Illian und nicht Askir, doch der Brauch, dass alle Priester der Dreieinigkeit einer Hinrichtung beiwohnten, war so alt wie die Götter selbst. Und warum läuteten in den anderen Tempeln keine Glocken mehr?

Gerade überlegte Wiesel, welches Rätsel er als Erstes lösen sollte, das dieses allzu gut bewachten Hauses oder das der stillen Tempel, als er in einer nahen Gasse den Widerhall von Pferdehufen hörte ... und das Klingen von metallbewehrten Kutschenrädern auf harten Pflastersteinen. Die Wache unter der Laterne bewegte sich zum ersten Mal, er trat an die Tür heran und klopfte. Obwohl es hinter den Läden dunkel war, wurde ihm gleich aufgetan, der Wachmann sagte etwas, und die Tür wurde wieder zugezogen.

Offenbar erwartete man hier Gäste ... und tat doch so, als ob das Haus schon schliefe. Kutschenknarren und Hufgetrampel kamen immer näher.

Zugleich aber huschte ein Schatten durch die Nacht, um sich in den Torbogen einer Gartenmauer zu pressen, wo der Schatten dunkler war. Die Mauer gehörte zu einem Wirtshofgarten, in dem man wohl auch Gäste bewirtete. Ein großer Hund schlief dort friedlich unter einem der alten Eichentische, die dort standen; als der Neuankömmling ein Geräusch verursachte, hob das Biest träge den Kopf und spähte in Richtung des Tors, von dem das Geräusch gekommen war. Da dort nichts geschah und niemand es wagte, sein Revier zu stören, sah er noch kurz zu Wiesel hoch, der über dem Tor auf der Mauerkrone lag, gähnte ... und schlief weiter.

Das hat mir gerade noch gefehlt, dachte Wiesel grimmig.

Da suchte man sich einen Ort aus, an dem einen niemand sehen konnte … und dann kam ein anderer daher und stellte sich genau darunter. Wenn man den nun fand und, wie es sich gehörte, danach suchte, ob es noch einen anderen gab, der sich in den Schatten wohlfühlte, würde es reichen, die Fackeln nur ein wenig anzuheben, um dann auch ein Wiesel zu entdecken.

Geh weg, dachte er, verschwinde!

Doch der Neuankömmling drückte sich nur tiefer in die Schatten. Auch er kam nicht auf die Idee, nach oben zu sehen, sein Augenmerk galt nur der Kutsche, die nun vor dem Haus anhielt. Der Wachmann trat an sie heran und klappte den Tritt heraus, bevor er mit einer Verbeugung den Schlag der Kutsche öffnete.

Ein schlanker Mann in einem dunklen Umhang, die Kapuze tief über das Gesicht gezogen, stieg aus der Kutsche, sah sich verstohlen um und eilte zur Eingangstür hin, die ihm im gleichen Moment geöffnet wurde.

Obwohl man von dem Mann nichts weiter sehen konnte als diesen langen Umhang, kam er Wiesel bekannt vor. Er runzelte die Stirn und…

»Render«, flüsterte der Mann unter ihm. Es war nicht lauter als ein Lufthauch, und dennoch hörte Wiesel den Hass in diesem einen Wort. »Dann kann die Eidbrecherin auch nicht so weit sein … da ist sie schon …«

Denn aus der Kutsche stieg nun eine Sera aus, für einen Moment sah Wiesel einen schlanken Fuß unter dem Umhang hervorblitzen, dann eilte auch sie, ebenfalls tief verhüllt, in das Haus hinein.

Der Wachmann schloss den Schlag und klappte den Tritt wieder ein, der Kutscher auf dem Bock schnalzte leise mit der Zunge, und die Pferde trabten an … weit ging die Reise nicht, nur in die nächste dunkle Gasse.

Zu einem geheimen Treffen kam man nicht in einer Kutsche, dachte Wiesel, als er stirnrunzelnd der Kutsche nachsah. Das hätte man anders gehandhabt. Dennoch verspürte man wohl keinen Wunsch, es an die große Glocke anzuhängen und in der ganzen Stadt auszuläuten. Wer auch immer dieser Graf Render war, er hatte Erfahrung darin, im Verborgenen zu handeln. Doch jetzt war Wiesels Neugier erst recht geweckt.

»…mit Verlaub, Durchlaucht, das war nicht klug von Euch getan«, hörte Wiesel, kaum dass er das passende Fenster gefunden hatte. Einen Teil der Unterhaltung hatte Wiesel bereits verpasst, daran gab er dem Wachmann Schuld, der nicht nur unablässig das Haus umstreifte, sondern auch beständig andere Wege ging. Der Mann war gut, gestand sich Wiesel ein, aber nicht gut genug, um auch einmal nach oben zu sehen. Aber selbst dann wäre es freilich zweifelhaft gewesen, ob er den Dieb gesehen hätte.

Zwar schien das Licht eines Kerzenleuchters durch die Ritzen der Fensterläden, doch der Rest der Wand lag tief im Schatten.

Mit einem Fuß auf einem Fachwerksbalken, eine Hand am Fensterstein, die zweite um die eiserne Angel eines der Läden verkrallt, hatte es sich Wiesel unter dem Fenster bequem genug gemacht.

Er zog sich kurz hoch und spähte durch den Spalt der Fensterläden, doch die kleinen runden Butzenscheiben verzerrten zu sehr, es gab nicht mehr zu sehen, als Wiesel schon wusste: zwei Gestalten in langen Umhängen und ein dritter, der an einem Schreibtisch saß und wohl eine Glatze hatte … denn sein Kopf war nur ein heller Fleck. Also ließ Wiesel sich wieder unter das Fenster sinken und wartete entspannt auf das, was es wohl zu hören geben würde.

»Es war notwendig, Ser Herwig«, hörte Wiesel nun eine kühle, weibliche Stimme. Die Eidbrecherin, wie der Beobachter in den Schatten sie genannt hatte. »Sie hat mit Dämonen paktiert.«

»So sagt man«, antwortete Ser Herwig. »Nur glaubt man es nicht. Ich höre, was die Leute in meinem Kontor reden.«

»Lasst die Leute schwätzen, Herwig«, hörte Wiesel die Stimme des Grafen. »Es ist vorbei … sie steht vor dem Gericht der Götter, lassen wir sie entscheiden. Macht nicht mir den Vorwurf, es war Bruder Faban, der darauf bestand, sie dem Feuer zuzuführen. Wäre es nach mir gegangen, hätte ich es … unauffälliger gehandhabt.«

»Bruder Faban ist ein Fanatiker«, meinte Ser Herwig abfällig.

»Aber ein nützlicher. Macht Euch um ihn keine Sorgen, er ist verlässlich. Er weiß, auf welcher Seite er zu stehen hat … und er vertraut vollends auf Steinherz. Genug davon. Wenden wir uns den Geschäften zu.«

Wiesel hörte den Händler seufzen.

»Wie viel braucht Ihr dieses Mal?«

»Neuntausend goldene Kronen.«

»Das ist ein Vermögen, Durchlaucht«, stellte Ser Herwig nach einer kurzen Pause fest. »Ihr wisst, dass Ihr mir schon siebzehntausend schuldet? Welche Sicherheiten wollt Ihr mir bieten? Selbst wenn die Truppen Thalaks nicht in Eurer Grafschaft stehen würden, wäre sie als Sicherheit nicht mehr genug. Nicht für diese Summe.«

»Ist Euch ein Königreich nicht Sicherheit genug? Bedenkt, was Ihr zu gewinnen hättet.«

»Nur gilt für das Reich dasselbe wie für Eure Grafschaft, fremde Truppen halten es besetzt.« Der Händler seufzte. »Eure Durchlaucht, das Ganze gleicht mir einem Possenspiel. Ihr wollt nach dieser Krone greifen, doch wenn die Mauern fallen, ist auch sie nicht mehr das Geringste wert.«

»Das mag sein«, kam die kühle Antwort. »Aber bis dahin vergeht noch Zeit. Zeit, in der sich die Dinge wandeln können. Auch habt Ihr keine Wahl.«

»So seht Ihr das?«, fragte der Händler überrascht. »Wie kommt Ihr nur darauf?«

»Ich schulde Euch schon siebzehntausend, Ihr selbst habt es mir soeben vorgerechnet. Was meint Ihr, könnt Ihr von mir erwarten, wenn Ihr mir das Geld nicht gebt? Wenn ich mit meinen Plänen scheitere, verliere ich meinen Kopf ... und Ihr das schöne Gold. Es wäre für uns beide lohnender, mir das Geld zu geben. Ich behalte meinen Kopf ... und sobald ich darauf eine Krone trage, wird die königliche Münze die Schuld ausgleichen.«

»Wofür braucht Ihr dieses Gold? Es Euch vorzustrecken, bringt auch mich an meine Grenzen, und Ihr habt selbst gesagt, dass das, was ich Euch bereits gegeben habe, für Eure Zwecke bereits reichte!«

»Wir waren übereingekommen, dass Ihr solche Fragen nicht mehr stellt«, erinnerte die Sera den Händler. Vielleicht war das der Grund, warum der stille Mann im Schatten sie als Schlange bezeichnet hatte, ihre Stimme klang danach, kühl und glatt, sie zischte auch ein wenig. »Haltet Euch daran.«

Der Händler murmelte etwas, das Wiesel nicht verstand. Dafür hörte er den Grafen lachen.

»Werdet nicht ungefällig, Herwig«, mahnte er den Händler an. »Vergesst nicht, was Ihr gewinnen könnt. Aber um Eure Frage zu beantworten ... Verhandlungen, Ser Herwig, dafür brauche ich das Gold. Verhandlungen, die, falls sie erfolgreich sind, dafür sorgen werden, dass der Feind von unseren Mauern abzieht.«

»Ihr wollt Euch ihnen ergeben?«, fragte der Händler ungläubig. »Aber Königin Eleonora ...«

»Ist tot«, unterbrach der Graf ihn hart. »Doch sie alleine trägt die Schuld, dass es so weit kam! Hätte sie ihr Haupt gebeugt, hätte es uns allen viel Leid erspart! Ser Herwig, es ist spät, und meine Geduld geht bald zur Neige. Sind wir handelseinig oder nicht?«

»Ich habe ja wohl schwerlich eine Wahl.«

»Doch, habt Ihr«, widersprach die Sera kühl. »Ihr könnt wählen, ob Ihr in dieser Stadt eine Zukunft haben wollt.«

Wie es weiterging, hätte Wiesel gerne noch gehört, doch draußen von der Straße her kam nun ein Ruf, der ihm die Haare aufstellte.

»Ein Dieb!«, rief jemand mit lauter Stimme und läutete mit einer Handglocke, als wäre er darauf bedacht, jeden im weiten Umkreis aus dem Schlaf zu reißen. »Dort rennt er! Basto, halte ihn auf, er darf uns nicht entweichen!«

Da Wiesel vor einem Fenster hing und keineswegs rannte, galt der Alarm wohl doch nicht ihm, auf der anderen Seite empfand er es als deutliches Signal, hier besser seine Zelte abzubrechen.

Er ließ sich fallen und landete weich und sicher auf seinen Füßen. Das Problem war nun, dass ihm am anderen Ende dieser Gasse ein stabiler Zaun den Weg versperrte. Er konnte hier verbleiben und hoffen, dass niemand ihn sah, oder sein Glück versuchen. Doch blieb er hier und sah man ihn, saß Wiesel in der Falle, also blieb ihm das Glück … und seine schnellen Füße.

Mit dem grellen Läuten der Handglocke, den Rufen und der Beschwerde eines Nachbarn, der ein Fenster aufriss, um nach der Nachtwache zu rufen, und zugleich drohte, den Inhalt seines Nachttopfs an den zu verschenken, der ihm die Nachtruhe genommen hatte, fiel es niemandem auf, als sich Wiesel aus der Gasse duckte und den nächsten Schatten suchte.

Am Ende dieser Gasse rannte ein Mann vor der Wache davon, so schnell, dass die dunkle Robe, die er unter dem Umhang trug, flatterte wie die Flügel eines Raben. Viel konnte auch Wiesel nicht erkennen, nur dass es ein hagerer Mann mit einem Haarkranz war. Doch da trat ihm die andere Wache in den Weg und breitete die Arme aus, woraufhin der Mann Haken wie ein Hase schlug, auf den glatten Pflastersteinen ausrutschte und dem Wachmann vor die Füße fiel … und ihn zu Boden riss.

Mit einem Fluch schlug der Wachmann mit seinem Knüppel zu, doch wieder erwies sich der andere Mann als überraschend behende, schneller als gedacht war er wieder auf den Beinen, um geradewegs auf die zweite Wache zuzurennen.

Diesmal, so schien es, gab es für den hageren Mann kein Entkommen mehr.

»Ich hab ihn!«, rief die Wache schon, als der hagere Mann sich dann doch unter dem Schlag durchduckte, dem größeren Mann den Ellenbogen hart in die Magengrube stieß, dass dieser taumelte, und weiterrannte.

Direkt auf Wiesel zu.

»Hier geht es auch nicht weiter, Ser!«, sagte eine kühle Stimme, und aus der Gasse, die Wiesel gerade erst verlassen hatte, trat eine schlanke Gestalt. Mehr noch als die kühle Sicherheit in ihrer Stimme war es das schlanke Rapier, das deutlich machte, wie ernst sie es damit meinte. Als sie Kapuze und Umhang zurückschlug, wohl um nicht von ihnen behindert zu werden, sah Wiesel, dass sie eine dunkle Lederrüstung trug, nur ihr linker Unterarm war mit schwarzem Stahl gepanzert, aus dem die Zacken eines Schwertbrechers wuchsen.

Schwer atmend blieb der hagere Mann stehen. »Schlange!«, zischte er. »Ihr habt der Krone einen Eid geschworen, und jetzt wollt Ihr mich noch morden! Pfui!«, fügte er voller Zorn hinzu und spie vor der Sera aus. »Die Hand der Königin! Schande über Euch, wie konntet Ihr sie nur so verraten!«

»Ich diene noch immer meinem Eid, Ser Fergo«, teilte die Frau in Schwarz ihm mit. »Also macht mir keinen Ärger, ich will Euch nicht verletzen.«

»Ach ja?«, höhnte der Mann und sah nach hinten, wo die beiden Wachmänner ihm den Weg abschnitten. »Was meint Ihr, wird mit mir geschehen? Wenn ich auch am Scheiterhaufen stehe, denkt Ihr dann auch noch an Euren Eid?«

»Ich bin es nicht, die den Göttern abgeschworen hat«, teilte ihm die Sera mit. »Das habt Ihr ganz allein getan.«

»Das ist eine Lüge!«, protestierte der Mann und wies mit

zitternden Fingern dorthin, wo nun Graf Render zwischen den Wachen hervortrat. »Merkt Ihr denn nicht, wie er Euch an der Leine führt? Ihr dient dem Falschen!«

»Er hat das beste Anrecht auf die Krone«, teilte sie ihm gelassen mit. »Ihm steht sie nach dem Erbrecht zu, und wir brauchen einen König.«

»Auch wenn er ein Lügner ist?«, rief der Mann empört. »Heute hat er schon eine umgebracht, die zu viel von seinen Plänen wusste. Vor zwei Wochen noch sprach er zu ihr von Liebe, und es hat ihr nicht geholfen. Was meint Ihr, was mit Euch geschehen wird, wenn er Euch nicht mehr braucht?«

»Ser Fergo«, meldete sich der Graf zu Wort. »Ihr tut mir weh, wenn Ihr so etwas von mir denkt. Ihr wisst doch selbst am besten, dass es Bruder Faban war, der sie gerichtet hat.« Er hob die Hände zu einer Geste der Unschuld an und ließ sie wieder fallen. »Und was Sera Sarann angeht, weiß sie, dass die Krone ihre treuen Dienste nicht vergessen wird. Sie weiß auch, dass Illian eine Führung braucht, solange niemand führt, sind wir kopflos wie ein Huhn.«

»Für Euch«, zischte der hagere Mann, »bin ich noch immer Bruder Fergo! Und Bruder Faban … Ich weiß nicht, was in ihn gefahren ist oder wem er in Wahrheit dient, doch Boron ist es sicher nicht! Er ist dem Wahn verfallen!«

»Nur, dass Ihr kein Priester mehr seid. Und wer sich dem Wahn ergeben hat, sieht man ja jetzt auch.« Der Graf sah bedauernd drein. »Sarann. Verhafte ihn, bevor er noch mehr Unsinn von sich gibt.«

»Aus welchem Grund?«, fragte die Sera mit dem Rapier und den kurzen schwarzen Haaren höflich.

»Er ist ein Dieb?«, schlug Graf Render vor, doch sie wehrte ab.

»Er hat nichts gestohlen.«

»Dann ergreift ihn, weil ich es sage«, meinte Graf Render und klang gelangweilt. »Übergebt ihn am besten Faban, der Bruder wird wissen, was zu tun ist.«

»Ja, Ser«, sagte Sarann höflich und trat einen Schritt zur Seite. »Ich werde tun, was Ihr verlangt. *Wenn* Ihr die Krone tragt.« Sie gab dem hageren Mann ein Zeichen. »Verschwindet«, fügte sie kühl hinzu. »Bevor ich es mir noch anders überlege.«

Ser Fergo sah sie ungläubig an und tat einen zögerlichen Schritt, als ihn die Stimme des Grafen aufhielt.

»Ich merke mir, wer meine Feinde sind«, sagte er und sah auch zu der Sera hin, die still dort stand. »Geht. Mit ihrem Segen, wenn nicht dem meinen. Aber das nächste Mal, wenn Ihr jemanden beschuldigt, solltet Ihr Beweise haben. Sonst müsst Ihr vor Boron Zeugnis geben.« Der Graf lächelte schmal. »Und kommt mir nicht noch einmal unter die Augen!«

Ser Fergo ließ sich nicht weiter bitten, sondern rannte. »Danke, Sera!«, rief er Sarann zu und rannte weiter.

»Wofür«, flüsterte die Sera so leise, dass Ser Fergo sie wohl kaum hören konnte. Nur Wiesel stand nahe genug.

Die Wachen sahen sich gegenseitig an und zuckten mit den Schultern, während der Graf sich mit einer eleganten Geste den Umhang über die Schultern warf. »Wollen wir?«, fragte er höflich.

»Sogleich«, antwortete die Sera. »Geht schon vor, ich komme nach.«

Solange sie dort stand, wagte Wiesel sich nicht zu regen. Sie verharrte in der gleichen Pose, bis die Wachen und der Graf nicht mehr zu sehen waren, dann drehte sie sich langsam um.

Du siehst mich nicht, dachte Wiesel angestrengt. Hier ist nichts, nur dunkler Schatten, es gibt hier nichts zu sehen. Einen kleinen Trick, so nannte Wiesel sein Talent, und auch wenn es ihn erschöpfte, so half es trotzdem meistens.

Meistens. Aber nicht in diesem Fall.

»Ihr solltet Euch mehr Mühe geben, wenn Ihr an fremden Fenstern lauscht«, teilte sie ihm mit. Es war dunkel in der

Gasse, aber jetzt, da sie sich ihm zugewendet hatte, konnte er ihre scharf gezeichneten Züge erahnen.

»Was ist es, das ich in Zukunft besser machen sollte?«, fragte Wiesel höflich.

»Atmet nicht. Das hilft.«

»Danke«, meinte Wiesel. »Ich werde es mir merken.« Er zögerte. »Kann ich jetzt gehen?«

»Ich bitte darum«, sagte sie. »Und richtet der Herzogin meine Grüße aus.«

Wiesel, der schon einen Schritt getan hatte, fuhr herum, doch sie ging bereits davon.

Von Politik

18 Die Grüße auszurichten, fiel ihm nicht schwer, denn als er sich durch das Fenster in sein Zimmer schwang, wartete Sera Lenere dort auf ihn. Eine Kerze brannte neben ihr auf einem kleinen Tisch, und sie hatte es sich mit einem Buch in einem der hohen Sessel bequem gemacht. In eine Decke eingehüllt, lag ihr das Buch lose auf dem Schoß, und sie schien zu schlafen, doch als er die Läden schloss und es wieder knarrte, sprangen ihre Augen auf.

»Man könnte meinen, ich stampfe wie ein dicker Ochse«, beschwerte sich Wiesel, während er das Fenster hinter sich verschloss. »Wisst Ihr, dass ich mich mal für leise hielt? Aber so, wie es mir in letzter Zeit erging, kann ich auch gleich mit einem Schellenbaum marschieren!«

»Ich bin alt und habe einen leichten Schlaf. Ihr seid ungehalten, Ser Wiesel«, stellte die Herzogin mit einem Lächeln fest und legte das Buch zur Seite. »War Eurem Raubzug kein Erfolg vergönnt?«

Er warf ihr einen scharfen Blick zu. »Also konnte ich Euch

nicht täuschen«, stellte er fest und setzte sich auf sein Bett. Jemand, wahrscheinlich die Herzogin, hatte es ihm neu bezogen, es roch nicht mehr halb so muffig wie zuvor, und die abgekochten Leinen waren einladend genug.

»Ihr seid ein Dieb, Ser Wiesel«, lächelte die Herzogin. »Über die Jahre traf ich den einen oder anderen aus Eurer Zunft … oft genug, um sie zu erkennen.«

»Was hat mich verraten?«

»Euer Name war ein Hinweis.«

»Ja, das sehe ich ein«, räumte Wiesel ein. »Doch er ist der einzige, den ich besitze. Hat man Euch denn oft bestohlen?«, fragte er neugierig.

»Einmal nur«, sagte sie. »Aber es bekam ihm nicht, ich habe ihn am nächsten Tag schon hängen lassen.«

»Und die anderen Diebe, die Ihr kanntet?«

»Oh, die«, winkte sie ab. »Sie hingen, bevor sie mich bestehlen konnten.« Ihre violetten Augen musterten ihn gründlich. »Ein Dieb und jemand, der das Zeichen des Namenlosen bei sich trägt. Wisst Ihr, weshalb ich euch beiden half?«

»Nein«, gestand Wiesel, dem die Unterhaltung nunmehr unbehaglich wurde. Er glaubte ihr jedes Wort und war nur froh, dass er nie die Absicht gehegt hatte, bei ihr zu stehlen. »Bitte, sagt es mir.«

»Weil ich spüre, wann jemand es ehrlich meint«, sagte sie. »Vielleicht ist es ein Talent oder auch nur Erfahrung, wer vermag das schon zu sagen, doch ich irre mich selten. Ihr besitzt ein gutes Herz … mehr noch als Eure Freundin, die auf einem schmalen Grat wandelt. Was, bedenkt man, wem sie dient, vielleicht nicht anders möglich ist.« Sie hielt die Goldkrone hoch, die er ihr vorhin gegeben hatte. »Ist diese Münze auch gestohlen?«

»Wahrscheinlich schon ein Dutzend Mal. Aber nicht von mir. Meine Schwester übt einen schlechten Einfluss auf mich aus, seit Jahren schon drängt sie in mich, auf besseren Pfaden zu wandeln.« Abgesehen davon, dass Stabsobrist Orikes ihm schon vor Jahren angedroht hatte, ihm die Ohren langzuziehen, sollte er sich nicht ändern. Bei Desina wusste er, wie er sie nehmen musste, doch Orikes ... der Mann hatte ernsthaft vor, nach seinem Dienst dem Tempel Borons beizutreten, Grund genug für Wiesel, sich in Zurückhaltung zu üben.

»Und«, fragte die Herzogin mit einem Lächeln. »Half das Drängen Eurer Schwester?«

»Meistens«, gestand Wiesel unbehaglich ein. »Darf ich fragen, was Euch veranlasste, in meinem Schlafgemach auf mich zu warten? Meine Schönheit ist es wohl kaum gewesen.«

Sie hob eine Augenbraue an, und ihre Augen blitzten. »Wohl kaum«, bestätigte sie und schmunzelte dann. Für einen Moment sah er sie, wie sie einst gewesen sein musste. Sie beugte sich etwas vor, um ihn eindringlich zu mustern.

»Ihr kennt diese Stadt noch nicht, Ser Wiesel. Es wäre nicht klug, zu viel Aufmerksamkeit auf Euch zu ziehen.« Sie stand auf und faltete ihre Decke sorgsam zusammen. Sie klemmte sie sich unter einen Arm und hielt die Kerze hoch, um ihn sich besser anzusehen. »Ein alter Freund von mir ist Goldschmied«, teilte sie ihm mit. »Er wird keine Fragen stellen, wenn ich ihn bitte, mir die Münze einzuschmelzen. Also braucht Ihr nicht zu stehlen.« Sie nickte ihm höflich zu. »Gute Nacht ...« Sie warf einen Blick zum Fenster hin. »Auch wenn sie nicht mehr lange währen wird.«

Sie zog die Tür leise hinter sich zu und ging hinunter in die Küche, wo sie einen Tee aufsetzte und wartete. Dafür, dass sie so zurückgezogen lebte, dachte sie mit einem Lächeln, hatte sie in der letzten Zeit überraschend viele Gäste.

Als sie die leisen Schritte hörte, stand sie auf und nahm den Kessel vom Feuer.

»Du kommst zu spät«, teilte sie der jungen Frau mit, die ihren Umhang abstreifte und sich müde in den Stuhl fallen ließ, in dem dieser Ser Wiesel noch vor nicht allzu langer Zeit gesessen hatte. »Aber gerade recht zum Tee.«

»Schlaft Ihr denn niemals?«, fragte Sarann, während sie ihre Handschuhe abstreifte.

»Es wird nicht mehr lange dauern, dann stehe ich in Soltars Hallen«, teilte die Herzogin ihr mit. »Dann ist Zeit genug zum Schlafen.« Sie goss der Sera ein und setzte sich ihr gegenüber an den frisch geputzten Tisch. »Du siehst niedergeschlagen aus«, stellte sie fest. »Was ist geschehen?«

»Bruder Fergo«, sagte die jüngere Sera unglücklich »Er meint es ja gut, aber ihm scheint nicht klar zu sein, wie dünn das Eis ist, auf dem er steht. Er hat uns beobachtet, und heute Nacht sagte er Graf Render auf den Kopf zu, was er von ihm hält. Der Graf verlangte von mir, ihn zu verhaften.«

»Und?«

Die Sera seufzte. »Ich habe mich geweigert. Was er mir übel nahm.«

»Ja«, sagte die Herzogin. »Kein Wunder.«

»Wir brauchen einen König«, meinte die jüngere Sera und schüttelte unglücklich den Kopf. »Aber warum muss es Render sein?« Sie sah fast flehend zu der Herzogin auf. »Warum nur macht Ihr Euer Anrecht nicht geltend?«

»Wir sprachen schon darüber. Ich bin zu alt, und es stände mir nur zu, wenn ich Arwens Anrecht auf die Krone und damit auch Eleonoras streitig machen würde.«

»Graf Renders Urgroßvater war der zweite Sohn Arwens. Ihr würdet auch seinen Anspruch nichtig machen.«

Die Herzogin seufzte. »Die Zeit dafür ist lange vorbei. Wenn, hätte ich nach Elfreds Tod nach der Krone greifen müssen.«

»Was dem Land nicht geschadet hätte.«

»Das sagst du«, lächelte die alte Sera. »Besser als Arwen und seine Söhne wäre ich wohl gewesen, doch sein Urenkel und Eleonora …« Sie seufzte erneut. »Sie gaben dem Land mehr Hoffnung, als ich es jemals hätte tun können.«

Sarann nickte. »Sie waren auch klug genug, Rat von Euch

anzunehmen. Doch Graf Render ist ein skrupelloser Intrigant. Er kennt nur ein Ziel: Dass er die Macht in sich vereint und niemand leben wird, der sie ihm streitig machen kann.« Sie senkte bedrückt den Kopf. »Vielleicht brauchen wir in diesen harten Zeiten ja einen solchen König, der mit eiserner Hand die Zügel hält, die Zeiten sind schwer genug. Er ist zudem bereit, sich Thalak zu ergeben, nur taktiert er schlauer, als Eleonora es je gekonnt hätte. Die Mauern werden halten, und Thalaks Truppen werden vor unseren Toren weiter sterben, die Armee ist zu groß, als dass man sie ernähren könnte. Sie wollen die drei Reiche befriedet sehen … Sein Argument ist, dass er das besser kann als jemand anderes, genau weil sein Anrecht auf die Krone unbestritten ist. Es scheint auch so, als wäre Kriegsfürstin Dereinis mittlerweile geneigter, seine Argumente anzuhören, die letzte Botschaft von ihr ließ zumindest darauf hoffen.« Ihre dunklen Augen suchten die der Herzogin. »Aber genau das war ja Euer Plan. Trotzdem, ich wünschte …«

»Es geht nicht anders«, sagte die alte Sera. »Auf Gnade können wir bei dem Feind nicht hoffen, er muss einen Vorteil darin sehen können, Illian nicht zu schleifen. Bei allem, was wir vorschlagen, wird er einen Trick vermuten, deshalb muss es Render sein.«

»Ja«, bestätigte Sarann bitter. »Es gibt keinen Zweifel daran, dass er gierig und skrupellos genug ist, dem dunklen Kaiser in den Arsch zu kriechen und jeden für ihn zu opfern, erhält er nur seine Krone dafür. Sie werden es glauben, weil es die Wahrheit ist. Und Illian wird einen hohen Preis bezahlen.«

»Aber überleben«, sagte die Herzogin leise. »Genau das war der Plan. Wenn Illian überlebt, wer weiß, was dann die Zukunft bringt. Wenn wir aber untergehen … dann gibt es keine Zukunft mehr.« Sie setzte ihre Tasse ab und musterte die junge Sera. »Erinnerst du dich an Leandra?«

»Die Halbelfe?«, meinte Sarann erstaunt. »Das Mündel der Königin?«

»Und ihr Paladin«, erinnerte die Herzogin Sarann. »Dass die Leute das immer vergessen!«

»Weil es niemand ernst genommen hat. Man traute ihr nur wenig Rückgrat zu, sie hat sich zu oft im Tempel verkrochen … und sich wenig Mühe gegeben, sich am Hofe zu behaupten. Und dann ist da noch ihr Ruf …« Sarann dachte einen Moment nach. »Sie war Graf Renders Hure, das mag ihr heute nützen, aber in meinen Augen spricht das nicht für sie.«

»Du warst damals noch ein Kind«, sagte die Herzogin sanft. »Du hast auch nur gesehen und gehört, was du sehen und hören wolltest.«

»Ich war zwölf, als ich in Eurem Auftrag den ersten Mann erstach«, widersprach Sarann hart. »Ihr habt mich doch selbst ausgesucht und meine Ausbildung überwacht, wo blieb da Platz und Zeit, ein Kind zu sein?«

»Wahr«, gestand ihr die Herzogin ein. »Das ist eine weitere Schuld, die Boron mir in die Waage legen wird.«

»Ich war ein halbes Jahr ihr Page«, erinnerte Sarann die Herzogin. »Ich weiß, dass sie für ihn schwärmte.«

»Ja. Damit war sie auch nicht allein, mit seinen blonden Haaren und seiner stattlichen Figur fiel es ihm leicht, die Blicke der Frauen auf sich zu ziehen. Aber im Inneren war er nie anders, als er es heute ist. Glaubst du tatsächlich, Leandra wäre seine Hure gewesen?«

»Nein«, sagte Sarann nach einigem Zögern. »Aber jeder sprach davon.«

»Was daran lag, dass sie dumm war. Graf Render hat ihre Schwärmerei für ihn ausgenutzt, um sich Zutritt zu ihrem Gemach zu verschaffen, doch als sie sich weigerte, ihm das zu geben, was er wollte, nahm er es sich mit Gewalt. Ihr Fehler war es, dass sie es Eleonora zu lange verheimlichte. Graf Render nutzte die Zeit, um diese Gerüchte in die Welt zu setzen, und als Eleonora davon hörte und von Leandra die Wahrheit forderte, war es bereits zu spät.«

»Also wurde sie genauso geopfert wie Nemris«, stellte

Sarann fest. »Aus politischem Kalkül und weil er schon damals der Erbe war. Leandra hatte Glück, dass er sie leben ließ.«

»Das war kein Glück«, widersprach die Herzogin. »Ich riet es Eleonora, und sie riet ihr, sich vom Hofe zurückzuziehen und sich Render nicht entgegenzustellen; wie du sagst, er hätte sie nicht leben lassen, hätte sie ihm eine Bedrohung bedeutet. Es muss hart für sie gewesen sein, das alles der Königin zu gestehen und dann zu erfahren, dass ihr Peiniger ungeschoren davonkam, während sie letztlich in die Tempelschule verbannt wurde.«

»Also gut«, sagte Sarann. »Ich habe mich in Leandra getäuscht, und sie war auch nur ein Stein im Spiel der Kronen. Aber warum bringt Ihr sie jetzt auf? Sie gilt als tot, seit einem halben Jahr hat sie niemand mehr gesehen.« Sie sah auf. »Ist es das, was Ihr mir sagen wollt? Dass sie doch noch Render zum Opfer fiel?«

»Mitnichten«, sagte die Herzogin mit feinem Lächeln. »Vielmehr scheint es mir, als ob Borons Wege auch diesmal zur Gerechtigkeit führen könnten. Sie lebt ... und mein Hausgast behauptet, dass Eleonora sie dazu bestimmte, die Nachfolge anzutreten.«

Saranns Augen weiteten sich. »Leandra?«, rief sie ungläubig. »Wie soll das möglich sein? Eleonora konnte vielleicht die Nachfolge bestimmen, aber doch nur unter denen, die ein Anrecht darauf haben!«

»Und wer«, lächelte die Herzogin, »sagt dir, dass es nicht so ist?«

»Ihr wisst etwas«, warf Sarann der alten Sera vor. Sie bedachte Lenere mit einem scharfen Blick. »Und Ihr werdet es für Euch behalten.«

»So ist es«, bestätigte die Herzogin.

»Was uns zu Eurem Hausgast bringt. Er belauschte den Grafen und Ser Herwig.« Sie musterte Lenere. »Ich war überrascht, davon zu hören, dass Ihr Gäste habt, und mehr noch, dass Ihr sie überwachen lassen wolltet. Hat Leandra ihn geschickt, um für sie Rache zu nehmen?«

»Ich glaube nicht«, sagte Lenere nachdenklich. »Es gab keinen Hinweis darauf, dass er die Vorgeschichte kennt. Doch es hängt alles miteinander zusammen, Leandra hat eine Allianz zwischen Illian und dem alten Kaiserreich erwirkt.«

»Askir gibt es noch?«, fragte Sarann erstaunt. »Ich dachte …«

»Das dachte jeder außer Eleonora. Auch ich hatte meine Zweifel, ob ihre Visionen wahr sein konnten. Aber sie behielt wie üblich recht.«

Sarann schluckte, als sie verstand, was die Herzogin ihr sagte. »Das bedeutet … das bedeutet doch, dass wir von Askir Hilfe erhoffen können? Ist das wahr?«, wollte sie ganz aufgeregt wissen. »Kann es wirklich sein, dass die Legionen des Kaiserreichs uns beistehen werden? Wird Askannon kommen und Feuer auf unsere Feinde regnen lassen?«

»Trink deinen Tee, mein Kind, und beruhige dich«, lächelte die Herzogin. »Du machst mich noch ganz wirr, wenn du so zappelst!«

»Ich zappele nicht«, widersprach die junge Sera erhaben. »Ich habe mich nur anders hingesetzt. Aber sagt, ist es wirklich wahr?«

»Ja«, nickte Lenere. »Aber dies gilt nur dann, wenn Leandra auch die Königin werden wird. Ich habe meine Zweifel, dass sich Askir mit Render verbinden würde. Und es ist auch nicht so, dass wir die Legionen des Kaiserreichs schon morgen erwarten können, es wird noch Monate dauern, vielleicht auch Jahre, bis man uns befreien kann. Wenn es überhaupt möglich ist, denn der Feind ist übermächtig.«

»Aber die kaiserlichen Bullen wurden nie geschlagen!«, protestierte Sarann, die, wie die Herzogin schmunzelnd feststellte, in ihrer Aufregung noch immer einem jungen Mädchen glich und nicht einer Agentin der Krone.

»Es gibt immer ein erstes Mal«, mahnte die Herzogin. Sie stand auf und ging ruhelos in ihrer Küche auf und ab.

»Das Problem ist nicht, was die kaiserlichen Legionen tun. Für uns stellt sich ein anderes Problem. Als ob wir nicht genügend hätten. Ich bin nicht überrascht, dass sich Eleonora für Leandra entschied, unsere Königin hasste Render aus ganzem Herzen … ich glaube, das war mit ein Grund, warum sie so lange am Leben blieb, sie wollte es ihm nicht gönnen. Doch jetzt ist es zu spät. In wenigen Tagen wird Render vor dem Kronrat seinen Anspruch verkünden.«

»Nicht ganz ohne unsere Hilfe«, stellte Sarann bitter fest.

»Wie du selbst festgestellt hast, gab es keine andere Wahl. Hätte mich Eleonora ins Vertrauen gezogen …« Die Herzogin seufzte. »Ich verstehe ja, warum sie es nicht tat, aber dann hätten wir wenigstens gewusst, dass es eine andere Wahl gegeben hätte.«

»Das bringt mich wieder zu Eurem Gast zurück. Wie kam er hierher, wo wir doch belagert sind? Und kommt Leandra auf dem gleichen Weg?«

»Magie, mein Kind«, sagte die Herzogin. »In Askir hat man sie noch nicht vergessen. Mein Gast heißt Wiesel, und er hat eine Freundin mitgebracht. Eine sehr interessante Sera, diese Marla.« Sie fixierte Sarann mit ihrem Blick. »Du hast ihn also auch getroffen. Sag mir, was du von ihm hältst.«

»Er muss sehr gut sein«, gab Sarann unbehaglich zu. »Ich habe nicht bemerkt, dass er uns belauschte. Hätte es keinen Lärm auf der Straße gegeben, und wäre das Fenster nicht der schnellste Weg gewesen, wäre er mir nicht aufgefallen. Nur mein Talent verriet mir seine Spuren, aber selbst als ich diesen folgte und direkt vor ihm stand, habe ich ihn nicht gesehen. Dann sprach ich mit ihm … und er blieb gelassen, obwohl ich ihn ertappte.« Sie zögerte ein wenig. »Ich glaube gar, ich habe ihn erheitert.« Sie sah zur Herzogin auf. »Die meisten Menschen, denen ich begegne, haben Angst vor mir. Er nicht. Er schien mir völlig unbeeindruckt. Außerdem … wenn er, wie Ihr sagt, so neu in der Stadt ist, wie kommt es dann, dass er diese Unterhaltung belauschen konnte? Ich hätte schwören können, dass außer Ser Herwig, dem Grafen, mir und Euch niemand etwas davon wusste.«

Die Sera lächelte. »Das ist leicht zu erklären. Der Ser ist ein Dieb ... und so hat er sich das Haus ausgesucht, das am prächtigsten verziert ist.«

»Es muss mehr sein«, widersprach die junge Sera.

»Nun, vielleicht ist es dann der Götter Wille gewesen.« Die Herzogin stand auf. »Es ist Zeit für mich, meine alten Knochen zur Ruhe zu betten. Und wenn du noch länger hier verweilst, wird sich Graf Render fragen, wo du gewesen bist.«

»Der Bettler wird es ihm nicht berichten«, meinte Sarann überzeugt. »Und wenn Render fragen sollte, sage ich ihm einfach, dass ich bei einem Liebhaber gelegen habe ... es lässt ihn so schön mit den Zähnen knirschen.« Sie seufzte. »Er hält sich für anziehend für die Seras.«

»Ja«, sagte die Herzogin rau. »Schade, dass er auf manche in der Tat so wirkt ... sonst wäre Nemris noch am Leben. Hast du herausgefunden, was es ist, weshalb sie sterben musste?«

»Noch nicht«, sagte Sarann. »Aber ich glaube, ich weiß bereits, wo ich suchen muss. Kurz bevor er sie so verriet, hat er ihr das Haus seines Vaters gezeigt. Damals plante er noch, mit ihr dort einzuziehen.«

»Nemris war ihm hörig«, meinte die Herzogin nachdenklich. »Sie hätte ihn nicht verraten. Es sei denn, das, was sie erfuhr, wog so schwer, dass sie nicht anders konnte. Nur, was mag das wohl sein?«

»Ich werde es Euch wissen lassen, sobald ich es in Erfahrung gebracht habe«, meinte die junge Sera und verbeugte sich zum Abschied. Mit der Hand auf dem Türgriff blieb sie stehen und grinste breit. »Vielleicht solltet Ihr die Gaben Eures Besuchers nutzen. Ich hörte, Wiesel wären gut darin, Verborgenes zu finden.«

Der verlorene General

19 Diesmal war es nicht Bruder Jon, der Leandra zum Garten geleitete, sondern Bruder Gerlon, der sie erfreut begrüßte, als er sie durch die große Halle schreiten sah.

»Ich sehe, Ihr habt Euch erholt«, stellte er zufrieden fest, während er sie durch den Tempel führte. »Ich gestehe, ich war ein wenig in Sorge um Euch.«

»Und ich um Euch«, lächelte Leandra. Als sie den jungen Priester das letzte Mal gesehen hatte, war auch er zerschlagen und verletzt gewesen, zudem hatte eine Art Pilzgewächs, das ihm im Kopf gewachsen war, ihn fast vollends in den Wahn getrieben. Ihn jetzt hier so offenkundig gesund und munter vor ihr stehen zu sehen, tat ihr gut. Zu viele hatten bei dem Versuch, den Weltenstrom umzuleiten, Gesundheit oder Leben lassen müssen.

»Ich habe es auch nicht verstanden«, nickte Bruder Gerlon. »Bis Asela es mir erklärte. Ich kann mich nicht erinnern, wie es dazu kam, aber ich hielt Soltars Schwert in meinen Händen, und ein feindlicher Soldat, der Asela daran hindern wollte, uns zu folgen, fiel wohl in die Klinge ... und so heilte mich das Schwert Soltars auf die gleiche Art wie sonst den Lanzengeneral.« Er klopfte sich leicht mit dem Zeigefinger auf die Schläfe. »Nicht nur meine Wunden, sondern auch das, was mir im Schädel wucherte.«

»Eine glückliche Fügung«, stellte Leandra fest.

Bruder Gerlon lachte.

»Ihr hört Euch an wie Blix, er will auch nicht zugeben, dass es Wunder geben kann. Für mich war es ein Wunder, und ich sehe Soltars Hand darin. Ich ...« Doch plötzlich schwand sein Lächeln, und er sah betreten zu Boden. »Bruder Jon sagt, es wäre Hochmut anzunehmen, dass der Gott persönlich es so für mich gefügt hätte ... ich solle lieber in tiefer Dankbarkeit beten und ihm dienen. Aber es kann doch nicht falsch sein, wenn ich darauf hoffe, dass er tatsächlich ein Erbarmen mit mir hatte?«

Leandra lachte.

»Wir werden alle von den Göttern berührt ... und warum solltet Ihr nicht darauf hoffen, dass der Gott an Eurem Schicksal Anteil nahm?«

»Weil, sagt Bruder Jon, es dazu führen könnte, dass ich mich zu Höherem berufen fühle und einen Anspruch daraus ableite«, erklärte der junge Priester unglücklich.

»Nun«, schmunzelte Leandra, »in gewisser Weise hat er recht, Euch davor zu warnen. Aber warum seid Ihr nicht einfach dankbar, erfreut Euch daran, dass Ihr gesundet seid, und genießt das Leben? Das kann ja wohl niemandem schaden.«

»Genau das tue ich ja auch«, erklärte der Priester ernsthaft. »Gestern habe ich den ganzen Tag gebetet, bis Bruder Jon kam und mir sagte, dass ich ob meiner Dankbarkeit dem Gott gegenüber meine Pflichten nicht vergessen dürfe ... und ließ mich wieder die Tempelstufen kehren.« Er schüttelte traurig den Kopf. »Manchmal weiß ich nicht, was schwerer ist: es Bruder Jon recht zu machen oder unserem Gott.«

Er sah so betreten drein, dass Leandra Mühe hatte, nicht laut aufzulachen. Besser war es, dachte sie, dem Gespräch eine andere Richtung zu geben.

»Sagt, wisst Ihr, was geschah, bevor Asela kam? Ich weiß, dass ich versuchte, Corvulus zu erschlagen, doch er war zu stark für mich und schlug mich nieder. Danach weiß ich nichts mehr, als ich dann erwachte, fand ich mich im Lager der fünften Lanze wieder, kurz nachdem die Schlacht geschlagen war.«

»Nein«, sagte Gerlon bedauernd. »Ich weiß nur, dass der Kriegsfürst Euch zwang, mich zu tragen ... aber an viel mehr erinnere ich mich nicht.«

Sie waren an der Tür zum Garten angekommen, und Gerlon wollte sie gerade für die Maestra aufziehen, als sie sich öffnete und ein Junge in den Roben eines Tempelschülers und bewaffnet mit einem großen Korb, Sichel und Rechen ihnen entgegenkam; der Inhalt des Korbs verriet, dass er sich im Garten nützlich gemacht hatte.

»Was machst du denn hier?«, fragte Gerlon erstaunt. »Habe ich dir nicht gesagt, du sollst warten, bis du den Lanzengeneral nicht störst?«

»Havald hätte sicherlich nichts dagegen gehabt«, nahm Leandra den Tempelschüler in Schutz.

»Darum geht es nicht«, begann Gerlon. »Ich …«

»Er ist doch gar nicht da«, warf der Tempelschüler ein. »Also habe ich ihn auch nicht gestört!«

»Er ist nicht da?«, fragte Gerlon erstaunt. »Wenn er nicht im Garten ist, wo ist er dann?«

»Er hat gesagt, dass er Boron etwas schuldet, und ist gegangen«, erklärte der Tempelschüler. »Er fragte mich noch, ob es in Askir einen Arsenalsplatz gäbe … und ich habe ihm den Weg gewiesen.« Er sah mit großen Augen zu Gerlon hoch. »Wieso, habe ich etwas falsch gemacht?«

»Du nicht«, sagte Gerlon leise und schickte den Jungen weiter. Hilflos schaute Gerlon zu Leandra hin. »Ich glaube, das wird Bruder Jon gar nicht gefallen.«

Als sie zwei Kerzenlängen später zur Donnerfeste wollte, fand sie an der Rampe nach unten zu dem Tor Serafine vor, an ihrer Seite Blix und Grenski, die ihr beide noch immer etwas bleich erschienen. Leandra überlegte, ob sie den Major zur Seite ziehen sollte, in ihrem Gepäck befanden sich noch immer die Schatulle und die Rolle mit den Briefen, aber dies war wohl nicht der richtige Zeitpunkt dafür.

»Gut, euch auf den Beinen zu sehen«, begrüßte sie die beiden freundlich, während sie suchend zu Serafine hinsah, doch die schüttelte nur leicht den Kopf. »Seid ihr sicher, dass ihr mich schon begleiten könnt?«

»Ja, Maestra«, antwortete Blix mit einem Blick zu Grenski

hin, die nur nickte. »Die Priester haben ihre Magie an uns gewirkt; wir sind bereit.«

Stabssergeantin Grenski räusperte sich und stand gerade. »Mit Verlaub, Maestra, wenn ich frei sprechen darf?«

»Bitte«, sagte Leandra und sah Serafine fragend an, doch die wusste offenbar auch nicht, was Grenski wollte.

»Warum wir?«, fragte die Stabssergeantin bitter. »Es gab genügend andere, die Heilung brauchten. Es sind zwei Weitere gestorben ... und mein bester Scharfschütze verlor eine Hand ... die man ihm im Tempel hätte heilen können!«

»Damit hat die Maestra nichts zu tun«, sagte Serafine kühl, bevor Leandra Antwort geben konnte. »Es war meine Entscheidung, und ich habe die Kaiserin darum gebeten. Wenn die Maestra morgen früh nach Illian geht, braucht sie an ihrer Seite jemanden, dem sie vertrauen kann.« Sie fixierte die beiden Soldaten mit einem scharfen Blick. »Auch eine Tempelheilung hat ihre Grenzen, wie Ihr wisst, sie beschleunigt nur, was von alleine heilen würde oder was ein Medikus im Vorfeld richtet. Sergeant Jespers Hand war nicht zu retten, jeder Knochen war zerschmettert, kein Medikus konnte sie noch richten. Erst nach der Operation konnte man ihn heilen, und genau das ist auch geschehen. Er hat seine Hand verloren, aber er wird leben.« Ihr Blick fing Grenskis Augen ein. »In der zweiten Legion kümmern wir uns um unsere Soldaten«, fügte Serafine verärgert hinzu. »Wir werfen keine Leben weg!« Sie wies auf die Rampe zum Tor. »Hattet ihr nicht noch etwas zu tun?«

»Aye, Ser, Schwertobrist, Ser!«, rief Blix und salutierte. »Wir sind schon nicht mehr hier!«

»War das eben eine Spitze an Lanzenobristin Miran?«, fragte Leandra leise, als Blix und Grenski schon durch das Tor gegangen waren.

»Höre mir von Miran auf«, sagte Serafine verärgert. »Du wirst sie in der Donnerfeste finden, sie bedrängt noch immer Desina mit ihrem neuen Plan.«

»Wird sie ihm zustimmen?«

»Ich weiß es nicht, ich war zu der Besprechung nicht eingeladen«, gab Serafine knapp zurück. »Ich weiß nur, dass man sie als Erste in den Rang eines Generals befördern wird, wenn Miran ihr Plan gelingt.« Sie sah nachdenklich in die Ferne. »So vieles scheint auf den ersten Blick unverändert, und doch ist alles anders. Wir haben damals nicht so gehandelt … so überstürzt. Alles war sorgfältig durchdacht, und bevor auch nur eine Lanze ausrückte, wussten wir, was wir zwei Monate später für sie brauchen würden. Jetzt hingegen …« Sie zuckte hilflos mit den Schultern. »Ich kenne Miran nicht. Vergesse nicht, dass ich diesen Rang nur bekleide, weil Havald mich als seine Adjutantin wünschte. Man lässt mich machen, aber ich gehöre nicht dazu.«

Serafine klang ungewöhnlich gereizt, und Leandra befand es für besser, nicht weiter darauf einzugehen.

»Stimmt das? Dass man in den Tempeln nur Wunden heilen kann, die auch von alleine heilen würden?«, fragte sie neugierig. »In Illian verfügt kaum ein Priester über das Talent zur Heilung, von dort kenne ich dieses Vorgehen gar nicht, aber Zokora vermochte mehr zu tun, und selbst die alte Enke kann weit mehr.«

»Zokora«, seufzte Serafine. »Ich wollte, wir wüssten, was mit ihr ist. Oder könnten ihr helfen. Sie ist ein Einzelfall und Enke wahrscheinlich auch. Sie hatten beide Jahrhunderte Zeit, ihre Kunst zu üben … und gerade Zokora griff auf ein Wissen zurück, das uns schon lange verloren ist. Wenn wir es denn jemals hatten.« Sie warf einen Blick auf Steinherz und seine Scheide. »Ich sehe, du hast Erfolg gehabt.«

»Ja«, nickte Leandra. »Danke für deinen Rat, im Zeughaus haben sie eine für mich finden können.«

»Hat sie etwas gebracht?«

»Ein wenig nur«, erklärte Leandra, während sie beide zusahen, wie ein schwerer Wagen mit verbeulten und blutigen Rüstungsteilen die Rampe hinaufgezogen wurde. Unten an der Rampe stand ein Korporal der Federn und winkte ihr bereits ungeduldig zu. »Ich bin auch gleich dran«, stellte sie fest. »Hast du noch etwas von Havald gehört?«

Serafine schüttelte den Kopf.

»Gleich nachdem ich die Nachricht erhalten habe, habe ich Stofisk auf ihn angesetzt. Wenn jemand Havald unauffällig finden kann, dann er.« Sie hielt Leandra die Hand hin. »Der Götter Segen mit Euch, Leandra, Königin von Illian«, sagte sie leise. »Und viel Glück dabei! Wenn ich dich das nächste Mal sehe, will ich eine Krone auf deinem Kopf sehen!«

Leandra nahm den Handschlag an, und einen langen Moment standen die beiden Seras einander gegenüber.

»Kümmere dich gut um Havald, ja?«, flüsterte Leandra, und Serafine nickte.

»Wenn ich ihn wiederfinden kann.«

Der geheime Plan

20 »Hast du das mit der Heilung gewusst?«, fragte Grenski den Major, als sie sich an zwei schweren Wagen vorbeidrückten. Das Tor der Donnerfeste befand sich im Inneren der Kommandantur und war nicht dafür ausgelegt gewesen, schwere Wagen zu bewegen. Man hatte Wände eingerissen, doch an einer Stelle half auch das nicht, hier mussten alle Wagen durch einen Gang, der gerade breit genug war, um sie passieren zu lassen.

Erleichtert atmeten sie beide auf, als sie die Messe erreichten.

»Nein«, antwortete Blix und sah sich suchend um, in der Hoffnung, vielleicht noch andere Überlebende der Lanze zu finden. Er fand sie nicht, doch jede Menge neue Gesichter … und die meisten der Soldaten trugen die kaiserliche Drei auf ihren Armen. »Es war auch für mich das erste Mal, dass man mich mit Gebeten heilte.«

Er sah zu dem Wasserwerk hin, das an der Stirnwand der großen Messe hing, jemand hatte es gereinigt und in Gang gesetzt. »Es ist erst die fünfte Glocke«, stellte er fest. »Wir haben noch etwas Zeit. Ich habe Hunger wie ein Stier.« Er sah sie fragend an, und Grenski nickte.

»Mir steht mehr der Sinn nach Bier, aber ich leiste gern Gesellschaft.«

Sie fanden einen Platz in der Ecke, weg von der Tür zur Messe, wo es meist etwas zog.

»Es ist voll hier geworden«, stellte er fest und winkte einen Rekruten herbei, der in der Messe Dienst tat, um sich ein Essen zu bestellen. Er sah ihm nach, wie er davoneilte.

»Götter«, seufzte Blix. »Hast du gesehen, wie jung er ist?«

»Habe ich«, sagte Grenski. »Viel älter war ich auch nicht ... und ich habe den Dienst in der Messe mindestens genauso sehr gehasst wie er. Vor allem die frischen Rekruten waren schlimm«, erinnerte sie sich. »Sie dachten, nur weil ich sie bediente, könnten sie mich auch behandeln wie eine Wirtsmagd. Der Sergeant hat ihnen die Flausen schnell ausgetrieben ... aber am Anfang fand ich mich doch sehr bedrängt.« Sie lehnte sich bequem zurück und seufzte. »Ich bin froh, dass das vorbei ist.« Sie richtete sich gleich wieder auf. »Da kommt Kasale«, sagte sie. »Und Lanzenobristin Miran. Kasale sieht nicht gerade glücklich aus.«

Blix drehte sich um. »Und Miran grinst wie eine Katze, die den Vogel gefangen hat.« Er hob die Hand und winkte. »Vielleicht lässt sich Kasale auf einen Schwatz mit uns ein.«

So war es auch. »Wenn das nicht mein Lieblingsmajor ist«, knurrte Generalsergeantin Kasale, als sie sich zu ihnen gesellte. Mit einem langen Arm fischte sie sich ein frisch gezapftes Dünnbier vom Tablett eines Rekruten, beinahe hätte er sich beschwert, doch als er sah, wer ihn bestohlen hatte, schluckte er seine Worte herunter.

»Wieder auf den Beinen?«

»Seltsam, jeder fragt uns das«, meinte Grenski und sah dem Rekruten hinterher. »Jetzt muss er zweimal laufen.«

»Am Tisch, den er bedient, sitzen nur die Helden von der dritten Legion«, meinte Kasale verärgert, während sie durstig trank. Sie wischte sich den Schaum von den Lippen. »Sollen sie ruhig ein wenig länger warten.«

»Ich wusste gar nicht, dass ich Euer Lieblingsmajor bin«, grinste Blix, und Kasale warf ihm einen Blick zu, der ihn eines Besseren belehrte.

»Zumindest seid Ihr der Einzige hier in der Feste.« Kasale hatte den Rang eines Stabsmajors bekleidet, bevor sie die Generalsergeantin der zweiten Legion wurde. So oder so war sie niemand, der sich von einem frischgebackenen Lanzenmajor aufziehen ließ. »Die Kaiserin hat sich überzeugen lassen, dass es besser wäre, die Ausbildung der Zweiten voranzutreiben, und hat den größten Teil von uns nach Gasalabad zurückbeordert.«

Blix nickte, dort, nahe der Wüstenstadt, lag das alte Basislager der zweiten Legion, die auch schon zur Zeit des alten Reichs dort stationiert gewesen war.

»Es war Mirans Idee ... und, verflucht soll sie sein, sie hat die Vernunft auf ihrer Seite. Wir sind noch nicht einsatzbereit, und sie besitzt die meisten kampfbereiten Soldaten. Und nachdem der Vertrag von Askir nicht mehr gilt, gibt es auch keinen Grund mehr, die Dritte hier nicht einzusetzen. Dies ist unsere Feste«, fuhr sie fort. »Und die Kaiserin hat uns versprochen, dass das auch so bleibt. Aber für den Moment hat Miran hier das Sagen. Ich hoffe, dass Ihr bald wieder zurück seid, Lanzenmajor, denn die fünfte Lanze wird hier stationiert ... dann könnt Ihr Euch mit den Helden der Legionen auseinandersetzen!«

»Fein!« Blix grinste breit. »Ich freue mich schon darauf.«

»Freut Euch nicht zu früh«, grollte Kasale und strich sich über ihr kurzes Haar. Sie wandte sich Grenski zu. »Du bist jetzt begnadigt, Sanja, weißt du schon, was du jetzt machen willst? Wenn du willst, kann ich dafür sorgen, dass du in die Fünfte zurückversetzt wirst … wir haben dich dort schmerzlich vermisst.«

»Danke, nein«, entgegnete Grenski. »Ich habe meinen Platz gefunden. Und jemand muss ja auf ihn aufpassen.«

»Ihr kennt euch?«, fragte Blix erstaunt.

»Ja«, sagte Kasale. »Wir waren gemeinsam auf der Akademie und dann beide in der gleichen Lanze. Sie war drauf und dran, zum Major befördert zu werden und ihre eigene Lanze zu erhalten, als einer dieser Wüstenfürsten meinte, er könne sie ungestraft versklaven.«

»Was geschah?«, fragte Blix neugierig. Er hatte nie herausgefunden, weshalb Grenski in eine Straflanze versetzt worden war. Das ungeschriebene Gesetz in einer solchen Lanze verlangte, dass man nicht danach fragte, also hatte er es nie getan.

»Sie hat ihn kastriert«, erklärte Kasale, während Grenskis Gesicht nicht die geringste Regung zeigte. Der Major sah Grenski sprachlos an, doch sie zuckte nur mit den Schultern.

»Es ist lange her und nicht mehr wichtig.« Ihr Blick an die Generalsergeantin war eine Warnung. »Was hat Miran diesmal angestellt, dass du so sauer bist?«, wollte sie wissen, auch um das Gespräch in eine andere Richtung zu lenken. Als Kasale zögerte, gestattete sie sich ein leichtes Lächeln. »Wir sind schon morgen früh weit weg von hier. Aber wenn du uns nicht vertrauen willst …«

»Blödsinn«, knurrte Kasale. »Das ist es nicht. Sie führt die dritte Legion, und sie verdient meinen Respekt, aber ich kann sie nicht leiden! Wenn sie unfähig wäre, könnte ich es leichter ertragen, aber so …« Sie sah zu den Seiten hin, um sich zu vergewissern, dass niemand sie hören konnte. »Ich ziehe euch das Fell in Streifen ab, wenn ihr euch verplappert«, drohte sie ihnen. »Aber ich muss zugeben, dass ihr neuer Plan schon etwas hat.«

»Was hat sie vor?«, fragte Blix neugierig.

»Dieser Wyrm, diese Byrwylde ... sie liegt vor dem alten Tempel in Lassahndaar und tut nichts weiter, als sich zu sonnen. Aber sie reagiert darauf, wenn Reiter in ihre Nähe kommen, vielleicht ist es das Geräusch der Hufe, oder sie kann sie einfach nicht leiden, auf jeden Fall war sie plötzlich hinter einem unserer Späher her, als der sich unvorsichtig zeigte. Er entkam nur mit Mühe und Not, das Vieh ist fast so schnell wie unsere Pferde. Miran hörte von dem Vorfall und kam auf die Idee, man könne diesen Wyrm vielleicht locken.«

»Warum?«, fragte Blix unverständig. »Wir haben Lassahndaar doch aufgegeben. Soll sie dort doch liegen, es ist besser, als wenn sie die Landschaft verwüstet. Wohin will sie denn diesen Wyrm locken?«

»Mitten in den Feind hinein.«

»Verflucht!«, entfuhr es dem Major, während Grenski leise durch die Zähne pfiff. »Sie ist gerissen!«

»Ihr Plan geht weiter. Sie will abwarten, wer den Kampf gewinnt. Nach dem zu urteilen, was Maestra di Girancourt berichtet hat, geht Miran davon aus, dass die Schlange nach dem Kampf wieder zum Tempel zurückkehren wird. Vielleicht ist auch sie dann angeschlagen. Aber sie hofft darauf, dass die Feindlegion Verluste haben oder vielleicht sogar versprengt sein wird. Dann will Miran, dass man ihr ein Tor aufmacht, damit sie mit der Dritten dem angeschlagenen Feind in den Rücken fallen kann, um ihn gründlich aufzumischen, wie sie es sagte. Das wäre dann die zweite Feindlegion, die sie vollständig aufgerieben hätte. Sie meint, es könnte dem Feind zu denken geben und ihn vielleicht zwingen, eine der Legionen vor Illian abzuziehen. Das war dann auch das Argument, dem sich die Kaiserin letztlich ergeben musste ... selbst die Eule Asela sagte nichts mehr, obwohl ihr anzusehen war, dass ihr der Plan missfiel.«

»Also hat die Kaiserin den Plan genehmigt?«, hakte Blix ungläubig nach.

»Sie hat ihn nicht abgelehnt, sondern sich Bedenkzeit ausgebeten. Wie ich Miran kenne, geht sie davon aus, dass er genehmigt wird.«

»Und wie will sie die Schlange locken?«, fragte Grenski.

»Sie sagt, sie hat zwanzig Freiwillige auf schnellen Pferden. Sie sagt, wenn sie lange genug überleben, um den Wyrm zum Feind zu führen, ist ihr Verlust zu verschmerzen. Es rechne sich, in einer offenen Schlacht wären die Verluste höher.«

»Sie dürfte damit recht behalten«, stellte Grenski bitter fest. »Aber sie wird ja wohl kaum selbst reiten. Götter, ist sie kaltblütig.«

»Ja«, nickte Kasale. »Das gibt sie sogar offen zu. Und sagt dann, dass man auf diese Art Kriege gewinnen und die Verluste niedrig halten kann.«

»Womit sie sicher erneut recht behält«, sagte Blix rau. »Wenn alles nach Plan verläuft.«

»Ja, wenn«, stimmte Kasale ihm zu und bedachte ihn mit einem langen Blick. »Ihr habt Eure Lanze auch geopfert, Blix. Das macht Euch nicht weniger kaltblütig als sie.«

Grenski schüttelte den Kopf. »Das war etwas anderes.«

Kasale sah sie lange an. »Gut. Sagt Ihr mir jetzt auch, wieso?«

»Der Feind war stärker als gedacht«, ließ Blix mit rauer Stimme vernehmen. »Ihr wisst das, er wurde direkt am Tag davor auf das Doppelte verstärkt. Er sollte uns nicht angreifen, ich hoffte darauf, dass man uns belagern würde … es sollte hauptsächlich dazu dienen, den Feind abzulenken und zu binden.«

»Nun, Blix«, erwiderte Kasale hart, »das ist Euch ja ganz vorzüglich gelungen. Aber merkt Euch meine Worte, Lanzenmajor: So einen teuren Sieg brauchen wir kein zweites Mal!« Sie schob ihren leeren Humpen von sich und stand auf. »Der Götter Segen mit Euch«, meinte sie. »Ich gehe noch heute zurück nach Gasalabad, wenigstens ist es dort nicht so kalt wie hier.«

Blix sah ihr nach und schaute dann zum anderen Ende der Messe hin, wo Lanzenobristin Miran im Kreis ihrer Offiziere thronte. »Nicht zu fassen«, meinte er, »wie leicht sie alle verärgern kann. Selbst Schwertobristin Helis war mehr als übel gestimmt, und von ihr hätte ich gedacht, dass sie ihre Ruhe nie verliert.«

»Weißt du, bei was ich dabei sein möchte?«, schmunzelte Grenski und leerte ihr Bier. Er sah sie fragend an.

»Wenn sie dem Lanzengeneral auf die Füße tritt.«

Ein Geschäft

21 Als Leandra den Greifenhort erreichte, um dort von Steinwolke Abschied zu nehmen, fand sie zu ihrer Überraschung die alte Enke und die Elfe Aleahaenne vor. Letztere hatte ein Federeisen in der Hand und kratzte Steinwolke sorgsam am Hals, während sich der Greif reckte und streckte und nicht viel fehlte, dass sie schnurrte wie eine Katze.

Für einen Moment fühlte Leandra Eifersucht aufkommen, doch dann reckte Steinwolke ihren Hals, um glücklich aufzuspringen, sodass die Elfe nur mit einem eleganten Sprung zur Seite verhindern konnte, umgerannt zu werden.

Der Freudenschrei des Greifen ließ noch unten im Hof der alten Feste die Soldaten zusammenzucken, dann war der Greif heran und rannte sie fast um, tatsächlich schob ihr großer Schnabel die Maestra ein gutes Stück zurück.

»Ja, Steinwolke«, lachte sie. »Ich bin noch da. Hast du gedacht, ich gehe, ohne meinen Abschied zu nehmen?«

Nein. Kratzen?, gab Steinwolke ihr glücklich zu verstehen, und mit einem Lachen hielt die Elfe der Maestra das Federeisen hin.

»Bitte, Sera«, sagte sie und duckte sich nach unten weg, als Steinwolke ihre Flügel spreizte.

»Hier?«, fragte Leandra und lachte, als Steinwolke ihr unmissverständlich deutlich machte, wo sie gepflegt werden wollte. »Hier also«, stellte Leandra grinsend fest und ging an ihre Arbeit.

»Sie ist glücklich mit Euch«, stellte die Elfe fest und trat näher an Leandra und ihren Greifen heran. Sie hatte sich neu eingekleidet und eine lederne Rüstung angelegt, nicht unähnlich der, die auch Leandra trug. Ihr Haar war frisch gewaschen und in lange Zöpfe gelegt und sie wirkte mehr elegant als wild, sah man von den Tätowierungen ab, die sich um ihren Hals bis hoch zu ihren Augen rankten. Lächelnd wich sie Steinwolkes Schnabel aus und klopfte leicht dagegen. »Sie hat mir erzählt, wie Ihr sie gerettet habt vor bösen Menschen.«

Richtig, dachte Leandra. Elfen verstanden Greifen noch besser als sie selbst. »Ich habe sie gefragt, ob sie weiß, woher sie stammt, aber man hat sie wohl als Ei gestohlen.« Die Brauen der Elfe zogen sich zusammen. »Ein größeres Verbrechen gibt es bei den Greifen nicht.«

Sie sprach die kaiserliche Handelssprache mit einem seltsamen Akzent, doch Leandra konnte sie ohne Schwierigkeiten verstehen. Sie war nicht mehr die Wilde, für die man sie gehalten hatte. Enke hatte ja erzählt, dass diese Elfe einst Byrwyldes Hüterin gewesen war. Und ihre Mutter. Leandra schaute zu Enke hin, die mit dem Rücken an eine der Zinnen gelehnt dasaß, ihren Blick erwiderte und ihr dann verschmitzt zuzwinkerte. Auf der Zinne selbst saß Konrad und blickte mit listigen Augen zu Leandra hin.

»Ich habe von Sera Eberhardt erfahren, dass es Eurem Großmut zu verdanken ist, dass mein Stamm sich hier im Tal ansiedeln kann, und wollte Euch noch dafür danken«, sprach die Elfe weiter, während sie Leandra sorgfältig betrachtete.

»Es wurde Euch versprochen«, sagte Leandra und nahm sich vor, mit Sieglinde zu reden. Havald hatte ihr davon berichtet, dass er den Werwölfen Land angeboten hatte, aber das gleiche Land hatte sie dann später Sieglinde als Lehen zugewiesen. Doch offenbar hatte die ehemalige Wirtstochter sich auch an Havalds Versprechen gehalten.

»Ja«, nickte die Elfe und neigte ihr Haupt. Aleya hieß sie, erinnerte sich Leandra. Nein, Aleahaenne. Das war der Name, mit dem Asela sie angesprochen hatte.

»Ich sehe, Ihr habt Euren Zwist mit Asela beigelegt?«, fragte Leandra und bereute es im nächsten Moment, als sich die Züge der Elfe verhärteten und ihre Tätowierungen in einem magischen Schimmer aufleuchteten. Sie trägt Runenmagie auf ihrer Haut, stellte Leandra fasziniert fest. Doch so schnell, wie er gekommen war, verschwand der Schimmer wieder.

»Es sind für jeden hier und auch für dieses Land Jahrhunderte vergangen«, sagte die Elfe jetzt. »Nur für mich nicht, mich hat die Zeit vergessen.« Sie sah auf ihre Hände herab, wo sich ebenfalls blaue Streifen zeigten. »Oder doch nicht ganz«, stellte sie fest. »Jedenfalls erinnere ich mich nicht daran. Das macht es für mich schwerer, die Feinde von gestern heute als Freunde zu sehen.« Sie sah Leandra direkt an. »Beigelegt, wie Ihr es sagt, ist der Streit noch nicht, es wird sich zeigen, ob ich vergeben oder auch nur vergessen kann. Aber ich wünschte, Euch zu sprechen, Hoheit, und meine Tochter sagte mir, dass man Euch am ehesten hier oben finden kann.«

Leandra kratzte Steinwolkes Hals mit ihrer Hand, sodass ihr Arm fast vollständig in den Federn verschwand, und sah von der Hüterin zur alten Enke hin. »Darf ich fragen, wie es kommt, dass Ihr ihre Tochter seid?«, fragte sie dann vorsichtig. »Oder seid Ihr in Wahrheit doch eine Elfe und habt es nur gut vor uns verborgen?«

»Nein, das ist es nicht«, lachte die alte Enke, während die Elfe sich ein leichtes Lächeln erlaubte.

»Ich wurde in ein Dorf gerufen, in dem eine Krankheit gewütet hatte. Ich fand sie dort vor, als Einzige noch lebend und wie durch ein Wunder der Götter von der Krankheit verschont. Wir Hüterinnen sind dazu angehalten, unser Wissen weiterzugeben, und da ich keine Kinder habe …«

»Hattest, Mutter«, verbesserte die alte Enke die Hüterin mit einem breiten Grinsen. »Jetzt hast du mehr als genug.«

»So sieht es aus«, meinte die Hüterin und seufzte. »Auch daran muss ich mich erst einmal gewöhnen. Sie sind meine Familie, und jeder einzelne von ihnen trägt die Gabe des Wolfs in sich. Es erfordert einiges an Umdenken.« Sie sah zu Enke hin und lächelte. »Jedenfalls bereute ich es nie, sie als meine Tochter angenommen zu haben.«

»Ich war keine zwei Jahre alt, als sie mich fand«, ergänzte die Hexe. »Ich kannte nie eine andere Mutter als sie … ich weiß nicht, wie oft ich zum Wolf gebetet habe, dass sie noch leben möge … doch daran glauben konnte ich nur schwer.« Sie wischte sich über die Augen und lachte. »Jetzt fühlt es sich nur seltsam an, dass sie jünger aussieht, als wäre sie meine Tochter und nicht umgekehrt.«

»Es gibt Magie …«, begann die Elfe, doch die alte Enke schüttelte den Kopf. »Nein«, sagte sie. »Jedes Jahr ist gelebt, und ich schäme mich des Alters nicht. Durch die Wache am Sumpf und die Meditation lebe ich schon länger als mir zugestanden hätte, ich habe keinen Grund, mich zu beschweren.«

»Was habt Ihr jetzt vor?«, fragte Leandra.

»Einen guten Mann finden, der keine Angst vor einer alten Hexe hat«, grinste die alte Enke. »Abgesehen davon …«

»geht es um Byrwylde«, übernahm die Elfe wieder das Wort. »Ihr habt sie freigelassen. Fünf Generationen an Hüterinnen haben sie bewacht, schon lange bevor die Menschen hierherkamen. Und nun habt Ihr sie freigelassen. Und meiner Tochter versprochen, dafür zu sorgen, dass die Schlange erschlagen wird. Nun … wisst Ihr denn schon, wie Ihr das bewerkstelligen wollt?«

»Nein«, gestand Leandra. »Noch nicht. Aber wir werden einen Weg finden.«

»Das bezweifle ich«, sagte die Elfe im neutralen Ton. »Wir haben Tausende von Jahren nach einem Weg gesucht. Nur Kälte kann dem Wyrm noch schaden, aber selbst das würde ihn nur träge machen. Aenke sagt, Ihr hättet den Wyrm gesehen. Seid über ihn hinweggeflogen, habt Ihr auch gesehen, was Euer Greif gesehen hat?«

»Ihr meint, dass sie sich von Erdmagie ernährt?«, fragte Leandra vorsichtig.

Die Elfe nickte. »Ja, aber nicht nur von ihr. Greift man sie mit Magie an, macht man sie nur stärker. Normale Waffen nützen nichts, sie werden schwerlich ihren Panzer durchdringen. Wie es mit Eurem Schwert aussieht, das weiß ich nicht, die Magie auf Eurer Klinge ist anders, älter selbst, als ich sie kenne. Aber auch Eure Klinge wird nichts gegen Byrwylde nutzen, selbst wenn Ihr damit ihren Panzer durchschlagen könnt … es wird für sie nicht mehr sein als ein Nadelstich.«

»Wir mussten den Weltenstrom umverlegen«, sagte Leandra. »Es hing einfach zu viel davon ab, wir mussten es tun, aber es tut mir leid, dass wir auf diese Weise Byrwylde befreiten.«

»Das verstehe ich«, sagte die Elfe, ohne ihren Blick von Leandra abzuwenden. »Aber Aenke hat so entschieden, nicht Ihr. Ohne ihre Hilfe wäre es Euch nicht gelungen.« Sie sah zu Enke hin und schmunzelte. »Schon als sie ein Kind war, beschwerte sie sich darüber, dass es wenig Sinn ergäbe, den Wyrm dort einzupferchen. Solange er sich im Moor befand, konnten wir ihn auch nicht besiegen … sie war schon immer der Ansicht, dass Byrwylde auch uns nicht weniger gefangen hielt als wir sie. Jetzt hat sie ihren Willen bekommen.«

Enke stand auf und trat ebenfalls heran. Mit ihren roten Wangen, dem blonden geflochtenen Haar, das sie in Ringen um ihr Haupt gelegt hatte, dem freundlichen Lächeln, den blitzenden Augen und dem bestickten Bauernkleid erinnerte sie an eine wohlbeleibte Bauersfrau und nicht mehr an eine Hexe. Wäre da nicht Konrad, der nun von der Zinne zu Enke hinflog, um seinen Platz auf ihrer Schulter einzunehmen.

»Es gibt noch etwas anderes, das man bedenken sollte«, sagte Enke. »Es scheint, als ob Byrwylde und ihre Brut den verwunschenen Wald meiden. Von Byrwylde selbst kann ich es nicht sicher sagen, sie hat sich kaum mehr von der Stelle bewegt, aber ihre Brut schwärmt weit umher, und sie meiden diesen Wald, als wäre er ihr Tod.«

»Es gibt Flüchtlinge dort im Wald«, sagte Leandra. »Ich bin froh, dass sie vor Byrwylde sicher scheinen.«

Die Elfe nickte. »Worauf Aenke hinauswill, ist die Frage, was es in dem Wald gibt, dass die Wyrmbrut ihn so scheut. Wisst Ihr es?«

»Nein«, sagte Leandra überrascht. »Ich hätte gedacht, dass Ihr über diesen Wald mehr wisst als ich, Ihr seid ungleich älter, als ich es bin. Und so, wie ich es verstand, habt Ihr mehr gehütet als nur das Moor mit diesem Wyrm darin.«

»Den Wald gibt es seit Anbeginn der Zeiten«, sagte die Hüterin. »Und er war schon immer verwunschen. Es heißt, eine Göttin liegt dort und schläft, so tief im Traum versunken, dass nur die Stimme ihrer eigenen Art sie wecken kann.«

»Davon weiß ich. Eine Freundin erzählte mir davon«, sagte Leandra.

Die Elfe schaute überrascht. »Wer?«, fragte sie. »Diese Legende ist sehr alt, und kaum jemand kann sie noch kennen.«

»Eine dunkle Elfe. Zokora von Ysenloh.«

»Also ist es wahr, was Aenke mir erzählt hat«, stellte die Hüterin ungläubig fest. »Nur kann ich es noch immer kaum glauben. Ihr nennt eine dunkle Elfe eine Freundin? Ich hätte schwören können, dass sie Freundschaft nur als einen Dolch im Rücken verstehen.«

»So ähnlich hat sie es auch ausgedrückt«, lachte Leandra. »Aber tatsächlich ist es nicht so schlimm.«

»Wenn Ihr meint«, sagte die Hüterin skeptisch. »Sie wurde entführt?«

»Von einer Spruchweberin namens Dorin.«

»Dieselbe, die den Fleischbaum erschaffen hat, von dem mir Aenke erzählte«, stellte die Hüterin fest und tauschte einen Blick mit ihrer Tochter.

»Ebenjener«, bestätigte Leandra. Sie sah die beiden fragend an. »Worum geht es eigentlich?«

»Um den Fleischbaum«, erklärte die alte Enke, die jetzt gar nicht mehr so alt wirkte. »Er ist für jede Hüterin ein Frevel. Und dieser muss bestraft werden. Die Spruchweberin hat sich dort vergriffen; sie handelte nicht mehr auf dem Land, das ihre Vorfahren vor Urzeiten beansprucht haben, sondern innerhalb des Waldes. Er ist ein heiliger Ort für uns.«

»Ich verstehe nicht ...«, begann Leandra.

»Aenke erzählte mir von dieser Zokora«, unterbrach sie die Hüterin. »Ich bin gekommen, um Euch ein Angebot zu unterbreiten.«

»Ich höre«, sagte Leandra vorsichtig.

»Wenn Ihr Euer Versprechen haltet und Byrwylde für uns erschlagt, gebe ich Euch mein Wort, dass wir Zokora für Euch finden und wenn möglich auch befreien werden.«

»Wie?«, fragte Leandra ungläubig. »Dorin dürfte sie in ihre dunklen Höhlen zurückgebracht haben.«

»Ja«, sagte die Hüterin mit grimmiger Genugtuung. »Und ich kenne den Weg dorthin. Wenn sie noch lebt, wenn sie es wünscht, werden wir sie zu Euch zurückbringen. Nur diese Spruchweberin wird sterben. Sie hat diesen Fleischbaum geschaffen und so den Zorn der Hüterinnen auf sich gezogen. Sie wird sterben, aber alles andere überlassen wir Zokoras Führung.«

»So sicher seid Ihr, dass Ihr sie befreien könnt?«, fragte Leandra erstaunt.

»Ja«, sagte die Hüterin. »Das bin ich. Wenn sie denn überhaupt unsere Hilfe braucht.«

Leandras Gedanken rasten.

»Habt Ihr denn eine Idee, wie man Byrwylde erschlagen kann?«, fragte sie.

Enke schüttelte lächelnd den Kopf. »Ihr seid die Königin dieser Lande. Ihr habt es mir versprochen«, teilte sie Leandra schmunzelnd mit. »Also löst das Problem, es ist jetzt allein nur mehr das Eure.«

»Aber ich wüsste, wo Ihr suchen könntet«, fügte die Hüterin hinzu. »Im verwunschenen Wald. Dort muss es etwas geben, das Byrwylde fürchtet.«

Sie strich Steinwolke ein letztes Mal über den Schnabel, der Greif hatte sich alles geduldig angehört, und verbeugte sich leicht vor Leandra. »Möge der Wolf Euch viele Winter schenken und fruchtbaren Boden«, sagte sie und ging davon. Die alte Enke folgte ihr, nur Konrad sah noch einmal zu Leandra zurück, und ihr war, als habe er ihr zugezwinkert.

Als die beiden Hüterinnen gegangen waren, rief Leandra den Korporal heran, der sich um Steinwolke kümmerte. »Habt Ihr noch ein Schaf für sie?«, fragte Leandra, was Steinwolke auf der Stelle aufmerken ließ.

»Natürlich, Maestra.« Der Korporal grinste breit. »Es ist immer eine Auseinandersetzung mit dem Lanzenleutnant, der die Messe leitet, aber ein Schaf sollte für Eure Schöne noch zu finden sein.«

»Was hat denn die Messe mit Steinwolkes Schafen zu tun?«, fragte Leandra überrascht.

»Er verfüttert sie lieber an die Soldaten«, antwortete der Korporal. »Aber ich habe ihm bereits erklärt, dass die Schafe für Steinwolke bestimmt sind … was ihn nicht daran hindert, bei uns zu wildern.«

Steinwolke hob den Kopf und zischte, ein wütendes Geräusch, das sogar Leandra erschrecken ließ, und spreizte drohend die Flügel.

»Da sieht man wieder, dass sie jedes Wort versteht«, meinte der Korporal lachend, während der Rekrut, der ihm bei der Betreuung des Greifen half, bleich wurde und sich beinahe befleckte. »Aber keine Sorge, meine Schöne«, beruhigte er den Greifen. »Es sind noch genügend Schafe für dich da.«

»Dann gebt ihr eines«, ordnete die Maestra an und wandte sich ihrem Greifen zu. »Heute Nacht schlafe ich bei dir, aber zunächst muss ich kurz wieder weg.«

Steinwolke gab einen leisen Krählaut von sich, schien aber weiter nicht bedrückt, die Aussicht auf ein frisches Schaf versöhnte sie offenbar.

Santers Stiefel

22 Da Asela sie ja am Morgen nach Illian bringen wollte, folgte es der Logik, dass die Eule noch in der Festung weilen sollte ... und wo sie war, war auch Kaiserin Desina in der Nähe.

Wenn sie in der Festung war, beschlagnahmte die Kaiserin das Amtszimmer des Lanzengenerals für sich, also wusste Leandra, wo sie die beiden suchen sollte.

Tatsächlich fand sie dann auch Stabsleutnant Santer vor. Er saß im Vorzimmer des Generals auf einem Stuhl, der unter seinem Gewicht bedenklich ächzte, hielt ein Buch in seiner Hand und hatte es sich unter dem Fenster zum Festungshof bequem gemacht. Auf der Ecke von Serafines Schreibtisch, in bequemer Reichweite seines langen Arms, standen eine Flasche Wein und ein Zinnbecher, die Füße hatte er auf einen anderen Stuhl hochgelegt, und er schien sich fast schon häuslich eingerichtet zu haben.

»Guten Abend, Maestra«, sagte er, als sie den Raum betrat, und nahm seine Füße von dem Stuhl, um dann auch das schwere Buch beiseitezulegen. »Ihr kommt in einem ungünstigen Moment, die Kaiserin hat sich mit der Eule zu einer Beratung zurückgezogen.« Er setzte sich gerade hin und streckte sich, was den Stuhl noch mehr ächzen ließ.

»Habt Ihr keine Angst, dass der Stuhl zusammenbricht?«, fragte Leandra lächelnd.

Der Adjutant der Kaiserin sah erheitert nach unten. »Ich bin es gewohnt, dass Stühle knirschen, wenn ich mich daraufsetze, es wäre eher verwunderlich, wenn es nicht so wäre.«

Kein Wunder, dachte Leandra. Stabsleutnant Santer von den Eulen war einer der wenigen Männer, die größer waren als Havald, zudem war er auch deutlich breiter. Soviel Leandra wusste, war der Adjutant auch zu ihrem Schutz der jungen Kaiserin zur Seite gestellt worden ... und allein, wenn man dessen gewahr wurde, wie sehr Santer selbst einen großen Raum füllte, mochte man es sich dreimal überlegen, bevor man der Kaiserin etwas Übles wünschte. Santer war ein Berg von einem Mann ... mit einem breiten Kreuz und Muskeln, die man sonst nur bei Bullen fand.

»Wird es lange dauern, wisst Ihr das?«, erkundigte Leandra sich höflich.

Es war fast schon Ironie, dass Santer vor seiner Berufung zu den Eulen bei den Seeschlangen gedient hatte. Den Marinesoldaten des Kaiserreichs sagte man nach, dass sie eher auf Beweglichkeit und Präzision als auf Kraft und Masse setzten. Zwischen Bullen und Seeschlangen herrschte seit jeher eine gesunde Abneigung, und auch Santer war darin keine Ausnahme.

»Generalsergeantin Rellin von der Dritten ist auch dort drin«, erklärte er und verzog etwas das Gesicht. »Ich verstehe die Lanzenobristin Miran nicht. Mir gegenüber tut sie freundlich, doch in Bezug auf Desina gebärdet sie sich wie ein Bulle im Töpferstand. Sie hat Desina heute schon einmal zu oft auf die Hörner genommen. Überraschend für ihren Bullenschädel ist, dass sie es bemerkte. Sie leitete schon vorhin den Rückzug ein und überlässt es jetzt Rellin, die Einzelheiten abzuklären.« Er schüttelte ungläubig den Kopf. »Wisst Ihr, dass sie mich fragte, ob ich später einen Wein mit ihr trinken will? Ich glaube gar, die Frau ist blind.«

Schon lange war Leandra der Ansicht, dass Santer und die Kaiserin einander mehr als zugetan waren. Sie war sich nicht sicher, ob Desina sich dessen bewusst war, warum sie so oft die Nähe des Stabsleutnants suchte, aber Santer war auf jeden Fall dem Lächeln der jungen Kaiserin erlegen.

Die Lanzenobristin besaß den Ruf, Männer gerne zu umschmeicheln, aber Santer anzugehen, war schlichtweg dumm. Desina mochte jung sein, und ihre freundliche Art war nicht gespielt, in manchen Dingen wahrte sie noch zu wenig die Distanz, die der Thron gebot. Doch sie war die Kaiserin und eine Eule noch dazu. Lanzenobristin Miran mochte eine herausragende Strategin sein, aber sich die Kaiserin zum Feind zu machen, war wahrlich nicht besonders klug von ihr.

Auf der anderen Seite war sie auch erst kürzlich mit den größten Teilen ihrer Legion aus der Ostmark zurückgekehrt und verstand noch nicht, wie sehr sich alles seit dem letzten Kronrat geändert hatte. Oder sie hielt Desina für eine Puppe des Hochkommandanten Keralos, da dieser im Moment noch den größten Teil der Amtsgeschäfte führte und Desina sich in diese selten oder gar nicht einmischte.

Sollte die Lanzenobristin Desina wahrhaftig unterschätzen, so erlag sie einem schweren Irrtum. Bei mehr als einer Gelegenheit hatte Leandra schon den Stahl in den Augen der jungen Kaiserin aufblitzen sehen ... sie war in jedem Maße die Enkelin des Kaisers und die Tochter der Eule Balthasar und besaß den Stahl von beiden. Weder von Askannon noch von der Eule Balthasar war bekannt, dass sie jemals gezögert hätten, entschlossen durchzugreifen.

»Was wünscht Ihr von Desina?«, fragte Santer jetzt. »Vielleicht kann ich ja helfen.«

Leandra wehrte ab. »Ich glaube nicht. Ich wollte die Eule Asela etwas fragen, weiter nichts.« Leandra sah zu der geschlossenen Tür hin, durch die nur ein leises Murmeln zu hören war. »Hat Miran die Kaiserin doch davon überzeugen können, der Feindlegion einen Hinterhalt zu legen?«

»Ja. Aber jetzt verfolgt sie einen anderen Plan. Sie will den Wyrm reizen und zum Feind hinführen und anschließend mit der dritten Legion durch ein magisches Tor in den Rücken des Feindes fallen, in der Hoffnung, dass der Wyrm sie deutlich schwächen konnte.« Er schüttelte den Kopf. »Wenn Ihr mich fragt, glaubt sie noch immer nicht, dass die Schlange so gefährlich ist ... ich denke, sie hofft darauf, dass der Feind den Wyrm für uns erschlägt.«

»Der Gedanke ist nicht schlecht«, gab Leandra zu und ergab sich für einen Moment der Hoffnung, dass die Lanzenobristin in Bezug auf Byrwylde recht behalten könnte, aber dann erinnerte sie sich wieder daran, wie der Wyrm selbst kleine Hügel niedergewalzt hatte, und seufzte. »Wenn es ihr gelingt, Byrwylde und ihre Brut auf die feindliche Legion zu hetzen, möchte ich nicht mit ihnen tauschen. Wie will sie anschließend mit dem Wyrm verfahren?«

»Gar nicht, so, wie ich es verstand, geht sie davon aus, dass der Wyrm zu diesem Tempel zurückkehren wird, wo sie jetzt noch liegt. Nur der Gedanke mit dem Tor bereitet mir Sorgen.«

»Warum?«, fragte Leandra.

»Es wäre in kürzester Zeit das dritte offene Tor, das Desina und Asela öffnen müssten, und Ihr müsstet selbst wissen, wie anstrengend es war, Ihr habt ja beim letzten Tor mitgeholfen.«

Tatsächlich stellte Leandra gerade überrascht fest, dass sie sich nicht mehr davon erschöpft fühlte, für den Moment war sogar ihr stetiger Hunger vergessen.

»Aber was mich bewegt, ist alleine der Gedanke, durch ein solches offenes Tor zu marschieren«, fuhr Santer fort. »Die normalen Tore sind schon schlimm genug, aber bei ihnen weiß ich wenigstens, dass sie nicht zusammenbrechen können. Bei den offenen Toren ist es anders ... und wer dann auf der Schwelle steht, braucht nicht zu hoffen, zu überleben.«

Er seufzte. »Die Rüstung, die ich trage, ist dafür gedacht,

Magie von mir abzuleiten. Selbst als die Eule Feltor mich mit Magie angriff, ist mir nicht viel geschehen. Aber schaut Euch das hier an«, sagte er und reckte einen Fuß vor. »Magie dürfte diese Rüstung nicht einmal berühren, aber seht selbst, was geschehen ist, als ich dem Rand eines Tors zu nahe kam.«

An der linken Fußspitze des Stabsleutnants fehlte in dem Kettenschuh ein Stück, darunter war das Leder eines Stiefels zu erkennen. »Das ist nun schon das zweite Mal, dass mir das geschehen ist, sogar den Nagel hat es mir gekürzt!«, beschwerte er sich. »Und da will Miran Desina überzeugen, trotz ihrer Erschöpfung für sie ein solches Tor zu öffnen, und mit ihrer Legion hindurchmarschieren? Das Tor zu Lassahndaar hatte einen Gegenpol im Weltenstrom, das Tor, das Miran errichtet sehen will, wäre nicht verankert, und so, wie ich es verstehe, macht es das ungleich schwerer!«

»Ist es das, worum es hier geht?«, fragte Leandra.

»Ja«, nickte Desinas Adjutant. »Asela ist dagegen, nicht gegen den Plan an sich, sondern dagegen, ein solches Tor zu errichten, weil es schwer zu halten wäre. Rellin dagegen versucht, in Mirans Auftrag Desina zu überzeugen, dass es nur einmal eine solche Gelegenheit geben würde. Das Schlimme ist, Miran scheint sich der Gefahr nicht einmal bewusst!« Er sah auf seine Fußspitze herab und wackelte mit der Spitze seines Stiefels. »Ich sage Euch, ein solches Tor ist nichts anderes als eine große Axt mit einer viel zu scharfen Klinge.«

Leandras Augen weiteten sich.

»Was habt Ihr gesagt?«, fragte sie ganz aufgeregt.

Santer sah sie erstaunt an. »Ich sagte, ein solches Tor …«

»Oh, danke, Santer!«, rief Leandra und warf sich dem Stabsleutnant an die breite Brust, um ihm einen Kuss zu geben. »Ihr wisst gar nicht, was Ihr eben für mich getan habt!«

»Ahem …«, ließ Santer vernehmen und wurde rot … und schob sie sanft von sich, den Blick über ihre Schulter gerichtet.

»Was genau hat er denn für Euch getan, Maestra?«, hörte

sie eine ihr wohlbekannte, aber im Moment etwas kühle Stimme. »Ich würde es auch gerne wissen.«

Ganz langsam wandte sich Leandra der Stimme zu, um in die meergrünen Augen der Kaiserin von Askir zu blicken, die nicht ganz so freundlich schauten.

»Das … das kann ich erklären«, stotterte Leandra und spürte, wie ihre Ohren brannten, als sie hinter Desina nun auch Rellin und Asela stehen sah.

»Stabssergeantin«, sagte Desina höflich. »Wir sind so weit übereingekommen … wollt Ihr Miran nicht von ihrem Sieg berichten?«

»Aye, Kaiserliche Hoheit!«, sagte Rellin rasch und beeilte sich, aus dem Raum zu fliehen, nicht ohne zuvor noch einen bedauernden Blick auf Leandra zu werfen.

Desina folgte ihr mit ihren Blicken, wartete, bis sich die Tür hinter der Generalsergeantin geschlossen hatte, und sah dann zu Leandra zurück, die sich verzweifelt überlegte, was sie jetzt nur sagen sollte. Hatte sie nicht eben gerade überlegt, wie unklug es wäre, sich den Zorn Desinas zuzuziehen?

Asela hob eine Augenbraue an, Desina ebenfalls, und für einen Moment sahen sie sich ähnlicher als Schwestern.

»Ich …«, begann Leandra und fühlte sich in ihre Jugend zurückversetzt, als sie sich bei jeder zweiten Gelegenheit einen Spalt im Erdreich wünschte, in den sie hätte versinken mögen … doch dann lachte Desina schallend, und auch die Eule Asela erlaubte sich ein Schmunzeln.

»Götter, Leandra«, rief sie und hielt sich die Hände vor den Mund, als sie beinahe erneut losgeprustet hätte. »Ihr seht so betreten drein, als hätte ich Euch mit einer Hand im Staatsschatz erwischt!«

»Aber …«, begann Leandra und sah von ihr zu Santer, was die Kaiserin erneut auflachen ließ.

»Ich fasse es nicht«, meinte Desina. »Sogar Santer sieht betreten aus.«

»Das liegt daran, dass sie beide wissen, wie es um Euer

Herz bestellt ist«, meinte Asela. »Offensichtlich verbergt Ihr es doch nicht gut genug.«

Und während Leandra fasziniert schaute, wurde Santer rot. »Sera«, knurrte er, »Ihr geht zu weit!«

»Aber sie hat recht«, lachte Desina. Sie sah zur Tür hin und schüttelte den Kopf. »Wenigstens sind sie nicht blind!« Sie ging zu Serafines Schreibtisch und setzte sich auf eine Ecke, um ihre Hände in den Schoß zu legen und Leandra neugierig anzusehen. »So«, sagte sie dann. »Was also verhalf Santer zu der Ehre dieses Kusses?«

»Er zeigte mir, wie man den Wyrm besiegen kann«, erklärte Leandra so ruhig, wie es ihr nur möglich war. »Das war alles … ein Überschwang der Freude und …«

»Santer?«, fragte Desina, doch der zuckte mit den Schultern.

»Ich weiß nicht, von was die Maestra spricht, ich schwöre, ich habe ihr nur meinen Fuß gezeigt.«

»Ja«, grinste Desina. »Und was an dem Anblick seines Fußes ließ Euch nun das Herz höher schlagen?«

»Die abgetrennte Ecke«, erklärte Leandra hastig. »Er sagte zudem, dass seine Rüstung gegen Magie schützen sollte … und dennoch hat das Tor die Ecke abgeschnitten! Er sagte, das Tor wäre wie eine Axt mit einer scharfen Klinge … und das ist die Lösung, die wir suchten!« Sie sah ungläubig drein. »Nicht zu fassen, dass Havald Obristin Helis genau das riet, nur haben wir es nicht verstanden. Er sagte, man solle der Schlange den Kopf abschneiden, mit einer Klinge, die nicht in Wahrheit eine Klinge ist!« Sie sah der Kaiserin direkt in die Augen. »Mehr war es nicht … ich war nur froh, einen Weg gefunden zu haben!«

»Götter!«, schmunzelte die Kaiserin und warf einen Blick zu Asela hin, die das Ganze mit leiser Erheiterung verfolgt hatte. »Bin ich wahrhaftig so furchterregend?«

»Offensichtlich nicht«, meinte Asela mit einem feinen Lächeln. »Miran scheint es ganz und gar nicht so zu sehen.«

Desina sah zu Santer hin, der sie gerade sehr nachdenklich musterte. »Weißt du, Asela«, meinte sie, ohne den Blick von ihm zu nehmen. »Er ist sicherlich der Ansicht, dass es nicht angebracht wäre, mich mit seinen Gefühlen zu belasten. Vielleicht denkt er auch, es hätte keinen Sinn, da zu vieles dagegen sprechen würde.« Ihr Lächeln wurde breiter, als sich seine Augen weiteten. »Was meinst du, Asela, soll ich noch mehr Eifersucht zeigen, damit er es versteht?«

»Ich denke nicht, dass dies noch nötig ist«, sagte Asela unbewegt, während Leandra dem Gespräch wie einem Ballspiel folgte. »Ich glaube, er hat es soeben verstanden.«

Desina wandte sich wieder Leandra zu, während Santers Miene sich aufhellte. »Wenn Ihr Miran gewesen wärt, wäre ich versucht gewesen, Euch den Kopf zu nehmen, aber ich weiß genügend über Euch, um zu wissen, dass Euer Herz vergeben ist. Und nicht an *meinen* Adjutanten.«

»Aye, Maestra«, stimmte Leandra leise zu. Desina nickte und wandte sich Santer zu. »Wir müssen warten, Santer«, sagte sie mit weicher Stimme. »Wie lange noch, das weiß ich nicht. Aber ich hoffe, du wirst den Moment erkennen … und dann deutlich werden.«

»Aye«, versprach Santer, dessen Augen all das sagten, was er nicht laut zu sagen wagte. »Ich werde ihn nicht verpassen.«

»Tatsächlich«, empfahl Asela kühl, »solltet Ihr nicht einen Moment warten.« Alle starrten sie überrascht an. Die Eule hob die Schultern und ließ sie wieder fallen. »Es ist Krieg. Man weiß nie, was geschehen kann … und jeder Tag, den Ihr verstreichen lasst, könnte Euer letzter sein. Schert Euch nicht um das, was scheinbar dagegen spricht, ob Krone oder nicht. Und die, die dagegen sprechen wollen, braucht Ihr gar nicht erst anzuhören, sie werden eigenen Interessen folgen.«

»Es wäre ein Skandal, Asela«, stellte Desina mit belegter Stimme fest. »Ich bin noch nicht einmal gekrönt, und das Reich ist weit davon entfernt, gesichert zu sein.«

»Auch wenn Ihr es nicht wusstet«, sagte Asela leise, »währt dieser Krieg schon seit Jahrhunderten an. Und mag vielleicht noch weitere Jahrhunderte währen. Wie lange wollt Ihr warten? Der Kaiser dachte auch einmal, es wäre besser, noch zu warten. Ihr wisst, was dann geschah, er verlor seine Liebe, noch bevor er offen zu ihr stehen konnte … und vielleicht starb sie auch nur, *weil* er es noch nicht getan hatte.«

Leandra räusperte sich. »Ich sollte …«, begann sie und schielte unbehaglich zu der Tür.

»Warum?«, fragte Desina, ohne den Blick von Santer zu wenden, der sie mit einem gewissen Staunen ansah. »Leandra, Ihr seid eine der wenigen, von denen ich weiß, dass Ihr versteht. Zudem sind unsere Geschicke zu eng miteinander verknüpft, Ihr seid die Letzte, die mir schaden würde. Wie mir eine kluge Sera riet, brauche ich Freunde, wo ich sie finde. Ist es nicht bei Euch ganz ähnlich?«

»Ja«, stimmte Leandra ihr zu und schluckte.

»Also bleibt. Schließlich habt Ihr noch ein Anliegen, nicht wahr? Wir werden uns nachher noch besprechen«, teilte Desina Santer mit, der leicht nickte und sich dann wieder Leandra zuwandte.

»Ihr wollt ein Tor erschaffen, um damit den Wyrm zu köpfen«, wiederholte sie und sah fragend zu Asela hin. »Kann man ein offenes Tor bewegen?«

»Ja. Aber es braucht sehr viel Kontrolle«, sagte die Eule. »Besser wäre es, den Wyrm zu einem vorbestimmten Ort zu locken.« Sie lächelte kaum merklich. »Dies ist ein Plan, dem ich gerne zustimmen werde. Einfach und sauber … und es braucht noch nicht einmal eine große Anstrengung, denn das Tor muss nicht länger als einen Lidschlag stehen. Denn Santer hat recht, ein Tor ist wie eine große Axt … und die führt man auch nicht langsam.« Sie sah zu Desina hin. »Wir sollten es mit Mirans Plan verbinden. Dafür brauche ich auch keine Hilfe. Nur leider gilt das nicht für den Rest des Plans.«

»Wie meint Ihr das?«, fragte Leandra.

»Santer, habt Ihr der Maestra Mirans Plan erklärt?«, fragte die Eule mit einem Glitzern in den Augen, der Leandra glauben ließ, dass sie die Antwort bereits wusste.

»Aye«, gestand Santer. »Und auch, was ich davon halte.«

»Und, Maestra, was haltet Ihr von Mirans Plan«, fragte jetzt die Kaiserin.

»Er erscheint mir erfolgversprechend. *Wenn* es gelingt, Byrwylde zum Feind zu führen.«

»Sie wünscht, dass wir ein offenes Tor für sie erzeugen, eines, das nicht am Weltenstrom verankert ist«, erklärte die Eule. »Es *ist* möglich. Aber nur, wenn Ihr uns helft. Es wird uns alles abverlangen und uns sehr erschöpfen. Doch ohne Eure Hilfe kann ich es nicht erlauben, es wäre zu gefährlich für die Kaiserin.«

Desina zog eine Augenbraue hoch.

»Sie kann es mir auch nicht befehlen«, sprach Asela weiter und erlaubte sich ein feines Lächeln. »Mein Eid gebietet mir, sie vor Schaden zu bewahren, und ohne meine Hilfe ist es ihr noch nicht möglich, ein solches Tor zu öffnen und zu halten.« Ihre blauen Augen hielten Leandras Blick. »Also fällt und steht der Plan mit Euch. Denn wenn Ihr diese Feindlegion und auch Byrwylde vernichtet sehen wollt, dann müsst Ihr noch zwei Tage länger warten, bis Ihr nach Illian gehen könnt.«

Von Intrigen

23 »Ihr habt Euch schnell erholt«, stellte Sera Lenere am nächsten Morgen fest, als Wiesel die junge Priesterin des Namenlosen in die Küche begleitete. Er stützte sie nur wenig, Marla war zu stur und stolz, um Schwäche zuzugeben.

Außerdem, so sagte sie, war es nötig, gerade zu gehen, damit sich die Wunde an der Seite streckte, auch wenn es sie schmerzte. »Sonst werde ich bald gebückt wie eine alte Waschfrau gehen.«

Ob sie sich schnell erholt hatte oder nicht, wie wenig Schmerz sie auch zeigte, dennoch stand eine dünne Schweißschicht auf Marlas Stirn, als sie sich mit einem Seufzer der Erleichterung setzte.

Als ihr Wiesel den Tee einschenkte und dann ein belegtes Brot vorsetzte, wollte sie protestieren, aber sein Blick hielt sie davon ab.

Stattdessen neigte sie höflich ihren Kopf. »Ich will Euch für die Mühe danken, die Ihr auf Euch genommen habt«, teilte sie der Herzogin mit. »So schwach wie ich mich fühle, muss ich viel Blut verloren haben. Und habt auch Dank für diese Kleider.« Ihr Rock, Bluse, Wams und Mantel waren schwer und starr vor Blut gewesen, also hatte die Herzogin ihr andere Kleider ausgelegt, von denen, sagte sie, besaß sie ganze Schränke voll, und die meisten könnte sie sowieso nicht mehr tragen. Nur die Röcke waren etwas kurz geraten, die Herzogin besaß nicht Marlas lange Beine, und so zeigte Marla beim Gehen denn schlanke Knöchel, was für Wiesel durchaus ein willkommener Anblick war.

»Es ist nicht genug für einen Skandal«, hatte die Herzogin festgestellt, »aber sie wird Blicke auf sich ziehen.« Doch das, dachte Wiesel erheitert, war Marla ja gewohnt.

Noch immer war ihr Gesicht bleich, und wenn sie die Hände ausstreckte, verriet ein leichtes Zittern ihre Schwäche, die sie zu überspielen suchte, aber ihr Lächeln war fast so frech wie früher.

»Wiesel erzählte mir, es hätten sich in der Nacht noch wesentliche Dinge ergeben«, meinte sie jetzt mit einem Blick zu ihm hin. »Graf Render soll der neue König werden, wenn es Maestra Leandra nicht rechtzeitig gelingt, Anspruch auf den Thron zu erheben.«

»So ist es«, nickte die Herzogin und wies mit ihrem Blick auf Marlas Teller. »Schont Euch doch ein wenig, noch habt

Ihr keinen Bissen gegessen, muss denn sofort die Politik regieren? Sie hat mir schon zu viele Mahlzeiten zerstört, als dass ich gerne davon am Tisch gesprochen höre.«

Marla hörte nicht auf sie. »Das kann man nicht zulassen.«

»Und warum nicht?«, fragte die Herzogin ungerührt. »Abgesehen davon natürlich, dass man wenig dagegen tun kann.« Sie sah Marla an. »Ihr seid Euch bewusst, dass er knapp davor steht, die Krone zu ergreifen? Es gibt niemanden außer ihm, der einen Anspruch auf die Krone begründen könnte.«

»Er ist ein Mörder«, beharrte Marla. »Ihr wisst es. Ihr habt Wiesel gegenüber behauptet, dass Ihr Eleonora geliebt hättet. Wollt Ihr sie nun wahrhaftig derart verraten?«

»Genug«, sagte die Herzogin ruhig. Sie war noch bleicher als Marla geworden, und als sie das Besteck zur Seite legte, zitterte sie auch stärker. »Es ist nicht meine Art, jemanden, der verletzt ist, meines Hauses zu verweisen, aber Ihr seid zu weit gegangen, junge Sera.« Sie erhob sich und wies mit einer zitternden Hand in Richtung Küchentür. »Ich möchte Euch bitten, bis zur vierten Glocke mein Haus zu verlassen.«

Marla setzte die Tasse ab, von der sie noch nicht einen Schluck getrunken hatte.

»Meint Ihr denn wirklich, es wäre zum Wohle dieser Stadt und dessen, was von Eurem Königreich noch übrig blieb, wenn ein Mörder als Puppe eines Seelenreiters das Land regiert?«

Die Herzogin, noch immer die Hand in Richtung Tür ausgestreckt, erstarrte und wurde noch bleicher … und griff sich dann mit einem erstickten Schnauben an die Brust. Wiesel sprang auf und zu ihr hin, er fing sie auf, als ihr die Knie nachgaben. Gerade so vermochte er es noch, sie auf den Stuhl zu setzen, wo die Herzogin, die Hände noch immer auf die Brust gepresst, bleicher als Soltar selbst zu werden schien.

»Wie konntest du?«, warf er Marla vor. »Schau dir an, was du getan hast! Einen Herzstich hast du ihr versetzt!«

»Es wird gleich wieder gehen«, sagte die alte Sera schwer

atmend, während ihre violetten Augen die von Marla hielten. »Das ist ein ungeheuerlicher Vorwurf, den Ihr da erhebt!«

»Ihr wusstet schon, dass der Graf ein Mörder war. Dass es nichts gibt, das er nicht wagen wird, um die Krone zu erhalten«, sagte Marla und trank jetzt doch von ihrem Tee. »Dass er jetzt noch Seelen reitet, sollte da doch nicht weiter stören?«

Die Herzogin sah sie an und blickte dann zu Wiesel hoch, der noch immer besorgt an ihrer Seite stand. Wiesel erlaubte sich ein schiefes Lächeln. »Sie war schon immer sehr direkt.«

»Das kann ich mir denken«, sagte die Herzogin und wies mit einem Finger auf eine kleine Keramikdose auf einem Regal an der linken Wand. »Bringt mir diese Dose ... nein, die direkt daneben ... danke, Ser Wiesel«, sagte sie artig und tat etwas Pulver aus der Dose in ihren Tee. Sie rührte und wartete einen Moment, dann trank sie und lehnte sich erschöpft zurück.

»Der Unterschied, mein Kind«, sagte sie jetzt müde zu Marla, »liegt darin, dass ein guter Mann ein schlechter König werden kann ... und es auch, oft genug, genau anders sein kann. Die Krone erfordert oft eine gewisse Härte ... und Rücksichtslosigkeit. Ein König herrscht und entscheidet, wer lebt und wer zu sterben hat, geschieht es zum Wohl des Reichs, ist es auch kein Mord.«

Sie sah, dass Wiesel etwas sagen wollte, und hob schwach die Hand. »Wollt Ihr es bestreiten, dass ein König seine Macht auch halten muss? Dass es manchmal nötig ist, in einer dunklen Gasse einen Dolch zu führen?«

»Es mag so sein«, meinte Wiesel unbehaglich. »Mir wäre es lieber, wenn es nicht so wäre.«

»Genau deshalb geschieht es im Verborgenen, Ser Wiesel«, sagte die Herzogin erschöpft und rieb sich ihre Brust. »Sodass ein jeder glauben kann, es wäre nicht vonnöten. Aber es ist es. Schlimmer noch, ein Herrscher, der darin zögert, diejenigen zu beseitigen, die sich auch nicht mit Vernunft überzeugen lassen, verliert über kurz oder lang die Krone und den Kopf.«

»Und der, der den Dolch in dunkler Nacht zu oft einsetzt, ist ein Tyrann«, widersprach Wiesel. »Wir sind erst seit Kurzem in der Stadt, und doch wissen wir bereits, welche Art Herrscher Graf Render sein wird. Ein Tyrann.«

»Vielleicht«, sagte die Herzogin müde und warf Marla einen vorwurfsvollen Blick zu. »Und woher, junge Sera, wollt Ihr wissen, dass Ser Render dem Namenlosen dient? Oder ist es ein Fall dessen, dass der eine den anderen erkennt? Dient auch Ihr dem Gott ohne Namen? Seid auch Ihr eine falsche Schlange, die an meinem Busen nistet?«

»Ja«, sagte Marla, bevor Wiesel sie daran hindern konnte. »Ich diene dem Gott ohne Namen.« Sie beugte sich ein Stück vor, um der Herzogin direkt in die Augen zu schauen. »Nur, dass ich seinen Namen kenne.«

Die Herzogin schien wenig überrascht.

»Weiß denn ein jeder davon, dass es einen Priester gibt, der ihm auf andere Weise dient?«, fragte Wiesel verärgert. »Bin ich denn der Einzige, der das nicht wusste?«

»Weit davon entfernt, Ser Wiesel«, sagte die Herzogin und rang sich ein Lächeln ab. »Kaum jemand weiß es, und die, die davon wissen, weil sie jahrelang in dem Tempel geschult wurden, glauben es zumeist nicht, auch wenn Hinweise dazu in den Büchern der Götter zu finden sind.« Sie musterte Marla mit ihren alten Augen. »Die Götter und der Namenlose sind Geschwister«, stellte sie dann fest. »Gemeinsam bestimmen sie über uns … und auch wenn alle Tempel raten, jeden zu erschlagen, der dem Namenlosen dient, ist nie davon die Rede, dass die Götter selbst sich gegenseitig bekämpfen. Was man liest, ist, dass er abseits von ihnen steht … aber auch nicht mehr. Nur dass ausgerechnet Ihr es sein wollt, die seine Absichten kennt, erscheint mir zu viel des Zufalls.«

»Es ist kein Zufall«, sagte Marla rau. »Er schickte mich hierher. Es gibt hier etwas für mich zu tun.«

»Ich würde Euch dennoch nicht glauben, hätte ich Euer Amulett nicht selbst in den Händen gehalten«, sagte die alte Sera und seufzte.

»Also gut«, fuhr sie dann fort. »Gesetzt den Fall, all das, was Ihr hier behauptet, wäre wahr. Graf Render ist ein Mörder und dient dem Namenlosen, er wird sich dem Feind unterwerfen und Baroness Leandra wurde von Königin Eleonora dazu bestimmt, die Krone zu tragen und uns vor dem Feind zu retten.«

Sie beugte sich nach vorne und bedachte beide mit einem harten Blick. »Ihr wollt meine Hilfe dabei? Gut. Dann sagt mir, was Ihr meint, was man zu dieser späten Stunde noch retten kann. Denn ich sehe nur eine Möglichkeit für Leandra, an den Thron zu kommen … dass sie an der Spitze einer Armee hier auftaucht und den Feind von unseren Mauern wegfegt. Da das wohl nicht geschehen wird, könnt Ihr, Ser Dieb, und Ihr, Dienerin des Namenlosen, mir sagen, wie es gelingen soll, Leandra auf den Thron zu bringen?« Sie schüttelte müde den Kopf. »Bruder Faban wird, mit Steinherz in der Hand, in Borons Tempel Graf Render als König bestätigen. Wenn das geschehen ist, wird niemand daran zweifeln, dass er der rechtmäßige König ist. Glaubt mir, nach jeglicher Vernunft wird es Graf Render sein, der unsere Krone trägt.«

»Aber ich sagte Euch doch schon, dass das Schwert, das Bruder Faban hielt, nicht Steinherz ist«, protestierte Wiesel. »Vielleicht ist Bruder Faban auch kein Priester!«

»Ihr seid wie lange hier, Ser Wiesel? Zwei oder drei Tage? Und schon habt Ihr erkannt, was hier im Argen liegt. Ein Mörder, der König werden wird, ein falsches Schwert, das jahrhundertelang die Krone schützte, und ein Priester Borons, der vom Glauben abgefallen ist. Gleich werdet Ihr noch sagen, dass dies alles das Werk des Nekromantenkaisers ist. Aber ich sage Euch, dass dieses Spiel schon länger währt, es seinen Anfang nahm, noch bevor der erste von Thalaks Soldaten einen Fuß auf unseren Boden setzte. Die Intrige hat begonnen, als ein Attentäter vor knapp dreißig Jahren unserer jungen Königin beinahe das Leben nahm. Seit damals wird geschickt taktiert … und nun trägt die Intrige Früchte.«

»Ihr sagt, Graf Render …«, fragte Wiesel ungläubig, und die Sera lachte bitter.

»Er war ein Jahr alt, als das Attentat geschah, er dürfte es schwerlich gewesen sein. Die Krone ist in jedem Reich stets nur ein Teil der Macht, der Rest wird von anderen gehalten, die nicht immer leicht zu sehen sind. Mächtige Sers und Seras, die ihre eigenen Pläne verfolgen, taktieren und planen, morden, betrügen und bestechen, um ihre eigenen Ziele zu erreichen.« Sie beugte sich ein wenig vor. »Ich sage Euch, Ser Wiesel, diese Leute sind es, die das Land regieren. Und dass Thalaks Armeen nun vor unseren Toren stehen, wird sie kaum stören, sie sind nur ein weiterer Teil in ihrem Plan. Selbst wenn Graf Render seine Knie vor dem Nekromantenkaiser beugt, wird sich nichts daran geändert haben, er trägt dann die Krone, aber regieren werden sie.« Sie stand mühsam auf und sah die beiden müde an. Auch Marla und Wiesel standen auf, doch als Wiesel zu der Sera treten wollte, vielleicht um sie zu stützen, wehrte sie ihn mit einer Geste ab.

»Das ist das Problem, Ser Wiesel. Ich glaube nicht daran, dass Leandra die Krone erringen kann … doch selbst wenn, dann wird sich nicht viel ändern, dann ist sie der Spielstein und nicht Render; für die, die im Hintergrund regieren, ist, wer die Krone auch immer trägt, stets austauschbar.«

»War das auch bei Eleonora so?«, fragte Marla leise. »War auch sie nur ein Spielball dieser Mächte?«

»Nein«, sagte die Sera grimmig. »Sie nicht. Sie war wie die Katze, die vor den Löchern lauerte, und traute sich eine der Ratten dann hervor, kannte sie keine Gnade. Man konnte sie nicht erpressen, sie stand stets mit einem Fuß in Soltars Tor, wer sollte sie da denn noch zu etwas bewegen? Sie hielten sich verborgen, aber in ihren Löchern haben sie weiter an ihren Ränken geschmiedet und wohl jeden Tag zum Namenlosen gebetet, dass endlich Soltar Eleonora zu sich nimmt. Sie war so beliebt, beim Volk und auch beim Adel, dass sie es kaum wagen konnten, jemand Neues zu ihren Ränkespielen einzuladen. Aber sie war Eleonora, die größte Königin, die wir je hatten … und Ihr könnt sie nicht mit anderen vergleichen. Und wenn Ihr hofft, dass Leandra auf gleiche Art die Herzen der Menschen gewinnen kann, dann muss ich Euch enttäuschen. Sie hat keine Freunde hier, nur Feinde … und allein ihr Ruf spricht gegen sie. Eleonora hatte Visionen, und ich gebe zu, dass Leandra eine gute Wahl wäre … spräche nicht alles andere so sehr gegen sie.«

Sie ging zur Tür und lehnte sich mühsam gegen ihren Rahmen, um zu den beiden zurückzuschauen. »Es gibt eines, das Ihr vielleicht tun könnt«, sagte sie dann leise. »Graf Render muss einen Grund gehabt haben, die Frau, die er zu seinem Eheweib erkoren hatte, öffentlich des Verkehrs mit Dämonen zu bezichtigen. Da es meines Wissens nach keine Dämonen gibt, muss es einen anderen Grund gegeben haben. Sie war ihm verfallen, sie hätte sich nicht gegen ihn gestellt. Was es auch war, das sie so plötzlich zu einer Gefahr für ihn werden ließ, es geschah unmittelbar, nachdem Graf Render mit ihr gemeinsam das Anwesen seines Vaters aufgesucht hat. Vielleicht sah sie dort etwas, hörte etwas …« Sie zuckte mit den knochigen Schultern. »Versucht dort Euer Glück«, sagte sie leise. »Vielleicht findet Ihr dort etwas, das ihm schaden kann. Habt Ihr Erfolg, bin ich die Erste, die freudig vor Leandra niederkniet. Aber ich glaube nicht daran.« Und damit zog sie die Tür hinter sich zu.

Vorsichtig setzte sich Marla wieder und schaute zu Wiesel hin, der immer noch dort stand und zur Tür hin starrte. »Es scheint so, dass nicht nur die Götter etwas dagegen haben, dass Leandra die Krone erringt.«

»Wie meinst du das?«, fragte Wiesel müde und setzte sich nun ebenfalls, nur um lustlos das Frühstück anzusehen, das noch immer vor ihm stand.

»Ich sagte dir doch, dass die Götter planten, dass Leandra in dem Kornspeicher zu sterben hatte. Sie hatten keine Verwendung mehr für sie. Nur mein Herr entschied dann anders. Dennoch ist es auch nicht so geschehen, wie er es wünschte. Die schwarze Katze war nicht da, und auch sonst geschah alles viel zu spät.« Sie fuhr sich unglücklich durch ihre Haare. »Wenn er will, dass wir Leandra auf den Thron bringen, dann erschließt sich mir noch nicht das Wie.« Sie seufzte. »Und dabei habe ich die Sera nur dieses eine Mal gesehen ... sonderlich beeindruckt hat sie mich nicht.«

»Sie ist diesen Kriegsfürst angegangen«, meinte Wiesel. »Das zählt für sie.«

»Das hast du auch getan«, gab Marla müde zurück. »Nur hast du gewonnen und nicht sie. Und hier in ihrer Heimatstadt ist bereits alles so gerichtet, als wäre sie dort doch gestorben.«

»Nur das ist sie nicht«, sagte Wiesel. »Als Asela kam, um sie zu holen, lebte sie noch, dessen bin ich mir sicher. Und da sie lebt, kann sie etwas bewirken. Dass niemand hier mehr mit ihr rechnet, bedeutet auch, dass man nicht auf sie vorbereitet ist.«

Marla sah zu ihm hin. »Wie meinst du das?«

»Bedenke, wie es einem Hehler geht. Wenn er Geschäfte machen will, dann hängt er stets wie im Netz der Spinne fest. Er muss sich gutstellen mit den Dieben, den Mördern und den Attentätern. Doch nicht nur das, er muss auch die Wachen schmieren, darauf achten, was in den Büchern steht ... und sich auf beiden Seiten teure Freunde halten, damit ihm nichts geschieht. Und jeder Zweite droht ihm beständig, ihm an die Kehle zu gehen, wenn er ihn verrät ... und letztlich kann er auch nichts anderes tun, als still in diesem Netz zu sitzen und nur sein Gold zu zählen.«

»Und früher oder später zupft er am falschen Faden, und er verliert sein Leben doch«, nickte Marla. »Worauf willst du hinaus?«

»Leandra sitzt in keinem Netz. Sie schuldet niemandem einen Gefallen. Dieses Intrigenspiel, von dem die Sera sprach, es berührt sie nicht. Man kann sie nicht erpressen, und sie hat nichts zu verlieren. Sie ist völlig unabhängig ... und dass sie die Krone trägt, ist Eleonoras Wunsch. Die Sera hat uns gerade aufgeklärt, wie Eleonora regierte ... Leandra braucht es ihr nur nachzutun. Du kennst sie nicht, aber ich sage dir, sie hat die Leidenschaft dazu ... und sie hasst die Ungerechtigkeit.« Er schmunzelte ein wenig. »Dafür, dass Ser Roderic der Engel Soltars sein soll, sind er und wohl auch die, die ihn begleitet haben, nur zu leicht bereit, sich sogar gegen die Götter aufzulehnen. Sie fand jedenfalls nichts dabei, im Hause Soltars dem Gott zu fluchen, dass er den Lanzengeneral noch nicht wieder leben ließ.«

»Ich hörte, sie sei kühl wie Eis«, warf Marla ein.

»Nun«, lachte Wiesel. »Ich fand sie in etwa so ruhig wie einen Gewittersturm.« Er sah auf sein Frühstücksbrot herab und schob es dann Marla zu. »Iss und erhole dich. Ich werde unterdessen schauen, was ich finden kann.«

»Und was?«

»Wie es sein kann, dass ein Priester Borons einen Nekromanten nicht erkennen kann ... und ein falsches Bannschwert führt, um jemanden, der schuldlos ist, zu richten. Außerdem will ich mich etwas im Haus von Renders Vater umsehen.«

»Wiesel«, sagte Marla leise, als er aufstand und zur Tür hinging.

»Ja?«

»Bring dich nicht in Schwierigkeiten, und komme heil zurück.«

»Du hörst dich schon an wie Desina«, beschwerte Wiesel sich.

»Dann überlege dir, woran das liegt.«

Die Diebesgilde

24 Diesmal war der Bettler wach und rasselte mit seiner Schale. Die Augen zeigten nur das Weiß, und so, wie er immer wieder tastend in die Schale griff, war er wohl tatsächlich blind. Viel Erfolg hatte er beim Betteln nicht, dachte Wiesel, als er an ihm vorüberging und zwei Kupferstücke in die Schale fallen ließ. Außerdem musste es anstrengend sein, immer nur das Weiß in seinen Augen zu zeigen, und den Kopfschmerz bekam man auch viel zu leicht davon.

»Habt Dank, Herr«, krähte der Bettler, als das Kupfer in die Schale fiel. »Der Segen der Astarte wird Euch berühren ... wenn Ihr der Göttin eine Kerze bringt!«

Wiesel stutzte und sah auf den Bettler herab, doch der hatte die Augen bereits wieder geschlossen und hielt die Schüssel den nächsten Schritten entgegen. Ein Knie hatte er angezogen und unter Lumpen begraben, doch das andere Bein war arg verdreht, als wäre ihm einst das Knie gebrochen worden.

Nur, dachte der blonde Dieb schmunzelnd, dass der Bettler am Morgen, als Wiesel aus dem Fenster sah, das andere Bein so zeigte ... Es auf diese Art zu verdrehen, machte es wohl nötig, ab und zu das Bein zu wechseln.

Die Menschen sind wohl alle gleich, dachte er, als er fröhlich pfeifend weiterging, sie halten an Altbewährtem fest. In den Tempeln hier sprach man fast sicher alle Gebete noch auf die gleiche Art wie in Askirs Tempeln, wie selbst die Herzogin bemerkte, sprach man dort auch noch reines Imperial. Warum Dinge ändern, wenn es keinen Grund zum Ändern gab? Doch das galt nicht nur für Glauben und für Tempelrituale. Die Südreiche waren von Menschen bevölkert worden, die aus den alten Reichen kamen, vielleicht hatten sie auch an anderen Traditionen festgehalten.

Wiesel wusste, wo er suchen musste. Es war ihm schon aufgefallen, dass der größte Teil der Straßen hier gepflastert war, und so wenig Unrat es hier gab, musste es auch Kanäle geben. Die Straßen waren in der Mitte angehoben, bei Regen floss das Wasser dann vor den Bürgersteigen ab und verschwand in Schlitzen, die von einem großen Deckstein abgesichert waren.

Genau solche gab es auch in Askir ... und folgte man dort einem Straßenzug nur lang genug, dann fand sich auch ein Einstieg. Wiesel sah keinen Grund, warum es in Illian anders sein sollte, schließlich war auch diese Stadt von Askannon geplant. Wo es Kanäle gab, gab es auch Diebe, die sie als geheime Wege nutzten. Fand er einen Eingang, dachte Wiesel, fand er auch jemanden, den er dann befragen konnte.

Tatsächlich dauerte es nicht lange, bis er an eine Stelle kam, an der jemand eine halb verfallene Hütte errichtet hatte. Sie stand schräg und windschief an einer Ecke, wo der Bürgersteig deutlich breiter war. Zwei Jungen lungerten dort herum, abgerissene Gestalten, mit blanken verdreckten Füßen und einem Blick, der jeden warnte, sich mit ihnen abzugeben.

Die Tür der Hütte hing schief herab, einst war es wohl ein Verkaufsstand gewesen, und durch die Tür konnte Wiesel Unrat und alte Decken sehen. Jeder feine Bürger ahnte sogleich, dass diese Decken vor Ungeziefer wimmelten, und wusste, dass es besser war, dort nicht hineinzugehen.

Was meist besser half, als hartgesottene Halunken zu postieren, dachte Wiesel mit einem Lächeln und sah sich weiter um.

»Was willsten hier?«, fragte der eine Junge mutig und spuckte aus, doch da der Auswurf Wiesels geliebte Stiefel verfehlte, nahm Wiesel es nicht allzu übel. Er hatte gefunden, was er suchte, ein Zeichen an der Wand, das einem Fisch ähnelte, den man mit einem Kamm verband.

Das Zeichen hatte sich nicht sehr verändert, der Kamm trug einen Strich zu viel, also war Wiesel hier schon richtig.

»Ich bin fremd hier«, sagte Wiesel und hielt zwei Kupferstücke hoch. »Die sind für den von euch, der mir sagen kann, ob man hier bei euch nach dem Schneider oder nach dem Tischler fragt.«

Der Schneider stand für die Diebe, die oftmals mehr Taschen besaßen, als man an ihnen sah, der Tischler für die Mordgesellen, da er ihren Opfern oft die letzte Heimat gab. Auch in Askir waren Diebe und die Straßenräuber sich nie einig und kämpften erbittert um die Macht … wobei meist die Tischler überlegen waren. Sie besaßen auch mehr Übung darin, ihre Wünsche mit spitzen Gegenständen durchzusetzen.

»Den Tischler«, antwortete der eine Junge da auch schon und ließ die Münzen, die Wiesel ihm zuwarf, wie durch einen Zaubertrick verschwinden. »Den letzten Schneider habens vor drei Jahrn schon verpfiffen, er hingt noch immer innem Käfig … nützt dir nix, den noch zu frachen!«

Die Worte taten Wiesels Ohren weh, aber auch daran konnte man sich gewöhnen. Wiesel hielt schon wieder eine Münze in der Hand. Einen Silbergroschen diesmal. Einen, der Askannons Profil zeigte.

»Und wo finde ich den Tischler?«, fragte Wiesel höflich.

»Un' woher solln mer wisse, dassde keen Pfeiffer bist?«

Oder vielleicht auch nicht, dachte Wiesel. Wenn das so weitergeht, werden mir die Ohren bluten.

Er sah herunter auf seinen Fuß, der Junge folgte seinem Blick, und Wiesels Stiefelspitze zog ein Zeichen in den Dreck, nur um es sogleich wieder zu verwischen. Die Augen des Burschen weiteten sich. »Du … Ihr kennt ihn in der Alten Mühle findn«, sagte er verstohlen, den Blick fest auf den Silbergroschen gerichtet. »Fraacht nach Torkin, er wird's richten.«

»Danke«, sagte Wiesel und schnickte dem Jungen den Silbergroschen zu. »Und wo finde ich die Alte Mühle?«

Der Junge wartete hoffnungsvoll auf die nächste Münze, doch Wiesel schüttelte nur den Kopf.

»Die Strass' runnter, dann am schwarzn Brunnen rechts … es steht ein Mühlsten außen vor, Ihr kennt se net verfehln«, sagte der Junge dann und gab sich wenig Mühe, seine Enttäuschung zu verbergen.

Das wird schwierig, dachte Wiesel, als er weiterging. Er mochte ein Ohr für Sprachen haben, aber das nachzumachen konnte nicht gelingen. Er entschloss sich, es erst gar nicht zu versuchen.

Als er die Straße weiterging, hörte er die beiden streiten.

»Ey, geb mich was ab!«

»Hätts doch auch was sachen kenn!«

Der schwarze Brunnen war kaum zu übersehen, ein grob gefügtes Ding aus Basalt, an dem Wäscherinnen standen und schwere Eimer füllten und ihre Dienste anpriesen. Die Straße rechts davon war breit genug für Handelskarren, auch wenn es aussah, als wäre schon länger keiner mehr hier durchgefahren; es hatte hier wohl irgendwann gebrannt, und bislang hatte sich niemand die Mühe gegeben, die Ruinen wieder aufzubauen.

Was nicht hieß, dass sie nicht mehr bewohnt waren, der Zustrom von Flüchtlingen machte jeden Platz zur Mangelware, und ein halbes Dach, sei es auch verkohlt, war besser als keines.

Die Alte Mühle hatte der Brand verschont, dennoch war der Ort verkommen, und allein der Anblick der herumlungernden Gestalten verhinderte, dass sich ein Gast dorthin verirrte.

Als Wiesel unbekümmert weiter auf die Mühle zuschritt, zog er mehr und mehr misstrauische Blicke an. Er tat, als würde er es nicht bemerken, und stieß die Tür zum Gastraum auf, der Geruch von nasser Wolle und schlechtem Tabak, der ihm entgegenschlug, ließ ihn seinen Plan noch einmal überdenken. Aber es war sowieso schon zu spät, jemand war schon hinter ihn getreten und drückte ihm bereits einen Dolch in den Rücken.

Also marschierte Wiesel tapfer vor bis an die alte Theke, die bestimmt schon seit Jahren keinen Lappen mehr gesehen hatte.

»Was willst du«, fragte ein hagerer Mann, der an einem der Tische hier saß und mit sich selbst Karten spielte. »Oder hast du dich verlaufen?« Dass hinter ihm an der Wand ein Schläger lehnte, ließ Wiesel hoffen, dass er den Richtigen gefunden hatte. Doch der Dolch in seinem Rücken war noch immer gut zu spüren und brachte ihn, so ungern er es zugab, doch etwas aus dem Gleichgewicht. Die etwa fünfzehn düsteren Gesellen, die sich hier scharten, machten es ihm auch nicht leichter, unbekümmert zu erscheinen.

»Ich suche einen gewissen Torkin«, antwortete er höflich.

»Ein feiner Ser wie Ihr, was wünscht Ihr von dem Mann?«, fragte der Mann und tat eine kleine Geste, woraufhin der Dolch in Wiesels Rücken nicht mehr zu spüren war.

Nur mit Mühe vermied es Wiesel, sich zu kratzen, obwohl es ihn jetzt dort juckte. »Ich bin fremd in dieser Stadt«, sagte er und wischte sich mit scheinbarer Gelassenheit ein Stäubchen von der Schulter. »Ich dachte, es gebietet die Höflichkeit, dass ich frage, welche Regeln gelten ... was erlaubt ist und was nicht, wer Schutz genießt und wer sich einen Besuch verdient.«

»Du hättest früher fragen sollen, Bursche«, hörte Wiesel eine Stimme von der Seite her, dort stand der dicke Wirt und sah ihn zornig an. »Du hast Kort auf dem Gewissen.«

»Ein Dieb, so groß, dürr und reichlich unverschämt?«, fragte Wiesel höflich, während sein Herz zu rasen anfing. Verflucht, dachte er verärgert, hätte ich den Kerl doch an die Wache übergeben!

»Genau den«, knurrte der Wirt. »Und noch Komas und seine Freunde.«

»Stimmt«, meinte Wiesel, während seine Gedanken rasten und er verstohlen nach einem Fluchtweg Ausschau hielt. Die Aussicht darauf, aus diesem Fehler noch zu lernen, schien ihm jetzt recht gering. »Er bestahl mich, und ich ließ ihn gehen … dafür überfiel er mich mit seinen Freunden. Ist das üblich hier, dass ein Dieb den anderen in einer Gasse überfällt?«

»Das kann schon mal geschehen«, meinte der hagere Mann. »Üblich ist es nicht. Warum sollte er Euch überfallen haben? Er hatte Euch doch schon bestohlen.«

»Ich stahl mir meinen Beutel von ihm zurück«, sagte Wiesel und zuckte mit den Schultern. »Er war ungeschickt und frech, und als ich ihn tadelte, nahm er es krumm.«

»Ihr habt Kort den Beutel gestohlen, den er von Euch stahl?«, fragte der hagere Mann und lachte dann. »Hast du das gewusst?«, fragte er den Wirt, der Wiesel noch immer wütend anstarrte. Doch jetzt schüttelte er widerwillig den Kopf.

»Wenn er die Wahrheit sagt«, knurrte er. »Bislang haben wir nur sein Wort, dass es auch so war.«

»Richtig«, sagte der hagere Mann. »Was geschah in dieser Gasse?«

»Euer Freund erhielt das Gold, doch dann wollte er sich an meiner Schwester vergreifen«, sagte Wiesel, während ihm das Herz im Halse pochte. »Was hättet Ihr getan?«

»Wahrscheinlich zugesehen«, grinste der Mann und schüttelte den Kopf. »Das hört sich in der Tat nach Komas an. Gut, Ser, seid Ihr bereit, das Blutgeld zu bezahlen?«

Beinahe hätte Wiesel zugestimmt, doch sah er etwas in dem Blick des anderen Mannes. »Sie griffen ein Gildenmitglied an«, tat Wiesel empört. »Müssten sie nicht zahlen?«

»Seht Ihr sie hier stehen?«, fragte der hagere Mann. »Und dieser Gilde hier gehört Ihr noch nicht an. Zwei Silbergroschen für Komas und seine Männer, fünf Kupferstücke für unseren geliebten Kort. Das ist der Preis, mein Freund, sonst tragen wir dich von hier fort.«

»Das ist zu wenig!«, begehrte der Wirt auf.

»Höre auf, dich zu beschweren«, unterbrach ihn der hagere

Mann. »Für den Ärger, den wir mit ihnen hatten, bin ich fast bereit, den Ser noch zu bezahlen!«

»Hier«, sagte Wiesel und warf eine silberne Halbkrone auf den Tisch. »Das müsste reichen.« Er spürte die gierigen Blicke auf seinem Beutel, als er diesen wieder unter seinem Wams verstaute. Er hoffte nur, dass ihm die Erleichterung und das Zittern seiner Knie nicht anzusehen war.

»Ich bin Torkin«, sagte der Mann. »Sagt mir, wie man Euch nennt und zu welcher Gilde Ihr gehört.«

»Man nennt mich Wiesel«, antwortete der blonde Dieb. »Weil ich scharfe Zähne habe … und ich gehöre der Gilde in Askir an.«

»Sagt doch gleich, Ihr seid der Kaiser!«, grölte einer der Gesellen am Tisch daneben und stieß seinen Kumpel mit dem Ellenbogen an. »Frag ihn am besten jetzt sofort, ob er dich begnadigen kann!«

Wiesel sagte nichts dazu, dafür ließ er einen Dolch aus seinem Ärmel gleiten und ritzte ein Gildenzeichen in den Tisch hinein.

Torkin beugte sich nach vorne, um sich das Zeichen anzusehen, und runzelte die Stirn. »Ich habe das Zeichen noch nie gesehen«, sagte er dann. »Weiß jemand, wie es auszusehen hat?«

»Drei schräge Striche unter einem Bogen«, sagte eine Sera von hinten und stand auf, um das Zeichen zu mustern. Die bunten Farben ihres Kleids und das weite Mieder verrieten, dass sie zu den Schaustellern gehörte, tatsächlich meinte Wiesel sie auch gestern am Markt gesehen zu haben. »Das ist das Zeichen«, stellte sie fest. »Ich habe es von meiner Großmutter gelernt … nur, wenn er aus Askir ist, wie kommt er dann hierher?«

»Pech oder des Namenlosen Glück«, sagte Wiesel und zuckte mit den Schultern. »Nennt es, wie Ihr wollt, es kommt aufs Gleiche raus. Glaubt mir, ich wäre lieber weit von hier.«

»Das glaube ich Euch unbesehen«, lachte Torkin. »Und

damit seid Ihr nicht allein. Also gut, wollen wir es glauben, was wollt Ihr also hier?«

»Hauptsächlich will ich keinen Ärger«, antwortete der blonde Dieb und atmete verstohlen auf. »Das Leben hier ist teuer, und mir gehen die Mittel aus … und wenn ich auf Dächern tanzen will, muss ich wissen, wer geschützt ist und wer nicht.«

»Ihr werdet einen zehnten Gildenanteil zahlen«, bestimmte Torkin. »Und glaubt nicht, dass Ihr betrügen könnt.«

»Das gilt«, sagte Wiesel. »Einen Zehnten von allem, was ich stehle. Jetzt sagt mir nur noch, von wem ich stehlen und welche Wege ich benutzen kann.«

»Der alte Emrich dort hinten in der Ecke wird Euch das erklären«, nickte Torkin langsam. »Habt Ihr denn schon ein Opfer ausgesucht?«

»Ich dachte an Graf Render«, sagte Wiesel so gelassen, wie er nur konnte. »Er stieß mir gestern übel auf.«

Mit einem Mal war es still in der Taverne.

»Es ist noch niemandem gelungen, von ihm zu stehlen«, sagte Torkin in die Stille hinein. »Aber versucht Euch ruhig daran. Doch wenn es Euch gelingen sollte, in sein Haus zu kommen, müsst Ihr berichten, was Ihr dort vorgefunden habt.«

»Er hat hier keine Freunde?«, fragte Wiesel scheinbar überrascht. »Ich hätte gedacht, dass ein Mann wie er einen Schutzpreis ausgehandelt hätte.«

»Hat er nicht«, sagte Torkin. »Und wir würden ihn nicht nehmen. Er hält nicht viel von uns … in seinen Augen sind wir Dreck. Was ihn nicht daran hindert, sich von uns zu nehmen, was ihm gefällt.«

»Wie meint Ihr das?«, fragte Wiesel neugierig.

»Befragt sie dazu«, meinte Torkin grimmig und winkte die Schaustellerin heran. »Sie kann Euch mehr erzählen.«

»Du bist verrückt«, stellte Marla später fest, als Wiesel ihr davon erzählte. Sie hatte es sich auf einem Stuhl im Garten bequem gemacht, und es schien ihr besser zu gehen. Die Herzogin war nicht im Haus, sie wollte das Wagenrad eintauschen, so hatten sie das Haus für sich und konnten ungestört reden. »Ich dachte, du wärest gar nicht in der Gilde?«

»Bin ich auch nicht«, grinste Wiesel. »Aber woher sollten die es dort wissen?«

»Du bist vom Wahn besessen«, wiederholte Marla ungläubig und schüttelte den Kopf. »Ich hätte keinen halben Knopf darauf gesetzt, dass sie dich wieder gehen lassen.«

»Ja«, lachte Wiesel. »Mir erging es auch nicht besser, vor allem, als der Wirt anfing, von dem Jungen zu erzählen, der uns überfallen hat. Doch ich hatte Glück, er und seine Freunde waren dort wohl auch nicht gut gelitten. Eine halbe Krone Blutgeld war der Preis, mehr nicht, in Askir kostet es schon mehr, wenn man nur den Hund des blinden Bettlers tritt.«

»Vielleicht hattest du auch Hilfe«, sagte Marla voller Ernst. »Nachdem du fort warst, habe ich kaum etwas anderes getan, als für dich zu beten.«

Wiesel hätte fast gelacht, doch dann sah er ihren Blick. Marla nahm ihren Glauben ernst, und wer wusste schon, was die Götter taten. Er zuckte mit den Schultern. »Ich kam heil heraus, und auch wenn sie jetzt ein Auge auf mich halten werden, habe ich doch einiges erfahren. Es gab eine Schaustellerin dort und sie …«

»War sie hübsch?«, fragte Marla.

Wiesel sah sie erstaunt an.

»Ich frag ja nur«, meinte Marla und zog eine Schnute. »Ich weiß, wie leicht man dir den Kopf verdrehen kann.«

Wiesel sah das anders. Was für Marla gelten mochte, galt noch lange nicht für jede. Auch wenn es da eine gewisse Assassine gab … doch die war weit von hier.

»Sie war älter und doch recht hübsch, aber nichts für mich. Sie ist Schaustellerin, und du weißt, wie das dann geht, schaut man sie nur falsch an, stehen gleich zehn ihrer Brüder neben ihr … vergiss sie«, bat er. »Wichtiger ist das, was sie mir sagte.«

»Was wäre das?«

»Der Graf hat ein halbes Dutzend Schergen unter Sold, üble Gesellen, die für ihn auch morden würden und es vielleicht auch tun. Zweimal hat man sie in der letzten Zeit dabei erblickt, wie sie eine Sera in eine Kutsche zerrten. Die Seras wurden später nie mehr gesehen. Man munkelt auch, dass es nicht bei diesen zweien geblieben wäre. Zumeist trifft es wohl Flüchtlinge aus der Unterstadt, die oftmals niemand vermissen wird. Doch ein Opfer gehörte zu den Schaustellern und stand unter dem Schutz der Diebesgilde.«

»Wenn du mir etwas besorgen kannst, das ihr gehörte, kann ich vielleicht herausfinden, wo sie sich befindet und was mit ihr geschehen ist«, meinte Marla. »Meinst du, dass das möglich ist?«

»Ich denke schon«, nickte Wiesel. »Sie war die Schwester von der einen, von der ich dir erzählte, und auch der Grund, warum die Sera dort gewesen ist. Sie beschwerte sich, dass die Gilde ihre Schwester nicht beschützte … und es war diesem Torkin anzusehen, dass es ihm peinlich war.«

»Nur um das herauszufinden, hast du dich dorthin gewagt?«, fragte Marla ungläubig. »Wir wussten doch auch so, dass dieser Graf Dreck am Stecken hat.«

»Das war nicht alles, was ich erfahren habe«, sagte Wiesel stolz. »Der alte Mann, zu dem mich Torkin schickte, wusste viele Dinge. Zum einen, dass es einen Kanal gibt, der weit in die Unterstadt hineinführt.«

»Das könnte nützlich sein«, sagte sie nachdenklich. »Solange der Feind nichts davon weiß.«

»Bis jetzt scheint das nicht der Fall zu sein«, meinte Wiesel. »Das Zweite war, warum die anderen Tempel geschlossen sind.«

»Also sage mir, warum«, forderte Marla und zog sich ihre Decke zurecht. »Denn das habe ich mich auch bereits gefragt.«

»Es ist eine unglaubliche Geschichte«, warnte Wiesel sie. »Doch sie ist schnell erzählt. Drei Tage nachdem die Königin sich geopfert hat, wollte man ihr gedenken. Dazu fanden sich die meisten Priester aller Tempel gemeinsam zu einem Gottesdienst ein. Sie hielten ihn offen ab, auf dem Marktplatz, nicht weit von der Stelle entfernt, an der jetzt der Scheiterhaufen steht. Die halbe Stadt war da, jeder wollte Eleonora ehren.«

»Und?«

»Zunächst lief alles glatt. Aber plötzlich, bei einer Augurie, ging wohl etwas schief. Denn von einem auf den anderen Moment wurden die Priester wahnsinnig und fielen übereinander her. Angeblich waren sie wie wilde Tiere, gänzlich ohne Verstand. Bevor man noch verstand, was mit ihnen geschehen war, war ein gutes Teil von ihnen bereits tot, der Rest wurde mit Mühe überwältigt und in sichere Zellen verbracht. Nur ein Priester blieb davon unberührt, weil er sich um einen Kranken kümmern musste. Du kannst dir denken, wer das war.«

Marla zog die Brauen hoch. »Bruder Faban.«

»Ein anderer, Bruder Fergo, ein Diener Soltars, verfiel zwar auch dem Wahn, doch er wurde nicht zum Tier, er rannte einfach nur schreiend davon.«

»Der Priester, den du getroffen hast?«, fragte Marla, und Wiesel nickte.

»War er vom Wahn befallen?«

Wiesel zuckte mit den Schultern. »Er schien mir etwas wirr, aber das kann andere Gründe haben. Jedenfalls lief er nicht schreiend umher.«

»Was ist mit Bruder Faban?«

»Von ihm hörte ich, dass er alles tat, um den anderen Priestern zu helfen, doch es war umsonst, sie alle starben an dem Wahn, verkrümmt, mit Händen, die wie Krallen waren, und rotem Schaum vor dem Mund. Bruder Faban stellte fest, dass ein Fluch sie getroffen hatte, ein Fluch, der auch auf allen Tempeln lag. Er allein betete drei Tage und drei Nächte lang, um den Tempel Borons von diesem Fluch zu befreien, doch die anderen zwei Tempel ließ er schließen und verbot, sie zu betreten.«

»Du willst ernsthaft sagen, dass es in dieser Stadt keine Priester gibt?«, fragte Marla ungläubig. »Bis auf diesen Faban? Wie soll das denn möglich sein, drei Tempel zu verfluchen? Von so etwas habe ich noch nie gehört, sag nur, dass du diese Geschichte auch noch glaubst!«

»Die halbe Stadt war Zeuge«, meinte Wiesel unbehaglich. »Es gibt wohl keinen Zweifel, dass es so geschah.« Er führte rasch das Zeichen der Dreieinigkeit über seinem Herzen aus.

»Solltest du dich nicht besser an Mama Maerbellinae wenden?«, fragte Marla etwas spitz.

»Gern«, antwortete Wiesel leicht pikiert. »Wenn du mir sagst, was ihr Zeichen ist.«

»Frag sie im Gebet«, sagte Marla und kaute an ihrer Unterlippe. »Ich kenne mich ein wenig mit Flüchen aus«, fuhr sie dann fort.

»Das kann ich mir denken«, meinte Wiesel spitz.

Doch sie schaute ihn nur strafend an. »Was ich sagen will, ist, dass es mir nicht vorkommt wie ein Fluch. Sie wirken anders, und wenn es einer gewesen wäre, der viele hätte treffen sollen, hätte er außer den Priestern auch noch andere berührt. Oder ist davon etwas bekannt?«

»Nein. Es traf nur die Priester. Auch die Tempelschüler blieben unberührt. Es mag stimmen, was du sagst, doch man hat den Vorfall untersucht und alles andere ausgeschlossen. Es kann auch kein Gift gewesen sein, es wurde zwar Wein und Wasser bei dem Ritual verwendet und auch ein Lamm, aber man hat alles, womit die Priester in Berührung kamen, an Gefangenen versucht … und niemand zeigte auch nur eine entfernt ähnliche Wirkung.«

»Und wenn es Nekromanten waren?«

»Das wäre möglich«, sagte Wiesel nachdenklich. »Vor unseren Toren liegen die Truppen Thalaks, und dort wird es Seelenreiter geben, doch gleichzeitig fast ein Dutzend

Priester in den Wahn zu treiben, wäre wohl auch für sie zu viel.«

»Glaubst du denn an diesen Fluch?«, fragte Marla erstaunt.

»Nein«, sagte Wiesel, ohne zu zögern. »Alleine schon, weil es für jemanden zu nützlich ist. Doch was immer es auch war, es hat die Bürger dieser Stadt von einem zum anderen Moment ihres göttlichen Beistandes beraubt. Jetzt haben sie niemanden mehr, der sie in ihrer Not berät oder ihnen Mut zuspricht.« Er schüttelte den Kopf. »Ich glaube nicht, dass es jemand aus Thalak war. Ich denke eher, dass wir beide wissen, wem es nützt.«

»Dann sage ich«, sagte Marla und stand auf, »dass es Zeit wird, Näheres herauszufinden. Wir werden zu den verschlossenen Tempeln gehen. Laut Bruder Faban lastet auch ein Fluch auf ihnen … und wenn es so ist, werde ich das schnell feststellen können.«

»Was ist mit deiner Wunde?«, fragte Wiesel besorgt. »Willst du wahrhaftig schon …«

»Vergiss die Wunde«, sagte sie barsch. »Sie schmerzt und wird es auch noch länger tun. Es traf nur Muskel, nichts Wesentliches wurde verletzt, ich habe nur zu sehr geblutet. Ich habe sie mir angeschaut, sie ist gut vernäht. Wenn ich darauf achte, wird es gehen.«

»Und was ist mit den Tempeln?«, fragte Wiesel besorgt.

»Was soll mit ihnen sein?«

»Wenn sie nicht verflucht und entweiht sind, was geschieht dann mit dir, wenn du sie betreten wirst?«

»Du meinst, ob ich verbrennen und mich zu Asche verwandeln werde?«, fragte sie mit einem Lächeln. »Finden wir es doch heraus.«

Der Weltenriss

25 »Tut mir leid, Ser«, sagte der Quartiermeister, ein bulliger Mann mit dem Zeichen der dritten Legion auf dem linken Arm, ohne von seinem Klemmbrett aufzusehen. »Hier steht, dass Ihr geplant hattet, heute Euer Quartier aufzugeben. Es ist bereits neu belegt. In den Mannschaftsquartieren wird sich noch ein Platz finden.«

Blix sah den Korporal ungläubig an. »Ich habe erst heute Morgen erfahren, dass es eine Planänderung gab. Ich werde also noch länger bleiben. Außerdem sind die Offiziersquartiere völlig unterbelegt!«

»Das sind sie nicht«, sagte der Korporal und schob sein Klemmbrett durch die Öffnung im Gitter. »Seht hier: Die gesamten Offiziersquartiere sind belegt.«

Ja, dachte Blix, das sah er. Jemand hatte einen großen breiten Strich durch den Belegungsplan gezogen, die kaiserliche Zahl drei daneben geschrieben und das Kürzel AM dahinter gesetzt. Arkadia Miran, Lanzenobristin.

»Selbst wenn sie eine volle Legion hierherverlegen würde, bräuchte sie nicht so viele Offiziersquartiere!«, beschwerte sich Blix aufgebracht. »Hier hätte sogar der Offiziersstab von drei Legionen Platz!«

»Die Obristin und ihr Stab haben das Erdgeschoss belegt, außerdem war die Raumzuteilung falsch, die Quartiermeister der zweiten Legion haben einfach die Betten in den Räumen besetzt und dabei nicht berücksichtigt, dass es sich um Offiziere handelte«, erklärte der Korporal gewichtig. »Vier Mann auf einem Zimmer sind zu viel. Ich weiß nicht, wie es bei Euch in der Zweiten ist, aber die Obristin sorgt für ihre Offiziere!«

»Korporal …«, Blix warf einen Blick auf das Schild, das auf der Theke stand. »Korporal Grundek. Ein Offizier pro Zimmer mag ja angehen, wenn die Legionen auf ein Zehntel ihrer Größe reduziert sind, aber mit der Aufstockung der Legionen ist diese Zeit vorbei, alleine eine Lanze wird in Zukunft zehnmal mehr Offiziere haben als zuvor.«

»Aye«, sagte der Korporal gänzlich ungerührt. »Deshalb brauchen wir ja diesen Platz.« Er blickte zu Blix hoch und sah bedeutsam auf die kaiserliche Zwei an Blixens Ärmel. »Die gesamte dritte Legion wird hier zusammengezogen, tut mir leid, Ser, für Euch ist hier kein Platz. Wärt Ihr in der dritten Legion geblieben, sähe es etwas anders aus.« Er zog das Klemmbrett wieder zu sich heran. »War das alles, Ser?«, fragte er mit falscher Freundlichkeit. »Oder lasst Ihr mich jetzt meine Arbeit machen?«

Blix unterdrückte einen Fluch.

»Kann ich meine Kiste wenigstens hier stehen lassen?«

»Nein, Ser. Ausrüstungskisten im Gang stehen zu lassen, ist ein Verstoß gegen die Vorschriften, im Falle eines Alarms könnten sie für Probleme sorgen.«

Blix sah den langen Gang hinunter. Wie es Vorschrift war, standen die Türen der nicht belegten Räume leicht angelehnt, und auf dem ganzen langen Gang war nicht eine Tür geschlossen.

Er nahm seine Kiste an einem Griff, zerrte sie in den nächsten Raum und stellte sie dort ab.

»Ser!«, beschwerte sich der Korporal. »Ich sagte doch …«

»Ihr werdet zuerst die anderen freien Unterkünfte belegen«, teilte Blix ihm kühl mit. »Und wenn Ihr tatsächlich so schnell dieses Zimmer braucht, dann schickt einen Rekruten, der mich fragt, wohin meine Kiste dann zu bringen ist. Und das, Grundek, ist ein Befehl.«

Blix wartete die Antwort des Quartiermeisters erst gar nicht ab, sondern machte auf dem Absatz kehrt und marschierte hinaus.

Er fand Grenski vor dem Quartiergebäude auf ihrer Kiste sitzend vor. Sie hatte sich bequem an die Wand zurückgelehnt, ihre langen Beine ausgestreckt und schien halb zu schlafen. Als er näher kam, öffnete sie ein Auge.

»Ihr seht verstimmt aus. Hat man Euch auch rausgeschmissen?«

»Ja«, grollte Blix. »Ich finde, die Dritte treibt es mit ihrer Rivalität zu weit.« Direkt vor dem Quartiersgebäude mit seinen drei breiten Toren befand sich der Paradeplatz, groß genug, dass auch eine ganze kaiserliche Lanze, tausend Mann und nicht nur einhundert, hier exerzieren konnte.

Die gesamte Feste war großzügig angelegt, selbst eine volle Legion hätte hier noch Platz, ein Gedanke, der bei Blix für noch mehr Verstimmung sorgte.

»Was, bei allen namenlosen Höllen«, knurrte er, »tun die denn da?«

»Die« waren eine volle Lanze der dritten Legion, voll ausgerüstet, die im Laufschritt über den Platz rannten. Im letzten Drittel dieses Platzes hatten Offiziere der Legion zwei Stühle aufgestellt, die etwa acht Schritt auseinanderstanden. Eine Lanze bestand aus zehn Tenets zu jeweils hundert Mann. In den letzten Jahrhunderten hatte es sich eingebürgert, eine Tenet als zehn Mann anzusehen, doch diese Zeiten waren jetzt vorbei. Fünf Glieder breit und zwanzig Glieder lang stürmte jetzt gerade eine Lanze von hundert Mann auf diese beiden Stühle zu. Das Klappern der schweren Rüstungen und das Trampeln von zweihundert genagelten Stiefeln hallten von den grauen Steinen wider, und so stabil die Feste auch erbaut war, ließ der Gleichschritt sogar den Boden unter ihren Füßen zittern.

»Als Lassahndaar geräumt wurde, hat es sich als schwierig herausgestellt, zu verhindern, dass jemand in den Rand des Tors hineinlief«, erklärte Grenski unbewegt. »Es gab zwei Verletzte und fünf Tote, einer davon ein Leutnant von der Dritten. Miran hat sich von der Eule sagen lassen, wie groß das Tor zumindest sein wird, und übt nun, wie schnell eine Lanze durch ein solches Tor verlegt werden kann.« Sie schaute zu Blix auf. »Man kann sagen, was man will, sie denkt an alles.«

»Niemand denkt an alles«, widersprach Blix. »Und, wie lange brauchen sie?«

»Die Torpassage ist nicht das Problem«, meinte Grenski dazu und wies mit einer Geste zum hinteren Teil des Paradeplatzes. »Die nächste Lanze aufzustellen, während die erste noch losrennt, das ist das Problem. So viel Platz ist hier dann doch nicht. Aber ich hörte, dass Miran plant, dreitausend Mann in zwei Dochten zu verlegen … und so, wie sie ihre Leute rennen lässt, wird das auch gehen.«

Blix nickte widerwillig. Niemand hatte bisher einen Stuhl gestreift. Lange hatte er sich gestern nicht in Askir aufgehalten, aber lange genug, um zu hören, wie sich die Federn beschwerten. Die zweite und dritte Legion hatten den Rahm der Veteranen abgeschöpft, für die anderen Legionen blieb danach dann nicht mehr viel. Kasale hatte sich die besten Offiziere ausgesucht und einen Kern von verdienten Veteranen, alle handverlesen und ihr selbst bekannt. Der Kern dieser Veteranen befand sich in Gasalabad, um die Ausbildung der Rekruten voranzutreiben. Miran dagegen war einen anderen Weg gegangen, sie hatte aus eigener Tasche jedem Veteranen, der sich nach zumindest fünf Dienstjahren zur Dritten meldete, ein Handgeld von zwei Gold versprochen. Nach den Siegen in der Ostmark und dem Eisenpass war die dritte Legion nur umso begehrter geworden, der Rest der Legionen musste nehmen, was an Bodensatz für sie noch übrig war. Vor allem die fünfte, die von Janas endlich abgezogen worden war, hatte es hart getroffen. Sie hatte in Janas gut ein Viertel ihrer Leute an die Pest verloren, bevor das Wunder dort geschehen war. Blix hatte davon gehört, dass zwei blonde Wüstengötter, ein Mann und eine Frau, in all ihrer nackten Schönheit durch die Truppen gegangen wären, und wer sie gesehen hätte, sei von der Pest genesen.

Er hatte seine Zweifel daran, aber tatsächlich schien die

Pest in Janas jetzt besiegt, was denen nicht mehr half, die ihr erlegen waren. Offenbar war die fünfte Legion nun so ausgedünnt, dass sie bei ihrer Verlegung in die Ostmark zum größten Teil nur aus grünen Rekruten bestand ... und gerade jetzt hatten die Kampfhandlungen in der Ostmark einen blutigen Höhepunkt erreicht.

Für einen Soldaten war es herrlich anzusehen, wie die Lanzen marschierten, die kaiserlichen Legionen standen seit jeher für die kaiserliche Macht. Niemand konnte sie besiegen ... und Blix hätte beinahe laut aufgelacht.

»Ich glaube, sie denken, sie gehen in eine Übung«, meinte er bitter. »Niemand kann besser exerzieren als die Dritte, aber alleine daraus wird noch kein Sieg gemacht. Sie unterschätzen unsere Feinde.«

»Aye«, entgegnete Grenski unbewegt. »Man kann sie in der Messe reden hören. Glaubt man ihnen, haben wir uns auf diesem Hügel nur dumm angestellt, wahre Soldaten wie unsere Helden hier hätten den Feind nach dem morgendlichen Tee zum Frühstück verspeist.«

»Geht man von einer vollen Lanze aus, hätten sie damit dann auch recht«, stellte Blix grimmig fest. »Sehe ich das richtig, und nur jeder Zehnte ist mit einer Armbrust ausgerüstet?«

»Ja«, sagte Grenski und gähnte. »Miran hält die meisten Anordnungen des Lanzengenerals für überflüssig, und man hörte, wie sie sagte, dass er es ihr schon selbst befehlen müsste, erprobte Traditionen aufzugeben.« Sie richtete sich auf und beschattete die Augen mit der linken Hand. »Da kommen sie, die Helden«, wies sie Blix auf eine Gruppe Soldaten hin. Die letzte Lanze, die durch die Stühle marschiert war, trat nun geschlossen zur Seite weg, während Maestra Leandra, die Eule und die Kaiserin langsam den großen Platz durchquerten, Santer war wie üblich mit dabei.

Weiter hinten wurden jetzt aus den Ställen Pferde herausgebracht. »Das ist mein Pferd«, stellte Blix empört fest, als er sah, wie einer der Soldaten die Zügel von dem Stallburschen annahm.

»Ja«, nickte Grenski. »Obristin Helis hat ein Auge für gute Pferde, sie stammt ja auch aus Bessarein. Und Miran verlangte nach den schnellsten Pferden … kein Wunder also, dass sie unsere nahm.«

Die meisten Pferde, auf denen Blixens Lanze zu der Schlacht geritten war, waren Kaltblüter aus Aldane gewesen, doch diese Pferde, die nun herausgeführt wurden, waren Vollblüter, gedacht für den Einsatz von Kurieren.

»Der Plan wird also durchgeführt«, hielt Blix fest und seufzte. »Und jeder kommt, um es sich anzusehen. So viel dazu, dass Kasale uns ermahnte, mit niemandem zu reden, es wird wohl kaum einen geben, der nicht weiß, was hier geschieht.«

Die zwanzig Reiter, die nun auf ihre Pferde stiegen, trugen keine vollen Panzer, sondern Lederrüstungen mit Kettenteilen, um die Pferde nicht zu ermüden.

Die drei Maestras stellten sich nun in einem Dreieck auf, Asela hob die Arme an, und ein blau leuchtender Kreis entstand auf dem Boden, um sich zu Füßen von Desina und der Maestra di Girancourt um eine Achse zu drehen und aus dem Boden aufzusteigen. Genau dort standen auch die Stühle, als der leuchtende Ring aufflammte und durch ihn hindurch plötzlich eine andere Landschaft zu sehen war. Ein Stuhl fiel zur Seite um, der Kreis hatte ihn entzweigeschnitten. Durch das Tor konnte Blix auf eine fremde Landschaft sehen, zuerst, als ob er sie aus der Höhe wahrnehmen würde, dann hob sie sich an, bis ein Streifen Gras ebenerdig mit den grauen Platten des Festungshofs verlief.

»Jetzt!«, rief Santer, der wohl nur darauf gewartet hatte, die drei Maestras hingegen standen still wie steinerne Statuen.

Die eine Lanze, die sich eben noch im Marschieren übte, hatte sich zu einem Spalier aufgestellt. Als die zwanzig Soldaten losritten und ihren Pferden die Sporen gaben, hoben die Soldaten der Lanze ihre Schwerter zum Salut und schlugen auf ihre Schilde ein. Zugleich riefen tausend Kehlen: »Für die Dritte«, und zweitausend Füße stampften auf.

Der Salut brandete wie ein Donnerhall über den Platz, und zwei der Pferde scheuten, ein dritter Reiter versuchte auszuweichen, und das, was eben noch eine Zweierkette galoppierender Reiter war, drohte auseinanderzubrechen. Einer der Reiter erkannte die Gefahr und sprang aus dem Sattel, doch einer seiner Kameraden war nicht so achtsam oder zu sehr damit beschäftigt, sein Pferd zu halten … und ritt geradewegs in den blauen Rand hinein. Ein anderer versuchte noch vorbeizureiten, doch es war zu knapp, er streifte mit der linken Schulter das blaue Leuchten und fiel mit einem Schrei von seinem Pferd hinab.

Doch genau dort, in tiefer Trance, stand auch die junge Kaiserin. Jeder auf dem weiten Platz sah die Tragödie kommen, doch es blieb nicht die Zeit zu reagieren, das scheuende Pferd versuchte noch, der Maestra auszuweichen, doch der blaue Streifen sengte dem Pferd die Flanke, es sprang zur Seite … und rannte Desina nieder. Als die Kaiserin unter den eisenbewehrten Hufen niederging, flammte das Tor auf und wurde gräulich, die drei Reiter, die sich auf der Linie befanden, fielen in blutschäumenden Teilen nieder, während die vier letzten Reiter noch verzweifelt versuchten, ihre Pferde zu zügeln.

Das Tor flammte auf und pulsierte; mit einem Grollen, das die Berge erzittern ließ, brach dort, wo das Tor den Boden berührte, ein tiefer Spalt auf. Der Rand des Tores wurde schwarz, als mit entsetzten Schreien die letzten Reiter in das Dunkel schlitterten, und gelbe und blaue Blitze tanzten um den Rand des Tores.

Ein Blitz traf die Eule Asela, die sich verzweifelt gegen die Magie stemmte. Während Blix, vor Schreck erstarrt, nichts weiter tat, als nur entsetzt zum Himmel hinaufzustarren, öffnete sich über ihren Köpfen ein dunkler, gezackter Spalt, und eine ganze Kette Blitze fuhr herab, begleitet von Donnerhall, der den alten grauen Stein der Feste erneut erzittern ließ.

Ein Sturm entstand, der Staub und Dreck und Leichenteile erfasste und sie nach oben trieb und mit gierigen Fingern nach den Mänteln der Soldaten griff. Ein Heulen und Brausen, ein dunkles Stöhnen wie von einem Riesen übertönte alle Schreie … nur der Donner war noch lauter.

Drei Blitze trafen Asela in schneller Folge, die vom letzten dann nach hinten zurückgeschleudert wurde und endgültig den Kampf mit der Magie verlor. Das Tor hob und verdrehte sich, waberte nun wie ein Band im Wind, um mit einem Sturm aus Blitzen der letzten noch stehenden Maestra entgegenzuschnellen, wie ein zu straff gespanntes Seil, das gerade gerissen war. Ein tanzender Bogen aus gleißendem Licht sprang zu Leandra über und schien in sie einzufahren, während das andere Ende dieses gleißenden Bogens über den Boden tanzte … in die Reihen der siebten Lanze, die noch immer in Reih und Glied dort stand und eben erst begann, vor der Magie zu fliehen.

Nur Santer scherte sich nicht darum, ungeachtet der Blitze und Wellen und Schlieren der Magie, die in farbenprächtigen Bändern um ihn tanzten, rannte er dorthin, wo Desina hingeschleudert worden war, und warf sich auf sie, als die nächsten Blitze um sie zuckten. Der Wind war erst zu einem Sturm und dann zu einem Mahlstrom geworden, der zunächst ein Pferd und dann eine Reihe von Soldaten ergriff, sie drehend und wirbelnd, mit aufgerissenen Mündern und schreckensstarrem Blick, das Tier wie auch die Soldaten, in den schwarzen Schlund über ihren Köpfen riss. Der Höllenschlund tanzte und drehte sich in der Luft, öffnete sich mit gierigem Heulen, um sich wieder zu einem Spalt zusammenzuziehen und erneut, gleich einem gierigen Maul, nach allem zu greifen, was ihm ausgeliefert war.

In all dem ganzen Getöse, dem Sturm und den Bändern

der Magie, stand nur die Maestra Leandra noch und kämpfte mit den Gewalten der Magie. Ihr Gesicht war verzerrt, ihr Mund zu einem Schrei geöffnet, und während Blitze zwischen ihren ausgestreckten Armen tanzten, führte sie ihre Hände über ihrem Kopf zusammen … und zugleich mit ihrer Bewegung schloss sich der Höllenschlund des Namenlosen. Als die gleißenden Ränder sich berührten, fuhr ein Blitz herab, ein Blitz so hell, so gleißend, so mächtig, dass es schien, die Götter selbst hätten sich zusammengetan, um ihn zu schicken. Er fuhr in die Maestra ein und spaltete zu ihren Füßen das graue Gestein. Der Donnerschlag, der zugleich entstand, traf jeden auf dem Platz und warf ihn nieder wie von dem Faustschlag eines Riesen.

Kaum einer, der noch stand, selbst Grenski hatte es von ihrer Kiste geweht, wie Blix dort hingekommen war, wo er jetzt lag, konnte er sich nicht erklären. Jetzt aber sprang er auf und rannte über den Platz, der voll von Blut und Toten und verängstigten Menschen war, dorthin, wo die Maestra noch immer stand. Ihr Lederpanzer brannte, Flammen hüllten sie ein, und für einen langen Moment fürchtete Blix, dass sie im Stand gestorben wäre, doch dann, als Blix sie erreichte, sah er, dass sie noch lebte und mit einem Ausdruck des Staunens und des Unverständnisses in ihren Augen in den Himmel starrte, wo statt des Höllenschlunds des Namenlosen jetzt nur noch Blau zu sehen war. Doch erst als Blix sie erreichte und versuchte, sie mit seinem Umhang zu umhüllen, um so die Flammen zu ersticken, schien sie ihn wahrzunehmen.

Ihr Mund bewegte sich, als würde sie ihn lautlos etwas fragen, dann brach sie zusammen und fiel an seiner Hand vorbei, um zu seinen Füßen hart auf dem grauen Stein aufzuschlagen.

Als Leandra erwachte, sah sie in Serafines besorgtes Gesicht. »Was …«, krächzte sie und musste schlucken, als ihre Stimme ihr den Dienst versagte.

»Ruhig«, bat Serafine und hielt Leandra einen tönernen Becher an die Lippen. Kühles, klares Wasser, dachte die Maestra, selten war es ihr willkommener gewesen. Sie stützte sich mühsam auf einen Arm auf und sah sich um. Sie lag, nur mit einem Leibchen bekleidet, in ihrem Bett im dritten Stock des Hauptgebäudes, dort, wo der Kommandant, seine Offiziere und Gäste Quartiere besaßen. Die Fenster standen offen und ließen kühle, klare Luft herein, und sie zog die Decke höher. Man hatte sie entkleidet, und ihre Rüstung lag nicht weit von ihr auf einem unordentlichen Haufen. Als sie die Dutzende verkohlter, fingergroßer Löcher in ihrem Lederpanzer sah, runzelte sie die Stirn und sah an sich herab. Am ganzen Körper besaß sie rote Flecken, die ein wenig juckten und brannten, aber mehr war ihr, zumindest diesmal, nicht geschehen.

»Was geschehen ist?«, fragte Serafine und hielt ihr den Becher wieder an die Lippen. Eigentlich hatte Leandra gedacht, ihn ausgetrunken zu haben, doch dem war nicht so, also trank sie ihn leer. »An was erinnerst du dich noch?«

Leandra runzelte die Stirn. »Da war ein Pferd …«, sagte sie dann langsam und runzelte die Stirn. »An viel mehr erinnere ich mich nicht.«

Serafine stieß ein kurzes, bitteres Lachen aus. »Bei den Göttern, ja, da war ein Pferd!«, bestätigte sie grimmig. »Ein dummer Gaul … er ging durch, als der Salut der Lanze ihn erschreckte, und rannte die Kaiserin nieder. Das Tor geriet außer Kontrolle, und man sagte mir, dass sich die Höllen des Namenlosen über euren Köpfen geöffnet und Pferde und Soldaten in einem Mahlstrom zu sich hingezogen hätten. Man sagt auch, du wärest es gewesen, die den Spalt geschlossen hat.« Serafine stellte den Becher ab und zog sich einen Stuhl an Leandras Bettstatt heran. »Als Blix dich erreichte, glaubte er dich zuerst tot … dein Lederpanzer glühte und war vollständig verkohlt.«

Leandra sah zu dem Rüstungshaufen hin und schluckte. »Wieso bin ich es dann nicht?«

»Das weiß niemand so genau«, gestand Serafine. »Eine Feder hat einen Blick auf dich geworfen, festgestellt, dass dir nichts fehlte und du nur erschöpft seiest, und eilte dann davon … für einen Medikus der Federn gibt es heute wieder mal genug zu tun.«

»Wer hat mich entkleidet?«, fragte Leandra rau. »Blix?« Er wäre nicht das Schlimmste, dachte sie, er hatte sie schon einmal nackt gesehen, aber dennoch …

»Grenski«, erklärte Serafine. »Ich bin froh, dass sich überhaupt jemand um dich gekümmert hat.« Sie musterte die Maestra besorgt. »Wie geht es dir?«

»Gut so weit«, stellte Leandra mit gelinder Überraschung fest. »Ich bin müde und ich habe …«

»Hunger?«, lachte Serafine, und Leandra lächelte etwas beschämt.

»Es hat mit der Magie zu tun …«, begann sie zu erklären, doch Serafine hob die Hand und lachte.

»Ich weiß, ich weiß«, sagte sie und wies mit ihrer Hand zur Tür, die zu dem kleinen Salon führte. »Es war nicht leicht, das in diesem Chaos einzurichten, aber auch wenn die Welt untergehen würde, gäbe es noch Legionäre, die in der Messe kochen. Ich habe für fünf auffahren lassen … vielleicht ist es genug?«

Mit Serafines Hilfe gelang es ihr, die wenigen Schritte zu gehen, und sie seufzte erleichtert auf, als sie die große Schüssel auf dem Tisch erblickte.

»Eintopf«, erklärte Serafine. »Mehr war nicht zu holen. Bis mich die Nachricht erreichte und ich hier ankam, war der Mittag schon vorbei … und von dem Braten, den es in der Messe gab, blieb nichts mehr übrig.« Sie schüttelte ungläubig den Kopf, als sich Leandra auf den Teller auftat. »Wo steckst du das alles hin? Ich habe Asela gefragt, und sie sagte, dass es auch ihr mitunter so ergangen sei, dass sie nach dem Wirken von Magie einen Hunger bekam … doch selbst sie kann sich nicht erklären, wieso es bei dir diese Mengen sind … und was du damit machst. Sie wollte dich darauf ansprechen, aber …«

Leandra nickte. Es gäbe noch so vieles anzusprechen, aber irgendwie schien meist die Zeit dazu zu fehlen.

»Wie geht es Asela und der Kaiserin?«, erkundigte sie sich zwischen zwei Löffeln, und Serafine seufzte.

»Asela ist wütend auf sich selbst. Sie gibt sich die Schuld an dem, was geschehen ist, und sagt, dass sie den Göttern dankt, dass es nicht schlimmer war. Dass es das zweite Mal wäre, dass die Kaiserin einem Fanal nur knapp entkam.« Serafines dunkle Augen sahen die Obristin prüfend an. »Sie sagt außerdem, dass sie nicht versteht, warum es nicht zum Fanal kam und die Feste noch immer steht.«

»Das hört sich an, als ob sie darüber erzürnt wäre«, grinste Leandra und füllte erneut ihren Teller.

»Du kennst sie nicht so gut wie ich«, lachte Serafine. »Sie ist in der Beziehung fast so schlimm wie Balthasar, sie kann es nicht hinnehmen, wenn sie etwas nicht versteht.«

»Dann sollte sie in meinen Stiefeln gehen«, meinte Leandra. »Was ich von Magie nicht verstehe, ist wie ein Ozean im Vergleich zum Inhalt eines Fingerhuts … sie hat Jahrhunderte Zeit gehabt, Wissen anzuhäufen, gegen sie bin ich nicht mehr als eine Tempelschülerin, die ihr Wissen aus alten Büchern stahl …« Sie seufzte. »Was es ja auch ziemlich trifft. Wie geht es Desina?«

»Sie hat am meisten Glück gehabt. Dadurch, dass das Pferd sie rammte, wurde sie aus ihrer Trance und wohl auch aus dem Pfad der Magie gerissen. Santer hat ihr das Leben gerettet, er warf sich in dem Mahlstrom und Sturm der Magie über sie und hielt sie mit seinem Gewicht am Boden fest … und hat sie wohl auch vor allem anderen beschützt. Ein Huf hat sie am Kopf gestreift und eine Beule hinterlassen, größer als ein Taubenei. Das, so scheint es, ist alles, was ihr fehlt, außer dass sie sich mit Asela streitet, die sie eine Glucke nennt.«

»Dann sollte ich wohl fragen, wie es Santer geht?«

Serafine lachte. »Ich weiß, dass es nicht zum Lachen ist«, sagte sie dann und musste dennoch grinsen. »Du erinnerst dich an diese Rüstung, die er trägt? Die gegen Magie schützen soll?«

»Ja, natürlich«, sagte Leandra.

»Sie tat es wohl auch«, erklärte Serafine, und ihr Grinsen wurde breiter. »Bis auf diese eine Stelle, wo die Rüstung fehlt ... er hat sich den großen Zeh verbrannt.« Sie lachte. »Es geht schon die Runde in der Legion, dass Santer unverwüstlich sei ... bis eben auf den großen Zeh.«

Leandra hätte sich beinahe verschluckt, doch dann lachte auch sie erleichtert auf. »Also haben wir im Unglück Glück gehabt?«

»Bis auf die gefallenen Soldaten, ja«, sagte Serafine und wurde wieder ernster. »Beim Appell fehlten vierzehn, elf weitere stehen jetzt vor Soltars Tor, und es hat gut drei Dutzend Verletzte gegeben, zumeist Verbrennungen, die sich die Legionäre zugezogen haben, als die Blitze ihre Rüstung trafen.« Sie schüttelte ungläubig den Kopf. »Es scheint wohl so, dass kaiserliche Rüstungen, trägt man sie nach Vorschrift, zum Teil sogar gegen Blitze schützen. Fünf wurden hochgezogen und fielen, als der Spalt sich schloss, und erlitten Knochenbrüche. Einer davon ist ein Kaufmannssohn, und er sagt, er wird sein Erbe dazu verwenden, einen Tempel für Soltar zu erbauen ... er hat es ihm versprochen, als er diesen Spalt näher kommen sah.«

Leandra hielt inne. »Ich wollte, ich könnte mich erinnern, doch es bleibt wie in einem Nebel ... hat jemand eine Ahnung, was dieser Spalt, von dem du sprichst, gewesen ist?«

»Das musst du Asela fragen«, seufzte Serafine. »Die Gelegenheit dazu wirst du bald erhalten. Sie und die Kaiserin haben nach dir gefragt und dich gebeten, zu ihnen zu kommen, sobald dein Zustand es dir erlaubt.«

Leandra sah auf ihren Teller nieder und nahm die Kelle auf.

»Gebe mir noch ein Viertel einer Kerze Zeit«, sagte sie und schöpfte weiter. »Dann wird es gehen.«

»Gut«, sagte Serafine und wies auf einen Packen, der neben der Tür auf dem Boden lag. »Du wirst das brauchen«, sagte sie mit einem Lächeln.

»Was ist es?«

»Eine neue Rüstung … und die zweite Scheide für Steinherz, die du geordert hattest.«

»Wo ist er eigentlich?«

»Er steht dort in diesem Schrank«, meinte Serafine. »Ich habe ihn dort hineingestellt, weil niemand sonst ihn anzufassen wagte. Seine Augen glühen wieder.«

»Lass mich raten«, seufzte Leandra. »Seine Scheide ist erneut verbrannt?«

Von der Magie

26 Als Leandra etwas später an der Tür zum Raum des Kommandanten klopfen wollte, hatte Santer sie und Serafine zuerst aufgehalten. »Es ist wohl besser, noch zu warten«, hatte er gemeint und etwas schief gelächelt. »Es sei denn, Ihr wollt einen schlimmeren Sturm erleben als den vorhin beim Tor.« Er hatte dann den Kopf geschüttelt. »Ich schwöre bei den Göttern, dass beide so stur sind wie ein Stein … in dieser Hinsicht geben sie sich nichts!«

Worum es bei dem Streit gegangen war, hatte er zwar nicht gesagt, aber Serafine und die Maestra hatten es sich leicht denken können.

Jetzt war davon nicht mehr viel zu bemerken, bis auf den einen oder anderen störrischen Blick, den die junge Kaiserin der Eule zuwarf. Offenbar hatte Asela einen Teilsieg errungen, obwohl auch sie nicht besonders glücklich dreinsah.

»Seht Ihr dieses Blatt Papyira?«, nahm sich jetzt Asela Leandras Frage an. Sie hatte es dreimal gefaltet und malte mit einem Kohlestift zwei Punkte links und rechts der mittleren Falte. »Diese Punkte sind das Tor«, erklärte sie und schob das Blatt zusammen, sodass es sich an der mittleren Falte aufstellte und die Punkte nebeneinanderlagen. »Die Fläche zwischen den äußeren Falten ist die Welt dazwischen«, fuhr sie fort. »Wenn alles so läuft wie geplant, dann ist dieses hier möglich.« Sie zog einen Dolch aus ihrem Ärmel und stieß die Spitze durch die Punkte.

»Aber wie?«, fragte Leandra fasziniert. »Ich meine, wie stellt man diese Verbindung her?«

»Im Prinzip verändert man den Ort an diesen Punkten so, dass sich beide Orte nicht mehr unterscheiden … sodass sie in gewissem Sinne glauben, eins zu sein und es dann auch sind«, antwortete die Eule. »Doch das erfordert Genauigkeit und Kraft, Genauigkeit, um die Orte übereinanderzulegen, und Kraft, den Raum dazwischen so zu falten.« Sie stieß ihren Dolch durch das Papyira und riss es auf … und zog das Blatt ein wenig auseinander. »Und das ist dann geschehen«, sprach sie mit belegter Stimme weiter und wies mit der Spitze ihres Dolchs auf den Raum zwischen den beiden Schrägen. »Was sich hier befindet, drang heraus … oder andersherum, was sich in unserer Welt befindet, wurde durch den Riss hineingezogen.«

»Und was befindet sich an diesem Ort?«, wollte Desina wissen, die genauso wie die anderen gebannt auf das Blatt Papyira starrte, als wäre es ein Ungeheuer.

»Das ist das Problem«, räumte Asela mit rauer Stimme ein. »Soweit wir wissen … nichts. Nicht nichts, sondern das Nichts. Der Ursprung aller Dinge … und das Ende.« Sie holte tief Luft. »Askannon, der das Prinzip als Erster entdeckte, hat genau deshalb die Tore eingerichtet. Sie sind wie fest verbundene Punkte auf einem solchen Blatt, nur dass er es so eingerichtet hat, dass sie nur für einen unfassbar kurzen Moment geöffnet sind, um sich dann von alleine zu verschließen, damit eine solche Katastrophe nicht geschehen kann. Er befürchtete, dass, wenn man die Kontrolle über ein Tor verliert, dieser Riss entstehen könnte, der, schließt man ihn nicht schnell genug, wachsen und die ganze Welt verschlingen könnte ... sogar mehr noch als diese, sondern vielleicht auch Soltars Auge und alles, was im Himmel ist.«

»Du hast auch gesagt, dass man das nicht mit Gewissheit sagen kann«, widersprach die junge Kaiserin. »Dass sich der Spalt vielleicht auch von allein geschlossen hätte, da er der Ordnung widersprechen würde, die unsere Welt bestimmt.«

»Ja«, gestand Asela ihr widerwillig zu. »Das sagte ich. Ich sagte auch: vielleicht und irgendwann. Zu spät, um für uns den Unterschied zu machen.« Sie sah zu Leandra hin. »Ihr könnt mir noch immer nicht sagen, was genau Ihr getan habt, um das zu verhindern? Ich will Euch nicht zu nahe treten, aber weder Euer Talent noch Eure Erfahrung oder Schulung hätten dazu reichen dürfen.«

Leandra schüttelte den Kopf, wie alle anderen hier im Raum war auch sie bei Aselas Worten nur noch bleicher geworden.

»Nein. Ich kann es nicht erklären. Ich weiß nur, dass ich dachte, dass es nicht sein darf ... und nur an diesen einen Gedanken kann ich mich erinnern.«

Desina neigte bedächtig den Kopf und sah zu Asela hin. »Wille. Du hast es mir erklärt. Jenseits aller Talente, aller Erfahrung und allen Geschicks wäre es alleine der Wille, der über die Magie gebietet.«

Asela sah Leandra lange an und nickte schließlich selbst. »Dann, Maestra, dürfen wir für Euren starken Willen dankbar sein.« Sie blickte bedeutsam hin zur Kaiserin. »Und manchmal ist ein starker Wille auch nur Sturheit und folgt nicht der Leitung des Verstands.«

Desina schnaubte leise, sah auf das Blatt herab und zog es langsam glatt. »Es ist geschehen und vorbei. Es hätte schlimm ausgehen können, aber durch der Götter Gunst und Leandras Willen ist es nicht geschehen. Dennoch bleibt, dass sich die Lage nicht verändert hat.«

»Das sehe ich anders«, widersprach Asela kühl. »Die Götter haben uns eine Lektion erteilt. Wenn wir sie nicht lernen, haben sie uns umsonst verschont.«

Leandra räusperte sich. »Darf ich fragen, weshalb Ihr mich hergebeten habt?«

»Mit einem Wort«, sagte die junge Kaiserin. »Miran.«

Diesmal war es Asela, die schnaubte. »Sie ist wie ein Dorn in unserer Seite«, grollte sie. »Die Welt wäre vorhin beinahe vergangen...«

»Sie ist es nicht«, warf Desina ein.

»... und Miran hat fast eine ganze Tenet verloren. Dennoch hält sie an ihrem Plan fest.« Die Eule schüttelte verärgert den Kopf und schaute zu Leandra hin. »Unsere Späher berichten, dass die überlebenden Reiter imstande waren, Byrwyldes Aufmerksamkeit auf sich zu ziehen. Die fünf, die jetzt noch leben, reiten wie die Wilde Jagd dem Feind entgegen ... und werden ihn noch in der nächsten Glocke erreichen, die Ungeheuer dicht auf ihren Fersen. Da dieser Teil des Plans gelungen ist, hat die Obristin, kaum dass Desina wieder bei Besinnung war, bei ihr vorgesprochen und auf die Einhaltung des zweiten Teils des Plans gedrängt.« Der Blick der Eule richtete sich nun auf Serafine. »Zum anderen hat sie nachgefragt, was nun mit dem Lanzengeneral sei«, fuhr sie leiser fort. »Und darauf hingewiesen, dass, wenn er nicht imstande ist zu führen, sie in die Bresche springen will.«

Desina seufzte. »Sie hat mehr oder weniger angedeutet, dass es ein Fehler war, Ser Roderic den Rang eines Lanzengenerals zuzugestehen, und dass sie besser geeignet wäre, die Legionen anzuführen.«

»Sie weiß nicht, dass es nicht Eure Entscheidung war?«, hakte Serafine nach.

Desina schüttelte den Kopf, und ihre grünen Augen hielten

Serafines Blick. »Sie braucht die Einzelheiten nicht zu erfahren, aber ich entschied ebenfalls dafür, dass er den Rang behalten sollte. Nur wird Miran jetzt zum Problem. Ich habe Euch in der Hoffnung dazugebeten, dass Ihr mir Argumente nennt, die mir erlauben, ihrem Ansinnen zu widersprechen. Denn wie es im Moment aussieht, hat sie die Vernunft auf ihrer Seite. Sie hat die größte Kampferfahrung, ihre Erfolge sind unbestritten, und die Legionen lieben sie.«

»Das ist so nicht ganz richtig«, widersprach Asela. »Lanzenobrist Kelter von der fünften besitzt die größere Erfahrung. Er ist ein ruhiger, besonnener Mann, den ich Miran jederzeit vorziehen würde.«

»Ja«, seufzte die junge Kaiserin. »Nur hast du ihn, als du noch unter dem Bann des Nekromantenkaisers gestanden hast, verführt und zum Verräter gemacht. Es gab nicht wenige Stimmen, die dafür sprachen, ihn umgehend hinzurichten, und die Anzahl derer, die ihm noch vertrauen, ist beschränkt. Selbst Orikes und der Hochkommandant sprachen sich für seine Hinrichtung aus … und nur deine Einflussnahme hat dafür gesorgt, dass er den Kopf noch auf seinen Schultern trägt.«

»Er war und ist ein Opfer«, beharrte die schwarzhaarige Eule. »Ich weiß es am besten, wie vertrauenswürdig er ist, er hätte niemals willentlich das Kaiserreich verraten. Und wenn du jeden hinrichten willst, den Asela je verführte, müsstest du den halben Handelsrat verhaften lassen.«

»Glaube nicht, dass ich nicht darüber nachgedacht habe«, antwortete Desina scharf. »Aber das ist es ja. Deine Fürsprache spricht gegen ihn. Vergiss nicht, den meisten bist auch du suspekt.«

So beschämt, dachte Leandra, hatte sie die Eule bisher nicht gesehen. Dennoch gab Asela nicht auf. »Ich rate dennoch, den Lanzengeneral im Amt zu belassen. Er … er ist jemand, der die Welt um sich verändert, und er besitzt etwas, das die Lanzenobristin nicht besitzt: die Fähigkeit, mit anderen zu fühlen, und den Willen, für sie einzustehen. Lanzenobristin Miran wäre die falsche Wahl, sie denkt zu klein und nur an ihre Ziele.« Sie sah Serafine fast flehend an. »Finna, du musst sie überzeugen, dass Ser Roderic der Einzige ist, der die Legionen führen sollte!«

»Ich würde dem nicht widersprechen«, sagte Desina kühl, »wäre er jetzt hier und könnte mir gegenüberstehen. Doch nach den letzten Berichten irrt er in Askir umher und weiß nicht, wer er ist … er kann das Kommando nicht ausführen, wenn er nicht zu finden ist!«

Serafine schluckte.

»Ich kenne Lanzenobrist Kelter kaum und habe ihn nur kurz und aus der Ferne gesehen … er wurde in die Ostmark verlegt?«

Desina nickte. »Auf Aselas Drängen hin, er soll sich dort beweisen.«

»Ich weiß, wie umfassend der Bann des Nekromantenkaisers wirken kann«, erklärte die Obristin mit einem Blick zu der Eule hin. »Ich vertraute schon von jeher Aselas Urteil.«

»Was ein Fehler war«, gestand die Eule rau. »Denn die letzten Jahre, die wir uns kannten, stand ich unter seinem Bann.«

»Doch jetzt nicht mehr«, widersprach Serafine entschieden und wandte sich wieder an die junge Kaiserin. »Vertraut ihr, Kaiserliche Hoheit, sie hat von uns den größten Überblick über die Machenschaften des Nekromantenkaisers und den größten Schatz an Wissen und Erfahrung. Wenn sie sagt, dass Lanzenobrist Kelter besser geeignet wäre, dann ist das so.«

»Darum geht es nicht«, seufzte Desina. »Zurzeit würde einfach niemand Kelter akzeptieren. Auch Ser Roderic sagte, dass in diesen Zeiten ein geeintes Kommando unabdingbar ist. So ungern ich das sage, ist Miran im Moment die Einzige, die ihn ersetzen kann.«

»Warum muss das jetzt sofort entschieden werden?«, fragte Leandra unbehaglich. »Warum nicht noch etwas warten? Havald wird wiederkommen, ich bin mir dessen sicher.«

»Nur ist das noch nicht geschehen. Es hilft uns nichts, dass wir ein Geheimnis darum machen, was gerade mit ihm ist. Miran baut genau darauf auf«, stellte Asela kalt fest. »Die Notwendigkeit, die Legionen unter einem Kommando zu vereinen, bleibt bestehen. Sie behauptet, dazu am besten geeignet zu sein.«

»An Selbstvertrauen mangelt es ihr wohl nicht«, meinte Santer, doch die Eule reagierte nicht darauf, sie sprach bereits weiter.

»Wenn Desina zustimmt, dass sie die Legionen führt, wäre die Kaiserin gefordert, auf ihren Rat zu hören. Dann würde Miran darauf bestehen, ihren Plan trotz allem auszuführen.«

»Also geht es Miran hauptsächlich darum«, stellte Serafine fest. »Sie will, dass dieses Tor geöffnet wird, und du bist dagegen.«

»Allerdings, ja«, grollte Asela. »Du hast nicht gesehen, Finna, was wir gesehen haben.«

»Auch du konntest mit dem Pferd nicht rechnen … nur jetzt weißt du ja, dass wir verhindern müssen, dass so etwas geschehen kann«, meinte Serafine und sah Leandra fragend an. »Wärest du denn …«

»Ja«, gab Leandra Antwort. »Den Spalt zu schließen, hat mich angestrengt, doch nicht in der gleichen Art wie die Errichtung eines Tors. Es war …« Sie zuckte hilflos mit den Schultern. »Wie soll ich es sagen … nicht ein Mangel an Magie, sondern eher davon zu viel. Das Tor war zu kurz geöffnet, um meine Magie zu erschöpfen … also sehe ich mich dazu imstande.«

»Und was ist mit Asela und Euch?«, fragte Serafine die junge Kaiserin.

»Das beschreibt es in etwa«, sagte Desina und sah zu Asela hin, die widerwillig nickte.

»Dann wäre mein Rat, es trotz allem mit Mirans Plan zu versuchen, gebt ihr ihren Willen und Havald etwas Zeit, zurück zu sich zu finden.«

»Aber Finna ...«, begann Ascla, doch Serafine schüttelte den Kopf.

»Du willst eine Begründung? Hier ist sie: Wenn Lanzenobristin Miran das Kommando über die Legionen erhält, wäre sie schwerer zu kontrollieren als ein Tor.« Sie wandte sich wieder Desina zu. »Einen Rat hätte ich für Euch.« Desina hob eine Augenbraue fragend an.

»Lasst sie Konzessionen machen. Nehmt sie fester an die Leine. Sie mag eine begnadete Strategin sein, aber sie lässt es an Respekt mangeln.«

»Oh«, sagte Desina kühl, während ihre grünen Augen dunkler wurden. »Darüber braucht Ihr Euch nicht sorgen.«

Die dritte Legion

27 »Was geschieht dort?«, fragte Janos Blix. Er und Sieglinde waren vor einer halben Kerze aus Askir eingetroffen, wo Janos im Tempel Heilung gefunden hatte. An seiner Hand fehlte nun auch am Ringfinger das erste Glied, dennoch schien er bester Laune. Er, Sieglinde, Blix und Grenski standen neben der Doppeltür zur Messe und schauten zu, wie die drei Lanzen der dritten Legion dort Aufstellung nahmen. Die Spuren des Unfalls von vorhin waren noch zu sehen, vor allem die Steine, die geborsten und zum Teil geschmolzen waren, schienen seine Aufmerksamkeit zu erregen. Doch im Moment galt sein Augenmerk dem Greifen und seinem Reiter, der gerade im Anflug auf den Turm zu sehen war.

Blix sah nach oben und beschattete die Augen. »Ein Kurier

der Elfen, denke ich«, meinte er dann ohne sonderliches Interesse. »In letzter Zeit sieht man sie öfter.« Er wandte sich wieder Sieglinde zu. »Ihr habt nichts weiter in Erfahrung bringen können?«

»Nur das, was ich Euch schon sagte, Lanzenmajor«, gab die Bardin Antwort, während auch ihr Blick dem Flug des Greifen folgte. »Jemand meint, Anlynn in der Nähe des Hammerkopfes gesehen zu haben, und ihr scheint es so weit gut zu gehen.« Sie schaute zu, wie der Greif die Flügel spreizte und hinter den Zinnen des Turms verschwand, und wandte sich dann Blix zu. »Sie wird sich beruhigen«, meinte sie tröstend. »Es wird nicht lange dauern, dann wird sie sich fragen, wie sie sich in Euch so täuschen konnte.«

»Aber das hat sie doch gar nicht!«, beschwerte sich Blix empört.

»Eben«, meinte Grenski anstelle der blonden Bardin. »Das wird sie dann auch feststellen, und sie wird zumindest wissen wollen, was genau geschehen ist.«

»Wenn sie sich zu viel Zeit lässt, ist es zu spät«, stellte Blix niedergeschlagen fest, »dann werden wir in Illian sein. Ihr werdet uns also begleiten?«, fragte er dann.

Janos nickte. »Es war nie anders geplant. Nur war in meiner Verfassung nicht daran zu denken, und Leandra bestand darauf, dass ich mich heilen lassen sollte.«

»Hätte sie nicht darauf bestanden, hätte ich es getan«, sagte Sieglinde mit einem Lächeln. »Der Nachteil war, dass wir zu lange brauchten, um einen Priester zu finden, der nicht zu erschöpft zum Heilen war. Es gibt nicht allzu viele von ihnen, und auch wenn sie mit ihren Ritualen die Last auf viele verteilen, hatten sie in der letzten Zeit zu viel zu tun. Dafür können wir Euch berichten, dass es Schwertsergeant Avron gut genug ging, um in eine Prügelei mit einem Offizier zu geraten.« Sie lachte leise und sah zu Grenski hin. »Wir trafen ihn, als eine Streife ihn abführte. Ich gab ihm mein Wort, dass ich helfen würde, und er sagte, dass Ihr wüsstet, wie.«

Die Stabssergeantin seufzte.

»Sie werden ihn degradieren, aber Kasale hat versprochen, dass er in unserer Lanze bleibt.« Sie schüttelte unverständig den Kopf. »Dabei wurde er doch gerade erst befördert. Wisst Ihr den Grund für diesen Streit?«

»Er fand den bewussten Offizier im Bett mit seiner Frau«, lachte Janos. »Aber, sagte er, da er mittlerweile klug geworden wäre, hätte er ihn leben lassen. Der hat's aber eilig«, fügte er hinzu und wies zu dem Greifenreiter hin, der gerade in raschem Schritt den Paradeplatz überquerte, ohne sich um die Proteste der Legionäre zu kümmern, durch deren Reihen er preschte.

»Ich verstehe ja«, sagte Lanzenobristin Miran, »dass Ihr bei einem halben Dutzend Wyvern in der Luft dort nicht verweilen konntet, aber seid Ihr sicher, dass das alles ist, was Ihr gesehen habt?«

Die Obristin hatte sich bereits für den Kampf gerüstet, nur ihre Handschuhe und ihren Helm hatte sie noch nicht angezogen, die lagen auf einem Stuhl nahe des Eingangs. Und selbst mit ihrem schweren Plattenharnisch, dachte Leandra etwas neidisch, vermochte sie es noch, gut auszusehen.

Der Elf, dessen Name Tosin war, zeigte sich für Mirans Lächeln unempfindlich. »Ich habe berichtet, was ich sah. Einen Reiter, der vor dem Wyrm herritt und dessen Pferd bereits schon schäumte, und die Feindlegion. Sie marschierten nicht mehr, sondern haben auf einem Hügel Stellung bezogen und bauen dort Ballisten auf.« Er sah zu der Obristin hin. »Die schwarzen Legionen besitzen Wyvern, und sie setzen sie auch ein. Sie werden den Wyrm schon gesehen haben.«

»Aber Ihr ...«, begann Miran erneut.

»So lange blieb ich nicht. Ich kann nur sagen, dass keine zwei Meilen mehr den Wyrm und seine Brut von dem Feindeslager trennte. Ich muss Euch zudem warnen. Es sind zu viele Wyvern für eine Legion. Und wir haben den Kontakt zur zwölften Feindlegion verloren. Zuletzt haben wir sie hier gesehen.« Er trat an die Karte heran und wies auf einen Ort etwa hundert Meilen südlich von dem Lager der einundzwanzigsten Legion. »Wenn ihre Wyvern die der anderen Legion verstärken, mag es sein, dass sie gemeinsam operieren.«

Miran nickte. »Aber es gibt keine Straße, die von dort direkt hierher führt. Sie müssten wie die Teufel marschieren … und diese Wälder hier würden sie ausbremsen.«

»Es ist nicht unmöglich«, beharrte der Elf. »Und gerade diese Wälder würden erklären, warum wir den Kontakt zu ihr verloren haben.«

»Wo auch immer diese Legion ist, sie stellt im Moment keine Gefahr dar«, meinte Miran zuversichtlich. »Wir werden uns später um sie kümmern.«

»Wie Ihr meint«, sagte der Elf kühl und blickte zu Desina hin. »Habt Ihr eine Antwort für Prinz Imra?«

Desina legte die Schriftrolle zur Seite, die der Elf ihr übergeben hatte. »Teilt ihm mit, dass ich ihm danke und ich mir der Mühe und Gefahr bewusst bin, die ihr alle auf euch nehmt.«

Der Elf verbeugte sich vor ihr und, etwas weniger tief, auch vor Leandra und nickte dann Serafine zu. »Du solltest uns wieder besuchen, Finna«, sagte er und lächelte zum ersten Mal, doch dann drehte er sich auf dem Absatz um und verschwand so schnell, wie er gekommen war.

»Ihr habt seltsame Freunde, Helis«, stellte Obristin Miran fest, nachdem die Tür ins Schloss gefallen war. »Höflich sind sie nicht.« Bevor Serafine Antwort geben konnte, wandte Miran sich bereits wieder der Karte zu.

»Hier also«, sagte sie und runzelte die Stirn. »Das ist etwas weiter weg, als ich erhoffte, ihre Wyvernreiter haben den Wyrm zu früh entdeckt … dumm sind sie nicht, sie haben wohl direkt verstanden, was unsere Absicht ist. Dennoch, dass sie sich eingraben, wird ihnen wahrscheinlich wenig nutzen. Was sagen unsere Späher?« Sie sah fragend zu Asela hin.

»Von zweien haben wir seit gut zwei Kerzenlängen nichts mehr gehört. Der Letzte berichtete von Wyvern, die dort am Himmel kreisen. Allerdings steht die Sonne jetzt nicht mehr günstig, und das Gelände ist unübersichtlich. Es mag sein, dass es nur daran liegt, dass wir nichts mehr von ihm hörten.«

Unwahrscheinlich, dachte Leandra. Warum auch immer die Reiter den Wyrm anlockten, nach den ersten Berichten war Byrwylde ihre ganze Brut gefolgt. Und wenn die Späher in ihrer Nähe waren ... das Gleiche musste auch Obristin Miran wissen, doch es schien sie nicht sonderlich zu berühren. Schon ihr nächster Satz schien dies zu bestätigen.

»Wir sollten neue Späher schicken«, stellte Miran fest, während sie mit gefurchter Stirn die Karte musterte.

»Wir haben nur noch einen, der an einem Heliographen ausgebildet ist«, wandte Asela ein. »Und auch keines der Geräte mehr.«

Doch die Obristin schien sie kaum mehr zu hören. »Hier«, sagte sie und wies auf eine Höhenlinie östlich der letzten Position der Feindlegion. »Könnt Ihr uns hierhin bringen, Asela?«

»Mein Rang ist der eines Stabsmajors der Eulen«, sagte Asela kühl. »Verwendet ihn, wenn Ihr mit mir sprecht.«

»In Ordnung, Stabsmajor«, sagte Miran ungerührt. »Könnt Ihr oder könnt Ihr nicht?«

»Es ist weiter weg, als ich ursprünglich errechnet habe«, antwortete die Eule, deren blaue Augen Leandra gerade an Gletscherseen erinnerten. »Aber ja, wir können. Gebt mir nur etwas Zeit.«

»Dann beeilt Euch, Stabsmajor, die Zeit drängt«, sagte Miran, ohne von der Karte aufzusehen.

»Wollten wir nicht warten, bis der Wyrm sich zurückgezogen hat?«, fragte Desina und warf Asela einen warnenden Blick zu. Leandra konnte nur staunend den Kopf darüber schütteln, mit welcher Unbekümmertheit die Obristin sich hier Feinde machte.

»Ja, Hoheit«, antwortete Miran ungehalten. »Aber wann soll das sein? Wir haben keine Späher, die uns berichten können, wann er das tut. Wir warten eine Kerzenlänge«, entschied sie. »Dann geht es los.« Sie schaute zu der Kaiserin. »Es ist die beste Gelegenheit«, wiederholte sie eindringlich. »So billig bekommen wir nicht noch einmal eine Feindlegion.«

»Was ist mit der zwölften Feindlegion, von der der Greifenreiter sprach?«, fragte Leandra. »Er hat recht, wenn sie einen Weg durch diese Wälder gefunden haben, könnten sie in der Nähe sein.«

»Habt Ihr schon einmal versucht, eine Legion durch einen tiefen Wald zu führen?«, fragte Miran ungehalten. »Natürlich nicht. Ihr verfügt ja nicht über die Erfahrung, wie große Truppenkörper marschieren.« Es klang herablassend, wie sie das sagte, und noch während Leandra überlegte, wie sie es aufnehmen sollte, sprach die Obristin weiter. »Glaubt mir, sie wären schneller, würden sie die Straßen nehmen ... und das wären hundertzwanzig Meilen Umweg. So oder so kämen sie zu spät.« Sie schaute ungeduldig zu Desina hin. »Kaiserliche Hoheit«, sagte sie steif. »Wir haben es oft genug besprochen. Steht einem Sieg in Eurem Namen nicht selbst im Weg.«

»Mir ist egal, in wessen Namen wir siegen«, sagte Desina kühl. »Solange wir es tun.« Sie sah auf die Karte und atmete tief durch. »Ihr seid sicher?«

»Aye«, gab Miran Antwort. »So sicher wie es geht. Gebt die Order und ich bringe Euch die Fahne der einundzwanzigsten Legion.«

»Dann tut das«, sagte Desina entschlossen. »Der Götter Segen für Euch und Eure Soldaten und alles Glück.«

»Der Götter Segen nehme ich gerne«, sagte Miran und wandte sich währenddessen schon halb ab. »Nur wenn ich dazu dann noch Glück brauche, habe ich etwas falsch gemacht.«

»Götter«, seufzte Leandra, als die Tür mit lautem Schlag hinter der Obristin ins Schloss fiel. »Ist das nun Arroganz oder Kompetenz, dass sie so handelt?«

Asela, die ebenfalls mit gerunzelter Stirn auf die Tür starrte, durch die die Obristin soeben den Raum verlassen hatte, schüttelte den Kopf.

»Blindheit«, stellte sie dann fest. »Anders kann es nicht sein. Sie ist nur auf ein Ziel fixiert ... und anderes interessiert sie nicht.« Sie sah zu Desina hin. »In gewissem Sinne eine bewundernswerte Eigenschaft. Vielleicht ist sie so gut, wie sie behauptet.«

»Wir können nur hoffen, dass sie es ist«, sagte Serafine. »Wir werden sehen. Nur dass mir gerade etwas einfällt, was der Kaiser immer wieder sagte.«

»Und was war das?«, fragte Desina.

»Dass es nicht darauf ankommt, wie gut ein General ist oder wie sorgfältig man alles plant. Sondern nur darauf, ob man am Ende dann auch siegt.«

Wieder sahen Blix und Grenski zu, auch Sieglinde und Janos ließen es sich nicht nehmen. Die Sers hatten sich je einen Humpen Dünnbier aus der Messe besorgt und ließen es sich gut gehen. In den Legionen wurde man oft genug gehetzt, die Zeiten, zu denen man überraschend Freigang hatte, wussten Veteranen wie Blix und Grenski dann umso mehr zu schätzen.

Die drei Maestras standen bereits wieder an denselben Plätzen wie zuvor, dort, wo noch immer der Riss im Boden von dem Unfall zeugte. Es dauerte diesmal, bis Asela mit einer Geste den blauen Ring entstehen ließ, und ungleich länger als zuvor, bis der Ring sich nach oben drehte. Durch den Ring konnte man über eine Hügellandschaft sehen, die sich dann in der Höhe und zur Seite hin verschob, bis das Tor über einer alten Straße verharrte. Einmal, kurz nur, tanzten Blitze an den Rändern des Tors entlang, und fast jeder auf dem Platz erstarrte und hielt den Atem an.

Ein Zeichen wurde gegeben. Lanzenobristin Miran, die bereits auf ihrem Pferd saß, reckte stolz ihr Kinn und ritt im Schritt voran und durch das Tor, gefolgt von dem Stab ihrer Offiziere. Dann setzte sich die erste Tenet der achten Lanze in Bewegung.

Von dort, wo er saß, konnte Blix die Gesichter der Soldaten sehen. Kein Einziger, der nicht furchtsam zu dem blauen Rand des Tors blickte oder hoch in den Himmel, und oft genug traten an den Händen, die die Waffen hielten, die Knöchel weiß hervor. Doch keiner sperrte sich, furchtsam oder verängstigt mochten sie sein, dennoch marschierten sie im Gleichschritt in das Tor hinein.

Nach dem, was am Vormittag geschehen war, war Blix froh darüber, dass nicht er dort marschieren musste. Doch dann fiel ihm wieder ein, dass genau das ihm bevorstand, wenn er mit der Königin nach Illian reiste. Er seufzte und Grenski sah ihn fragend an, doch er trank nur von seinem Bier.

In der Übung waren die Soldaten noch im Laufschritt zwischen den Stühlen hindurchgerannt, jetzt aber marschierten sie zum Takt der Trommeln im Gleichschritt … und hielten achtsam Abstand von den Rändern.

So dauerte es doch fast die Hälfte einer Kerze, bis der letzte Legionär durch das Tor gegangen war. Asela wartete noch einen Moment, dann drehte sich das Tor und verschwand im grauen Stein. Erst jetzt, als die Anspannung von ihnen wich, sah man, welche Kraft es die drei Maestras gekostet hatte, die Kaiserin taumelte sogar ein wenig, doch Santer war mit einem Schritt heran und stützte sie.

Stabsobristin Helis eilte zu Leandra hin und fragte sie etwas, doch die Maestra schüttelte nur den Kopf.

Der große Platz war auf einmal menschenleer.

»So viel also dazu«, sagte Grenski zufrieden. »Soll der Quartiermeister noch einmal behaupten, dass es keine freien Zimmer für uns gibt.«

Astartes Licht

28 »Es kommt mir irgendwie nicht richtig vor«, meinte Wiesel und musterte das verschlossene Tempeltor. Die Reliefs auf den großen Bronzeflügeln priesen noch immer Astartes Gaben, es gab weder Schloss noch Riegel, deshalb hatte jemand einen schweren Balken vorgelegt und Bolzen in die Tür getrieben.

An diesem Balken war ein Aushang angenagelt, der den Besuch des Tempels fortan verbot und mit dem Zeichen Borons gesiegelt war. Dennoch zeigten die Bewohner Illians ihren Glauben mit ihren Gaben, die weiten Tempelstufen waren an vielen Stellen mit Blumen übersät, und am Fuß der weiten Treppe hatte jemand einen kleinen hölzernen Schrein im Namen der Göttin aufgestellt, vor dem gut ein Dutzend Seras beteten.

»Es ist die Dreieinigkeit«, stimmte Marla ihm leise zu. »Sie gehören zusammen.« Dass eine Priesterin des Namenlosen das sagte, kam dem blonden Dieb schon nicht mehr seltsam vor. Man kann sich wohl an alles gewöhnen, dachte er und sah sich um.

»Hier vorne kommen wir jedenfalls nicht hinein«, stellte er dann fest. »Zumindest nicht, ohne gesehen zu werden. So ein Tempel ist wie ein Fuchsbau, es muss noch andere Zugänge geben.«

»Vielleicht über den Garten?«, schlug Marla vor.

»Dann aber von der anderen Seite«, meinte Wiesel, und

sie gingen weiter. Im Verhältnis zu den Tempelgärten in der Reichsstadt war hier der Garten eher klein, vielleicht nahm er ein Viertel der Grundfläche des Tempels ein. Tatsächlich fand sich hier, an der Mauer, die dem Marktplatz am fernsten war, eine kleine Tür, und zu Wiesels Überraschung stand sie bereits offen. Ein Wachmann lehnte daneben an der Mauer zu dem Garten und schaute sie gelangweilt an.

»Wenn ihr beten wollt, dann kostet es ein Kupferstück für jeden«, meinte er und hielt ihnen die offene Hand entgegen. Wortlos ließ Wiesel zwei Kupfer in seine Hand fallen und ging an ihm vorbei. Zwar bewunderte er den Mann für seine geschäftlichen Instinkte, aber dennoch war es eine Schweinerei, den Menschen sogar noch für ein Gebet in ihre Tasche zu greifen.

»Viel Spaß beim Beten«, grinste der Wachsoldat noch und musterte Marla mit einem interessierten Blick. »Ihr dürft euch nur nicht an den anderen stören. Macht einfach keinen Ärger.«

Tatsächlich hielten sich gut zwei Dutzend Leute in dem kleinen Tempelgarten auf, zumeist waren es Pärchen, die sich eine ruhige Ecke gesucht hatten. Leise Geräusche verrieten, auf welche Art sie der Göttin huldigten. Dass der Tag noch recht kühl war und ein kalter Wind von den Bergen her wehte, schien niemanden zu stören.

Ein ganz besonders enthusiastisch ins Gebet vertieftes Pärchen scherte sich sogar wenig darum, dass der Busch, hinter dem sie … beteten, recht wenig Sichtschutz bot. Als Wiesel einen Blick auf lange, schlanke Beine erhaschte und noch breiter grinste, zog ihn Marla hart am Ärmel.

»Vergiss nicht, wofür wir hergekommen sind«, ermahnte sie ihn kühl. Der Blick, den sie erst ihm und dann dem Pärchen zuwarf, war nicht besonders freundlich. Ein kluger Mann, dachte Wiesel grinsend, weiß, wann er sich der Führung der Seras anvertrauen sollte. Er warf noch einen letzten Blick auf dieses Paar und folgte dann dem Zug an seinem Ärmel.

»Sieh mal«, meinte Marla und wies mit einem schlanken Arm zur rechten Seite hin. Dort wuchsen ein paar Weidebäume um einen flachen Teich herum, dahinter stand ein Bildnis der Astarte, das sie mit einem Krug in der Hand zeigte, aus welchem Wasser in den Teich floss. Etwas weiter rechts davon lugte ein kleiner Rundbau mit schlanken Säulen zwischen den Bäumen hervor, in dem sich steinerne Bänke befanden. Ein kleiner, ruhiger Ort, an dem sich die Schwestern der Astarte wohl gerne aufgehalten hatten. Und dort, zwischen Rundbau und Statue, sauber in den weißen Marmor der Tempelmauer eingelassen, befand sich eine bronzene Tür mit einem Schlüsselloch daran.

Von den Schlössern, die Wiesel hier in Illian bislang gesehen hatte, hielt er nicht besonders viel, vor allem glaubte er nicht daran, dass eine Tempeltür, die zu einem Garten führte, mit einem guten Schloss versehen war.

Viel größer, dachte Wiesel, als er zu der Türe ging, war die Wahrscheinlichkeit, dass man diese Tür noch nie verschlossen hatte. Unauffällig sah er sich um. Dort hinten betete ein anderes Pärchen, doch sie waren so innig in ihrem Gottesdienst versunken, dass die Welt hätte untergehen können, ohne dass sie es bemerkten. Er schüttelte seine Dietriche heraus, suchte sich den gröbsten aus und führte ihn sanft ein, um seine Vermutung bestätigt zu finden.

»Dieses Schloss«, teilte er Marla mit, während er seine Dietriche wieder verstaute, »hat in den letzten Jahrhunderten niemand mehr benutzt, es ist solide festgerostet.« Er zog an der Tür und nickte. »Das Schloss ist offen, doch von innen liegt ein Riegel vor.«

»Und nun?«, fragte Marla ungehalten.

»Gib mir einen Moment«, bat Wiesel.

»Wofür?«, fragte sie enttäuscht. »Was willst du tun? Die Tür liegt eng im Rahmen, an den Riegel kommst du so nicht heran, willst du die Tür aufbeten?«

Wiesel, der sich neben die Tür gekniet hatte, sah zu ihr

hoch und grinste. »Wenn ich bei dir Astarte opfern soll, brauchst du es nur zu sagen.«

Während Marla schnaubte, legte Wiesel seine flache Hand auf die kühle Bronze und fühlte in die Tür hinein. Es war in etwa so, als ob man in einem dunklen Keller mit einem Stöckchen nach einer Kupfermünze suchen wollte. Wo bist du, dachte Wiesel konzentriert … wo hast du dich versteckt, du musst doch … ah ja, da…

»Wiesel!«, flüsterte Marla scharf. »Du pfeifst!«

Der schlanke Dieb seufzte, als das Bild des Riegels in der Dunkelheit verschwand, und schaute ungehalten zu ihr hoch.

»Ja, ich pfeife!«, teilte er ihr entnervt mit. »Es hilft mir, mich zu konzentrieren!«

Er schloss die Augen und …

»Du pfeifst falsch!«, beschwerte sie sich.

Er seufzte und öffnete die Augen. »Marla!«, beschwerte er sich. »Du störst.«

»Aber …«

»Dann halte dir die Ohren zu«, sagte er ungehalten und schloss die Augen, um in die Tür hineinzufühlen. Dort war der Riegel … und jetzt musste er nur noch…

»Du pfeifst schon wieder.«

Wiesel schloss die Augen und bat die Götter, in diesem Fall ganz besonders Astarte, um Geduld. »Und du schnaubst manchmal seltsam durch die Nase«, beschwerte er sich. »Jetzt lass mich meine Arbeit tun!«

»Wann schnaube ich durch die Nase? Und was meinst du mit seltsam?«, schnaubte Marla ungehalten, viel fehlte nicht mehr, dachte Wiesel grinsend, dass sie mit dem Fuß aufstampfte. »Außerdem«, fügte sie erzürnt hinzu, »hasse ich es, wenn du mich ignorierst!«

Manche Zeichen waren allzu deutlich, dachte er und stand auf, um sie mit einem raschen Griff heranzuziehen, sie gegen diese Tür zu lehnen und zu küssen. Etwas piekte an seiner linken Seite.

»Lass das«, herrschte er sie an und küsste sie erneut, und sie ließ ihren Dolch sinken. »Wiesel …«, meinte Marla mit schwacher Stimme, doch die Hand, mit der sie ihn wegdrückte, schien an Stärke zu verlieren. »Ich …«

Wiesel schloss die Augen und genoss das Gefühl ihrer weichen Lippen, während er in ihrem Rücken nach der Stelle suchte … und entschlossen zog. Es knirschte leise hinter dem Metall, doch darauf achtete er nicht mehr, zu sehr zog sie ihn in ihren Bann.

Bis er ihr Knie dort spürte, wo es ihm nicht gefiel.

»Wiesel!«, drohte sie schwer atmend. »Ich sage dir, wenn du …«

»Jemand hat zu uns hingesehen«, log er grinsend und zog an der Tür, die sich mit einem leisen Quietschen ihrer Angeln öffnete. »Siehst du, sie ist schon auf.«

Die Tür führte zu einem hohen, lichten Gang, der direkt von hier zur großen Halle verlief. Einen Moment zögerte Marla, dann setzte sie vorsichtig einen schlanken Fuß über die Schwelle … und atmete erleichtert auf. Sie zog die Tür hinter sich zu, um gleich auch den Riegel vorzulegen. Der war nagelneu, man hatte ihn wohl erst vor Kurzem angebracht, und er besaß einen Klappkeil hinter dem Riegelstück, der verhindern sollte, dass man den Riegel einfach so zurückschieben konnte. Sie musterte den Riegel und den Keil einen Moment länger, um dann nachdenklich zu Wiesel hinzuschauen, der schon weitergegangen war. »Wiesel?«, fragte sie leise.

Er sah zurück zu ihr.

»Wie hast du diesen Riegel lösen können?«

Er blieb stehen und sah erstaunt zu ihr zurück.

»Ich dachte, dein Talent verrät dir, was ich kann?«

»Das dachte ich auch«, sagte sie und sah von ihm zu dem Riegel und wieder hin zu ihm. »Ich weiß, dass du dich unsichtbar machen kannst, aber das hier …«

»Ich mache mich nicht unsichtbar«, sagte Wiesel unbehaglich. »Manchmal, nur manchmal, wenn ich mich ganz besonders darauf konzentriere, gelingt es mir, jemanden dazu zu bringen, mich nicht wahrzunehmen. Was den Riegel angeht …« Er zuckte mit den Schultern. »Ich sagte schon immer, dass die Götter mir bestimmten, ein Dieb zu sein. Warum sonst hätten sie mir die Gabe geben sollen, Dinge alleine mit der Kraft meines Willens zu bewegen? Es reicht kaum eine Elle weit und ist nicht stark genug, mehr als einen Fingerhut zu heben, aber für die Zuhaltungen in einem Schloss ist es genug.« Er lachte, auch wenn es sich in seinen Ohren etwas gezwungen anhörte. »Nicht der Rede wert«, fügte er hinzu. »Und kaum von Interesse für einen Seelenreiter.«

Sie fuhr zurück, als ob er sie geschlagen hätte. »Deshalb habe ich nicht gefragt!«

Er sah den Schmerz in ihren Augen und seufzte. »Ich weiß«, sagte er dann rau. »Tief im Inneren weiß ich, dass du mir nicht schaden willst. Nur …«

»Ja«, sagte sie und schluckte. »Nur …« Sie straffte ihre Schultern. »Es war nichts als Neugier, Wiesel«, sagte sie dann leise. »Lass uns weitergehen, ja?«

Warum nur, dachte Wiesel seufzend, als er ihrer schlanken Gestalt folgte, sind es Seras, die gefährlich sind, welche mich so ungemein faszinieren? Und ja. Er glaubte ihr. Denn es war nicht das Talent zum Seelenreiten, das sie für ihn so gefährlich machte.

Sie gingen vor zu einer Kreuzung, an der zu beiden Seiten weitere Gänge abgingen. »Das müssen die Gemächer der Priesterinnen sein«, stellte er flüsternd fest.

»Und?«, fragte sie und hob eine Augenbraue an.

»Warte, ich will nur etwas nachsehen«, grinste Wiesel und huschte schnell zur Seite weg, um eine Tür dort aufzuziehen. Er sah hinein und schüttelte den Kopf.

»Ganz normale Zellen«, teilte er ihr enttäuscht mit. »Ein Bett, eine Kommode, eine Waschschüssel und ein Schrank … und eine Kniebank fürs Gebet.«

»Was hast du denn erwartet?«, fragte Marla spöttisch. »Federbetten, Seide, Samt, lustvolle Malereien an der Wand?«

»In etwa das.« Wiesel schloss die Tür.

»Es ist ein Tempel der Astarte und kein Haus der Lüste«, teilte sie ihm ungehalten mit. »Wenn du so etwas suchst, dann bist du hier falsch.«

»Ich bin nur neugierig, ich war noch nie zuvor in einem Tempel der Astarte.«

»Auch nicht zur Mittsommerweihe?«, fragte sie etwas spitz.

»Du meinst zur Orgie?«, fragte er. »Irgendwie fand ich es bisher nicht nötig. Du?«

»Ob ich bei einer Orgie war?« Sie bedachte ihn mit einem bösen Blick.

»Nein«, seufzte er. »Ob du jemals in einem Tempel der Astarte warst … vergiss es …« Er winkte ab. »Wie solltest du …«

»Ich wurde in ihrem Tempel geboren«, sagte Marla überraschend. »Bis ich sechs Jahre alt war, wuchs ich an einem solchen Ort wie diesem auf.«

Wiesel hielt inne und sah sie ungläubig an. »Du? In einem solchen Tempel?«

»Ja. Ich«, schnaubte sie. »Was ist so falsch daran?«

»Nichts«, sagte Wiesel hastig. »Warum bist du dann nicht eine ihrer Priesterinnen? Ich weiß, dass die männlichen Kinder irgendwann gehen müssen, aber ich dachte, dass die Mädchen in den Tempel aufgenommen werden?«

»Wenn Tempelkinder sechs Jahre alt werden, überprüft man sie auf ihr Talent«, erklärte sie ihm und sah durch den Gang zur großen Halle hin. »Als Kind fiebert man dem entgegen«, fuhr sie leise, fast schon flüsternd fort. »Man betet darum, dass sich ein Talent zeigen wird, am besten das zur Heilung, weil es einen Platz in der Schwesternschaft fast sichert. Aber selbst wenn sie kein Talent besitzen oder eines, das dem Tempel wenig nützt, kümmert man sich um die Kinder, findet einen Platz für sie. Es sei denn …«

Sie sah zur Seite weg und wischte sich verstohlen eine Träne von der Wange. »Du kannst dir denken, was geschah«, fuhr sie mit rauer Stimme fort. »Ich wurde zur hohen Priesterin gerufen, ein grimmig dreinsehender Priester Borons wartete dort schon auf mich. Meine Mutter war auch da, und als ich sie weinen sah, wusste ich schon, dass etwas vollends schiefgelaufen war.« Sie sah mit feuchten Augen zu ihm hoch. »Rate mal, Wiesel«, sagte sie bitter, »welches das eine Talent ist, das die Priesterinnen der Astarte nicht in ihren Reihen dulden können! Meine Mutter wollte mich umarmen, ich wusste nicht, warum sie weinte, aber ich wollte sie noch trösten, da trat der Priester Borons an mich heran, riss mich aus ihren Armen und legte mir geweihte Handfesseln an. Während meine Mutter schrie und weinte, warf er mir einen ledernen Sack über und zerrte mich davon.«

Sie sprach so leise, dass Wiesel sie kaum verstehen konnte, und ihr Blick schaute an ihm vorbei, fast schien es Wiesel so, dass sie vergessen hatte, wo sie sich befand oder dass er ihr zuhörte. Selbst ihre Stimme schien sich zu verändern, es war nicht mehr Marla, die hier sprach, sondern ein kleines Mädchen, das hilflos ihre Hände ballte.

»Er brachte mich in Borons Tempel, in eine dunkle Zelle tief in seinen Katakomben. Bruder Sores, der damals der Hohepriester war, kam dann zu mir und forderte mich mit Tränen in den Augen zu einer Beichte auf … und als ich ihm sagte, dass ich nichts zu beichten hätte, fing er an zu weinen … weißt du«, fuhr sie tonlos fort, »sie können sehen, wenn man die Wahrheit sagt. Ich besaß das dunkle Talent, die namenlose Gabe … aber selbst vor Borons scharfem Blick war ich nur ein Kind, das schuldlos war. Bruder Sores schluchzte und sagte, er könne das nicht tun, was nun von ihm gefordert wäre, und ging weinend davon. Später erfuhr ich dann, dass es wegen mir sogar einen Streit in der Priesterschaft gegeben hatte. Doch ich habe erst verstanden, warum er weinte, als man mich zwei Tage später in den Garten führte. Dort stand ein jüngerer Priester, den man nur deshalb am gleichen Tag in die Priesterschaft berufen hatte, weil er als Einziger bereit war, das zu tun, was sein Gott von ihm verlangte. Drei Wochen zuvor hatte er seinen Abschied von der Legion genommen, und zuletzt hatte er in der Ostmark gedient ... und dort hatte er das Schlachten so gut gelernt, dass er sich nicht daran störte, dass ich selbst in Borons Augen nur ein Kind und schuldlos war.«

Sie schloss die Augen, aus denen die Tränen wie Bäche liefen. »Sie haben mich neu eingekleidet, gaben mir ein weißes Gewand, und Bruder Sores salbte mich und weinte. Dann drückte er mich nieder ... ich hatte noch nie zuvor einen Richtblock gesehen, ich war ja noch nie zuvor außerhalb der Tempelmauern gewesen, doch als ich die Kuhle für mein Kinn sah und das schwere Schwert in Portus' Händen, verstand ich endlich, was hier geschehen sollte. Ich weiß noch, dass ich nicht weinte, das tat Bruder Sores schon für mich. Ich sah nur zu ihm auf und fragte ihn, warum. Doch bevor er Antwort geben konnte, hob Portus das Schwert bereits an ... und schlug ohne Zögern zu.«

»Aber ...«, hauchte Wiesel fassungslos. »Wie ...«

Sie schien ihn nicht zu hören. »Als die Klinge niederfuhr, warf sich Bruder Sores über mich. Sie traf ihn, und so hart hatte Portus zugeschlagen, dass er den Hohepriester seines Glaubens mit diesem Hieb fast entzweiteilte. Niemand von den Brüdern wollte meinen Tod sehen, so waren Sores, der dort sein musste, weil das Amt es von ihm verlangte, und Portus, der neue Priester, der soeben den Führer seines Glaubens erschlagen hatte, mit mir in diesem Garten allein. Sterbend forderte Sores von Portus zwei Dinge ... zum einen, dass er mich leben lassen sollte, zum anderen zu lernen, dass Gerechtigkeit ohne Gnade nur Willkür wäre. Dafür würde er, Sores, so lange noch am Leben festhalten, bis er bezeugen könne, dass er es gewesen wäre, der das Kind erschlagen hatte ... und dann Portus darum gebeten hätte, ihn wegen seiner Schuld zur richten.« Sie holte tief Luft und schien wie aus einem Traum zu erwachen.

»Du müsstest Bruder Portus kennen«, fuhr sie mit einem traurigen Lächeln fort. »Wenn er etwas ist, dann direkt und kurz entschlossen. Er steckte mich in den Ledersack, den er mitgebracht hatte, gebot mir, still und tot zu sein, und rief die anderen Priester herbei. Sores lebte noch lange genug, um sein Versprechen zu halten … und Portus hielt auch seines. Er brachte mich in diesem Sack zum Hafen, dort ließ er mich hinaus. Ich sehe noch, wie er über mir steht, das Gesicht vor Gram und Zorn verzerrt, und wie er mich verflucht. Das waren seine Worte, Wiesel: ›Schuldlos magst du sein, du bist dennoch die Brut des Namenlosen, hast mich dazu gebracht, einen guten Mann zu erschlagen! Verflucht sollst du sein und sollst Maerlafiza heißen, dass jeder als die Brut des Namenlosen dich erkennt!‹ Dann nahm er seinen Dolch heraus und schnitt mir einen Kreis in meine Stirn, damit man die Saat der Dunkelheit erkennt. Danach spuckte er auf mich, trat mich noch einmal mit seinen schweren Stiefeln und stapfte wutentbrannt davon, drohend, mich zu erschlagen, wenn er mich nur noch ein einziges Mal sehen würde.«

»Götter«, hauchte Wiesel erschüttert und trat an sie heran, um sie in die Arme zu nehmen und zu halten, als sie weinte. »Ich konnte Bruder Portus noch nie leiden!« Dann, als sie nur noch schniefte, suchte er nach seinem Tuch, doch das hatte er ihr schon gegeben. Sanft legte er einen Finger unter ihr Kinn und hob es an, sodass er in ihre dunklen Augen sehen konnte, und er strich ihr zärtlich das Haar über der Stirn zur Seite, doch dort war nur glatte, makellose Haut zu finden.

»Du trägst das Mal nicht mehr«, stellte er dann leise fest. »Ein Wunder?«

Sie schniefte und fand jetzt sein Tuch, um sich zu schnäuzen. »Nein«, flüsterte sie und verbarg ihr Gesicht wieder an seinem Mantel. »Mama Maerbellinae … sie war es, die mich fand … obwohl, du hast recht, es mag also doch ein Wunder gewesen sein.« Sie schnäuzte sich erneut, blickte zu Wiesel hoch und lachte bitter. »Vor ein paar Monden versuchte Bruder Portus, mich zu verführen … er erkannte mich nicht mehr. Aber ich werde ihn nie vergessen, Wiesel, ich brauche nur die Augen zu schließen, um zu spüren, wie er mir das Mal mit kalter Klinge in meine Stirn schneidet. Du siehst es nicht, aber es ist noch immer da.«

»Ich wusste nicht, dass sie das tun«, sagte Wiesel erschüttert. »Ein Kind zu erschlagen …« Er schüttelte ungläubig den Kopf.

»Man hätte es sich denken können, nicht wahr? Was sollen sie denn auch anderes tun«, sagte Marla, die ihre Fassung wiedergefunden hatte. »Es ist bekannt, dass die allermeisten, die diese dunkle Gabe in sich tragen, sie auch irgendwann nutzen werden. Sie ist mächtig, Wiesel«, fuhr sie flüsternd fort. »Sie versucht dich, schmeichelt dir, flüstert dir Dinge ein. Man fühlt sich wie ein Raubtier auf der Jagd … und es flüstert dir ein, wie einfach es doch wäre. Du siehst jemand auf der Straße, spürst, wie die Gabe erwacht und Witterung aufnimmt … und da ist dieser Bäckersjunge, der dir nichts ahnend entgegenkommt. Du spürst, dass er ein Talent besitzt … und diese Lebenskraft. Feuer, denkst du dir, wie nützlich wäre das, sich nicht mehr vor Flammen fürchten zu müssen, wie einfach, ihn nur anzusehen, ihn vergessen zu lassen, wer er ist … ihn an die Hand zu nehmen, zu einem dunklen Ort zu führen und dann seine Seele aufzufressen …«

Sie schüttelte sich wie ein nasser Hund. »Die Versuchung, Wiesel«, flüsterte sie, »sie ist überall. Du willst Lesen lernen, und der Schreiber dort, er ist alt und grau, er wird nicht mehr lange leben … doch er hat das Wissen, das du willst. Fünfzig Jahre hat er es gelernt … und du brauchst nur einen Augenblick, und es gehört dir. Du möchtest Laute spielen wie dieser schöne junge Mann, der als Barde den Seras schmeichelt … nur ein Moment an einem dunklen Ort, und du kannst seine Seele greifen und mit ihr auch seine Laute … um ihr die Töne zu entlocken, die sein Talent waren.« Sie sah mit großen dunklen Augen zu ihm hoch. »Das Schlimmste daran ist, dass ich weiß, dass ich den Kampf verlieren werde. Irgendwann wird es geschehen. Dann werde ich einen anderen suchen müssen, der die gleiche dunkle Gabe trägt und noch schuldlos ist … und dann werde ich von ihm fordern, dass er mich erlöst.«

»Wie … wie hast du es vermeiden können, wenn die Versuchung doch so stark ist?«, fragte Wiesel zögernd. Noch immer hielt er sie in seinen Armen, und über ihre Schulter konnte er durch diesen langen Gang einen Teil der Statue der Göttin und ihr Gesicht sehen.

»Bruder Sores«, sagte sie und drückte leicht gegen Wiesels Brust, sodass er sie aus seinen Armen entlassen musste. Sie wischte sich noch einmal über die Augen und steckte Wiesels Tuch wieder in ihren Ausschnitt. »Er war der höchste Priester seines Gottes, stand auch allen anderen Tempeln Borons vor, und wenn jemand den Willen seines Gottes kannte, dann war er es. Er starb für mich … es wäre falsch, wäre er umsonst gestorben.«

Wiesel nickte zu der fernen Statue hin. Alle Fenster waren fest verschlossen, der Tempel selbst war dunkel, doch durch die gläsernen Steine in der hohen Kuppel fiel Licht herein und badete die Göttin in Soltars Glanz.

»Warum hast du dann Angst, ihren Tempel zu betreten?«, fragte er sie leise.

»Weil ich nicht mehr schuldlos bin«, sagte sie und schluckte schwer. »Du weißt es doch … ich musste morden, stehlen und betrügen. Ich lag für Kupfermünzen in verhassten Armen, stahl von Bedürftigen und übte Meineid … was die Götter auch immer verlangen, dass du es nicht tust … Ich habe es getan. Nur die dunkle Gabe halte ich in Schach … und dennoch bin ich bereits gestrauchelt.« Ihre dunklen Augen schienen tief in ihn zu sehen. »Ich habe dich geritten, Wiesel«, sagte sie rau. »Und hättest du mich an diesem Tag erschlagen … ich hätte mich nicht gewehrt.«

Götter, dachte Wiesel, als er sich daran erinnerte … und es hatte wahrlich nicht viel gefehlt und er hätte es getan.

»Komm mit«, sagte er leise und nahm sie bei der Hand. Sie sah zu ihm auf und folgte seinem Blick zu der Statue hin, nickte und straffte ihre Schultern. Langsam, Hand in Hand, gingen sie nach vorne in die große Halle, bis sie vor der Statue standen.

Bei jedem Schritt hatte sie ihm die Hand fester zusammengepresst, bis er schon fürchten musste, dass sie ihm die Knochen brach, doch kein Blitz fuhr auf Marla herab, keine Flammen brachen zu ihren Füßen aus dem glatten Marmorboden. Langsam atmete sie aus und stand dann dort und sah zu der Göttin auf, die dort in all ihrer Schönheit auf ihrer Insel stand. Astarte sah auf sie herab, ein schwer zu beschreibendes Lächeln auf ihren Lippen, ganz so, als würde sie verstehen, wie schwer es manchmal war, den geraden Weg zu gehen.

Noch immer presste Marla Wiesels Hand, und er spürte, wie sie zitterte.

»Ich hätte ihr so viel zu sagen«, flüsterte die Priesterin des Namenlosen. »Dass ich hier stehen darf, dass …« Sie brach ab und schluckte. »Ich weiß nur nicht, ob ich es darf.«

»Es wird deinen Gott nicht stören«, flüsterte Wiesel. »Sie ist seine Schwester. Und hätte sie etwas dagegen …« Er sah zu der Göttin hoch, in ihre weisen Augen, und musste schlucken. »Sag ihr einfach, was du fühlst …«

Er presste kurz noch Marlas Hand und ließ sie dann los, trat zurück, als sie sich hinkniete und vor der Göttin weinte. Dann fiel ihm etwas ein. In seinem Beutel suchte er nach dem Kerzenstummel und steckte ihn auf einen Kerzenständer auf, auf dem die letzte Kerze schon vollends herabgebrannt war. Doch als er nach dem Zunderkästchen kramte, flammte die Kerze von alleine auf.

Die Kerze, die vorher auf diesem Ständer gebrannt hatte,

mochte faustdick gewesen sein, dagegen war seine Kerze nur ein kleiner Stummel, doch sie schien die ganze große Halle in ein weiches Licht zu tauchen.

Voller Ehrfurcht trat er zurück und kniete nieder. Alles, was die Götter taten, dachte Wiesel, während er zusah, wie Marlas Schultern bebten, ergab meist einen Sinn, auch wenn er nicht immer leicht zu verstehen war. Doch warum nur gab es diese eine Gabe, die nur dazu bestimmt schien, die Menschen in einen dunklen Abgrund zu ziehen? Als Marla ihm eben erzählt hatte, wie es sich anfühlte, so gezeichnet zu sein, hatte ihn ein Grausen ergriffen. Wenn sich Wiesel auf etwas verstand, dann darauf, wie leicht es war, sich der Versuchung hinzugeben. Er war jetzt ein reicher Mann … aber für jedes Goldstück, das seine Taschen füllte, hatte ein anderer die Arbeit getan. Wenn die prallen Goldsäcke der Händler Seelen und Talente wären, dann wäre Wiesel schon längst verloren.

»Geht es wieder?«, fragte er, als sie aufstand und sich erneut die Augen abwischte. Sie nickte und knüllte sein Tuch zusammen.

»Ich weiß nicht, was heute mit mir ist«, sagte sie und schniefte. »Ich bin wie ein Wasserfall.« Wiesel sagte nichts dazu. Sie hatte allen Grund dazu.

»Die Sera Lenere meinte, dein Name wäre elfisch für die Lächelnde«, sagte Wiesel rau.

»Ja«, schnaubte sie. »Als ob ich in meinem Leben so viel Anlass zum Lächeln hätte. Nach dem Bösen hat mich Bruder Portus benannt.«

»Wie ist dein wahrer Name?«, fragte er zögernd. »Weißt du ihn noch? Wie hat deine Mutter dich genannt?«

»Isbele«, antwortete sie zögernd. »Aber ich bin schon lange nicht mehr sie. Marla ist der Name, den Bruder Portus mir gab … und ich trage ihn, damit ich es nicht vergesse.« Sie sah ihn bittend an. »Reden wir nicht mehr davon.«

Schade, dachte Wiesel. Isbele passt viel besser. »Wie du wünschst«, meinte er bedächtig und sah sich im Tempel um.

»Wir sind ja aus anderem Grund hierhergekommen. Also, sag mir, ist dieser Ort verflucht?«

Sie lachte verhalten und sah zu der Göttin hinauf und dann zu ihm, um eine Augenbraue anzuheben. »Musst du das noch fragen, Wiesel?«

Wohl nicht, dachte er.

»Ich fühle mich hier wohl«, fuhr Marla fort und sah sich im Tempel um, der ruhig und still und friedlich war. Noch nicht einmal die Flamme von Wiesels kleiner Kerze flackerte. »Was an der Gnade der Göttin liegt und nicht daran, dass dieser Ort jetzt meinem Herrn geweiht wäre.« Marla schaute erneut zu der Göttin hinauf. »Sie ist hier, Wiesel«, sagte sie ganz leise. »Ich fühle ihren Blick auf mir. Sie hätte es nicht zugelassen, wenn jemand diesen Ort entweiht ...« Sie wandte sich zu Wiesel hin. »Sie ist nicht nur gnädig und verzeihend, Wiesel«, fuhr sie voller Ehrfurcht fort. »Eben, im Gebet, sah ich die Göttin vor mir stehen. Sie ist gerüstet, trägt kurzen Speer und Schild und ein Schwert an ihrer Seite. Auch nur zu versuchen, diesen Tempel zu entweihen, wäre vermessen... sie wird ihn nicht kampflos aufgeben.«

»Doch vor den Mauern dieser Stadt lauern die Armeen des Nekromantenkaisers darauf, genau das zu versuchen«, sagte Wiesel rau. »Aber wenn auf diesem Tempel hier kein Fluch lastet, dann folgt daraus nur eines ...«

»Ja«, sagte Marla und atmete tief durch. »Bruder Faban hat gelogen.«

Armenspeisung

29 Irgendwie hatte Wiesel befürchtet, dass sich ihnen jemand entgegenstellen würde, doch als er den Riegel aufzog und den Kopf zur Tür hinausstreckte, lag der Garten noch immer ruhig und friedlich da. Er gab Marla ein Zeichen und schlüpfte nach ihr durch die Tür, um sie dann sorgsam wieder zu verschließen.

Niemand schien auf sie zu achten, und auch der Wachmann an der Tür würdigte sie mit keinem Blick.

Dafür schien auf dem Marktplatz etwas zu geschehen.

Die beiden drängten sich durch die Menge, bis einer der Passanten aus Versehen mit einem Ellenbogen Marla in der Seite traf. Sie wurde bleich und taumelte.

»Geht es?«, fragte Wiesel besorgt und warf dem unachtsamen Bürger einen bösen Blick zu, den dieser kaum wahrnahm.

Sie nickte. »Lass uns weitergehen«, schlug sie vor, und diesmal achtete Wiesel darauf, dass er an ihrer verletzten Seite blieb.

Wieder scharte sich die Menge vor dem Platz, der dem Borontempel vorgelagert war. Wieder hielten Soldaten dicke Seile, um den Bereich abzusperren, doch kaum dass sie das Seil erreichten, war schon klar, was hier geschah.

An dem Scheiterhaufen, auf dem die Sera Nemris am Tag zuvor gebrannt hatte, luden Soldaten verkohltes Holz und Asche auf einen Karren, daneben aber waren zwei Tempelwachen damit beschäftigt, Pflastersteine aus dem Boden zu lösen und Löcher zu graben. Vier weitere Balken lagen hier bereit, und von zwei Wagen wurden Kiefernhölzer abgeladen, die von Öl feucht glänzten.

»Fünf«, stellte Wiesel betroffen fest. »Was soll das werden?«

Die Menge stand hier dicht an dicht, so war es kein Wunder, dass der Ser neben ihnen die leisen Worte Wiesels hörte.

»Es ist eine Schande«, sagte der Mann traurig. Marla und Wiesel tauschten einen Blick, damit waren sie so schlau wie zuvor.

»Was? Die Scheiterhaufen?«, fragte Marla.

»Dass sie nötig sind. Sie sind für den Grafen«, erklärte der

Mann und schüttelte unverständig den Kopf. »Dass sie auch immer die Besten unterjochen müssen!«

»Graf Render?«, fragte Wiesel hoffnungsvoll.

»Nein. Natürlich nicht«, rief der Mann entsetzt. »Wo denkt Ihr hin! Es geht um den armen Grafen Hindrich. Er ist ein angesehener Mann, war bis zuletzt einer der wichtigsten Berater von Königin Eleonora ... vielleicht hat ihn ihr Tod zu hart getroffen ... das wäre eine Erklärung«, sagte der Mann wie zu sich selbst und wischte sich die Augen ab. »So ein gütiger Mann, der Ser Graf. Mein Vater war Kutscher bei ihm gewesen, und nachdem er vom Bock gefallen war und sich beide Beine brach, hat er ihm eine Leibpension gegeben ... ich verstehe das alles nicht.«

»Was ist denn geschehen?«, hakte Marla freundlich nach, während Wiesel schon nahe daran war, den Mann zu schütteln.

»Bruder Faban. Er hat festgestellt, dass sie besessen sind. Er sagt, das kann geschehen, wenn man vom Glauben abfällt ... nur tägliche Gebete und ein reines Herz schützen vor der Besessenheit.«

»Besessen wovon? Von wem?«, fragte Wiesel ungehalten. »Wer sind ›sie‹? Und was hat das mit Glauben zu tun?«

Der Mann sah ihn fast erschrocken an.

»Ignoriert meinen Bruder«, bat Marla ihn mit einem bezaubernden Lächeln und legte dem Mann eine Hand auf den Arm. »Er ist ein ungeduldiger und grober Klotz ... wer ist besessen?«

»Graf Hindrich und seine ganze Familie. Es fing bei ihm an, hat Bruder Faban gesagt. Es wäre wie eine Seuche, sagte er. Auch die Gräfin, die Tochter und der Sohn sind von den üblen Einflüsterungen des Feindes betroffen, der ihnen Dämonen in das Hirn gesetzt hat! Und zwei der Wachen haben ihr Schwert gegen Bruder Faban erhoben ... Götter, könnt Ihr Euch das vorstellen?«

»Das ist ja schrecklich«, stieß Marla aus und riss die Augen auf. »Ist Bruder Faban etwas geschehen?«

»Nein, die Tempelwachen haben Schlimmeres verhindert, Boron sei Dank ... er ist der Einzige, der uns gegen die dunklen Mächte des Feindes schützen kann!«

»Dem Gott sei Dank«, pflichtete ihm Marla bei, ohne Borons Namen zu nennen. »Wisst Ihr denn, was genau geschah?«

»Bruder Faban schöpfte Verdacht, als der Graf sich weigerte, bei ihm die Beichte abzulegen. Dann, als der gute Priester erkannte, dass der Graf besessen war, hat sich der Graf geweigert, sich Borons Urteil zu unterziehen. Als die Tempelwachen ihn ergreifen wollten, hat er sich gegen sie aufgelehnt und sogar einen von ihnen erschlagen und ermöglichte sogar noch seinem Sohn die Flucht! Bruder Faban sagt, der Junge trage den Fluch wie die Pest bei sich, und alleine, wenn man mit ihm rede, könne es schon geschehen, dass man ebenfalls besessen werde!«

»Und deshalb die Scheiterhaufen?«, fragte Marla.

»Ganz genau«, nickte der Mann. »Bruder Faban sagt, dass es die einzige Möglichkeit ist, die armen Seelen zu reinigen; die Verderbnis hat schon so weit Einfluss genommen, dass sonst nichts mehr hilft. Borons Flamme wird sie reinigen, und in Astartes Armen werden sie Gnade und Erlösung finden.«

»Das ergibt Sinn«, sagte Wiesel sarkastisch. »Man verbrennt sie, um sie zu retten.«

»Ihr habt recht!«, rief der Mann, vollends taub für Wiesels Unterton. »So habe ich es noch gar nicht gesehen ... aber es ist auch das, was Bruder Faban sagt: dass sie in dieser Welt verloren sind, aber Soltar ihnen gewiss ein besseres Leben geben wird! Auf jeden Fall werde ich noch heute für sie beten!«

»Wie löblich«, knurrte Wiesel.

Marla warf ihm einen mahnenden Blick zu und wandte sich wieder an den Mann. »Wäre es denn möglich, dass sich Bruder Faban irrt?«, fragte sie vorsichtig, und der Mann seufzte.

»Man könnte es sich wünschen, meint Ihr nicht? Aber leider ist ein Irrtum ausgeschlossen, Steinherz hat ihm bestätigt, dass sie besessen sind.« Er seufzte erneut. »Graf Render bedauert es so sehr, dass er nach der Reinigung all denen eine Speisung gewähren wird, die für die Unglücklichen beten.«

»Aber ...«, begann Wiesel empört, doch Marla trat ihm gegen seinen Knöchel.

»Wann soll die Hinrichtung denn sein?«, fragte sie freundlich.

Der Mann sah sie beleidigt an. »Es ist keine Hinrichtung, sondern eine Reinigung, habt Ihr nicht gehört, was ich Euch sagte? Der Graf ist ein guter Mann und hat nichts getan, das man ihm vorwerfen kann! Es geht hier nur darum, seine Seele vor dem Namenlosen zu beschützen!«

»Ja«, sagte Marla und schaute zerknirscht drein. »Ihr habt so recht ... um nichts anderes geht es hier. Habt Dank, dass Ihr Euch die Zeit genommen habt, es uns zu erklären.«

Sie nickte dem Mann zu und zerrte Wiesel weg, bevor der noch etwas sagen konnte.

»Halte dich zurück«, zischte sie. »Oder willst du, dass wir auch hier brennen?«

»Dass man uns belauscht, braucht es gar nicht mehr!«, meinte Wiesel erzürnt, während er für sich und Marla einen Weg durch die Menge bahnte. Für heute hatte er mehr als genug erfahren, es war Zeit, zur Herzogin zurückzukehren. »Hast du nicht gehört, was er uns sagte? Bruder Faban braucht jetzt nur noch jemanden mit dem Finger auszudeuten und ›Besessen!‹ zu rufen, und schon brennt man lichterloh!« Er schüttelte verärgert den Kopf. »Ein feines Spiel, das man hier spielt, man braucht nicht einmal mehr eine Schuld zu beweisen, wer stört, der brennt auf diesem Platz ... und anschließend lässt man für die armen Seelen beten.« Er wies anklagend auf die langen Tische, wo Mitglieder der Stadtwache Brot, Käse und Wein auftischten. Schon jetzt bildeten sich dort hungrige Gruppen. Ein Tempelschüler in Borons

Robe ging an ihnen vorüber und segnete sie, sprach ernsthaft mit dem einen oder anderen … und immer wieder wanderten seine Blicke hin zum Tempel, wo die Scheiterhaufen warteten. »Und damit will man die Menge beruhigen … man füttert sie und bittet sie, für die Unglücklichen zu beten … und wenn der Magen knurrt, entscheidet er. Götter«, fluchte Wiesel. »Man kann kaum behaupten, dass dieser Graf Render nicht schnell lernt!«

Er sah dorthin zurück, wo der verkohlte Pfahl noch stand. »Sie sind klüger geworden, bei Sera Nemris hätte es fast einen Aufstand gegeben, also werden jetzt die Seelen gerettet und nur der Leib verdammt! Und alles wird damit begründet, dass sich Steinherz, ein götterverdammtes Schwert, nicht irren kann! Ich glaube fast, dass dieser Bruder Faban selbst von Dämonen besessen ist! Oder ist er gar ein Nekromant?«

»Weder das eine noch das andere«, raunte Marla und zog ihren Umhang fester um sich. »Ich fürchte, es ist nichts weiter als die Gier nach Macht.«

Als sie die Schleifergasse erreichten, in der das Haus der Herzogin Lenere stand, fanden sie die Hausherrin vor ihrer Tür stehend vor. Zwei Männer, beide groß und breit gebaut, die beide schwarze Umhänge trugen, hatten sich ihr in den Weg gestellt.

Wiesel beschleunigte schon seinen Schritt, als die Herzogin stolz ihr Kinn anhob und dem Größeren der beiden vor die Füße spuckte. Als der noch verdutzt schaute, warf sie ihm zwei Goldstücke vor die Füße.

»Hier habt Ihr Euren Zins!«, rief sie erzürnt. »Da, nehmt ihn schon!« Der Mann zögerte noch kurz, sah dann zu Wiesel hin, der seinen Umhang zurückgeworfen hatte, sodass sein Rapier zu sehen war.

»Gewiss!«, sagte der große Mann und bückte sich, um das Gold aufzunehmen.

»Und jetzt verschwindet«, herrschte die Herzogin ihn an.

»Und sagt Eurem Meister, dass die Schuld damit beglichen ist ... wenn ich Euch noch einmal hier sehe, werde ich mich bei der Wache über Euch beschweren.«

»Wie Ihr wünscht«, sagte der Mann und steckte das Gold ein, um ihr höflich zuzunicken.

»Bei den Göttern, wollt Ihr mich auch noch verspotten? Spart Euch die falsche Höflichkeit und geht!«

»Wir gehen«, sagte der andere Mann hastig mit einem Blick auf Wiesel. »Und achtet in Zukunft besser darauf, bei wem Ihr Schulden machen wollt!« Er gab seinem größeren Kumpanen einen Schubs. »Wir gehen!«, wiederholte er. »Wir haben, was wir wollten!« Der andere sah noch einmal verwirrt zurück, und dann eilten sie davon.

»Wer waren die denn?«, fragte Wiesel und kratzte sich am Hinterkopf.

»Geldeintreiber«, antwortete die Herzogin und schloss die Türe auf. »Sie besaßen die Unverschämtheit, mir am helllichten Tag vor meinem Haus aufzulauern!«

»Sie verdienen gut daran«, meinte Wiesel und sah den beiden hinterher. »Gute Kleider für ein paar Schläger.«

»Leute meines Standes leihen sich kein Gold bei dem Hehler an der Ecke«, erklärte die Herzogin fast beleidigt. »Wenn die Geldeintreiber nicht respektabel aussehen, lässt man sie nicht vor ... es ändert nichts, es ist der gleiche Wucher.« Sie schenkte Wiesel ein dankbares Lächeln. »Ihr seht, Euer Wagenrad kam grad zur rechten Zeit.«

»Ihr habt es eintauschen können?«, fragte Wiesel, während er Marla mit dem Umhang half. Er legte ihn mit seinem Hut und Umhang auf einen Stuhl, der seitlich stand, und lehnte sein Rapier dagegen.

»Es wurde mir aufgewogen ... für fünfunddreißig goldene Kronen, der Rest war für die Verschwiegenheit.«

»Fast so teuer wie ein Hehler«, stellte Wiesel fest.

»Habt Ihr etwas herausgefunden?«, fragte die Herzogin und führte sie zu ihrer Küche.

»Dass jetzt auch Graf Hindrich brennen muss«, teilte Wiesel ihr bitter mit und zog sich einen Stuhl heraus. »Offenbar ist er jetzt besessen und muss mit Borons weißer Flamme gereinigt werden!«

»Ihr seht aus, als wolltet Ihr das nicht so ganz glauben«, meinte die Herzogin und machte sich am Herd zu schaffen. »Besessenheit ist nicht so selten, wie Ihr denkt.«

»Bislang brauchte es noch nie Dämonen, um Menschen besessen zu machen«, sagte Marla abfällig. »Es sei denn, dass Ihr Neid und Gier als Dämonen nennen wollt.«

»Worauf wollt ihr zwei hinaus?«, fragte Sera Lenere.

»Mag sein. Sagt mir …«, grollte Wiesel. »War … ist Graf Hindrich Freund oder Feind von Eurem Grafen Render?«

»Sie können sich nicht leiden … und Render neidete ihm den Zugang zur Königin. Graf Hindrich war über lange Jahre einer der treuesten Berater der Königin. Außerdem sprach sich Graf Hindrich dagegen aus, die Sera Nemris der weißen Flamme zu übergeben. Also ja, ich würde meinen, dass er Render im Wege steht«, sagte die Herzogin und lehnte sich an einen der Pfeiler, um die Hände vor ihrem Busen zu verschränken und sich Wiesel zuzuwenden. »Ich weiß, was Ihr sagen wollt«, erklärte sie düster. »Was dachtet Ihr denn, was er tut? Er festigt seinen Anspruch auf den Thron. Hindrichs Tod wird anderen als Warnung dienen. Graf Render hat mit Bruder Faban sogar Boron auf seiner Seite und zeigt, dass er mit eiserner Hand regieren kann. Genau deshalb wird er König werden … er weiß, dass er hart durchgreifen muss, sonst werden die Intrigen niemals enden.« Sie seufzte. »Das war Eleonoras Fehler, sie war nicht hart genug. Sie wollte immer Beweise sehen …« Die Herzogin schnaubte herrschaftlich. »Als ob sie das nötig gehabt hätte, sie war die Königin, und sie bestimmte, wer lebte oder wer zu den Göttern gehen sollte. Hätte Eleonora durchgegriffen und mit den Intrigen aufgeräumt, wäre Ser Render schon längst auf dem Schafott gestorben! Sera Nemris wäre noch am Leben und der Adel schon längst geeint!« Sie hob eine Augenbraue an. »Ich werde für Hindrich beten. Das ist alles, was ich tun kann, und es wird wenig nützen, um Leandra auf den Thron zu setzen. Habt Ihr sonst noch etwas herausgefunden, von dem ich noch nichts weiß?«

Während Marla noch zögerte, gab Wiesel Antwort. »Bruder Faban ist ein Lügner«, erklärte er. »Wir haben den Beweis dafür gefunden.«

»Und welcher wäre das?«, fragte die Herzogin neugierig.

»Wir waren im Tempel der Astarte«, sagte Wiesel und sah zu Marla hin, als diese hustete. »Was ist?«, fragte er. »Hast du dich verschluckt?«

»Es ist nichts«, winkte Marla ab. »Wir sollten …«

»Was für einen Beweis?«, fragte die Herzogin neugierig.

»Der Garten«, sagte Marla rasch. »Er ist nicht verflucht. Wiesel hat mir dort einen Kuss gegeben, und glaubt mir, der Tempel ist auf keinen Fall verflucht!«

Die Herzogin sah sie verblüfft an und lachte dann.

»Ich fürchte, als Beweis wird das nicht reichen.«

»Es geht um Steinherz«, behauptete Marla, bevor Wiesel noch mehr sagen konnte. »Er muss eine Fälschung sein. Vielleicht wurde Bruder Faban auch getäuscht.«

»Das sagt Ihr immer wieder«, seufzte die Herzogin. »Aber um das zu beweisen, müsstet Ihr das zweite Schwert vorzeigen. Es mag sein, dass Leandra ein Schwert ihr eigen nennt, dem sie den Namen Steinherz gegeben hat. Aber Steinherz hing über Jahrzehnte hinter dem Thron des Königreichs an der Wand der großen Halle … und er hing auch noch dort, nachdem Leandra schon lange verschwunden war. Bruder Faban nahm das Schwert erst auf, als er dem Fluch auf den Grund gehen wollte, der die anderen Priester in den Wahn trieb und niederstreckte.« Die Herzogin zuckte hilflos mit den Schultern. »Die Klinge tut das, was man ihr nachsagt, sie erkennt das Übel, bannt Seelenreiter und leuchtet für die gerechte Sache.« Sie sah die beiden fragend an. »Wie wollt

Ihr also einen zweiten Steinherz erklären? Nein«, sagte sie und schüttelte den Kopf, »Leandra mag ein Bannschwert führen, aber den Beweis, dass es auch das echte Schwert ist, muss sie erst noch erbringen.«

»Aber …«, begann Wiesel, doch die alte Sera hob die Hand, um ihn zu bremsen.

»Seitdem der Fluch die Priesterschaft ereilte, führte Steinherz in Fabans Hand viel zu oft Gericht. Der eine Trost, der einem dabei bleibt, ist, dass es Gerechtigkeit sein muss, da Steinherz darin nicht irrt. Wenn Ihr aber recht behalten würdet, dann hätte Bruder Faban nur gemordet, und er würde keiner göttlichen Weisung dienen, sondern nur Graf Renders Intrigen. Verzeiht, aber das will ich nicht glauben, es wäre allzu ungeheuerlich.«

Sie stand auf. »Das alles hat mich sehr erschöpft, die letzte Nacht war mir wohl auch zu kurz, ich werde mich zur Ruhe legen.« Sie ging zur Tür, doch dort drehte sie sich noch einmal zu Wiesel um. »Es ist nicht zu übersehen, dass Ihr nicht gutheißt, dass ich mich nicht voller Freude für Baroness Leandra einsetze. Glaubt mir, sie wäre mir zehnmal lieber auf dem Thron als der Graf. Doch wie wollt Ihr ihn noch hindern? Ihr müsstet beweisen, dass Bruder Faban seiner Weisung folgte, beweisen, dass diese Flüche, die die Priesterschaft dahinrafften, nur eine Täuschung waren.«

»Gerne«, knurrte Wiesel. »Jetzt sagt mir auch noch, wie?«

»Wenn ich es Euch sagen könnte, ständen wir nicht hier, und der Graf hätte sich schon vor langer Zeit vor den Göttern verantworten müssen. Wenn er König wird, wird er mich auch nicht lange dulden.« Sie zeigte jetzt ein hartes Lächeln. »Wenn Ihr verhindern könntet, dass er den Thron besteigt, glaubt mir, meinen Segen habt Ihr. Ich mag zwar alt sein, aber von allem anderen abgesehen, will auch ich noch leben.« Damit zog sie die Tür zu und ließ Marla und Wiesel in der Küche stehen.

»Warum hast du mich unterbrochen, als ich ihr erzählen

wollte, was wir im Tempel vorgefunden haben?«, fragte Wiesel leise, als sich die Tür hinter der Herzogin geschlossen hatte.

»Ich traue ihr nicht«, sagte Marla. Sie ließ sich erschöpft auf einen der Stühle fallen und hielt sich dann die Seite. »Diese beiden Sers, diese angeblichen Geldeintreiber, sie wollte nicht, dass wir wissen, dass sie ihr dienen.«

»Ja«, nickte Wiesel. »Ich fand sie auch etwas zu unterwürfig für Geldeintreiber … und zu überrascht, als sie die Münze fliegen sahen. Hm … wenn du mich fragst, ist sie die Meisterin der Spione.« Er zog sich einen Stuhl heran und setzte sich Marla gegenüber. »Ich vertraue auch nicht ihr«, sagte er dann leise, »sondern derjenigen, die mir die Kerze gab.«

»Die Kerze, die du im Tempel entzündet hast? Ich fand das eine schöne Geste«, lächelte sie.

»Das war es ja. Sie hat sich von selbst entzündet.« In kurzen Worten erklärte er Marla, wie er den Weg zu Sera Leneres Pforte gefunden und wer ihm diese Kerze gegeben hatte.

»Eine Kerzenzieherin«, stellte Marla fest. »Achtest du auch auf Omen? Meidest du Leitern oder Raben?«

»Raben sind mir egal, und es ist nur klug, nicht unter Leitern hindurchzugehen«, knurrte Wiesel. »Ich habe dir von der Sera erzählt, die mich ertappte. Die Hand der Krone. Sie bat mich, der Herzogin Grüße auszurichten. Hier vor dem Haus sitzt ein Bettler, der alles gründlich überwacht. Die Herzogin mag alt sein, aber sie ist ganz und gar nicht harmlos und hat mit Sicherheit ihre Finger noch in anderen Kuchen.«

»Warum vertrauen wir ihr dann?«

»Ganz einfach«, seufzte Wiesel. »Wir leben noch und wurden nicht verhaftet. Mehr als ein Wort von ihr bräuchte es nicht, und Renders Schergen stünden vor der Tür.«

»Oder es mag sein, dass sie beide Seiten gegen die Mitte spielt«, meinte Marla. »Dann wird sie uns opfern, wenn es für sie passt.«

»Ist es nicht immer so?«, meinte Wiesel und stand auf, um sich mit der Kelle einen Schluck Wasser einzuschenken. »Dennoch denke ich, dass es an der Zeit ist, dem Grafen einen Hausbesuch abzustatten.« Er setzte den tönernen Becher hart ab und griff nach seinem Hut. »Wer weiß, vielleicht finde ich sogar das Geheimnis unseres Grafen. Ich bin gut in solchen Dingen.« Er verbeugte sich galant vor ihr und zog die Tür hinter sich zu.

»Ja«, seufzte Marla und sah auf ihre Hände herab, die sie in ihrem Schoß verkrampft hielt. Sie zwang sich dazu, sie zu entspannen. »Das ist das Problem«, flüsterte sie. »Du bist zu gut darin.«

Ein Besuch beim Grafen

30 Ja, so lässt es sich leben, dachte Wiesel etwas später. Das Stadthaus des Grafen war noch größer als das Haus der Herzogin, weitaus besser gepflegt … und auch besser bewacht. Es stand zurückgesetzt auf einem Grundstück, das von einer hohen Mauer umgeben war, und abgesehen von den zwei Wachleuten, die Wiesel schon gesehen hatte, gab es zumindest einen Hund in diesem Garten. Ein hohes, schmiedeeisernes Tor gewährte Zugang, offenbar erwartete der Graf heute Nacht noch Gäste, denn gut ein Dutzend Fackeln säumten den frisch gerechten Kiesweg, der zu dem herrschaftlichen Haus hinführte. Anders als in Askir, wo man eher praktisch baute, war dieses Haus mit Säulengängen und Balkonen geradezu überladen und besaß mehr bodenlange Fenster, als Wiesel sie je zuvor gesehen hatte. Es war die Grenze zwischen Tag und Nacht, Astartes Tränen waren gerade aufgegangen, während Soltars Auge noch den Himmel blutrot färbte. In der Ferne hörte er Musik, und hinter den offenen Fenstern sah er die Gäste, die sich zum Klang des Orchesters bewegten.

Einen Moment lang dachte Wiesel daran, einfach durch das offene Tor hineinzuspazieren, aber das war vielleicht allzu dreist.

Sah Wiesel nach Osten, konnte er gegen das Abendrot fünf Rauchfahnen erkennen, Marla und er hatten es sich gespart, sich die Hinrichtungen anzusehen. Es war das alte Problem, was hätten sie schon unternehmen können? Hätten sie vor Bruder Faban treten und ihn der Lüge bezichtigen sollen? Wie Marla schon sagte, es hätte nur dazu geführt, dass zwei weitere Pfähle errichtet worden wären.

Für Graf Render war die Hinrichtung wohl ein Grund zu feiern; wenn man der Herzogin glauben durfte, stand ihm nun niemand mehr im Weg.

Auf der Vorderseite durfte es kaum möglich sein, die Mauer ungesehen zu erklimmen, dafür gab es auf der rechten Seite eine Gasse, die die Mauer von einem anderen Grundstück trennte. Etwas weiter hinten gab es einen Brunnen, und dieser war Wiesels nächstes Ziel.

Eine Kutsche rollte vor, und für einen Moment waren die Wachen abgelenkt. Wiesel rannte los und duckte sich hinter den Brunnenrand, nichts weiter geschah, und als er vorsichtig zurücksah, sah er, dass die Kutsche noch immer dort stand.

Lass es eine alte Sera sein, betete Wiesel. Eine, die sich anstellte und beim Ausstieg Hilfe brauchte. Er bedachte die Mauer mit einem entschlossenen Blick, schätzte ihre Höhe ein, rannte los und sprang … nicht hoch genug, verpasste die Mauerkrone um einen Fingerbreit.

Verdammt sei Istvans Küche, verfluchte er sich selbst, als er sich seitlich abrollte und die hohe Mauer mit einem bösen Blick bedachte. Und sein Appetit … er war sich sicher, dass er früher diesen Sprung geschafft hätte. Noch waren die Wachen mit der Kutsche beschäftigt und hatten ihn nicht gesehen. Er sah sich hastig um. Die Mauer war verputzt und glatt gefügt. Kein Baum stand bereit, um ihm als Leiter zu dienen, keine Haken, nicht eine Fuge war zu sehen.

Wiesel, der den wohlverdienten Ruf besaß, an keiner Wand zu scheitern, konnte es kaum glauben, dass diese ihn wahrhaftig besiegt haben sollte.

Von vorne hörte er ein Pferd wiehern und eisenbereifte Räder über Pflastersteine poltern. Es war wohl doch keine alte Sera gewesen, die Kutsche fuhr bereits weiter. Jeden Moment konnte der eine Wachmann seine Runde erneut aufnehmen ... Götter, fluchte er, das musste doch zu schaffen sein!

Diesmal nahm er mehr Anlauf, stieß sich mit seinen Drachenledersohlen ab, die niemals den Halt verloren, und schaffte es dann doch mit einer Hand und zwei Fingern, die Mauerkrone zu erreichen. Hart schlug er gegen die Wand, fluchte erneut und schwenkte sich zur Seite weg, die zweite Hand fand einen Griff ... und dann hatte er sich hochgezogen und lag flach auf dieser Mauerkrone. Nur um erneut verhalten zu fluchen, als er spürte, wie ihm das Blut aus seiner Nase auf den Stein tropfte.

Von vorne kamen Schritte, der Wachmann hatte seine Runde aufgenommen ... und als Wiesel in den Garten schaute, stand dort ein großer schwarzer Hund und sah ihn an.

Geh weg!, dachte Wiesel angestrengt. Hier gibt's nichts zu sehen!

Der Hund legte den Kopf schief und setzte sich auf sein Hinterteil, um mit dem Schwanz zu wedeln.

Vorsichtig richtete sich Wiesel auf, um geduckt die Mauerkrone entlangzulaufen, und der Hund sprang auf, um ihn im Garten zu begleiten.

Blöder Köter, dachte Wiesel. Aber wenigstens hatte er noch nicht gebellt. Hier, im hinteren Teil des Gartens, gab es auch mehr Deckung, wenngleich nicht so viel, wie Wiesel sich gewünscht hätte. Der Wachmann hatte ihn noch nicht gesehen, und der Hund warf sich gerade auf den Rücken, um ihn grinsend anzuhecheln.

Das kommt einer Erpressung gleich, dachte Wiesel, als er sich in den Garten fallen ließ. »Braver Junge«, sagte Wiesel leise und kraulte dem Biest das Fell, während er sich umsah. Andere Diebe verwendeten oft vergiftetes Fleisch, um sich der Wachhunde zu entledigen, aber Wiesel mochte Hunde, und sie mochten ihn. Nur zweimal war es bisher vorgekommen, dass er keine Freundschaft schließen konnte, und vom letzten Mal trug er noch immer Narben an der Wade.

Die Diebe hatten ihm berichtet, dass es seitlich an dem Gebäude eine Tür zum Keller geben sollte, dort fand er sie dann auch, am Fuße einer steilen Treppe, fest verschlossen mit einem Riegel und einem dicken Schloss davor.

»Du brauchst mir nicht zu folgen«, sagte Wiesel, doch der Hund hörte nicht auf ihn, er setzte sich auf die obere Treppe und beobachtete ihn hechelnd von dort.

Das Schloss schätzte Wiesel nicht als Problem ein, nur würde man es sehen, wenn es fehlte. Solange er nicht wusste, ob es nicht einen anderen Zugang gab, war Wiesel die Gefahr zu groß.

Also schlich er weiter.

Am hinteren Teil des Hauses gab es zwei Treppen, die zum hinteren Eingang führten, und unter diesem gab es eine weitere Tür. Und diese trug keinen Riegel. Störend war nur der Wachmann, der dort oben an dem Geländer lehnte und in Ruhe eine Pfeife rauchte. Allzu aufmerksam sah er nicht aus, dennoch war es fast unmöglich, zu dieser Tür zu kommen, ohne dass der Mann den Eindringling sah.

Der Hund stieß Wiesel mit der Nase an, er wollte spielen.

»Spiele doch mit ihm!«, sagte Wiesel leise und deutete zu dem Wachmann hin. Es war nicht ernst gemeint gewesen, und als der Hund losrannte, um schwanzwedelnd um den Wachmann herumzutanzen, konnte Wiesel sein Glück zuerst gar nicht fassen.

»Götter!«, hörte er den Wachmann seufzen. »Anrus, lass das … bei Boron, was bist du doch für ein blödes Vieh … ich schwöre, wenn hier einer einsteigt, gehst du hin und willst nur spielen. Nimm dir doch an Krom ein Beispiel, das ist ein rechter Mistkerl! Der würde jeden zerreißen!«

Während der Wachmann noch mit Anrus schimpfte, war Wiesel schon an der Tür … und versuchte zunächst die Klinke. Sie gab unter seiner Hand nach, und hastig glitt er durch den Spalt.

»Wenn ich's mir recht bedenke«, hörte er den Wachmann draußen weiterreden, »bin ich froh, dass du hier im Garten bist und Krom im Keller festgekettet ist … nicht auszudenken, was geschehen würde, hätte das Vieh Freigang im Garten und verirrte sich einer von des Grafen Gästen dorthin.«

Was genau der Wachmann damit meinte, verstand Wiesel noch im gleichen Moment, als er hinter sich ein dumpfes Grollen und das Rasseln einer schweren Kette hörte. Zugleich schlug ihm der Geruch von Hund, Aas und warmer Atem entgegen. Wiesel bewegte sich keinen Schritt, noch immer stand er mit dem Rücken an die Tür gepresst.

Es war stockdunkel hier im Keller, also fischte er vorsichtig einen kleinen Beutel heraus und entnahm diesem einen schwach leuchtenden Stein, den Desina ihm schon vor Jahren gegeben hatte.

Dennoch dauerte es einen Moment, bis er sich an das Dämmerlicht gewöhnte … und die Konturen eines breiten Kopfes, das Schimmern von kräftigen Fängen und das von Augen, die ihn hasserfüllt fixierten, wahrnahm. Eine straff gespannte Kette aus fingerdicken Gliedern führte zu einem Halsband aus grauem Stahl, das um den vernarbten Hals des Monstrums lag … und das stand so nah vor dem schlanken Dieb, dass nur zwei Handbreit seine Zähne von ihm trennten.

Das Biest war nicht viel kleiner als ein Kalb, ein Veteran

aus vielen Kämpfen, wie unschwer an den Narben zu erkennen war. Für den Hundekampf erzog man diese Tiere mit harter Hand und Grausamkeiten, zerstörte jeden Rest von Zutraulichkeit in ihnen und ließ sie einen Hass auf jeden entwickeln. Eine Schande, dachte Wiesel, der eher der Meinung war, dass man die Hundehalter in die Grube werfen sollte, sie hatten eine Wahl in dem Geschäft, die Hunde nicht.

Das also war Krom, dachte Wiesel betreten, dem das dumpfe Grollen dieses Hundes so laut vorkam, dass er sich wunderte, wieso die Wache oben auf der Treppe ihn nicht hörte. Ein Gang führte von hier aus tiefer in den Keller, und auf der rechten Seite war Kroms Kette an einem schweren Eisenring festgemacht. Fünf Schritt lang war diese Kette, und es gab keinen Weg an diesem Vieh vorbei, der Gang selbst war so niedrig, dass Krom mühelos eine Maus von der Decke hätte pflücken können, wenn sie denn diesen Weg versucht hätte.

An ein Zurück war indessen nicht zu denken. Und Schwäche zu zeigen, war der falsche Weg, also sah Wiesel dem Biest fest in die Augen und ließ es nicht wieder los.

Hunde waren dem Menschen untertan. Die Götter hatten es so gefügt, und selbst die Hunde wussten es. Was immer man diesem Hund angetan hatte, dass er es vergessen hatte, ganz tief in seinem Inneren wusste auch Krom das noch.

Wenigstens hoffte Wiesel das. Es ist einfach, dachte er grimmig. Du darfst nur keine Angst zeigen … und hätte dann beinahe laut gelacht, als Kroms Fänge mit lautem Klacken kurz vor seiner Nase aufeinanderschlugen und sein Knurren scheinbar die ganze Welt erzittern ließ.

Wiesel spürte, wie sein Grinsen breiter wurde, es gab nichts, was er dagegen hätte tun können … und wieder lachte er … was Krom stutzen ließ. Kurz darauf entwich der mächtigen Kehle ein leises Winseln. Der schlanke Dieb bewegte sich einen Fingerbreit vor, ganz langsam nur, und Krom duckte seinen Kopf vor ihm … und winselte erneut.

»Ich will dir ja nichts tun«, sagte Wiesel leise. »Du versperrst mir nur den Weg.«

Immer weiter wich der Hund zurück, und langsam, so langsam, dass es ihn schmerzte und ihm den Atem nahm, ging Wiesel an dem Biest vorbei.

Wie kann man eine treue Hundeseele nur so verderben, dachte Wiesel betrübt, als er endlich das Stück Gang erreichte, das außerhalb von Kroms Kettenradius lag. Er sah zurück, wo das mächtige Biest nun auf dem Boden lag und ihm nachsah. Vielleicht hätte es sich sogar kraulen lassen, aber so weit, dachte Wiesel, reicht mein Mut dann doch nicht.

Von dem Gang gingen zu beiden Seiten Zellen ab, schwere mit Eisenbändern verstärkte Türen mit Klappen darin und schweren Riegeln, Stauraum war das ganz sicher nicht. Die Zellen waren leer, aber Wiesel sah fauliges Streu darin und roch Exkremente, bei einer Zelle zog er die Tür auf und hielt den Lichtstein hinein ... und sah dann an der hinteren Wand die schweren Ketten.

Der letzte Raum auf der linken Seite war keine Zelle, sondern ein kleiner Folterkeller, er sah eine Streckbank, Kohleschalen und Zangen, und an der Wand hingen weitere Instrumente der Schmerzen. Während dumpf durch die Decke über ihm der Klang von Musik zu hören war, schlug ihm hier ein Geruch von altem Blut entgegen, der ihn hastig fliehen ließ.

Am Ende dieses Gangs gab es eine Tür, die fest verschlossen war. Als sich Wiesel ihr Schloss besah, pfiff er leise durch die Zähne, in Illian zumindest hatte er bislang noch kein besseres gesehen. Er zog seinen besten Dietrich heraus, ertastete das Schloss und grinste breit, als es kaum drei Atemzüge später mit einem leisen Klicken aufsprang.

Während der Zellentrakt aus kaltem, dunklem Stein bestand, an dem an manchen Stellen die Feuchtigkeit an den Wänden glänzte, war der Quergang, der hinter dieser Tür lag, weiß getüncht und hell erleuchtet, vier Laternen gaben Licht, und die Musik von oben war um einiges lauter. Er stieß eine

Tür auf, in diesem Teil des Kellers wurde Wein gelagert, im Raum daneben Mehl. Mochten auch Thalaks Truppen vor den Mauern stehen, dem Grafen würde es sobald nicht mangeln.

Gerade als Wiesel die anderen Räume erkunden wollte, hörte er Schritte die Treppe herunterkommen, doch nur der Weinkeller eignete sich als Versteck, also floh er dorthin, um sich auf einem der großen Fässer dort zu verbergen.

Die Tür wurde aufgestoßen, und zwei Wachleute kamen herein, um es sich an dem Tisch, der dort unter einer trüben Laterne stand, für eine Pause bequem zu machen.

Offenbar hatten sie bei der Köchin etwas zu essen erbetteln können, denn sie speisten vornehm: mit gebratener Gänsebrust und dem feinsten Tropfen, den des Grafen Keller zu bieten hatte.

Die beiden Sers ließen sich Zeit, und falls Wiesel gehofft hatte, wenigstens etwas zu erfahren, das ihm nutzen konnte, wurde er enttäuscht. Außer dass sie sich darüber ausließen, so fein noch nie gegessen oder getrunken zu haben, drehte sich der Rest ihres Gesprächs um die holde Weiblichkeit und darüber, wie man sich ihre Gunst verdienen könnte.

»Es gibt da einen ganz einfachen Trick …«, begann der eine gerade, als die Tür aufgestoßen wurde und ein anderer Wachmann die kleine Pause, die nun schon gut eine Kerzenlänge angedauert hatte, rüde unterbrach.

»Götter!«, fluchte der Mann. »Ich habe euch schon überall gesucht … seid froh, dass der Graf mich aussuchte, um zu prüfen, ob alles im Keller gesichert ist! Wenn er wüsste, dass ihr euch an seinem Wein bedient, würde er euch hängen lassen! Wie lange sitzt ihr denn schon hier?«

»Schon fast eine Kerzenlänge«, gestand einer der beiden, und der Neuankömmling atmete hörbar auf.

»Gut, dann brauche ich wenigstens nicht zwischen den Weinfässern umherzukriechen. Ich schwöre euch, der Graf ist ganz und gar verrückt … jedes Mal, wenn er mich hier hinunterschickt, will er, dass ich jeden Winkel überprüfe! Ich hoffe bloß, ihr habt euch vom Ende des Gangs ferngehalten?«

»So blöde sind wir nicht«, behauptete einer der Wachleute empört. »Wir wissen, was der Graf mit dem Letzten tat, der dort lauschte!«

Der Wachhabende schnaubte verächtlich. »Kommt mir nicht so, den Wein des Grafen zu trinken, ist schon blöd genug! Jetzt fort mit euch, bevor ich mich vergesse!«

Welches Gangende, fragte sich Wiesel, als sich die schweren Schritte der Wachleute entfernten. Er glitt von dem Fass herab und streckte sich. Offenbar war es an der Zeit, den Keller noch genauer zu erkunden.

Er griff sich einen Becher, wischte ihn an seinem Hemd ab und ließ ihn aus einem Fass voll laufen, um nach dem ersten Schluck anerkennend zu nicken. Was immer er auch von dem Grafen halten mochte, keine Frage, der Mann verstand etwas von Wein.

Mit dem Becher in der Hand wollte Wiesel gerade gehen, als erneut Schritte die Treppe herabkamen.

Das geht hier ja zu wie in einem Taubenschlag, dachte Wiesel erbost und drängte sich wieder zwischen zwei Fässer, doch diesmal führten die Schritte an der Tür vorbei, tiefer in den Teil des Gangs, den Wiesel noch nicht erkundet hatte.

Etwas Schweres rumpelte, ein Schloss ging und Türangeln quietschten, und jetzt hörte er gedämpfte Stimmen. Vorsichtig schlich sich Wiesel aus der Tür heraus und wandte sich nach links.

Das Gangende. In dem ein Stück der Mauer auf unsichtbaren Schienen zur Seite geschoben war, sodass dahinter eine angelehnte Tür zu sehen war. Ein geheimer Raum, dachte Wiesel erheitert. In einem Keller. Wer hätte das gedacht … Er hatte nicht den geringsten Zweifel, dass er ihn auch ohne einen Hinweis gefunden hätte, aber so war es natürlich leichter.

Vorsichtig schlich er sich näher. Der Raum dahinter war

nur von Kerzen erleuchtet, und auch hier schlug dem Dieb der Geruch von Blut entgegen, nur war dieses noch frisch und warm.

Auch diese Tür war fest gefügt und mit Eisenbändern versehen, doch durch das Alter hatte sie sich ein wenig verzogen, sodass es einen kleinen Spalt gab, durch den das Licht der Kerzen fiel, gerade breit genug für Wiesel, um einen Blick hinein zu riskieren.

Ein Blick reichte, um den schlanken Dieb hastig wieder zurückzucken zu lassen.

Zwei Männer standen dort neben einem großen, schwarzen Quader, der den größten Teil des Raums einnahm. Auf dem Stein, mit breiten Riemen und hauchdünnen goldenen Ketten gehalten, lag eine junge Sera, geknebelt, nackt und aus tausend kleinen Schnitten blutend, nur ihr Brustkorb, der sich langsam hob und senkte, verriet, dass sie noch nicht bei Soltar weilte.

Die beiden Männer waren Wiesel bereits bekannt, der eine war Graf Render, und mit dem anderen, einem schlanken, mittelgroßen Mann mit bleicher Haut und pechschwarzen Haaren, hatte er in einer Kornkammer die Klinge gegen Magie gekreuzt. Zweifel war nicht möglich, denn dieser Mann trug, an den Unterarm geschnallt, eine Hand aus Kupfer, die neu und glänzend war.

»... Ihr seid sicher, dass Eure Spione sie nicht übersehen haben?«, fragte der Kriegsfürst und Lieblingssohn des Nekromantenkaisers. Corvulus war der Name, unter dem Wiesel ihn kannte, und er hatte das Attentat auf den Lanzengeneral verüben lassen und dessen Schwert gestohlen.

»Leandra? Groß, schlank, mit violetten Augen, weißem Haar und schön genug, dass sich Euer Vater nach ihr verzehrt?«, fragte jetzt der Graf und schüttelte den Kopf. »Glaubt mir, sie wäre uns aufgefallen. Sie ist hier nicht gänzlich unbekannt.«

»Der Kaiser verzehrt sich nicht nach ihrer Schönheit«, gab

Corvulus kalt zurück. »Er hat Interesse an dem, was sie ist. Hätte er bekommen, was er von ihr will, hätte es leicht geschehen können, dass ich sie Euch gegeben hätte, alleine schon, um Euren Anspruch auf die Krone zu erhärten.«

Graf Render lachte. »Das hätte ihr nicht sehr gefallen, sie mag mich nicht, das kann ich Euch sagen. Das letzte Mal, als ich ihr nahe war, versuchte sie, mir einen Dolch in die Seite zu rammen … und viel hätte nicht gefehlt, und es wäre ihr sogar gelungen. Nein, Fürst, wäre sie in der Stadt, hätte ich es erfahren. Es gibt genügend Zungen, die nichts Besseres zu tun haben, als es mir zu sagen. Nehmt sie nicht derart ernst, Fürst, sie kann uns nicht gefährlich werden.«

»Und Ihr seid dumm«, erwiderte Corvulus kühl. »Es gibt nur eine Handvoll Menschen, die so gefährlich sind wie sie … wenn Ihr sie unterschätzt, werden Eure Träume mit Euch sterben. Und Ihr wollt doch ewig leben?«

»Ja«, gab Render rau zurück. »Wo wir dabei sind, was wird mir diese geben?«

»Ein, zwei Jahre, mehr noch nicht«, erklärte jetzt der Fürst. »Noch fehlt Euch das Talent dafür, ihr Leben voll für Euch zu nutzen. Doch für die nächsten achtzehn Glocken wird sie Euch mit ihrem Leben schützen, alles, was Euch widerfährt, wird sie für Euch auf sich nehmen.«

»Wenn ich mich also schneide, spürt sie es?«, fragte der Graf neugierig, und Wiesel hörte, wie ein Dolch aus seiner Scheide gezogen wurde.

Er presste das Auge wieder an den Spalt und sah zu, wie der Graf die Klinge über seine Handfläche zog … und die junge Sera auf dem Stein zuckte und ein dumpfes Geräusch von sich gab.

»Es ist wahrhaftig so«, stieß der Graf erfreut aus und besah sich, wie der Schnitt an seiner Hand verschwand, als wäre er nie dort gewesen.

»Achtet darauf, dass auch sie nur ein Leben hat«, sprach Corvulus weiter. »Und darauf, dass sie alles sieht und spürt und hört, was Ihr in der Zeit erlebt. Bis dahin könnt Ihr ihr Talent noch nutzen. Doch wenn das Ritual abläuft, mag es sein, dass sie noch lebt … und sich an alles noch erinnern kann.«

»Nur wird sie das nicht mehr erleben«, verkündete der Graf entschlossen. »Wann werdet Ihr mir das erste Talent geben, das ich dauerhaft behalten kann?«, fragte er dann leiser.

»Wenn Ihr Euren Teil der Abmachung erfüllt. Mein Vater weiß treue Untertanen stets zu schätzen, sorgt Euch nicht, Ihr erhaltet, was Euch zusteht, ich gebe Euch mein Wort darauf.« Der Kriegsfürst erlaubte sich ein feines Lächeln. »Ihr könnt ja im Moment spüren, dass ich die Wahrheit sage. Nur versucht nicht, mich zu verführen, ich könnte es Euch übel nehmen.«

Der Graf lachte schallend. »Da wüsste ich andere, an denen ich das Talent erproben möchte. Überhaupt war es an ihr verschwendet … die Lüge von der Wahrheit zu trennen und die zu verführen, die sich gegen sie stellen … sie hätte es weit bringen können.«

»Ja«, grinste Corvulus. »Da seht Ihr, wie dumm Eure Götter sind, solche Talente in Tempeln zu verbergen. Ist sonst alles vorbereitet?«

»Wir brauchen auch nicht mehr zu warten«, ließ ihn der Graf mit rauer Stimme wissen, »schon morgen wird der Rat beschließen, mir die Krone anzutragen. Ich werde mich ein wenig zieren und sie dann nehmen. Bruder Faban wird darauf drängen, mich sofort zu krönen, der dumme Hund ist genauso sehr darauf bedacht, mich auf dem Thron zu sehen.« Der Graf lachte. »Ihr habt mit diesem Schwert eine Meisterleistung vollbracht. Er denkt wirklich, dass Borons Hand ihn führt!«

»Er wird dennoch bemerken, wenn Ihr das versprochene Talent erhaltet. Das Ritual wird Euch an den dunklen Gott binden … und auch wenn Bruder Faban vollends verblendet ist, wird er das nicht übersehen. Sorgt dafür, dass er verschwindet, bevor es so weit kommt.« Der Fürst beugte sich über die Sera und strich ihr noch einmal über das Gesicht. »Die letzte Priesterin der Astarte … ich muss sagen, Graf, Ihr besitzt einen hübschen Sinn für Ironie.« Er richtete sich auf. »Ich muss jetzt gehen. Achtet auf sie, solange sie die goldenen Fesseln trägt, seid ihr zwei verbunden. Was ihr widerfährt, geschieht dann Euch.«

»Ihr braucht Euch um sie nicht mehr zu sorgen, Fürst«, versprach der Graf. »Ich werde dafür sorgen, dass niemand in den nächsten Tagen diesen Raum betritt. Aber ich verstehe eines nicht … was ist mit ihren Schnitten? Wenn es so ist, wie Ihr es sagt, sollte ich sie doch auch fühlen?«

»Sie dienen dem Ritual als Pforten zu ihrer Seele, Graf … und nur sie durfte sie genießen. Außerdem habe ich unterbunden, dass Ihr spürt, was sie verspürt, es würde Euch nur stören, wenn Ihr ihre Schmerzen hättet oder Ihr das Gefühl erlangen würdet, hilflos in einem dunklen Raum zu sterben.«

»Da ist etwas dran«, sagte der Graf und kratzte sich am Hinterkopf. »Ich sehe, Ihr habt an alles schon gedacht. Gibt es etwas, mit dem ich Euch dafür danken kann?«

»Haltet Euren Teil der Abmachung ein … und kümmert Euch um Eure Gäste … nicht dass sie sich wundern, wo Ihr bleibt.«

Ein dumpfer Schlag, ein Luftzug, der die Kerzen flackern ließ, dann war der Kriegsfürst verschwunden.

»Ich hoffe, dass ich das auch noch lernen kann«, meinte der Graf zu sich selbst und blies die Kerzen aus. Als er die Tür zuzog und hinter sich versperrte, war Wiesel schon lange nicht mehr zu sehen. Mit lautem Rumpeln und Knirschen zog er die Mauer wieder vor und schob einen Kerzenständer zur Seite, um dahinter mit einem langen Schlüssel etwas zu verschließen.

Als der Graf die Treppe hinaufging und sich den Schlüssel sorgsam um den Hals hängte, kniete Wiesel schon neben dieser Wand. So lang, wie der Schlüssel gewesen war, machte sich Wiesel gar nicht erst die Mühe, seinen Dietrich zu bemühen. Er legte die Hand gegen die Wand, schloss die Augen … und bemerkte, dass er leise pfiff.

Fast hörte er Marla lachen, da klickte es tief in der Wand, und sie fuhr rumpelnd ein Stück zurück … hastig bremste er sie ab, um sie langsam nur so weit zurückzuschieben, dass er hindurchpasste.

Das Schloss an der Tür war besser noch als das zuvor, doch auch diesmal machte Wiesel sich nicht die Mühe, seine Kunst mit ihm zu messen, er tippte mit dem Finger dagegen, und es gab schon auf.

Leise zog er die Tür hinter sich zu und zog seinen Leuchtstein aus dem Beutel, um sich die Sera anzusehen.

Ihre Augen waren geöffnet, und sie starrte ihn in wilder Panik an.

»Könnt Ihr mich verstehen?«, flüsterte er leise und setzte seinen Becher ab, von dem er ganz vergessen hatte, dass er ihn noch mit sich führte.

Zuerst sah sie ihn nur weiterhin entsetzt an, doch dann verstand sie wohl, dass er ihr nichts Böses wollte, und nickte ganz langsam. Er musterte die Schnitte an ihrem Leib, tausend waren es nicht, aber es mochten gut an die hundert sein. Jeder war präzise angesetzt, jeder tief genug, um Blut zu ziehen, aber keiner war dabei, der tiefer ging. Die Schmerzen mussten unerträglich sein, doch die Verletzungen gefährdeten nicht ihr Leben.

»Meint Ihr«, fragte Wiesel leise, »dass Ihr Euren Schmerz unterdrücken und einen Schrei verhindern könnt, wenn ich Euch den Knebel löse?«

Wieder nickte sie ganz langsam. Doch als Wiesel ihr den breiten Knebel abzog, entwich ihr doch ein Stöhnen, das so laut war, dass Wiesel schnell die Hand über ihren Mund legte. Zischend zog sie die Luft durch ihre Nase ein und bäumte sich gegen seine Hand, woraufhin er sie vorsichtig löste.

»Geht es?«, fragte er besorgt.

Im schwachen Schein des Leuchtsteins sah er, wie ihre Augen sich zusammenzogen und sie ihn mit einem empörten Blick verdammte. »Was …«, keuchte sie, »für eine Frage … Ihr seht doch … was er mir … angetan hat!«

»Ich werde Euch retten«, versprach er. »Ihr müsst nur noch ein wenig aushalten, ich bringe Euch zu jemandem, der Euch helfen können wird.«

»Nein!«, stöhnte sie, als Wiesel einen Dolch aus seinem Ärmel schüttelte, um einen der breiten Lederriemen zu zerschneiden.

Er hielt erstaunt inne und schaute ungläubig auf sie herab. »Ich soll Euch nicht retten?«, fragte er unverständig.

»Ihr … sollt … die goldenen Ketten nicht durchschneiden!«, brachte sie mit Mühe hervor. »Sie … sind alles … was uns jetzt noch retten…kann!«

Für einen Moment sah Wiesel sie nur sprachlos an, dann breitete sich langsam ein Grinsen auf seinem Gesicht aus. »Bei Borons linkem Stiefel«, entfuhr es ihm bewundernd. »Natürlich! Wie dumm ich bin, darin liegt die Lösung!« Er schüttelte ungläubig den Kopf. »Ihr seid großartig, Sera! Da hat er Euch gefoltert und geschändet, und Ihr seid noch immer so gewitzt!«

»Zwei … Dinge«, keuchte sie, während er den nächsten Lederriemen löste. »Er hat … mich nicht geschändet … und Ihr …«

Ihre Stimme versagte, als sie sich bewegte und ein halbes Dutzend ihrer Schnitte frisch aufklafften.

»Und was?«, fragte Wiesel hastig. »Was soll ich für Euch tun? Bei Soltars Robe, gebietet über mich, sagt mir nur …« Er hob seinen Becher an. »Wollt Ihr vielleicht etwas von dem Wein?«

»Es gibt nur eines«, flüsterte sie ganz nahe an seinem Ohr. »Könnt Ihr mir … den Gefallen tun und … nicht mehr fluchen?«

Eine magische Lektion

31 Als Leandra Sieglinde und Janos bei Blix und Grenski stehen sah, lachte sie erfreut. »Sie sind ja doch schon da!« Sie warf einen Blick zu Serafine hin. »Ich dachte, sie hätten warten müssen, bis Janos einen Heiler fand?«

»Dafür können wir Bruder Gerlon danken. Er setzte sich für sie ein.«

»Wie lange sind sie denn schon hier?«, fragte Leandra, während ihre Schritte länger wurden.

»Sie kamen, kurz bevor Asela dich zur Seite nahm, um mit dir und Desina das Öffnen des Tors vorzubereiten.« Serafine schüttelte den Kopf. »Leandra, du rennst schon fast, denk daran, dass du eine Königin bist.«

»Das ist mir egal«, antwortete sie mit einem breiten Grinsen und ging noch schneller.

»Götter!«, strahlte Leandra und ließ es zu, dass Janos sie umarmte und fast die Luft aus ihren Lungen drückte. »Wie bin ich froh, euch hier zu sehen!«

»Du kannst sie wieder runterlassen«, lächelte Sieglinde. »Bevor sie noch erstickt!«

»Wir hörten von dem Unfall.« Janos setzte Leandra sanft ab und sah hin zu der Stelle auf dem Platz, wo der Spalt noch immer klaffte, den das Tor hinterlassen hatte. »Und auch, dass der Zeugwart hier sich laut beschwert, er meint, dass, wenn er Licht in seinem Lager braucht, er Lampen hat, die dazu dienen.«

Leandra blinzelte überrascht. Dass das Zeughaus unter dem Paradeplatz lag, war ihr bekannt, aber…

»Er nimmt dich auf den Arm«, grinste Serafine und bedachte Janos mit einem gespielt bösen Blick, der den großen Mann jedoch nur lachen ließ.

»Geht es Euch wirklich gut?«, fragte die blonde Bardin und

musterte die Königin besorgt. »Es muss fürchterlich gewesen sein.«

»Mir geht es gut«, antwortete Leandra lächelnd. »Ich bin nur etwas müde ... es ist das zweite Mal, dass ich half, ein Tor zu öffnen, mit Übung wird es leichter. Was den Unfall angeht, habe ich das meiste gar nicht richtig mitbekommen.«

»Wir waren etwas überrascht zu hören, dass du noch in der Feste bist«, sagte Janos dann. »Und Blix hier sagt, dass es noch immer dauern wird, bis Asela uns nach Illian bringen kann.«

Leandra nickte. »Wir müssen uns noch um Byrwylde kümmern. Aber mit etwas Glück reisen wir dann morgen ab.«

»Braucht Ihr bei Byrwylde meine Hilfe?«, fragte Sieglinde und schluckte. »Zokora meinte ja, nur Eiswehr könnte gegen dieses Ungeheuer helfen.«

Die Maestra wehrte ab. »Es dürfte eine der seltenen Gelegenheiten sein, bei der Zokora irrte. Byrwylde ist zu groß dafür, noch mit einem Schwert angegangen zu werden, selbst ein Bannschwert wird bei ihr nichts nützen.« Mit kurzen Worten erklärte sie den anderen, was sie von Steinwolkes Rücken aus gesehen hatte.

Während Janos und Sieglinde nur ungläubig blinzelten, hörte sie den Lanzenmajor fluchen. »Wenn ich mir das anhöre, bin ich mir umso sicherer, dass die Lanzenobristin vom Wahn befallen ist!« Er schaute dorthin, wo vor Kurzem noch die Lanzen der dritten Legion durch das Tor gegangen waren. »Dass ihr Plan dann auch aufgegangen sein soll, kann ich fast nicht glauben.«

»Vorhin kam ein Greifenreiter der Elfen, um uns Nachrichten von Imra zu bringen«, erklärte Serafine. »Er hat sehen können, wie ein Reiter den Wyrm bis fast an das Lager des Feindes führte.«

»Ein Reiter?«, fragte Blix und tauschte einen Blick mit Grenski. »Nur einer war noch übrig?«

»Ja«, bestätigte Serafine. »Und Tanos, der Greifenreiter, sagte, dass das Pferd schon nahe daran war zusammenzubrechen. Das war vor etwas über einer Kerze … er dürfte schon bei Soltar weilen.«

»Hat der Elf sehen können, wie Byrwylde den Feind anging?«, fragte Grenski neugierig, doch Serafine schüttelte den Kopf. »Er konnte nicht lange genug dort verweilen, eine Gruppe Wyvern machte Jagd auf ihn.«

Leandra nickte. »Jetzt, wo es langsam wärmer wird, werden die Wyvern mehr und mehr zu einer Gefahr.«

»Also wusste Miran weder, ob der Wyrm die Legion angegriffen hat, noch, ob er noch immer dort verweilt, noch, wie es der Feindlegion ergangen ist?«, fragte Janos staunend. »Und trotzdem ging sie mit ihrer Legion durch das Tor? Was ist, wenn ihr Plan misslingt? Holt ihr sie dann durch ein Tor zurück?«

»Nein«, sagte Leandra. »Wir haben keinen Kontakt zu ihr, sie ist auf sich alleine gestellt.«

»Und wie wollt Ihr wissen … ?«, begann Sieglinde.

»Asela und ich werden in Kürze mit Steinwolke dorthin fliegen«, erklärte Leandra, bevor die blonde Bardin ausgesprochen hatte. »Wir haben eine Idee, wie wir Byrwylde besiegen können, doch dafür muss Asela dem Wyrm nahe kommen. Wir dachten, es wäre für uns alle am sichersten, wenn dies von Steinwolkes Rücken aus geschieht.«

»Und die Wyvern?«, fragte Janos.

»Asela sagte, sie wären kein Problem.« Leandra rieb sich ihren Nacken und seufzte. »Ich will es hinter mich bringen, es zieht mich zu Illian hin. Je länger es noch braucht, umso unwohler wird mir im Bauch, ich habe das Gefühl, als ob uns die Zeit zerrinnt.«

»Und wann wollt ihr losfliegen?«, fragte Serafine besorgt. »Willst du nicht erst noch ein wenig ruhen?«

»Dazu reicht die Zeit nicht mehr«, sagte die Maestra. »Wir fliegen in einer halben Kerze ab.« Sie wandte sich Blix zu. »Gut, dass ich Euch hier antreffe, Major. Habt Ihr einen Docht lang Zeit für mich?«

Der Lanzenmajor musterte sie überrascht und verbeugte sich dann leicht vor ihr. »Selbstverständlich haben wir Zeit für Euch, Maestra. Wünscht Ihr unsere Befehle mit uns durchzugehen?«

Leandra schüttelte den Kopf. »Es ist nichts Dienstliches, Major.« Sie sah kurz zu Grenski hin. »Es betrifft nur Euch allein.«

»Dann solltet ihr meinen Amtsraum dafür nutzen«, bot Serafine an. »Jetzt, da Miran gegangen ist, steht er uns wieder zur Verfügung.«

»Ich habe eine Halbschwester?«, fragte Blix erschüttert. »Und Vater droht, sie blenden zu lassen und an ein Hurenhaus zu verkaufen, wenn ich seine Briefe nicht lese?«

»Genau so ist es«, bestätigte Leandra leise. »Es ist barbarisch, aber ich fürchte, er hat das Recht dazu.«

»Er hat sich nie darum geschert, ob er im Recht ist oder nicht«, sagte der Major bitter und wog die Rollenhülse in seiner Hand. »Das seht Ihr schon daran, wie er Euch abgefangen hat. Götter«, fluchte er, »wie ich diesen Mann hasse!«

»Ich weiß nicht, was zwischen euch vorgefallen ist«, sagte Leandra und hob schnell die Hand, als der Major ansetzte, etwas zu sagen. »Und ich will es auch nicht wissen. Es ist eure Angelegenheit. Aber nach dem, was er mir sagte, ist Eure Schwester schuldlos daran.«

»Und er erpresst mich genau damit«, knurrte Blix. »Er weiß, dass ich so etwas nicht zulassen kann!« Er schüttelte fassungslos den Kopf. »Also hat er doch etwas gefunden, um mich zu zwingen, verflucht soll er dafür sein.« Er sah sie an. »Maestra, es tut mir leid, dass er Euch damit belästigt hat.«

Sie wischte seine Entschuldigung mit einer Geste zur Seite. »Er ist alt und blind und, wie mir scheint, auch krank.« Sie erinnerte sich daran, wie heiß es in dem Zelt gewesen war. »Vielleicht zahlt er schon für seine Taten. Aber es muss ihm wichtig sein, dass er zu solchen Mitteln greift.«

»Er ließ zu, dass meine Mutter starb«, sagte Blix mit belegter Stimme. »Gebetsbänder hat er ihr gekauft ... aber er verbot mir, einen Medikus zu rufen. Ich war sieben Jahre alt, als sie gestorben ist. Die ganze Zeit stand er daneben und sah mit kalten Augen auf sie herab ... selbst als sie, in einem kurzen Aufbäumen, zu Bewusstsein kam und ihn anflehte, ihr zu vergeben, und mich in ihre Arme nehmen wollte, hielt er mich fest und ließ es nicht zu ... er zwang mich zuzusehen, wie sie starb, und sagte kein einziges Wort dazu!« Blix schluckte und senkte verbittert den Kopf. »Damals wäre die Zeit gewesen, etwas zu sagen, und jetzt soll ich seine Briefe lesen? Alleine bei dem Gedanken dreht sich mir der Magen um!«

Leandra unterdrückte einen Seufzer. Das hatte sie nicht wissen wollen. »Es ist Eure Entscheidung, Major. Euer Vater ist ein alter Mann, der nicht mehr lange von dieser Welt sein wird. Um ihn geht es hier nicht mehr, denkt an Eure Schwester.«

»Ja, verdammt«, knirschte der Major und sah auf die Rollenhülse herab, als ob sie eine Schlange wäre, die ihn zu beißen suchte. »Das habe ich verstanden!«

Leandra nickte ihm zu. »Dann lasse ich Euch jetzt alleine. Nehmt Euch alle Zeit, die Ihr braucht. Wir werden erst morgen früh nach Illian gehen.« Sie trat zur Tür, zog sie auf und drehte sich dann wieder zu ihm um.

»Wenn es sich so ergibt, dass es für Euch nicht möglich ist, uns zu begleiten, dann sagt es mir, Major«, fuhr sie leise fort. »Ihr habt schon viel für mich getan, auch Obristin Helis wird nichts dagegen sagen.«

»Ich glaube nicht, dass dies vonnöten sein wird«, entgegnete Blix leise. »Aber dennoch, danke. Und kommt heil wieder von dem Flug. Der Götter Segen mit Euch, Maestra.«

»Und mit Euch«, sagte Leandra. »Ihr werdet das Richtige tun«, fügte sie noch hinzu und zog die Türe zu.

»Seid Ihr schon oft geflogen, Maestra?«, fragte Leandra die Eule Asela, als sie gemeinsam die Treppen hinauf zum Greifenhort erklommen, wo Steinwolke auf sie wartete. Die Eule trug noch immer ihre metallische Robe, und als Leandra sie darauf hingewiesen hatte, wie kalt es werden würde, hatte sie nur gelächelt und gesagt, dass es schon gehen würde.

Dafür war die Rüstung, die Serafine Leandra mitgebracht hatte, so neu und steif, dass sie bei jedem Schritt knarzte.

»Ja«, antwortete Asela und überraschte Leandra damit, dass sie lächelte. »Ich hatte über vierzig Jahre einen Greifen, er hieß Vartan. Ein schöner Kerl, mit blauem Brustgefieder und einer Art, beleidigt die Flügel zu spreizen und den Kopf zu drehen, dass er mich immer aufheiterte.« Das Lächeln verlor sich etwas, und ihre Augen wurden dunkler, als sie weitersprach. »Aber als mich Kolaron Malorbian unter seinen Bann zwang, duldete mich Vartan nicht länger auf seinem Rücken. Ich habe ihn erschlagen müssen, bevor er mich verriet.« Sie sah zu Leandra hin. »Greifen spüren, wenn sich jemand am Gesetz der Götter vergeht. Achtet darauf, wie Euer Greif auf Fremde reagiert … sie sehen uns mit anderen Augen, und man kann sie nur schwer täuschen. Sie irren sich so gut wie nie.«

»Das ist mir auch schon aufgefallen«, ließ Leandra sie wissen. »Ihr habt keine Sorge, dass sich Steinwolke gegen Euch stellt?«

Die Eule sah zu Leandra hin, erst zogen sich ihre Augenbrauen zusammen, doch dann lachte sie und schüttelte den Kopf. »Ich dachte, Ihr würdet auf das Urteil der Götter vertrauen?«, sagte sie. »Aber ich kann Euch verstehen. Doch glaubt mir, Kolaron wird es nicht mehr gelingen, mich unter einen Bann zu nehmen.«

»Ihr seid es, die mir Angst macht«, sagte Leandra offen und zog ihren Umhang fester um sich, als sie die Plattform betraten. Mittlerweile war es Nacht geworden, Soltars Himmel mit seinen Sternen spannte sich über ihnen, und ein kühler

Wind wehte ihnen entgegen. »Ihr wirkt so kalt auf mich, und Eure Fähigkeiten sind erschreckend. Ich habe Schwierigkeiten, Euch zu vertrauen, auch wenn Soltar Euch verziehen hat.«

»Nun«, sagte Ascla und blieb stehen, um zu Steinwolke hinzusehen, die im Schein einer Fackel in der fernen Ecke schlief, den mächtigen Schnabel tief unter ihrem Gefieder verborgen. »Ich hörte von Euch, dass Ihr wie Eis wäret und selbst die für Euer Ziel opfern würdet, die Euch lieben … schlimmer noch, auch die, die Ihr zu lieben vorgegeben habt.« Aselas blaue Augen bohrten sich in Leandras violetten Blick. »Ich nehme an, das eine ist so wahr wie das andere.« Ihre Augen brannten, als sie weitersprach. »Eines dürft Ihr mir glauben: Ich liebe Desina, und ich werde zehnmal sterben und mich wieder erheben, bevor ich zulasse, dass ihr ein Leid geschieht. Einmal habe ich meinen Eid verraten … das wird nie mehr geschehen.« Sie schüttelte den Kopf und lachte leise. »Und was meine Fähigkeiten angeht, gilt bei Euch das Gleiche. Was Euer magisches Talent angeht, ist es überraschend stark. Es reicht nicht an das meine oder gar Desinas heran … sie ist auf dem Weg, sogar Askannon zu übertreffen, doch auch wenn Eure Ausbildung miserabel ist und Euer Wissen in eine Walnussschale passt, gibt es noch mehr an Euch, das nicht so leicht erkennbar ist.« Als Asela jetzt lächelte, war es, als ob ein Schleier von ihr fiel. Für diesen einen Moment sah auch Leandra, warum man ganze Balladen über Aselas Schönheit geschrieben hatte. Sieglinde hatte ihr davon erzählt, dass sie ein altes Lied über sie gefunden hatte, in dem es darum ging, dass sowohl Balthasar als auch Feltor, die beide zu den mächtigsten Männern im Kaiserreich gezählt hatten, um sie geworben hatten. Beide hatten im Tempel geschworen, sie zu lieben, aber sie konnte nur einen wählen und hatte sich für die Eule Feltor entschieden.

»Neben Eurer Magie«, fuhr Asela fort, ohne den Blick von der Maestra zu wenden, »müsst Ihr noch ein anderes Talent besitzen … oder vielleicht noch mehr. Eure Neigung zu den

Elementen ist mit Magie alleine nicht zu erklären. Ihr habt, fast ohne Schulung, die Magie für Euch entdeckt, und es ist nun einmal so, dass dies nur den wenigsten gelingt, ohne dass sie im Fanal vergehen. Ihr gebt mir auch ein Rätsel auf, Maestra. Wenn es um Magie geht, irre ich mich nicht, und nach allem, was ich darüber lernte, hättet Ihr nicht überleben dürfen.« Sie sah sie beinahe schalkhaft an. »Alleine Euer Geheimnis, wie Ihr so viel essen könnt, ohne dass es sich auf Euren Hüften niederschlägt, ist eines, wofür die meisten Seras morden würden.«

»Dann sagt mir eines, Maestra«, meinte Leandra leise. »Wieso tretet Ihr mir jetzt so offen gegenüber? Am Anfang dachte ich, Ihr könntet mich nicht leiden.«

Die Eule zuckte mit den Schultern. »Anders als die meisten hier kenne ich Eure Geschichte. Ihr habt Euch als Maestra vorgestellt, ohne mehr über die Magie zu wissen als ein Kind. Ihr tragt Steinherz, ein Schwert, das fast so verflucht ist wie der Schattenhüter, und ich hielt Euch für grundlos arrogant. Kurz gesagt, ich kannte Euch noch nicht. Doch heute Mittag seid Ihr es gewesen, die uns allen das Leben gerettet hat. Alleine dafür, dass Ihr mein Versagen ausgeglichen habt, schulde ich Euch … und für Desinas Leben.«

Leandra schüttelte den Kopf. »Ich weiß noch immer nicht genau, was da geschah, aber wenn Ihr meint, dass Ihr versagt habt, möchte ich Euch widersprechen. Was Ihr mit der Magie anstellt, gleicht einem Kunstwerk mehr als reiner Macht, und wenn ich sehe, wie Ihr die Stränge der Magie nach Eurem Willen formt, bringt mich allein die Schönheit Eures Werkes fast schon zum Weinen. Ihr hättet allen Grund zur Arroganz … doch habt Ihr die Weitsicht besessen, mich hinzuzubitten, alleine für den unwahrscheinlichen Fall, dass Euch etwas misslingen könnte. Was dann geschah, hätte niemand vorhersehen können … und an Euch hat es sicher nicht gelegen.«

»Meine Arroganz hat einst fast das gesamte Reich vernichtet«, sagte Asela rau. »Ich habe die Lektion gelernt. Sprechen wir nicht mehr davon ... schaut, Steinwolke wacht auch schon auf, sie hat Euch wohl bemerkt.«

Leandra lächelte, als Steinwolke sich streckte und dann verschlafen zu ihr herübersah, um dann mit einem Freudenschrei aufzuspringen, der den Korporal, der unweit von ihr auf seinem Stuhl geschlafen hatte, aufschreckte.

»Bevor ich es vergesse«, sagte Asela sanft und hielt Leandra einen Beutel hin.

Sie zog den Beutel auf und sah hinein.

»Kupfermünzen?«, fragte sie erstaunt. »Was soll ich mit ihnen?«

»Ihr habt doch danach gefragt, wie wir mit den Wyvern fertigwerden«, grinste die Eule. »Ich dachte, es ist an der Zeit, Euch zu zeigen, was eine Maestra wahrhaftig alles kann!«

Sie fischte eine Münze aus Leandras Beutel und hielt sie zwischen ihren Fingern hoch. »Kupfer ist für die Magie fast so gut wie Gold geeignet«, fuhr sie fort und ließ die Münze los, die jetzt in der Luft schwebte und sich so schnell zu drehen begann, dass sie ein leises Pfeifen erzeugte. »Seht hin«, sagte Asela leise. »Könnt Ihr sehen, wie ich sie halte?«

Leandra nickte.

»Versucht es selbst.«

Es gelang ihr nicht beim ersten Mal, aber Asela schien es nicht zu stören. »Es ist ein Trick dabei ... seht Ihr die Spannung, die ich mit diesem Strang erzeuge? Er wirkt wie eine Feder, er lässt die Münze sich drehen ... gut so«, lobte die Eule zufrieden, als sich die Münze über Leandras Hand drehte. »Etwas mehr darf es schon sein.«

Jetzt schwebten beide Münzen in der Luft und drehten sich so schnell, dass sie nur noch ein Schimmern waren.

»Der Trick war bei den Eulen sehr beliebt«, fuhr Asela fort und richtete mit einem schlanken Finger einen Faden von Magie, den Leandra unsauber verwoben hatte. »Er ist unauffällig, sparsam und zugleich auch mörderisch ... man sieht nicht, wie die Münze fliegt. Wenn Ihr ein Schwert an Eurer Seite tragt, weiß man, dass Ihr bewaffnet seid, aber ein Beutel Münzen? Wer sorgt sich schon darum?«

Allerdings, dachte Leandra. So schnell, wie sich die Münze drehte, sah man sie fast gar nicht mehr. »Wer kam auf die Idee?«

»Sie ist so alt, dass ich das gar nicht weiß«, antwortete die Eule und rückte einen anderen Faden Magie zurecht. »Es ist schade«, meinte sie, während sie ein letztes Mal verbesserte, wie Leandra ihre Münze hielt, um dann zufrieden zurückzutreten, »dass wir die Gelegenheit nicht hatten, uns länger zu unterhalten. Ihr habt auf jeden Fall eine Neigung zur Luftmagie. So …«, sagte sie zufrieden. »So ist es gut. Seht Ihr diesen Pfosten, der dort das Vordach hält?«

Leandra nickte.

»Jetzt achtet darauf, was ich tue«, sagte Asela leise. »Ich spanne diesen einen Strang, mit dem anderen halte ich die Münze fest … lege hier einen Führungsfaden an … könnt Ihr ihn sehen?«

Leandra nickte wieder, auch wenn der Faden aus Luftmagie, der von Aselas Münze zu dem fernen Pfosten führte, sehr fein gesponnen war.

Die Eule löste die Magie, die die Münze hielt, und sie schoss davon, folgte dem feinen Faden bis zu dem fernen Pfosten hin, wo das Kupferstück mit einem lauten, harten Schlag in das Holz einschlug. Selbst auf die Entfernung sah Leandra die Splitter fliegen.

»Jetzt Ihr«, bat die Eule.

Leandra löste ihre Münze … sie flog davon … um dann mit leisem Klingen zwei Schritt vor dem Pfosten auf den Boden zu fallen und dort im Kreis zu rollen, bis sie liegen blieb.

»Es fehlt Euch nur an Übung«, sagte Asela lächelnd und ging hin, um die Münze aufzuheben. Sie drückte sie Leandra wieder in die Hand. »Wenn wir zurückkommen, vergesst nicht, mich zu fragen, wie Ihr Euch vor diesem Trick auch schützen könnt.« Sie sah unglücklich zu Leandra hin. »Denn wir haben ihn dem Feind verraten.«

Byrwylde

32 Während sich Steinwolke in den nächtlichen Himmel schraubte, dachte Leandra über die Eule nach. Sie hielt Leandra fest umschlungen, und die Maestra spürte in ihrem Nacken Aselas warmen Atem.

Auch in den letzten Wochen hatte Steinwolke noch an Größe gewonnen, und die Eule wog bestimmt nicht mehr als Leandra selbst, so war es nicht verwunderlich, dass Steinwolke die zusätzliche Last kaum zu spüren schien. Sie war nur erfreut, dass Leandra noch die Zeit fand, mit ihr zu fliegen, und als die Maestra ihren Greifen warnte, dass sie mit Wyvern zu rechnen hatten, schien es den Greifen kaum zu stören.

Ich zerreiße Schlangen, merkte sie verächtlich an und legte sich in eine weite Kurve. *Ich fliege hoch.*

Das Bild, das Leandra dabei sah, war das von einer Schlange, die am Boden kroch, während der Schatten eines Greifen immer größer wurde.

So schnell Steinwolke auch flog, es dauerte dennoch eine Weile, bis sie Byrwylde sahen. Die Nacht war klar und wolkenlos, und der größere der beiden Monde spendete genügend Licht, zumal Leandra dank dem Erbe der Elfen auch in der Nacht gut sehen konnte.

Dennoch war es Asela, die den Arm ausstreckte und in die Ferne wies. »Dort vorne!«, rief sie, und bevor Leandra fragen konnte, lieferte sie die Erklärung nach. »Byrwylde verformt die Magie, ich kann es bis hier oben spüren!«

Wie schon zuvor wälzte der Wyrm alles nieder, was sich

auf seinem Weg befand, und wie erwartet schien er auch dieses Mal nach Lassahndaar zu ziehen.

»Wollen wir uns jetzt gleich um sie kümmern?«, rief die Eule über den Flugwind hinweg.

»Ja«, rief Leandra zurück, und Steinwolke, als ob sie ihre Absicht ahnte, legte sich bereits zur Seite und flog in einer weiten Schraube tiefer.

»Fliegt tiefer!«, rief die Eule. »Ich muss sie besser sehen können und einen Moment abpassen, in dem ich sicher bin, dass ich sie erwische! Aber denkt daran, dass das Ungeheuer spucken kann!«

Also flog Steinwolke noch tiefer, bis ihre Reiterinnen den Wyrm im fahlen Mondlicht glänzen sahen. Dass es zu einem Kampf gekommen war, sah man nur daran, dass zwei abgebrochene Ballistenbolzen in ihren Schuppen steckten, ansonsten schien die mächtige Schlange unberührt.

»Steinwolke!«, rief Asela gegen den Wind. »Fliege gerade … nur für einen Moment!«

Der Greif hatte sie verstanden und breitete die Flügel aus, um von hinten an die Schlange heranzugleiten.

Wieder bewunderte Leandra die Kontrolle, die die Eule über die Magie besaß, als einen Lidschlag lang ein blauer Ring knapp hinter dem Nacken der Schlange entstand. Die Maestra spürte, wie Asela schwer gegen ihren Rücken fiel.

»Ist es getan?«, rief Leandra gegen den Wind, doch von Asela kam keine Antwort. Für einen Moment befürchtete Leandra das Schlimmste, doch dann fühlte sie, wie die Eule sich regte. Aus dem Sattel fallen konnten sie beide nicht, wenigstens solange die Gurte hielten.

Eine der kleineren Schlangen richtete sich auf und spuckte, Steinwolke wich zur Seite aus und flog höher, und unter ihnen schlängelte sich Byrwylde scheinbar unbeirrt voran. Götter, dachte Leandra entsetzt, wenn selbst das nicht half, was … Doch dann sah sie die Schlange zittern. Wieder zog sie sich zusammen, doch jetzt klaffte in ihrer linken Flanke plötzlich eine tiefe Spalte, aus der schwarzes Blut schoss wie aus einer Fontäne.

Asela presste sich ganz an Leandra heran, sodass ihr Mund beinahe Leandras linkes Ohr berührte.

»Ich habe sie getroffen«, sagte sie schwach, »aber sie hat sich im letzten Moment abgewendet … hoffen wir, dass es für sie reicht.«

»Was ist geschehen?«, fragte Leandra, während der Greif über Byrwylde kreiste, die sich nun in Krämpfen wand; einmal peitschte ihr Schwanz zur Seite und begrub gleich drei von ihrer Brut.

»Sie frisst Magie«, brachte Asela schwach hervor. »Fast wäre es ihr gelungen zu verhindern, dass ich das Tor in ihr öffnen konnte.«

»Wo war das andere Tor?«, fragte Leandra, während sie fasziniert zusah, wie der Spalt an Byrwyldes Seite sich weiter öffnete und wahre Ströme von Blut im Licht der Monde den Boden schwarz färbten. Sie empfand es als erschreckend, dass die Schlange keinen Laut von sich gab, dafür war das dumpfe Grollen, das entstand, als der Wyrm sich auf dem Boden wand, so laut, dass es ihre Ohren schmerzte.

»Einen Daumenbreit dahinter«, gab Asela Antwort. »Mehr hat es ja nicht gebraucht. Götter!«, rief sie. »Schaut, was dort geschieht, sie blutet auch Magie!«

Leandra hatte es bereits gesehen, dort, wo der Spalt an Byrwyldes Seite klaffte, floss mit ihrem schwarzen Blut auch die Magie aus ihr heraus … doch dann sah die Maestra, was dort noch geschah. Jedes Mal, wenn die Schlange sich zur Seite wand und der Spalt geschlossen wurde, tanzten an der Wunde Funken auf … und immer, wenn sie sich zur anderen Seite schlängelte, schien der Spalt geringer. »Sie heilt sich!«, stellte Leandra entsetzt fest.

Doch in diesem Moment bemerkte Byrwylde den Greifen. Das mächtige Haupt hob sich und schnellte zu ihnen hoch und herum, der Rachen, der den Greifen mitsamt seinen Reiterinnen gleich dreimal hätte verschlingen können, öffnete sich … und Byrwylde spie.

Ein Strahl von Flüssigkeit schoss zu ihnen hinauf, nur mit Mühe gelang es Steinwolke, dem Auswurf auszuweichen, und dort, wo ein paar Tropfen ihr Gefieder trafen, brannte es faustgroße Löcher hinein … doch zum Glück für alle traf es nur die Federn.

»Schaut!«, rief Asela aufgeregt, deutete nach unten und stieß einen Jubelschrei aus. »Das war ein Fehler!«

Die Eule hatte recht, dachte Leandra gebannt. Vielleicht hätte die Schlange sich heilen können, doch dadurch, dass sie sich aufgebäumt hatte, riss der Spalt an ihrer Seite auf … und noch während die Maestra in diese hasserfüllten Augen sah, brach der Kopf zur Seite weg, so hochgereckt fehlte es den geschwächten Muskeln an der Kraft, den schweren Kopf zu tragen.

Der Spalt in ihrem Nacken riss noch weiter auf, für einen Moment sah Leandra sogar weiße Knochen, dann, mit einem Aufprall, der weithin zu hören war, fiel der Kopf zur Seite weg, nur noch über ein kleines Stück mit dem Körper verbunden.

Der Rest des Körpers peitschte umher, begrub Bäume, Sträucher und Felsen unter sich … und einen Teil der Brut. Obwohl der Kopf nun fast zur Gänze abgetrennt war, öffnete sich der mächtige Rachen ein letztes Mal … Fangzähne, größer als drei Männer, sprangen noch ein letztes Mal hervor, dann rollte der Kopf zur Seite weg und blieb liegen.

Die Magie, die Teil der Schlange gewesen war, verblasste und schien in die Erde abzufließen, und obwohl der Leib der Schlange noch immer zitterte und tanzte, wusste Leandra, dass das Ungeheuer schon verendet war.

»Götter!«, hauchte Asela ergriffen an Leandras Ohr. »Seit Anbeginn der Zeiten hat es sie gegeben, sie hat den Anfang der Welten miterlebt … und jetzt haben wir Byrwylde erschlagen. Es musste sein … aber wir haben eben einen Teil der Schöpfung vernichtet, der vielleicht älter als die Götter selbst gewesen ist!«

Asela hatte recht, dachte Leandra betroffen, als Steinwolke sich höher schraubte. Das Ungeheuer war einer Welt entsprungen, die es schon lange nicht mehr gab. Den Legenden der Elfen zufolge hatte es Äonen im Eis der Gletscher gelegen, bis sich das Eis zurückgezogen hatte. Alleine dadurch, dass sie die Zeiten überlebte, war die mächtige Byrwylde eine Bedrohung für die gewesen, die nach ihr kamen. Wie Asela sagte, sie hatten keine andere Wahl gehabt, aber dennoch spürte Leandra tief in ihrem Inneren so etwas wie Scham. Die Welt, dachte sie benommen, war um eine Legende ärmer. War sie wirklich eine solche Bedrohung gewesen? Jahrtausendelang hatten die Elfen den Wyrm in diesem Moor gefangen gehalten, dass Byrwylde dann daraus fliehen wollte, wer konnte ihr das schon verdenken? Dann war sie zum nächsten Knotenpunkt gekrochen … um dort nicht mehr zu tun, als sich zu sonnen.

Und hatte auf dem Weg dorthin fast eine ganze Stadt vernichtet. Nein, dachte Leandra entschlossen, Byrwyldes Zeit war schon lange abgelaufen gewesen. Dennoch hatte sie ein Erbe hinterlassen, denn ihre Brut durfte man nicht vergessen. Es waren weniger als zuvor, und doch waren noch gut drei Dutzend übrig. Jede Einzelne von ihnen konnte, gab man ihr die Zeit dazu, zu einer neuen Bedrohung werden.

Als Steinwolke weiterflog, warf Leandra einen letzten Blick auf den mächtigen Wyrm … und schluckte, als sie sah, wie die Brut sich bereits an dem Wyrm verging. Wie Aale schlängelten sie sich, gruben sich durch die offene Wunde in den Körper hinein, der noch immer hin und wieder zuckte.

Sie sah, wie eine besonders große Schlange über eine andere herfiel, und sah fröstelnd zur Seite weg … nein, ganz war die Bedrohung wohl noch nicht gebannt.

Wie groß diese wahrhaftig gewesen war, konnte Leandra gleich darauf erkennen, als tief unter ihr die Spuren einer

Schlacht zu erkennen waren. Nur mit Mühe konnte sie erahnen, wo sich der Hügel befunden hatte, auf dem die einundzwanzigste Legion sich diesem Feind aus grauer Vorzeit hatte stellen müssen. Aufgewühlte Erde, Felsen, aus ihrem Bett gerissen, Bäume, die wie Grashalme geknickt und entwurzelt worden waren, überall konnte Leandra die Spuren der Verwüstung sehen.

Eine Kriegsbestie der Schwarzen Legion lag dort, wo sie gefallen war, etwas hatte dem Ungeheuer Kopf und Teile der Schulter abgebissen, und wo die Erde aufgerissen war, war sie auch mit Blut getränkt. Was die Soldaten der Schwarzen Legion anging, so lagen sie weit verstreut, zerrissen und zermalmt, manchmal so tief in den Untergrund gepresst, dass sie Teil desselben waren.

Gegen Byrwylde anzugehen, war auch für die Schwarze Legion zu viel gewesen; wie von Miran erhofft und erwartet, hatte sich die Legion auf der Flucht versprengt.

Vielleicht die Hälfte war noch von ihnen übrig und hatte wohl versucht, sich neu zu formieren. Doch dort unten marschierte die dritte Legion in Keilen in die Schlacht hinein. Während Leandra noch gebannt nach unten starrte, zupfte Asela sie am Arm und wies in den Himmel, wo ein schlanker Schatten sich auf sie stürzte.

Steinwolke riss den Schnabel auf, und ihr Kampfschrei hallte von den fernen Hügeln wider. Eine der Wyvern schoss heran und legte sich zur Seite, während ein schlanker junger Mann auf ihrem Rücken einen kurzen Bogen spannte. Neben sich sah Leandra die Hand der Eule auftauchen, die nur einen Moment lang eine Münze zwischen ihren Fingern hielt, der Kopf des Reiters wurde zurückgerissen, und der Pfeil flog ziellos von der Sehne, dann duckte sich Leandra unter einem Feuerstrahl hinweg, der von einer anderen Wyvern kam.

Was oben war und unten, verdrehte sich für sie, und auch später konnte Leandra nicht mehr genau berichten, was dann genau geschah. Steinwolke kümmerte sich wenig um ihre

Reiterinnen, sie drehte und wand sich, schraubte sich empor, bockte wie ein stures Pferd oder fiel wie ein Stein dem Boden entgegen, um gleich darauf mit mächtigen Flügelschlägen wieder an Höhe zu gewinnen. Fast immer schien der Greif von vorneherein zu wissen, was die Flugschlangen tun wollten, und das Ganze war wie ein mörderischer Tanz, in dem Steinwolke brillierte und die Wyvern nur die Statisten gaben.

Asela hatte ihr den Münzentrick gezeigt, doch als sich Steinwolke mit einer Wyvern verkrallte und eine andere von der Seite kam, dachte Leandra nicht mehr daran, sie warf der Wyvern einen Blitz entgegen, der das Biest und seinen Reiter wie ein schwerer Hammer traf. Die Wyvern fiel wie ein Stein, als Leandras Blitz ihr den linken Flügel zerfetzte, doch halb verkohlt und schon im Fallen schlug ihre Reiterin noch nach der Maestra, und nur knapp verfehlte ihr Schwert Leandras Kehle … dann legte sich ihr Greif schon wieder auf den Rücken, um einer anderen Wyvern die Krallen durch den ungeschützten Bauch zu ziehen. Ein Pfeil schoss knapp an ihr vorbei und bohrte sich in Steinwolkes Gefieder, wo er ohne Folgen stecken blieb. Die Maestra zog ihn heraus und erinnerte sich an den Münzentrick, die Spitze bestand aus gutem Stahl, der fast so gut geeignet wie eine Kupfermünze war.

Als der nächste Wyvernreiter neben ihr auftauchte und seinen Bogen spannte, warf Leandra den Pfeil zur Seite weg und half seiner Spitze wie der Münze nach, Blut sprühte und wurde vom Wind verweht, als der Reiter gurgelnd schrie und den Bogen fallen ließ, um sich an den Hals zu greifen, doch Steinwolke schlug mit ihren Flügeln und drehte sich fast auf der Stelle in der Luft, um mit ihrem Schnabel zuzubeißen … und spie den abgetrennten Kopf der nächsten Wyvern schon entgegen, während neben ihr die geköpfte Wyvern wie ein Stein zu Boden fiel.

Eine andere der Flugschlangen hatte die Gelegenheit genutzt, um sich in Position zu bringen, Feuer schoss aus ihrem Maul, um Leandra nur knapp zu verfehlen … dafür blieb die brennende Flüssigkeit im Gefieder ihres Greifen hängen und ließ Steinwolke gequält aufschreien.

Bevor Leandra reagieren konnte, fühlte sie den Druck, als die Eule hinter ihrem Rücken die Magie einzog und mit einem Wort, das seltsam widerhallte und Leandra für einen Moment den Atem nahm, die Brände löschte.

Wie lange der Kampf andauerte oder wie viele Wyvern es letztendlich waren, wusste Leandra später nicht zu sagen, nur dass es irgendwann vorbei war und sie noch immer flogen.

Etwas hatte ihr die Rüstung offengelegt, aber ihre Haut nur leicht gestreift, viel mehr war ihr nicht geschehen. Auch Asela lebte noch und wies nun mit der Hand zum Boden hin, wo auf einem kleinen Hügel die blutrote Fahne der Legion, die Leandra im Mondlicht fast schwarz erschien, schwach in einer Brise wehte. Und dort stand Oberst Miran umgeben von ihrem Stab und gab ihnen mit einer Fackel Zeichen.

Sosehr sie das Fliegen sonst auch liebte, diesmal war Leandra froh, wieder festen Boden unter ihren Füßen zu verspüren. Eine Tenet, hundert Mann, hielten den Hügel sicher, von dem aus die Obristin die Schlacht regierte, Leandra nutzte die Gelegenheit, sich um Steinwolke zu kümmern, die mitgenommen wirkte, aber stolz wie ein Pfau ihr Gefieder aufstellte.

»Ja, meine Schöne«, flüsterte ihr Leandra zu. »Das hast du gut gemacht!«

Der Schrei des Greifen ließ auch die hartgesottenen Legionäre zusammenzucken, aber Leandra kümmerte es wenig, sie war nur froh, dass sie noch lebte.

Als Leandra dann zu der Obristin ging, befand sich Asela schon im Gespräch mit ihr; so stolz wie Miran ihr Kinn anhob und lachte, schien es der Maestra fast so, als ob Miran es Steinwolke nachtat und ihr Gefieder spreizte … und auch aus dem gleichen Grund.

»Wir haben sie auf dem falschen Fuß erwischt«, teilte die

Lanzenobristin den beiden Maestras stolz mit und wies mit ihrem Schwert in Richtung Osten. »Nur der Lanze dort ist es gelungen, sich vollends zu formieren. Sie versucht jetzt, sich zurückzuziehen … nur werden wir ihnen das nicht erlauben.« Sie sah hinauf zum Himmel und grinste breit. »Nicht bei diesem Mond, der uns heute wie eine Laterne scheint!«

Ihre Rüstung trug neue Dellen und Kratzer und war mit frischem Blut befleckt, doch das schien die Obristin nicht zu stören, tatsächlich wirkte sie entspannt und gelöster, als Leandra sie bisher erlebt hatte.

Ein Meldereiter stob herbei und gab einen schnellen Bericht, Miran hörte zu und gab ihre Befehle … und schon ritt er wieder weiter.

Die Obristin winkte einen ihrer Adjutanten heran, der ihnen auf einem Tablett drei Kelche brachte. »Trinkt!«, bat die Obristin lächelnd. »Ihr seht aus, als ob ihr es gebrauchen könntet … ich sah den Kampf dort oben, und es schien mir ein ordentliches Getümmel … gut, dass ihr es überstanden habt.«

Die Obristin schien Leandra geradezu wie ausgewechselt, ihre Augen lachten, ihr Lächeln war frei und offen; sie war für Leandra fast nicht wiederzuerkennen.

Leandra wusste nicht, was sie sagen sollte, und auch Asela schwieg, also griffen sie nach ihren Bechern und stießen mit der Obristin an, die sich daraufhin leicht verbeugte. »Entschuldigt mich«, bat sie überraschend höflich. »Wir müssen das zu Ende bringen.«

Leandra war das mehr als recht, ihre Hände zitterten noch immer, und auch ihre Beine wollten sie kaum tragen.

»Was jetzt?«, flüsterte Leandra.

»Wir warten«, meinte Asela, und genau das taten sie dann auch.

Schweigend sahen die beiden Maestras der Obristin zu, wie sie die Schlacht führte. Beständig kamen Meldereiter, und nie schien sie die Übersicht zu verlieren oder auch nur einen

Moment zu zögern. Dafür nahm sie sich oft die Zeit, jemandem ein Lob auszusprechen, einmal schickte sie einen Meldereiter nur mit dem Auftrag an die Front, den Soldaten dort zu versprechen, dass eine Runde in einem Wirtshaus ihrer Wahl auf ihre Helden wartete.

Sie schien in ihrem Element und kannte keine Müdigkeit, ihre Schönheit war, trotz Blut und Dreck oder vielleicht sogar gerade deswegen, wie ein Feuer, das lichterloh brannte. Kaum einer der Soldaten, der sie nicht wie gebannt anstarrte, sogar Leandra erschien Miran wie eine Göttin aus alten Sagen, und es gab im weiten Umfeld keinen, der sie nicht verehrte und nicht bereit schien, sein Leben ihr vor die Füße zu legen, wenn sie es nur wünschte.

Je länger die Schlacht währte, umso unwirklicher kam sie Leandra vor. Miran hatte den Hügel gut ausgewählt, es war leicht zu sehen, wie die im Mondlicht glänzenden Rüstungen der Legionen gegen die dunkleren Schatten vorrückten und sie niederrangen. Wieder und wieder sah die Maestra Brandpfeile fliegen und hörte Hornsignale, und doch kam es ihr vor, als ob der größte Teil der Schlacht ihr verborgen blieb und Miran mehr wahrnahm, als Leandra sehen konnte. Die Obristin schien jeden Zug des Gegners im Voraus zu erahnen, schob ihre Lanzen in Hundertschaften hin und her wie Schachfiguren auf einem Brett, und wo sie auf den Gegner trafen, waren sie meist in der Übermacht.

»Es zahlt sich aus«, sagte sie zufrieden, als in der Ferne Fackelzeichen von einem gewonnenen Scharmützel sprachen, »dass wir den Nachtkampf so oft übten.« Sie sah zu Leandra hin und lachte. »Blix lobte die Moral des Feindes so sehr, dass sogar ich Bedenken hatte, doch davon ist hier nichts zu sehen … sie rennen wie die Hasen … und genau wie Hasen werden wir sie schlachten.« Sie runzelte die Stirn, als sie in die Dunkelheit nach Osten starrte. »Nur diese eine Lanze dort bereitet mir noch Sorgen … sie entzieht sich immer wieder unserem Versuch, sie an uns zu binden … und bald hat sie den Wald erreicht.« Sie tat eine wegwischende Bewegung. »Es wird die Schlacht nicht wenden, sie ist bereits gewonnen.«

Leandra konnte dazu nichts sagen, sie erinnerte sich nur an das Meer von Leichen, das vor Blixens Hügel lag. Vielleicht hatte Byrwylde schon die Moral des Feindes gebrochen, wenn ja, war auch das ein Teil von Mirans Plan gewesen, sie hatte also Grund für ihren Stolz.

Dann, später, drehte sich die Obristin kurz zu ihnen um. »Ihr könnt Desina schon jetzt berichten, aber wartet noch einen Moment, bevor ihr wieder fliegt, ich habe etwas für euch, das ihr der Kaiserin in meinem Namen übergeben könnt.«

Die Flagge der Legion

33 Obwohl Leandra sich vor Müdigkeit kaum mehr auf den Beinen halten konnte, wollte sie den Moment auf keinen Fall versäumen. Was sie Desina an Nachricht brachten, war nicht nur der Sieg der Dritten, sondern auch für Leandra ein ureigener Triumph. Zum ersten Mal war eine Legion des Feindes in den drei Reichen geschlagen worden.

Die Obristin hatte recht behalten, dachte Leandra, als sie der Eule durch die Tür zu Serafines Amtsraum folgte, wo Serafine, Santer und die Kaiserin schon ungeduldig warteten. Nicht länger waren sie Opfer, die hilflos zusahen, wie der Nekromantenkaiser und seine Armeen sie unaufhaltsam bedrängten, diesmal hatten sie zurückgeschlagen und einen großartigen Sieg errungen.

»Byrwylde ist besiegt«, berichtete Asela müde. So unerschütterlich sie sonst auch wirkte, diesmal war ihr die Erschöpfung anzusehen. »Und dies soll ich Euch von Miran geben«, fuhr sie fort und faltete die schwarze Fahne auf, um sie über dem Kartentisch auszubreiten. »Wie sie es versprochen hat … die Fahne der einundzwanzigsten Legion.«

Desina sah auf die schwarze Fahne herab und strich dann sanft mit der Hand darüber, besah sich die Löcher, Risse und die feuchten Flecke auf dem Stoff.

»Sie hat ihr Versprechen gehalten«, stellte sie bedächtig fest. »Weißt du, wie die Verluste waren?«

»Im Verhältnis niedrig, nicht mehr als dreihundert Mann«, gab ihr Asela Antwort.

»Das ist gut zu hören, obwohl wir jeden von ihnen schmerzlich vermissen werden.« Sie wandte sich wieder der Fahne zu und strich einen der Risse glatt. »Was meinst du, ist sie wahrhaftig so gut, wie sie von sich behauptet?«

Die Eule nickte langsam.

»Sie ist noch besser … man könnte meinen, sie wäre für die Schlacht geboren.«

»Aber?«, fragte Desina aufmerksam. »Ich kenne diesen Ton … heraus damit, was willst du sagen?«

»Ich habe den Lanzengeneral noch nicht in der Schlacht erlebt, vielleicht ist Miran tatsächlich die beste Kommandeurin, die wir haben. Es gibt nur ein Problem mit ihr …«

»Was wäre das?«

Asela legte die Stirn in Falten und sah nachdenklich auf die Fahne der Feindlegion herab. »Sie zieht gar nicht erst in Betracht, dass sie verlieren könnte. Sie lebt für diesen einen Moment, in dem sie den Sieg in ihren Händen hält. Wenn es irgendwann geschieht, und es wird geschehen, dass die Schlacht nicht nach ihrem Wunsch verläuft, weiß ich nicht, ob sie bestehen wird. Dort liegt die Prüfung, Desina«, fügte die Eule leise hinzu. »Wenn alles verloren scheint und der Feind übermächtig ist, dann noch den Tag zu retten. Ich weiß nicht, ob sie das kann.«

Die Kaiserin nickte langsam.

»Dann wollen wir hoffen, dass es dazu nicht kommt.« Sie

musterte Asela prüfend. »Siehst du dich imstande, nachher das Tor nach Illian zu öffnen? Oder brauchst du mehr Erholung?«

»Es wird gehen«, sagte Asela und wirkte etwas müde. »Wir haben den Zeitpunkt schon zu oft verschoben. Danach kann ich mich dann erholen.«

»Und Ihr?«, wandte sich die Kaiserin Leandra zu. »Seid Ihr bereit dazu?«

»Ich glaube«, sagte Leandra und sah zu Asela hin, die ihr ein schwaches Lächeln schenkte, »dass ich diesen einen Schritt noch gehen kann.«

Steinwolke hatte den Kampf gegen die Wyvern nicht ganz unbeschadet überstanden. Der Korporal, der sich so liebevoll um den Greifen gekümmert hatte, empfing Leandra mit einem vorwurfsvollen Blick.

»Was habt Ihr nur mit ihr gemacht? Schaut nur ihr Gefieder an, es ist an so vielen Stellen verkohlt, dass es mich wundert, dass sie noch fliegen konnte!«

»Wir hatten keine Wahl«, antwortete Leandra ungehalten, sie hatte wenig Lust, sich von dem Korporal maßregeln zu lassen, Steinwolke selbst hob nur träge ihren Kopf. *Satt*, sagte sie und rülpste zufrieden. Der Geruch war selbst für Leandra etwas viel, dennoch musste sie lachen. »Was habt Ihr ihr gegeben?«

»Eine ganze Kuh und zwei Schafe«, sagte der Korporal und kratzte Steinwolke mit dem Greifenstock im Nacken, sodass sie wohlig den Kopf reckte.

»Das ist mehr als je zuvor«, stellte Leandra fest. Der Korporal nickte.

»Da sie morgen nicht mehr fliegen muss, haben wir ihr so viel gebracht, wie sie wollte. Ihr habt selbst gesagt, dass sie es verdiente.«

Ja, das hatte sie. Nur war Leandra etwas überrascht, dass Steinwolke so viel gefressen hatte, es war noch nicht lange her, dass eine ganze Kuh deutlich zu viel für sie gewesen war.

Steinwolke schubste Leandra mit ihrem Schnabel an und schien zu lachen. *Satt*, wiederholte sie und bewegte sich etwas zur Seite, sodass Leandra ihre Decke neben ihr ausbreiten konnte.

»Ihr wollt heute hier schlafen?«, fragte der Korporal.

»Ich habe es ihr versprochen.«

Der Mann sah aus, als hätte er noch mehr auf Lager, über das er sich beschweren wollte, doch er trat einfach zurück. »Dann wünsche ich eine gute Nacht.«

Leandra dankte ihm. Doch kaum war der Korporal gegangen, erhielt sie erneut Besuch.

Es waren Enke und die Hüterin.

»Wir hörten, dass Byrwylde erschlagen wurde«, sagte die Elfe Aleahaenne zur Begrüßung und nickte zu dem Raben Konrad hin, der auf Enkes Schulter saß und, mit dem Schnabel unter dem Gefieder, fest zu schlafen schien. »Er flog für uns dorthin, damit wir es mit seinen Augen sehen konnten.«

»Ihr hättet mir auch einfach glauben können«, erwiderte Leandra müde.

»Das war es nicht«, widersprach die alte Enke sanft. »Wir wollten sie nur sehen. Sie war für uns so lange unsere Pflicht, dass wir uns einfach überzeugen wollten.«

»Es ist seltsam, wenn auf einmal das eigene Leben keinen Zweck mehr erfüllt«, erklärte die Elfe mit einem schiefen Lächeln. »Es wird noch brauchen, bis ich verstehe, was das für mich bedeutet, aber ich will mich bei Euch bedanken.«

»Bedankt Euch nicht bei mir«, sagte Leandra müde. »Es war Asela, die das Untier köpfte.«

»Ja, ich hörte so etwas«, sagte die Hüterin und seufzte. »Damit bin ich nun auch einer Eule zum Dank verpflichtet, ein Gedanke, der ungewohnt und ungelegen kommt.« Die beiden Hüterinnen tauschten einen Blick. »Wir sind gekommen, um Euch zu sagen, dass ich mich noch heute auf den Weg begeben werde, um Zokora zu suchen und diese Spruchweberin zu richten.«

»Ihr denkt wahrhaftig, dass Ihr sie finden werdet?«

Aleahaenne nickte. »Ja. Daran besteht kein Zweifel.«

»Was Ihr vorhabt, ist gefährlich«, warnte die Maestra.

»Sie hat ja nicht vor, sich gleich mit einem ganzen Stamm von Dunkelelfen anzulegen«, lächelte die alte Enke. »Außer Zokora wird sie niemand sehen ... und dann ist es ihre Entscheidung, was geschehen wird.«

»Wolltet Ihr sie nicht begleiten?«, fragte Leandra.

»Sie hat anders entschieden«, erklärte die alte Enke und strich ihren Rock glatt. Der Blick, den sie ihrer Mutter zuwarf, zeigte deutlich, dass sie mit dieser Entscheidung wenig einverstanden war. »Sie erinnerte mich daran, dass ich andere Verpflichtungen habe. Ich hörte, Ihr wollt auch bald aufbrechen?«

Leandra bejahte. »Es ist mehr als Zeit dafür.«

»Der Wolf möge Euch seine Stärke schenken«, verabschiedete sich die Hüterin, drehte sich auf dem Absatz um und ging davon.

Leandra sah ihr überrascht nach.

»Sie ist so, Kindchen«, sagte Enke mit einem Lächeln. »Passt ein wenig auf Euch auf, ja?«

»Ich habe nichts anderes vor«, entgegnete Leandra.

Enke musterte sie einen Moment länger. »Wir sehen uns wieder, Königin Leandra. Ich schulde Euch noch ein Jahr und einen Tag.« Sie strich noch einmal über Steinwolkes Schnabel und folgte dann ihrer Mutter.

Leandra sah den beiden nach, bevor sie sich gähnend in ihre Decke rollte, während Steinwolke ihren Flügel über sie ausbreitete und gurrte wie eine Taube. Nur dass das Gurren einer Taube kaum den Boden vibrieren ließ.

Hundeliebe

34 »Was ist?«, fragte die Priesterin. »Es ist doch gewiss nicht das erste Mal, dass Ihr Euch ungesehen aus einem Haus schleicht?« Ihre Stimme war nur ein leiser Hauch an seinem Ohr. Wiesel hatte sie in seinen Mantel gehüllt und trug sie auf seinem Rücken. Auch jetzt spürte er, wie sehr sie dagegen ankämpfen musste, nicht laut zu stöhnen; die Schnitte, die ihr der Kriegsfürst zugefügt hatte, mussten höllisch schmerzen. Als Wiesel sie gefragt hatte, ob sie sich nicht heilen könnte, hatte sie ihn allerdings nur unverständig angesehen.

»Nun, nicht mit einer Sera auf dem Rücken«, gab Wiesel Antwort. »Überhaupt, woher wollt Ihr wissen, dass ich ein Dieb bin?«

»Ihr seid hier, die Schlösser sind geöffnet und niemand hat Alarm gegeben«, antwortete sie, und er spürte, wie sie trotz ihrer Schmerzen lächelte. »Wo ist das Problem?«

»Dort hinten«, meinte Wiesel und sah in den dunklen Gang hinein. »Krom. Eine Bestie von einem Hund«, erklärte er. »Ich hatte Mühe, ihn dazu zu bewegen, mich passieren zu lassen, aber wenn er Euer Blut riecht …«

Ein tiefes Grollen ertönte von vorne.

Wiesel seufzte und setzte die Priesterin vorsichtig auf dem Boden ab. Krom.

»Was ist dort?«, fragte die Priesterin und spähte in das Halbdunkel.

»Ein Wachhund«, erklärte Wiesel mit belegter Stimme. »Ein ganz besonders übles Exemplar. Ich habe hier in meinem Beutel einen Lichtstein, wenn Ihr …«

»Das wird nicht nötig sein«, meinte die Priesterin, und ein fahles Licht, das von überall her zu kommen schien, erhellte den Gang … und Krom, der wieder seine Zähne zeigte.

»Götter!«, entfuhr es ihr. »Schaut seine Narben, was haben

sie dieser armen Hundeseele nur angetan? Und was wollt Ihr mit dem Dolch?« Sie schaute entsetzt zu ihm hoch. »Ihr dürft ihn nicht erstechen, er ist ein Hund, es sind Menschen, die sich an ihm schuldig machten, er kann nichts dafür!«

Wiesel sah von dem glänzenden Metall in seiner Hand zu ihr und dann zu Krom zurück, der dort noch immer stand. Es tropfte heftig von seinen Lefzen auf den Boden. Das Knurren der Bestie schien den engen Gang zu erschüttern, und mit diesen Augen, in denen das Licht der Priesterin einen Widerschein fand, schien das Biest Wiesel mehr als geeignet, sogar vor dem Eingang der Höllen des namenlosen Gottes einen stattlichen Wächter abzugeben.

»Und wie sollen wir an ihm vorbeikommen?«, fragte er in seinem vernünftigsten Ton.

»Lasst Euch etwas einfallen«, wies ihn die Priesterin an. »Ich werde jedenfalls nicht meine Freiheit mit dem Blut eines unschuldigen Tieres erkaufen!«

Nur mit Mühe unterdrückte Wiesel einen Seufzer. Er hatte jeden Respekt vor den Priesterinnen der Götter, und in vielen Dingen konnte er sie nur verehren. Es gab kaum jemand, der sich so selbstlos der Kranken und der Armen annahm und gegen das Leid der Welt ankämpfte, wie die Priesterschaft der Astarte. Aber manchmal … er seufzte erneut und steckte den Dolch weg.

»Hallo, alter Freund …«, versuchte es Wiesel.

Krom knurrte lauter.

»Sagt ihm, dass Ihr ihn gern habt!«, riet die Priesterin aus sicherer Entfernung.

»Bei Borons Stiefel«, entfuhr es Wiesel. »Warum nur will mir jede Sera, die ich treffe, sagen, was ich tun soll?«

»Ihr flucht schon wieder«, teilte sie ihm mit.

Nur mit Mühe unterdrückte Wiesel seine Antwort.

»Komm«, sagte er zu der Bestie. »Wir wissen doch, wir wollen uns nichts tun. Ich will dir nicht schaden, und du willst mich nicht … fressen.«

Krom legte den Kopf zur Seite, als ob er zuhören würde ... und dann, zu Wiesels größter Überraschung, wich das Biest zurück.

»So ist's gut«, meinte Wiesel flüsternd und ging vorsichtig weiter. »Du bist ein lieber Hund, ein guter Hund ... und du setzt dich jetzt dort hin und bist ganz brav.«

Krom setzte sich auf sein Hinterteil und legte den Kopf schräg. Vorsichtig ging Wiesel weiter. Doch die Bestie blieb sitzen, wo sie war.

»Ich glaube das nicht«, meinte Wiesel und sah zu der Priesterin zurück. »Er ist fromm wie ein Lamm und ... o Mist!«

Denn kaum hatte er die Augen abgewendet, nutzte die Bestie die Gelegenheit zum Sprung. So heftig war der Aufprall, dass er den schlanken Dieb von den Füßen riss und unter sich begrub. Über ihm öffnete sich das Maul mit den riesenhaften Zähnen und ... eine lange Zunge schoss hervor, um Wiesel quer über das Gesicht zu fahren.

»Bei Borons krausen ...«, begann Wiesel, nur um gerade noch rechtzeitig den Kopf zur Seite zu wenden, als es von Kroms Lefzen auf ihn zu tropfen drohte. Halb unter dem Biest begraben, das ihm nun hingebungsvoll die Hand abschleckte, mit der sich Wiesel seiner zu erwehren suchte, warf er der Priesterin, die weiter hinten im Gang an der Wand lehnte und leise kicherte, einen bösen Blick zu.

»Ihr habt gut lachen«, beschwerte er sich, während er sich mühsam unter dem Biest hervorquälte. »Ihr wisst nicht, wie er aus dem Maul stinkt!«

An der Tür angekommen, das Biest hinter seinen Ohren kraulend, wandte sich Wiesel der Priesterin zu, die er mit dem anderen Arm stützte. »Nun«, sagte er, während Krom ihn mit seinem schweren Schädel so hart anstupste, dass Wiesel beinahe noch gefallen wäre. »Der Hund lebt. So weit konnte ich Eurem Wunsch entgegenkommen. Dort hinter dieser Tür steht eine Wache ... ihn werde ich kaum überreden können, mir die Hand zu lecken!«

»Aber ich«, sagte die Priesterin mit einem harten Lächeln und stieß mit ihrer freien Hand die Tür auf.

Der Wächter fuhr herum und griff nach seinem Schwert, nur um in der Bewegung innezuhalten, als er in die Augen der Priesterin blickte.

»Oh«, sagte er erstickt, während sein Gesicht einen seltsam dämlichen Ausdruck annahm. »Gibt es etwas, das ich für Euch tun kann, um Eure Gunst zu erwirken?«

Es fehlt nicht viel, dachte Wiesel fasziniert, und er sabbert noch wie Krom.

»O ja«, teilte die Priesterin dem Mann mit. »Wenn Ihr die Güte hättet, uns sicher von diesem Ort zu geleiten, wäre dies ein guter Anfang!«

»Das ist ein mächtiges Talent«, stellte Wiesel heiser fest, als er zusah, wie der Mann, der ihnen über die Mauer geholfen hatte, sich mit einer Verbeugung von ihnen verabschiedete. »Wird er Euch jetzt auf ewig lieben?«

»Nein«, antwortete die Priesterin schwer atmend, als er sie vorsichtig die Mauer herabließ. »Nur eine Weile.« Sie stöhnte auf, und als sie am Grund ankam, hielten sie ihre Beine nicht mehr.

Hastig sprang Wiesel hinterher und stützte sie. »Geht es?«, fragte er besorgt.

»Bringt mich nur in den Tempel«, bat sie erschöpft. Wiesel nickte und seufzte. Sie mochte leicht sein, aber auf Dauer spürte er ihr Gewicht doch sehr, und der Tempel war noch ein gutes Stück entfernt.

»Ihr braucht mich nur zu stützen«, sagte sie, als ob sie seine Gedanken lesen konnte. »Die Schnitte sind nicht tief, nur schmerzhaft … und solange ich gefesselt war, sind mir die Glieder taub geworden … allmählich geht es wieder.« Doch kaum dass er ihr auf die Beine geholfen hatte, strauchelte sie und hielt sich an ihm fest.

»Was ist?«, flüsterte er besorgt und sah sich in der Gasse

um. Jetzt, zu dieser frühen Glocke, lag sie dunkel und verlassen, doch er konnte sich wohl kaum darauf verlassen, dass das so blieb. »Ist …«

Sie schüttelte den Kopf und krallte ihre Hände in sein Wams. »Es hat nichts mit mir zu tun«, flüsterte sie, während sie durch ihn hindurch in die Ferne starrte. »Es ist Graf Render. Ich werde soeben Zeuge eines Verrats … und wie er mein Talent missbraucht.«

»Ihr müsst verzeihen«, sagte Wiesel später etwas zerknirscht, als er den Schwamm beiseitelegte, mit dem er ihre Wunden ausgewaschen hatte. »Ich verstehe mich nicht gut auf solche Dinge.« Dass sie es bis in den Tempel geschafft hatten, ohne gesehen zu werden, grenzte fast schon an ein Wunder, dachte er und sah zu der Statue der Göttin hinauf … und zu seinem Kerzenstummel, der wider Erwarten noch immer brannte. Er griff nach einer Rolle abgekochter Bandagen. »Und jetzt einfach um Euch wickeln?«

»Ja«, sagte die Priesterin. »So in etwa.« Sie lächelte ihm aufmunternd zu. »Achtet auf die goldenen Ketten. Wären sie nicht, könnte ich mich selbst verbinden, aber so …« Sie zuckte mit den Schultern.

Ja, dachte Wiesel. Die Ketten.

»Ihr sagt also«, begann er, als er vorsichtig anfing, das Leinen um sie zu wickeln, »dass der Graf die Hand der Krone mit Eurem Talent verführte. Diese Sera Sarann. Und sie erzählte ihm alles von uns. Und auch, dass die Herzogin für Königin Eleonora die Meisterin der Spione gewesen ist. Von Leandra, Marla und mir … und dass er nun weiß, dass sie kommen wird.«

»So ist es«, sagte die Priesterin. »Ich gestehe, dass es mich selbst etwas überraschte. Auf den zweiten Blick war die Herzogin die beste Wahl für diesen Posten … niemand kennt die Intrigen am Hofe so gut wie sie.«

»Priesterin …«, begann Wiesel und hielt dann inne. »Darf ich Euren Namen erfahren?«

»Sondja«, antwortete sie mit einem Lächeln. »Dass Ihr Wiesel genannt werdet, weiß ich ja bereits.« Sie zuckte zusammen, als Wiesel den Verband festzog.

»Verflucht …«, entfuhr es Wiesel, und er hob rasch die Hand. »Entschuldigt«, fuhr er bitter fort. »Aber warum musste die Herzogin dieser Sarann auch alles haarklein auftischen … und warum, beim Namenlosen, ist es mir entgangen, dass sie noch in der gleichen Nacht die Herzogin besuchte?«

»Sie vertraut ihr«, sagte die Sera leise. »Mit Grund. Ohne mein Talent hätte die Hand der Krone die Herzogin auch nie verraten. Aber es gibt noch etwas, das den Grafen gerade jetzt beschäftigt. Sie hat ihm erzählt, dass sie etwas suchte, sein Geheimnis.«

»Nun, das habe ich ja gefunden«, stellte Wiesel düster fest. »Ihr seid es gewesen.«

»Nein. Sera Nemris hat mich nie gesehen. Es ist etwas anderes.« Sie sah mit großen Augen zu Wiesel hoch, und ihre Hand krampfte sich um seinen Arm. »Eben gerade … eben gerade hat er es offenbart.«

»Und?«, fragte Wiesel und hielt inne.

»Ein Tagebuch«, flüsterte die Priesterin und sah an ihm vorbei. »Er ist gerade dabei, es zu verbrennen, aber vorher liest er noch einmal die Seiten … o Göttin«, flüsterte sie. »Also hatte die Herzogin doch recht!«

»Ich verstehe nicht …«, begann Wiesel.

»Die Hand der Krone hat ihm berichtet, dass die Herzogin seinen Vater und zwei weitere Männer verdächtigte, die Königin als junges Mädchen von den Zinnen gestoßen zu haben. Und in diesem Tagebuch hat der alte Graf all das niedergeschrieben!«

»Zu dumm, dass sein Sohn das Buch gerade verbrennt«, knirschte Wiesel, während er nach der nächsten Bandage griff. »Damit ist dann auch dieser Beweis vernichtet! Sagt«, fragte er eindringlich, »wie viel Zeit bleibt mir, um meine Freundin und die Herzogin zu warnen? Hat er schon nach seinen Häschern gerufen? Oder gar die Sera Sarann auf die Herzogin und Marla angesetzt?«

»Nichts dergleichen«, antwortete sie leise. »Er verfolgt einen anderen Plan. Er hat sie gebeten, so weiter zu verfahren, als ob er es nicht wüsste. Zudem … allzu viel konnte die Sera ihm auch nicht verraten, die Herzogin hat ihr noch nicht gesagt, wie sie es anstellen will, dass Baroness Leandra die Krone erhalten soll.«

»Was daran liegt, dass wir es selbst noch nicht wissen«, meinte Wiesel und lehnte sich zurück, um sein Handwerk besser zu betrachten. »Ist es so gut? Es gibt nicht viel an Euch, das keine Bandagen trägt!«

»Besser noch wäre es, wenn Ihr mir meine Robe gebt«, sagte sie lächelnd und stand mit seiner Hilfe auf.

Zumindest das habe ich richtig gemacht, dachte Wiesel, nachdem er ihr in die Robe geholfen hatte und sie nun aufrecht und gerade vor der Statue ihre Göttin stehen sah.

»Mein Wort würde zählen«, sagte Schwester Sondja jetzt, und Wiesel sah sie überrascht an. »Wenn ich berichte, was ich durch seine Augen in dem Buch geschrieben sah«, erklärte sie. »Aber alleine, was er mir antat, wäre schon Grund genug. Wenn wir ihn jedoch offen angehen, wird er sich zur Wehr setzen … wir müssen ihn überraschen, ihn vorführen, dass ein jeder es versteht … und ihm keine Möglichkeit bleibt, seinen Hals aus der Schlinge zu ziehen.«

»Wovon sprecht Ihr?«, fragte Wiesel unverständig.

»Davon, wie Baroness Leandra Königin wird«, lächelte die Priesterin und wischte sich Blut von der Wange ab, wo sich einer der feinen Schnitte wieder geöffnet hatte. Sie betrachtete das Blut an ihren Händen und wischte die Hand dann achtlos an ihrem weißen Gewand ab. »Habt Ihr nicht gesagt, Ihr bräuchtet noch einen Plan?«

»Ihr habt einen?«

»Das kommt darauf an«, meinte sie schmunzelnd, »ob Ihr Euch darauf versteht, in einen weiteren Tempel einzubrechen.«

»Welchen meint Ihr?«, fragte Wiesel vorsichtig.

»Den Borons selbstverständlich«, teilte Schwester Sondja ihm erhaben mit. »Wir brauchen die Hilfe Bruder Fabans.«

»Warum nur«, stöhnte Wiesel leise, »habe ich genau das befürchtet?«

»Weil es auf der Hand liegt«, lachte sie und wurde wieder ernst. »Es ist unsere einzige Möglichkeit, das Blatt doch noch zu wenden.« Sie sah ihn fragend an. »Sagt, wie entschlossen ist Leandra? Wie viel Mut besitzt sie? Ich habe sie vor Jahren einmal gesehen und kenne sie kaum. Wie würdet Ihr sie beschreiben?«

»Oh«, grinste Wiesel. »Das ist einfach. Wie einen Gewittersturm.« Er schüttelte den Kopf. »So, wie ich sie einschätze, wird sie es nicht hinnehmen, dass Render nach dem Thron greift. Sie ist eine Maestra ... vielleicht ist das die Lösung ... ein Blitz von ihr, und es wäre um Render geschehen.«

»Man würde es ihr anlasten. Nein ...«, erwiderte Schwester Sondja nachdenklich. »Ich dachte da eher an eine Flamme.«

Der Weg zurück

35 Der nächste Morgen kam für Leandra viel zu früh. Gähnend rollte sie ihre Decke zusammen und nahm dann Abschied von Steinwolke. Doch sie war viel zu träge von dem Mahl, um ganz aufzuwachen, vielmehr versuchte sie, Leandra mit ihrem Kopf wieder unter ihren Flügel zu drücken.

»Lass das«, lachte Leandra und schlug mit der flachen Hand gegen Steinwolkes Schnabel, der Greif sah sie beleidigt an und vergrub dann sein mächtiges Haupt unter seinem Flügel ... um gleich darauf laut zu schnarchen.

Schmunzelnd machte sich Leandra auf den Weg zurück in ihr Quartier, wo eine dienstbare Seele ihr bereits ihren

Kettenmantel herausgelegt und heißes Wasser in das Bad gelassen hatte.

Wo vor Kurzem noch kaum ein Platz zu finden war, herrschte jetzt in der Messe eine gähnende Leere. Mit der dritten Legion im Feld und der zweiten zurück in Gasalabad war die Feste jetzt unterbesetzt.

Dafür waren die anderen leicht zu finden. Blix, Grenski, Sieglinde und Janos hatten sich dort schon eingefunden, und auch Serafine saß mit an diesem Tisch.

»Ich hörte, Miran hätte gestern einen großen Sieg errungen?«, meinte Serafine zur Begrüßung. Sie hielt die Hand hoch, um den Rekruten heranzurufen, hielt sie sich dann aber hastig vor den Mund, als sie ein Gähnen überkam.

»Ja«, sagte Leandra nur und gähnte selbst ... was dafür sorgte, dass Janos herzhaft mitgähnte.

»Ich würde gerne wissen, woran das liegt«, beschwerte er sich. »Kaum fängt einer mit dem Gähnen an, werden alle müde.« Er warf einen Blick zu Steinherz hin, den Leandra gerade neben den Tisch stellte. »Täusche ich mich, oder sind seine Augen dunkler?«

»Du täuschst dich nicht«, seufzte Leandra und nickte dankbar, als der Rekrut ihr das Frühstück brachte. »Er ist ziemlich schlecht gelaunt.«

»Ich kann ihn verstehen«, lachte Blix. »Mir geht es meist am Morgen so.«

»Habt Ihr Eure Angelegenheiten geregelt?«, fragte Leandra ihn.

Der Lanzenmajor bejahte. »Ich schrieb ihm einen Brief.«

Die anderen schauten fragend, doch Leandra äußerte sich nicht weiter, und auch von Blix war nichts weiter zu vernehmen.

»Du hast dich in einen Kampf mit Wyvern eingelassen«, meinte Sieglinde dann. »Wie war das so? Kann ich eine Ballade daraus machen?«

»Wohl kaum«, gab Leandra knapp zurück. Wenn sie sehr müde war, war sie meist nicht sehr gesprächig. »Ich weiß jetzt, warum man sich so fest an Steinwolkes Sattel binden muss. Sie hat alles fast allein getan, mir und Asela blieb nur zu hoffen, dass die Gurte hielten … und ich sage euch, es ist nicht sehr erbaulich, mit dem Kopf nach unten zu fliegen.«

»Gut, dass du es unverletzt überstanden hast.«

Leandra nickte stumm. In der Nacht war sie ein paarmal aufgeschreckt, als sie im Traum den aufgerissenen Rachen der Wyvern erneut gesehen hatte. Wäre Steinwolke nicht so geschickt gewesen, säße sie jetzt nicht hier.

Asela, die es ja wissen musste, meinte, dass ein normaler Greif den Kampf nicht hätte überstehen können, und schrieb den Sieg der Tatsache zu, dass Steinwolke ein Königsgreif war. Während Leandra sich kaum erinnern konnte, wie der Kampf verlaufen war, hatte es die Eule vermocht, die Wyvern zu zählen. Es waren neun gewesen.

Alleine das bereitete der Eule und auch Leandra Sorgen. Wie der Greifenreiter der Elfen schon festgestellt hatte, waren es zu viele Wyvern für nur eine Legion.

Auf dem Weg zurück hatte Leandra Steinwolke sogar noch einen Bogen fliegen lassen, um nach der vermissten zwölften Feindlegion zu suchen, doch trotz ihrer scharfen Augen hatten sie nichts finden können.

Dennoch blieb bei ihr ein beunruhigendes Gefühl zurück. Vielleicht auch nur, weil Obristin Mirans Plan so glatt verlaufen war. Denn wenn sie eines bis jetzt gelernt hatte, dann dass Pläne selten über den Anfang einer Schlacht hinaus Bestand hatten.

»Also ging der Plan von Miran auf«, sprach auch Blix das Thema an und seufzte. »Jetzt wird sie wahrlich unausstehlich werden. Ich frage mich nur, wie lange es dauert, bis man vergisst, dass sie zwanzig ihrer Soldaten dafür geopfert hat.«

»Das wird länger dauern«, meinte Serafine. »Die Kaiserin hat einen Stein in Auftrag gegeben, der ihren Namen tragen wird. Er wird dort liegen, wo jetzt noch der Riss im Boden ist.« Sie sah auf und seufzte. »Eure Zeit läuft ab. Asela kommt.«

Die schlanke Eule kam langsam heran und blieb am Tisch stehen. Sie trug die Kapuze offen, und ihr Haar fiel wie ein schwarzer Wasserfall über ihre Schultern und glänzte im Licht der frühen Sonne. Offenbar hatte auch sie Zeit für ein Bad gefunden.

»Ihr seht erholt aus«, stellte Leandra fest und unterdrückte erneut ein Gähnen.

»Ein anderer Trick, den ich Euch bei Gelegenheit noch zeigen muss«, sagte die Eule hintersinnig und grüßte Serafine und die anderen. »Habt Ihr es eilig, oder bleibt noch Zeit zum Frühstück?«

Als Antwort wies Leandra auf die Bank. »Auf ein paar Dochte mehr oder weniger wird es wohl nicht ankommen«, meinte sie.

Die Eule nickte dankend und setzte sich dazu, um sich dann Serafine zuzuwenden. »Ich dachte, du wärest zurück in Askir, Finna?«

»Ich entschied mich, so lange zu bleiben, bis Leandra gegangen ist«, antwortete die Schwertobristin. »Und wäre Havald hier, wären wir bestimmt auch mitgegangen.« Sie sah zu Leandra hin. »Ich habe die Kaiserin gefragt, doch sie bestand darauf, dass ich in Askir bleibe, bis man Havald gefunden hat.«

»Eine eingeschworene Gemeinschaft«, lächelte Asela, was dazu führte, dass Blix sie wie gebannt anstarrte; so hatte er die Eule bisher noch nicht gesehen.

Grenski trat ihn unterm Tisch, und als er beleidigt zu ihr hinübersah, schüttelte sie nur leicht den Kopf.

»Der Lanzengeneral ist mit ein Grund, weshalb ich euch jetzt aufsuche«, erklärte die Eule und schenkte sich einen Kafje ein. »Wir haben vorhin Nachricht über ihn erhalten, leider zu spät, um darauf noch zu reagieren.«

»Wo ist er?«, fragte Leandra.

»Wie geht es ihm?«, wollte zugleich auch Serafine wissen.

Die Eule lachte. »Er ist mit der fünften Legion in die Ostmark gegangen, er hat dort den Platz eines Rekruten namens Lenar eingenommen. So ist es auch herausgekommen: Der Rekrut hat den Appell verpasst, da er besoffen in einer Gasse lag, und als man seinen Sergeanten in der Feste Braunfels unterrichtete, fiel der aus allen Wolken.«

»Was, bei Borons Bart, sucht Havald in der Ostmark?«, rief Serafine erstaunt aus, bevor Leandra die gleiche Frage stellen konnte.

»Das wissen wir noch nicht«, berichtete Asela. »Aber es sieht nicht aus, als wäre er noch sehr verwirrt, er ging überlegt und planvoll vor. Schwertrekrut Lenar wurde schon gestern zum Lanzensoldat befördert.«

»Nicht schlecht!«, stellte Blix erstaunt fest. »Fünf Dienstgrade? In dieser kurzen Zeit? Wie hat er das gemacht?«

»Die fünfte Legion besteht zurzeit hauptsächlich aus Rekruten, und es fehlen ihr die erfahrenen Soldaten. Sie müssen die fehlenden Dienstgrade aus den Reihen der Rekruten besetzen. So, wie ich es verstanden habe, tat er nichts weiter, als beim Appell anzugeben, dass er lesen und schreiben kann und weiß, wie man eine Tenet führt. Offenbar hat er sich Zeit genommen, die Dienstvorschriften der Legion auswendig zu lernen, was ihm gleich die nächste Beförderung einbrachte.« Asela schüttelte verwundert ihren Kopf. »Auch Desina ist davon überzeugt, dass er etwas vorhat. Wir wissen, dass er den Generalsring noch immer trägt, selbst sein Mörder hat ihn übersehen, und der General kann ihn nicht abnehmen. Niemand wird ihn daran hindern, will er dort das Kommando übernehmen. Wir denken, dass es kein Zufall war, dass er in die Ostmark gegangen ist.«

»Also hat er sich erinnert?«, fragte Serafine hoffnungsvoll.

»Das wissen wir noch nicht genau«, sagte Asela. »Nur dass er planvoll zu handeln scheint. Wenn er sein Gedächtnis noch immer nicht besitzt, so ist es zumindest niemandem aufgefallen. Er ist heute Morgen mit einer Tenet ausgerückt, eine Streife, um die Lage aufzuklären. In den letzten Wochen wurde die Feste hart umkämpft, jetzt ist es dort verdächtig ruhig.«

»Eine alte oder neue Tenet?«, fragte Serafine gespannt.

»Hundert Mann«, gab Asela Antwort. »Die meisten von ihnen grüne Rekruten, die kaum wissen, wie man ein Schwert zu halten hat. Keiner von ihnen hat mehr als vier Wochen Ausbildung erhalten.« Die Eule sah zu Serafine hin. »Die Kaiserin hat mich gebeten, Euch auszurichten, dass Ihr herausfinden sollt, was der Lanzengeneral dort vorhat. Nur geht behutsam vor, er muss einen Grund gehabt haben, sich als Rekrut auszugeben.«

»Eine Legion, die zum größten Teil aus grünen Rekruten besteht?«, wiederholte Sieglinde und lachte erheitert. »Dann weiß ich, was er vorhat, er hat es schon einmal getan.«

»Wie das?«, fragte Asela neugierig.

»Es ging um einen Erbstreit bei einer Baronie. Die Erbfolge war eindeutig, doch derjenige, der Anspruch auf das Land erhob, hatte die größere Armee. Der rechtmäßige Baron, ein junger Ser kaum älter als zwölf Jahre, folgte dem Rat eines Freundes der Familie, ihr dürft raten, wer das war, und hob eine Armee aus Bauern aus. Man sah es als einen verzweifelten Versuch, das Schicksal abzuwenden, jeder wusste, dass sie im Feld nicht bestehen würden. Was man nicht wusste, war, dass der Wanderer der Bauernarmee beigetreten war.«

»Warum hat er das getan?«, fragte Grenski.

Sieglinde grinste. »Es gibt eine Ballade darüber, in der er sagt, ›dass nyt gerecht gestrytten worden wart‹.« Sie zuckte mit den Schultern. »Vielleicht fand er es ungerecht, dass eine Armee von Söldnern verzweifelten Bauern gegenüberstand. Er forderte von dem Baron, dass, wenn sie den Kampf gewinnen würden, alle, die an dem Kampf teilgenommen hatten, sowie die Familien der Gefallenen Freibauern werden sollten … und er führte sie zum Sieg.« Sie sah in die

Runde. »Er hat wohl etwas dagegen, dass die Rekruten sinnlos sterben.«

»Auf jeden Fall sähe ihm das ähnlich«, nickte Leandra und sah zu Serafine hin. »Wenn du ihn findest, kannst du ihn ja fragen.«

»Wenn es um Armeen geht, macht ein Mann meist keinen Unterschied«, stellte Asela fest. »Wie hat er es denn angestellt?«

»Abgesehen davon, dass die Armee in den Balladen in Wahrheit vielleicht nur aus fünfzig oder hundert Mann bestand?«, schmunzelte Sieglinde.

»Abgesehen davon«, lächelte Asela.

»Er bildete sie aus und machte ihre Schwächen zu ihren Stärken. Die Bauern waren leicht gerüstet und beweglich, kannten jede Handbreit Boden, und die meisten von ihnen waren wohl geschickt mit Bögen. Es kam der Ballade nach auch nicht zu einer echten Schlacht ... wären es keine Bauern gewesen, hätte man den Kampf als wenig ehrenhaft betrachten können. Es gab zwei Hinterhalte, dann gaben die Söldner auf.«

»Sieg ist Sieg«, meinte Blix trocken. »Außerdem wären die Bauern blöde gewesen, hätten sie sich in ihren Lumpen gerüsteten Gegnern und Schwertern gestellt. Zudem ist es auch wenig ehrenhaft, wenn ein gepanzerter Streiter einen Bauern mit einem Schwert erschlägt, wenn der Bauer nur einen Knüppel hält.«

»Wahr«, nickte Grenski bedächtig. »Aber auch dann gilt: Sieg ist Sieg.«

»Nun, der Ballade nach kam es eben nicht dazu, und die Bauern haben den Tag gewonnen«, meinte Sieglinde. »Mit den Rekruten wird Havald es wohl leichter haben, schließlich sind sie Legionäre, egal, wie grün sie sind, sie tragen Rüstungen und ihre Schwerter.«

»Die Legende um den Wanderer ist wohl ziemlich verbreitet«, meinte Asela nachdenklich. »Auch Thalaks Truppen hörten von ihr. Schon bei der Belagerung von Kelar hieß es, dass der Wanderer kommen würde, um die Stadt zu retten.« Sie zuckte mit den Schultern. »Wir wissen ja, was dann geschah«

Blix sah fragend auf.

»Kelar wurde genommen und geschliffen«, erklärte Asela. »Ohne dass man je hörte, dass er dort gewesen wäre.«

»So ist das mit Legenden«, seufzte Sieglinde. »Seit ich ein kleines Mädchen war, habe ich sie gesammelt. Es gibt Dutzende Balladen und Hunderte Legenden. Wenn man ihnen glaubt, ist er überall dort, wo man ihn braucht. Nur wäre selbst Havald nicht imstande, das zu tun, was man dem Wanderer nachsagt. Ich nehme an, dass viele Dinge ihm auch angedichtet wurden. Aber die Legenden haben einen wahren Kern.« Sie lachte leise. »Wenn man in den Südlanden in Not gerät, betet man zur Dreieinigkeit.«

»So ist es auch gut und richtig«, nickte Grenski.

»Ja«, schmunzelte Sieglinde, »nur betet man darum, dass die Götter den Wanderer zu einem schicken mögen.«

Asela, die gerade nach ihrer Tasse greifen wollte, erstarrte in der Bewegung. »Ist das so?«, fragte sie dann.

Sieglinde nickte.

»Der Apfelbaum gilt als sein Zeichen, er neigt dazu, sie überall dort zu pflanzen, wo er gewesen ist. Zwar ist nicht davon auszugehen, dass er sie tatsächlich alle pflanzte, die es hier in diesen Landen gibt, was aber niemand daran hindert, es ihm zuzuschreiben. Es gibt viele Apfelbäume in den Südreichen, und an vielen von ihnen werdet ihr Fahnen aus Seide finden, auf denen die Menschen ihn um Hilfe bitten. Oder ihm Dank sagen oder für ihn beten. Jedes Kind kennt hier den Wanderer. Als ich klein war und Angst vor dem Ungeheuer unter meinem Bett verspürte, kam stets mein Vater und hat mir gesagt, dass der Wanderer nicht erlauben würde, dass das Ungeheuer aus dem Schatten hervorkommt.«

»Dass das Ungeheuer aus dem Schatten hervorkommt«,

wiederholte Asela nachdenklich. »Wie viele Menschen in den Südlanden kennen diese Legenden?«

Leandra lachte. »Ihr werdet Mühe haben, auch nur einen zu finden, der die Legende nicht kennt«, grinste sie. »›Soltar leite meine Seele, Boron gebe mir Gerechtigkeit, Astarte möge mir die Liebe zeigen und der Wanderer den Weg aus der Dunkelheit‹. Das habe ich als Kind gelernt.«

Janos grinste. »Das kenne ich auch. Wenn ich mich als Kind des Nachts im Wald verirrte und alles dunkel und erschreckend war, habe ich das endlos heruntergebetet, bis ich dann zu Hause war.« Er lachte. »Allerdings befand sich nie ein Ungeheuer unter meinem Bett ... unter einem alten Sack war wohl kein Platz dafür.«

Er sagte das so drollig, dass die meisten lachten, nur Asela reagierte nicht, sie hatte die Stirn gerunzelt und sah sehr nachdenklich drein.

»Was ist, Asela?«, wollte Serafine wissen und musterte die Eule. »Was geht dir durch den Kopf?«

»Nichts weiter«, wiegelte Asela ab. »Nur dass wir den Lanzengeneral schnell finden sollten.« Sie sah sich am Tisch um. »Seid ihr bereit?«

»Was für eine Frage!«, grinste Janos. »Als ob wir nicht seit Ewigkeiten auf diesen Moment gewartet hätten. Bevor ich es vergesse ...« Er griff nach einem Beutel, der neben ihm auf der Bank gelegen hatte, und wandte sich Leandra zu. »Das wollten wir dir noch geben.«

»Ja«, lachte die blonde Bardin. »Mit der dringenden Bitte, sie nicht noch einmal zu verlieren.«

Leandra öffnete den Beutel, darin befand sich ein silberner Reif.

»Wie ... wie habt ihr sie wiedergefunden?«, fragte sie erstaunt.

»Einer der Flüchtlinge aus Lassahndaar hat sie wohl gefunden und versuchte sie zu verkaufen. Ich zahlte ihm zwei Gold dafür«, erklärte Janos und stand auf. »Deine Krone hast du wieder, Illian liegt nur einen Schritt entfernt … also, worauf warten wir jetzt noch?«

»Seid ihr bereit?«, fragte Asela etwas später. Sie befanden sich im Torraum der alten Feste, ein Punkt, der den Lanzenmajor erleichtert hatte aufatmen lassen. Offenbar mussten sie doch nicht durch einen blauen Kreis gehen. Dennoch achtete er sehr genau darauf, dass er dem Rand nicht zu nahe kam.

Die Eule hatte, außer einem grünen in der Mitte, keine Torsteine ausgelegt, sie kniete nur am Rand des Tors und hielt einen Finger an das goldene Band im Boden.

»Ich denke schon«, sagte Leandra und holte tief Luft. »Wir …«

Doch Asela war schon nicht mehr da … der Torraum der alten Feste war verschwunden, und sie standen in einem alten Getreidespeicher.

»Götter!«, fluchte Janos. »Wie habe ich mich erschreckt, als der Boden nachgegeben hat!«

»Beruhige dich«, lachte Sieglinde. »Es können nicht mehr als zwei Fingerbreit gewesen sein.« Sie sah sich um. »Wo sind wir?«

»In Illian«, sagte Leandra. »In einem Getreidespeicher. Beschwert euch nicht, als Corvulus mich hierherbrachte, kamen wir in neun oder zehn Fuß Höhe heraus.«

»Oh«, stöhnte die blonde Bardin und sah nach oben. »Ich glaube nicht, dass mir das gefallen hätte.«

»Ja«, grinste Leandra. »Es kam ein wenig überraschend. Aber es rettete mir mein Leben, denn Corvulus war genauso überrascht und ließ Seelenreißer fallen.«

»Und was jetzt?«, fragte Janos und prüfte, ob sein Schwert locker in der Scheide saß. »Gehen wir zur Kronburg hin, und du teilst ihnen mit, dass du jetzt die Königin bist?«

»Nein«, sagte Leandra und schüttelte den Kopf. »Man

würde mich nur auslachen. Als Erstes gehen wir zum Tempel Borons, die Priester dort kennen mich, seitdem ich ein kleines Mädchen war. Zwei von ihnen haben Eleonoras letzten Wunsch bezeugt, ihr Siegel befindet sich auf Eleonoras Schreiben. Sie werden bezeugen, dass ich die Wahrheit sage, und meinen Anspruch auf den Thron bestätigen.« Sie lachte befreit. »Dann werden wir zur Kronburg gehen. Mit der Priesterschaft des Boron in meinem Rücken und Steinherz, der für mich leuchtet, wird es niemanden mehr geben, der meinen Anspruch auf den Thron bezweifeln wird.«

Auf der Treppe hinauf zum nächsten Stockwerk regte sich eine schlanke Gestalt. Offenbar hatte sie es sich dort im Schatten auf alten Säcken bequem gemacht, jetzt richtete sie sich verschlafen auf, gähnte und strich sich die Haare glatt. »Ich fürchte«, sagte die schlanke Sera mit einem breiten Lächeln und streckte sich, als Leandra und die Gefährten herumfuhren und die Klingen aus den Scheiden sprangen, »dass Ihr Euch da ein wenig täuscht.«

»Wer seid Ihr?«, fragte Janos barsch.

»So viele Schwerter für eine schwache Frau«, lächelte die Sera, als sie langsam die Treppe herunterkam. »Wollt ihr sie nicht wegstecken, bevor ihr mit ihnen noch jemanden verletzt?«

»Ihr habt die Frage noch nicht beantwortet«, grollte Janos, während er sich verstohlen umsah. Wo eine auf sie gewartet hatte, konnten sich ja noch mehr verstecken. »Wer seid Ihr, und was wollt Ihr von uns?«

»Keine Sorge, dies ist kein Hinterhalt«, behauptete die dunkelhaarige Schönheit und grinste breit. »Sagt, habt Ihr je von einem Dieb gehört, der sich Wiesel nennt?«

Die verschwundene Legion

36 Als Asela zum Amtsraum des Kommandeurs zurückkehrte, fand sie dort Desina am Schreibtisch des Kommandanten sitzend vor. Sie trug ihre Haare offen, es sah aus, als hätte eine Krähe dort ihr Nest gebaut. Die Kaiserin stützte ihr Kinn in ihre Hände und starrte trübe auf die Karte. Während ihre dunkelgrünen Augen sonst immer lebhaft funkelten und Asela sie meist lächeln sah, schien jetzt ein Schatten auf ihr zu lasten.

Wie immer war Santer in ihrer Nähe, und als die Eule zu ihm hinschaute, schüttelte der große Mann nur langsam seinen Kopf. »Sie hat weder geschlafen noch gegessen«, teilte er der Eule mit. »Sie hat sich noch nicht einmal Zeit genommen, etwas zu meditieren.«

»Er übertreibt wie üblich«, bemerkte Desina und hob ihren Kopf, um zu Asela hinzusehen. Mit einer müden Handbewegung wies sie auf einen Stapel Rollen und Briefe, die sich auf dem Schreibtisch türmten. »Als gäbe es nicht genug für mich zu tun, um mir meinen Schlaf zu nehmen.«

Asela warf einen Blick auf diesen Stapel, die meisten dieser Rollen und Briefe trugen noch ihre Siegel und waren nicht geöffnet worden.

»Schon«, sagte sie und zog sich einen Stuhl heran. »Nur dass Ihr Euch nicht um sie gekümmert habt. Was bedrückt Euch, Desina?«

Die junge Kaiserin seufzte und lehnte sich in ihrem Stuhl zurück. Sie fuhr sich mit den Fingern durch die Haare, was es nicht besser machte, und nickte dann zur Wand hin, wo die Fahne der einundzwanzigsten Legion achtlos an einem Kleiderhaken hing.

»Etwas nagt an mir, Asela«, gestand sie dann und stand auf, um zu der Karte hinzugehen.

»Schau dir die Straße nach Melbaas an. Sie ist eine der Haupthandelsstrecken und für die Südlande recht gut ausgebaut. Die schwarze Legion trägt nur Lederrüstungen, und wenn unsere Legionen an einem Tag zwanzig oder mehr Meilen marschieren können, dann können sie das auch. Wir wissen von den Elfen, dass die Legion noch am gleichen Tag aufbrach, als Blix seine Schlacht auf diesem Hügel schlug … und hier«, sie wies mit ihrem Finger auf einen Punkt, an dem gekreuzte Schwerter frisch eingezeichnet waren, »hier ist das Schlachtfeld, wo Miran sie letzte Nacht stellte. Es war von Lassahndaar weiter weg, als wir gedacht hatten … sie ist nicht schnell marschiert, sondern eher geschlichen; wenn sie fünfzehn Meilen an einem Tag marschierte, würde es mich wundern.« Sie runzelte die Stirn. »Der Greifenreiter hat uns berichtet, dass sie ein Lager aufgeschlagen hatten. Wir dachten, es wäre wegen Byrwylde gewesen, aber was, wenn sie gewartet haben?«

»Auf was? Worauf wollt Ihr hinaus?«, erkundigte sich Asela höflich, während sie sich stirnrunzelnd die Karte besah.

»Wir dachten, die Feindlegion hätte es eilig … und auch ohne die Bedrohung durch den Wyrm wollten wir Lassahndaar schnell räumen. Doch wäre sie in dieser Geschwindigkeit weitermarschiert, hätte sie deutlich länger gebraucht, als wir angenommen hatten.«

»Und?«

»Warum soll sie so langsam marschieren, wenn sie es doch eilig hatte?«, fragte die Kaiserin. »Wir üben unsere Legionen darin, sie werden es nicht anders halten … tatsächlich hörte ich, dass es schwer sei, langsamer als eingeübt zu marschieren.«

»Ja«, nickte Asela. »So ist es auch. Die Kolonnen laufen ineinander auf.«

»Also, warum marschierten sie so langsam?« Die Kaiserin wandte sich von der Karte ab und schaute Asela an. »Doch was mich nicht schlafen ließ, ist, was du gestern Abend angemerkt hast. Dass selbst Miran die Schlacht als zu einfach empfand.«

»Der Wyrm …«, begann Asela, doch Desina winkte ab.

»Der Feind war zerschlagen, ja, aber er versuchte, sich neu zu formieren. Doch wenn ich deinen Worten glauben darf, dann stellte er sich dabei nicht besonders geschickt an.«

»Bis auf diese eine Lanze«, erinnerte sich Asela. »Sie war imstande, sich neu zu gruppieren und von der Schlacht abzulösen, wären die Monde nicht so hell gewesen, hätten wir sie wohl kaum noch stellen können. Auch so entkam ein großer Teil von ihr … und selbst auf dem Rückzug lieferte sie uns einen guten Kampf … dort erlitten wir auch unsere größten Verluste.«

»Die Lanze entkam?«, fragte Desina und zog die Augenbrauen zusammen.

»Ein Teil von ihr.«

»Götter«, fluchte die Kaiserin und ging ruhelos auf und ab. »Wir haben eine Legion im Feld, ohne zu wissen, wie es um sie bestellt ist! Es gibt keine Semaphoren hier, und sie sind zu weit entfernt für Heliographen … hätte sie dir nicht anstelle dieser dummen Fahne einen Bericht mitgeben können?«

»Ich nehme an, sie hat einen Meldereiter losgeschickt«, erwiderte Asela unbehaglich.

»Der noch Tage brauchen wird.« Die Kaiserin drehte sich abrupt um. »Kannst du mir sagen, wohin sich diese Lanze zurückgezogen hat?«

»Sie hat ein Drittel ihrer Soldaten verloren, es sind kaum noch mehr als sechshundert Mann«, sagte Asela beschwichtigend. »Wir haben eine ganze Legion zerschlagen, da fällt …«

»Du hast mir selbst gesagt, dass es nichts gibt, das nicht wichtig ist«, unterbrach Desina sie. »Wohin hat sich die Lanze zurückgezogen?«

»Nach Nordosten, soviel ich weiß«, gab Asela Antwort. »Miran wird es in ihren Bericht geschrieben haben.«

Doch die Kaiserin hörte ihr nicht zu, sie schob ihren Finger vom Ort der Schlacht in Richtung Nordosten auf eine schwarze Flagge zu.

»Dort haben unsere Elfenfreunde die zwölfte Legion aus den Augen verloren«, sagte sie leise. »In diesem Wald ... und von Südwesten her flieht eine Feindeslanze genau dorthin.«

»Ihr meint, dass der Greifenreiter recht behalten wird und dass die zwölfte Legion in diesem Wald zu finden ist?«, fragte Asela. »Selbst wenn, was macht es für einen Unterschied? Miran hat recht, durch diesen Wald kommt eine Legion nur sehr langsam voran, unsere Legion wird sich schon auf dem Rückweg befinden ... und Miran lässt sie bestimmt nicht langsam gehen. Wenn dort eine Legion liegt, kommt sie zu spät.«

»Ja. Zu der Schlacht von gestern Nacht«, murmelte Desina und kaute auf ihrer Unterlippe. »Diese Schlacht haben wir ihnen aufgezwungen; sie hatte der Feind auch nicht eingeplant.« Sie tippte mit ihrem Finger auf Lassahndaar.

»Wir haben beschlossen, die Stadt aufzugeben«, fuhr sie dann in Gedanken fort. »Sage mir, Asela, ist das etwas, womit ein Kriegsfürst rechnen würde?«

»Nein«, antwortete die Eule entschieden. »Das haben ihre Legionen mit den unseren gemein, sie weichen nicht zurück.«

»Nur dass wir es taten.« Desina musterte die Karte und den Wald, der dort eingezeichnet war. »Und wenn die zwölfte Legion durch den Wald auf Lassahndaar marschiert? Er führt recht nahe an die Stadt heran.«

»Ich sehe, worauf Ihr hinauswollt«, sagte Asela langsam. »Lassahndaar kann uns egal sein, aber die Straße, die Mirans Legion entlangmarschieren wird, verläuft parallel zum Wald.«

»Ja«, nickte die junge Kaiserin. »So ergibt es einen Sinn. Die Einundzwanzigste marschierte langsam, um sich mit der Zwölften abzustimmen, die durch den Wald ja länger braucht. Während wir auf die Einundzwanzigste starrten, hätten sie uns in der Flanke überraschen können. Das könnte der Plan gewesen sein ... nur jetzt ...«

»Richtig«, bestätigte Asela nachdenklich. »Der Kriegsfürst, der die Zwölfte leitet, müsste dumm sein, wenn er die Gelegenheit nicht wahrnähme.«

Desina biss sich wieder auf die Lippen, bevor sie leise weitersprach. »Wenn ich er wäre, würde ich mir den Wald zunutze machen und meine Truppen dort verstecken. Und wenn Miran mit ihren Kolonnen gerade mittig marschiert, würde ich sie von den Seiten und von vorn und hinten einschließen.«

»An Euch ist ein General verloren gegangen«, sagte Asela mit einem Lächeln, doch das schwand schnell wieder, als sie dorthin sah, wo die Kaiserin ihren Finger auf der Karte liegen hatte. Sie kaute auf ihrer Lippe herum, und für einen Moment sah Desina sie fasziniert an, sie erinnerte die junge Kaiserin so sehr an ihren Vater, dass es sie schmerzte. Dabei war es kein Wunder, schließlich waren sie verwandt.

»Es ist eine lange Reihe von Möglichkeiten, die Ihr hier aneinandergehängt habt«, stellte Asela dann fest. »Wenn die Zwölfte in den Wald marschierte, wenn ihr Ziel Lassahndaar gewesen ist … wenn sie von der Schlacht letzte Nacht erfahren haben, und wenn sie davon wissen, dass unsere Legion hier entlangmarschieren wird. Aber … Ihr habt recht. Die Möglichkeit besteht.«

»Wir müssen Miran warnen«, stellte Desina entschlossen klar. »Wie lange wird es dauern, bis die Dritte diesen Ort erreicht?«

»Einen oder zwei Tage, schätze ich«, antwortete die Eule. »Wenn die Obristin Späher auf diese Hügel hier entsendet, mag es sein, dass sie noch rechtzeitig unsere Signale sehen kann. Doch das ist zu ungewiss, um uns darauf zu verlassen.«

»Könnt Ihr nicht ein Tor öffnen, um dorthin zu gehen und sie zu warnen?«, fragte Santer von der Seite her.

»Nein«, sagte die Eule. »Nicht ohne Hilfe jedenfalls. Schaut, Santer, es macht keinen großen Unterschied, ob ich ein Tor öffne, durch das eine Maus hindurchgeht, oder eine ganze

Legion. Es sind …« Sie schätzte es auf der Karte ab. »Es sind fast sechzig Meilen bis nach Lassahndaar, wo der Weltenstrom verläuft. Gehe ich entlang des Weltenstroms, ist es kein Problem, doch wie Ihr wisst, zieht der Weltenstrom die Magie um sich. Je weiter ich von ihm abweiche, umso größer ist die Kraft, die ich benötige, um mich gegen ihn zu stemmen. Tatsächlich ist es leichter, entlang des Weltenstroms ein Tor nach Illian zu eröffnen, als auch nur zehn Meilen von dem Strom abzuweichen.«

»Geht nach Lassahndaar und reitet von dort aus«, schlug Santer vor, und Asela nickte.

»Das wäre eine Möglichkeit, nur wimmelt es in Lassahndaar von Byrwyldes Brut. Ich kann mich ihr nicht alleine entgegenstellen; wie bei Byrwylde auch schadet Magie ihrem Nachwuchs kaum.«

»Es wäre wohl zu viel erhofft, wenn die Brut sich um die Zwölfte kümmerte«, meinte Santer grimmig.

»Sie könnte auch für Miran noch ein Problem darstellen«, sagte Desina. »Ein zusätzliches. Nur wäre sie darauf vorbereitet.«

Asela neigte den Kopf. »Sie hat schwere Lanzen genau für diesen Zweck dabei. Was nichts daran ändert, dass wir sie warnen sollten.«

»Nehmt Desinas Greif und fliegt hin«, schlug Santer vor.

»Das wäre mir die angenehmste Lösung«, lächelte Asela. »Aber Steinwolke ist ein Königsgreif, ohne Leandra wird sie mich nicht auf ihrem Rücken dulden. Wir sollten Finna fragen, ihr Verhältnis zu den Elfen war schon immer ein besonderes, vielleicht können uns die Elfen einen Greifen abgeben … verlangen können wir es nicht von ihnen, dafür sind die Greifen zu selten und zu wertvoll.«

»Ihr habt lange dem Feind gedient«, stellte Santer nun nachdenklich fest, der nach wie vor die Karte studierte.

Asela versteifte sich. »Was wollt Ihr damit sagen?«, fragte sie kühl.

Ihr Ton ließ Santer überrascht aufsehen. »Nicht das«, sagte er dann und winkte ab. »Ich wollte Eure Loyalität nicht infrage stellen. Mein Gedanke war, dass Ihr vielleicht auch wisst, wie man eine Wyvern reiten kann.«

Asela entspannte sich. »Gewiss, ja. Nur fehlt es uns an Wyvern genauso sehr wie an den Greifen.«

»Das ist so nicht ganz richtig«, erwiderte Santer. »Als der Lanzengeneral die alte Wehrstation am Eisenpass genommen hat, fiel ihm eines dieser Tiere in die Hände ... es befindet sich in Askir und wird dort von den Federn untersucht. Wir könnten das Biest in einer Glocke hier haben ... sofern die Federn es nicht aufgeschnitten haben.«

»Wisst Ihr«, sagte Asela langsam und musterte den großen Stabsleutnant, »Ihr überrascht mich immer wieder.«

»Das liegt an meiner Größe«, grinste Santer.

Asela sah ihn fragend an.

»Bei der Größe hält man einen leicht für einen tumben Ochsen«, grinste Santer und zeigte weiße Zähne. »Man wird beständig unterschätzt.«

Während Desina noch lachte, klopfte es an der Tür. Santer tat einen langen Schritt, zog sie auf, und eine der Wachen salutierte. »Nachricht von Schwertobristin Helis für Ihre Kaiserliche Hoheit«, teilte er ihnen mit und reichte ihm eine Meldetafel.

Santer nickte und schloss die Tür, um die Meldetafel an Desina weiterzureichen.

»War Helis eben nicht noch hier?«, fragte er verwundert.

»Ja«, bestätigte Asela, »aber sie ist, gleich nachdem ich Leandra nach Illian schickte, nach Askir aufgebrochen. Nach Braunfels, um genau zu sein. Was kann sie nur wollen?«

Desina, die den Lederdeckel zurückgeschlagen und bereits gelesen hatte, ließ die Meldetafel sinken. »Die Schwertobristin hat einen der Gefangenen aus Lassahndaar leben lassen«, erklärte sie. »Schwertleutnant Stofisk hat ihn die letzten Tage ausgiebig verhört. Er hat etwas herausgefunden. Nach dem, was er hier schreibt, lag die einundzwanzigste Legion gar nicht in Melbaas. Dort befand sich nur die vierte Lanze.«

»Aber …«, begann Santer.

»Der Feind verfügt auch noch über Hilfstruppen. Sklaven, um genau zu sein. Stofisk schreibt hier, dass der Mann berichtete, man hätte diese Sklavensoldaten in alte Rüstungen gesteckt, um die Legion zu verstärken.«

»Das erklärt, warum Miran es so leicht hatte, die Reste der Einundzwanzigsten zu zerschlagen … und macht unsere Vermutung über die Absicht der zwölften Feindlegion nur umso wahrscheinlicher«, stellte Desina betroffen fest und reichte die Meldetafel an Asela weiter. »Du musst Miran dringend warnen.«

»Gehen ihnen jetzt wohl langsam doch die Soldaten aus?«, fragte Santer hoffnungsvoll, doch die junge Kaiserin schüttelte den Kopf, um sich dann erschöpft durch das Haar zu fahren.

»Nein«, erklärte Asela und ließ die Meldetafel sinken. »Hier steht, dass es eine Täuschung war, um den Großteil der Legion vor unseren Augen zu verbergen.«

»Zu welchem Zweck?«, fragte Santer überrascht.

»Das konnte der Gefangene uns nicht sagen. Nur, dass sich sechstausend Mann in Melbaas einschifften und mit zwölf Schiffen nach Norden abgesegelt sind.«

»Wann?«, fragte Santer.

»Schon vor elf Tagen.«

Desina, Santer und die Eule sahen sich gegenseitig an und schauten dann auf die Karte. Sie wurde im Norden von den Donnerbergen begrenzt, darüber lag eine weiße Fläche, jenseits der Donnerberge, bis hoch zu den Wüsten Bessareins, war die Welt noch nicht erforscht.

»Mit sechstausend Mann auf zwölf Schiffen sind die Schiffe überladen«, stellte Asela fest. »Janas wäre viel zu weit. Also muss ihr Ziel irgendwo hier liegen.« Sie wies auf die Küstenlinie vor der weißen Fläche. »Aber die Küste ist hier steil und hoch, es wird wenige Ankerplätze geben.«

»Was, bei allen Höllen«, fasste Santer zusammen, was sie alle dachten, »will der Feind nur dort?«

Amostins Abhandlung

37 »Er war hier, müsst Ihr wissen«, sagte Stofisk, während Serafine die Befehle und Marschpapiere, die Kasale ihr in Bezug auf die zweite Legion geschickt hatte, unterschrieb und siegelte.

Serafine sah auf. Sie befand sich im Amtsraum der zweiten Legion in der Zitadelle zu Askir, und aus dem Vorzimmer drang wie üblich das Gemurmel von Stimmen; noch immer war der Andrang der Rekruten groß, die der legendären Legion beitreten wollten. Zudem war Serafine abgelenkt, die Geschehnisse in der Donnerfeste beschäftigten sie noch immer. Sie machte sich Sorgen um Leandra und die anderen und, auch wenn sie das selbst kaum glauben wollte, auch um Miran. Es geht ja nicht nur um die Obristin, dachte sie, sondern um dreitausend Soldaten der Legion. Und seitdem sie Stofisks Bericht über die Vernehmung von Stabsmajor Perdus, dem glatzköpfigen Gefangenen aus Lassahndaar, der mittlerweile sogar im Tempel vor Soltar getreten war, gelesen hatte, spürte sie noch zusätzlich eine innere Unruhe. Irgendetwas, dachte sie, haben wir übersehen. Nur was?

»Was habt Ihr gesagt, Leutnant?«, hakte Serafine nach ... ihre Gedanken waren zu weit abgeschweift.

»Er war hier. Der Lanzengeneral.«

Serafine saß gerade und schaute den schlaksigen Major ungläubig an.

»Havald? Wann?«

»Am Tag, bevor er verschwunden ist.« Der Leutnant hob das Protokollbuch hoch, in dem die Sergeanten im Vorzimmer jeden vermerkten, der die Amtsräume der zweiten Legion betrat. »Ich habe es eben hier gelesen. Er hat sich und seine Begleitung ordnungsgemäß angemeldet ... und keine zwei Dochte später ist er wieder gegangen.«

»Er war in Begleitung da?«, fragte Serafine erstaunt.

»Eine Sera.« Der Schwertleutnant gestattete sich ein Lächeln, das sein Pferdegesicht auf nahezu magische Art zu seinem Vorteil veränderte; er sah wie ein Tempeljunge aus, der einen Witz kannte, den er nur ungern verraten wollte. »Der Lanzengeneral umgibt sich gern mit hübschen Seras ... und diese muss auf Korporal Jasse Eindruck hinterlassen haben. Er schrieb, sie wäre außergewöhnlich gewesen.«

»Asela? Die Kaiserin? Leandra? Wer? Oder war es Sieglinde ... sie war in Askir zu der Zeit und ...« Serafine hielt inne und bedachte den Leutnant mit einem harten Blick. »Hat der Korporal vielleicht auch einen Namen eingetragen?«

»Ja«, grinste Stofisk. »Sie gab ihren Namen mit Elsine an.« Sein Grinsen wurde breiter. »Wo habe ich nur diesen Namen schon gehört ...«

»Tut nicht so, als ob Ihr jemals etwas vergessen würdet«, grollte Serafine. Sie schüttelte ungläubig den Kopf. »Ich frage mich nur, ob es wirklich sein kann. Havald hat so lange gehofft, dass sie noch leben würde ...«

»Nun, hier steht der Name«, sagte Stofisk. Er ging zur Tür und zog sie auf. »Korporal, wenn Ihr etwas Zeit hättet ... ?«

Serafine unterdrückte ein Schmunzeln, offenbar hatte Stofisk Havalds Angewohnheit, Befehle als Bitten zu verkleiden, bereits übernommen.

Es änderte nichts daran, dass es keinen Lidschlag brauchte, bis Korporal Jasse vor ihr stand und salutierte.

»Ihr wart zugegen, als der Lanzengeneral hier erschien?«, fragte Serafine.

»Aye, Sera«, antwortete der Korporal und schien beunruhigt. »Habe ich etwas falsch gemacht?«

»Nein. Ich habe nur ein paar Fragen.«

Der Korporal der Federn stand gerader. »Aye, Sera«, sagte er erneut, doch so ganz schien er noch nicht überzeugt.

»Könnt Ihr die Sera beschreiben, die den Lanzengeneral begleitete?«, forderte Serafine ihn auf. »Sie gab ihren Namen als Elsine an.«

»Sie stammt wie Ihr aus Bessarein«, sagte der Soldat und sah geradeaus an Serafine vorbei. »Langes, schwarzes, gewelltes Haar, braune Haut, fein gezeichnetes Gesicht, dunkle Augen und volle Lippen. Sie ist etwas kleiner, als Ihr es seid, und etwas ... zierlicher gebaut.« Er hustete verlegen.

Serafine warf Stofisk, der sich mit funkelnden Augen auf die Lippen biss, einen strafenden Blick zu. Doch sie hätte wissen müssen, dass das nicht reichen würde. »Wollt Ihr damit andeuten, die Schwertobristin wäre.... wohlbeleibt?«

»Er ...« Der arme Mann wurde puterrot im Gesicht. »Nein, Ser. Auf keinen Fall, Ser! Selbst wenn sie es wäre ...«

»Lassen wir das«, sagte Serafine rasch und drohte Stofisk mit ihrem Blick Folgen an. Offenbar, dachte sie mit widerwilliger Erheiterung, war der Schwertleutnant bestrebt, nie eine Beförderung zu erhalten.

»Sie sieht Euch etwas ähnlich, Schwertobristin«, fuhr der Mann tapfer fort. »Sie könnte Eure ältere Schwester sein.«

»Es gibt noch mehr Seras in Bessarein, auf die Eure Beschreibung passt«, meinte Serafine.

»Aye ... ich meinte nur ...« Die Stimme des Soldaten verklang, und er sah eisern geradeaus.

»Ist Euch sonst noch etwas an ihr aufgefallen?«

»Sie trug die Kleidung, die in Bessarein üblich ist, ein weites seidenes Gewand in gedeckten Farben, dazu noch einen Umhang gegen die Kälte hier und einen Schleier.«

»Das ist noch nicht so ungewöhnlich«, stellte Stofisk fest.

»Aye, Ser«, sagte die Feder und hatte sichtlich Mühe, sich nicht zu Stofisk umzudrehen, der an seinem Schreibtisch in ihrem Rücken saß. »Nur waren Schleier und Umhang von einem ungewöhnlichen, leuchtenden Türkis.«

Serafine nickte langsam.

»Danke, Korporal«, sagte sie und sah, wie der Mann aufatmete. »Ist Euch an dem Lanzengeneral etwas Ungewöhnliches aufgefallen?«

»Nein, Sera«, antwortete der Mann. »Er kam herein, grüßte, fragte nach Sergeant Emlichs Eheweib, die kurz vor ihrer Niederkunft stand, dann nach Euch, und als er erfuhr, dass Ihr nicht zugegen wart, ging er in sein Zimmer. Er blieb hier vielleicht einen Docht lang und ging dann wieder.«

»Und es ist Euch nichts an ihm aufgefallen?«, fragte Stofisk. »Wahrhaftig nichts?«

»Der Lanzengeneral *ist* ungewöhnlich. Ich habe es aufgegeben, mir darüber den Kopf zu zerbrechen, was er wann und wie und warum tut«, antwortete der Mann tapfer. »Ser«, fügte er noch hastig hinzu, »höchstens noch …«

Serafine sah ihn fragend an.

»Er hat sich umgezogen«, erklärte der Mann. »Er trug die gleiche Rekrutenuniform, die er schon öfter angezogen hat, wenn er ausgegangen ist. Er hatte ein Buch dabei … und ein paar frisch gesiegelte Dokumente. Als die Sera und er wieder gingen, sagte sie etwas zu ihm in Bessa, und er lachte. Mehr kann ich Euch wirklich nicht berichten.«

»Er hat sich daran erinnert, dass Sergeant Emlichs Weib hochschwanger ist?«, hakte Serafine nach.

»Aye, Sera. Er fragte namentlich nach ihr.«

»Danke«, sagte Serafine. »Ihr dürft gehen.«

Mit sichtlicher Erleichterung salutierte der Korporal und floh.

Serafine spießte Stofisk mit ihrem Blick auf. »Haltet *Ihr* mich denn für fett?«

Stofisks Grinsen gefror in seinem Gesicht, als er ihren harten Blick wahrnahm.

»Ich …«, begann er, und dann wusste er nicht weiter. »Es war ein Scherz«, versuchte er sich zu erklären. »Ich habe nur …«

»Hebt Euch die Scherze bis nach Dienstschluss auf«, mahnte Serafine kühl, wobei sie Mühe hatte, ein Lächeln zu verbergen. Sie lehnte sich in ihrem Stuhl nach hinten.

»Wusstet Ihr, dass Emlichs Eheweib schwanger ist?«, fragte sie ihn. Stofisk schüttelte verneinend den Kopf.

»Ich auch nicht«, seufzte Serafine. »Havald merkt sich solche Dinge … es macht ihn zu dem, der er ist.«

»Es sagt uns auch, dass er wieder weiß, wer er ist«, stellte der Leutnant das Offensichtliche fest. Ja, dachte Serafine. Nicht, dass ich dafür nicht dankbar wäre, aber es wirft ein Dutzend neue Fragen auf.

»Also ist er nicht verwirrt, sondern verfolgt einen Plan. Nur warum …« Sie hielt inne. »Ich werde ihn selbst fragen«, schwor sie und stand auf, bevor sie noch zu sehr verriet, wie sehr es sie getroffen hatte, dass er Askir verlassen hatte, ohne sie vorher aufzusuchen. Götter, fluchte sie in Gedanken, er muss doch wissen, dass wir uns Sorgen machen!

Sie trat an das große Regal heran, das einen Teil der Wand bedeckte, und musterte die Bücher und die Rollen, die dort lagen. Havald hielt sich mit Ordnung selten auf; seine Bücher waren nicht etwa sorgsam eingereiht, sondern bildeten kleine Stapel … und dennoch schwor er, dass er wüsste, was wo wäre.

»Er hat ein Buch mitgenommen«, sagte Serafine grübelnd. »Welches könnte das denn sein?«

»Das kann ich Euch sagen«, meinte Stofisk und wies mit seiner Gänsefeder zu einem Stapel hin, der auf der Ecke von Havalds Schreibtisch lag.

»Ganz obenauf lag Amostins Abhandlung über ›Barbarische Gebräuche, Mythen und Rituale‹. Die zweite Ausgabe. Von 982. Stabmajor Amostin war eine Feder, die vor ein paar Hundert Jahren lange in der Ostmark diente.«

»Seid Ihr sicher?«, fragte Serafine.

Stofisk nickte entschieden.

»Die Lage in der Ostmark hat den General stets verärgert. Er bat mich, ihm alle Bücher zu besorgen, die ich über die

Barbaren finden konnte. Dieses fand sich im kaiserlichen Archiv in Aldane, doch es wurde erst nach dem Attentat geliefert.«

»Wusste er davon?«

»Ja«, bestätigte Stofisk. »Er hat es ungeduldig erwartet.«

»Hhm«, meinte Serafine. »Hat er Euch gegenüber erwähnt, was genau ihn so verärgert?«

»Das könnt Ihr Euch doch denken«, erwiderte Stofisk offen. »Er hat sich sogar mit Euch darüber schon gestritten. Vor allem, dass es auf beiden Seiten keine Gnade mehr geben wird.«

»›Dass nyt gerecht gestrytten worden wart‹«, murmelte Serafine nachdenklich.

»Bitte?«, fragte Stofisk.

»Nichts«, winkte Serafine ab. »Gibt es noch eine Ausgabe dieses Buches?«

Stofisk seufzte. »Irgendwo bestimmt«, sagte er dann. »Ich werde Orikes dazu befragen.«

»Versucht, ein Exemplar für mich zu finden.«

Stofisk nickte ergeben. »Kann ich sonst noch etwas für Euch tun?«

Serafine nahm den Stapel an Papieren, den sie noch nicht abgefertigt hatte, und legte ihn Stofisk vor die Nase. »Kümmert Euch darum«, befahl sie. »Wenn Ihr damit fertig seid, setzt Euch mit Orikes in Verbindung. Wenn ich zurückkomme, will ich alles wissen, was es über Kaiserin Elsine je zu wissen gab.«

Stofisk sah auf den Stapel vor sich herab, dann seufzte er und schaute Serafine an.

»Ich nehme an, Ihr geht zur Feste Braunfels?«

»Ja«, antwortete Serafine. »Und falls er mir entwischt und hier hereinspaziert kommt, richtet ihm aus, dass ich ihn finden werde.«

»Das hört sich fast nach einer Drohung an«, schmunzelte Stofisk.

Serafine bedachte ihn mit einem kalten Blick. »Genau das ist es auch.«

Die Sklavin

38 »Nachricht von unseren Spähern, Ser«, sagte der Lanzenkorporal, der vor dem Zelt des Kriegsfürsten Wache hielt, und reichte Corvulus einen Rollenbehälter. Der Kriegsfürst wartete, bis die Zeltplane wieder herunterfiel, und brach dann das Siegel. Er warf einen Blick auf das Geschriebene und fluchte leise. »Das wird Vater nicht gefallen«, stellte er dann fest und setzte sich an seinen Schreibtisch, um nach seinem Becher zu greifen. Er nahm ihn auf, schaute hinein und stellte ihn dann langsam wieder ab.

»Wie heißt du?«, fragte er die neue Sklavin, die nackt und still neben ihm auf dem Boden kniete.

»Lin«, sagte sie und duckte ihren Kopf.

»Komm her.«

Folgsam rutschte sie auf ihren Knien näher.

»Weißt du, was das ist?«

Sie schaute auf den Becher, den er ihr vor die Nase hielt, und schluckte ängstlich. »Ein Becher.«

»Ein leerer Becher«, verbesserte er sie. »Deinen Arm.«

Zitternd hielt sie ihm den Arm hin und biss sich auf die Lippen, während er langsam mit einem präzisen Schnitt ihre Haut offenlegte … der zweite dieser Schnitte heute.

»Du wirst darauf achten, dass das nicht wieder geschieht«, sagte er dann.

»Ser«, hauchte sie und ließ den Kopf hängen, während ihr die Tränen aus den Augen liefen. »Ihr habt mir befohlen, dort zu knien und mich nicht zu regen, ich konnte nicht wissen, dass der Becher leer ist.«

Corvulus holte mit seiner Hand aus, doch dann ließ er sie sinken.

»Eine Sklavin, die noch den Mut besitzt, sich zu verteidigen«, stellte er dann fest. »Das ist selten geworden.«

Er musterte sie genauer. Als er gestern von der Inspektion in sein Zelt zurückgekommen war, hatte sie schon dort gekniet. Wahrscheinlich hatte er es bei der letzten Sklavin übertrieben.

Hautfarbe, Gesicht und Lidfalten verrieten ihm, dass sie aus Xiang stammte. Sie war, wie fast alle dort, klein und zierlich geraten, und die harte Arbeit hatte ihr Muskeln verliehen, die unter ihrer Haut tanzten. Für ein gelbes Plattgesicht, dachte er, hatte sie recht feine Züge, und irgendetwas verriet ihm, dass ihr Stolz noch nicht ganz gebrochen war.

»Du darfst aufstehen, um zu überprüfen, ob du deinen Pflichten nachkommst«, teilte er ihr dann gnädig mit. »Jetzt ...«

Doch sie hatte sich bereits erhoben und schenkte ihm nun mit zitternder Hand den Wein ein. Sie stellte die Karaffe sorgfältig ab, ging zurück zu ihrem Platz und kniete nieder.

Er musterte sie ein wenig länger und sah dann zu Dereinis hin, die schlaff in ihren Fesseln hing. Widerwillig musste er gestehen, dass seine Schwester ihn beeindruckt hatte, bislang hatte sie noch nicht um Gnade gewinselt. Auf der anderen Seite hatte er zu viel zu tun gehabt, um sich ausgiebig um sie zu kümmern.

Er griff an seinen Beutel und entnahm diesem einen Schlüssel aus Kristall und warf ihn der Sklavin zu.

»Hier«, sagte er, als sie den Schlüssel fing. »Löse das Halsband der Fürstin, bereite ihr ein Bad, und lege ihr ihre Rüstung aus.«

Während die Sklavin sich beeilte, seinen Befehl auszuführen, hob die Fürstin langsam ihren Kopf.

»Ich dachte, du willst noch etwas mit mir spielen?«, fragte sie erschöpft.

Er trank einen Schluck und musterte sie über den Rand des

Bechers. »Die Kaiserlichen haben unseren Köder geschluckt«, teilte er ihr dann mit. »Nur anders als wir dachten. Sie haben einen Lindwyrm auf unsere Truppen gehetzt und bis auf knapp sechshundert Mann alle aufgerieben.«

»Ein Wyrm?«, fragte die Fürstin heiser und leckte sich über ihre aufgesprungenen Lippen. Als die Sklavin die letzten Fesseln löste, sackte sie in sich zusammen. Nur mühsam gelang es ihr, sich zumindest auf ihre Hände aufzurichten. »Wein«, krächzte sie und nach einem fragenden Blick zu Corvulus hin beeilte sich die Sklavin, ihr einen Kelch mit dünnem Wein zu bringen. So gierig trank die Fürstin, dass ihr der Wein über den geschundenen Körper lief. »Wo kam der Wyrm her? Und wie? Sie haben keine Bestienmeister …«

»Wartet«, sagte Corvulus. »Erholt Euch erst.«

Er trat an den Zelteingang und winkte eine der Wachen heran. »Bringt mir einen kräftigen Sklaven.«

Es dauerte keinen Docht, da stießen die Wachen einen Sklaven herein, der wohl wusste, was ihm bevorstand, denn er fing gleich an zu weinen. Mit seiner Hand griff der Kriegsfürst den Sklaven bei dem eisernen Ring um seinen Hals und zerrte ihn dorthin, wo die Fürstin lag. Bevor der Mann auch nur noch etwas stammeln konnte, sprang die Fürstin ihn an, als wäre sie ein Panther. Lange schwarze Krallen wuchsen aus ihren Fingerspitzen und bohrten sich in das Fleisch des Sklaven, während der Fürstin ein wohliges Stöhnen entwich. Schwarzes Blut tropfte aus seinen Wunden, dort, wo sich ihre Klauen in seinen Leib bohrten, wurde seine Haut grau und runzlig … während sich ihre Wunden schlossen.

Der Sklave, der nun weinend auf dem Boden lag, war alt geworden und verbraucht. Aus blinden Augen sah er noch einmal auf, dann entwich ihm sein letzter Hauch.

Die Fürstin stand auf und wischte sich Dreck und Blut und Schorf von ihrer Haut und bedeutete der Sklavin mit einer Geste, ihr Opfer zu entsorgen. Unter ihrer gelben Haut war die Sklavin blass geworden, doch sie beeilte sich, den verdorrten Leichnam aus dem Zelt zu zerren.

»Und bereite mir ein Bad«, befahl die Kriegsfürstin, und die Sklavin nickte ergeben. »Sofort«, sagte sie, und es dauerte auch nicht lange, bis sie mit schweren Eimern voller heißem Wasser wieder hereinkam, um das Bad zu füllen.

Keine halbe Kerzenlänge später kam Fürstin Dereinis aus dem Bad. Sie trug bereits wieder ihre weiße Lederrüstung, doch, wie Corvulus befriedigt feststellte, noch nicht ihr Schwert. Noch hatte er sie nicht freigegeben, und offenbar legte sie es nicht darauf an, ihn zu verärgern.

»Was war jetzt mit diesem Wyrm?«, fragte sie, während hinter ihr die Sklavin den Badezuber leerte und die Eimer hinausbrachte.

»Niemand weiß, woher er kam«, antwortete Corvulus und rollte eine Karte aus. »Kein Bestienmeister kontrollierte ihn; dem Bericht nach hat ein Reiter ihn zum Lager der Legion geführt, er starb, bevor er es erreichte, der Wyrm hat ihn gefressen. Fürst Kanos schreibt, dass der Wyrm unverwundbar gewesen wäre und seine Legion in einem Viertel einer Kerze versprengte. Nachdem er sich an unseren Soldaten satt gefressen hatte, wandte sich der Wyrm wieder ab und kroch davon.«

»Ein geschickter Schachzug«, stellte Dereinis fest und sah sich nach der Sklavin um. Die schleppte gerade zwei Eimer aus dem Zelt hinaus, also schenkte sich die Fürstin selbst Wein nach. »Was geschah dann? Du hast davon gesprochen, dass nur zweihundert überlebten.«

»Die dritte kaiserliche Legion kam drei volle Lanzen stark die Hügel heruntermarschiert, trieb die Überlebenden zusammen und erschlug sie. Kanos hat beim Kampf gegen diesen Wyrm die erste Lanze zurückgehalten, sie war kaum angeschlagen, aber er schreibt, dass er nicht gegen die Kaiserlichen hätte bestehen können. Nur mit Mühe und unter schweren Verlusten gelang ihm die Flucht in den nahen

Wald. Wie er schreibt, hat der Feind sie vor sich hergetrieben wie einen Hasen.«

»Kanos neigt nicht zur Flucht«, stellte Dereinis nachdenklich fest. »Hat er eine Erklärung, wieso seine Späher diese drei kaiserlichen Lanzen nicht gesehen haben?«

»Er vermutet, dass sie mit Magie verborgen waren.«

Die Fürstin lachte glockenhell. »Wir verstecken uns, sie verstecken sich ... was für ein Tanz! Und was ist jetzt mit Lassahndaar?«

»Sie haben die Stadt aufgegeben und selbst zerstört.«

Sie schaute überrascht zu ihm hinüber und nickte dann. »Sie sind klüger, als ich dachte«, stellte sie dann nachdenklich fest. »Weißt du, wie die Zwölfte aufgeflogen ist? Was haben wir übersehen?«

»Nicht wir«, verbesserte Corvulus sie. »Du. Wenn überhaupt ... es gibt noch kein Anzeichen dafür, dass sie die Legion entdeckt haben.« Er stellte seinen Becher auf der Karte ab. »Hier fand die Schlacht statt«, sagte er und zeigte mit dem Finger auf den Ort. Und wartete.

Sie enttäuschte ihn nicht.

»Weiter vorzurücken, wäre dumm von ihnen«, stellte sie fest. »Sie werden zurückmarschieren ... hier entlang ... direkt in unsere Arme.« Sie sah mit glühenden Augen auf. »Lass mich die Zwölfte führen, Bruder. Ich bringe dir die Fahnen ihrer Lanzen.«

»Bring mir die Fahne der Legion, Dereinis. Es ist die dritte kaiserliche Legion, und drei Lanzen sind alles, was sie haben.«

»Umso besser«, stellte sie fest und sah auf die Karte herab. »Wie ist es um die Zwölfte bestellt?«

»Sie haben nur ein Dutzend Leute verloren und fünf ihrer sieben Wyvern. Du hast ihnen fast alle Bestienmeister und Wyvernreiter mitgegeben, die wir noch haben. Ich hoffe, du weißt, wie wertvoll sie für uns sind.«

»Wertvoller als die dritte Legion?«, fragte sie mit einem Lächeln, und der Kriegsfürst lachte.

»Das wohl nicht.«

Sie beugte sich über die Karte. »Was ist dies hier für ein Ort?«, fragte sie ihn dann. »Eine Ruinenstadt?«

Er warf einen Blick auf das Symbol. »Sieht so aus. Warum? Sie liegt abseits des Weges, den sie nehmen werden.«

Sie sah überrascht zu ihm auf.

»Sie haben die Einundzwanzigste zerschlagen, um uns zu sagen, dass sie sich nicht täuschen lassen. Sie haben Lassahndaar ohne Kampf aufgegeben und noch selbst zerstört. Sie werden sich keine Blöße geben ... und ganz bestimmt wird Lanzenobristin Miran ihre Legion nicht die Handelsstraße hinaufführen, sie ist nicht so dumm, den Wald in ihrer Flanke zu belassen ... er ist zu dicht, um sicher ausgespäht zu werden. Also wird sie ihn umgehen. Die Straße, die zu diesen Ruinen führt, bietet sich dazu an.«

»Und wenn sie die Handelsstraße doch nehmen?«, fragte Corvulus. »Ihres Wissens nach droht dort keine Gefahr.«

»Darauf wird sich Miran nicht verlassen«, erwiderte die Fürstin und leckte sich wie eine Katze die Lippen. »Jedenfalls würde ich es nicht tun. Selbst wenn sie dann doch die Straße nimmt ... von dort aus können wir sie von hinten angehen, unsere Legionen marschieren schneller als die ihren.« Sie sah zu ihm auf. »Wie steht es um die Belagerung?«

Er zuckte mit den Schultern. »Deine Mineure haben die Hauptmauern untergraben und suchen nun einen Weg nach oben, nur sind sie gestern in eine Falle geraten.«

»Welche Falle?«, fragte sie interessiert.

»Meister Steingrimm bewundert unseren Feind. Askannon hat wohl auch die Mineure vorausgesehen ... als sie durch eine Wand durchbrachen, trafen sie auf einen Felsspalt, der mit feinem Sand gefüllt war. Der Sand hat die Tunnel geflutet, nur der Meister und sein Sohn haben überlebt. Sie sind dennoch zuversichtlich, in den nächsten zwei Tagen einen Weg zur Oberfläche zu finden. Er sagt, das Gröbste wäre überstanden. Sie haben ja auch lange genug daran gegraben«

Er schob seinen Ärmel zurück und betrachtete seine kupferne Hand. »Der jüngere Sohn will mir noch heute die Hand besser anpassen, du kannst ihn dann ja selbst dazu befragen. Mit etwas Glück brechen sie noch durch, bevor Render seine Krone kriegt.«

»Man kann sich auf den Grafen nicht verlassen«, warnte ihn die Fürstin.

»Als ob ich das nicht wüsste«, meinte Corvulus erheitert. »Aber ich habe ihm ein Angebot gemacht, das er nicht ablehnen kann.«

»Was hast du ihm versprochen?«

»Er will die Unsterblichkeit.« Der Kriegsfürst lachte. »In gewisser Weise wird sich sein Wunsch ja auch erfüllen!« Er wurde wieder ernst und sah sie nachdenklich an.

»Die Intrige mit Render hast du gut gesponnen. Der Plan, Lassahndaar einzunehmen, war ebenfalls gut durchdacht. Bislang hast du kaum Fehler begangen ... wie konntest du an der Königin nur so versagen? Du hast ihnen versprochen, die Stadt zu verschonen, wenn sie dir Eleonora geben ... warum?«

»Nett, dass du jetzt schon fragst«, sagte sie bitter. »Aber du musstest ja mit deinen Messern spielen.«

»Nun«, sagte er unbewegt. »Ich frage jetzt.«

»Zwei Gründe«, sagte sie. »Zum einen muss es in Illian zumindest ein Tor geben ... und ich war mir sicher, dass die Königin wusste, wo es sich befand. Zum anderen versprach ich nur, die Stadt selbst zu verschonen ...« Sie bleckte ihre Zähne zu einem wölfischen Lächeln. »Von den Bewohnern habe ich nichts gesagt.«

Er lachte. »Dann werden wir dein Versprechen halten können. Du hast sie dennoch unterschätzt.«

»Ja«, sagte sie. »Aber das wäre wohl selbst Vater geschehen. Ich habe fünf unserer besten Seelenreiter auf sie angesetzt. Sie war todkrank und brannte auf dem Scheiterhaufen ... niemand hätte damit rechnen können, dass ihr Wille derart groß war, dass sie uns noch so hart hat treffen können. Ich weiß noch immer nicht, wie sie es vollbrachte, aber sie ging in einer Art Fanal und riss unsere Leute mit. Beinahe hätte sie auch mich noch mitgenommen. Dennoch schwöre ich, dass sie nicht über einen Funken magisches Talent verfügte.«

»Das hat dich überrascht?«, fragte er.

Sie nickte. »Ihr Wille war wie eine Wand aus Stahl. Oder wie ein Amboss und ein Hammer.«

Er schüttelte den Kopf. »Das hättest du dir denken können«, mahnte er sie dann. »Seit dreißig Jahren war sie unter Schmerzen in einem sterbenden Körper gefangen. Sie hat ihren Willen jeden Tag geschult.« Er wies zu dem blutigen Balken hin, an dem sie die letzten Tage gehangen hatte. »Denke dir das dreißig Jahre lang … damit hast du deine Erklärung. Sie wusste, dass sie sterben würde, und hatte nichts mehr zu verlieren. Du hast Glück gehabt.«

»Ich habe ihr angeboten, sie zu heilen«, sagte Dereinis. »Sie hat es abgelehnt.«

Der Kriegsfürst neigte den Kopf.

»Das hätte dich schon warnen sollen. Aber gut, es ist vorbei. Wenn Illian fällt, werde ich bei Vater ein gutes Wort einlegen.« Er bannte sie mit seinem Blick. »Aber nur dann, wenn du mir die Fahne der dritten Legion vor die Füße legst.«

Der Getreidespeicher

39 »Und dieser Dieb ist der Bruder der Kaiserin?«, fragte Janos und schüttelte ungläubig den Kopf.

»Ja«, sagte Leandra kurz. »Er war es auch, der Havald aus dem Hafenwasser zog. Ohne diesen Dieb hätte er schon lange den Fischen ein Mahl bereitet.«

»Ich weiß nichts davon, dass er mit der Kaiserin verwandt sein soll«, widersprach Lanzenmajor Blix und schaute verärgert drein. »Was ich weiß, ist, dass er seit Jahren alle foppt. Sich auf ihn zu verlassen, kann kein guter Ratschlag sein.«

»Ihr könnt auch gerne durch diese Türe hier gehen«, bot ihm Marla grimmig lächelnd an. »Mit dieser schönen neuen Rüstung wird es nicht lange dauern, bis Ihr auffallt ... man sieht hierzulande solche Plattenpanzer ja an jeder Ecke ... dazu noch der kaiserliche Drache auf der Brust ... ja«, nickte sie. »Ich denke, es wird nicht lange dauern, bis Ihr selbst vor dem Grafen Render steht. Ihr könnt ihm dann erklären, warum er auf den Thron verzichten soll, für den er so lange intrigierte und dutzendfach gemordet hat.« Sie wies mit einer großen Geste zum Tor des Getreidespeichers. »Geht nur. Das Tor ist nicht verschlossen. Niemand zwingt Euch, auf einen Dieb zu hören, macht selbst Eure Erfahrungen in dieser schönen Stadt!«

»Kein Grund zur Verärgerung«, sagte Janos beschwichtigend. »Ich habe diesen Grafen Render selbst bereits kennengelernt, was Sera Marla uns erzählt, passt zu dem, was ich von dem Grafen denke ... er ist ein kaltblütiges Reptil, das nur Machtgier und keinerlei Gewissen kennt.« Er sah besorgt zu Leandra hin, die immer bleicher geworden war, je mehr Marla berichtet hatte. »Seid Ihr ihm auch schon begegnet, dem feinen Grafen Render?«

»Ja«, sagte Leandra rau und schluckte. »Das kann man so sagen. Unabhängig von meinem Anspruch auf den Thron, darf er nicht an Graf Render fallen. Er wäre der Letzte, den Eleonora darauf geduldet hätte ... sie würde in Soltars Hallen keine Ruhe finden!« Sie seufzte. »Ich kann mich auch an Sera Nemris erinnern, eine ruhige, kluge Frau ... dass sie an den Grafen geriet und dafür mit dem Leben büßen musste, trifft mich sehr.« Sie atmete tief durch und sah Marla prüfend an. »Also habe ich es mir nicht eingebildet, Ser Wiesel war hier, als ich mich mit dem Kriegsfürsten Corvulus geschlagen habe.«

»Er warf einen Dolch, um einen Schwertstreich für Euch

abzuwehren«, bestätigte Marla ernst. »Ich sah es selbst. Ihr verdankt ihm Euer Leben … in mehr als einer Hinsicht.«

»Wie meint Ihr das?«, fragte Janos, doch Marla schüttelte den Kopf. »Später«, sagte sie. »Zuerst müssen wir von hier verschwinden. Und ihr beide«, sie deutete Grenski und Blix aus, »müsst auf eure schönen Plattenpanzer verzichten.«

»Und nur in Unterzeug auf die Straße gehen?« Blix wandte sich empört an Janos. »Was ist es nur mit diesem Land, dass ich beständig dazu gedrängt werde, meine Rüstung auszuziehen?«, fragte er erbost. »Erst habt Ihr mich dazu erpresst und jetzt auch sie!«

»Vielleicht seht Ihr ohne dieses Blech viel besser aus?«, meinte Janos grinsend, und Blix schnaubte.

»Ihr könnt Euren glänzenden Stolz ja wieder anlegen, wenn die Maestra erst einmal Königin ist«, schlug Marla vor und ging zur Tür. »Ich werde Euch neue Kleider besorgen, aber bis dahin«, bat sie, »verhaltet Euch bitte still.« Sie sah zu Sieglinde hin. »Ihr werdet noch am wenigsten auffallen«, sagte sie dann. »Wenn Ihr wünscht, könnt Ihr mich begleiten.«

Sieglinde sah zu Janos hin.

»Achtet auf sie, dass ihr nichts geschieht«, grollte er. »Wenn doch … werde ich Euch finden.«

»Ich passe auf mich selbst auf«, sagte Sieglinde mit einem Blick zu Janos hin.

Marla nickte lächelnd. »Ihr wird schon nichts geschehen.«

»Was haltet Ihr von alledem?«, fragte Blix Leandra, nachdem Sieglinde und die Diebin durch das Tor geschlüpft waren.

»Dass es leicht zu überprüfen ist«, sagte die Maestra und trat ans Tor heran, um durch einen Spalt im Holz nach draußen auf den Platz zu sehen. »Er hat mir, wie diese Marla sagt, das Leben gerettet. Ich erinnere mich auch an die meisten Namen, die sie nannte. Es fällt mir dennoch schwer, all das zu glauben. Ich kenne Bruder Faban, seitdem er ein Tempelschüler war, er ist vier Jahre jünger als ich und kaum alt genug, um jetzt Borons höchster Diener zu sein.«

»War er schon immer so fanatisch, wie die Diebin es beschreibt?«, fragte jetzt Grenski, doch die Maestra schüttelte den Kopf.

»Weit davon entfernt«, sagte sie leise. »In Wahrheit fiel er mir kaum auf.«

»Und diese Herzogin, von der Marla spricht?«

»Herzogin Lenere?« Leandra seufzte. »Ich habe den Namen schon gehört, aber ich wusste nicht, dass sie Eleonora beraten hat.«

»Marla sagte, sie hätte violette Augen«, meinte Janos nachdenklich. »Es war das Erste, was sie sagte, als sie Euch genauer sah: dass sie, außer bei der Herzogin, noch nie solche Augen gesehen hätte.«

»Diese Herzogin Lenere sagt mir trotzdem nichts«, beharrte die Maestra. »Marla sagte auch, dass sie wohl Elfenblut in sich trägt, sonst wäre sie kaum so alt geworden.« Sie zuckte mit den Schultern. »Vielleicht sind wir ja irgendwie verwandt.«

»Und Render?«, wollte Janos mit rauer Stimme wissen. »Was hat er Euch angetan?«

»Genug«, sagte Leandra grimmig. »Genug, um mich schon lange, bevor ich Steinherz in meinen Händen hielt, dazu zu bringen, zu schwören, dass ich ihn eigenhändig erschlage.«

Unbehaglich bemerkte Janos, wie Steinherzens Rubinaugen bei den Worten der Maestra schwach aufglimmten. Was ihn zu einer anderen Frage brachte. »Wie erklärt Ihr Euch, dass es Steinherz zweimal geben soll?«

»Das ist nicht schwer«, sagte Leandra. »Steinherz köpfte bei der Krönung so ganz aus Versehen einst einen König, der die Krone nicht verdiente. Daher rührt auch der Anspruch, dass er entscheidet, wer die Krone trägt. Ihr könnt Euch denken, dass es ein paar gekrönte Häupter gab, die sich der Gefahr nicht stellen wollten. Also fertigte man eine Kopie von ihm, die in der großen Halle hing, während man das echte Schwert in den Katakomben unter Borons Tempel vergrub. Eleonora war die Erste seit über vierhundert Jahren, die den echten Steinherz zu sich bringen ließ, um auch sich selbst zu beweisen, dass sie zu Recht das Land regierte. Sie schwor, dem Reich zu dienen … und Steinherz hat für sie geleuchtet. Wie auch für mich, als Havald den gleichen Schwur von mir einforderte.« Sie griff über ihre Schulter und berührte Steinherz am Heft. »Wir haben unsere Differenzen, er und ich«, fuhr sie leise fort, »aber darin nicht.«

Langsam zog sie das Schwert aus dessen neuer Scheide und hielt es aufrecht vor sich. »Tatsächlich sind wir hier einer Meinung«, teilte sie den anderen grimmig mit, während ein Schimmern über Steinherzens fahle Klinge lief. »Er mag mich nicht mehr besonders, da ich mich ihm nicht mehr beugen will … aber er scheint wild entschlossen, gegen Render vorzugehen.«

»Hhm«, knurrte Blix zweifelnd, während er sich diese lange, scharfe Klinge besah. »Ihr seid sicher, dass er nicht beseelt ist? Ihr sprecht von ihm, als ob er einen eigenen Willen besäße … redet er mit Euch?«

Leandra, die Steinherz noch immer vor sich hielt, schüttelte kaum merklich den Kopf. »Bei ihm bin ich mir mittlerweile bei nichts mehr sicher«, gestand sie leise. »Seitdem seine Scheide verbrannte, hat er sich verändert. Er spricht nicht mit mir … er macht nur deutlich, was er von manchen Dingen hält.« Sie seufzte und führte ihn wieder in seine Scheide zurück. »Vielleicht sind es auch nur Selbstgespräche«, sagte sie dann mit einem schwachen Lächeln. »Denn damals, bei diesem Ritual, wurde ein Teil von mir in ihn gebannt.«

»Ich habe Eure Klinge in der Schlacht geführt«, ergriff Grenski das Wort. »Für mich fühlt er sich nicht so an, wie Ihr ihn jetzt beschreibt. Für mich ist er voller kaltem Zorn und Wut. Jedes Mal, wenn ich mit ihm einen Feind erschlug, fühlte ich eine kühle Freude, eine Genugtuung, die mir sonst nicht eigen ist. Es heißt immer, das Schwert des Lanzengenerals wäre verflucht, aber in meinen Augen gilt das auch für diese Klinge. Ich fürchte, dass er Euch täuscht.«

»Und warum sollte Euch das auffallen, wenn er doch an mich gebunden ist?«, fragte Leandra.

Grenski nickte. »Genau das habe ich mich auch schon gefragt. Vielleicht liegt darin die Antwort ... an mich ist er nicht gebunden.«

»Was ist eigentlich mit Furchtbann?«, fragte Janos überraschend. »Zokoras Schwert«, erklärte er, als Grenski und der Lanzenmajor ihn fragend ansahen. »Welche Auswirkungen hatte es auf Euch? Ihr habt es doch in dieser Schlacht geführt?«

»Wie der Name sagt«, meinte der Major und zuckte mit den Schultern. »Als ich es führte, verspürte ich keine Furcht oder Angst, mehr war es nicht.«

Grenski zog zweifelnd eine Augenbraue hoch. »Das ist schon schlimm genug«, meinte sie dann. »Furcht und Angst erhalten uns am Leben.«

»Ja«, sagte Blix ungerührt. »So ist es auch. Ich habe schon zu viel erlebt, um mich so verleiten zu lassen. Ich mochte keine Furcht verspüren, aber ich erinnerte mich daran.« Er deutete eine kleine Verbeugung gegenüber Leandra an. »Wie gesagt, wenn ich ein Talent besitze, dann das, dass ich bisher überleben konnte. Ich schätzte die Klarheit, die dieses Schwert mir brachte ... aber ich gestehe, dass ich froh darüber bin, dass Schwertobristin Helis versprach, es der dunklen Elfe zurückzugeben, sobald sich ihr die Gelegenheit dazu bietet.«

»Eigentlich gehörte es einer Elfe, die Balthasar zu erschlagen suchte«, hörten sie Marlas Stimme vom Tor her. »Sie hat in der Donnerfeste inmitten von Wölfen geschlafen ...«, fuhr sie fort, während sie ein jeder überrascht anstarrte. »Könnt Ihr mir sagen, was aus ihr geworden ist?«

Leandra sah sie seltsam an. »Sie ist erwacht.«

»Dann hoffe ich, dass der Wolfsgott jetzt zufrieden ist«,

meinte Marla und warf Blix einen Packen Kleider zu. Sieglinde reichte ihren Packen an Grenski weiter.

»Ich hoffe, ich habe Eure Größe richtig eingeschätzt«, sagte sie verlegen.

»Es wird schon passen«, erwiderte Grenski. »Sonst wird es passend gemacht.«

»Was hast du auf dem Markt gesehen?«, fragte Janos leise.

»Fünf verkohlte Scheiterhaufen und Tempel, die zugenagelt waren«, antwortete Sieglinde ruhig und sah zu Marla hin. »Und genügend anderes, um ihr jedes Wort zu glauben.«

»Damit wäre das geklärt«, meinte Janos seufzend. »Also gut, wir glauben Euch. Also sagt mir, welchen Plan sich dieser Wiesel für uns ausgedacht hat.«

»Das weiß ich nicht«, sagte Marla und strich verlegen ihre Kleidung glatt. »Das soll Wiesel Euch selbst erzählen. Aber als Erstes, denke ich, sollten wir von hier verschwinden.«

Die Feste Braunfels

40 Nachdem man das magische Tor in Desinas Elternhaus gefunden hatte, hatte es sich stark verändert. Seit Jahren war das Anwesen eine Brandruine gewesen; als Serafine jetzt in die kleine Straße einbog, die dorthin führte, sah sie sogleich das Glänzen neuer Fensterscheiben. Außerdem hatte man ein Gerüst aufgebaut, das gut einem Dutzend Soldaten erlaubte, mit Wurzelbüsten und Seifenwasser die hellgrauen kaiserlichen Quader von einer jahrzehntealten Schicht von Ruß und Dreck zu befreien. Auch das Dach wurde gerade neu gedeckt.

Die größte Veränderung war vor dem Haus zu finden.

Da sich das magische Tor im Keller des Anwesens befand,

hatten kaiserliche Ingenieure einen Teil der Kellerwand entfernt und eine Rampe dorthin gelegt. Vor nicht allzu langer Zeit hatte diese Rampe noch aus gestampfter Erde bestanden, in der Zwischenzeit hatte man die Seitenwände mit Steinen hochgemauert und die Rampe selbst mit Platten ausgelegt. Der hintere Teil der kleinen Straße war mit einem Wall versehen worden, einem Wachhaus und einem Schlagbaum, und am oberen Ende der Rampe hatte man eine schwere Winde aufgebaut, die es erlaubte, auch schwer beladene Wagen diese Rampe hochzuziehen.

Es gab, soweit Serafine wusste, zwei Arten dieser magischen Tore. Die kleineren Mannportale, die einen Durchmesser von gerade einmal fünf Schritt besaßen, und dann die größeren, für den Transport von Frachten vorgesehen, die einen Durchmesser von gut zwanzig Schritt besaßen.

Außerdem gab es noch eines in der Gildehalle, welches geradezu gigantisch war und kein Gegentor benötigte.

Das Problem war allerdings, dass sie nur Torsteine für die kleineren Tore gefunden hatten. Serafine wusste, dass sowohl Desina als auch Asela überall nach diesen Steinen suchten, bislang allerdings hatte man nur wenige gefunden.

Daraus folgte, dass alles durch diese kleinen Mannportale geschickt wurde. Insofern war es nicht ungewöhnlich, dass man schwere Versorgungswagen hier die Rampe hinunterließ, um sie dann durch das Tor zu senden … Ungewöhnlich allerdings war die Fracht, die sich auf dem Wagen befand, der gerade heruntergelassen wurde.

»Geht ja vorsichtig mit ihr um!«, rief eine Feder händeringend, während der Wagen langsam die Rampe herunterrollte. »Seht zu, dass ihr kein Haar gekrümmt wird!«

»Sorgt Ihr Euch etwa um das Biest?«, fragte ungläubig ein Sergeant, der hier an der Rampe Wache hielt. »Da mache ich mir mehr Sorgen um meine Leute!«

»Abgesehen davon«, lachte ein Korporal, der hier wohl den Witzbold gab, »hat es keine Haare!«

Die Rede war von einer Wyvern, den man mit breiten Lederriemen zu einem Paket geschnürt hatte, dass sie gerade so auf das Wagenbett passte. Fast sah das Vieh aus, als ob es Opfer einer Spinne geworden wäre, die ihr Netz mit Lederriemen gesponnen hatte; kaum eine Stelle war noch an ihr zu sehen, die nicht verknotet oder fest verzurrt war.

Das Biest selbst war darüber nicht glücklich. Aus der langen Schnauze, die der eines Flussdrachen aus Bessarein verblüffend ähnelte, stiegen Fahnen von grauem Rauch auf, und die Augen schienen unabhängig voneinander jeden um es herum mordlüstern zu fixieren.

»Sieh mal, wie es guckt!«, rief einer der Soldaten und schlug der Wyvern mit der flachen Hand auf die weiten Nüstern, wohl um mit seinem Mut anzugeben.

Doch plötzlich blähten sich die Nüstern des Ungeheuers, ein Grollen und etwas, das wie Husten klang, kam aus seinem Maul, und im nächsten Moment zuckte das Biest, als ob es eine Kolik hätte, ein dumpfes Schnauben war zu hören, und zwischen seinen Zähnen schoss eine Flamme heraus … die dann auf das Wagenbrett tropfte.

Hastig sprang der Soldat zurück. »Götter!«, fluchte er und schlug rasch das Zeichen der Dreieinigkeit. »Das Biest kann Feuer speien!« Er zog sein Schwert, während der Korporal der Federn hastig dazwischenging.

»Reizt es doch nicht so!«, bat er verzweifelt. »Es tut ihm gar nicht gut, wenn es sich an seinem eigenen Feuer verschluckt!«

»Das kann ich mir denken«, bemerkte der Witzbold von vorhin. Er war deutlich bleicher geworden und starrte das Biest mit neuem Respekt an. »Diese Sorte Blähungen will wohl keiner haben!«

»Götter!«, rief die Feder jetzt erbost. »Wisst Ihr, wer sie angefordert hat?«

»Du wirst es uns bestimmt noch sagen«, grinste der Soldat, der das alles so erheiternd fand.

»Die Eule Asela«, klärte die Feder die Soldaten auf. »Wenn der Wyvern etwas geschieht, wollt ihr es ihr dann auch erklären, wie es dazu kam?«

Es war faszinierend, dachte Serafine schmunzelnd, was für eine Wirkung Aselas Name hatte. Plötzlich war der Spaß vorbei, und man beeilte sich, die Wyvern zu verladen.

Endlich stand der Wagen mit dem Biest in dem Tor, wurde noch hin und her geschoben, damit er genau passte, dann, von jetzt auf gleich, war Wagen samt Wyvern verschwunden.

Als Serafine nun nach vorne ging, wurde sie von einem Sergeanten angeschnauzt, der auf eine Kolonne wartender Soldaten wies. »Hier werden alle der Reihe nach abgefertigt. Für wen haltet Ihr Euch, dass Ihr Euch vordrängeln wollt?«

»Schwertobrist Helis von der zweiten Legion, in kaiserlichem Auftrag nach Braunfels unterwegs«, erklärte Serafine nur und nickte gnädig, als der Mann hastig salutierte.

Rang hat seine Vorteile, dachte Serafine, während sie darauf wartete, dass man das Tor mit dem in der Feste Braunfels in der Ostmark abstimmte. Zugleich stellte sie fest, dass man sie verstohlen musterte.

Stofisk, dem es zugefallen war, nützliche Gerüchte in der Kaiserstadt auszustreuen, hatte wohl auch hier ganze Arbeit geleistet; so, wie man sie ansah, glich es fast schon einer Heldenverehrung. Kein Wunder, dachte sie, dass es Havald vorgezogen hatte, unerkannt zu gehen.

Die Feder, die das Tor bediente, winkte sie heran, sie trat in das goldene Achteck hinein, und im nächsten Moment befand sie sich an einem anderen Ort, wo die Luft frischer und auch kühler schmeckte und nicht nach Wyvernflammen roch.

Der Soldat der Federn, die hier an einem Pult im Torraum stand, warf einen Blick auf ihre Papiere und trug etwas in einem Buch ein, um dann zu salutieren.

»Willkommen in der Feste Braunfels«, sagte er. »Wenn Ihr den Lanzenobristen Kelter sucht, werdet Ihr ihn im Hauptgebäude finden … wenn er nicht auf Streife ist.«

Serafine schüttelte den Kopf. »Tatsächlich suche ich die Unterkunft der vierten Tenet der ersten Lanze.«

»Dann geht hinaus auf den Paradeplatz, überquert ihn und folgt der Straße, die sich nördlich anschließt. Die vierte Baracke auf der linken Seite ist die, die Ihr sucht.«

Serafine nickte dankend und ging hinaus.

Der Torraum der alten Feste befand sich etwas seitlich von der Messe, ein stabiler Anbau, der offenbar erst vor Kurzem errichtet worden war. So war es, erinnerte sich Serafine, dieses Tor war von Asela neu errichtet worden, die Feste hatte zuvor kein magisches Tor besessen.

Im Vergleich zu der Donnerfeste, die noch von Askannon selbst geplant und zur Zeit des alten Reichs aus kaiserlichen Quadern errichtet worden war, wirkte die Feste Braunfels auf Serafine ungeschlacht und roh. Sie schien keinem besonderen Plan zu folgen, man hatte angebaut und neue Wälle hochgezogen, wo es eben nötig erschien. Wälle und Gebäude waren aus Bruchstein erbaut und wirkten mitunter etwas schief. Im Grundriss war die Feste ein krummes und schiefes Quadrat, aus dessen hohen und massiven Wällen in unregelmäßigen Abständen niedrige und breite Türme ragten; hier und da sah Serafine die Arme von Katapulten in die Höhe ragen.

Das Zentrum der Feste bildete eine kleine Stadt, ebenfalls zum größten Teil aus dem grauen Bruchstein errichtet, und ihr vorgelagert fand Serafine die Kommandantur und auch den Paradeplatz.

Überall herrschten Gedränge und emsige Geschäftigkeit, und wohin sie auch blickte, sah sie kaiserliche Soldaten in ihren schweren Rüstungen geschäftig umhereilen. Die meisten von ihnen erschienen ihr zu jung, um in einer kaiserlichen Rüstung zu stecken.

Dann gab es noch andere Soldaten, grimmige Veteranen, mit hartem Blick und kalten Augen, die einen Eber auf einem schwarzen Wappenrock trugen. Die berüchtigten Grenztruppen der Ostmark, die unter Marschall Hergrimm dienten.

Ein harter Ort, dachte Serafine, als sie sich an einer Kolonne marschierender Soldaten vorbeidrängte. Seit Jahrhunderten brandeten die Barbaren immer wieder gegen die Ostmark an. Viermal schon war Braunfels gefallen … um jedes Mal erneut zurückerobert und aufgebaut zu werden.

So hoch und massiv die Mauern auch waren, man konnte sich nicht sicher sein, ob sie auch morgen halten würden … und das schlug sich auch in den Gesichtern der Leute nieder. Kaum jemand, der hier lächelte oder gar lachte; ein jeder schien seinem Tagewerk mit grimmiger Entschlossenheit nachzugehen.

Zu dem tristen Anblick kam auch noch der Gestank; ohne Kanalisation sammelte sich der Unrat und anderes in den Straßengräben an. Zwar sah Serafine eine Gruppe von Soldaten, die mit Tüchern vor dem Mund und Schaufeln das Gröbste auf einen Eselskarren schaufelten, doch allzu häufig kam das wohl nicht vor, sie hatten noch sehr viel zu tun, bis sie mit dieser Straße fertig waren.

Das große, graue Gebäude links von dem Paradeplatz, der jetzt vor ihr lag, war wohl die Kommandantur, die sich Lanzenobrist Kelter mit den beiden Grenzland-Kommandeuren teilen musste. Neben der Fahne der fünften Legion, mit zwei Wimpeln darunter, die besagten, dass nur die erste und die dritte Lanze hier stationiert waren, wehten dort auf dem Dach noch die Fahnen von zwei Grenzregimentern.

Viertausend Soldaten, fast zweitausend Zivilisten. Eingesperrt in hohe Mauern und, wenigstens bis Asela das Tor hierher eröffnet hatte, immer wieder von der Versorgung abgeschnitten.

Auch das sah man den Leuten an; die Entbehrungen und Sorgen hatten tiefe Falten hinterlassen.

In beiden Leben war Serafine in Gasalabad geboren worden. Sie kannte die Sagen und Legenden um den Wanderer nur aus den Erzählungen ihrer Gefährten, doch als sie jetzt diese trostlose Straße entlangging, dachte sie, dass es wohl kaum einen Ort im alten Reich gab, der die Hilfe einer Legende mehr gebrauchen konnte als dieser.

Was sie an Askir schon seit jeher fasziniert hatte, war der unbändige Lebenswille der alten Kaiserstadt, die es verstand, ihren Bewohnern beständig den Eindruck zu vermitteln, dass, arbeitete man nur hart genug daran, es eine bessere Zukunft für jeden gäbe.

Den Menschen hier war der Gedanke fremd, so wie sie gingen, mit gesenktem Blick und hängenden Köpfen, schienen sie sich eher sicher, dass der nächste Tag nur die nächste schlechte Nachricht bringen würde.

Noch vor einer Woche war eine Barbarenhorde von mehreren Tausend Mann gegen Braunfels angestürmt. Serafine hatte davon gehört, dass die Leichen der Barbaren sich hoch genug getürmt hatten, um fast eine Rampe zu einem Wall zu bilden, und in den Blicken der Menschen hier war leicht zu lesen, dass es sie nicht wundern würde, würde das schon morgen erneut geschehen.

Es war nicht das erste Mal, dass die Barbaren gegen die Ostgrenzen des Kaiserreichs drängten, doch darin war sich jeder einig, so hart wie dieses Mal war der Ansturm bisher noch nicht gewesen.

Auf dem Kronrat hatte Marschall Hergrimm seinen Verrat damit begründet, dass er und die Ostmark sich von dem Kaiserreich allein gelassen fühlte … Jetzt, wo sie durch diese graue Straße ging, konnte Serafine ihn besser verstehen.

Man sah der Straße, der sie nun folgte, an, dass sie zu den Quartieren der Legionäre führte. Die Geschäfte hier boten alles an, was ein Soldat auf Kriegszug brauchen konnte, und neben den Geschäften, in Hauseingängen oder offen an den Wänden lehnend, boten Huren ihre Dienste an.

Alleine daran, dachte Serafine bitter, sah man schon, wie schlecht es hier den Menschen ging: Kaum eine Schönheit war dabei, und selbst wenn es eine hübsche Hure gab, waren ihre Augen kalt und leer wie Stein.

Die Feste Braunfels bildete mit zwei anderen Festen den östlichen Rand des Kaiserreiches. Zwanzig Meilen weiter westlich gab es einen breiten Fluss, den Braiya, der die eigentliche Grenze bildete. Vier stark befestigte Furten und eine Festungsbrücke bildeten den Übergang zur Ostmark und damit zum alten Reich. Im Laufe der Jahrhunderte hatte man, so weit es ging, den Fluss befestigt und mit Wällen und Festungen abgesichert. Und dennoch konnte man in der Ostmark nicht ruhig schlafen.

Dass Braunfels der eigentlichen Grenze so weit vorgelagert war, hatte einen Grund. Wenn die Barbaren gegen die Ostmark ziehen wollten, mussten sie die Feste nehmen ... sonst blieb sie eine Bedrohung in ihrem Rücken.

Bislang war es jedes Mal auch so gewesen, dass, wenn die Feste gefallen war, die Barbaren tief in die Ostmark eindrangen. An den Mauern dieser Feste, so hatte Serafine es schon oft gehört, entschied es sich, ob die Ostmark ein Bollwerk war oder ob sie fiel, und fiel die Ostmark, fiel auch das alte Reich.

Kein Wunder, dachte Serafine, als sie langsam weiterging, dass Asela als erste Handlung, nachdem sie zu den Eulen zurückgekehrt war, ein Tor nach Braunfels geöffnet hatte.

Ein breites Tor lag nun vor ihr, auf den niedrigen Zinnen sah sie die Fahnen der zwei Lanzen wehen. Zwei Bullen der fünften Legion bewachten dieses Tor und salutierten, als Serafine näher kam.

Dahinter lag die kaiserliche Garnison, ein kleines Dorf inmitten einer Stadt, von dem Elend außerhalb von diesem niedrigen Wall getrennt. Hier lag kein Unrat auf der Straße, sie war frisch gekehrt, und die Gebäude hier waren nach kaiserlichem Plan und aus dem bekannten grauen, kaiserlichen Stein gebaut.

Gleich am Tor gab es eine Taverne, Kaiserstein genannt, die mit schweren eisernen Fensterläden und massiven Mauern selbst fast schon einer Festung glich. Obwohl es kühl war, standen hier Tische und Bänke vor der Taverne, und dort, zwischen anderen Soldaten an einem Tisch sitzend und mit einer der Mägde scherzend und lachend, fand sie Havald vor.

Es scheint ihm ja prächtig zu ergehen, dachte Serafine und stemmte ihre Hände in die Hüfte, um ihn mit einem harten Blick zu taxieren.

Wenn eine Schwertobristin der Legion vor einer Taverne stand, in der Legionäre ihr Bier tranken … dann dauerte es nicht lange, bis sie auffiel. Nacheinander stießen sich die Soldaten an und wiesen hin zu ihr, das Lachen verschwand, als sich ein jeder fragte, welchen Ärger es nun geben würde … und für wen.

Bis dann auch Havald zu ihr hinsah … und zumindest die letzte Frage sich schon klärte.

Mit einer gewissen Genugtuung stellte sie fest, dass sie den großen Mann zumindest diesmal auf dem falschen Fuß erwischt hatte; alleine, ihn so verlegen zu sehen, machte die Reise fast schon wieder wett.

Serafine stand nur da und sah ihn an, dafür löste sich Havald hastig von seinen Kameraden und kam heran.

»Finna«, sagte er betreten mit diesem schiefen Lächeln, das sie so liebte. »Ich kann dir das alles erklären, allerdings kommst du in einem ungünstigen Moment. Lass uns …«

»Du erinnerst dich wieder.« Es war eine Feststellung und keine Frage.

Er nickte.

»Gut«, stellte Serafine fest. »Dann weißt du auch, wofür das ist.«

Die Ohrfeige hallte von den Wänden wider und riss den großen Mann so sehr herum, dass er fast ins Taumeln kam, während seine Kameraden aufsahen … und dann johlten und pfiffen.

Havald schüttelte sich wie ein Hund und tastete dann seine Wange ab, wo, wie sie zufrieden feststellte, sich die Finger ihrer Hand aufs Genaueste abzeichneten.

»Ich denke«, sagte er dann langsam und bewegte vorsichtig seinen Kiefer, »das habe ich mir wohl verdient.«

»Weder Leandra noch ich sind Schankhausdirnen«, erklärte Serafine kühl. »Sie ist eine Königin, und ich bin in beiden Fällen von altem Bessareiner Adel. Wenn ich Armin und Faihlyd besuche, kann es geschehen, dass ich auf dem Rücken von Soldaten gehe, die sich mir zu Füßen hingeworfen haben. Weder Leandra noch ich verlangen das von dir … aber dass du uns Bescheid gibst, wenn du dich erinnerst und es dir besser geht … das war doch wohl nicht zu viel verlangt!«

»Ich habe dich aufgesucht«, verteidigte er sich. »Ich ging zur Zitadelle hin und …«

»Mit einer anderen Sera an deiner Seite!«, presste Serafine hervor. »Was ist es nur mit dir und den Seras? Willst du dir einen Harem gönnen? Wie kommt es, dass du nie ohne weibliche Begleitung bist?«

»Ich … so ist es gar nicht!«, widersprach er und hob abwehrend die Hände. »Ich schwöre, dass ich …« Er stockte und sah sie misstrauisch an. »Sag, lachst du mich gerade aus?«

»Ja, Havald«, grinste Serafine. »Ich weiß, wer diese Sera war … und ich würde sehr vermuten, dass sie etwas damit zu tun hat, dass du wieder weißt, wer du gewesen bist.«

»Du bist nicht wütend?«, fragte er vorsichtig und rieb noch immer seine Wange.

»Doch«, sagte Serafine schmunzelnd. »Und du wirst dir Mühe geben müssen, das abzuarbeiten … und die Ohrfeige hast du dir auch redlich verdient.« Sie sah zu den Soldaten hin, die sich von ihnen wohl noch immer bestens unterhalten fühlten. »Und jetzt, Ser Lanzengeneral, gehen wir zu einem Ort, wo du mir erklären kannst, was das ganze Spiel hier soll.«

»Dann sind wir genau hier richtig«, sagte Havald und wies galant zu der Bank voller Legionäre hin.

»Wisst Ihr«, grinste einer der Soldaten, als sie näher kamen, »eine solche Ohrfeige ist ein Zeichen, sie spricht von wahrer

Leidenschaft … wenn du klug bist, Roddie, dann nimmst du sie zur Frau.«

»Dazu muss sie mir erst einmal verzeihen«, lachte Havald und wies mit einer Geste auf die Bank. »Macht Platz für sie an unserem Tisch.«

»Schwertobristin«, begrüßte sie ein Schwertsergeant, der ihr bekannt vorkam, mit einem breiten Grinsen. »Der Götter Segen und willkommen in Braunfels, dem Hinterteil des Kaiserreichs!«

»Gut gesagt!«, lachte einer der anderen und stieß mit dem Sergeanten an.

»Du kennst Schwertsergeant Eldred sicher noch«, stellte Havald den Mann vor, während die Legionäre auf der Bank zur Seite rutschten, um ihr Platz zu machen.

»Richtig«, sagte Serafine. »Ihr seid …« Gerade so vermied sie es, den Satz auszusprechen.

»Ja«, nickte der Soldat. »Ich bin derjenige, der auf die Kaiserin geschossen hat.« Er wies mit seinem Daumen zu Havald hin, der gerade der Magd ein Zeichen gab und mit den Händen die Höhe eines Humpens anzeigte. »Er suchte mich hier auf und wollte wissen, ob ich bereit wäre, mein Leben für die Kaiserin zu geben. Und ob ich noch andere in der Fünften kennen würde, die verrückt genug wären, es uns gleichzutun.«

Serafine sah sich die anderen Gesichter an, die sie breit angrinsten.

»Offenbar habt Ihr sie gefunden.«

»Finna«, sagte Havald leise und schob ihr seinen unangetasteten Humpen hin. »Du sitzt hier bei dem Ersten Horn der fünften Legion.«

»Gut«, sagte Serafine. »Fein. Ich fühle mich geehrt. Sag mir, weiß Kelter auch davon?«

»Nein«, gab Havald Antwort. »Er weiß es nicht. Wenn es schiefgeht, will ich nicht, dass er dafür geradestehen muss. Er hat schon genügend daran zu tragen, dass er Aselas Verführungskünsten erlegen ist, und er versucht hier alles, um seinen Ruf wieder reinzuwaschen. Er ist ein wenig stur und uneinsichtig, aber sonst ein guter Mann.«

Serafine nickte langsam. »Und was genau habt ihr nun vor? Außer euer aller Leben wegzuwerfen? Was soll die Geheimnistuerei?«

»Eigentlich wollen wir nicht sterben«, lachte Eldred und stieß mit einem Kameraden an. »Weit entfernt davon.«

»Wir wollen den Krieg hier beenden«, sagte Havald. »Das Problem ist, dass man ihn nicht so einfach beenden kann. Wenn ich dich in der Zitadelle angetroffen hätte, hätte ich dich gebeten mitzukommen. Dann wüsstest du auch schon über alles Bescheid.«

»Und du konntest nicht warten?«, fragte sie pikiert.

»Die erste Lanze rückte knapp eine Glocke später ab. Durch Corvulus hatte ich schon zu viel an Zeit verloren … du musst meinen Brief doch gelesen haben, sonst wärest du nicht hier.«

»Nein«, erwiderte sie ganz langsam. »Ich habe keinen Brief bekommen.«

»Ich gab ihn Sergeant Emlich. Er versprach, ihn dir zu geben, sobald er Dienstschluss hatte.«

Serafine schüttelte den Kopf. »Er hat mir keinen Brief gegeben.«

»Wie hast du mich dann gefunden?«, fragte er neugierig, während die anderen Soldaten um sie herum immer größere Ohren bekamen.

»Ein Schwertrekrut mit Namen Lenar wurde von der Wache betrunken aufgegriffen. Stell dir unsere Überraschung vor, als wir erfuhren, dass er sich bereits im Dienst befand«, ließ sie ihn kühl wissen.

»Dieser Lenar«, lachte einer der anderen Soldaten, ein Stabskorporal. »Schon bei der Ausbildung hat er meist verschlafen … selbst Stockhiebe haben ihn nicht munterer machen können. Es war leicht, ihn dazu zu bringen, ein paar Bier mehr zu trinken, als ihm guttat.«

»Wir haben dafür gesorgt, dass ihm sonst nicht viel geschehen wird, vier Wochen in einer Zelle werden ihm schon nicht allzu sehr schaden«, lachte einer der anderen.

»Wie lange habt ihr das alles schon geplant?«, fragte Serafine ungläubig.

»Geplant ist zu viel gesagt«, antwortete Havald. »Es war nur mehr eine grobe Idee … eine Ahnung, wenn du willst. Doch die eigentliche Antwort auf die Frage fand ich in einem Buch, das mir Leutnant Stofisk besorgen sollte. Das Gemetzel hier muss ein Ende haben, sonst kann die Ostmark niemals Frieden finden. Der erste Schritt war, einen Weg zu finden, unauffällig herzukommen. Weiter hatte ich vor dem Kronrat nicht gedacht …« Er zuckte mit den Schultern. »Was dann geschah, das weißt du ja.«

»Du bist ein Lanzengeneral. Nur dem Hochkommandanten und der Kaiserin verpflichtet. Warum die Heimlichkeit?«

»Weil sie meinem Plan nicht zustimmen werden.«

Sie musterte Havalds vertrautes Gesicht, das Lächeln, die warmen Augen, in denen im Moment nicht der kleinste Schatten zu finden war. Sie seufzte.

»Was für einen Plan hast du wieder ausgeheckt?«

Er sah zu seinen Kameraden hin, die allesamt breit grinsten. »Wir werden desertieren«, teilte er ihr fröhlich mit. »Wir haben nur auf dich gewartet.« Die Magd kam und brachte ihm einen Humpen, den er anhob, um mit ihr anzustoßen.

»Desertieren?«, fragte sie fassungslos. »Wieso denn das? Und wieso habt ihr auf mich gewartet?«

»Ganz einfach«, grinste Havald. »Weil du mit uns marschieren wirst.«

Die letzten Zweifel

41 »Wo bist du gewesen?«, fragte Marla erzürnt, als Wiesel kurz vor Mittag das Haus der Herzogin betrat.

»Im Astartetempel«, sagte Wiesel müde und gähnte. »Es gab dort noch etwas zu tun. Warum?«

»Königin Leandra ist heute Morgen eingetroffen.«

»Gut«, sagte Wiesel und lachte erfreut. »Gerade noch zur rechten Zeit. Sag, wie viele Legionäre hat sie dabei? Wir werden jeden einzelnen noch brauchen.«

»Zwei.«

»Zwei Lanzen?«

»Zwei Legionäre«, sagte Leandra von der Tür zur Küche her. »Es kam uns etwas dazwischen, und noch ist Asela nicht imstande, hier ein Tor zu eröffnen.«

»Das ist … bedauerlich«, stellte Wiesel fest und deutete eine Verbeugung an. »Ihr werdet viele Fragen haben …«

»Allerdings«, sagte Leandra und musterte den schlanken Dieb mit zusammengezogenen Augenbrauen. Der Mantel, den er trug, war zwar von guter Qualität, nur sahen er und Wiesel aus, als hätte Wiesel darin geschlafen, und die Art, wie seine Augen umherstreiften, kam ihr wenig vertrauenswürdig vor. Er ignorierte Leandras misstrauischen Blick und sah fragend Marla an.

»Ist die Herzogin auch da?«

»Nein«, erwiderte Marla. »Sie ist ausgegangen, kurz nachdem wir hier ankamen. Sie sagte etwas davon, dass ihre Vorräte mit so vielen Gästen kaum reichen werden.«

»Da ist was Wahres dran«, lachte Wiesel und rieb sich seinen Bauch. »Zumindest denkt das mein Magen.« Er sah durch die offene Tür zur Küche Blix und andere in seine Richtung schauen und hob seine Nase wie ein Wiesel, das eine Spur aufnimmt. »Ich rieche Tee. Ist noch etwas da?«

»Wie kommt es«, beschwerte sich Blix etwas später und sah trübe in seine Tasse hinein, »dass ich jedes Mal, wenn ich Tee koche, kaum etwas davon habe?«

»Ihr seid zu gutmütig«, schmunzelte Wiesel und musterte Janos und Sieglinde. Blix und Grenski kannte er schon, nur diese beiden waren ihm noch neu. »Ein Hauptmann und eine Bardin«, stellte er fest und wandte sich Leandra zu. »Mit großem Hofstaat reist Ihr wohl nicht?«

»Nein«, antwortete die Maestra kühl. »Es fehlt mir auch an Geduld in meinem Packen.« Sie beugte sich etwas vor, um Wiesel mit ihrem Blick aufzuspießen.

»Mir missfällt es sehr, wenn jemand anderes meine Geschicke lenken will«, teilte sie ihm mit. »Auch wenn er mir das Leben gerettet hat. An dieser Stelle habt Dank dafür ... und jetzt erzählt von Eurem Plan.«

Wiesel seufzte. »Ich habe keinen. Es gibt so viele Intrigen in Eurer hübschen Stadt, dass ich gar nicht weiß, was man tun soll, um nicht in irgendeines der vielen Messer zu laufen, die auf uns warten. Graf Render hat sich sehr gut vorbereitet. Er hat den Adel in seinem Rücken, kann sich auf Borons Gunst beziehen, und wen er von seinen Gegnern noch nicht umgebracht hat, der hat die Lektion gelernt. Er hat die Absicht, noch heute vor den Rat zu treten, und erwartet, dass man ihm die Krone anbietet.«

»Heute noch?«, fragte Janos überrascht und sah zu Marla hin. »Sagtet Ihr nicht, wir hätten noch ein paar Tage Zeit?«

»Ja«, nickte Marla und sah Wiesel fragend an. »Zumindest habe ich das gedacht.«

»Der Graf hat nicht länger vor zu warten«, erklärte Wiesel. »Offenbar sind seine Verhandlungen mit dem Rat schon weiter gediehen als gedacht.«

Er sah auf, als er leise Schritte von der Tür her hörte.

»Ich sehe, Ihr seid doch zurückgekommen«, begrüßte Sera Lenere ihn lächelnd, als sie durch die Tür trat. Sie trug einen großen Weidenkorb im Arm, den sie auf dem Ende der weiten Tafel abstellte. »Die Preise sind fürchterlich gestiegen«, teilte sie ihnen mit. »Aber ich denke, was ich bekommen habe, wird für heute reichen.«

»Wusstet Ihr, dass Graf Render heute schon zum Rat berufen wurde?«, fragte Wiesel.

Die Herzogin sah ihn an. »Ich habe es eben erst auf dem Markt gehört.« Sie mustere Leandra. »Baroness«, begrüßte sie die Maestra und neigte leicht ihr Haupt. »Schade, dass Ihr so spät nach Illian kommt. Ihr werdet kaum noch verhindern können, dass Render König wird.«

Leandra schaute überrascht zu Marla hin. »Ich dachte, Ihr hättet uns hierhergebracht, weil sie mich unterstützt?«

»Wie sollte ich?«, sagte die Herzogin gelassen. »Ich kenne Euch doch kaum. Wäret Ihr früher zurückgekommen, sagen wir vor vier Wochen oder noch vor drei, wäre es vielleicht etwas anderes gewesen.«

»Ich habe mit eigenen Augen gesehen, wie Graf Render sich mit einem Kriegsfürst Thalaks traf«, sagte Wiesel ruhig, und die Herzogin erstarrte in der Bewegung. »Er hat Eure Stadt schon an den Feind verraten, noch bevor er die Krone trägt.«

»Mit welchem Kriegsfürst traf er sich?«, fragte Leandra atemlos. »War es Corvulus?«

»Ja«, sagte Wiesel, ohne seinen Blick von der Herzogin abzuwenden. »Er berichtete ihm über den Fortschritt seiner Pläne.«

»Dann sei es so«, antwortete die Herzogin müde. »Wenn er etwas aushandeln kann, das den Feind davon abhält, die Stadt zu schleifen, dann hat er meinen Segen.«

»Damit verratet Ihr alles, was Eleonora wichtig war!«, begehrte Leandra auf, doch die Herzogin schüttelte den Kopf.

»Wichtig ist, dass Illian überlebt. Das hätte sie auch gewollt.«

»Sie würde aber wohl nicht wollen, dass ein Seelenreiter auf dem Thron von Illian sitzt«, sagte Wiesel rau. »Denn genau das ist die Belohnung, die der Kriegsfürst Graf Render versprach: dass er, in einem dunklen Ritual, die dunkle Gabe erhalten würde.« Er lehnte sich zurück und musterte die Herzogin. »Offenbar will Graf Render ewig leben.«

Während Leandra scharf den Atem einzog und Janos laut fluchte, hob die Herzogin nur eine Augenbraue an.

»Sagen wir, ich glaube Euch. Habt Ihr dafür auch Beweise?«, fragte sie kühl. »Mehr nur als Euer Wort? Beweise, die den Rat überzeugen können?«

Wiesel schüttelte den Kopf. »Was ist mit Steinherz?«, fragte er und wies mit seiner linken Hand auf das Schwert, das neben Leandra in der Ecke stand. »Dort steht er! Seht ihn Euch an und sagt mir dann, dass es nicht Steinherz ist!«

»Könnt Ihr auch beweisen, dass dies das echte Schwert ist und das, das Bruder Faban hält, nur die Kopie?«

Wiesel unterdrückte nur mit Mühe ein Stöhnen und sah Hilfe suchend zu Leandra hin.

»Das ist leicht. Berührt ihn«, schlug die Maestra vor. »Fasst ihn an. Und sagt mir dann, ob Ihr noch andere Beweise braucht. Aber eigentlich geht es nicht darum.« Sie öffnete ihren Packen und zog einen Rollenbehälter heraus. »Dies ist es, worum es geht. Eleonoras letzter Wille.« Sie zog das zerknitterte Dokument aus dem Behälter, legte es vor der Sera auf den Tisch, um es sorgsam glatt zu streichen. Sie fixierte die Herzogin mit ihren violetten Augen.

»Ihr sagt, Ihr wäret ihre Beraterin und Freundin gewesen. Ihr solltet die Siegel alle kennen. Wollt Ihr Euch wirklich ihrem letzten Wunsch verschließen?«

»Ihr Siegel ist gebrochen«, stellte die Herzogin fest.

»Das Schriftstück befand sich im Griff von Steinherz«, erklärte Leandra. »Es war wenig Platz dort und …«

»Eine gute Erklärung dafür, dass das Siegel gebrochen ist … was aber nichts daran ändert, dass es nicht mehr vollständig ist. Und diese beiden Siegel gehören Priestern des Boron, die bereits zu ihrem Gott gegangen sind.«

»Ja«, sagte Wiesel grimmig. »Weil Graf Render sie ermorden ließ! Götter!«, fluchte er erzürnt. »Die Maestra ist gekommen, und sie bringt eine Allianz mit Askir mit. Wir werden diese Stadt versorgen und die Belagerung beenden … wann geht es in Euren verbohrten Kopf, dass sie die bessere Wahl ist?«

Die Herzogin sah enttäuscht zu ihm hin. »Denkt Ihr wirklich«, sagte sie dann leise, »dass ich Render auf dem Thron sehen will? Baroness Leandra ist in vielen Punkten die bessere Wahl. Ihr müsst mich nicht überzeugen, das musstet Ihr noch nie, ich kannte Eleonora gut genug, um zu verstehen und auch«, fügte sie mit einem Blick auf Leandra hinzu, »um zu glauben, dass sie die Baroness als ihre Nachfolge erwählte. Ich stelle nur die Fragen, führe die Zweifel auf, die der Rat auch haben wird. Ihn müsst Ihr überzeugen und nicht mich … und bis jetzt glaube ich nicht, dass es Euch gelingen wird.«

Sie bedachte Wiesel mit einem vorwurfsvollen Blick.

»Um Eure Frage zu beantworten, Ser Wiesel, ich glaubte Euch von Anfang an … nur bin ich alt genug, um zu wissen, dass Glauben nicht für alles reichen kann. Deshalb frage ich beständig nach Beweisen.«

Sie trat an Steinherz heran und berührte das Schwert leicht mit ihrer Hand, nur um sofort zurückzuzucken. Sie rieb sich die Hand und musterte das große Schwert. »Er hier ist Beweis genug für mich. Ich habe ihn schon einmal gehalten … ich erkenne den Zorn wieder, den er in sich gefangen hält.«

»Wie meint Ihr das?«, fragte Leandra neugierig. »Warum spricht ein jeder davon, dass er zornig wäre? Ich fühle manchmal seinen Zorn, aber wenn ich die Klinge halte, bin ich ruhig und frei von Zorn und Hass.«

»Und anderen Gefühlen«, stimmte die Herzogin zu. »Habt Ihr Euch noch nie gefragt, warum das so ist? Er nimmt sie von Euch, ja, aber habt Ihr Euch denn je gefragt, wohin sie gehen?« Sie wies mit ihrer dürren Hand auf das Schwert, dessen rote Drachenaugen spöttisch funkelten. »Er hat sie in sich aufgenommen, sie sind das Geheimnis seiner Macht.

Habt Ihr Euch noch nie gefragt, wieso Eure Schläge so kraftvoll ausfallen? Wieso es im Kampf kaum jemanden gibt, der gegen ihn bestehen kann? Weil jeder Schlag und jeder Hieb von Zorn und Wut und Hass beflügelt ist. Ihr selbst werdet es wohl kaum bemerken, vor Euch hält er es ja verborgen, aber genau das ist es, was er tut. Und Ihr, Sera«, sagte sie dann leiser, »habt ihm viel davon gegeben.«

»Das ist nicht wahr«, flüsterte Leandra. »Ich bin nicht so«, fügte sie hinzu und sah die anderen flehend an.

»Jeder von uns trägt es in sich, Leandra«, meinte Sieglinde mit rauer Stimme. »Und es gibt genügend Dinge, die einen zornig machen können.« Während Janos langsam nickte, betrachtete sie Steinherz mit einem gewissen Staunen. »Das also«, fuhr sie leise fort, »ist sein Geheimnis.« Sie schaute wieder zu Leandra auf. »Ich war schon immer der Meinung, dass das Schwert nicht gut für Euch sein kann … es ist verflucht.«

»So kann man es sagen«, nickte die Herzogin. »Oder man sagt sich, dass Wut und Zorn, zusammen mit diesem Stahl, eine mächtige Waffe sind. Man setzt sie ein, wenn man sie braucht, und lässt sie ansonsten ruhen.« Sie musterte Leandra mit ihren alten Augen. »Das Schwert war nie dafür bestimmt, getragen zu werden, Sera«, fuhr sie mit ruhiger Stimme fort. »Es ist das Richtschwert unseres Königreiches … und es steht für die Gerechtigkeit. Es sollte nur geführt werden, wenn man es braucht. Ihr müsst die Erste sein, die je an dieses Schwert gebunden wurde.«

»Der Priester, der das Ritual vollzog, sagte etwas in der Richtung«, erinnerte sich die Maestra. »Er hätte mir ruhig mehr über Steinherz verraten können.«

»Was geschehen ist, ist geschehen«, seufzte die Herzogin. »Abgesehen davon ist Steinherz der Beweis, den wir noch brauchten. Trotz der Magie, die auch das falsche Schwert zeigte, gibt es für mich keinen Zweifel, dass dies das echte Schwert sein muss.«

»Jetzt, da Ihr es ansprecht«, sagte Wiesel. »Als ich ihn belauschte, erwähnte Graf Render, dass der Kriegsfürst eine überzeugende Magie in das Schwert gebannt hätte.« Er kratzte sich am Kopf. »Das ist das erste Mal, dass ich davon höre, dass jemand anderes als Askannon Magie in ein Schwert bannte.«

Leandra zuckte mit den Schultern. »Askannons Werk war deshalb so schwer, weil er mit Schwertern arbeiten musste, die bereits eine Art von Magie in sich trugen. Wenn es nur darum geht, ein normales Schwert leuchten zu lassen, und die Magie auch nicht Jahrhunderte halten muss, sollte es nicht so schwer sein.«

»Könnt Ihr es?«, fragte die Herzogin interessiert. »Es könnte nützlich sein.«

Leandra schüttelte den Kopf. »Mir fehlt es an Wissen dazu. Aber Ihr dürft nicht vergessen, dass der Feind über das Wissen der Eulen des alten Reichs verfügt. Asela traue ich so etwas durchaus zu.«

Die Herzogin sah fragend auf.

»Eine Eule des alten Reichs«, erklärte die Maestra.

»Es gibt sie noch?«, fragte die Sera überrascht.

»O ja«, bestätigte Leandra. »Und ich wünschte mir, sie wäre hier.«

»Nur ist sie es nicht«, hielt Sera Lenere bitter fest und schaute zu Wiesel hin. »Ser, ich habe Euch versprochen, dass Graf Render keine Krone tragen wird, wenn Ihr mir den Beweis erbringt. Ihr habt Euren Teil gehalten, jetzt werde ich meinen Teil erfüllen.« Sie atmete tief ein. »Nur wird es nicht einfach sein.«

»Einfach«, grinste Janos und lachte laut, »ist etwas, das wir nicht kennen. Wollt Ihr sagen, dass Ihr bereits wisst, was nun zu tun ist?«

»Ja«, entgegnete die Herzogin und bedachte Wiesel mit einem langen Blick. »Seitdem dieser Dieb hier in mein Leben trat und die unglaublichsten Dinge von sich gab, war ich gezwungen, darüber nachzudenken, was man tun müsste, würde er die Wahrheit sagen.«

»Und was wäre das?«, fragte Leandra.

»Für den Anfang«, sagte die Herzogin entschlossen, während sie jeden hier mit einem langen Blick bedachte, »braucht ihr alle neue Kleider.« Ihre alten Lippen verzogen sich zu einem Lächeln. »Schließlich wollen wir doch nicht unpassend gekleidet sein.«

Leandra nickte. »Für mich braucht Ihr Euch die Mühe nicht zu geben«, sagte sie dann. »Ich glaube, ich besitze bereits das passende Kleid dafür.«

Wyvernflug

42 »Wir haben so viele Wyvern vom Himmel geholt, dass sich leicht ein Sattel für das Vieh finden ließ. Was nicht heißt, dass es leicht war, ihn diesem Biest anzulegen«, erklärte der Korporal verärgert. Er sah zu Steinwolke hin, die in der Ecke des Greifenhorts in ihrer Sandkuhle saß und die Wyvern mit giftigen Blicken bedachte. »Als man das Biest hier hochbrachte, hatten wir unsere liebe Mühe, Steinwolke davon zu überzeugen, ihn nicht auf der Stelle anzugehen.« Er seufzte. »Schaut, wie sie die Flügel spreizt … sie wartet nur auf den geringsten Vorwand! Und dieses Vieh hier, das Ihr habt anschleppen lassen, ist zudem noch blöde!«

Wie um die Worte des Korporals zu bestätigen, zerrte die Wyvern an der schweren Eisenkette, die sie hielt, und zischte über die Plattform des Turms hinweg den Greifen an. »Es lässt keine Gelegenheit aus, Steinwolke zu reizen. Dass es dann auch noch Feuer spuckt, macht es nicht besser!«, fuhr der Mann fort und hielt Asela seinen rechten Ärmel unter die Nase. »Seid Ihr sicher, dass Ihr wisst, wie man mit so einem

Ungeheuer umgeht? Ich schwöre, das Vieh hat den Liebreiz einer Klapperschlange!«

»Nun«, sagte Asela lächelnd, »es *ist* ein Reptil, nicht wahr?« Sie musterte die Wyvern, der seinerseits Asela mit gelben Augen fixierte. »Die meisten Wyvernreiter besitzen eines der Talente, das sie mit Tieren umgehen lässt«, erklärte die Eule, als sie sich langsam der Wyvern näherte. »Auch ich habe ein solches Talent besessen ... gestohlen natürlich«, sagte Asela, ohne den Blick von der Wyvern abzuwenden. So entging ihr, wie der Korporal bleich wurde. »Aber die meisten Talente kann man, wenn man sie versteht, mit Magie nachbilden. Dennoch rate ich Euch, dass Ihr Euch aus dem Weg begebt, wenn ich seine Kette löse.«

»Aye, Sera«, sagte der Korporal und schluckte, als er hastig zur Seite trat.

Als die Wyvern ihren Rachen aufriss, um Asela mit Feuer zu bespeien, tat die Eule drei lange Schritte und schlug dem Biest hart auf die Nase ... woraufhin es überrascht sein Maul schloss, sich an der eigenen Flamme verschluckte und, wie der Korporal fand, recht dämlich dreinschaute. Mit einer Hand zog Asela den Stift aus der Kette, mit der anderen ergriff sie das Sattelhorn und schwang sich in den Sattel.

Die Wyvern bockte und stellte sich auf die Hinterbeine, hinter dem Korporal stieß Steinwolke ihren Kampfschrei aus.

Asela ließ sich nicht beirren. Mit raschen, sicheren Griffen zurrte sie zuerst den Beckengurt fest, dann die vier Schlingen, die jeweils ihre Beine hielten. Dann beugte sie sich vor, nahm die Zügel fest in ihre Hand und flüsterte dem Vieh etwas zu, das es ruhiger werden ließ.

»Seht Ihr?«, rief die Eule zufrieden. »Man muss nur ... ohaaa!« Denn die Wyvern hatte einen langen Sprung getan, der die Eule wie eine Puppe im Sattel hin und her warf, und rannte dann auf die Zinnen zu, den flachen Kopf und den Schwanz gestreckt ... und sprang mit einem letzten Satz über die Zinne, das Letzte, das der Korporal noch sah, waren Aselas wehende Haare und ihr überraschter Gesichtsausdruck.

Der Korporal rannte zu den Zinnen, Steinwolke tat es ihm gleich und reckte ihren mächtigen Kopf, um in die Tiefe zu schauen. Für einen langen Moment sah es so aus, als ob die Wyvern sich in den Boden des Paradeplatzes rammen würde. Dort, wo drei Steinmetze mit ihren Gesellen dabei waren, neue Platten auszulegen, sah einer der Steinmetze die Gefahr und rief eine Warnung, sah dann, dass die Zeit zur Flucht nicht reichte, und warf sich nur flach auf den Boden.

In kaum einem Schritt Höhe schoss die Wyvern an ihm vorbei, schlug einmal mit den lederartigen Flügeln, um im flachen Bogen knapp die Wehrmauer zu überfliegen. Der Korporal sah noch, wie Asela sich vorbeugte und dem Biest mit einer geballten Faust von hinten auf den Schädel schlug und wie das Biest sich einmal um seine eigene Achse drehte, als ob es Asela an dem steilen Hang abstreifen wollte, um dann endlich doch auf den Zug der Zügel zu reagieren.

Steinwolke stieß einen Laut aus, der an das Grollen eines Berglöwen erinnerte.

»Ja, meine Schöne«, raunte der Korporal mit rauer Stimme. »Du hast recht. Wenn es nach mir geht, braucht sie das Vieh gar nicht erst zurückzubringen.«

So einfach, wie es sich in ihrer Erklärung gegenüber dem Korporal angehört hatte, war es dann doch nicht, dachte Asela grimmig. Das gestohlene Talent, das sie vor ihrem Tod besessen hatte, hatte es ihr erlaubt, sich mit der Wyvern zu verbinden, jetzt allerdings war es ein beständiger Kampf, das Biest mochte sie nicht auf seinem Rücken dulden und ließ das die Eule spüren … und auch Asela verlor nun langsam die Geduld.

Man konnte sich darauf verlassen, dachte sie verärgert, dass der Lanzengeneral ausgerechnet eine Wyvern fangen musste, die von allen, die sie je geritten hatte, das bösartigste Temperament besaß.

Als die Wyvern Feuer spuckte, um sich dann unter ihm hindurchzuducken, sodass Asela beinahe in den Strahl geraten wäre, wurde es ihr zu viel. Sie zog einen Dolch aus ihrem Stiefel und stieß ihn sich in die linke Hand. Als das Blut das Leder ihres Handschuhs rot tränkte, beugte sie sich vor und drückte ihn gegen den Hals der Wyvern, die entsetzt aufschrie, als sie bemerkte, was geschah.

Die Welt um Asela herum schien in einem roten Nebel zu versinken, als sie mit Blut und Magie nach der Wyvernseele griff. Wie eine gepanzerte Faust, die ein Mäuslein zerquetscht, zwang sie mit Blut und Magie der Wyvern ihren Willen auf. Ein verzweifelter, gequälter Schrei entfloh dem Biest, dann war die Gegenwehr vorbei, und es tat folgsam, was die Eule von ihm wollte.

So ist es besser, dachte Asela grimmig. Ich habe keine Zeit für Spielchen...und ich werde dich auch wieder gehen lassen ... wenn du nur tust, was ich dir sage! Unwillkürlich sah die Eule schuldbewusst zu dem blauen Himmel hoch, der sich über ihr und der Wyvern spannte.

Wenn es ein Talent gab, das noch seltener war als das zur Magie oder das der Seelenreiter, dann war es das zur Blutmagie. Balthasar, der diese dunkle Kunst gründlich erforscht hatte, war sogar der Ansicht gewesen, dass sich das dunkle Talent der Seelenreiter aus dem zur Blutmagie entwickelt hatte, tatsächlich waren sie sich ähnlich genug. Asela war eine der wenigen, die das auch vergleichen konnte.

Blutmagie war bei allen Religionen verpönt oder verboten, zu groß war die Gefahr, der Versuchung der Macht des Blutes zu erliegen. Ihr würde das nicht geschehen, schwor sich Asela entschlossen, als sie die Wyvern in eine weite Kurve fallen ließ, aber für manche Dinge war sie doch gut zu gebrauchen.

Zudem war sie, wie Balthasar herausgefunden hatte, bevor er in den Bann des Nekromantenkaisers geraten war, die einzige zuverlässige Art und Weise, ein Talent von einer Seele abzulösen, ohne dass das Opfer sterben musste.

Während sie die Wyvern durch die Schlucht lenkte, die die alte Wehrstation zum Hammerkopf mit der Donnerfeste verband, fragte Asela sich, ob Leandra wusste, warum sie ihrem Schwert Blut geben musste, um es zu beherrschen.

Dort, weit unter ihr, lag die alte Wehrstation, dort das Flüchtlingslager … und dort die Straße nach Lassahndaar. Sie hoffte, dass sie die Legion warnen konnte, doch bis sie diese erreichte, musste sie sich auf einen langen Flug vorbereiten.

Ihr Weg führte sie auch an Lassahndaar vorbei, und über dem Wald, in dem die Kaiserin und sie den Hinterhalt vermuteten, drehte sie einige Kreise, um mit allen Sinnen nach dem Feind zu spähen. Einmal schien es ihr, als ob die Bäume dort unten vor ihren Augen tanzen würden, doch als sie blinzelte und erneut nach unten schaute, war nichts Ungewöhnliches zu sehen.

In diesem Fall, dachte sie grimmig, wäre es ihr mehr als recht, wenn sie sich täuschen würde, doch die Hoffnung darauf wollte nicht so recht aufkommen, zumal sie auch, als sie das letzte Mal über diesen Wald hinwegflog, ein ungutes Gefühl beschlich, obwohl sie nichts gefunden hatte.

Als sie, Stunden später, endlich in der Ferne die Legion marschieren sah, atmete sie erleichtert auf. Die Panzer der Legion glänzten in der späten Mittagssonne, und selbst über das Brausen des Windes hinweg konnte sie hören, wie die Soldaten die fröhliche Weise von der Elfenmaid sangen.

Dass der Kampf Verluste gekostet hatte, konnte man dennoch leicht erkennen, die Kolonnen waren unterschiedlich lang, und die Versorgungswagen waren mit Verletzten vollgeladen, zudem schloss sich eine lange Reihe Verletzter an, die auf Pferdepritschen transportiert wurden. Gefangene sah sie keine, aber anders hatte sie es auch nicht erwartet. Miran hatte zu lange in der Ostmark gedient, um sich mit ihnen aufzuhalten.

Als Asela tiefer flog, stellte sie fest, dass Santers Idee einen kleinen Nachteil besaß … auf die Entfernung konnten die

Soldaten der dritten Legion sie wohl nicht erkennen, dafür sahen sie die Wyvern umso besser.

Eine ganze Wolke von Armbrustbolzen stieg auf, doch Asela hatte die Gefahr noch rechtzeitig erkannt, so flogen die meisten Bolzen deutlich zu kurz, nur zwei oder drei aus dieser ganzen Wolke kamen ihr noch nahe.

Also flog Asela ein kurzes Stück zurück, landete auf der Straße und löste sich vom Sattel. Sie gebot der Wyvern, ruhig dort sitzen zu bleiben, ordnete ihre Haare und zog sich die Kapuze tiefer ins Gesicht. Und wartete, bis die Reiterin mit dem roten Federbusch am Helm sie sah.

»Ich dachte«, bemerkte Lanzenobristin Miran mit Blick zu der Wyvern weiter vorne auf der Straße, »dass diese Biester nicht ganz so friedlich wären.« Sie nahm ihren Helm ab und reichte ihn an einen ihrer Adjutanten weiter.

»Womit Ihr recht behalten habt«, erwiderte Asela und musterte die Lanzenobristin. »Sie war nur mit Mühe zu überzeugen. Wie ist es Euch ergangen?«

»Den Umständen entsprechend«, ließ Miran sie wissen und wischte sich Schweiß von der Stirn, um dann zur Sonne hinaufzusehen. »Wenn man sich den Hintern abfriert, wünscht man sich den Sommer, aber im Moment wäre es mir lieber gewesen, er hätte noch etwas auf sich warten lassen.«

Asela nickte. Es war einer der ersten warmen Tage, die sie hier erlebte, und mit schweren Plattenpanzern zu marschieren, war da nicht sehr angenehm.

Miran sprach schon weiter. »Damit haben wir die Freundlichkeiten ausgetauscht, jetzt sagt mir, was Euch hierher führt.«

»Ich kann Euch auch nicht leiden«, antwortete Asela mit einem harten Lächeln. »Aber Ihr habt recht, ich bin nicht hier, um Artigkeiten auszutauschen.«

In kurzen Worten berichtete die Eule der Lanzenobristin, was sie über die zwölfte Feindlegion vermuteten.

Miran hörte kurz zu, bat dann die Eule um einen kurzen Moment und gab den Befehl zum Lagern. »Ich denke«, sagte sie unverdrossen, »dass das hier doch etwas länger dauern wird.« Sie ging zu ihrem Pferd und zog eine Karte aus der Satteltasche, während zwei Soldaten hastig einen Klapptisch und zwei Stühle aufstellten.

Irgendwie kam es der Eule etwas seltsam vor, hier mitten auf der Straße mit Miran zusammen an einem solchen Tisch zu sitzen.

»Habt Ihr feindliche Versorgungswagen auf der Straße gesehen?«, fragte sie die Obristin, während Miran die Karte auf dem Tisch ausbreitete und mit zwei Dolchen beschwerte. »Schließlich soll diese Straße dem Feind zum Nachschub dienen.«

»Nur eine Karawane mit fast dreißig Wagen«, antwortete Miran und wies mit dem Daumen nach hinten, die Straße entlang. »Sie war nicht besonders gut bewacht, also haben wir mit ihnen einen kurzen Prozess gemacht. Ein paar der Wagen haben wir mitgenommen, den Rest und alles, was wir nicht gebrauchen konnten, haben wir verbrannt. Dieser Gefangene, von dem Ihr spracht, er hat angegeben, dass der größte Teil des Feindes, den wir aufgerieben haben, aus Sklavensoldaten bestand?«

»Ja. Sechs Lanzen der einundzwanzigsten Legion haben sich seinen Angaben zufolge in Melbaas mit unbekanntem Ziel eingeschifft und sind nach Norden abgefahren.«

»Das erklärt, warum die meisten Feindsoldaten so schlecht ausgerüstet waren«, meinte Miran und erlaubte sich ein Lächeln, als sie Aselas überraschten Blick wahrnahm. »Was schaut Ihr so überrascht, Stabsmajor? Habt Ihr gedacht, ich würde Euch nicht glauben? Ich habe mir so etwas schon gedacht, als ich am Morgen nach dem Kampf das Schlachtfeld abging. Abgesehen davon gab es noch ein paar, die die Nacht überlebten, und man hat mir berichtet, dass sie um Gnade gebettelt hätten, da sie doch nur Sklaven wären. Geglaubt haben wir ihnen nicht, aber wenn Schwertobristin Helis das jetzt bestätigt, reicht es mir.«

»Ich dachte, Ihr würdet ihren Rat nicht schätzen?«

»Da habt Ihr falsch gedacht. Am Anfang war es so, das will ich nicht bestreiten. Ich habe siebzehn Jahre meines Lebens auf die Beförderung zur Obristin gewartet, sie bekam sie, wie ich dachte, aus politischem Kalkül geschenkt. Ihr braucht dazu nichts weiter zu sagen«, wehrte sie ab, obwohl Asela keinen Ton von sich gegeben hatte. »Ich kann mir mittlerweile denken, dass mehr dahintersteckt. Sie versteht etwas von den Legionen, was man nicht von allen sagen kann ... und das soll mir reichen. Was ist jetzt mit der zwölften Feindlegion?«

Asela berichtete ihr von den Überlegungen der jungen Kaiserin, und Miran hörte schweigend zu.

»Sie mag damit recht haben. Wenn sie es auf Lassahndaar abgesehen hatten, ergibt es einen Sinn«, gestand sie dann und sah nach Nordosten, als ob sie dort bereits die Vorboten der feindlichen Legion erwartete. »Ihr müsst dort vorbeigekommen sein?«

»Ich habe nichts im Wald gesehen«, antwortete Asela. »Es ist ein dichter, alter Wald, und mit etwas Mühe kann sich dort auch eine Legion meinen Blicken entziehen.« Sie zögerte, bevor sie weitersprach. »Doch obwohl ich nichts gesehen habe, stellte sich mir ein ungutes Gefühl ein ... und darauf zu hören, hat mir bisher noch nie geschadet.«

Miran nickte langsam.

»Die Straße führt gut neun Meilen an diesem Stück Wald entlang«, stellte sie fest und besah sich die Karte. »Ein Hinterhalt dort würde unsere Flanken treffen, während wir noch in Kolonnen marschieren.« Sie blickte entschlossen auf. »Ob dort der Feind wartet oder nicht, meine Legionäre sind von der Schlacht und dem Marsch erschöpft, ich werde das Risiko nicht eingehen.« Ihr Finger beschrieb einen weiten Bogen. »Wir werden diesen Weg hier nehmen. Ganz vermeiden können wir das Gebiet nicht, die Hügel, der Wald hier und die Ausläufer des Gebirges dämmen uns dazu zu sehr ein, aber wenigstens werden wir den Feind dann kommen sehen.«

»Ja«, stimmte Asela ihr zu. »Viel mehr könnt Ihr nicht tun, aber wenigstens seid Ihr gewarnt. Sagt, habt Ihr es mit der Brut des Wyrms zu tun bekommen? Ich habe seit der Schlacht und auch auf dem Flug hierher von ihr nichts mehr gesehen.«

»Die Schlangen sind wie vom Erdboden verschluckt«, antwortete die Lanzenobristin. »Aber wir sind auf der Hut vor ihnen, ich habe, wie es Blix empfohlen hat, für sie und die Kriegsbestien des Feindes lange Spieße anfertigen lassen.« Sie schaute fragend zu der Eule auf. »Ihr könnt uns kein Tor errichten?«

»Das wäre uns allen recht, aber der Weltenstrom verläuft zu weit entfernt von hier, als dass ich alleine die Kraft aufbringen könnte. Zudem bin ich noch erschöpft … so einfach ließ sich der Wyrm dann doch nicht erschlagen.«

Die Obristin nickte. »Nun, die Legionen sind seit Jahrhunderten marschiert, ein paar Meilen mehr werden uns jetzt auch nicht schaden.« Sie sah zu ihren Soldaten zurück. »Wir werden hier unser Nachtlager aufschlagen, wenn es wirklich zum Kampf kommen wird, will ich, dass sie ausgeruht sind. Wollt Ihr uns noch Gesellschaft leisten? Einer unserer Späher hat eine Hirschkuh geschossen, die uns vortrefflich munden wird.«

»Danke, nein«, lehnte die Eule ab. »Aber ich muss so schnell wie möglich zurück.«

Die Obristin gab einem ihrer Adjutanten ein Zeichen, der ihr eine flache Kiste brachte. Aus dieser nahm sie eine Ledermappe. »Dies ist mein Bericht«, erklärte sie und reichte die Mappe an die Eule weiter, um sich dann mit gefurchter Stirn die Karte anzusehen. »Habt Dank für Eure Warnung.«

Als Asela zurück zu ihrer Wyvern ging, die noch immer regungslos am Straßenrand auf sie wartete, gab die Obristin bereits wieder Befehle für die Nacht. Schon jetzt waren die Konturen des Lagers zu sehen, das neben der Straße errichtet werden sollte, und alles schien in bester Ordnung. Doch als Asela ihre Beine an den Sattel band, sah sie, wie eine Lanze aufgerichtet wurde, auf der die Fahne der dritten Legion wehte ... und wieder beschlich sie dieses Gefühl im Magen, als ob sie diese Fahne jetzt zum letzten Mal zu sehen bekäme.

Eine königliche Robe

43 »Das ist Euer Plan?«, fragte Leandra ungläubig. »Wir marschieren zur Kronburg hinauf, verlangen Einlass zum Rat, legen ihm Eleonoras Schreiben vor und warten seine Entscheidung ab?«

Die Herzogin hob eine Augenbraue an. »Ihr habt den Punkt vergessen, an dem Graf Render verhaftet wird, aber ja, in etwa, das ist der Plan. Ihr habt keine Freunde hier, keinen Rückhalt im Rat, das Volk hat von Euch noch nie gehört. Ihr seid das Mündel der Königin gewesen, und wenn man Euren Namen sonst noch kennt, dann als Graf Renders Gespielin, die ihm die ›falsche Jungfer‹ gab. Das Einzige, das für Euch spricht, ist dieses Dokument, Euer Schwert und Ser Roderic von Thurgau. Das Siegel an dem Dokument ist angebrochen und Stücke fehlen ganz. Euer Schwert gibt es gleich zweimal, und von dem, das Ihr nicht in Euren Händen haltet, wird Bruder Faban schwören, dass es Boron geweiht ist. Was Ser Roderic angeht ... ich weiß, dass er mehr als eine Legende ist, und ich glaube Euch, wenn Ihr sagt, dass er der Wanderer ist. Nur wo ist er? Ihr sagt, er lebt, doch jeder hier glaubt ihn seit dreißig Jahren tot.« Sie schüttelte unverständig den Kopf. »Was habt Ihr erwartet? Dass Ihr auf einem weißen Schimmel durch das Tor reitet und Euch das Volk zu Füßen liegt? Was habt Ihr denn schon für das Reich getan?«

»Eine ganze Menge«, sagte Janos rau. »Mehr als Ihr uns glauben würdet.«

»Hauptmann, das habt Ihr wahrlich schön gesagt, denn

genau das ist der Punkt: Niemand wird es Euch glauben. Seit Wochen werden wir belagert, und was außerhalb der Mauern geschieht, weiß niemand in der Stadt. Wir wissen nur, dass dem Feind die Frauen und Kinder ausgegangen sind, um sie vor unseren Augen auf Pfähle zu spießen. Vielleicht sind wir die Letzten, die noch leben? Geht auf unsere Mauern und zählt die Zelte unseres Feindes und sagt uns dann, dass wir Euch glauben sollen, dass er noch zu schlagen ist. Ihr erzählt mir von der zweiten Legion, doch ich sehe hier nur zwei Soldaten. Vielleicht habt Ihr zwei alte Rüstungen gefunden und aufpoliert? Vielleicht ist das alles Lug und Trug?« Je länger die alte Sera sprach, umso kälter war ihre Stimme geworden. »Vielleicht seid Ihr nur dem Wahn verfallen und bildet Euch das alles ein. Dass Steinherz echt ist, kann ich bestätigen, doch was ist, wenn Eure Bindung an das Schwert zu viel für Euren schwachen Geist gewesen ist?«

»Sera Lenere!«, schritt Sieglinde erbost ein. »So könnt Ihr nicht mit ihr reden!«

»Kann ich nicht?«, begehrte die Herzogin verärgert auf. »Meint Ihr nicht, ich weiß nicht, wovon ich spreche?« Sie wies anklagend auf Leandra. »Ich bin siebenmal so alt wie sie, und ich habe diese Krone, die sie haben will, bereits getragen! Intrigen haben mich einen Sohn gekostet, der Wahnsinn eines Königs einen anderen! Wenn Ihr das Leben einfach haben wollt, dann öffnet das Tor und greift den Feind vor unseren Mauern an, das wird Euch leichter fallen, als die Intrigen hier am Hofe zu verstehen. Alles, was ich eben sagte, wird man Euch vorhalten. Es mag alles wahr sein, was Ihr erzählt, aber man muss es Euch auch glauben!«

»Ich habe ein Schreiben der Kaiserin dabei«, sagte Blix so ruhig er konnte. »Darin steht …«

»Irgendetwas wird darin stehen«, unterbrach ihn die alte Sera scharf. »Doch wer wird es glauben? Niemand hat hier von einer Kaiserin des alten Reichs gehört, und wer weiß, vielleicht habt Ihr dieses Dokument ja höchstselbst gefälscht? Vielleicht seid Ihr ja ein Schausteller, der in Dörfern auf dem Land in einem lustigen Stück den kaiserlichen Major gegeben hat? Vielleicht hat sie Euch besoffen in einer Taverne aufgegabelt und versprach Euch leichtes Gold?« Sie schnaubte herrschaftlich durch ihre Nase.

»Der einzige Weg zur Macht für Euch ist, dass Graf Render fällt. Er hat jeden Widersacher ausgeschaltet, sodass er eine Lücke hinterlassen wird. Wenn die Lage so verzweifelt ist wie hier, hofft man auf ein Wunder. Man ist bereit, das Unglaublichste zu glauben, und das ist Eure Gelegenheit. Ich werde vor den Rat treten und mit dem letzten Rest Einfluss, der mir noch verbleibt, für Euch sprechen.« Sie atmete tief durch und schien sich nur mit Mühe zu beruhigen. »Von denen«, sprach sie ruhiger weiter, »die anwesend waren, als Steinherz an die Maestra gebunden wurde, lebt nun niemand mehr. Niemand kann bestätigen, dass sie diese Aufgabe von unserer Königin erhalten hat ... und selbst mir fällt es schwer zu glauben, dass es Askir überhaupt noch gibt. Seit fast siebenhundert Jahren kamen keine Schiffe mehr von dort, und die allgemeine Meinung ist, dass irgendeine Katastrophe das alte Reich vernichtet hat. *Ich* muss den Rat für Euch überzeugen, Maestra, von allen hier im Raum bin ich die Einzige, die man vielleicht anhören wird. Denn fasst man alles in einem Satz zusammen, seid ihr eine Gruppe Fremder, die Illians Thron verlangt.«

Sie seufzte und lehnte sich erschöpft an die nächste Wand. »Wisst Ihr, wer Euch die Krone hätte geben können?«, fuhr sie dann leiser fort. »Ser Roderic. Selbst ohne dass die Leute wissen, dass er auch der Wanderer ist, ist seine Legende groß genug. Es gibt viele, die lange genug leben, um sich noch an ihn zu erinnern, und wenn er, wie Ihr sagt, jung geblieben ist, wird man ihn erkennen. Wenn Königin Eleonora wahrhaftig einen Plan verfolgte, dann den, dass er an Eurer Seite steht und für Euch die Krone fordert. Nur sagt mir, wenn er Euch bis nach Askir begleitet hat, wo ist er jetzt? Warum steht er nicht an Eurer Seite?«

»Er … er ist verhindert«, sagte Leandra leise.

»Ist er das?«, fragte die Herzogin zweifelnd. »Sagt Ihr mir auch, was Illians größten Paladin davon abhalten könnte, den letzten Wunsch der Königin, die er liebte, als wäre sie sein eigenes Kind, in ihrem Namen durchzusetzen? Er bräuchte nur vor den Rat zu treten, und Graf Render würde nach einem Blick auf ihn auf die Knie fallen und um Gnade winseln … und Ihr sagt, er wäre was? Verhindert?« Sie schüttelte ungläubig den Kopf. »Ich muss verrückt sein oder alt oder beides, dass ich mich überhaupt auf dieses Spiel einlasse. Wisst Ihr, was mein Rat wäre, selbst wenn Ihr die Wahrheit sprecht? Dass Ihr wieder geht und mit der Legion im Rücken wiederkommt. Fegt den Feind vor unseren Toren weg, dann wird man Euch auch im Rat anhören.«

»Wir können nicht warten«, sagte Wiesel entschieden. »Graf Render wird die Stadt an den Feind verraten, und ich für mein Teil glaube nicht daran, dass Corvulus auch nur ein Versprechen halten wird. Es ist dem Feind mehr damit gedient, Illian wie diese andere Stadt … wie hieß sie noch … Lekar?«

»Kelar«, verbesserte ihn Leandra leise.

»Wie Kelar zu behandeln«, fuhr Wiesel fort. »Denn das ist auch etwas, das der Feind versprochen hat, dass jede Stadt, die ihre Tore vor ihm verschließt, Kelars Schicksal teilen wird. Solange es Illian noch gibt, wird jeder hier im Land mit Hoffnung auf die Kronstadt schauen … fällt Illian aber und wird vom Feind geschliffen, wird man diese Hoffnung nicht mehr haben … und die Leute in diesem Land werden sich ihrem Schicksal ergeben. Nein, Sera«, sagte Wiesel eindringlich, »ich glaube nicht daran, dass irgendwelche Verhandlungen Eure Stadt noch retten können, wenn der Feind verhandelt, dann nur mit dem einen Grund, um die Stadt leichter einzunehmen.«

»Das könnt Ihr nicht wissen«, widersprach die Herzogin.

»Doch«, sagte Wiesel hart. »Nach allem, was ich hörte,

war Kelar ein Juwel, eine reiche Handelsstadt, mit Manufakturen und Hafenanlagen, zentral gelegen, und hat sich, einmal genommen, auch für den Feind als befestigte Stadt angeboten, wo er seine Flotten hätte landen können. Illian lebt von den Minen, die es in der Nähe gibt, die der Feind wahrscheinlich schon längst sein Eigen nennt. In allen anderen Dingen ist diese Stadt nicht halb so wertvoll für den Feind, wie Kelar es hätte sein können. Sie ist ein Symbol des Widerstands ... und als solche nutzt sie ihm am meisten, wenn er sie zertreten kann.«

»Wollt Ihr, ein Dieb, mir erklären, wie der Feind agieren wird?«, fragte die Herzogin spöttisch. »Weil Ihr ihn so gut kennt?«

»Genau deshalb hat er recht«, ließ Marla sich leise vernehmen. »Denn was ist der Feind denn anderes als ein Dieb, der Eure Länder stehlen will? Für Euch ist diese Stadt ein Kleinod, ein Juwel, ein Erbstück, das Ihr in Ehren haltet. Für einen Dieb ist ein solches Geschmeide nur das wert, was er vom Hehler dafür erhält. Kann er es für einen anderen Vorteil eintauschen, dann wird er es auch tun, denn anders als für Euch ist Euer Erbe ihm nichts wert.« Sie sah auf und hielt dem Blick aus diesen alten Augen stand. »Glaubt mir«, sagte sie rau, und es war, als ob ihre Stimme einen seltsamen Hall erhielte, der jedem ihrer Worte mehr Gewicht verlieh, »es wird kommen, wie er sagt. Halten wir Graf Render jetzt nicht auf, wird es in einem Monat hier nichts mehr geben, das sich noch zu retten lohnt.«

Die Herzogin sah die junge Frau lange an und nickte langsam. »Davon habt Ihr mich bereits überzeugt«, erwiderte sie dann mit belegter Stimme. »Ich will, dass jeder, der mit uns hinauf zur Kronburg geht, weiß, dass es sein letzter Gang sein könnte, es ist alles andere als gewiss, dass wir den Rat noch überzeugen können.«

»Irgendwann«, sagte Leandra, »muss man den ersten Schritt auch gehen.«

»In Ordnung, Hoheit.« Die Herzogin ging an die Tür zur Straße hin. »Dann geht voran. Haltet Euch an unseren Plan.«

»Wenigstens siehst du aus wie eine Königin«, meinte Sieglinde leise, als sie neben Leandra trat. »Ich habe dieses Kleid noch nie an dir gesehen … es ist wunderschön und feiner noch als jede Seide, die ich kenne.«

»Es ist ein Geschenk gewesen«, antwortete Leandra. »Von einem hässlichen, alten Mann, dem ich solchen Geschmack nicht zugetraut hätte. Es ist wahrlich wunderschön, nicht wahr?« Sie strich den Stoff, der in mehreren Lagen einer Robe gleich über sie fiel, mit den Händen glatt. Feine Ornamente verzierten Kragen und Ärmel, und es war so weiß, dass es in den Augen schmerzte. »Ich glaube, es ist sehr alt«, fügte sie leise hinzu. »Da es vielleicht die letzte Gelegenheit ist, dachte ich, ich trage es jetzt für diesen Gang.«

Die Bardin nickte wortlos. Das Gewand gab Leandra eine Erhabenheit, die auch Sieglinde beeindruckte … nur dass etwas in ihrer Erinnerung an ihr nagte.

»Wollt Ihr Euch noch etwas über Mode unterhalten, oder seid Ihr jetzt vielleicht bereit?«, fragte die Herzogin ungehalten, doch dann seufzte sie. »Es ist ein schönes Kleid und wahrlich, es steht Euch gut … und wenn uns die Götter gnädig sind, könnt Ihr es noch öfter tragen. Wollen wir?«

Die Maestra nickte und zog Steinherz aus der Scheide … und stieß mit der freien Hand die Türe auf. Dann ging sie vor, griff Steinherz mit beiden Händen fest am Heft und trug die fahle Klinge wie eine Kerze vor sich her.

Schweigend folgten ihr die anderen, Herzogin Lenere fast an ihrer Seite.

Wie vereinbart gingen sie gemessenen Schrittes, sahen nicht nach links noch rechts … und als die ersten Neugierigen mit Fragen kamen, achteten sie nicht darauf.

»Sollen sich die Leute doch fragen, wer die Sera ist, die Steinherz vor sich trägt«, hatte die Herzogin geraten. »Je mehr

Neugier wir erregen, je mehr Menschen uns zur Kronburg folgen, umso höher ist die Wahrscheinlichkeit, dass man uns Einlass gewähren wird.«

In diesem einen Punkt zumindest, dachte Wiesel, bewahrheiteten sich die Worte der Herzogin. Die Stadt war voll von Flüchtlingen, die keine Arbeit hatten, und der Anblick von Leandra, die in einem weißen Kleid mit ihrem fahlen Schwert die Prozession anführte, war genug, um Neugier zu erregen.

Er musterte die schlanke Gestalt, die mit hoch erhobenem Kinn vor ihm ging, dann die anderen, die der Maestra folgten, und unterdrückte einen Seufzer. Es brannte ihm auf der Zunge, Halt zu rufen, ihnen allen mitzuteilen, dass sie längst verraten worden waren, dass Render schon längst wusste, wer da gemessenen Schrittes seinem Schicksal entgegenging.

Es war nicht der Scheiterhaufen, der Leandra drohte. Vielmehr hatte der Graf entschieden, sie dem Kriegsfürsten zu übergeben. Unwillkürlich schüttelte sich Wiesel. Das Schicksal, das ihr dann drohte, war vielleicht der einzige Grund, warum man ihr ein Ende auf einem Scheiterhaufen wünschen konnte.

Verstohlen musterte er die Herzogin, die genauso stolz einherschritt wie die Königin. Nach allem, was er von Schwester Sondja wusste, hatte die Herzogin sie doch nicht verraten. Und jetzt ging sie hier mit ihnen, legte ihr eigenes Schicksal in die Hand der Götter.

Jeder wusste, wie wenig wahrscheinlich es war, dass sie Erfolg haben konnten, es zeigte sich in ihren entschlossenen Gesichtern. Götter, dachte er. Wenn dieser Plan mir schon als wahnsinnig erscheint, was ist dann der andere?

Marla sah ihn seltsam an. »Ist etwas?«

»Mir ist nur etwas mulmig«, flüsterte er und sprach damit die reine Wahrheit. Wieder schaute er zu Leandra hin. Es musste überzeugend sein, rief er sich in Erinnerung. Der Graf musste denken, dass ihm alles nach Plan lief ... Götter, dachte er, Intrigen sind wahrlich nichts für mich, mir raucht der Kopf schon jetzt.

Blieb nur zu hoffen, dass er ihn auch noch länger behalten konnte.

Immer mehr Leute folgten ihnen, und da niemand etwas sagte, fragte auch bald niemand mehr. Schweigend gingen sie die gewundene Straße entlang, bis sie die Straße hoch zum Tor erreichten, die hier am Marktplatz ihren Anfang nahm.

Wachsoldaten wurden aufmerksam und eilten schnell herbei, doch als sie die Herzogin sahen und das fahle Schwert, auf das sie schweigend wies, schauten sie sich gegenseitig an … und folgten ihm.

Als sie nach einer Weile, die Wiesel endlos lang erschien, das Tor der Kronburg erreichten, hatte die Kunde von der seltsamen Prozession die Wachen am Tor schon längst erreicht. Eine Gruppe Wachsoldaten wollte sich Leandra in den Weg stellen, doch als sie ihr entgegentreten wollte, leuchtete die fahle Klinge in ihren Händen auf … und die Wachsoldaten traten hastig vor ihr zurück.

»Dort entlang«, sagte die Herzogin leise.

Leandra straffte grimmig die Schultern. »Ich habe den Weg noch nicht vergessen«, gab sie rau zurück und ging voran.

Gut fünfzig königliche Wachen waren auf dem Hof der Kronburg angetreten, doch auch sie schritten nicht ein, sie sahen nur mit großen Augen zu, wie eine unsichtbare Hand das Tor zur großen Halle öffnete.

Während der Kronrat tagte, gab es andere, die in seinem Schatten die Geschäfte machten, die große Halle war voll von ihnen, von Adel und von Handelsherren, Soldaten oder Bürgern, die hier ihr Glück versuchten … Als Leandra schweigend durch das Tor zur Halle trat, verstummte das Gemurmel. Die Entschlossenheit in Leandras Augen versprach, dass sie für niemanden ihren gemessenen Schritt anhalten würde … und so teilte sich die Menge vor der leuchtenden Klinge.

Die Tür, die zu der Ratskammer führte, war von innen verriegelt, und außen standen vier Wachen vor, doch als, ohne dass eine Hand die Tür berührt hätte, der Riegel mit lautem Bersten brach und die Tür aufflog, wagten auch sie nicht, sich in den Weg zu stellen.

Dafür, dass in dieser Halle die wichtigsten Entscheidungen für das Reich gefällt wurden, war der Ratssaal recht klein. Unter hohen Fenstern und Dutzenden von Bannern stand ein langer Tisch, an dem vielleicht dreißig Stühle Platz fanden, und diese waren nur zum Teil besetzt. Der große Stuhl am Kopfende dieses Tisches war unbesetzt, und Wiesel zählte achtzehn Ratsherren, die nun überrascht aufsahen, als die Tür vor Leandras Willen brach.

Vor dem Tisch standen Graf Render, zwei weitere Ratsherren und Sarann, die Hand der Krone, sowie der Priester Borons, Bruder Faban, der sich auf ein Schwert stützte, das Steinherz zum Verwechseln ähnlich war.

Seine Augen weiteten sich, als er Steinherz leuchten sah, und noch bevor ein anderer reagieren konnte, deutete er schon mit einer bebenden Hand anklagend auf Leandra.

»Wer wagt es«, rief der Diener Borons erbost, »eine Ratsversammlung so zu stören und zugleich auch einen solchen Frevel zu wagen!«

Die vorwurfsvolle Art, wie der Priester Leandra ansah, seine zitternde Hand, fast dass ihm noch der Geifer aus dem Mund gelaufen wäre … an dem Manne, dachte Wiesel, war ein Schausteller verloren gegangen. Wenn er denn tatsächlich nur so tat, oder nicht doch noch seine Zweifel überhandgenommen hatten.

»Nun«, sagte Graf Render und deutete vor der Herzogin eine leichte Verbeugung an, während seine kühlen Augen die Maestra abschätzten. »Das wird uns Herzogin Lenere sicher gleich sagen.« Er erlaubte sich ein feines Lächeln, als er sich Leandra zuwandte. »Ich kann nicht behaupten, erfreut zu sein, Leandra.« Er musterte ihr Schwert und schüttelte traurig den Kopf. »Willst du deine haltlosen Anschuldigungen nun mit dem Schwert durchsetzen?«

Einer der Ratsherren stand auf und musterte die Maestra voller Enttäuschung. »Ich war Euch stets wohlgesonnen, Baroness di Girancourt«, sagte er leise. »Graf Render hat sich sicher nicht in allen Punkten ehrenhaft Euch gegenüber verhalten, aber dass Ihr Euch für die Ränke dieser alten Hexe hergebt, habe ich nicht glauben wollen. Ist Euch Eure Rache so viel wert, dass Ihr dafür das ganze Land verraten wollt?«

»Graf Haderim«, sagte Leandra höflich. »Es ist anders, als Ihr denkt. Ich …«

»Spart Euch Eure Worte, Baroness«, sagte der Ratsherr müde. »Wir kennen die ganze Geschichte schon, von Eurem Schwert, von Euren Heldentaten, von dem Bündnis mit einem legendären Reich, das seit siebenhundert Jahren niemand mehr gesehen hat. Graf Render hat uns davon erzählt … selbst dann wollte ich es nicht von Euch glauben. Königin Eleonora hat Euch so geliebt, wie könnt Ihr ihrem Erbe in den Rücken fallen?«

Die Maestra hob stolz ihr Kinn.

»Ihr seid es, die ihr Erbe soeben verspielen wollt«, sagte sie kühl. »Wisst Ihr, dass der Graf bereits in Verhandlungen mit einem Kriegsfürsten des Feindes steht?«

»Und mit wem bitte?«, erkundigte er sich höflich.

»Einem Mann namens Corvulus. Er ist ein Sohn des Nekromantenkaisers und selbst ein Nekromant. Er gilt als sein fähigster Stratege.«

»Seht Ihr?«, fragte Graf Render und schüttelte den Kopf. »Sie hat sich nicht einmal die Mühe gemacht herauszufinden, wer vor unseren Toren steht. Der Feind wird von einem Kriegsfürsten angeführt, so weit ist das wahr, doch ihr Name ist Dereinis. Von diesem Corvulus habe ich noch nie gehört. Wahr ist auch, dass ich in Verhandlungen mit dem Feind stehe … nur ist nichts Geheimes daran. Jeder, der am Haupttor Wache steht, kann Euch das sagen.«

Er gab den Wachen einen Wink. »Ergreift sie«, befahl er rüde, und als Leandra daraufhin Steinherz etwas anhob, sah er nur traurig drein.

»Wollt Ihr wirklich Euer Schwert hier gegen uns erheben?«, fragte er dann. »Seht hinter Euch, dort stehen fünfzig königliche Wachen, ein jeder von ihnen hat der Krone die Treue geschworen. Meint Ihr, Ihr könnt sie alle erschlagen?«

»Ja«, ließ sich Blix vernehmen und legte die Hand auf sein Schwert. »Wenn es denn sein muss.«

»Es würde Euch dennoch nichts nutzen«, sagte Bruder Faban und trat vor. »Boron selbst wird den König schützen.« Er hob den falschen Steinherz an. »Mein Gott wird mir die Kraft dazu verleihen, Euch so lange aufzuhalten, bis er sicher vor Euch ist!«

»Der König?«, sagte die Herzogin schwach und wandte sich an Sarann, die Hand der Königin. »Aber … hast du nicht gesagt, dass der Rat erst noch entscheiden muss?«

»Habe ich«, nickte Sarann. »Aber er hat bereits entschieden. Vor etwa einer halben Kerzenlänge.«

»Du solltest es doch verhindern«, sagte die Herzogin rau. »Du solltest ihnen im Vertrauen sagen, was wir herausgefunden haben!«

»Das habe ich«, erwiderte die Hand der Königin und hob stolz ihr Kinn. »Ich habe ihnen jede Einzelheit erzählt. Ich habe berichtet, wie Eure Urteilskraft Euch im Stich gelassen hat und Ihr auf die Lügen dieser Leute hereingefallen seid.«

Sie sah zu dem Grafen Render hin, und als sein Blick auf sie fiel, wurde sie rot und ihr hartes Gesicht ganz weich. »Er ist für uns alle die Rettung«, flüsterte sie wie ein verliebtes Kind. »Das habt Ihr selbst gesagt … und nun wollt Ihr Euch ihm entgegenstellen … Ihr müsst verstehen, dass ich das nicht zulassen kann.«

»Götter!«, hauchte Lenere. »Kind, du hast uns alle verraten!«

»Ich bin die Hand der Krone!«, sagte Sarann stolz. »Ich habe meine Pflicht erfüllt. Aber aus Respekt vor Euch bat ich darum, dass nicht ich, sondern ein anderer Euer Leben beenden wird.«

»Wie fürsorglich«, bemerkte Wiesel, doch Sarann sah ihn nur aus kalten Augen an.

»Baroness«, sagte jetzt Graf Render zu Leandra. »Wenn Ihr kämpfen wollt, dann bitte, versucht Euer Geschick. Aber wollt Ihr wirklich alle erschlagen, auch die, die Ihr von Kindesbeinen an kennt?«

»Natürlich nicht«, flüsterte Leandra und ließ Steinherz sinken. Wiesel fuhr zu ihr herum und sah den entrückten Ausdruck auf ihrem Gesicht. Einen Ausdruck, den er an diesem Morgen bereits zweimal gesehen hatte. Einmal bei einer Wache … und auf Kroms hündischem Gesicht. Götter, dachte er verzweifelt. Es ist so deutlich … wie soll ich das ignorieren?

»Der Graf hat sie bezaubert!«, rief er und deutete anklagend auf den Grafen. »Schaut sie nur an, ein Blick von ihm, und sie weiß nicht, was sie sagt!«

Ein anderer Ratsherr schüttelte den Kopf. »Wer auch immer Ihr seid, Ser, seid versichert, dass dies kein Zauber ist. Die Baroness war schon immer in ihn verliebt, so sehr, dass er sich vor ihr hat schützen müssen.«

Noch bevor Blix sein Schwert ziehen konnte, traten die Wachen an sie heran und ergriffen jeden Einzelnen von ihnen mit harten Händen.

»Bringt mir das Schwert«, verlangte Bruder Faban, und einer der königlichen Gardisten trat an Leandra heran und nahm es aus ihren schlaffen Händen. Mit einer Verbeugung reichte er es an Bruder Faban weiter, doch als der es greifen wollte, flammte Steinherz auf, und der Priester ließ es mit einem Fluch fallen.

»Da habt Ihr den Beweis«, rief er erbost. »Wäre es tatsächlich ein Boron geweihtes Schwert, würde es sich mir nicht verweigern.« Er hob die andere Klinge an, die nun auch mit fahlem Schimmer versehen war. »Dies ist Steinherz … und diese andere Klinge hier, sie ist verflucht und des Namenlosen Werk!« Er wies mit einer zitternden Hand anklagend auf die Maestra. »Für diesen Frevel gibt es nur eine Strafe!«, rief er. »Soll der Gott selbst richten, wer hier im Unrecht ist. Übergebt sie seiner Weißen Flamme und überlasst das Urteil über sie dem Gott der Gerechtigkeit!«

Der Graf sah überrascht auf. »Nicht so schnell, Bruder Faban. Sie hat sich gegen mich verschworen«, sagte er in ruhigem Ton. »Also wird die Krone sie auch richten.«

»Nein. Sie wird sich vor Boron verantworten«, beharrte Bruder Faban entschlossen. »Wie könnt Ihr sie vor der Weißen Flamme schützen wollen? Sie wird den Gang antreten, den andere schon vor ihr gehen mussten!« Er hielt dem Blick des Grafen stand. »Ich verlange sie im Namen Borons, damit sie die Gerechtigkeit des Gottes erfährt!«

Wiesel hielt den Atem an, alles hing davon ab, dass Leandra dem Grafen nicht in die Hände fiel.

Für einen langen Moment musterte der Graf den Priester, wog in Gedanken ab, bevor er widerstrebend nickte. »Ihr habt recht, Bruder Faban«, gestand er dann ein. »Der Frevel, den sie an Borons Glauben ausübte, wiegt schwerer als weltliche Gerichtsbarkeit.« Er wandte sich an die Ratsherren. »Sofern niemand hier Einspruch erhebt, übergebe ich sie an die Diener des gerechten Gottes.«

»Sag doch einer etwas!«, rief die Herzogin empört. »Sieht denn keiner, welches Spiel er spielt?«

Doch niemand schien auf sie zu hören, und keiner der Ratsherren sprang für Leandra in die Bresche.

Nur der Graf sah zu ihr hin und lächelte kalt. »Ihr habt Glück, dass die Hand der Krone für Euch spricht«, teilte er der Herzogin mit und gab den Wachen ein Zeichen. »Stellt die Herzogin unter Hausarrest, bis ich über sie entscheiden kann. Und die anderen …«, fügte er mit einer nachlässigen Geste hinzu, » … werft sie in den Kerker.«

»Ich habe meine Tempelwachen dabei«, sagte Bruder Faban. »Ihr könnt die Baroness auch gleich mir übergeben.«

Einen Moment zögerte der Graf, dann stimmte er zu. »Also gut. Übergebt sie dem gerechten Gott.«

Wiesel sah sich mit weiten Augen um, dann schien er innerlich zusammenzubrechen. »Hoher Rat«, begann er erstickt und schien mit den Tränen zu kämpfen. »Wir wissen, dass auch unser Leben verwirkt ist, doch gestattet uns eine Gnade. Leandra di Girancourt ist unsere Freundin, wir möchten ihr in ihrer schlimmsten Stunde zur Seite stehen; erlaubt uns, ihrer Prüfung durch die Weiße Flamme beizuwohnen.«

Nicht nur die Ratsherren sahen ihn verwundert an, auch Leandra und die Gefährten waren überrascht.

»Es schadet nie, Borons Gerechtigkeit mit eigenen Augen zu erblicken«, sagte Bruder Faban salbungsvoll.

Graf Render lachte. »Bitte, wie Ihr wünscht«, sagte er großmütig. »Dann werde ich einen Galgen für Euch bauen lassen, der es Euch erlaubt, ihrer ›Prüfung‹ zuzusehen. Der Henker wird die Anweisung erhalten, erst dann den Hebel umzulegen, wenn sie ihr Leben ausgehaucht hat ... dann könnt Ihr gemeinsam mit Eurer Freundin vor das Gericht der Götter treten.«

In Ketten

44 »So viel dazu«, knurrte Blix und stieß sich mit den Schultern von der feuchten Wand ab, um mit leisem Rasseln in seinen Ketten hin und her zu schwingen. »Solide«, stellte er dann fest. »Hier kommen wir nicht raus.« Er sah zu Grenski hin. »Wie geht es dir?«, fragte er besorgt. Ein trüber Fackelschein fiel durch das Gitter in der Zellentür und beleuchtete vor allem Marla, die leicht bekleidet gegenüber der Tür an der Wand in ihren Ketten hing, aber es reichte noch, um auch die anderen zu sehen.

Die Sergeantin hing wie alle anderen ebenfalls in Ketten. Auch sie hatte nicht mehr als ein Leibchen an; trotz der Länge ihrer Beine fehlte ihren Zehenspitzen ein guter Fingerbreit zum Boden.

»Noch gut«, antwortete sie gefasst. »Doch auf Dauer wird es schmerzhaft werden.« Sie sah zur Zellentür hin, wo durch das Gitter ein Schatten zu sehen war, der sie gierig musterte. Ein Beweis dafür, dass auch die besten Pläne manchmal schiefgehen konnten. Hier hätte ein anderer Mann Dienst tun sollen … nun, dachte Wiesel, es musste auch anders gehen. Es wäre auch das erste Mal, dass ihn Fesseln halten konnten.

»Ihr geht es schlechter«, fügte Grenski jetzt hinzu und wies mit ihrem Blick auf Marla. Die Dienerin des Namenlosen Gottes hing derart gestreckt in den Ketten, dass die Wunde an ihrer Seite wieder aufgebrochen war und ein dünnes Rinnsal wässrigen Bluts dort ihr Unterhemd befleckte.

»Ein toller Plan, in der Tat«, knirschte Hauptmann Janos. »Wir hätten auf die alte Sera hören sollen!«

»Dann wäre die Kronstadt verloren gewesen«, gab Sieglinde Antwort.

»Und jetzt ist sie es nicht?«, grollte Janos. Er rasselte mit seinen Ketten. »Dafür haben wir uns nicht wochenlang gequält und mit dem Feind gestritten!«

»Bitte!«, bat Wiesel ungehalten. »Könnt ihr alle mal kurz eure Worte für euch behalten? Es stört mich ungemein!«

»Oh«, meinte Janos knirschend. »Entschuldigt, wir wollten auf gar keinen Fall stören, während Ihr Euch entspannt!«

Wiesel rollte mit den Augen. »Ich dachte, ihr wäret die Helden hier«, sagte er leise. »Und dann gebt ihr so schnell auf? Wundersame Dinge habe ich von euch allen gehört, und so ein kleiner Rückschlag bricht euch gleich den Mut?«

»Ich tue nur so«, murmelte Janos. »Ich gönne mir nur eine kleine Pause, bis ich die Ketten aus der Wand reiße und dann nackt und bloß mit einer Hand die Stadt für uns erobere!« Er sah zur Tür hin. »Allerdings muss ich mich mit meiner Pause wohl beeilen. Graf Renders Foltermeister sind berüchtigt, und ich glaube nicht, dass er uns ungeschoren lässt. Er wird alles über uns wissen wollen und …«

»Bitte!«, sagte Wiesel gequält. »Wenn Ihr weiter Euren Mund bewegt, wird es noch so weit kommen … ich brauche Konzentration für meine Arbeit … und Ihr stört sie stets aufs Neue.«

»Ihr braucht Ruhe fürs Kettenbaumeln?«, fragte der Lanzenmajor ungläubig. »Ich hätte doch gedacht, dass jemand von Eurem Format auch ohne Ruhe in den Ketten hängen kann!«

Wiesel schaute ihn jetzt böse an. »Wollt Ihr hier hängen und warten, bis der Foltermeister kommt? Nein? Dann haltet alle eure Klappe, bis ich mich befreien kann!«

»Befreien?«, lachte Janos. »Wie? Wollt Ihr die Ketten durchbeißen? Oh«, sagte er mit gespielter Überraschung. »Ich vergaß, Ihr kommt mit Euren Zähnen gar nicht an die Kette heran!«

Der schlanke Dieb seufzte und sah dann zu Marla hin. »Der Wachmann schaut dich gierig an … könntest du dich etwas in den Fesseln winden, damit er mehr zu sehen hat?«

Marla bäumte sich ein wenig in ihren Ketten auf, stöhnte leise und schwang hin und her, sodass ihr schlanker Körper unter dem viel zu kurzen Leibchen umso besser zur Geltung kam. »So in etwa?«, fragte sie und leckte sich über die Lippen, während die anderen erstaunt starrten.

»Genau so!«, grinste Wiesel.

»Ser Wiesel …«, begann Grenski unbehaglich, doch der schlanke Dieb warf ihr einen erbosten Blick zu. »Kann denn niemand mal für einen Docht lang die Klappe halten, damit ich uns befreien kann?«, fragte er verärgert.

»Bitte«, bat jetzt Marla leise die anderen, während sie sich noch immer in ihren Ketten wand. »Wiesel weiß stets, was er tut!« Sie stöhnte auf, und vor der Zellentür drückte sich der

Schatten näher, bis Marla die glänzenden Augen des Wachmanns durch die Gitterstäbe sehen konnte. Ein Zittern lief durch ihren Körper, als ein leises Stöhnen ihr entwich. Jede Faser ihres Körpers spannte sich, die Fersen trommelten gegen den feuchten Stein … dann erschlaffte sie mit einem leisen Seufzer, um schwer atmend zu dem Gitter hinzusehen.

Währenddessen schwang Wiesel in seinen Ketten etwas zur Seite hin, sodass die linke Handmanschette kurzzeitig entlastet war … um dann die linke Hand seltsam elegant zu schütteln. Die Manschette fiel von ihr ab, er schwang zurück und schüttelte die andere Hand jetzt frei.

Sprachlos starrten die anderen auf die leeren Manschetten.

»Ist er einer von den Deinen?«, fragte Wiesel leise, und Marla, die sich noch immer lüstern in ihren Ketten wand, neigte fast unmerklich den Kopf.

»Die meisten hier sind es«, antwortete sie leise, während sie den Blick der Wache durch das Gitter hielt. »Die Versuchung, sich an den Gefangenen zu vergehen, ist zu groß für sie.«

Worum es genau ging, konnte von den anderen niemand erahnen, doch jetzt hielten sie die Ruhe und sahen nur gebannt dem Schauspiel zu, das Marla und Wiesel ihnen gaben.

»Gut«, nickte der schlanke Dieb und klemmte sich seine linke, seltsam verformt aussehende Hand zwischen seine Oberschenkel, um sie dort fest einzupressen und dann die Hand zu drehen und zu drücken. Es knirschte leise, als Muskeln und Sehnen dorthin zurücksprangen, wo sie hingehörten, und Schweißperlen entstanden auf seiner Stirn, als er nun auch seine andere Hand geraderückte.

»Ich hasse das«, sagte er flüsternd an niemanden im Bestimmten gewandt, »wenn sie rostige Manschetten verwenden, macht es mir die Aufgabe nur unnötig schwerer.« Er glitt wie ein Schatten an die Wand neben der Tür zu ihrer Zelle.

»Dann hole ihn dir«, meinte er flüsternd, und Marla nickte.

Als Antwort hörten sie alle, wie der schwere Riegel vor der Tür zurückgezogen wurde und ein Schlüssel sich in dem Schloss drehte. Dann schwang die Zellentür auf, und die breitschultrige Wache trat drohend über die Schwelle. »Wenn du es so haben willst, mein Täubchen«, grollte er mit Lüsternheit in der Stimme, »dann kann ich dir dienen!«

Viel weiter kam er nicht, da Wiesel ihm mit verschränkten Fäusten in den Nacken schlug.

»O Mist!«, flüsterte der schlanke Dieb, als der Wachmann sich nur schüttelte und herumfuhr, um dann ungläubig erst die leeren Manschetten und dann Wiesel anzustarren. Wiesel lächelte verlegen.

»Was …«, begann der Wachmann und schlug mit seinem Knüppel zu. Der schlanke Dieb duckte sich unter dem Schlag hindurch und trat dem Wachmann ins Gemächt. Woraufhin Wiesel scharf die Luft einzog und fluchend auf einem Bein tanzte … während er sich seinen Fuß hielt.

»So schlau bin ich schon lange«, grinste der Wachmann und klopfte sich aufs Gemächt, was einen metallischen Klang gab. »Bester Stahl aus Illian«, prahlte er und holte mit dem Knüppel aus. Doch hinter ihm spannte sich Marla wie ein Bogen an und stieß sich von der Wand ab. Ihre schlanken Beine flogen hoch, die Fersen zogen den Mann an den Schultern zurück, im nächsten Moment kreuzte sie ihre Beine über seinem Hals und warf sich mit einem harten Ruck zurück.

Ihre Ketten klirrten, Blut floss aus ihrer Seite, als ihre Naht dort aufbrach … doch alle konnten das harte Knacken hören, als sie dem Wachmann das Genick brach.

»Netter Trick«, meinte Janos anerkennend, als sie den Wachmann aus der Umklammerung ihrer Beine entließ und schwer atmend gegen die Wand zurückfiel, während der Tote hart auf den Boden aufschlug. »Wo kann man so etwas lernen?«

Obwohl ihr der Schmerz das Gesicht verzerrte, grinste Marla breit. »In Askir, in Sera Lasones Haus der Lüste. Manche Gäste dort mögen solche Spiele.«

»Sie lassen sich das Genick brechen?«, fragte Janos fassungslos.

»Besucht es einmal, dann werdet Ihr verstehen«, erklärte sie.

»Ich glaube kaum!«, meinte Sieglinde mit kühler Stimme, und Janos lachte lauthals … um dann erschreckt innezuhalten und zur Zellentür hinzusehen.

Inzwischen zerrte Wiesel schon an dem Schlüsselbund des Toten. Kurz darauf machte er sich an der rostigen Schraube zu schaffen, die die Manschetten zusammenhielt; ein viereckiges Loch war in der Schraube, zu dem der Vierkant passte, den Wiesel vom Bund des Wachmanns gelöst hatte.

»Sie hätten sie ruhig öfter fetten können«, beschwerte sich Wiesel, als er die Schrauben aufdrehte. Immer wieder sah er hin zur Tür, aber draußen blieb es ruhig.

Als er die zweite Manschette löste, sank Marla mit einem leisen Seufzer der Erleichterung in sich zusammen und hielt sich die Seite, während sie mit dem anderen Arm eine Geste tat, als wolle sie jemanden herbeiwinken.

Als Nächstes löste er Janos' Fessel und drückte ihm den Vierkant in die Hand. »Befreit den Lanzenmajor als Nächsten und dann die anderen«, bat er ihn und machte sich daran, den Wachmann zu entkleiden. »Ihr kommt seiner Körperform am nächsten«, meinte er zu Blix, der dankbar nickte, als Janos ihm die Fesseln löste. »Zieht seine Sachen an. Und beeilt Euch, es wird nicht lange dauern, bis jemand kommen wird.«

Eine Ratte fiepte und kletterte an Marlas schlankem Arm hoch zu ihrer Schulter, um ihr dort zärtlich am Ohr zu knabbern.

»Unsere Ausrüstung liegt in einer Kiste im Wachraum über uns«, erklärte Marla. »Im Moment sind nur zwei Wachen dort … wir sollten uns beeilen.«

»Und woher wisst Ihr das?«, fragte Blix und musterte die Hosen des Wachmanns mit angewidertem Gesicht.

»Ihre Ratte hat es ihr erzählt«, sagte Wiesel ungehalten. Er sah zu Marla hin. »Zwei nur? Bist du sicher?«

»Ja«, bestätigte diese. »Doch wir müssen uns beeilen.«

»In Ordnung«, meinte Wiesel und bückte sich, um den Helm des Wachmanns anzuheben, Blix zu mustern und dann den Helm wieder wegzuwerfen. »Ihr habt einen zu großen Kopf«, stellte er dann fest. »Das ist der Plan: Ich bin der Gefangene, Ihr seid der Wachmann, und Ihr bringt mich hinauf zum Kommandanten. Wenn uns einer sieht, stoßt Ihr mich dem anderen vor die Füße ... und wenn er dann fällt ...«, sein Blick ging zu dem Knüppel in Blixens Hand, »dann wisst Ihr ja, was Ihr tun müsst.«

»Dürfen wir auch erfahren, was das alles soll?«, fragte Sieglinde von der Seite her, während Janos ihre Fesseln löste. »Ihr verfolgt ganz offensichtlich einen Plan.«

»Zuerst müssen wir von hier verschwinden«, erklärte Wiesel. »Danach ist Zeit für Fragen.«

Sieglinde rieb sich ihre Handgelenke und sah Wiesel zweifelnd an. »Wollt Ihr auch erklären, wie das gehen soll?«

Wiesel seufzte. »Von dem Wachzimmer aus geht ein Gang zur Seite ab. Er endet in einer eisernen Tür, die zum Keller der Kommandantur führt. Dort gehen wir hindurch, bis wir auf der anderen Seite des Kellers eine Tür sehen, die zum Garten führt. Deshalb wollte ich, dass sie uns hierherbringen ... es ist leichter, von hier zu fliehen als aus der Kronburg.«

»Wieso kennt Ihr Euch hier so gut aus?«, hakte Janos misstrauisch nach.

»Und woher habt Ihr wissen können, dass Graf Render das erlaubt?«, fragte Blix ungehalten.

»Sagte ich eben nicht, dass die Fragen warten können?«, beschwerte sich Wiesel und sah dann die sturen und misstrauischen Blicke, die auf ihn gerichtet waren. Er seufzte theatralisch. »Ich war heute Morgen schon mal hier und habe unsere Flucht vorbereitet. Was Graf Render angeht, natürlich würde er es erlauben!«, erklärte er ungehalten. »Er ist ein Sadist … das Angebot, sich daran zu laben, wie wir mit Leandra leiden, wenn sie auf dem Scheiterhaufen brennt, konnte er ja wohl kaum ausschlagen!«

»Ihr wusstet, was geschehen würde?«, fragte Janos ungläubig.

»Ich wusste, dass man uns verraten würde«, erklärte der blonde Dieb ungeduldig. »Was genau dann geschehen würde, war auch mir nicht klar, nur dass die Wahrscheinlichkeit bestand, dass wir in Ketten enden würden. Und bevor Ihr fragt …«, seufzte er, »wären wir nicht freiwillig zur Kronburg hochgegangen, hätte man uns aufgegriffen … und es hätte Verluste gegeben.«

»Aber …«, begann Janos, doch Wiesel schüttelte den Kopf.

»Später!«, knurrte er und stieß Blix leicht an der Schulter an. »Auf jetzt«, befahl er. »Bringt Euren Gefangenen nach oben!«

»Warum meint ein jeder, mir beständig befehlen zu können?«, grollte Blix, doch er zog bereits die Zellentür weiter auf. »Na dann, Ser Wiesel«, sagte er und deutete eine Verbeugung an. »Nach Euch, werter Ser!«

»Musstet Ihr ihm den Schädel derart einschlagen?«, beschwerte sich Sieglinde, während sie in der großen Kiste in dem Wachraum wühlte. »Es ist alles voller Blut!«

»Ich konnte ja nicht wissen, dass er so dünne Schädelknochen hat«, meinte Blix abwesend und wog den Knüppel in seiner Hand. »Kaum zu fassen, dass sie unsere Schwerter auch hier liegen haben!«

»Sogar Eiswehr haben sie mir gelassen«, strahlte Sieglinde, als sie ihr Schwert aus der Kiste zog. »Ich habe schon befürchtet, dass sie es in irgendeinen Tempel bringen würden.«

»Vielleicht haben sie nicht bemerkt, dass es kein normales Schwert ist?«, meinte Grenski. »Ich hörte, dass solche Klingen stets einen Weg zu ihrem Träger finden.«

»Wie wäre es«, meinte Wiesel ungehalten, während er Marla half, ihr Korsett fester zu verschnüren, »wenn wir uns ein wenig mehr beeilen!« Nur eine Seite der Wunde war aufgerissen, dort hatte er einen Verband angelegt, den er nun mit ihrem Korsett fest zudrückte.

»Es reicht«, keuchte Marla. »Ich will zwar nicht verbluten, aber ich brauche dennoch noch Luft!«

»Erklärt Ihr mir, wieso Ihr wusstet, dass man uns verraten würde?«, fragte Grenski grimmig, während sie prüfte, ob ihr Schwert lose in der Scheide saß. »Und warum Ihr uns dann nicht gewarnt habt. Oder die Maestra.«

»Es ging nicht anders«, seufzte Wiesel. »Es ist ein Spiel im Spiel, eine Intrige in die andere verschachtelt. Graf Render hätte es erkannt, wäre Leandra vorgewarnt gewesen … er hat mit der Hilfe des Kriegsfürsten jemandem ein Talent gestohlen, dass es ihm erlaubt, andere von sich einzunehmen, zu verzaubern, zu verführen … was auch immer. Ihr habt gesehen, wie es auf die Maestra wirkte. Sarann diente der Herzogin und hätte sie nicht so leicht verraten, doch mit diesem geraubten Talent zog der Graf sie auf seine Seite … und sie erzählte ihm von uns«, erklärte Wiesel und zog eine Tür auf. »Bevor Ihr fragt, woher ich das weiß … sagen wir, es ist eine Vision gewesen. Es kommt dem nahe genug. Hier entlang.«

»Was ist mit unseren Rüstungen? Ich dachte, sie fallen auf?«, fragte Blix.

»Wir brauchen sie für später. Zieht Eure Umhänge zusammen, dass man sie nicht sieht«, antwortete Wiesel. »Wir brauchen auch nicht sehr weit zu gehen. Wir sind bald in Sicherheit.«

»Und Leandra?«, fragte die blonde Bardin besorgt. »Was ist mit ihr?«

»Macht Euch keine Sorgen«, sagte Wiesel und grinste breit. »Ich sagte doch, ich habe einen Plan.«

»O Götter«, seufzte Marla und schob sich ihre Dolche in die Ärmelscheiden. »Musstest du das sagen?«

Zwei Schwerter

45 »Woher habt Ihr dieses Schwert?«, fragte Bruder Faban. »Und versucht nicht, mich zu belügen, denn ich kann die Wahrheit in Euren Augen sehen!«

Es wäre schön, wenn er es könnte, dachte Leandra erschöpft. Abgesehen davon, dass der Priester ihr mitgeteilt hatte, dass man bereits damit begonnen hatte, ihren Scheiterhaufen zu errichten, ging es ihr überraschend gut.

Der Priester hatte sie in eine der Gebetszellen bringen lassen, die seitlich von der Haupthalle abgingen; es gab ein hartes Bett, eine Truhe, zwei Stühle und einen kleinen Tisch für sie. Sogar ein paar Blatt Papyira, Tintenfass und Gänsefeder hatte er für sie bereitgestellt. Wahrscheinlich, damit sie ihr Geständnis schreiben konnte.

Ansonsten war sie unversehrt, auch wenn die Tempelwachen sie recht hart angefasst hatten. Sie trug sogar noch ihre Kleidung, auch wenn man sie sorgfältig durchsucht hatte.

Ein Kelch mit trockenem Tempelwein stand vor ihr.

Sie wusste, dass zwei Tempelwachen vor der Zelle standen, doch im Moment war Bruder Faban allein mit ihr.

»Ich erhielt es von Bruder Arin am zweiten Tag nach dem Erntefest«, sagte Leandra und musterte den hageren Priester. »Eleonora ließ mich zu sich rufen, und ich fand Bruder Arin und Bruder Hanenberg dort bei ihr kniend vor. Eleonora sagte mir, dass sie eine Vision gehabt hätte, in der ich mit Steinherz an meiner Seite zum alten Reich aufbrach.«

»Nur sind sie beide schon bei Soltar, was praktisch für Euch ist«, stellte Faban grimmig fest.

»Findet Ihr?«, meinte Leandra und hob eine Augenbraue an. »Wären sie noch am Leben, würden wir diese Unterhaltung nicht führen! Wie alt seid Ihr, Faban? Im nächsten Mond werden es vierundzwanzig Jahre, nicht wahr? Wenn hier jemand einen Vorteil aus dem Tod der Priester zog, dann doch Ihr. Ihr seid kaum alt genug, um Eure Tempellehre zu beenden.«

»Ich wurde, vier Tage bevor der Fluch uns traf, ins Priesteramt berufen«, wehrte Bruder Faban ab. »Ich habe mich nicht selbst erhoben, falls Ihr das sagen wolltet!«

»Glückwunsch dazu«, sagte Leandra trocken. »Und doch wisst Ihr, dass man Euch dieses Amt, das Ihr für Euch beansprucht, noch lange nicht zugestanden hätte. Man hätte von einem anderen Tempel einen Priester hergeschickt, der den Tempel geleitet hätte.«

»Als ob ich das nicht selbst wüsste«, entgegnete Bruder Faban. Er ging ruhelos in der kleinen Zelle auf und ab. »Aber es geht hier nicht um mich. Ich will verstehen, wie es zu diesem Frevel kam!«

»Habt Ihr von König Vladir schon gehört?«, fragte Leandra.

»Vladir der Verschlagene?«

Leandra nickte. »Es geht die Legende, dass bei seiner Krönung Steinherz ihm den Kopf abschlug, da er für die Krone nicht geeignet war.«

»So ist es auch geschehen«, sagte Bruder Faban. »Ich habe es in den Tempelarchiven gelesen.«

»Wir hatten einige Könige, die für die Krone nicht geeignet waren … und sie haben ihren Kopf behalten. Seit Vladir ist Eleonora die Erste gewesen, die sich von Steinherz hat krönen lassen. Alle anderen vor ihr haben bei der Krönung ein falsches Schwert benutzt, der echte Steinherz war ihnen zu gefährlich. Das falsche Schwert hing in der großen Halle an der Wand hinter dem Thron, das echte wurde in den Katakomben hier verwahrt.«

»Und, wie Ihr sagt, dann Euch gegeben«, sagte Bruder Faban und schüttelte den Kopf, bevor er stehen blieb und sich zu ihr umdrehte.

»Ich bräuchte gar nicht mehr mit Euch zu reden, Leandra«, sagte er dann kühl. »Alleine die Behauptungen, die Ihr von

Euch gegeben habt, sind schon ein Frevel. Ihr habt mir unterstellt, ich hätte in Borons Namen Unschuldige ermorden lassen!« Er ballte die Fäuste.

»Nicht wissentlich«, sagte Leandra. »Schon als Tempelschüler war Euer Glaube an Borons Gerechtigkeit unerschütterlich, wir haben einmal sogar darüber diskutiert, erinnert Ihr Euch noch?«

»Ja«, antwortete Bruder Faban. »Mit ein Grund, warum ich noch mit Euch rede.«

»Faban«, sagte Leandra leise. »Wie kam es überhaupt dazu?«

»Zu was?«, fragte der Priester verärgert. »Dass Ihr hier steht? Sarann bat, dass der Rat sie anhören möge, und hat uns dann alles berichtet.«

»Faban«, sagte Leandra leise. »Wie kam es dazu, dass Ihr das Schwert aus der Halle an Euch genommen habt?«

»Als wir im Namen unserer Götter einen Trauerdienst für die Königin abhalten wollten, traf uns ein Fluch. Die meisten wurden wahnsinnig und griffen einander an, Bruder Fergo floh, und wer überlebte, wurde in die Kronburg gebracht, wo sich der beste Heiler, den wir finden konnten, um sie gekümmert hat. Doch außer mir erlagen sie alle dem verfluchten Wahn. Die Menschen brauchen Führung, Leandra, ich konnte mich dem nicht entziehen! Ihr habt recht, ich bin zu jung dafür, mir fehlt die Weisheit … und als es dann darum ging, zu überprüfen, ob die anderen Tempel verflucht waren, hatte ich Angst davor, mich diesem Fluch zu stellen. Man riet mir, Steinherz an mich zu nehmen, das gottgeweihte Schwert sollte mich schützen. So war es auch. Er zeigte mir, dass der Fluch auf den anderen Tempeln lag, und half mir auch dabei, unser eigenes Heiligtum zu reinigen. Es leuchtete in meinen Händen auf, und im Schutz von Borons Klinge gelang es mir, sein Werk zu verrichten! Bei Boron«, rief er gequält. »Meint Ihr, es wäre mir leichtgefallen, diese armen Seelen der Flamme zu übergeben! Ich habe mich an jede Einzelheit des Rituals gehalten, es wieder und wieder überprüft, jeden Scheit

Holz habe ich einzeln gesegnet, in der Hoffnung, dass es nur ein Irrtum ist und ich die Weiße Flamme sehe! Aber jedes einzelne Mal brannte das Feuer die Sünder nieder … und jedes Mal bewies sich so, dass Steinherz Recht gesprochen hat!«

»Ihr habt den Lichtbrand für diese Unglücklichen gefordert, weil Ihr gehofft habt, dass der Gott ihre Unschuld beweisen würde?«, fragte Leandra ungläubig. »Ihr wisst doch, dass der Lichtbrand nur eine Legende ist!«

»Ihr irrt«, widersprach der Priester stur. »Es gibt ein Ritual dafür, ich habe es selbst in den Archiven gefunden! Und es gibt zwei Einträge in den Archiven, die davon sprechen, dass man den Lichtbrand sah! Und auch Königin Eleonora … als der Feind sie verbrennen wollte, brannte ihre Flamme weiß! Ich habe es mit eigenen Augen gesehen, wie die Götter sie zu sich gerufen haben, stolz, aufrecht … und bevor die Flammen Zeit hatten, sie zu verzehren!«

Er sah sie mit gequälten Augen an. »Ich habe alles tausendmal überprüft … ich kann Euch nur versichern, dass der Brand, der Euch in seinem Namen prüfen wird, genau nach dem Ritual verlaufen wird … und ich werde dafür beten, dass der Gott Euch verschont!«

Leandra schaute ungläubig zu ihm. »Das verstehe ich nicht. Ich dachte, Ihr wäret mein ärgster Feind?«

»Sera Albeth«, sagte Bruder Faban. »Sie verfolgt mich in meinen Träumen!«

»Wer ist sie?«

»Die Tochter des Grafen Hindrich. Sie war vier Jahre alt … und sie verstand nicht, was mit ihr geschah! Sie war so jung, ich dachte, hoffte, betete dafür, dass der Gott sie verschonen würde, doch ich sah sie brennen … und bis ganz zuletzt hat sie es nicht verstanden! Wäre sie von einem Dämonen besessen gewesen, hätte der Dämon in ihr doch verstehen müssen, was ich tat!«

»Es gibt keine Dämonen. Keine echten jedenfalls«, sagte

Leandra leise. »Jeder von uns trägt sie mit sich herum, aber es gibt keine Besessenheit. Was es gibt, ist dunkle Magie, die einen Menschen alles glauben lassen kann … aber Dämonen gibt es nicht.«

»Es gibt Dutzende Berichte in den Tempelbüchern …«, begann Faban, doch Leandra schüttelte den Kopf.

»Wäre Bruder Arin hier, würde er Euch erklären, dass Ihr selbst besessen seid, Faban. Besessen von Gedanken, Ängsten und Furcht. Das ist Besessenheit, es ist der Kampf in einem selbst, der einen wie besessen quält.«

»Ich weiß«, seufzte der Priester und sah sie gequält an. »Ich habe Zweifel, Leandra. Die Last ist mir zu viel. In den letzten hundertzwanzig Jahren gab es nur eine einzige Verbrennung … und unter meiner Führung habe ich siebenundzwanzig Seelen der Gerechtigkeit des Gottes anvertraut. Und hätte Steinherz mir nicht den Beweis erbracht, dass sie schuldig waren, nicht einmal ich hätte es geglaubt!« Er trat an die Tür der Zelle und zog sie auf. »Bringt beide Schwerter hier herein.«

Eine der Tempelwachen kam herein und legte zwei Schwerter auf den Boden, um dann respektvoll und mit einer Verbeugung die Gebetszelle sofort wieder zu verlassen.

»Sie haben Anweisung, Euch zu töten, solltet Ihr mich erschlagen, Leandra«, sagte Bruder Faban leise. »Aber ich erinnere mich daran, wie Ihr zu mir gewesen seid, als ich in den Tempel kam. Ihr würdet hier im Tempel kein Blut vergießen.«

Leandra sah ihn lange an und schüttelte dann den Kopf. »Zumindest nicht Eures, Faban«, sagte sie leise. »Denn ich sehe auch, dass Ihr noch an ihn glaubt. Ihr seid gar kein Fanatiker, Faban …«

»Nur in einem«, stellte der Priester bitter klar. »Ich vertraue auf meinen Gott.«

»Aber genau das habt Ihr nicht getan«, entgegnete Leandra sanft. »Ihr habt einem Schwert vertraut und nicht Eurem eigenen Urteil.«

Faban nickte langsam, während sie beide auf die Schwerter

hinabsahen, die nebeneinander auf dem Boden lagen. An Steinherzens Heft war die lederne Umhüllung verbrannt gewesen, doch jetzt war an beiden Schwertern der Griff neu umwickelt worden, und auch die Scheiden waren neu und nicht mehr voneinander zu unterscheiden.

»Wenn Eure Geschichte wahr ist, habt Ihr das dann nicht auch getan?«, fragte er leise.

»O doch«, antwortete Leandra. »Ich habe dafür einen teuren Preis bezahlt. Steinherz hat einen Sinn und eine Aufgabe, und er hält mich auch an jeden Schwur, den ich je auf ihn geleistet habe. Aber ich werde nie mehr erlauben, dass er Einfluss auf meine Entscheidung nimmt.« Sie musterte den Priester genauer. »Was habt Ihr vor, Faban?«, fragte sie rau. »Man könnte meinen, dass Ihr versucht, meine Unschuld festzustellen.«

»Oder Eure Schuld«, sagte er und seufzte. »Aber ja, genau das tue ich. Wenn ich Boron dienen will, wäre nicht genau das dann meine Pflicht?«

»Schon …« Leandra wandte den Blick nicht von ihm ab. »Nur … wenn Ihr feststellt, dass ich schuldlos bin, dann ist zugleich doch Eure Schuld bewiesen?«

»In den Schriften steht, dass es einem Sicherheit und Ruhe gibt, wenn man sein Werk verrichtet. Aber mit jedem Lichtbrand habe ich mich mehr gequält, ich sagte mir, dass ich das Richtige getan habe, und doch quält mich Reue und ein Gefühl der Schuld. Ich kann diese Last nicht tragen«, sprach er mit belegter Stimme weiter. »Und heute Morgen …« Er seufzte. »Jemand kam und hat meine Zweifel nur noch bestärkt. Doch ich muss sicher sein. In der einen oder anderen Art. Ich vermochte es vor mir selbst zu verbergen, die Zweifel mühsam abzuwehren, doch als ich sah, wie einer unserer Tempelwachen ohne Probleme Euer Schwert aufnahm, nachdem es sich mir verweigert hatte, kehrten meine Zweifel mit Macht zurück.« Er sah sie direkt an. »Ich will die Wahrheit wissen.«

»Dazu sollen die zwei Schwerter dienen?«

»Ja«, nickte er. »Es gibt zwei von ihnen, und nur eines kann das echte sein. Ich will sicher sein, welches das echte ist.« Er sah auf zu ihr. »Es gibt eine Lücke in der Logik. Niemand bestreitet, dass Ihr erst am Morgen in der Stadt erschienen seid … und in den letzten Wochen hatte ich Steinherz in Verwahrung … also, wie erklärt es sich, dass sich die beiden Schwerter wie ein Ei dem anderen gleichen? Ihr hattet nicht die Zeit dafür, eine Kopie zu erstellen. Also«, forderte er sie auf, »beweist mir, dass Euer Schwert das echte ist. Wenn Ihr es überhaupt von dem anderen unterscheiden könnt.«

»Ihr wisst, dass Steinherz ein Bannschwert ist?«, fragte Leandra leise.

»Ja«, sagte Faban und lächelte gequält. »Ich habe nur leider keinen Seelenreiter zur Hand, um diese Fähigkeit auszutesten.«

»Was wisst Ihr sonst noch über diese Schwerter?«

»Wenig genug«, antwortete der Priester und zuckte verlegen mit den Schultern. »Bis der Feind vor unseren Mauern auftauchte, hielt ich sogar die Legenden von den Seelenreitern für übertrieben.«

»Ja«, meinte Leandra seufzend. »Sie brauchten sich ja nur von Priestern fernzuhalten. Aber es gibt noch eine andere Eigenart, die diese Schwerter haben. Ich hoffe nur, Ihr habt davon gehört.«

»Und welche soll das sein?«, fragte der Priester.

»Man kann sie auf ihre Spitze stellen … und sie bleiben stehen.«

Faban blinzelte. »Davon habe ich in der Tat gehört. Aber wenn Ihr das als Test anbringen wollt, woher weiß ich dann, dass es nicht Eure Magie ist, die Euer Schwert stehen lassen kann?«

»Ihr denkt falsch herum«, sagte Leandra leise. »Lasst den Mann von eben hereinkommen und beide Schwerter auf die Spitze stellen. Ihr habt recht, meine Magie könnte erklären, dass mein Schwert stehen kann … doch nicht, warum das andere fallen wird.«

»Wisst Ihr, welches der Schwerter das Eure ist?«, fragte Bruder Faban und ging zur Tür.

»Ja, sicher«, sagte Leandra verwundert. »Wisst Ihr es denn nicht?«

Er blieb an der Tür stehen und sah zu ihr zurück.

»Nein«, gab er dann rau zurück. »Aber ich fürchte, ich werde es gleich wissen.«

Bruder Faban bat die Tempelwache wieder herein. »Nehmt beide Schwerter auf«, befahl er ihm. »Und stellt sie nebeneinander auf die Spitze.«

Die Tempelwache sah den Priester verwundert an, doch dann tat er wie geheißen. Er hielt beide Schwerter mit einem Finger fest und sah dann fragend auf.

»Jetzt lasst sie los«, forderte der Priester ihn leise auf, und sie sahen zu, wie das eine Schwert gegen das andere fiel … um dann an Steinherz herabzurutschen und laut klingend auf dem harten Boden aufzuprallen.

»Danke«, sagte Bruder Faban leise, während sie alle das eine Schwert anstarrten, das auf seiner Spitze stand. »Und schließt die Tür hinter Euch.«

Der Mann zog die schwere Tür sanft hinter sich zu. Bruder Faban sah ihm hinterher, um dann wie in tiefster Trance zu dem kleinen Tisch zu gehen und sich einen Stuhl herauszuziehen. Schwer ließ er sich darauf nieder und sah dann mit tränennassen Augen zu Leandra auf, die ihn nur schweigend anschaute.

Der Priester tat einen tiefen Atemzug. »Der Lichtbrand, der für Euch bestimmt war …«, sagte er dann rau, »wird meine Prüfung werden.«

»Ihr habt es ehrlich nicht gewusst?«, fragte Leandra ungläubig. »Ihr habt wahrhaftig geglaubt, Borons Werk zu tun?«

»So ist es«, gestand Faban mit gebrochener Stimme. »Das

Schwert hat für mich geleuchtet, um mich vor dem Fluch zu schützen, es brannte, um die Schuldigen zu strafen, wie hätte ich daran zweifeln können?« Er sah auf das Schwert hinab, das auf dem Boden lag. »Götter«, weinte er. »Wie war das nur möglich?«

Er seufzte, wischte sich die Augen ab und stand dann auf, um zur Tür zu gehen. Er öffnete sie einen Spalt, und eine schlanke Gestalt, tief in eine Robe gehüllt, schlüpfte hindurch.

»Ihr habt recht behalten, Schwester Sondja«, sagte er dann rau und wies mit einer zitternden Hand auf Steinherz, der noch immer dort stand. »Alles, was Ihr sagtet, hat sich bewahrheitet … und ich bin als Mörder überführt.«

Die Sera schlug die Tücher zurück, und Leandras Augen weiteten sich, als sie die Schnitte und die feinen goldenen Kettenglieder sah.

»Ich kenne diese Ketten«, hauchte sie. »Wie …«

»Ein Kriegsfürst mit Namen Corvulus«, erklärte die Sera. »Ich hörte, Ihr seid ihm auch schon begegnet.« Sie lächelte etwas schmerzhaft. »Ich bin Schwester Sondja, und ich diene Astarte.«

Leandra schaute verständnislos Bruder Faban an. »Weshalb das alles?«, wollte sie wissen. »Wenn Ihr doch schon alles wusstet?«

»Ich musste sicher sein«, antwortete Bruder Faban gequält. »Es fällt mir nicht leicht, einzugestehen, wie sehr ich irrte, dass ich es war, der sich gegen die Gerechtigkeit des Gottes verging. Ich musste sicher sein«, wiederholte er flüsternd und sah mit feuchten Augen zu ihr auf. »Ich bitte Euch, mir zu vergeben … ich …« Weinend brach er vor ihr zusammen.

Es war Schwester Sondja, die an ihn herantrat und ihm sanft eine Hand auf den Kopf legte.

»Der Gott sah alles, Faban«, sagte sie mit rauer Stimme. »Vertraut auf ihn.« Sie sah zu Leandra hin. »Ein Dieb mit Namen Wiesel befreite mich aus der Hand des Grafen Render, der mich in einer Zelle gefangen hielt, in der dieser

Kriegsfürst sein Handwerk an mir verrichtete. Ich war nicht die Erste, die dort litt … nur hoffe ich, die Letzte zu sein.« Sie zog eine Augenbraue hoch. »Ich hörte, Ihr wärt mit diesem Dieb bekannt.«

»Flüchtig«, sagte Leandra und schüttelte ungläubig den Kopf. »Warum tragt Ihr noch immer diese Ketten?«, fragte sie erzürnt. »Sie sind verflucht!«

»Das sind sie in der Tat«, sagte die Priesterin mit grimmiger Entschlossenheit. »Mit diesen Ketten hat ein Seelenreiter mein Leben und meine Talente an Graf Render gebunden.«

»Reißt sie ab!«, rief Leandra und hatte Mühe, ein Zittern zu unterdrücken, als die Erinnerung sie überkam. »Sie sind ein Werk des dunklen Gottes, wie könnt Ihr sie an Euch ertragen!«

»Es ist nicht leicht«, sagte die Priesterin und ging schwerfällig zu dem zweiten Stuhl, um sich erschöpft daraufzusetzen. Sie hob ihre Hände an und musterte die goldenen Ketten an ihren Handgelenken. »Aber sie erlauben mir, Graf Render zu belauschen. Ich sehe, was er sieht, höre, was er hört … und was er denkt. Es ist, als ob tausend Kakerlaken in meinem Geist umhereilen und ihn fressen wollen … doch es ist die einzige Waffe, die uns jetzt verbleibt.«

Leandra blinzelte überrascht. »Ihr könnt hören, was er denkt?«

»Ja.« Schwester Sondja legte ihre Hände in ihren Schoß. »Und er weiß nicht, welchen Gefallen er uns damit tut.«

»Gefallen?«, fragte Leandra entgeistert. »Könnt Ihr das erklären?«

Die Dienerin Astartes lächelte matt. »Dadurch, dass ich ihn belauschen konnte, wussten Ser Wiesel und ich, was er plante. Wir wussten, dass Sarann Euch bereits verraten hatte, wussten, dass Render Euch Corvulus übergeben wollte … dem Kriegsfürst ist sehr viel an Euch gelegen.«

»Mir ist viel daran gelegen, ihm seinen Kopf von den Schultern zu trennen«, erklärte Leandra finster. »Also war das alles eine Farce? Wiesel wusste von dem Verrat, und er ließ uns dennoch in die Falle tappen?«

»Ich besitze zwei Talente«, sagte die Priesterin müde. »Das eine ist, jemanden zu verführen ... zu bezaubern, wenn Ihr so wollt. Ich fürchte, Ihr habt es am eigenen Leibe verspüren können. Das andere ist, die Wahrheit zu erkennen. Zurzeit verfügt Graf Render über beide Talente ... wenigstens solange ich diese Ketten noch trage. Der zweite Grund, warum ich sie noch nicht zerriss. Er würde es sofort bemerken und wäre vorgewarnt. Ihr musstet in die Falle tappen.« Sie sah zu Bruder Faban hin. »Aber bevor Wiesel zu Euch zurückkehrte, wurde Bruder Faban von uns eingeweiht. Es war nicht ganz einfach, ihn zu überzeugen.«

»Es fiel mir auch nicht leicht, mir einzugestehen, dass ich mich zum Handlanger der Dunkelheit habe machen lassen«, sagte Bruder Faban düster. Er wischte sich die Tränen ab und sah mit geröteten Augen zu Leandra hin. »Ich musste erst auch Eure Geschichte hören, um ganz sicher zu sein.« Er schaute zu dem falschen Steinherz hin, der noch immer achtlos dort lag, wo er gefallen war. »Tatsächlich aber«, gestand er, »wusste ich schon, dass ich verloren war, als ich Euer Schwert das erste Mal berührte. Welche Magie auch immer der Kriegsfürst in diesen unheiligen Stahl gebannt hat, sie kommt nicht an das heran, was in Steinherz wütet. Glaubt mir«, bat er eindringlich, »ich hätte alles getan, um zu verhindern, dass Ihr in die Hände des Grafen Render fallt. Schwester Sondja erzählte mir, was er ihr antat...das wollt Ihr nicht erleben.«

Nur dass es ihr schon widerfahren war, dachte Leandra grimmig.

»Also war all das geplant?«, fragte sie. »Was ist mit Wiesel und den anderen?«

»Wir haben es so eingerichtet, dass sie in die Kommandantur gebracht wurden«, erklärte die Priesterin. »Ein Freund tut dort heute Dienst, er hat bestimmt schon dafür gesorgt, dass sie in Sicherheit gebracht wurden. Sie sollten sich im Tempel meiner Herrin befinden ... und somit in Sicherheit.« Sie holte tief Luft. »Ihr Teil der Täuschung ist getan, sie brauchen nun nichts weiter zu tun, als dem Ende zuzusehen. Doch Ihr, Baroness, fürchte ich, müsst noch eine Prüfung überstehen.«

Sie rang sich ein schmerzhaftes Lächeln ab. »Was Euch angeht, Bruder Faban, Ihr braucht dem Gott nicht vorzugreifen, er wird Euch schon wissen lassen, wie Ihr Buße tun könnt. Dafür braucht Ihr keinen Lichtbrand, der Euch läutern soll.« Sie beugte sich vor, um dem gebrochenen Mann tief in die Augen zu sehen. »Wir brauchen Eure Hilfe, Bruder Faban. Ohne Euch wird es nicht gelingen.«

»Ihr versteht nicht«, begehrte der Priester verzweifelt auf. »Euer Plan kann nicht gelingen!«

»Welcher Plan?«, fragte Leandra verwirrt.

»Sie will, dass Ihr im Lichtbrand steht und so vor allen Augen unzweifelhaft Eure Unschuld beweist«, rief der Priester gequält. Er wandte sich an die Priesterin und griff nach ihren Händen. »Versteht Ihr nicht, Schwester Sondja«, flüsterte er. »Der Lichtbrand ist Betrug ... ich habe alles so getan, wie es in den alten Büchern stand ... keines meiner Opfer hätte brennen dürfen, denn wir wissen ja nun ohne Zweifel, dass sie nicht schuldig waren!«

»Oh, Faban«, seufzte Schwester Sondja. »Das ist es ja. Es war schon immer ein Betrug. Nicht der Gott entschied, ob jemand die Flammen unversehrt überstehen sollte, sondern seine Priester. Insofern, als sie ihm dienten, kam es auch aufs Gleiche hinaus.«

»Aber ... ich verstehe nicht?«

»Es war Borons Lichtbrand, ja«, erklärte Schwester Sondja leise. »Aber es war die Schwesternschaft der Astarte, die stets die Opfer vorbereitete. Ihr konntet es in Euren Büchern nicht finden, Faban, es ist ein Geheimnis unseres Glaubens.«

»Was für ein Geheimnis?«, fragte Leandra leise.

»Eine gesegnete Salbe, die für eine begrenzte Zeit vor den Flammen schützt«, antwortete Schwester Sondja.

»Eine Salbe?«, entfuhr es Bruder Faban. Er schaute sie ungläubig an. »Das ist alles, das ist das Wunder, eine Salbe?«

»Nicht nur«, meinte die Priesterin und musterte Leandra genauer. »Ich denke, es gehört ein gutes Maß an Glauben dazu, sich in die Flammen zu stellen, Salbe oder nicht.« Ihr Blick suchte Leandras Augen. »Meint Ihr, Ihr habt den Mut und Glauben dazu?«

Die Weiße Flamme

46 »Verflucht«, flüsterte Wiesel und zog seinen Umhang enger um sich. »Irgendetwas ist schiefgegangen. Es sind zu viele Soldaten hier. Götter!«, fluchte er. »Ich dachte, sie haben Wälle hier, die sie gegen den Feind besetzen sollten?« Er wandte sich etwas zur Seite ab, als die Soldaten unter seinen Füßen an ihm vorbeimarschierten. Es hatte einen Alarm bei der Kommandantur gegeben, als man ihre Flucht entdeckt hatte, aber tatsächlich war nicht viel geschehen, eine Gruppe Soldaten war auf die Straße hinausgerannt, um sich umzusehen … und war dann wieder in die Kommandantur zurückgekehrt. »Besser wir ziehen uns auf die Mauer zum Tempelgarten zurück.«

Jetzt allerdings marschierten gleich drei Hundertschaften Soldaten auf dem Marktplatz ein. Die Tempel der Dreieinigkeit nahmen den östlichen Teil des Marktplatzes ein und bildeten ein Dreieck, wobei der Borontempel in der Mitte lag. Dort, auf dem Platz zwischen den Tempeln, war vor der schon bekannten Tribüne ein neuer Scheiterhaufen errichtet worden, und diesen Bereich schirmten die Soldaten nun ab.

Diesmal waren es Wiesel und Sieglinde, die sich zusammen mit der Menge an die schweren Seile drängten, die von den Soldaten gehalten wurden, Marlas Wunde war erneut aufgerissen, und sie musste sich noch schonen.

Grenski, Blix und Janos fielen zu sehr auf, deshalb war es an Sieglinde und den schlanken Dieb gefallen, die Lage auszuspähen.

»Warum gehen wir nicht näher heran?«, fragte Sieglinde, als Wiesel ihr die Hand bot, um sie auf die Krone der Gartenmauer hinaufzuziehen.

»Das letzte Mal, als das Volk hier unruhig wurde, kam es zu einem ziemlichen Gedränge. Wenn die Lage hässlich wird, will ich nicht zertrampelt werden«, erklärte Wiesel. Er sah den Soldaten nach, die die Linie zwischen den Tempeln nun verstärkten. »Glaubt mir, Sera, irgendetwas ist im Busch.«

»Wie sehr vertraut Ihr auf diese Priesterin?«, fragte Sieglinde leise. Anders als Wiesel versuchte sie sich nicht in ihrem Umhang zu verstecken. Mit ihren flachsblonden Haaren und dem Kleid, das der hiesigen Mode entsprach, fiel sie nicht weiter auf. Eiswehr, ihr Bannschwert, hing hinter ihr an der Innenseite der Gartenmauer, sollte sie ihr Schwert benötigen, dann war es griffbereit, doch von der Straße her war es nicht zu sehen.

»Sie ist eine Priesterin der Astarte«, sagte Wiesel ungehalten. »Ich habe ihr das Leben gerettet, und sie hat allen Grund, Graf Render zu hassen, und keinen, nicht die Wahrheit zu sagen.« Er schaute zu der Bardin hinüber. »Wem soll ich sonst in dieser Stadt trauen, wenn nicht ihr?« Er ballte wütend seine Fäuste. »Das ist das Problem mit fremden Städten, man kennt sich einfach nicht dort aus!«

»Diese Priesterin, Schwester Sondja, sie ist zu diesem verrückten Boronpriester gegangen, um Einfluss auf ihn zu nehmen … weil sie davon ausging, dass er ihr Glauben schenken würde, war es nicht so?«

»Das zumindest war der Plan«, erwiderte Wiesel rau. »Dort!«, rief er. »Da sind sie!«

Dort, auf den Stufen, die zum Tempel des Boron führten, war nun Bruder Faban erschienen. Wie Leandra vorhin auch, hielt er den falschen Steinherz hoch erhoben vor sich, während er mit gemessenen Schritten die breiten Treppen hinabging. Zwei Reihen Tempelwachen schützten seine Flanke. Hinter ihm, die Hände hinter ihrem Rücken gefesselt, folgte Maestra di Girancourt, leicht zu erkennen an ihrem weißen Haar; einen Schritt hinter ihr ging, den Kopf gesenkt, Schwester Sondja.

»Die Frau dort in den weißen Roben, die ihr Gesicht bedeckt hält, ist Schwester Sondja«, erklärte Wiesel.

»Leandra blutet!«, stellte Sieglinde entsetzt fest.

»Ja«, nickte Wiesel. Wie die Priesterin auch trug die Maestra ein langes weißes Büßerhemd aus schwerem Leinen, an dem hier und da blutige Flecken zu sehen waren. »So sieht es aus.« Er schluckte. »Nur wollen wir hoffen, dass es eine Täuschung ist.«

»Und das erschien Euch der einzige Weg?«, fragte Sieglinde ungläubig. »Ihr seid vom Wahn befallen, wisst Ihr das? Woher wollt Ihr wissen, dass Ihr diesen Priester tatsächlich habt überzeugen können?«

Bruder Faban, stellte Wiesel grimmig fest, hatte sich richtig herausgeputzt, er trug das Ornat das Hohepriesters seines Gottes, und sein grimmiger Gesichtsausdruck ließ wahrhaftig das Schlimmste befürchten.

»Ich sehe es daran, dass Schwester Sondja bei ihr ist«, erklärte er leise. »Wir müssen in die Götter vertrauen.«

»Sie hält den Kopf gesenkt«, meinte Sieglinde betroffen. »Das ist nicht ihre Art. Dies ist ihr letzter Gang … sie würde ihn hoch erhobenen Hauptes gehen!«

»Glaubt mir endlich«, bat Wiesel sie eindringlich. Er sah sich hastig um. »Haltet Euch zurück, ich bitte Euch! Es ist nur gespielt … wie Ihr schon sagt, sie würde den Kopf nicht so hängen lassen!«

»Hallo?«, sagte eine dünne Stimme von ihren Füßen her.

Beide sahen überrascht nach unten, wo am Fuß der Mauer ein kleines Mädchen stand, das versuchte, sich über den Lärm der Leute auf dem Platz Gehör zu verschaffen. Wie lange sie da schon gestanden hatte, wusste Wiesel nicht zu sagen, ihr empörter Gesichtsausdruck verriet, dass es wohl schon eine Weile war. Das Mädchen, wohl kaum älter als zehn oder elf, trug das einfache Kleid einer Tempelschülerin, auch wenn es in den letzten Tagen wohl arg gelitten hatte.

Rasch glitt er die Mauer herunter und zog das Kind zur Seite weg. »Was willst du von uns?«, fragte er leise.

»Ich soll ein Wiesel finden. Mit einer spitzen Nase und einem viel zu großen Hut«, sagte das Mädchen. »Ihr seht mir gar nicht wie ein Wiesel aus. Ich habe eines schon gesehen, es hat Knopfaugen, und die habt Ihr nicht.«

»Man nennt mich auch nur so.«

»Könnt Ihr Euch in ein Wiesel verwandeln?«, fragte das Mädchen.

»Nein.«

»Schade«, sagte sie. »Das hätte ich zu gern gesehen. Hier.« Sie drückte ihm ein gefaltetes Stück Papyira in die Hand und rannte davon, bevor er noch etwas sagen konnte. Sprachlos sah er ihr hinterher, dann zog er sich auf die Gartenmauer hoch.

»Was hat sie Euch gegeben?«, fragte Sieglinde neugierig.

»Das hier«, ließ Wiesel sie leise wissen und faltete das Papyira auf, las, was dort geschrieben stand, und hielt es dann wortlos Sieglinde hin.

›Macht euch keine Sorgen.‹

»Ich hoffe, es ist ihre Handschrift«, meinte Wiesel.

»Doch«, sagte Sieglinde und sah ungläubig von dem Zettel zu der Maestra hin, die nun am Fuße ihres Scheiterhaufens stand. »Das ist sie. Götter, sie wird in diesem Scheiterhaufen brennen, und uns lässt sie ausrichten, dass wir uns nicht sorgen sollen?«

»Offenbar geht doch alles nach Plan«, meinte Wiesel beruhigend. »Oder auch nicht«, stellte er im nächsten Moment fest. »Was geschieht dort?«

Wiesel musterte die Menge, die Soldaten, und sah dann Graf Render, der die Treppe hinaufging, die zu der Plattform führte. Diesmal gab es keinen Wein und keinen Braten, dafür standen die Reichen und Mächtigen von Illian in kleinen Gruppen dort und diskutierten ... selbst Graf Render erschien Wiesel etwas gehetzt ... und nicht ganz zufrieden.

»Was es auch ist«, sagte Wiesel leise und sah zu der Priesterin der Astarte hin. Es war leicht zu erkennen, dass ihr Anblick es war, der das Gemurmel und Gemurre in der Menge auslöste, und vor allem Graf Render wurde ganz bleich, als er sie erblickte.

Worüber macht er sich nur Sorgen?, fragte Wiesel sich. Gut, er weiß nicht, wie sie entkommen ist und was sie sagen könnte, doch sie ist gefesselt und geknebelt. Dann sah Wiesel unter dem weiten Leinenhemd eine zierliche, goldene Fessel aufblitzen und lachte befreit.

»Was ist?«, fragte Sieglinde. »Was kann Euch bei diesem Anblick noch erheitern?«

»Ich weiß es nicht genau«, grinste Wiesel. »Aber sie haben ganz bestimmt etwas vor ... ich glaube, Ihr solltet die anderen holen, damit wir bereit sind, sollte man uns brauchen!«

»Aber ...«, begann Sieglinde.

»Schwester Sondja trägt noch immer diese goldenen Ketten«, erklärte Wiesel mit einem breiten Grinsen. »Solange sie diese Ketten trägt, wird alles, was ihr geschieht, dem Grafen Render geschehen. Sollte Bruder Faban so wahnsinnig sein, sie auf den Scheiterhaufen zu stellen, wird es Render sein, der die Flammen spüren wird!«

»Wenn der Zauber auch so wirkt«, meinte Sieglinde grimmig und sprang von der Mauer in den Garten. »Ich bin gleich mit den anderen zurück.«

Wenn der Zauber auch so wirkt ... Götter, dachte Wiesel. Was, wenn Corvulus den Grafen darin betrogen hatte?

Als hätte die Dienerin der Astarte Wiesel gehört, richtete sie sich in ihren Ketten auf und spuckte auf Bruder Faban. Der ließ sich das nicht gefallen, löste eine Hand vom Griff des falschen Steinherz' und schlug der Priesterin so hart ins Gesicht, dass ihr Kopf zur Seite schnellte.

So wie Wiesels auch, der den Grafen dabei ertappte, wie er mit weiten Augen eine Hand zu seiner Wange hob. Als er sie sinken ließ, sah Wiesel, dass dem feinen Ser die Lippe blutete, und lachte leise.

»Was gibt es da zu lachen!«, fuhr ihn ein Bürger an, der unten vor der Mauer stand. »Die Götter selbst müssen verrückt geworden sein, und Ihr findet das zum Lachen?«

So zornig sah der Mann drein, dass Wiesel sich zur Vorsicht mahnte. »Entschuldigt, ich sah dort drüben eine Katze spielen«, erklärte er hastig. »Seht Ihr, dort?«

Der Mann musterte den blonden Dieb und seinen feinen Mantel, der nun nicht mehr ganz so fein aussah, und schüttelte erbost die Hand in seine Richtung. »Solchen wie Euch ist es zu verdanken«, beschwerte er sich jetzt, »dass es überhaupt so weit kommen musste!«

Damit ging er auch schon weiter.

»Was wollte er?«, fragte Marla, als sie sich neben Wiesel auf die Mauer zog. »Verläuft noch alles nach dem Plan?« Ihre Augen zogen sich zusammen. »Und glaube bloß nicht, dass ich dir verziehen habe, dass du das alles vor uns verborgen gehalten hast!«

»Er hat sich beschwert, dass ich gelacht habe ...«, antwortete Wiesel. »Und was sollte ich auch anderes tun? Es ging nur so, und du weißt es auch.«

»Harumpfh«, grummelte Marla und sah zu dem Scheiterhaufen hin. »Jedenfalls werde ich beten, dass es auch gut geht. Sie scheinen es nötig zu haben!«

Denn dort stieg gerade Bruder Faban, das Steinherz noch immer hoch erhoben, ebenfalls die Treppen zu der Plattform hinauf, um sich dann der Masse zuzuwenden. Dort stellte er sich vor die Menge und senkte das Schwert zwischen seine Füße ab, sodass er seine Hände auf die Parierstange legen konnte und der Drachengriff des Schwertes mit seinen Rubinaugen die Menge vor ihm zu mustern schien.

»Hört mich an«, rief Faban, und das Gemurmel und das Murren auf dem Platz erstarb; in nur einem Atemzug wurde es so still, dass man eine Feder hätte fallen hören können.

»Heute ist etwas Unglaubliches geschehen!«, fuhr der Priester mit tragender Stimme fort. »Obwohl die Stadt fest eingeschlossen ist, kam heute diese Sera«, er wies mit einer Hand anklagend auf Leandra, die nun langsam mit gesenktem Haupt von Tempelwachen zu dem Scheiterhaufen hinaufgeleitet wurde, »in die Stadt geritten und begehrte vor dem Rat Gehör!«

»Geritten?«, schnaubte Janos, der sich neben Sieglinde auf die Mauer geschwungen hatte. Wie Hühner auf der Stange, dachte Wiesel, doch der Priester sprach schon weiter.

»Ohne Scham und Reue trat sie vor den Rat und erklärte vor aller Augen, dass Königin Eleonora sie beauftragt hätte, jenseits der Donnerberge einen Weg zum alten Reich zu finden, um dort beim ewigen Kaiser um Hilfe für unser geplagtes Land zu bitten! Sie gab an, nicht nur das alte Reich gefunden zu haben, sondern sie behauptete auch, dass sie eine Allianz mit dem Kaiserreich geschmiedet hätte, und genau jetzt, in diesem Moment, bereits Legionen des alten Reichs gegen unsere Feinde ziehen würden.«

War es eben noch still gewesen, fing jetzt das Gemurmel an, doch der Priester hob die Hand, um sich weiterhin Gehör zu verschaffen. »Zudem behauptet sie, dass Königin Eleonora sie dazu bestimmt hätte, die Königswürde anzunehmen und unsere Stadt und unser Land vom Feind zu befreien. Mehr noch … sie besaß die Unverschämtheit, unserem Grafen Render hier vorzuwerfen, er hätte, nur um an die Macht zu gelangen, betrogen, geheuchelt und gemordet und sich sogar mit dem Feind verbündet!« Seine Stimme wuchs an wie ein Donnergrollen. »Doch damit nicht genug! Sie behauptet, mit Steinherz, dem Schwert der Gerechtigkeit, schwertgebunden zu sein! Sie sagt, dass Steinherz, das Schwert der Gerechtigkeit, mit dem ich in den letzten Wochen so viele Verlorene und Sünder dem Urteil Borons unterzogen habe, eine Fälschung wäre!«

»Was bei allen Höllen tut er da?«, fragte Janos fassungslos.

»Wenn er die Maestra anklagen will, geht er irgendwie falsch vor«, stellte Marla grinsend fest. »Schaut Euch die Gesichter in der Menge an!«

»Achtet besser auf Graf Render«, riet Wiesel gehässig. »Ich glaube, es ist ihm auch nicht so geheuer, schaut, ihm wird der Kragen eng.«

In der Tat fingerte der Graf an seinem steifen Kragen und sah sich verstohlen um.

»Diese ungeheuerliche Behauptung kommt von einer Sera, die schon immer gegen Graf Render übel nachgeredet hat. Sie behauptet noch immer steif und fest, er hätte ihr die Unschuld geraubt. Eine Unverschämtheit, die sich niemand hätte erlauben können, auch sie nicht, wäre sie nicht das Mündel unserer Königin gewesen, die sie an Kindes statt aufzog und an ihrem Busen nährte … und der unsere Königin ohne Vorbehalt vertraute. Denn jede andere wäre bei solch übler Rede wohl gepeitscht und aus der Stadt vertrieben worden. So aber kam sie in Schande in den Tempel Borons, des Gottes der Gerechtigkeit, um dort aus alten Schriften die Kunst der Magie zu erlernen … und, wie sie behauptet, letztlich Paladin unserer Königin zu werden.«

»Bruder Faban«, rief Graf Render scharf. »Was soll das werden?«

»Sie hat sich Borons Gerechtigkeit unterworfen, Eure Majestät«, erklärte Bruder Faban laut, sodass ein jeder ihn auch hören konnte. »Ihr habt selbst gesagt, dass wir diese Anschuldigungen als falsch entlarven werden … und genau das werde ich bald tun. Ich bitte Euch, gebt mir noch einen Moment, um die Beweisführung abzuschließen.«

Ohne auf die Antwort des Grafen zu warten, wandte sich Bruder Faban der Menge wieder zu, die mittlerweile so weit angeschwollen war, dass der Markt den Massen kaum mehr Platz bot.

»Sie legte ein Dokument vor, das von dem Hohepriester meines Glaubens gezeichnet worden ist, sein Siegel ist deutlich zu erkennen. Da sich diese Sera auf Borons Gerechtigkeit beruft, werden wir den Gott entscheiden lassen, ob sie die Wahrheit spricht und rechtmäßige Königin von Illian ist oder ob die Krone doch Graf Render zusteht.«

Das Gemurmel wurde lauter, und die ersten erzürnten Rufe waren zu hören.

Er nickte seinen Tempelwachen zu, die mit erhobener Fackel am Fuß des Scheiterhaufens standen. »Legt das Feuer an!«, befahl er, doch in diesem Moment trat die Priesterin der Astarte vor. Irgendwo hatte sie ihren Knebel und ihre Fesseln verloren.

»Hört mich an, Bruder Faban«, rief sie, und als die Menge sie dort stehen sah, frei und nicht gebunden, ging ein Seufzer der Erleichterung durch die Menschenmenge. »Und ihr dort!«, befahl sie den Tempelwachen. »Haltet ein!«

Erstaunlich, dachte Wiesel, während sein Grinsen immer breiter wurde, wie gefügig sie doch sind, denn jeder einzelne der vier Soldaten, die diese Fackeln trugen, hob seine Fackel wieder an, ohne dem Holz auch nur nahe gekommen zu sein.

»Ihr habt alle von dem Fluch gehört, der mich und meine Schwestern und auch die anderen Priester der Dreieinigkeit dahinraffte, als wir dem Opfer unserer geliebten Königin gedenken wollten!«

Ein bejahendes Gemurmel ging durch die Menge.

»Was ist, wenn ich euch sage, dass es kein Fluch war, sondern ein Gift? Ein Gift, sorgsam darauf abgestimmt, den Eindruck eines Fluchs zu erwecken?«

»Ich dachte, es wüsste noch niemand, wie das geschah?«, fragte Janos flüsternd.

»Genau das dachte ich bis eben auch«, gab Wiesel leise Antwort.

»Was ist, wenn ich sage, dass es Graf Render war, der uns vergiften ließ«, rief die Priesterin der Astarte und deutete anklagend auf den Grafen. Keinem schien aufzufallen, dass sie eben noch gefesselt gewesen war. Bis auf Graf Render, der sich bereits verstohlen umsah.

Das Gemurre wurde größer, und die Blicke, die das Volk nun auf die Plattform richtete, waren alles andere als freundlich.

»Der Rat hat ihn zum König bestimmt!«, rief Bruder Faban scheinbar empört. »Ihr vergreift Euch an dem Mann, der als Einziger vermag, uns vor dem dunklen Kaiser zu retten?«

»Ihr glaubt mir nicht?«, fragte die Priesterin mit tragender Stimme und trat an den Priester Borons heran, um mit ihren Händen nach Steinherzens Klinge zu greifen. »Dann prüft meine Worte mit dem Schwert Eures Gottes!«

Widerstandslos ließ Bruder Faban geschehen, dass sie Steinherzens Spitze über ihrer linken Brust ansetzte. »Stoßt zu! Ich vertraue auf Borons Urteil!«

»Nein!«, rief Graf Render und sprang auf. »Verschont sie!«, rief er. Mit drei langen Schritten war er heran und riss Bruder Faban am Arm zurück. »Haltet ein!«, rief er. »Sie ist verwirrt, aber sie ist dennoch eine Priesterin der Astarte! Wir brauchen kein weiteres Urteil Borons … eines wird uns reichen … Ihr dort!«, rief er nach unten. »Zündet diesen Scheiterhaufen an, damit es hier und jetzt ein Ende findet!«

»Nein!«, rief Sieglinde entsetzt, als die Tempelwachen ihre Fackeln auf den Scheiterhaufen warfen.

Mit einem heiseren Fauchen entzündeten sich die ölgetränkten Scheite. Für einen Moment noch sah Wiesel Leandras vor Angst verzerrtes Gesicht, dann schossen die Flammen hoch empor, um sie gierig zu verschlingen. Höher und höher stiegen diese Flammen an ... und verloren, je höher sie anstiegen, je heißer das Holz brannte, doch mehr und mehr an Farbe.

Kaum einen Lidschlag später sah man die Flammen noch immer gierig das Holz des Scheiterhaufens verzehren, doch sie hatten keine Farben mehr und waren klar wie Glas. Und durch sie hindurch konnte man die Maestra sehen, wie sie langsam ihre Arme anhob und brennende Fesseln von ihr abfielen, ohne dass sie an ihrem weißen Leinenhemd auch nur eine Spur hinterließen.

Sie breitete ihre Arme aus und schien das Feuer mit ihren Händen einzufangen, um dann langsam, Schritt für Schritt, den brennenden Scheiterhaufen zu verlassen.

Bruder Faban, an dem, wie Wiesel nunmehr fand, ein wahrer Bühnenkünstler verloren gegangen war, fiel auf die Knie und reckte die Arme gegen den Himmel empor.

»Ein Wunder!«, rief er mit belegter Stimme. »Schaut, das Wunder Borons, seine reine Weiße Flamme! Alles, was sie sagt, hat unser Gott für wahr befunden ... seht Leandra von Illian, unsere neue Königin, aus der Flamme Borons geboren!«

Für einen langen Moment hatte es Graf Render jedem anderen auf dem Platz nachgetan und nur ungläubig gestarrt, doch jetzt verzerrte sich sein Gesicht vor Wut und Zorn. »Ihr habt mich verraten, Faban«, rief er und zog sein Schwert. »Dafür werdet Ihr mir büßen!«

Der Priester Borons kniete noch und hatte dem Grafen seinen Rücken zugewendet. Jeder in der Menge, der den heimtückischen Angriff sah, rief eine Warnung aus, doch es war zu spät, nichts konnte den Priester jetzt noch retten ... bis auf eine Priesterin der Astarte, die sich in ihrem dünnen Leinenhemd schützend über den jungen Priester warf.

Graf Renders Klinge traf sie tief unter ihrem Herzen, sie stöhnte auf ... doch zugleich taumelte auch der Graf zurück, um sich an die Brust zu greifen.

Ungläubig sah die Menge zu, wie Schwester Sondja aufstand. »Seht, wie die Liebe meiner Göttin einen üblen Streich umdreht, um den Verräter zu richten!«, rief sie mit lauter Stimme. Sie deutete mit ihrer Hand auf den Grafen, der wankend vor ihr stand. »Ihr könnt mir nichts anhaben!«

»Verfluchte Hündin!«, rief der Graf. »Dieses Spiel willst du also mit mir spielen?«

Währenddessen hatte auch der Letzte hier verstanden, welches Wunder sich ereignet hatte. Gleich zwei königliche Gardisten traten zwischen den Grafen und die Priesterin und zogen ihre Schwerter.

»Zwingt uns nicht, Ser Graf«, bat der eine, doch der Graf lachte nur, als wäre er vom Wahn besessen.

»Ihr könnt mich nicht erschlagen!«, brüllte er und wies mit seiner blutigen Klinge auf die Priesterin. »Nicht ohne sie zu treffen!«

Leandra streckte ihre Hand nach Steinherz aus, Bruder Faban ließ die geweihte Klinge los, und Borons Schwert sprang in ihre Hand.

»Was wollt Ihr tun?«, dröhnte Graf Render lachend. »Trefft Ihr mich, dann trifft es sie!«

Vielleicht war es nur Wiesel, der sah, wie die Priesterin der Astarte die goldenen Ketten, die zu ihrem Hals führten, mit einem festen Griff zerriss. Denn jeder andere starrte wie gebannt auf Steinherz, der in der Hand der Königin nun strahlte wie das hellste Licht.

»Oh«, sagte Leandra grimmig lächelnd. »Das glaube ich nicht.«

Die Klinge fuhr so schnell herum, dass man kaum mehr als einen Schatten sah, dann sprang Graf Renders Kopf von seinen Schultern und flog in hohem, blutigem Bogen in die Menge vor der Plattform.

Vielleicht war es dem Anteil Elfenblut in ihr zu verdanken, dass Leandra über das Gebrüll der Menge, die nun gänzlich außer Rand und Band geraten war, ein ganz bestimmtes Geräusch vernahm.

Sie sah dorthin, wo Wiesel auf der Mauerkrone stand und begeistert klatschte … und fing glockenhell zu lachen an.

Beim Rat

47 »Gar so lustig war es gar nicht«, wies ihn Leandra später, viel später, zurecht. Mittlerweile war es Nacht geworden. Drei eiserne Kronleuchter mit dicken Kerzen spendeten der kleinen Halle Licht, wo sich der Rat zum zweiten Mal an diesem Tag eingefunden hatte. Seitdem die Weiße Flamme Leandra verschont hatte, waren nun schon mehr als zwei Glocken vergangen, und auch wenn das Volk auf den Straßen noch immer feierte, war der Maestra ihre Erschöpfung deutlich anzusehen.

»Verzeiht, Hoheit«, sagte Wiesel höflich und verbeugte sich tief vor ihr. »Es ist nur so, dass ich noch nie zuvor ein Schauspiel sah, das so schlecht geschrieben und doch so überzeugend war!«

»Mag sein«, gestand sie ein und neigte leicht den Kopf. »Doch ich bitte Euch, behaltet es für Euch.«

Vielleicht war es nur ein Spiel der Schatten, aber Wiesel hätte schwören können, dass die Mundwinkel der Königin doch im Geheimen zuckten.

»Götter«, seufzte sie. »Ich sollte Euch jetzt böse sein! Ihr und diese Priesterin … wisst Ihr, was Ihr mir zugemutet habt? Mich hier in diese Falle laufen zu lassen und dann von mir zu verlangen, mich freiwillig auf einen Scheiterhaufen zu stellen?«

»Schwester Sondja sagte, dass es nach all den Lichtbränden der letzten Wochen nichts Überzeugenderes gäbe, um Eure Unschuld und damit auch Euren Anspruch auf den Thron zu beweisen«, erklärte Wiesel unglücklich. »Glaubt mir, Hoheit, es fiel mir schwer zuzulassen, dass der Graf Euch hier so bloßstellte.«

»Um die Flamme habt Ihr Euch nicht gesorgt?«, fragte sie ungläubig.

»Manchmal«, sagte Wiesel, während er zu Marla hinsah, die langsam näher kam, »braucht man mehr Vertrauen in die Priester als in die Götter selbst.« Er grinste spitzbübisch. »Wie war es denn?«

Leandra blinzelte ungläubig. »Fragt Ihr mich gerade, wie es war, auf dem Scheiterhaufen zu stehen?«

»Ah ...«, meinte Wiesel verlegen. »Es ... ich ...«

»Heiß, Ser Wiesel«, sagte Leandra grimmig. »Sehr heiß.« Sie hob eine Augenbraue an. »Habt Ihr noch andere Fragen?«

Wiesel erkannte die Warnung in diesen violetten Augen. »Was wollt Ihr jetzt mit ihm tun?«, fragte Wiesel hastig und wies mit seinem Becher zu der fernen Wand, wo Steinherz hing.

Sie sah über ihre Schulter zu ihm zurück und erlaubte sich ein feines Lächeln. »Ich glaube, ich lasse ihn dort hängen, bis zu dem Moment, in dem ich ihn brauche.« Ihr Lächeln wurde breiter, als sie die Klinge schimmern sah. »Ich bin sicher, er wird kommen.« Sie wies mit ihrem Blick zu Herzogin Lenere hin, die sich eben zwischen zwei Ratsherren durchdrängte, die ihr respektvoll Platz gewährten. Am liebsten hätte sich Wiesel weggeduckt, aber dafür war es schon zu spät, sie hatte ihn wohl schon gesehen.

»Vor allem, wenn ich mich von ihr leiten lasse«, fügte Leandra so leise hinzu, dass nur Wiesel sie noch hören konnte.

Die Herzogin und die Hand der Königin hatten sich in den ersten Kerzen nach den Geschehnissen auf dem Marktplatz als unschätzbar wertvoll erwiesen, sie wussten bestens, wer zu dem Grafen gestanden hatte und wer nicht. Vor allem aber war es Sarann, die Hand der Königin, gewesen, die, von ihrem

Bann befreit, darauf gedrängt hatte, alle Gefolgsleute des Grafen noch heute in Gewahrsam zu nehmen. Jetzt hingen sie tief unter ihnen in den Kerkern der Kronburg in festen Ketten und harrten ihrem Schicksal. Ohne Zweifel, dachte Wiesel, würde die Herzogin der neuen Königin wohl kaum zur Gnade raten.

Es sind die gleichen Augen, dachte er erneut, als er der Herzogin den Kratzfuß machte. Nur sind ihre ungleich härter. Jetzt, wo sie nebeneinander standen, schien ihm ihre Ähnlichkeit zueinander sogar noch deutlicher. Die gleiche Haltung, das gleiche Kinn…

»Ich weiß nicht, ob ich Euch verzeihen kann«, sagte Sera Lenere zu ihm und nickte Leandra höflich zu.

»Macht nicht mir den Vorwurf«, bat Wiesel und wies zu Schwester Sondja hin, die etwas abseits stand und sich mit Bruder Faban unterhielt. »Es war alles ihre Idee!«

»Ist das so?«, fragte die Herzogin und bedachte ihn mit einem langen Blick. »Nun gut«, sagte sie dann. »Wenn Ihr es sagt, muss ich Euch wohl glauben.« Sie schenkte ihm ein leichtes Lächeln und ging davon.

Er sah ihr nach und dann zu der Maestra hoch. »Seid Ihr sicher, dass Ihr nicht verwandt seid?«, fragte er dann leise. »Ich sah noch nie zuvor Augen wie die Euren … und dieser Blick soeben, er hätte von Euch sein können.«

Leandra sah ebenfalls Lenere hinterher. »Wir sprachen schon darüber«, erklärte sie. »Aber wir sehen beide nicht, wie es möglich sein könnte. Es sei denn, wir hätten einen gemeinsame Verwandten.«

»Eure Mutter vielleicht?«, schlug Wiesel höflich vor.

»Vielleicht«, antwortete Leandra rau und griff nach einem Kelch, um einen Schluck zu nehmen. »Verzeiht«, bat sie ihn dann. »Sieglinde gab mir eben ein Zeichen …«

Er sah dorthin, wo Sieglinde tief mit Janos im Gespräch vertieft stand, und seufzte. »Sie lügt noch schlechter als ich«, meinte er dann zu Marla, die lautlos herangetreten war und sich an ihn schmiegte. Er wies mit einer Geste auf die große Halle. »Hättest du gedacht, dass wir es schaffen?«, fragte er sie dann leise.

»Nein«, antwortete Marla und sah sich nachdenklich um. »Ich frage mich, ob es das war, was mein Gott von uns wollte. Und was mit der schwarzen Katze ist, die ich in meiner Vision gesehen habe.«

»Wiesel!«, hörte er eine Stimme flüstern. »Wach auf. Es ist Zeit zu gehen!«

»Nicht jetzt, Marla«, sagte Wiesel träge und grub sich tiefer in sein Kissen. »Ich bin so müde …«

Ein heißes Schnauben an seinem Ohr ließ ihn senkrecht im Bett stehen. Ungläubig sah er Boron an, der den größten Teil des kleinen Zimmers füllte. Sein Hinterteil ragte durch die Wand, und auch Marla stand zum Teil im Bett und drückte ihm Borons Zügel in die Hand.

»Erlaubst du mir noch wenigstens, mich anzuziehen?«, grollte er. »Und überhaupt, was ist das für eine Art, von einem Nachtmahr geweckt zu werden!«

»Besser, du bist wach, als wenn er durch deine Träume reitet«, grinste sie und lachte leise. »Beeile dich, ich will nach Hause.«

Ein Gefallen für die Kaiserin

48 Schweigend hörte Corvulus zu, was der Bote ihm stammelnd berichtete. Von der Weißen Flamme Borons, dem Tod des Grafen. Von der Krönung, die noch am gleichen Abend auf dem Marktplatz dort auf der Plattform stattgefunden hatte.

Wie an genau jenem Ort, an dem Steinherz den falschen

König gerichtet hatte, Leandra di Girancourt, Königin von Illian, ihre Krone von Bruder Faban, Bruder Fergo und Schwester Sondja im Namen der Dreieinigkeit entgegennahm.

»Geht«, befahl er dann mit rauer Stimme. Hastig duckte sich der Bote und floh aus dem Zelt, während der Kriegsfürst, ohne es zu bemerken, mit seiner neuen Hand seinen goldenen Becher zerdrückte.

Nur eine Kerze erhellte das dunkle Zelt, und lange saß der Kriegsfürst da und starrte in die Dunkelheit.

»Gut«, sagte er schließlich entschlossen. »Es gibt auch einen neuen Tag.« Er sah auf seine Hand herab und warf den zerdrückten Becher dann zur Seite.

»Sklavin«, rief er. »Bring mir Wein!«

Ein schlanker Schatten regte sich und hielt ihm einen Becher hin. Doch gerade als er danach greifen wollte, verspürte er einen feinen Stich im Nacken.

»Ich bin keine Sklavin«, hörte er ihre weiche Stimme nah an seinem Ohr. »Mein Name ist Mi Pei Lin.« Er konnte ihren Atem in seinem Nacken fühlen, doch der Rest seines Körpers war seltsam taub. Selbst seine neue Hand lag schwer und leblos vor ihm auf dem Tisch. »Bemüht Euch nicht, für Euch wird es keinen neuen Tag mehr geben«, flüsterte sie ihm fast schon zärtlich zu. »Wir nennen diesen Nadelstich den Stich des dunklen Traums. Er lähmt Euch, lässt Euch aber alles spüren.«

Etwas Kühles, Kaltes wurde ihm um den Hals gelegt, es klickte leise, und ihre schlanke Hand tauchte in seinem Blickfeld auf, sodass er den kleinen Schlüssel aus Kristall im Kerzenlicht schimmern sah. »Was das ist, das wisst Ihr ja … ich hörte, es soll alle Talente zuverlässig unterbinden.«

Sosehr er sich auch bemühte, mehr als ein leises Stöhnen gelang ihm nicht.

»Warum?«, fragte sie sanft.

Er konnte nicht einmal nicken.

»Mein Großvater ist ein mächtiger Mann und hat nicht viele Freunde. Freunde gewinnt man durch Gefallen … und er bot einer möglichen Freundin einen solchen an. Sie kommt aus einem Haus, das seit Jahrhunderten durch Handel mit uns verbunden ist … und uns noch nie enttäuschte.«

Sie trat lautlos vor ihn, sodass er sie sehen konnte, als sie langsam ihren Sklavenkragen abnahm. »Handel liegt meinem Volk im Blut. Wir schätzen ehrliche Geschäfte sehr … und kleine Gesten, die das Wohlwollen erhöhen. Seht Euch als eine solche Geste an.«

Sie zog aus einem Kissen einen Packen Kleidung hervor und zog sich an. Als sie fertig angekleidet war, schien sie ihm nur noch wie ein Schatten, nur ab und zu sah er noch von ihren Augen einen feinen, weißen Strich. Sie nahm nun ein anderes Bündel auf und rollte es vor ihm auf dem Schreibtisch aus.

»Entschuldigt, dass ich Euch warten ließ«, teilte sie ihm freundlich mit. »Aber jetzt habt Ihr meine ungeteilte Aufmerksamkeit. Ihr versteht Euch doch auf dieses feine Spiel … und ich würde Euch den Schmerz nicht vorenthalten wollen, den Ihr so sehr liebt.«

Sie wählte ein kleines, scharfes Messer aus, das im Schein der Kerze zu schimmern schien.

»Teil der kleinen Geste ist, dass ich Euch einen Gruß bestellen soll. Von Desina, der Kaiserin von Askir. Sie lässt Euch ausrichten, dass sie es gar nicht schätzt, wenn man ihre Generäle ermorden lässt.«

Das schwarze Tuch bedeckte ihren Mund, er konnte nur erahnen, wie es sich bei jedem ihrer Atemzüge vor ihren Lippen wölbte. Dennoch konnte er das Lächeln in ihrer Stimme hören.

»Wie habt Ihr doch gesagt? Gib mir deinen Arm.«

Gute Nachricht

49 Sie mochte jetzt Kaiserin sein, dachte Desina träge, und über eigene Gemächer in der Zitadelle verfügen, aber hier gefiel es ihr noch am besten. Sie klappte das Buch zu, stand vom Bett auf, ging zum Fenster hin und stieß es auf. Von außen waren an dem Eulenturm keine Fenster zu erkennen. Noch ein Geheimnis des Turms, das sie noch nicht hatte lüften können. Ich frage mich, dachte sie und fuhr sich durch das zerzauste Haar, was wohl geschieht, wenn ich einen Ball hindurchwerfe.

Es klopfte an der Tür, und Desina unterdrückte einen Seufzer.

»Ich wusste, dass du es bist, Asela«, sagte sie, als sie die Tür aufzog. »Hast du mir nicht empfohlen, mir etwas Zeit für mich zu nehmen? Woher wusstest du, wo ich mich befinde?«

Die bleiche Eule mit dem rabenschwarzen Haar sah sich in dem Zimmer um und musterte dann Desina, die ihr in diesem Moment wie ein verschlafenes Kätzchen vorkam. Unwillkürlich musste sie lächeln.

»Du kommst immer hierher, wenn du deine Ruhe willst«, lachte die ältere Eule. »Was ist an seinen Gemächern so besonders?«

»Ich habe es dir doch erzählt«, sagte die junge Kaiserin und bat die Eule mit einer Handbewegung herein. »Ich fühle mich hier wohl, es ist, als wäre er hier und würde über mich wachen.«

»Wäre er ein guter Vater gewesen, hätte er auch genau das getan«, bemerkte Asela leise. Sie lachte, als sie das Buch auf dem Stuhl liegen sah … und eine Handbewegung später schwebte es sanft zurück in das Regal. »Ich hätte dich nicht gestört, wenn es nicht wichtig wäre … aber keine Angst, ich habe gute Neuigkeiten.«

Desina setzte sich auf das Bett und nahm die Bürste zur Hand.

»Erlaubst du?«, fragte Asela sanft, und als Desina nickte, setzte sich die Eule neben sie und begann Desinas Haare auszubürsten.

»Die erste gute Nachricht ist, dass es Leandra gelungen ist, die Krone von Illian zu erringen. Die zweite, dass sie dort ein altes Tor gefunden hat. Jemand, eine Herzogin, wie sie schreibt, wusste, wo es zu finden war. Da der Weltenstrom nun wieder durch die Kronstadt fließt, können wir es auch benutzen.«

»Sagtest du, sie ist bereits gekrönt?«, fragte Desina überrascht. »Darin ist sie mir voraus … wenn ich ehrlich bin, habe ich daran gezweifelt, dass es ihr gelingen würde!«

»Etwas Ähnliches hat sie wohl auch geschrieben. Im Moment ist sie beschäftigt, aber sie beabsichtigt, dich in Bälde aufzusuchen.«

»Das erspart dir die Arbeit für ein neues Tor«, stellte Desina fest. »Vielleicht solltest auch du dich etwas schonen.«

»Genau das mache ich doch gerade«, lächelte Asela. »Sie sagt zudem, sie hätte vieles Wiesel zu verdanken.«

»Wiesel?«, fragte Desina überrascht. »Was hat denn er mit ihr zu tun?«

»Du solltest ihn am besten selbst fragen«, meinte Asela. »Er ist unten und wartet auf dich.«

»Dann …«, begann Desina und wollte schon aufspringen, doch Asela drückte sie sanft aufs Bett zurück. »Hundert Bürstenstriche, wie deine Mutter es wollte. Nicht einen mehr, aber auch nicht einen weniger. Wir sind erst bei zweiundzwanzig.«

»Du kanntest meine Mutter?«, fragte Desina überrascht.

»Ja«, sagte Asela leise. »Aber wir reden ein anderes Mal von ihr.«

Desina wollte schon aufbegehren, doch dann sah sie Aselas Blick. Manche Dinge gab die Eule nur dann preis, wenn sie es wollte.

»Du hast auch Nachricht von Xiang erhalten«, fuhr Asela bereits fort. »Sie schickten dir eine kleine Geste in die Donnerfeste ... zusammen mit den besten Wünschen ihres Kaisers.«

»Was für eine Geste?«

»Ein Kopf und eine Hand aus Kupfer«, sagte Asela ruhig, während sie ihr weiter die Haare bürstete. »Der Kopf ist der von Corvulus, nur was die Hand bedeutet, kann ich noch nicht sagen.«

»Das ging schnell«, stellte Desina zufrieden fest. »Sobald er hier ist, will ich, dass man den Kopf konserviert und vor dem Hafentor auf einen Speer aufbringt. Ach ja ... und man soll ihm noch die Rune einbrennen. Damit ein jeder sieht, was mit einem Seelenreiter geschieht.«

»Ich dachte ...«

» ... dass ich solche barbarischen Gepflogenheiten nicht sehr mag?«, lächelte die Kaiserin. »Vergisst du, wo ich aufgewachsen bin? Istvan sammelt Köpfe ... und sie verfehlen ihre Wirkung nicht. Erinnere mich daran, mich beim Botschafter zu bedanken.«

»Vergiss nicht zu erwähnen, dass du für gute Freunde die Zölle für Kupfer senken wirst«, lachte die Eule. »Das wird sie glücklich machen.« Sie schüttelte den Kopf. »Jetzt frage ich mich, ob das die Bedeutung dieser Hand sein kann. Zuzutrauen wäre es ihnen!«

»Sie sollen ihre Zollerleichterung bekommen. Hast du sonst noch etwas für mich?«, fragte Desina.

»Zwei Dinge noch, dann bin ich fertig. Auch mit deinem Haar«, erwiderte die ältere Eule. »Zum einen hat man über der Ostmark einen Drachen fliegen sehen ... was als gutes Omen gesehen wird.«

»Welche Farbe hatte er?«

»Türkis.«

»Ich werde Orikes fragen, ob es über einen solchen Drachen Legenden gibt. Und das andere?«

»Dein Lanzengeneral und seine Schwertobristin sind zusammen mit dem Ersten Horn der fünften Legion bei einer Streife desertiert.«

Desina sah sie erstaunt an.

»Das nennst du eine gute Nachricht?«

Die Eule lächelte. »Ich denke, er wird seine Gründe haben.«

Epilog

Als wir die Kuppe des kleinen Hügels erreichten, hob ich die Hand und zügelte mein Pferd. Schweigend, die Stille nur vom Klappern der Rüstungen und Sattelbeschläge unterbrochen, hielten die anderen hinter mir in einer Reihe an, nur Serafines Pferd schnaubte leise, als sie zu mir aufschloss.

Vor uns erstreckte sich eine weite Steppe, die so endlos war, dass sich in der Ferne Himmel und Erde zu vermischen schienen. Nur zwei Rauchwolken, eine weiß, die andere schwarz, stiegen in der Ferne kerzengerade in den Himmel auf.

Vor uns, am Fuß des Hügels, lag ein Schlachtfeld, alte gebleichte Knochen und verrostete Rüstungsteile, ein Teil eines Versorgungswagens ragte aus dem Grund heraus, das alte Holz war von Sonne, Wind und Wetter schon vollends ausgebleicht. Es war nicht das erste alte Schlachtfeld, das wir sahen, und es würde auch nicht das letzte sein. Seit Jahrhunderten wurde um dieses Land gestritten, so karg es in meinen Augen auch war.

»Die Östliche Steppe. Das blutige Land, wie die Barbaren es nennen«, sagte Serafine leise. Ich nickte nur und zog mein Sehrohr aus der Satteltasche, um es auf die schwarze Rauchwolke zu richten. Doch außer der Rauchwolke gab es dort nichts zu sehen; was dort auch brannte, es lag hinter dem Horizont.

»Sagst du mir jetzt, was uns hierherbringt?«, fragte Serafine, um sich dann im Sattel umzudrehen und den Rest des Ersten Horns zu mustern, das hinter uns auf seinen Pferden saß. »Wir sind dir bis hierher gefolgt, wie geht es weiter?«

»Hat dir Ragnar mal erzählt, wie die Varlande gegründet wurden? Wie der eiserne Thron zustande kam?«

Sie schüttelte den Kopf.

Ich zog mein Pferd langsam herum, sodass ich sie und die anderen vor mir sah.

»Es gibt dreiunddreißig Schwerter, die im Thron der Varlande zusammengeschmiedet wurden«, erklärte ich ihnen gerade so laut, dass sie mich hören konnten. »Es heißt zudem, dass es nicht sonderlich bequem wäre, auf diesem Thron zu sitzen.« Niemand lachte, alle sahen mich nur wartend an. Ich seufzte.

»Bevor es diesen Thron gab, gab es die Varlande noch nicht. Es waren Barbaren wie unsere Freunde hier.«

»Freunde ist etwas zu viel gesagt«, lachte Korporal Beren, und ich nickte.

»Genau das werden wir ändern.«

»Ich hatte eine Liebste in Kargenthal«, meinte Lanzensergeant Hanik rau. »Wir haben den Ort zweimal die Woche mit der Streife aufgesucht ... doch das letzte Mal, dass ich dorthin ritt, fand ich sie dort liegend vor, mit aufgeblähtem Bauch und abgetrennten Händen und Füßen ... Ser, es wird mir schwerfallen, diese Hunde als Freunde zu sehen.«

»Verständlich«, sagte ich bedächtig. »Aber ich vertraue auf Eure Disziplin, Hanik. Darauf, dass Ihr einer der besten Legionäre in der Fünften seid. Und dass Ihr versteht, warum ich das von euch allen hier verlange. Es geht mir genau darum, dass es anderen irgendwann nicht mehr wie Eurer Liebsten ergeht.« Ich sah ihm direkt in die Augen. »Sagt mir, Hanik, habt Ihr schon eine ihrer Frauen erschlagen? Eines ihrer Kinder?«

Er schluckte. »Ja, Ser«, sagte er rau. »Beides. So war der Befehl.«

Ich ließ meinen Blick über die anderen schweifen. »Es kann nicht so weitergehen, das Schlachten muss ein Ende finden. Für die anderen, die eine Liebste haben. Ob nun Barbaren oder kaiserlich, wir sterben alle gleich.«

Ich tat eine Geste, die die weite Steppe einschloss.

»Es gibt Hunderttausende von ihnen. Sie leben in einzelnen Stämmen weit über dieses Land verteilt. Schaut Euch um, dies ist ein karges Land. Wenn sie im Frühjahr kommen, dann, weil sie nicht anders können. Der Hunger treibt sie an. Als wäre das nicht schlimm genug, geraten jetzt mehr und mehr Stämme in

den Bann des Nekromantenkaisers. Neben dem Hunger sind es jetzt die Schwarzen Legionen, die die Barbaren in unsere Länder treiben. Und wenn sie sich unter dem Banner Kolarons vereinen, werden sie uns überrennen … es gibt zu viele von ihnen.«

»Was wollt Ihr tun, Ser General?«, fragte Schwertsergeant Perdus. »Den Hunger und die Schwarzen Legionen besiegen?«

»In etwa genau das«, erwiderte ich und musterte jeden einzelnen Mann. Und jede Frau. Neben Serafine gab es noch zwei weibliche Legionäre, die mitgekommen waren. Die besten der Legion, das Erste Horn, der fünften. »Wir fangen damit an, dass wir das weite Land erobern.«

»Wir neun?«, lachte Perdus. »Na, das wird ein Spaß. Darf ich fragen, wie wir das machen werden?«

»Wir schmieden uns einen Thron«, teilte ich ihnen mit. »Aus so vielen Schwertern, wie es braucht.« Ich zog mein Pferd herum und wies auf die ferne schwarze Rauchsäule. »Dort fangen wir damit an … und holen uns das erste Schwert.«

»Wenn es einen Thron gibt, wird es dann ein Königreich?«, lachte Lannis, die unsere beste Schützin war. Es gab nur einen, der noch besser war…. und es tat weh, an ihn zu denken. Für Serafine war es Wochen her, doch für mich war es noch zu frisch.

»Mal sehen«, gab ich Antwort. »Aber bevor wir um Grafenkronen spielen, müssen wir erst den Thron noch schmieden!«

Serafine schaute mich an und schüttelte ungläubig den Kopf. »Habe ich dir schon gesagt, dass du vom Wahn befallen bist?«

Ich lachte. »Es wäre nicht das erste Mal.«

Handelnde Personen

Die Gefährten:

Maestra Leandra di Girancourt Halbelfe und schwertgebunden an das Schwert Steinherz, Königin der Südreiche, ehemalige Liebhaberin von Havald, dem Wanderer, Freundin und Reiterin von Steinwolke, dem Königsgreifen.

Serafine Durch ein Wunder des Soltar wiedergeborene Soldatin des Ersten Horns der zweiten Legion. In ihrem letzten Leben Tochter des Gouverneurs von Gasalabad, Freundin von Balthasar, Asela und Feltor, Eheweib von Jerbil Konai, der Säule der Ehre. Befreundet mit den Elfen Taride und Imra.

Varosch Akolyth des Boron, begnadeter Scharfschütze, Liebhaber der Dunkelelfe Zokora. Er opferte sein Leben, um Zokora zu retten.

Nataliya Das dritte Tuch der Nacht, einst Assassine des Nekromantenkaisers Kolaron Malorbian, dann treue Begleiterin Havalds, opferte ihr Leben für ihn.

Sieglinde Tochter von Eberhard, dem Wirt des Hammerkopfs. Eine junge Frau, der man nachsagt, dass sie die Gabe der Fey besitzen soll. Nun schwertgebunden an das Bannschwert Eiswehr und Liebhaberin von Janos.

Janos Räuberhauptmann und Agent der Königin Eleonora und Sieglindes Liebhaber.

Zokora von Ysenloh Eine dunkle Elfe und Priesterin der Solante. Nahm sich Varosch als Liebhaber.

Die fünfte Lanze der zweiten Legion:

Lanzenmajor Kurtis Blix Ein Soldat des Kaiserreiches, kommandiert die fünfte Lanze der zweiten Legion, ohne sonderliches Talent.

Stabssergeantin Sanja Grenski Die Seele der fünften Lanze.

Schwertsergeant Avron Ein Soldat.

Schwertrekrut Balter Ein Soldat.

Korporal Hasin Ein Soldat.

Korporal Loska Von den Federn, Blixens Lanze zugeteilt.

Orvin Ein sturer und abergläubischer Soldat aus Blixens Lanze. Er stammt natürlich aus Aldane.

Lanzensoldat Waltis Ein Soldat und guter Reiter.

Jespers Schwertsergeant, der im Kampf vor Lassahndaar eine Hand verlor.

In Letasan:

Anlynn, die Füchsin Späherin der Dritten Königlichen Jagdlanze zu Illian, sie trägt den Fluch des Winterwolfs in sich.

Die alte Enke Eine gar hässliche Hexe.

Konrad Ein Rabe.

Byrwylde Ein Lindwurm aus ferner Vergangenheit.

Dorin Eine Spruchweberin (Maestra) der dunklen Elfen, zu Zokoras Stamm gehörig.

Eberhard Wirt des »Hammerkopfs« in Letasan, Vater von Sieglinde.

Der blutige Marcus Ein Pirat mit einem bewundernswerten Talent zur Selbsterhaltung. Nur die Götter selbst können ihn gefährden.

Raeve Eine Werwölfin im Gefolge der Elfe Aleya.

Tanos Ein Greifenreiter der Elfen.

Aleahaenne (Aleya) Hüterin, eine Elfe mit einer langen Vorgeschichte, Ziehmutter der alten Enke.

In Illian:

Anrus Ein Wachhund mit einem Herz für Wiesel.

Anton Ein Dieb und Kumpan von Kort.

Komas Ein Dieb und Kumpan von Kort.

Krom Ein fürchterlicher Wachhund.

Kort Ein kleiner Dieb, der nicht genug bekommen kann.

Elfred Ein Karpfen im Teich von Sera Lenere, benannt nach einem König von Illian.

Elfred, König von Illian, einst Ehemann der Sera Lenere, fiel im Wahn eine Treppe herab.

Arwen Ein Karpfen im Teich von Sera Lenere, benannt nach einem König von Illian, Elfreds jüngerer Bruder.

Emrich Der alte, gibt in Torkins Auftrag Auskunft darüber, wer bestohlen werden darf und wer unter Schutz steht.

Torkin Tischler, führt die Diebesgilde in Illian.

Faban Priester des Boron in Illian.

Haderim Graf, Ratsherr in Illian.

Hindrich Graf, Ratsherr in Illian, bis zuletzt einer der wichtigsten Berater von Eleonora.

Render Graf, Ratsherr in Illian, Urenkel von König Arwen von Illian, Erbe von Königin Eleonora.

Bruder Arin Verstorbener Priester Borons in Illian.

Bruder Hanenberg Verstorbener Priester Borons in Illian.

Herwig Meister, Händler und Bankier in Illian, besitzt ein schönes, reichverziertes Haus.

Lenere Herzogin, ehemals Königin von Illian, Eheweib von König Elfred, eine Sera mit vielfältigen Kontakten.

Nemris Verlobte von Graf Render, starb auf einem Scheiterhaufen, da sie mit Dämonen paktierte.

Schwester Sondja Priesterin der Astarte in Illian, eine Frau mit außergewöhnlichen Talenten.

Soldaten des Kaiserreichs:

Lanzenobristin Arkadia Baronetta Miran Kommandeurin der dritten Legion, eine Frau mit außergewöhnlichen Fähigkeiten, nur die Diplomatie fällt nicht darunter.

Lanzenobrist Kelter Kommandeur der fünften Legion, wurde einst von Asela verführt und hat noch immer damit zu kämpfen.

Generalsergeantin Rellin Eine Veteranin der Barbarenaufstände in der Ostmark, zuständig für Logistik und Verwaltung der dritten Legion.

Generalsergeantin Kasale Zuständig für den Wiederaufbau der zweiten Legion.

Desina *Anae regis Askanna,* ewige Kaiserin Askirs, Maestra und Prima des Turms der Eulen, Tochter von Balthasar und Enkelin des ewigen Herrschers Askannon.

Emlich Schwertsergeant, zweite Legion, Federn, Schreiber im Amtsraum des Lanzengenerals. Bald glücklicher Vater, vielleicht auch deshalb ein wenig vergesslich.

Stabsobrist Orikes Kommandeur der Federn, der Schriftgelehrten der Legionen, rechte Hand von Hochkommandant Keralos, dem Militärgouverneur von Askir, weithin als ein hervorragender Medikus bekannt.

Hochkommandant Keralos Militärgouverneur von Askir, ein sorgfältiger und ruhiger Mann.

Schwertobristin Helis/Serafine Adjutantin von Lanzengeneral von Thurgau.

Lanzengeneral von Thurgau Auch Havald oder der Wanderer genannt, Kommandant der zweiten Legion, ein Mann, der nicht sterben kann.

Asela Die letzte der Eulen des alten Reichs, eine mächtige Maestra mit vielen Geheimnissen.

Schwertleutnant Stofisk Adjutant des Lanzengenerals von Thurgau, dessen Wort mächtiger als sein Schwert ist.

Stabsleutnant Santer Adjutant von Desina und damit auch den Eulen zugeteilt.

Stabsmajor Amostin von den Federn schrieb Abhandlung über »Barbarische Gebräuche, Mythen und Rituale«. Von 982. Diente vor Jahrhunderten lange in der Ostmark.

Lenar Schwertrekrut, fünfte Legion.

Hanik Lanzensergeant, Erstes Horn der fünften Legion.

Lannis Lanzenkorporal, Erstes Horn der fünften Legion.

Kaiserreich Thalak:

Kolaron Malorbian Nekromanten- und Gottkaiser von Thalak.

Kriegsfürst Corvulus Nekromant und Kriegsfürst, Lieblingssohn des Kolaron Malorbian.

Fürstin Dereinis Kommandeurin der Truppen des Kaiserreichs Thalaks, welche die Kronstadt Illian belagern. Verantwortlich für den Verrat an Königin Eleonora.

Jarkar Steingrimm Meister, Minenbauer, Vater von Egvir und Tonik.

Perdus Stabsmajor, einundzwanzigste Legion.

In Askir:

Argus Tistan, Meister Ein Händler in Devotionalien und Vater von Lanzenmajor Blix.

Arnde Tistan Verstorbene Frau von Argus Tistan, Mutter von Arife und Lanzenmajor Blix.

Arife Sklavin mit einem besonderen Bezug zu Lanzenmajor Blix, Tochter von Marcus Esadra.

Arwo Preiskämpfer im Dienst von Meister Tistan.

Elsine Kaiserin von Askir, Ehefrau von Askannon. Starb, als sie während ihrer Entbindung von Attentätern angegriffen wurde. Ihre Tochter wurde von dem Elfen Talisan entbunden und überlebte ihre Mutter nur um einen Tag.

Hochinquisitor Pertok Oberster Richter Askirs, mit ungewöhnlichen Vollmachten ausgestattet.

Wiesel Der berühmteste Dieb Askirs. Desinas Ziehbruder. Ein Mann mit ungewöhnlichen Talenten und schnellen Fingern.

Baron Stofisk Vater von Leutnant Stofisk, ein einflussreicher Handelsherr, der dem Handelsrat von Askir vorsteht.

Mi Pei Lin Tochter des Drachen, oberste Assassine in der

Botschaft des Kaiserreichs Xiang zu Askir und zurückhaltende Freundin Wiesels. Sie wirft gerne mit scharfen Gegenständen nach ihm, so gelangte er auch zu seinem Glücksbringer.

Marla Eine alte Freundin Wiesels, ehemals Ziehschwester von Wiesel und Desina, nun bekennende Priesterin des Namenlosen. Sie mag Ratten. Wiesel nicht.

Isbele Der Name, den Marlas Mutter ihr gegeben hatte.

Der Rabe Attentäter und selbst ernannter Priester des Namenlosen.

Istvan Wirt des Gasthofs »Zur gebrochenen Klinge«, Ziehvater von Desina, Marla, Regata und Wiesel. Ehemals ein Soldat der Bullen, Freund des Gelehrten Kennard.

Kennard Ein Schriftgelehrter mit überraschenden Interessen und Fähigkeiten.

Marschall Hergrimm Kriegsherr der Armeen der Ostmark.

Die Priesterschaft der Dreieinigkeit in Askir:

Bruder Gerlon Ein Soltarpriester mit Visionen, zudem auch ältester Freund von Kurtis Blix.

Bruder Jon Hohepriester des Soltarglaubens. Ihm untersteht der Haupttempel Soltars in Askir. Ein Mann mit scharfem Geist und einem Hang zum Luxus.

Bruder Mircha Ein mürrischer Priester des Soltar, der als Nachfolger von Bruder Jon bestimmt ist.

Schwester Ainde Hohepriesterin des Tempels der Astarte zu Askir.

Bruder Portus Hohepriester des Tempels des Boron zu Askir.

Bruder Sores Verstorben, einst Hohepriester des Boron in Illian.

Bruder Denus Priester des Tempels zu Boron in Askir.

Andere:

Angus König der Varlande, Freund von Havald.

Ragnar Ein alter Freund Havalds. Träger der legendären Axt Ragnarskrag, die ihrem Träger die Stärke eines Riesen verleihen soll.

Jerbil Konai Legendärer Held von Bessarein, vor siebenhundert Jahren Generalsergeant der berühmten zweiten Legion, Ehemann von Serafine. Auch bekannt als der »Sarge«. Serafine glaubt, dass die Seele von Jerbil Konai in Havald wiedergeboren wurde.

Prinz Tamin von Aldane Ein Mann, der die Frauen liebt und auch den Wein.

Baron Tarkan von Freise Cousin von Prinz Tamin, Liebhaber von Taride, der Bardin.

Steinwolke Ein Königsgreif, Freundin von Leandra.

Vartan Ein Greif, der einst von Balthasar geflogen wurde.

Essera Faihlyd Aus dem Haus des Löwen, Emira von Gasalabad, Kalifa von Bessarein.

Taride Elfe, Bardin, Schwester von Imra, Tochter der Elfenkönigin, Liebhaberin von Baron Tarkan von Freise.

Königin Eleonora von Illian Sie wird als Heilige verehrt, da sie ihr Leben in Borons Flamme geopfert hat, um die Kronstadt vor der Belagerung zu retten. Ehemals Schülerin von Havald, Freundin von Leandra.

Sera Safar Eine geheimnisvolle Frau aus Bessarein mit einer Leidenschaft für Türkis und Blumen.

Orte

»**Die silberne Schlange**« Eine seit Jahrhunderten florierende Soldatenkneipe am Westtor der Zitadelle von Askir, bevorzugt von Bullen besucht.

»**Zum Hammerkopf**« Gasthaus und ehemalige Wehrstation des Kaiserreichs in Letasan, nahe des Donnerpasses gelegen, hier nahm alles seinen Anfang.

Die Donnerfeste Die letzte der großen Festungen des Kaiserreichs, am Donnerpass in den Donnerbergen von Letasan gelegen. Bewacht den Handelsweg nach Coldenstatt.

Hafenwacht in Askir Nördlich des Hafens von Askir gelegen, Garnison der Seeschlangen, die im Hafen von Askir die Ordnung wahren.

Die Zitadelle Sitz des Kaisers zu Askir und mächtigste Festung des Kaiserreichs.

Der Turm der Eulen Ein weißer, fensterloser Turm auf dem Gelände der Zitadelle, in dem das Wissen der Magie der Eulen aufbewahrt wird. Nur den Eulen von Askir zugänglich, ist er ein Ort voller alter Geheimnisse.

Das Blubbermoor Ein verfluchtes Moor in Letasan, nahe Lassahndaar, angeblich soll es dort riesige Schlangen, Lindwürmer und Hexen geben.

Der Eisenpass Ort einer Schlacht in den Grenzgebirgen von Aldane. Dort fand die 21. Feindlegion ein blutiges Ende.

Braiya der; Fluss, 70 Meilen vom östlichen Rand des Kaiserreichs entfernt gelegen, Grenzfluss zu den Barbarenländern in der Ostmark.

Feste Braunfels Grenzfeste in der Ostmark, aus braunem Stein errichtet, die fünfte Legion unter Lanzenobrist Kelter ist dort stationiert.

Städte und Ortschaften

Askir Kaiserstadt.

Aldar Hauptstadt des Königreichs Aldane.

Barene Eine kleine Stadt in Aldane an der Grenze zu Rangor. Bekannt dafür, dass sie niemand kennt.

Illian, Kronstadt Die Rose von Illian, Hauptstadt von Illian, wird von Thalak belagert.

Kolariste Hauptstadt des Feindes.

Die Feuerinseln Einst Seefeste des Kaiserreichs, dann der Piraten, zuletzt Brückenkopf für die Invasionstruppen Thalaks, bis sie von einer gewaltigen Eruption zerstört wurden. Ihr Verlust an die Piraten unterbrach den Seeweg zur Versorgung der Südreiche.

Lassahndaar Eine kleine Stadt in Letasan, auf dem Handelsweg von Melbaas nach Illian gelegen.

Melbaas Eine Hafenstadt, berühmt für ihren Seehandel, von den Truppen Thalaks besetzt.

Janas Größte See- und Handelsstadt Bessareins, bis sie bei der Eruption der Feuerinseln von einer Flutwelle fast vollends zerstört wurde.

Moaris Ein kleines Dorf in Letasan.

Kelar Eine Stadt in Letasan, von Thalaks Truppen geschliffen, einst Geburtsort von Havald, dem Wanderer.

Farin Ein kleines Dorf in Jasfar, Südlande.

Teir'na'do Ein Flüchtlingsdorf in einem verwunschenen Wald.

Feste Brandenau Befestigte Stadt, in der Ostmark gelegen. Wird zurzeit von den Barbaren dort belagert.

Länder und Stadtstaaten

Askir Kaiserstadt, Stadtstaat und Hauptstadt der sieben Reiche und des Kaiserreichs.

Aldane Ein Königreich der sieben Reiche. Bekannt für seine Weine und die Sturheit und den Aberglauben seiner Bewohner.

Bessarein Das größte Land des Kaiserreichs. Es gibt viel Sand dort.

Varland Königreich im Norden von Askir, zu den sieben Reichen gehörig.

Letasan Königreich der Südlande, von Tahalk besetzt, Heimat von Havald.

Illian Königreich der Südlande, von Thalak besetzt.

Jasfar Königreich der Südlande, von Thalak besetzt.

Die Götter

Soltar Gott des Lichts, besiegte einst Omagor, den Gott der Finsternis, seitdem gilt sein Versprechen, dass auf die Nacht der Tag folgen soll und auf jede Verzweiflung eine neue Hoffnung. Herr über den Tod und das Leben.

Boron Der streitbare Gott der Gerechtigkeit.

Astarte Die Göttin der Weisheit und der Liebe.

Solante Astartes dunkle Schwester, von den dunklen Elfen verehrt.

Der Namenlose Der Gott, der für das namenlose Böse steht.

Marendil Die Göttin der Meere, für ihr Temperament bekannt.

Omagor Der tote Gott der Finsternis.

Mama Maerbellinae Unbekannte (und alte) Göttin, die sich seit etwa zwanzig Jahren in Askir aufhält.

Der Winterwolf Der Wolfsgott, ein alter Gott, der einst in den Südlanden von den Barbaren verehrt wurde.

PIPER
SEI UNSER
HELD!
PIPER FANTASY
Gleich mitmachen und die magische
Welt der Piper Fantasy erleben! Neugierig?
Dann auf zu www.piper-fantasy.de!
Piper-Fantasy.de